공부는 왜 하는가

영시개론 수업

공부는
왜 하는가

미래를 대비하는 '시적 상상력' 훈련법

이만식 지음

담앤실

✱ 신종 코로나바이러스가 창궐하여 전 세계인들이 '방콕'해야 하는 시절 동안 이 책을 썼다. 소위 '상아탑'에서 대학생들을 가르치고 있으니 가까운 미래보다는 다소 먼 미래를 겨냥해서 수업을 진행하게 된다. 그런데 이번 사태를 지켜보면서, 그것도 한국이 세계의 모델이 돼가는 모습을 보면서, 다시 한번 세계의 급격한 변화상에 놀라게 된다. 이 글의 핵심내용이 되는 작년의 영시개론 수업에서 단호하게 한국이 세계의 모델이 될 수밖에 없다고 단언했는데, 그게 몇 개월 지나지 않아서 현실이 돼버린 것이다. 수십 년간 교육자로서 삶이 긴박했던 이유는, 먼 미래에 다가오리라고 예상했던 것들이 예상보다 훨씬 빨리 현실세계 속에 실현되곤 했기 때문이었다. 역사는 "너무 늦게 준다."라고 나의 멘토, 모더니즘의 대표 시인, T. S. 엘리엇이 『게론천Gerontion』에서 한탄했었는데, 나는 항상 역사가 너무 빨리 준다고 불평하고 있는 셈이다.

불확실한 탈근대의 미래를 대비하기 위한 두 개의 무기 중에서 이 수업에서 주력하는 '시적 상상력'의 훈련과 더불어 중요한 실용영어실력을 배양하기 위한 '비즈니스 커뮤니케이션' 수업을 현재 진행하고 있다. 단기간의 훈련으로 비즈니스 현실에서 사용할 수 있게 하는 성인영어 프로그램이 거의 개발이 되어 있지 않은 게 현실이다. 영어회화 책이라는 게 대부분 서구의 시각으로 개발돼있어 어린이나 청소년에게는 적합하지만, 너무 많은 시간을 요구하기 때문에 성인교육에는 부적합하기 때문이었다.

대학생들을 대상으로 가르칠 때 근대교육의 관점에서는 미래를 대비하여 준비시키지만, 그건 지금 바로 당장 부딪히는 현실을 의미하는 건 아니다. '영시개론'이라는 이 수업의 제목처럼 '개론Introduction'이라는 건 그저 전체적인 내용을 소개하는 입문과정이며, 그런 뒤에 학년이 바뀌면서 다소 심화 된 학습이 추가되곤 한다. 그렇지만 숨 가쁘게 바뀌는 현실 속에서 그렇게 한가하게 진행되는 성장 과정을 전제할 수가 없었다. 그리하여 이 개론수업에서는 바로 지금의 현실 속에서 자신에게 적용될 수 있는지, 일하려는 분야에서 실제로 활용할 수 있는지 그리도 급박히 질문하지 않을 수 없었다.

이 책의 내용은 2019년 2학기에 진행됐던 수업내용의 녹취록이다. 현장의 상황을 경험하지 못한 독자를 위해 스크린에 잠시 비췄던 내용이 다 기록되며 다소간의 부연설명이 첨가됐지만, '영혼의 불꽃놀이'처럼 수강생들의 정신이 놀랍도록 향상되는 감격스러운 장면들이 독자에게도 잘 전달되기 바란다.

지금과 같은 격변의 시대에서라면, '영시개론'이 논술 고사를 준비하고 있는 고등학교 3학년에게만 아니라, 거의 혁명적인 교육개혁이 진행되고 있는 중·고등학생에게도 필요한 수업이 아닐까 하는 생각을 해본다. 언제나처럼 나의 이러한 생각이 예상보다 훨씬 빨리, 느닷없는 현실이 될지도 모르겠다.

대공황에 가까운, 아니 어쩌면, 그보다 더 심한 경제 현실이 닥쳐올지도 모르는 이런 시국에, 이렇게 묵직한 책을 내주려는 출판사 달아실에게 경의를 표한다.

2020년 4월 초
필자 이만식

차례

계관, 전문가제도의 실패, 동북아정세의 진단, 셰익스피어, 소네트 130번, 에세이의 성적평가 기준, 근대영시의 계보, 빅토리아시대의 질문, 민족국가의 형성, 모더니즘과 한국의 근대화, 짬뽕,「내 마음은 뛰노라」, 낭만주의를 대표하는 시, 시인의 응시, 내면의 자아

에세이 발표 _ 5교시 87

학습수준의 자각기회, 협상의 전략, 가위바위보, 근대여행의 핵심정동, 페스티벌의 미래, 물한잔의 습관, 자신감의 힘, 자기인식의 힘, 비딱한 시선, 인상비평, 영혼의 불꽃놀이, 멘탈이 털린다, 대학생활의 낭만, 익명, 나를 표현한다는 것, 글 쓰는 솜씨, 유튜브를 읽는 두 가지 관점, 중간서사, 우울증과 허무주의, 디즈니 서사의 변화, 전문가의 탄생, 시인의 탄생, 구직편지, 의식이라는 환각, 불교의 인식론, 가장 중요한 교육, 헬렌 피셔의 책, K-pop의 성공비밀과『서정담시집』

공부할 수 있는 능력 _ 6교시 113

말하기와 글쓰기의 어려움, 중간고사의 필요성, 글쓰기의 요령, 영어에세이 평가, 객관적 분석의 쓸모없음, 공부의 의미, 짜증을 내는 대응, 위험사회, 돈이 될 수 있는 창의성, 위험과 기회, 위험을 기회로 바꾼 사례들, 대박집, 공부할 수 있는 능력, 새로운 교육방법론, 내 딸도 그랬던 거야!, 고레에다 히로카즈, 공적 성공과 사적 행복, 새로운 페미니즘의 탄생, 교수와 거의 같은 수준의 학생, 스포일러, 영화적 에크리튀르, 영화『조커』의 영향력, 공포의 이유, 블로그: 시로 읽는 영화, 대의민주주의의 위기, 시에 대한 기대, 근대의 증오정치에 분노하는 툰베리, 주류문화, 콜리지의 상상력 이론과 워즈워스의 시적 상상력, 상상력과 환상,「우리는 일곱이어요」, 가족과 가문, 국어와 산수, 세계관의 대립, 가족유사성,『서정담시집』의「서문」, 보통 사람의 실제언어, 근대시 창작법, 시 창작의 실제, 될 대로 되겠지

화통화 같은 단절된 대화, 텍스트와 콘텍스트, 영혼의 맑음, 카르페 디엠, 보릿고개, Frame과 Layer, 디즈니영화사의 변신, 상상력과 공감, 삶의 주인, 절벽에서 뛰어내리기, 저자의 죽음, 해외봉사활동계획, 「하락의 동반자」

비뚤어진 눈 _ 10교시 207

변화는 크다, 오디오클립, 노동의 불안한 미래, 이해의 상충, 전문가훈련의 길, 유전무죄 무전유죄, 평가내용의 활용, 꿈의 해석, 근대언어의 무기력함, 줄탁동시, 키즈카페 사업, 자기서사, 비뚤어진 눈, 『노수부의 노래』, 학문적 연구자세, 「예쁘지 않은 것에서 오는 불안함」, 「효도는 의무인가」, 삶의 지혜, 탈근대의 국가정책, TMI, 탈세계화, 한국문화의 등장, WAR ON TERROR, 경찰국가, 제국의 몰락, 장애인과 비장애인, 「병신과 머저리」, 우리 모두가 장애인입니다, 「다크나이트」의 필자, 선과 악, There is police and police, 대문자 정의와 소문자 정의, 「불과 얼음」, '읽기'에서 '듣기'로의 전환문제, 「가지 않은 길」, 영어단어 학습법, 정복욕, 전치사, 행동자의 선택, 노스탤지어의 개인서사, 개인적인 결단, 악의 평범성, 생태론, 존재와 무, 에세이의 본령, 나의 정의, 가수 아이유의 '러브 포엠', 영시를 공부하는 이유, 술에 취한다는 것, 담론의 형성, 라포르(rapport), 정신건강의 위기, 외로움부 장관, 알랭 드 보통의 『불안』, 행복연구

정동이론 _ 11교시 243

쓰레기통, 「진짜 공부의 어려움」, 일본의 근대화, 이식문화론, 자각의 힘, 번역문화, 라이브러리와 도서관, 한국의 도서관, 전문가집단의 한계, '탈근대'라는 말, 명예살인, 해바라기현상의 역전, 추적자에서 선도자로, 인류의 모범사례, 마음챙김 명상, 아공(我空), 반도체산업의 미래, 후기 청소년기, 성장소설, 신뢰할 수 없음, 꼭짓점, 죽음의 깊이, 허무주의, 털을 미는 사회, 포월의 역사학, 귀신, 『닥터 슬립』, 「나의 스무 살 시절」, 「발표를 잘 하는 법」, 따뜻한 시,

부음기사, 『동백꽃 필 무렵』, 한국인 일본전범, 하비 와인슈타인, 당연하다는 것, 나 열심히 살았어!, 시대를 잘못 읽은 죄, 비언어예술과 언어예술, 트라베르세 김수자, 구명론, 통역과 정동, 정동=감정+생각, 썸, 정동이론, '전개인적'이 아닌 '후개인적', 육체와 정신의 대비라는 자기모순, 네트워크와 관계성, 아는 사람은 쉽게 말한다, 주이상스, 이모티콘, 넵의 어조, 감수성

정신이 사람을 죽인다 _ 12교시   271

질문지법, 주관식시험의 답안작성, 인상주의, 의견의 구조, 유아적, 싸우거나 도망치거나, 자기주도 학습, 오뚜기의 입사지원서, 3인칭으로 독백하기, 지능보다 지혜, 정동예측, 고통(pain)과 고통받음(suffering), ACT, 탈근대적 정동=근대적 감정+고통받음을 버리는 생각, 평화, 『건축학개론』의 떠버리, 『동백꽃 필 무렵』의 흥행요인, 다시쓰기, 무기장착, 자기모순, 논문쓰기, 논문쓰기와 실생활, 암중모색, '알아들을 수 있게 복잡한', 학습목표, 탈근대의 작업, 근대교육의 난경, 영화언어, 『군함도』와 『택시운전사』, 『프랑스 영화학교 입시 전쟁』, 대학 같지도 않은 대학들, 세계관의 격차에 의한 후유증, 『로드 짐』, 뛰어난 학생의 전형적인 특징, 관계적 빙하기, 「착하게만 살지 말아라」, 창작시 「잠」, 창작시 「그렇게 모두가 시인이 된다」, 창작시 「원래」, 잠재적 국민, 정신이 사람을 죽인다, 유승준, 전쟁의 효용가치, 공동체의 상상력, 성노예사건 소송, 거꾸로 보는 한국문학사, 현대문학의 탄생, 현대미술가 박혜수, 현대미술가 김순기, 핀란드 교육모델, 『헨젤과 그레텔』, 백지, creepy, '감정이입'에서 '정동교육'으로, 미치겠어요, 긍정적 태도의 폐해, 행복의 논리학, 입장료, 우리의 정서는 데이터, 유쾌한 박제, 정동의 번역작업, 정서가 우리를 소유하는 게 아니라 우리가 정서를 소유한다, 마음챙김과 선불교, 치매치료 패러다임의 변화, 「누구도 섬이 아니다」

세계관 프레임 _ 13교시   316

준비기간, 취업절벽, 위기의식, 성공문법, 「인문학교수」, 시는 지름길, 포비아 대중연설, 이제 어떻게 하죠, 내면의 목소리, 논문의 목적, 이모티콘의 영향력, 세계관 프레임, BTS, ARMY culture, guilty pleasure, 인간의 시대, Victorian Question, 혁명, 창직(創職), 포스트모던 컬처의 대안, 내파(implosion), 「부서지고, 부서지고, 부서지네」, 워즈워스의 화자와 테니슨의 화자, 우울증, 반면교사, 수정궁과 겨울궁전, 「해에게서 소년에게」, 『황무지』, 자기서사의 해결책, 번역의 위험성, 『현대성의 경험』, 저개발의 근대화, 「이미지즘의 문제적 수용과정」, 정지용의 「카페·프란스」, 김소월의 「진달래꽃」, 탈근대적인 이상, 홧병, 진보연구, 세계경영, 세계사상의 주도권, 패스츄리(pastry), 「감정을 표현하길 두려워한다는 건 잃는 것이 너무 많다」, 불꽃놀이, 타자, 「이니스프리 호수의 섬」, 경험의 구매, 재미, 돈이 없다는 것, 공감, 정동과학, 행동경제학, 『머니볼』, 실천지침, AI면접, 개념적인 정서, 연쇄살인범, 시스템 2보다

구명론 _ 14교시   360

수준, 공부=영어+상상력, 「귀여움의 힘」, 해외유학, 「사람들은 왜 귀여운 것에 환장할까」, 양가적 갈등, 새로운 페미니즘, '귀엽다'의 구명론, 환장, 돈, 영감, 한국인의 이름, 영시전공, 「눈물, 덧없는 눈물」, 우리가 쓰는 영문학, 『우리 시대의 셰익스피어』, 『T. S. 엘리엇과 쟈크 데리다』, on과 over, 죽는 날 아침, 국민시인, 향미, 「눈물, 덧없는 눈물」과 한국 서정시, 루시 포엠, 역사적인 거리감, 「나는 이상한 열정의 격동을 겪었어요」, 열정, 익숙해진 사랑노래, 루시의 죽음, 철학적 질문, 이야기치료, 예일대학교의 행복강좌, 쾌락순응, 부정적 시각화, 「행복해지는 법」, 「왜 우리는 행복해야만 하는가?」, 「열정이라는 아름다운 수식어 속에서」, 「이제 알겠다, Romantic Love」, 『마이스터 에크하르트와 선불교』, 대승불교의 포월적인 체계, 선순환, 신성(神性, Godhead). 달라이 라마, 에크하르트 학회, 핀란드의 탈근대국가 실험, 무

단횡단, 가족회화, 세 개의 중첩된 차원들의 시스템, 가족범죄, 법체계의 전근대성, 제사와 김장, 결혼을 할 것인가 말 것인가, 「피아노」, 「벽지를 뜯어내면」, 임정식, 「등단작이 된 첫 번째 시」, 문학경영학, 고장 난 자본주의, unlearning, 기도, 객관상관물, 인문학적 분석력, 문제의 파악, 아는 사람은 알게 말한다, 80위원회, 스토리, 차별금지법, 시간배분, 집필동기, 결어

공부는 왜 하는가

외국 가서 살아볼까

영어를 좋아하고, 특히 영시를 비롯하여 영문학을 공부하는 사람들은 '외국 가서 살아볼까'라는 생각을 많이 합니다. 호주 시드니에서 통역하며 만났던 많은 한국교포들이 영문과 출신이었어요. 그런데 시드니에 살면서도 오페라하우스에 가보지 못한 사람들이 거의 대부분이었죠. 자기가 살고 있는 나라의 문화를 향유하지 못하고 있었다는 말입니다.

여러분들도 '외국 가서 살아볼까'라는 생각을 가끔 하겠지만, 대부분은 그걸 제대로 진지하게 연구해보지는 않는 것 같아요. 이번의 수업을 이 주제로 시작한다면, 여러분의 기억 속에 많이 남게 되지 않을까 싶습니다.

나는 아주 가난하게 살았어요. 35살이 되던 1987년 우연히 호주정부의 장학금을 받게 되어 시드니대학교로 유학을 갔지만, 1살과 3살인 두 아이를 데리고 갔습니다.

영문학으로 장학금을 받는다는 건 지금도 아주 드문 기회이겠지만, 등록금을 대줄 뿐이었고 생활비는 따로 벌어야 했어요. 나는 손재주가 없어서 접시도 못 닦고 청소하는 일에서도 쫓겨날 지경이었어요. 그렇지만 통역으로 돈을 벌기 시작하면서 생활의 안정을 찾게 되었죠. 영어를 잘 하면, 그러니까 아주 잘 하면, 돈을 벌 수 있는 기회가 생깁니다.

아내가 원했기 때문에, 통역사로 일하다 만난 고등법원 판사 친구에게 호주에 남을 런지 고민한다고 털어놓았어요. 영문과를 나오고 또 법대를 나오면 변호사가 될 수 있었죠. 그 친구는 나중에 호주수상이 됐던 사람 등의 추천으로 공부할 수 있는 길을 열어주겠다고 하면서도, "나중에 시드니항구가 내려다보이는 초호화주택에서 알코올 중독자가 될지도 모른다."고 경고했어요. 1990년대 초에 한국의 대기업들이 호주에 진출하기 시작했으니 변호사가 됐다면 돈을 아주 많이 벌었겠죠. 그러나 법대친구들은 국회의원 등이 되겠지만 나는 그 사회의 핵심멤버가 될 수 없었겠죠.

그보다 더 큰 문제는 그때부터 시를 본격적으로 쓰기 시작했다는 거여요. 언어와 문화는 생각보다 삶에 큰 영향을 미쳐요. 예를 들면, 『수용소군도』로 노벨문학상을 받았던 소설가 솔제니친은 미국으로 망명한 뒤 자신의 경력을 의미 있게 이어가지 못했어요.

수업 참여

지금까지 들으면서도 짐작했겠지만, 노트에 적을 게 별로 없죠. 그 대신 머릿속에 생각이 많아지죠. 화장실에서 불평하는 학생들도 있었어요. 암기할 것도 없고, 수업진도도 모르겠고, 뭘 공부하는지 감이 안 잡힌다고요.

뭐가 됐든지 간에 학생 개개인의 관심사, 즉 가장 중요하다고 여기는 것에 집중할 것입니다. 학생들의 반응에 따라 주제에 대한 집중도가 달라지거나 수업계획서의 주제 자체가 바뀔 수도 있어요. 이 수업에서 얻고자 하는 게 무엇이든지 간에, 학생들의 질문이 정확해질수록, 그 대답도 더 의미가 있어지겠죠. 매달 1편씩 써야하는 에세이 혹은 질문과 토론을 통해서 피드백을 받게 되면, 거기에 초점을 맞출 거여요. 중간고사와 기말고사도 오픈 북(open-book)이니까 시작품의 해석이 아니라 자기생각을 써야합니다. 그리고 여러 경로로 각자 발표를 하게 되니까 표절행위는 잘 드러나게 돼있어요. [부록-1]

에세이를 잘 쓰는 게 어떤 건가요? 자기 자신에게 가장 긴박한 문제를 말하는 게 우선이겠죠. 동시대에 살고 있기 때문에, 너에게 절박한 문제가 나에게도 절박한 문제가 되는 경우가 많아요. 그러니까 '상담'이 아닌 '수업'이 더 필요하게 됩니다.

취업이든, 자아 찾기든, 우울과 불안이든, 무슨 문제든지 제대로 된 해답을 찾기가 어려운 세상입니다. "믿을 놈 하나 없는 세상"인 것 같아요. 그러니까 결국 스스로 생각해서 스스로 답을 찾아가야 하는 세상인 거죠.

그렇더라도 두서없이 이야기하려는 건 아니에요. 수업에 100% 집중하지 않을 수 없을 거여요. 집중력의 훈련이 삶의 차이를 만들게 됩니다. 그래서 면접 5분 동안에 자신이 필요한 인재라는 걸 표현해낼 수 있게 되죠.

영문학, 특히 영시를 우습게 여기는 이 세상이 나는 가소로워요. 이게 AI보다 더 중요한 과목이라고 믿어요. 이걸 입증해보이고 싶어서 대학원보다 학부과목을 선택했어요. 앞으로는 무슨 전공이냐가 중요하지 않게 될 거여요. 영문과를 나오고도 생화학을 전공할 수 있어요. 이 수업에서 하게 될 '시적 상상력의 훈련'이라고 말할 수 있는 공부, 그리고 뛰어난 영어실력, 이 두 개만 갖추면 미래를 위한 준비를 제대로 한 셈이 될 것입니다.

'돈'과 '시적 상상력'

1993년 6월 14일 시사주간지 『뉴스위크』 특집의 제목은 "Jobs"였어요. 지금은 대부분의 사람들이 몸소 경험하고 있는 산업체제의 변화로 인한 직업의 불안한 미래를 전망하는 내용이었어요. 그때 나는 경원전문대학 비서과의 교수였는데, 영어에 자신 없어 하는 학생들에게는 다소 어려운 내용이지만 이걸 연구하라고 다그쳤어요. 그 당시에는 거의 누구도 짐작하기 어려웠던 미래의 현실이었지만, 27년이 지난 지금, 그러니까 중년의 나이가 된 그때의 학생들 대부분에게 절박한 현실이 돼있겠죠.

인문학적 상상력은 다른 학문체계로는 하기 힘들 미래의 전망을 가능하게 합니다. 자식을 키우는 부모라면 그들이 청년이 됐을 때 어떤 삶을 살아갈 것인지 어느 정도 짐작할 수 있어야 자녀교육을 체계적으로 시킬 수 있을 것입니다. 그리고 중·고등학교나 대학교에 다니고 있는 학생들이라면 삶의 결실의 시기라고 할 수 있을 중년의 성공을 위해 유의미하게 공부해나갈 수 있도록 도와줄 것입니다.

이건 아무리 지겨운 수업이라도 재미있게 만드는 비법입니다. 그런 수업이라도 그냥 듣고 흘려버리면 바보짓이겠죠. 그때에도 자기 생각을 발전시켜나갈 수 있고, 더 나아가서 그런 생각을 말함으로써 더욱 생산적인 결과를 만들어낼 수 있게 되겠죠.

이 수업에서 영어자료를 많이 사용하겠지만, 한국어로 읽을 수 있는 자료를 굳이 영어로 읽을 필요는 없습니다. 예를 들어 '금융'에 관한 공부를 한다면, 한국어로 된 책들을 먼저 읽어나가세요. 어느 정도의 수준에 도달해서 '돈'이 되는 정보가 필요해지면, 그때는 영어로 된 자료들을 읽어야겠죠. 영어로 된 자료를 읽어야하는 이유는 한국어로 된 자료가 없기 때문입니다.

공부를 왜 합니까. 우선 지금 당장 써먹을 수 있는 내용을 배우려고 합니다. 이걸 나는 '돈'이 되는 공부라고 쉽게 부릅니다. 그리고 또 하나는 20년 이후에도 쓸모가 있을 걸 배우려고 합니다. 이게 진짜로 중요한 공부겠죠. '돈'이 되는 공부는 대개 뛰어난 영어실력에서 나오고, 진짜로 필요한 공부는 이번 수업시간에 집중하게 될 '시적 상상력'에서 나올 것입니다.

대학생이라서 할 수 있는 일들

첫 시간이니까 대학시절에만 해볼 수 있는 일들을 생각해봅시다.

우선 진짜로 해보고 싶었던 일을 하고 있는 뛰어난 사람을 만나보려고 해보세요. 그게 만화든, 국악이든, 뭐든 말이죠. 돈이 없다고 당당하게 고백해도 됩니다. 그렇지만 시간을 마음껏 투자할 수는 있겠죠. 상대방이 어색하고 불편해하며 거절할 수도 있겠지만, 그래서 잠시 창피할 수도 있겠지만, 대학생인데 뭐 어때요. "Why not?" 자기 전공분야가 아니라면 누구라도 초보자일 뿐입니다. 그러니까 누구라도 거절당할 수 있어요.

그리고 자기를 존경한다는데, 기분 좋지 않을 사람이 어디 있겠어요? 게다가 대학생이라고 말하면, 거기에다가 선배라든지, 봉사활동이라든지, 개를 좋아하다든지, 뭐든 연관성이 있다면, 더 좋겠죠.

영화 동아리든, 벤처사업이든, 일단 시작해보세요. 뭐든지 실제로 해봐야 재능이 있는지 없는지 알 수 있겠죠. 안 해보면 영원히 알 수 없어요. 24시간 쉬지 않고 하는데도 지겹지 않은 걸 찾게 된다면 아주 좋겠죠. 그러면 방학을 알차게 보낼 수 있게 됩니다.

졸업하고 난 뒤에는 직업을 옮겨 다니기가 어렵습니다. 뭐든지 해봐야, 자기가 무슨 일을 좋아하고, 무슨 일은 싫어하는지, 무슨 일은 잘하고, 무슨 일은 못하는지 알아낼 수 있게 됩니다. 우연히 어딘가에 취업하게 되더라도 뛰어난 실력을 발휘할 수 없다면 궁극적으로 실패한 직장생활이 될 수 있어요. 내 삶을 돌이켜 보더라도, 이제는 여러 번의 변신이 필요한 세상이 되었습니다. [부록-2] 그러니 학창시절에 다양한 직업을 경험해보는 건 아주 중요합니다.

예를 들어, 만화가가 되려다가 결국 못하게 된다하더라도, 나중에 스트레스를 풀어주는 중요한 취미가 될 수는 있겠죠. 뭐가 어떻게 도움이 될지 해보지 않는다면 아무도 알 수 없을 것입니다.

수천 명의 뛰어난 정신들과 같이 공부할 기회가 다시는 없을 것입니다. 그러니 존경하는 교수를 찾고 친구들을 사귀세요. 친구가 기업체의 사장이 된다면 누구를 찾고 싶겠어요? 수업시간에 뛰어났다고 기억되는 친구를 찾겠죠. 그러니까 여기가 '전쟁터'예요. 교수에게 뿐만 아니라 친구들에게도 자신의 실력을 인정받아야하는 곳이죠.

문해력

「'다섯 줄'만 넘어가도 읽기 힘들어하는 아이들」이라는 신문기사[01]는 초등학교 2학년인 아이가 글자 수도 많지 않은 동화책 읽기를 버거워하고 다섯 줄 이상 넘어가면 책 내용을 잘 이해하지 못하는 듯 보인다는 사례를 들면서 문해력의 문제를 지적하고 있어요. "텍스트를 이해하고 평가한 뒤 이를 활용할 수 있는 능력," 즉 "글을 읽고 이해하는 능력"인 문해력이 약하다는 건, 생각하는 훈련이 돼있지 않다는 말이에요.

「문해력 떨어질수록 실업자 전락 위험 높다」라는 기획기사도 본 적이 있어요. 그래도 초등학생이라면 문해력의 문제를 해결할 기회가 있겠죠. 그러나 대학생인 여러분에게는 더욱 큰 문제예요. 지금 현재 세상에서 무슨 일이 벌어지고 있는지 감도 잡지 못하는데, 어떻게 성공적인 취업을 할 수 있겠어요. 그냥 아무데나 가는 거죠. 세상을 읽지 못하면, 성공할 수도 행복할 수도 없을 가능성이 높아져요.

가족부터 분석해볼게요. 아버지나 어머니가 간혹 마음에 들지 않을 수가 있어요. 그런데 아버지나 어머니가 세상을 읽는 공부를 한 다음에 여러분의 마음을 읽어주게 될까요. 아니죠. 세상을 읽는 공부를 본격적으로 하고 있는 여러분이 아버지나 어머니를 이해하기 시작해야하지 않을까요. '나'를 제대로 읽을 수 있게 된다면, 가족 구성원의 마음을 제대로 이해할 수 있게 되겠죠. 그러니까 세상을 읽을 수 있는 '시적 상상력'을 갖추게 되면, 가족을 분석할 수 있는 힘이 생기면서 제대로 이해할 수 있게 되겠죠.

Teaching이 아닌 Coaching

「"가르치지(Teaching) 말고 코칭(Coaching)하라」라는 제목의 신문기사[02]에서 교사의 역할은 "학생

---

01 김지윤, 「'다섯 줄'만 넘어가도 읽기 힘들어하는 아이들」, 『한겨레신문』, 2019.08.13.

02 방종임, 「"가르치지(Teaching) 말고 코칭(Coaching)하라」, 『조선에듀』, 2017.06.09.

의 강점과 약점을 파악하고 개별적 상황에 따라 (학습)동기를 유발하는 것"이라고 말하는 미국 스탠퍼드대 교육대학원 부학장 폴 김의 인터뷰를 봤어요.

나는 근대학교라는 시스템을 좋아하지 않아요. 70년대 사범대학에 다니던 시절에 읽었던 『탈학교의 사회』의 다음 구절이 내 교육철학을 말해주고 있어요.

> 나는 학교에 관한 생각을 뒤집어 놓는 것이 가능하다는 것을 보여 줄 작정이다. 다시 말해서, 다음과 같은 것을 보여주고 싶은 것이다. 첫째로, 학생에게 배우기 위한 시간이나 의지를 가지게끔 하기 위해서 그들을 회유한다거나 강제하는 교사를 고용하는 대신에, 학생들의 학습에의 자주성에 의존할 수가 있고, 둘째로, 모든 교육의 내용을 교사를 통해서 학생의 머릿속에 주입하는 일 대신에 학습을 둘러싸고 있는 세계와의 새로운 결합을 그들에게 줄 수 있다는 말이다.[03]

사실상 가르칠 게 없어요. 뭘 가르쳐야하나요. 미래에 뭐가 도움이 되는지도 모른다는 게 탈근대적 초등학교제도를 실험하고 있는 선진 핀란드 교육정책의 핵심논리에요. 게다가 나는 대학생을 가르쳐야하기 때문에, 제대로 준비되지 않은 여러분이 세상으로 향하는 항구를 출발하다가 좌초하기 직전에 있는 마지막 방파제 역할을 하고 있는 셈이니, 더욱 절박한 심정이 되곤 합니다.

에세이쓰기 등 발표를 중심으로 수업을 진행하지 않을 수 없어요. 교수가 말하는 것과 다르게, 친구들의 뛰어난 발표는 같은 시대를 경험하는 동료들의 이야기입니다. 그러니까 지금 현재 가장 필요한 것에 관한 내용인 게 당연하겠죠. 그리고 나이차이가 많은 내 경우와 달리 한 학생의 뛰어난 글쓰기는 다른 친구들의 발전을 격려하는 '징검다리' 역할을 하게 될 거여요. 게다가 몇몇 친구들이 눈부시게 향상되는 모습을 직접 눈앞에서 목격하게 될 거여요. 그러니 나중에, 학습과정이 다 끝난 뒤에 후회하지 말고, 적극적으로 달려든다는 자세로 참여하세요.

세상을 읽자

예를 들어 아버지란 무엇이에요? 어머니란 무엇이에요? 어떤 존재였어요? 그리고 어떤 존재였어야 해요? 그렇다면 나는 어떤 존재가 되어야 해요? 부모의 이상적인 모습을 그려보는 처지를 벗어나서 이제 여러분이 부모가 될 수도 있을 나이가 되니, 결혼이 무서워지죠? 그런데 여성의 의미 있는 삶에 있어서 아이는 아주 중요한 요소예요. 생물학적인 관점에서 여성이 35살 이후에 아이를 갖는 데에는 어려움이 있다고 하죠.

---

03 I. 일리치, 『탈학교의 사회』, 홍성모 역, 서울: 삼성미술문화재단, 1978, 152쪽.

근대가족제도는 쉽게 포기해버릴 수 있는 문제가 아닌데, 공동체의 젊은 구성원들이 미래에 대한 자신감을 갖기 어렵다는 게 문제죠. 그리하여 아주 많은 예산이 투입되고 있음에도 불구하고 출산율 문제는 악화일로의 길을 걷고 있어요. 한국사회전체의 문제이기도 하지만 사실은 구성원 개개인에게도 답을 꼭, 그것도 빨리, 찾아내야하는 아주 심각한 문제겠죠. 그런데 정답이 있어요? 없어요! 각자 찾아내는 수밖에 없어요!

시스템이 정해져있으면 살아가기가 어렵지 않아요. "남들이 하는 대로 하고 살아!"라고 동아리 지도교수가 충고한 적이 있었어요. 그때는 조국근대화가 한창 진행되던 70년대여서 관습에 따라서 살면 되지라고 마음 편히 생각할 수 있었어요. 그런데 지금은 어때요? 지금은 어디에서나 통용되는 그런 시스템이나 관습이 잘 보이지 않죠? 그래서 우울과 불안이 만연해요. 그렇지만 여러분의 탓이 아니에요! 『뜨거운 양철지붕 위의 고양이』라는 테네시 윌리엄스의 희곡의 제목처럼, 땅이 흔들리고 하늘이 무너져 내리는 것 같은 기분을 경험하고 있는 세상이어요. 감기처럼 흔해져버린 우울과 불안 때문에 정신과 치료를 받더라도, 스스로의 힘으로 세상을 읽을 수 있어야 마음의 병이 근본적으로 해결될 수 있는 시대인 거죠.

공부는 왜 하는가

공부는 열심히 하는 거라고 보통 생각하죠. 그런데 공부는 왜 해요? 공부를 왜 하는지 모르는데, 공부가 재미있을 리가 없죠. 게다가 공부를 왜 하는지 모르면서, 도대체 그걸 왜 해요?

고등학교 때까지는 좋은(?) 대학교에 입학하기 위해서 하죠. 이건 전 국민이 동의하는 사실이기 때문에, 서태지의 「교실이데아」를 속으로 외치면서도 참고 공부를 했었죠. 그런데 대학생이 된 지금은 왜 공부를 해요? 무엇 때문에 열심히 해요? 이런 식으로 생각해보면, 고등학교 때까지는 왜 열심히 했어요? 아니 훨씬 그 이전부터, 이런 질문을 했어야 했어요. 이런 문제의 심각성을 인식하고 있어서, 학교교육정책이 급격하게 바뀌고 있는 중입니다.

미용이나 패션을 생각해봐요. 그냥 관심 있는 게 아니라, 그걸로 먹고 살려고, 본격적으로 도전하겠다고 마음먹는다면, 한글로 된 교재를 읽고 실습을 하기 시작하겠죠. 그렇지만 '돈'이 되게 만들려면, 전문가가 아니라 인턴이라도 되려면, 그 분야의 실력자에게 기여할 수 있을 실력을 입증해야겠죠. 손재주가 좋은 사람은 많겠지만 최고가 되려면 '시적 상상력'의 힘이 필요해져요. 그래서 영어는 물론이고 프랑스어나 일본어를 공부하는 게 도움이 되겠죠.

서울대학교 컴퓨터공학과 문병로 교수가 「우아한 작업과 잡일의 비율」이라는 칼럼[04]에서 리더의 자질로 '장악의 느낌'을 언급했어요. 학생들이 패션에 관심이 많을 것 같아서 '명품'을 예로 들게요. 아주 비

---

04 문병로, 「우아한 작업과 잡일의 비율」, 『중앙일보』, 2019.08.28.

싼 명품을 산다 하더라도, 가장 중요한 요소는 자신을 아름답게 만든다는 결과겠죠. 비싸지 않은 옷이라도 가장 잘 어울릴 수 있을 테니까, 명품을 마음껏 못 사는 처지를 비관할 필요는 없겠죠. 그 대신 적절한 패션을 적당한 가격에 구입할 수 있는 능력을 개발하는 게 이 경우에는 '공부'가 되겠죠.

스스로의 길을 찾아서 공부하기 시작하면, 머리가 쓰레기통처럼 돼버리는 경험을 하게 될 거여요. 아직 '장악의 느낌'을 찾아내지 못했으니까요. 멍한 머리로 이 수업에 들어왔을지는 모르지만, 이 수업이 끝나고 나갈 때에는 손에 뭔가 하나 쥐고 나가게 될 거여요. 그게 자신의 생각이 될 때까지 끝까지 파보세요. 제발 힘들여 손에 쥔 걸 내동댕이쳐버리지는 마세요.

지금까지와는 아주 다른 세상에서 살게 되었기 때문에, 왜 공부를 해야 하는지, 그리고 왜 열심히 살아야하는지 등 아주 기초적인 질문부터 해봐야 하는 상황이어요. 서구의 그리스문명이나 르네상스시대처럼 총체적인 관점에서 세상을 읽는 공부가 필요해진 거죠. 이런 공부에 있어서 미술이나 영화 등 예술이 큰 도움이 되겠죠. 그렇지만 무슨 공부의 결과든지 간에 언어로 번역해야만 '돈'이 될 것입니다. 그래서 문학의 최첨단이랄 수 있는 '시적 상상력'의 훈련이 요구되고 있어요.

옥스퍼드대학교 입학시험문제

영국 옥스퍼드대학교는 수험생들이 면접장에서 당황하지 않도록 하기 위해 매년 예상문제를 공개하고 있어요[05]. 2016년 현대어 전공문제는 "소설이나 연극을 정치적으로 만드는 요소는 무엇인가"였어요. 의학과의 경우에는 "암으로 인한 사망자가 영국에선 전체 사망자 4명 중 1명에 달하는데, 필리핀선 10명 중 1명꼴에 불과하다. 이유가 무엇인가"였고, 철학과에서는 "당신이 누군가를 나무랄 때 정확히 어떤 생각을 하는가"였으며, 실험심리학과에서는 "수많은 연구에서 첫째가 둘째보다 IQ가 높다는 것을 입증하고 있다. 이유는 무엇인가"라는 예시문제를 내놓았어요.

프랑스도 유사한 대학입학시험제도를 갖고 있어요. 세계는 이제 아주 좁아졌어요. 한국의 기업들은 이제 한국시장을 목표로 삼지 않아요. 영국과 프랑스의 입학시험을 우수한 성적으로 통과한 대학생들과 경쟁해야하는 시대인 거죠. 그러므로 내가 이 수업시간에 발표하기를 요구하는 게 결코 과한 게 아니어요. 어쩌면 너무 친절한 방식일 수도 있어요.

재미와 몰두

지금까지 했던 내용을 요약한 것 같은 D. H. 로렌스(Lawrence)의 「일(Work)」을 읽어봅시다.

---

05 김윤정, 「"연극을 정치적으로 만드는 요소" 답하면 옥스퍼드 '합격'」, 「뉴스1」, 2016.10.12.

There is no point in work
Unless it absorbs you
like an absorbing game.

일에 아무런 의미가 없지요,
몰두하게 만드는 게임처럼
몰두하게 하지 않는다면.

If it doesn't absorb you,
if it's never any fun,
don't do it.

만약 몰두하게 하지 않는다면,
만약 전혀 아무런 재미가 없다면,
하지 마세요.

When a man goes out into his work
he is alive like a tree in spring,
he is living, not merely working.

일터로 나갔을 때
봄 나무처럼 생기가 있다면,
그저 일하는 게 아니라, 살아가는 거죠.

하던 일을 다 잊고 밤새도록 게임을 해본 경험이 있을 거여요. 내가 지금 아주 재미있어서 일하고 있는 것처럼, 여러분에게도 공부가 아주 재미있을 수 있어요. 몰두를 할 수 있게 된다면, 공부가 재미있어서 밤을 새면서 하게 될 수도 있어요.

만약 공부가 재미없고 졸릴 지경이라면, 하지 마세요! 더 이상 고등학생도 아닌데, 공부 안 한다고 누가 아나요! 그리고 공부의 재미를 알게 된다면, 중·고등학생들을 서태지와 함께 분노했던 '지옥'에서 구해낼 수도 있게 되겠죠.

이건 공부만의 문제가 아니에요. 제대로 살아있어야, 생동감이 넘치는 젊은이가 되겠죠. 그래야 '사랑스럽다(lovely)'는 느낌을 줄 수 있게 되죠. 그래야 사랑을 할 수 있는 기회가 찾아오겠죠. 누군가가 왜 사랑스러워요? 그/그녀의 얼굴을 사랑하나요? 아니요. 그/그녀의 생명을 사랑하는 것이겠죠. 그/그녀의 생기 넘치는 인생에 동참하고 싶어서겠죠.

근대의 끝자락

영시를 공부하는 이유는 세상을 제대로 읽는 '시적 상상력'의 힘을 개발하기 위해서입니다.

'전근대→근대→탈근대'라는 도식이 앞으로 공부할 간략한 틀이에요. 수업에서 진행되는 과정이 어렵게 느껴지는 학생은 이전에 강의했던 동영상을 보면 도움이 될 거여요. 세상이 급변하면서 그에 제대로 대처하도록 도우려는 강의내용도 급변하지 않을 수 없었거든요. Korea Open CourseWare Program(http://www.kocw.net)에 등록되어있는 가천대학교 이만식의 "19세기 영시"와 "영시의 이해"를 참고하세요.

지금 우리가 살고 있는 시대는 근대의 끝자락이에요. 1970년대 초 대학생이었던 나는 지금과는 전혀 다른 세상에서 살았어요. 그때는 근대화에 몰입해있던 시대였어요. 지금은 어색하게 들리겠지만 한 모의 두부도 아껴먹자는 저축이 장려되는 시대였어요. 물가상승과 임금상승이 계속될 테니까 열심히 저축하면 밝은 미래가 보장된다고 믿었죠. 전설이나 신화처럼 들리겠죠.

'한강의 기적'이라는 찬사를 받았던 선진국 급속모방정책이 성공적으로 수행됐지만, 성공적인 근대화 이후에 닥쳐올 다음 시대를 위한 지침을 준비하지는 못했어요. 세계 어느 나라도 제대로 대비하지 못했으니, 한국의 지식인들만 게을렀다는 비판을 받을 수는 없겠죠. 어쨌든, 이런 대비책의 미비사태가 현재의 젊은 세대를 힘들게 하고 있어요.

결혼이 영원한 사랑의 결실이라고 당연시하던 근대적 사랑의 이데올로기가 힘을 잃었어요. 그래서 다소 불편하지만, 계속해서 인간관계를 점검하지 않을 수가 없어요. '100일 기념'이라는 행사를 하고, '사랑'이라는 말 대신에 '썸'이라는 용어를 사용하면서 지침이 없어진 현실을 드러내고 있죠.

아내가 여러 암에 걸려서 힘들었던 시절이 있었어요. 노인의 경우에 암에 걸릴 확률이 1/3이라니 남 이야기가 아니죠. 아주 가까운 사람이 암에 걸린 경우를 상상해보세요. 암 진단을 받은 후에 담당의사가 설명해요. 수술, 화학치료 또는 방사능치료, 더 나아가서 아주 비쌀 가능성이 높은 최신 치료방법 등의 선택사항을 제시하면서, 환자 본인이나 보호자의 결정을 요구해요. "하실래요?" 그리고 대답해야 돼요. 이때 마음속으로 이런 생각이 들 거여요. "왜 나한테 질문해요, 지금? 의사인 당신이 가장 적절한 대책을 결정적으로 제시할 전문가가 아닌가요?" 그렇지만, 의사가 책임을 지고 대신 결정해줄 수는 없어요. 자칫 잘못되면, 소송에 걸릴 수도 있기 때문이죠. 이런 경우 세상을 읽는 '시적 상상력'의 힘이 없다면, 아무렇게나 판단하고 나중에 후회하게 될 가능성이 높아질 거여요.

로렌스의 시를 다시 생각해봐요. 산업화로 인해 근대사회에 들어서면서 개인의 삶 속에서 '일'로 대표되는 공적인 측면과 '가정'으로 대표되는 사적인 측면이 뚜렷하게 구분되기 시작했어요. 그래서 재미없는 일도 열심히 해야 했고, 그로 인한 스트레스를 보상하기 위해 주말의 여가활동이 강조되기 시작했어요. 근대사회의 아버지는 아주 중요한 역할을 했어요. 냉정하다 못해 살벌하기까지 한 공적인 측면이 가정이라는 사적인 측면 속으로 밀고 들어오지 못하도록 자식들의 성장기 동안 막아주는 역할을 했어요. 조셉 콘래드의 『비밀 첩보원』을 이런 관점에서 해석해볼 수도 있어요.

그런데 이제 근대의 막바지에 와 있어요. 그래서 로렌스는 「일」이라는 시에서 사적인 측면에서만 강조되었던 '재미'의 요소를 공적인 측면인 '일'에서도 찾아야 한다고 말하고 있어요. 예를 들어, 내가 수업시간 동안 학교라는 근대사회 속에서 교수로 활동하겠지만, 집에 가서도 교수노릇을 한다면 바보짓이겠죠. 이제 교수라는 직업은 더 이상 역할(role)이 아니라 가능(function)이 됐을 뿐이니까요.

한국의 경우에는 다소 더 복잡한 상황이에요. 아버지의 세대가 '근대'를 대변한다기보다 '전근대'를 대표하는 경우가 많기 때문이죠. 근대 토론문화의 상징이라고 할 수 있는 이성적인 '대화' 자체가 불가능한 경우가 많거든요. 이렇게 '전근대'와 '근대'와 '탈근대'라는 세계관이 삼겹살처럼 혼재돼있는 게 한국적 정신세계의 특징이라고 할 수 있어요.

소위 선진국에서는 근대와 탈근대의 전환과정이 문제가 되지만, 한국에서는 전근대와 근대와 탈근대의 혼재상태가 주요쟁점이에요. 그런데 이건 한국의 약점이라기보다는 강점이라고 할 수 있어요. 가장 후진적인 국가들도 근대화의 과정에 본격적으로 진입하고 있는 인류의 현재적 상황 속에서, 한국이 겪고 있는 세계관의 혼재상태는 세계적인 공감을 불러일으키는 데 큰 도움이 되고 있어요. 앞으로도 자주 언급하겠지만, BTS를 비롯한 한국의 대중음악이나 봉준호 등 한국영화를 비롯한 한국문화가 전 세계적으로 공감을 이끌어낼 수 있게 되는 이유인 것 같아요.

'문학혁명'의 조건

세상을 어떻게 읽어야하는가에 있어서 가장 중요한 과업은 미래의 방향성을 제대로 예측하는 작업일 것이어요. 내 시 「'문학혁명'의 조건」을 읽어보겠습니다, 공부를 시작하는 지금의 상태에서는 확실하게 이해하기 어렵겠지만, 최전선에서 싸우는 심정은 어떠한지 짐작할 수 있겠죠.

대부분 그게 죽었는지 살았는지 관심도 없는데,
'문학의 죽음'이라는 엄살이 통하는 때도 있었지.

한국정치의 현실을 바꾸는 게 먼저인지
한국지성의 수준을 높이는 게 먼저인지
『창작과비평』과『문학과지성』의 논전을
사람들이 10년 넘게 지켜보던 시절도 있었거든.

이제 뮤즈(Muse)를 믿고 그냥 읽거나 쓸 수 없다.
굳이 만들어내야 할 '문학혁명'의 조건을 따져보자.

'나'를 찾지 못해, 그리고
'나'의 자리를 몰라 혼란스러워했던 건
사무엘 베켓의『고도를 기다리며』에서부터
『어벤저스 4: 엔드게임』의 화려한 성공과
『엑스맨: 다크 피닉스』의 처참한 실패, 그리고
방탄소년단의 아미에 이르기까지 늘 있었던 일,
하지만 '죽음의 깊이'에서 만나는
동서양사상 융합의 자리는 누가 만들고 있나.

'우리'의 갈 길만 고수하다
'형제'를 죽이게 되는 곤혹스러움은
캔 로치가『보리밭에 부는 바람』에서 보여줬고,
'타자'에 대한 사랑이
'우리'의 영역에 대한 보존을 넘어설 수 없음은

봉준호의『기생충』이 확인해주고 있는데,

하지만 '다가올 민주주의'가 일어설

'새로운 공동체'로 묶어낼 '정동'의 체계는 누가 만들고 있나.

　현재 한국의 여야정당의 이데올로기라고 할 수 있는 근대화 성공전략의 두 가지 방법론에 관한 격렬한 토론이 60~70년대의『창작과비평』과『문학과지성』의 논전이었어요.

　이제 근대의 끝자락에서 탈근대의 미래를 위한 '문학혁명'의 전략은 근대정신이 의존하고 있는 시의 신 '뮤즈'에 대한 회의에서 시작되는데, 각자 새로운 길을 찾아야하는 상황이죠. 근대의 '나'에 대한 의심의 마음을 사무엘 베케트 등의 부조리극이 보여주면서 탈근대의 시대정신이 싹트기 시작했어요. 그리고 이제 그런 회의정신에 기반을 두지 않는다면, 영화나 대중음악도 성공하기 어려운 세상이 됐어요.

　근대국가의 이념을 무작정 고수하면 캔 로치의 영화에서처럼 형이 동생을 죽여야만 하는 어처구니없는 상황에 도달하게 되니까, 공부하는 사람들은 봉준호처럼 '시적 상상력'의 힘으로 다가오는 새로운 시대의 문법을 제시해야하는 의무를 갖게 되었어요. 고무적인 사실은 '죽음의 깊이'라는 용어로 암시한 것처럼 미래의 세상을 읽는 공부에 있어 동양사상에 기반하는 게 유리한 상황이 돼버린 것 같다는 점이겠지요.

　다소 어려운 시를 읽은 이유는 최종목표를 한눈에 보이도록 구체적으로 제시해보고 싶었기 때문입니다. 근대의 끝자락에 있다는 게 젊은이에게는 절망적인 상황이 전혀 아니라는 말을 하고 싶었습니다. 몸에 배인 동양사상을 갖고 한국이 선도하게 될지도 모를 새로운 세상을 열어나가는 일에 참여할 수 있는 기회가 열린 건지도 모르기 때문입니다.

　지금은 BTS나 봉준호처럼 천재적인 개인의 노력으로 새로운 세상을 열어가고 있지만, 폴 김이 제시하는 '감성지능(emotional intelligence)'이나 '사회지능(social intelligence)'을 '시적 상상력'의 힘으로 스스로 육성할 수 있게 된다면, 스타벅스처럼 동네커피숍을 세계적인 브랜드로 발전시켜나갈 수 있게 되겠죠.

무슨 공부를 하는가

　영시개론 수업을 이런 식으로 진행해오면서 다양한 학생들을 만났습니다. 소위 말하는 '공부'에 전혀 뜻이 없어 보이는 학생들도 만났어요. 한 학기 내내 구경하듯 수업을 지켜보던 고학년 학생은 무언가 영감을 얻었는지 새내기들에게 도움이 될 수 있는 여자 친구의 화장법 영상을 위한 '앱' 개발계획을 기말논문으로 제출했습니다. 그게 벤처산업인지도 몰랐던 시절이었지만, 그 학생은 투자자를 만나게 됐습니다. 또 한 학생은 두 개의 강좌에 등록했지만 인물(character)에만 관심이 꽂혀있어서 아주 두꺼운 캐릭터 모음집을 기말논문으로 제출했습니다. 그 분야에 흥미가 깊어져서 그 당시에는 초창기였던 부산의 게임 산업박람회에 갔다가 그 분야의 기업가에게 발탁돼서 취업하기도 했습니다.

소위 '모범답안'을 찾아보라는 요구가 전혀 아닙니다. 각자의 처지에서 각자에게 가장 절실한 문제를 찾아 각자에게 가장 어울리는 해결책을 찾아나가는 과정입니다. 그래야 시간을 낭비하지 않고 가장 효율적으로, 그리고 재미있게, 그리고 몰입해서 공부할 수 있게 될 것이기 때문입니다.

인문학적 연구방법론

정해있지 않은 수업내용

Teaching과 달리 Coaching의 수업은 어렵게 느껴집니다. 때로는 혼란스럽게 여겨지죠. 가르칠 내용이 뚜렷하게 정해 있지 않기 때문입니다. 핀란드 초등학교 실험교육 다큐멘터리 영상을 보면 학생들이 스스로 배울 것을 찾도록 유도할 뿐입니다. 담당교사는 미래를 대비하기 위해 뭘 가르쳐야할지도 모른다고 고백합니다.

초등학생 대상의 첨단교육실험에서 사정이 이러한데, 지금 나는 소위 '탈학교'교육을 받아온 적이 없으며 기존의 주입식 Teaching방식에 익숙할 대로 익숙한 대학생을 대상으로 Coaching교육을 시도하고 있습니다. 그러니 수업방식이 낯설다고 나를 원망하지 마세요. 내 탓이 아닙니다. 그리고 여러분의 탓도 아닙니다. 지금까지 계속해서 잘못된 교육을 받아왔을 뿐입니다.

그렇지만 지금이라도 고쳐야합니다. 몇몇 학생들에게는 거의 인간개조의 수준이 될지도 모르는데, 그것도 한 학기, 즉 3개월 만에 해치워야 합니다. 지금까지 여러 번의 경험을 통해 내가 시도하려는 과업이 얼마나 힘든 일인지 잘 알고 있습니다. 작년의 은퇴 직전까지 이러한 수업방식에 의해서 촉발된 개별상담들 때문에 밥도 못 먹으며 건강을 해칠 지경이 됐어요. 내가 유도한 거였으니, 어쩔 수 없이 내가 책임져야한다고 생각했습니다.

참고자료를 Cyber Campus에 올릴 것입니다. TV프로그램이나 영화를 비롯하여 한국이나 세계가 지금 경험하고 있는 핵심사건, 주요논쟁이나 최신담론 등의 세상사를 '시적 상상력'의 힘으로 깊이 있게 읽으려고 노력할 것입니다. 그러므로 잘 정돈되어있는 수업내용은 아닐 것입니다. 여러분이 적극적으로 참여하여 수업내용을 더욱 알차게 만들어주세요.

밀당

Coaching수업은 교수와 학생의 '밀당' 방식으로 진행됩니다. 정답이 있는 경우라면 암기하면 될 것입니다. 정답이 없는 게 당연한 경우라면 어떻게 해야 할지 잘 모릅니다. 학생들의 질문과 토론은 담당교수로 하여금 적절한 대답을 찾으려는 노력을 배가하게 만듭니다. 그러면 수업의 수준이 급격하게 높아질 것입니다.

소위 명문대학교에서 강의해본 경험이 있습니다. 내 생각이기는 하지만, 한국입시제도의 고질적 문제점들 때문에 인재가 서열대로 선정되는 건 아닌 것 같아 보입니다. 소위 일류대학교의 학생들만 재능이 있는 건 아니라는 말입니다. 소위 명문대학교의 특징은 친구들이 다 뛰어나다고 생각하고 모두가 놀라울 정도로 열심히 공부하는 걸 당연시 여기는 경향이 있습니다. 언젠가 한 학기에 12개의 과제를 부과했는데 120명의 수강생 전부가 거의 다 제출하여 성적평가에 어려움을 겪었습니다. 요컨대 대학입시 자체가 아니라 집단지성의 힘 속에서 인재가 형성되어간다는 느낌을 받았습니다.

이를 반대로 적용한다면, 소위 일류대학교의 학생이 아니더라도 다 같이 놀라울 정도로 열심히 공부한다면 약간의 격차는 쉽게 극복할 수 있을 것이라는 전망을 할 수 있습니다. 나는 1972년 명문이었던 용산고등학교를 졸업하고 이틀에 걸친 주관식 본고사시험을 통과해서 최상위급이던 서울대학교 사범대학 영어교육학과에 입학했습니다. 졸업 후 30여 년이 지나서 살펴보니까 용산고등학교 동창의 30%, 그리고 서울대학교 동창의 50% 정도가 자리를 잘 잡았더군요. 뒤집어 생각해보면, 서울대학교 출신이라도 50% 정도는 타 대학교 출신보다 성공했다고 말할 수 없는 삶을 살고 있다는 말입니다.

'인서울' 등 온갖 용어로 구분 짓는 대학서열화에도 불구하고, 상위 몇%에게 공적 성공의 전망이 밝은지의 차이일 뿐이라는 것입니다. 말하자면, 평가가 낮은 대학교의 학생이라도 높은 수준의 공부를 한다면, 낮은 수준의 공부를 하는 소위 SKY의 학생보다 미래의 전망이 밝다는 걸 의미합니다. 한걸음 더 나아가서, 높은 수준의 공부를 하는 학생들이 더욱 많아진다면, 소위 대학의 서열이라는 것도 바뀔 수도 있다는 걸 의미합니다.

근대의 끝자락이라는 시대의 현실은 기존의 어떤 서열이라도 무의미해져갈 것임을 예고하기 때문에, 학생들의 적극적 참여를 통한 집단지성의 향상 노력은 더 의미가 있어졌습니다.

NGO취업준비와 영시개론 수업 [부록-3]

영시개론 수업이 NGO취업준비에 어떻게 도움이 되는지 질문을 받았습니다.

13~14세기 이탈리아 르네상스로부터 시작되었던 서구의 근대화는 그 진행과정이 충분히 길었습니다. 스쿠르지 영감이 등장하는 찰스 디킨스의 소설『크리스마스 캐롤』은 빈부격차라는 근대화의 문제점을 등장인물이 자각하는 과정을 재현해줍니다. 서구사회는 근대화로 인해 발생하는 문제점들을 관습화하면서 '무의식적으로' 처리해왔습니다. 그러나 압축성장을 해야 했던 한국에서는 근대화가 관주도적으로 '의식적으로' 진행됐습니다.

NGO를 위한 대표적인 연구과제는 이란의 국민평균나이가 20대인 것처럼 '인구폭발'입니다. 후진국의 경우에는 한국처럼 근대화를 의도적으로 추진하지 않을 수 없습니다. 그런데 인구가 통제되지 않는다면 신속한 경제발전을 계획할 수 없습니다.

1980년대 덕수궁 앞에서 "하나도 많다"라는 산아제한 캠페인을 만났습니다. 만약 "하나도 많다"라는 그 캠페인이 성공한다면 한국은 인구절벽의 현실을 맞이하게 될 것이라고 내가 대꾸한 적이 있습니다. 그런데 40년 후 과연 한국은 인구절벽의 전망 앞에서 해결책을 고민하고 있죠. 관주도의 의도적 압축성장이 너무 과도하게 성공한 사례가 돼버린 것입니다.

일본이 마지막으로 동참한 근대시대의 20여개에 불과한 선진국들을 제외한다면, 전 세계 대부분의 국가들은 한국처럼 국민의식개조를 통한 압축성장 전략을 채택하지 않을 수 없을 것입니다. 그러므로 한국이 좋은 의미에서든 나쁜 의미에서든 아주 중요한 모델이 됩니다.

NGO가 단기적 전망에 입각하여 "하나도 많다"라는 극단적인 산아제한 정책을 장려한다면 한국처럼 인구절벽의 현실을 도래하게 만들 수도 있습니다. 실제로 일본의 인구절벽에 도달하고 있는 속도보다 한국이 훨씬 빠르며, 중국은 더 빠르고, 그리고 인도는 그보다도 더 빠릅니다. 중국의 경우에는 근대화가 어느 정도 진전됐지만, 인도는 그렇지도 않은데 인구절벽의 현상이 드러나는 이유는 한국드라마 등을 볼 수 있게 하는 스마트 폰의 동영상기능 때문입니다. 아주 고단한 전근대의 삶을 이어온 인도의 엄마들이 자기 딸들에게 자아실현을 할 수 있는 전혀 다른 삶을 살도록 권유하고 있기 때문입니다.

인구정책을 비롯한 다양한 분야에서 한국의 성공과 실패의 경험들이 NGO활동에 큰 도움이 될 것입니다. NGO에 합격하는 것보다 더 중요한 목표는 이러한 준비과정을 통해 공부한 내용을 현실에 직접 적용해보는 경험입니다.

인문학적 연구방법론

시대적 전환기이기 때문에 인문학적 연구방법론이 전 국민의 기초학문이며 교양이 돼야한다고 믿습니다.

1. 상황인식: 시대적 전환기

2. 연구목표: 통찰력 교육(Insight Education)

3. 연구방법론: 이론에 바탕을 두는 기술

　가. 분석적 사고(Analytic Thinking)

　나. 창의적 해결책(Creative Solutions)

암기위주의 대학입시준비에 몰두하던 고등학교 시절 분노했던 이유는 공부를 하면서도 할 필요가 없다는 걸 느끼고 있었기 때문입니다. 지금 시대의 가장 중요한 질문은 "Who is speaking?"입니다. 상대방이 소위 '전문가'라고 여겨질지라도 그 말하는 '내용'에만 집중하지 말고, 우선 그 말하는 '사람'을 똑바로 쳐다보라는 말입니다. '경찰'이나 '금융회사' 등 전문가라고 말하면 무조건 믿으니까, '전화사기'를 당하게 되는 것입니다.

'통찰력 교육(Insight Education)'은 세상의 상황을 전부 다 아는 사람이 없는 시대적 전환기이기 때문에 필요한 교육입니다. 완벽한 시스템을 갖고 있는 사람은 아무도 없습니다. 그러므로 각자 나름대로 적절한 이론에 입각하여 세상을 읽는 '분석적 사고(Analytic Thinking)'의 능력을 함양하고, 그런 이론에 바탕을 두는 기술로 '창의적 해결책(Creative Solutions)'을 도출해내려고 노력하는 수밖에 없습니다.

발뒤꿈치 각질완화크림을 구입하려고 동네약국에 갔었습니다. 기존에 사용하던 것보다 더 효과적인 게 있는지 약사에게 문의했는데, 자기는 제약회사에서 주니까 판다고 대답할 뿐이었습니다. 내 질문의 의도는 서로 다른 약품들의 약효비교에 관한 정보였는데, 약사가 그런 걸 신뢰성 있게 대답할 수 있을 만큼 전문적이지 못했습니다. 이러한 사례들이 빈발하는 현실 앞에서 아기의 필수예방접종까지 거부하는 부모들이 미국동부지역에서 빈발하면서 그동안 멸종됐던 질병이 다시 출현하기도 합니다.

의료제도를 믿지 못하는 아기엄마들의 마음은 얼마나 불안할까요. 중국인의 대중연설에 가장 많이 등장하는 단어는 위기(危機)입니다. 위험(danger)과 기회(opportunity)의 합성어입니다. 불행히도 근대의 끝자락에 태어나서 근대의 전문가시스템을 전적으로 신뢰할 수 없는 시대이지만, 한편으로는 새로운 시대를 열어갈 수 있는 엄청난 기회 앞에 서 있는지도 모릅니다.

연구 자료의 수집

'NGO' 등 관심사항이 생기면 자료를 찾아봅시다. 도서관이나 서점에서 도서를 구입해도 되지만, 대학교를 비롯한 대부분의 연구기관이 연간 구독하고 있는 전자자료 시스템을 활용하는 게 그 시작이 될 수 있습니다. 우리 학교의 경우에는 다음과 같이 참고자료를 Surfing해볼 수 있고, 그 결과 수만 건이 넘는 관련 자료를 발견하게 됩니다.

1. 학교 홈페이지 로그인
2. 중앙도서관
3. 전자자료→국내웹DB
    국외웹DB
4. 국내웹DB→7. RISS
5. 상세검색→예를 들면 "NGO"

이렇게 선택한 도서나 전자자료 등에서 지금 현재 활용하거나 나중에 요긴할지도 모른다고 판단되는 내용은 독서카드로 정리해둡니다.

한두 건일 때에는 문제가 없지만 많은 자료가 수집된 후에는 자료를 사용하려고 할 때 찾는 데 어려움이 발생할 수도 있습니다. 연구자는 독서카드를 작성하는 사람입니다. '표절'의 의혹을 피하기 위해서라도 논문이나 저서를 위한 참고자료의 인용에 필요합니다.

관련 서지정보는 '참고문헌 작성방법'에 따라서 독서카드의 맨 위에 "조너던 컬러, 『해체비평』, 이만식 옮김, 서울: 현대미학사, 1998." 혹은 "Jonathan Culler, On Deconstruction: Theory and Criticism after Structuralism, London: Routledge, 1982." 등을 기록합니다. 그리고 쪽수(123쪽 혹은 p.123)와 함께 인용내용을 적습니다. 읽으면서 떠올랐던 아이디어도 부기하면 나중에 도움이 될 것입니다.

미래의 직업

"현재 우리가 맡은 일의 40%는 5년 전엔 존재하지 않았던 일"이고, "'미래 직업의 70%는 우리가 모르는 분야일 것'이라는 전망이 있을 만큼" "급변하는 환경에 적응하려면 모든 근로자들의 '기술 훈련'이 과거보다 중요해질 것"이라는 충고는 이제 상식이 됐습니다.[06]

미래를 제대로 전망해내지 못하면 현재의 노력이 무의미해질 가능성이 높습니다. 그래서 Scott Dinsmore의 "How to find work you love(좋아하는 일을 찾는 방법)"(TEDxGoldenGatePark: Filmed Oct 2012)을 시청하기도 합니다. 그러나 대부분의 경우에는 제시되는 해결책이 너무 일반적이어서 자기 현실에 적용하기가 어렵습니다.

설날이나 추석 때면 결혼은 안 하는지 혹은 취업은 했는지 꼬치꼬치 물어보는 친지가 꼭 있어요. 그럴 때 거꾸로 질문해보세요. "고모는 결혼한 걸 후회 안 해요?" 아니면 "삼촌은 좀 더 신중하게 취업할 걸 그랬다는 생각은 안 들어요?"라고 말이죠. 지금은 누구도 정답을 모르는 시대입니다. 시대적 전환기이기에 각자가 통찰력을 훈련하여 분석적 사고를 기반으로 취업이나 결혼 등 직면하고 있는 과제가 무엇이든지 간에 자기 처지에 맞는 창의적 해결책을 계속해서 도출해내야 하는 세상입니다.

서사본능

세상을 제대로 읽어낼 수 없어서 보편화된 자존감 하락의 단기적 해결책으로 '힐링'이 유행하고 있습니다. 근대사회를 지탱하던 거대서사(grand narrative)의 몰락이 문제의 핵심입니다. 그래서 충효의 대상이던 대통령과 아버지가 그 권위의 후광을 상실하고 말았습니다.

『뉴스위크』의 실업에 관한 기사는 어떤 개인의 스토리로 시작합니다. 공동체의 담론이 근거했던 거대서사가 그 막강했던 효력을 잃어버린 시대이기에, 예상독자들이 공감할지도 모를 개인서사(personal narrative)를 중심으로 기사가 작성됩니다. 세계적인 권위를 자랑하던 『뉴스위크』도 근대사회의 거대서사를 믿지 못하고 있습니다. 신문기사의 객관성에 대한 신뢰가 상실되면서, 누구라도 자신의 주관적 의견에 근거하여 SNS 등에서 새로운 담론을 형성하는 데 참여할 수 있게 된 세상입니다. 이게 '가짜뉴스' 현상의 근본원인입니다.

그럼에도 불구하고 "인간은 정치적 동물이다"라는 아리스토텔레스의 말처럼 인간에게는 공동체의 구성원이 되려는 정치적 본능이 있으며, 그건 서사본능(narrative instinct)으로 발현됩니다. 그리하여 '시적 상상력'을 훈련하는 문학전공은 점점 더 중요해질 것입니다. 점점 더 문학적이 되어가는 현대미술의 경향

---

06   이창균, 「미래 직업 70%는 모르는 분야… 기술 훈련 공들여야」, 『중앙일보』, 2016.11.03.

성에서도 확인되는 사실입니다.

　‘서사본능’이 ‘서사충동(narrative impulse)’으로까지 강화돼가는 현실을 분석하였기 때문에, 기차역 앞에 설치된 작은 ‘speech box’에서 누구라도 자신의 개인서사를 자유롭게 녹음할 수 있게 하는 실험에서 어떤 미국소설가가 큰 성공을 거뒀습니다. ‘문학치료’ 혹은 정신과의 ‘이야기치료(Talk Therapy)’ 등의 기본전제이기도 합니다. ‘서사본능’을 ‘서사충동’으로 만들 수 있다면 ‘돈’이 될 것입니다. 이건 Google, Facebook, 네이버 등 현대인의 과도한 SNS 몰입에서 잘 드러나고 있는 현상입니다.

　아무리 혁신적이라도 소설은 현실을 반영한다는 기본전제를 벗어나지 못하기 때문에, 현재의 현실을 넘어서는 서사체계의 모색작업에 있어서 시가 더 효과적이 될 수 있습니다. 여기서 말하는 시는 시작품 자체를 의미한다기보다는 더 큰 의미에서, 그러니까, 시를 공부하여 습득할 수 있게 되는 ‘시적 상상력’을 의미합니다.

단어들이 의미하는 것

　‘통찰력 훈련’을 위해서는 ‘분석적 사고’의 방법론이 요구됩니다. 알렉산더 스턴(Alexander Stern)의 「단어가 의미하는 것」(“The way words mean”)」이라는 짧은 글을 비판적으로 읽어보며 현대언어학의 발전과정을 되돌아보겠습니다.[07]

　이 에세이는 “단어가 세상의 사물을 대표한다. 그런데 단어는 그것과 분리돼있기도 하다. 아마도 우리가 깨닫고 있는 것보다 의미가 단어 속에 더 많이 빠져 들어가 있는 건 아닐까?”라고 질문하면서 시작됩니다.

　“저 건너편에 있는 인간집단이 목숨을 걸고 죽여야만 하는 적이다”라는 거대서사에 대한 확신이 그 힘을 잃는다면, 국가 간 갈등의 해결책으로써 전쟁의 효용성은 급격하게 약화될 것입니다. 이는 ‘사물=언어’라는 1:1대응관계에 기초하는 고전 언어철학의 몰락에서 시작됩니다.

　누군가가 “Hmm”이라고 말하고 상대방이 “What does that mean?”이라고 물어보니 “It means ‘Hmm’.”이라고 대답하는 영화장면을 제시하면서, 스턴은 1:1대응의 불가능함이 언어의 기본현상이라는 점을 지적합니다.

　의사소통의 70% 정도는 비언어적으로 전달됩니다. 한국인의 3차까지 가는 술버릇의 진심은 ‘진실’을 찾기 위해서입니다. “너 말해봐. 진짜로 말해봐. 진심이야?”라고 직접 질문한다고 진실을 알 수는 없습니다.

07　인용 출처를 정확하게 밝히지 않은 글들은 최신 이론의 요약본을 만날 수 있는 Aeon magazine의 홈페이지(http://aeon.co)에서 쉽게 찾을 수 있습니다.

문학적 상상력, 특히 시적 상상력의 목표가 표면적인 언어현상에 국한될 수는 없습니다. 감탄사나 제스처 등 공식적인 언어체계에 속하지 못하는 대화방식에 관한 예민한 관심표명은 공적언어의 효율성이 상실되는 현대언어의 문제점을 드러냅니다. 대표적 언어이론가 촘스키(Noam Chomsky)는 구문론의 의미가 표면구조(surface structure)에 있지 않다고 말하면서 인류 공통의 언어시스템인 심층구조(deep structure)를 제안하는데, 컴퓨터 언어이론의 기반입니다.

　누가 다른 사람의 내면을 제대로 알 수 있습니까. 근대이데올로기의 기반이었던 낭만주의가 쇠퇴하면서, 내면의 자아에 관한 절대적인 신념이 크게 흔들리고 있습니다. 그렇다고 해서 지금의 현실에 화를 낼 수도 없습니다. 미국의 '월가점령시위'가 실패로 끝난 것처럼, 프랑스혁명처럼 집단적이고 총체적인 반발이 더 이상 효율적이지 않은 시대입니다.

　현재 세계의 혼란상을 연구하는 데 있어 대부분의 전문가들은 난경(難境)에 빠진 현실인식에서 논의의 전개를 멈추는 잠정적인 태도를 취하면서, 언젠가 새로운 해결책이 도출될 것임을 막연하게 소망하고 맙니다. 나는 『아프니까 청춘이다』라는 책의 제목이 마음에 들지 않습니다. "아프니까 청춘이다"라는 충고를 하려면 그 청춘의 아픔이 지나간 뒤에 더욱 성숙해진 삶이 올 것이라는 확신이 있어야합니다. 그런 게 불가능하다는 점이 근대의 끝자락에 위치한 우리의 냉정한 현실이겠죠. 게다가 그런 말을 하는 사람이 '청춘'의 일원이 아니라는 게 더 문제입니다. 나는 아니지만, 너는 청춘이라는 거리감이 어쩔 수 없이 느껴지기 때문입니다. 이러한 실망감이 축적되면서 전문가들에 대한 신뢰를 상실하게 됩니다.

　"기분이 좋아요"라고 말하고 싶은 상황에서 "기분이 좋은 것 같아요"라고 짐짓 모호하게 말하는 사례도 세상을 읽을 수 있겠다는 자신의 시적 상상력의 힘을 믿지 못하기 때문에 벌어지는 보편적인 현상인 것 같습니다.

발화와 담론

　집단적인 담론(談論, discourse)의 형성노력이 절실히 요구되는 시대임에도 불구하고, 개인적인 발화(發話, utterance)에 중점을 두는 자세를 취하면서 회피해버리는 경우가 너무 많습니다. 그럼에도 불구하고 예를 들면 '번개미팅'에서처럼 소규모로라도 집단적인 담론형성의 노력을 쉽게 포기하지 않습니다. 그러한 과정 속에 있으면 '행복'해지기 때문입니다. 혼자 살 수 없는 사회적인, 그러니까, 아리스토텔레스가 말하는 정치적인 인간은 자신이 집단담론을 형성하는 데에 있어 의미 있고 효율적으로 기여할 수 있음을 인식하면 성공했다는 기쁨과 행복하다는 기분이 솟구쳐 올라오기 때문입니다. 물론 '입 벌려 말하기' 즉, 개인의 '발화'를 관련 집단의 담론 속에서 의미 있도록 변화시키는 과정은 쉽지 않습니다. 이를 효과적으로 수행하기 위해 '분석적 사고'의 훈련을 위한 '통찰력 교육'이 절실히 요구되고 있습니다.

언어체계의 불완전함

'사물=언어'의 1:1대응은 불가능하다는 게 진실입니다. 이러한 언어체계의 불완전함이 근대사회를 위험에 빠뜨리고 있습니다. 스턴의 글을 다음과 같이 듬성듬성 읽어봅시다.

> 발터 벤야민(Benjamin)은 에덴동산에서의 추방을 언어적으로 해석함으로써 현대의 언어가 처해 있는 난경(難境)을 설명합니다. 아담이 동물의 이름을 짓는 에피소드가 말하듯, 에덴동산은 "언제나 이미 의미로 가득 차 있는 현실"이었습니다. 그러나 에덴동산에서의 추방 이후 아담과 이브가 자신의 신체를 객관적인 눈으로 바로 보고 수치심을 느끼는 에피소드가 말하듯, 언어와 사물이 1:1대응되던 축자적 언어체계는 그 위력을 상실했고, 언어는 자의적이고 추상적인 기호가 됐습니다. 한 예로 사전이 단어의 의미를 제공한다기보다는, 좀 더 많은 의미를 대표하거나 그 단어의 '안'이나 '밑'에 있는 것 같은 다른 단어들만을 제시해주는 것 같습니다. 그리고 포스트모던 사상가의 예언자라고 할 수 있을 니체(Friedrich Nietzsche)는 이를 "언어의 감옥"이라고 불렀습니다. 언어가 세상에 적합하지 않으며 진리를 추구하고 표현하는 데 부적절한 도구라는 것입니다.

근대의 사법체계는 언어적 진실에 기반을 두고 있습니다. 내가 호주에서 법정통역을 하면서 경험했던 살인사건의 경우를 돌이켜봅니다. 그때 가장 크게 깨달았던 건 살인사건 자체는 오래전에 벌어졌던 현상이었을 뿐이며, 그 진실여부를 판단하는 법체계는 증거나 증언 등 언어체계에 기반하고 있다는 점이었습니다. 그러니까 거짓말이 허용된다면 재판은 무의미해질 것입니다. 이런 의혹이 '유전무죄 무전유죄'라는 냉소적인 구문을 낳았겠죠.

더욱 심각한 건 "모든 사람은 법 앞에서 평등하다"라는 원칙 위에 설립된 근대국가의 법체계 자체가 위협받고 있는 현실입니다. 한국의 이승만 대통령처럼 워터게이트 사건에서 미국의 닉슨 대통령이 하야(下野)했던 이유는 거짓말 한 마디 때문이었습니다. 그런데 지금 현재 전 세계의 많은 행정부 수반들이 거리낌 없이 거짓말을 하는 것 같아 보입니다.

한국인은 대부분의 경우 첫째, 민주주의나 공산주의 등 근대의 이데올로기가 자생적이라기보다 외부에서 수입된 것이기 때문에 그 기반이 되는 원칙을 철저하게 수호하겠다는 절박한 심정을 갖고 있지 않으며, 둘째, 아직까지는 서너 다리만 건너면 다 아는 사람이기 때문에 하찮은 거짓말이라도 쉽게 통용되지 못한다는 단일민족의 이점을 누리고 있기 때문에, 법체계의 혼란상을 심각하게 인식하지 못하는 것 같습니다.

구조주의

'사물=언어'의 '1:1대응'에 관한 신념은 축자적(literal) 번역이론에서 잘 드러납니다. 'tree'를 '나무'라고 번역하는 데에는 무리가 없지만, 'Christmas tree'를 '크리스마스 나무'라고 번역할 수 없다는 점에서 축자적 번역이론의 허점이 쉽게 입증됩니다.

언론계나 광고와 홍보분야의 취업희망자에게 적합한 '가짜뉴스'라는 문제의 해결방안을 모색하기 위한 연구주제에 필요한 현대언어학의 발전사를 요약해보겠습니다.

1. 고전언어학: 고전문법=학교문법

   * 영어단어(tree)=한국어단어(나무)

   * 축자적 번역이론(literal translation)

2. 소쉬르(Ferdinand Saussure)의 기호학:『일반언어학강의』

   * 참조물(referent) vs 기호=기표(signifiant)+기의(signifié)

   * 파롤(parole): 기능주의-pragmatics(어용론)

     랑그(langue): Noam Chomsky(보편 언어→컴퓨터언어학)

3. 사피어-울프의 언어이론(사고〈언어)

4. 포스트모던 이론(Postmodern theory)

   * 롤랑 바르트(Roland Barthes)의『신화론』: 패션이론

   * 미셸 푸코(Michelle Foucault)의『감시와 처벌』등

   * 자크 데리다(Jacques Derrida)의 로고스중심주의(logocentrism) 비판

소쉬르의『일반언어학강의』는 기호학의 기반이 됐습니다. 언어가 음성으로 표현되는 '기표(Signifier)'와 의미를 담당하는 '기의(Signified)'라는 두 개의 차원으로 구성된 '기호(Sign)'의 일종이라는 점을 밝히면서, '사물(참조물)=언어'의 '1:1대응'이라는 고전문법의 기반을 해체시켜버렸습니다.

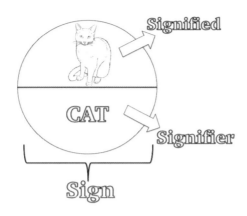

"당신의 뺨은 장미에요"라는 문장은 연인의 뺨을 장미로 비유하는 은유법이 사용된 문장입니다. 그러나 '뺨'이라는 단어 자체도 사물과 1:1대응된다고 말할 수는 없을 것입니다. 그걸 다른 단어, 뭐든지 아무 단어나 동원해서 지칭하기 시작했는데, 그게 공동체의 담론에서 통용된다면 그걸로 언어가 되겠죠. 그러니까 소위 고전문법의 관점에서 보는 수사법인 은유만 은유가 아니라, 언어 자체가 '은유'라는 것입니다. 물론 "당신의 뺨은 진흙이에요."라는 표현은 참조물과 언어의 밀착성을 감소시키면서 은유적 수사법의 특징을 더욱 뚜렷하게 드러내는데, 이걸 시적이라고 지칭하는 경향이 있습니다.

소쉬르 언어이론의 또 하나 중요한 점은 빠롤(parole)과 랑그(langue)의 구별입니다. 고전 언어학이 연구의 유일한 대상이라고 여겼던 언어현상, 즉 빠롤보다 보편언어현상, 즉 랑그가 더 중요하다는 점을 밝힘으로써 소쉬르는 근대적인 세계관을 넘어서서 세상을 새롭게 읽을 수 있는 이론적인 근거를 제공했습니다. 근대의 거대서사를 대신할 새로운 거대서사를 만들 수 있다고 암시하고 있습니다.

소쉬르로 인해 시작된 이러한 구조주의(structuralism)는 세상을 새롭게 읽는 틀을 만들 수 있음을 격려합니다. 구조주의의 현실적용사례는 사적인 연애현상을 다큐멘터리처럼 보여주는 최근에 인기가 많은 TV프로그램을 들 수 있습니다. 이 프로그램의 가장 큰 특징은 연애를 하는 당사자들의 사연보다, "저거 진짜 속마음이 아니에요." 또는 "아이고, 지금 손을 잡으면 안 되는데. 너무 빨라요."라고 말하며 그들의 사연에 시시콜콜 참견하는 연예인 패널제도입니다. 그들이 연애사건의 당사자들보다 돈을 더 많이 버는 것 같습니다.

레비스트로스(Claude Lévi-Strauss)가 학문적 체계를 완성한 인류학의 경우에도, '근친상간의 회피'라는 게 인류문화의 보편언어라는 구조주의적인 신념에서 시작됐습니다. '사고가 언어를 지배한다'라는 고전언어학의 사상을 '언어가 사고를 지배한다'라고 전환한 사피어-울프의 언어이론을 신뢰하기 때문에, TV연애프로그램에서 연애상황의 현실보다 언어적 분석의 패널토론이 더 인기가 있게 되는 것입니다.

구조주의이론을 가족관계의 개선노력에 적용할 수 있습니다. 어머니와 대화할 때 어머니의 말을 구조적으로 분석할 수 있다면, 예상가능한 갈등상황을 선도적으로 해결해나갈 수 있습니다.

'시적 상상력'에 의거하여 구조주의를 기반으로 '분석적 사고'를 할 수 있는 능력이 있다면, 문제적 관계에 관한 '창의적인 해결책'을 도출해낼 수 있을 것입니다. 이런 공부를 통해 주변사람들의 갈등을 해결하는 데 효과적으로 도움을 줄 수 있게 될 것입니다.

탈구조주의

근대의 거대서사를 대체하는 구조주의가 산뜻하게 적용될 수는 없었습니다. 그랬더라면 새로운 거대서사가 구축됐을 것이고, 그랬더라면 그러한 시스템과 관습에 따라 또 다시 큰 고민 없이 살아갈 수 있었을 것입니다. 그러나 구조주의는 근대의 거대서사를 대체하려는 임시방편에 불과했습니다.

롤랑 바르트(Roland Barthes)의 이론은 구조주의와 탈구조주의에 걸쳐서 진행됩니다. 그는 '기호=기표+기의'라는 소쉬르의 이론을 발전시켜서, 현대문화를 설명하는 체계를 구축했습니다.

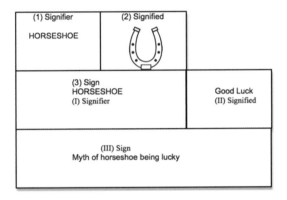

위 그림의 말발굽은 하나의 '기호'입니다. 그런데 그 단어 또는 기호가 서구문화 속에서 다시 '기표'로 작동하면서, 서양인들에게는 벽에 걸어놓은 '행운'의 상징이라는 '기의'가 됩니다. 이 두 번째 차원의 기호형성과정을 '기호화(signification)'라고 부릅니다.

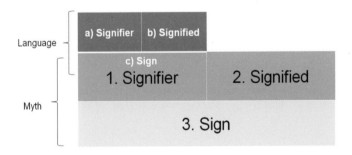

첫 번째 단계인 '기호'가 소쉬르의 관점에서 설명하는 '언어'의 차원이라면, 두 번째 단계인 '기호화'는 소쉬르의 언어이론을 '구조주의'로 발전시킨 이론입니다. 그런데 이렇게 이론을 완성하자마자 구조주의의 틀을 벗어나기 시작합니다. 이걸 바르트는 현대의 '신화'라고 말합니다. 한국인이 예민하게 받아들이는 일본군국주의의 상징인 일장기가 일본인에게는 구조주의적인 '기호화'의 자연스러운 표현이겠지만, 한국인에게는 아주 불편하게 느껴지는 현대의 '신화'이기 때문입니다. 구조주의 이론이 현대의 현실에 적용되면서 자연스럽게 탈구조주의 이론이 돼갔던 거죠.

바르트는 이러한 구조주의와 탈구조주의의 혼합 이론을 패션이론에도 적용했습니다. 패션분야의 전문가가 되려면 바르트의 언어이론에 정통하는 게 아주 도움이 될 것입니다. 나는 야구를 좋아하는데 최근에는 축구가 더 인기가 많습니다. 만약 테니스협회에서 근무하게 된다면, 테니스를 한국인이 아주 좋아하는 현대의 '신화'로 만드는 데 기여하는 일을 맡게 될 것입니다. 세계적인 방탄소년단(BTS)보다 더 중요한 인물은 그 BTS를 현대의 '신화'로 만든 프로듀서 방준혁입니다. BTS만큼 노래도 춤도 잘할 자신이 없겠지만, 방준혁 같은 인물은 현대의 '신화'를 제대로 공부한다면 될 수 있습니다.

푸코(Michel Foucault)는 사회학적인 관점에서 연구했습니다. 예를 들어, "당연하다(It's natural)"라는 구문을 생각해봅시다. '당연'하게 여기는 게 누군가의 '신화'겠지만, 누군가에게는 그렇지 않을 수 있기 때문입니다. "간음을 한 내 누이를 죽이는 건 당연하죠.(It's natural to kill my own sister who committed adultery.)"라고 말하는 오빠가 세상에 아직도 많은 것 같기 때문입니다. 이런 '오빠'들에게 거의 혁명적인 심적 변화를 불러일으키기 위해서 해야 할 일은 그들의 신념체계가 의존하고 있던 '신화'를 해체시켜버리는 것입니다. 동성애자였기에 근대사회라는 신화의 부조리를 몸소 느꼈던 푸코는 학교와 병원과 감옥이 다를 바 없다는 게 근대세계의 이데올로기였다는 점을 날카롭게 지적했습니다.

1991년 한국의 시전문지에 데리다(Jacques Derrida)의 해체론(deconstruction)을 소개했던 바 있습니다. 황지우 시인의 '해체'라는 용어와 구별되는 탈구조주의의 핵심철학입니다. 데리다의 로고스중심주의(logocentrism) 비판은 이성중심주의 서구논리학 자체가 문제의 핵심이라는 지적입니다. 이는 남성중심주의를 비판하는 페미니즘, 백인중심주의를 비판하는 인종차별철폐운동, 인간중심주의를 비판하는 동물권리보호운동, 환경중심주의를 비판하는 생태론, 탈식민주의 등 소위 '타자'의 권리회복운동의 근본동력이 됐습니다.

중간고사 시험문제

중간고사 1번 문제는 다음 시간에 읽기 시작할 셸리(P. B. Shelley)의 「사랑의 철학」("Love's Philosophy")」입니다.

2019년 2학기 영시개론 중간고사 (Open Book)
다음 글을 읽고 생각하고 느끼는 바를 쓰시오.
1. The fountains mingle with the river, / And the rivers with the ocean, / The winds of heaven mix forever / With a sweet emotion; / Nothing in the world is single; / All things by law divine / In one another's being mingle;-- / Why not I with thine?

문제가 이미 주어졌으니, 해석을 다시 할 필요가 없습니다. 이 시를 어떻게 생각하느냐 혹은 이걸 어떻게 읽어야하느냐가 더욱 중요합니다. 그러니까 '커닝'은 너무 비참한 행위입니다.

이 시가 중요한 이유는 사랑이란 나에게, 더 나아가서 우리에게 무엇인가, 사랑을 해야 하는가. 아니면 사랑은 필요 없는가라는 대답을 모색하게 만들기 때문입니다. 나중에 공부할 생각을 하지 말고, 지금부터 이 시를 같이 읽으면서 마음속으로 답안을 작성해나가기 시작하시기 바랍니다.

낭만주의

르네상스, 즉 서구의 근대화가 이탈리아에서는 13~14세기에 시작됐지만, 후진국이었던 영국에서는 16세기에 시작됩니다. "셰익스피어가 인도보다 중요하다."고 말하는 이유는 영국의 르네상스 시대, 즉 근대의 시작점에서 이전에 지배적이었던 프랑스어를 대체하는 근대의 언어체계를 확립하는 데 결정적인 역할을 했기 때문입니다.

르네상스는 극소수를 위한 근대화과정이었습니다. 레오나르도 다빈치나 미켈란젤로는 근대의 인식을 갖게 된 후원자(patron) 귀족을 위한 예술가들이었을 뿐이죠. 프랑스혁명이 중요한 이유는 대다수의 근대화의 출발점이기 때문입니다. 그로 인해 나폴레옹 시대에 전쟁의 양상을 국민군대로 바꾸어 기사들 간의 대결이었던 전근대적 방식에 쉽게 이길 수 있었으며, 근대의 법체계를 확립하면서 파리를 방사형 도로체계를 갖고 있는 근대의 대도시로 정비할 수 있었습니다.

실제의 혁명보다 더 중요한 건 그 혁명이 목표로 했던 의식의 근본적인 변화입니다. 프랑스혁명보다 영국의 낭만주의 영시가 더 효과적이었던 이유는 혁명적인 의식변화를 유도해냈기 때문입니다. 영국인 각각의 마음속에 '나'라는 자아의식을 형성시켜서, 가난한 자들을 정신 무장시켜 제국주의의 운영자가 되는 인재들로 만들어 대영제국의 기반을 구축해냈기 때문입니다. 낭만주의 영시의 사랑노래들은 단순한 사랑의 철학을 넘어서서 제국주의 건설의 이데올로기가 됐습니다.

지금은 이러한 낭만적 사랑의 이론이 효력을 상실해가는 시대가 됐습니다. 지금까지 믿어온 것, 어쩌면 믿고 싶어 하는 게 '사랑의 철학'이겠지만, 근대이념에 근거하는 전문가제도에 회의의 시선을 보내는 게 현실입니다. 이러한 시대적 전환기를 제대로 분석하여 성공적으로 대처할 수 있게 하는 이론적 분석과 창의적 해결을 지원하기 위하여, 교육방법론으로 Teaching이 아니라 Coaching을 선택하지 않을 수 없었습니다. TV연애프로그램에서 낭만적 사랑의 행위자들보다 그것에 관한 이론적 분석과 창의적 해결책을 제시하는 패널이 더 중요해진 것과 똑같은 논리입니다.

사랑의 철학

에세이 쓰는 법

지난 수업이 끝난 뒤 질문을 서너 개 받았는데 내 마음에 남아있는 건에 관해 대답하겠습니다. 질문했는데 그 즉시 했던 내 대답이 마음에 들지 않는다면, 다시 추가로 질문하면 됩니다.

에세이 쓰는 법을 모르겠다는 질문이 있었습니다. 초등학교 저학년 때부터 발표와 토론의 훈련을 계속 해왔어야 했는데, 이 분야에서도 한국 특유의 압축성장이 요구되는 상황입니다. 일기도 안 쓰는데, 갑자기 에세이를 써야 한다는 압박감을 느끼게 된 거죠. 처음에는 못 쓰는 게 당연합니다. 그래서 과제로 최소한 에세이 3개를 쓰도록 했던 거여요.

젊은 세대들이니까 이런 수업을 시도할 수 있습니다. 나이든 세대였다면 스스로를 비판적으로 바라보며 바꿀 생각은 안 하고, 내게 잡아먹을 듯이 달려들었겠죠. 겉으로는 아니어도, 마음속으로는 반발할 수 있습니다. 어쩌면 나와 기질이 맞지 않을 수도 있습니다. 그렇지만 이번 학기 3개월 동안 확 바뀔 거라고 장담합니다. 여러분 눈앞에서 그런 결과를 목격하게 될 것입니다.

이 수업이 꼭 구름을 잡으려는 것처럼 모호하게 들릴 수도 있습니다. 억울하고 화난다는 심정이 들기도 하겠지만, 대학교 수업의 거의 전부가 이런 방식으로 바뀌어야합니다.

Killer Contents

4학년 학생이 아주 두꺼운 유인물로 여러 가지 포트폴리오를 만들어 왔는데, 그중에서 여행업에 관해 생각해보겠습니다. [부록-4] 기존에 있는 자료를 짜깁기한 구태의연한 아이디어로는 경쟁에서 이길 수 없습니다. 지금은 경쟁자가 소위 SKY대학교뿐만 아니라 하버드대학교도 포함되는 시대이기 때문에, 'Killer Contents'가 필요합니다. 수업에 참여하면서 각자의 처지에 가장 적합한 Killer Contents를 만드는 idea를 찾는 훈련을 해야합니다.

인문학적 방법론의 원리에 따라 첫째, 분석적 사고를 진행합니다. 여행업계에 취업하지 않는다고 하더라도, 이에 관한 논문작업을 하면서 앞으로 세상을 살아가며 만날 다양한 과제에 적용할 '시적 상상력'의 힘을 훈련할 수 있습니다. 그리고 둘째, 여행 벤처사업을 위한 구체적인 사업계획을 PPT로 만드는 과정 속에서 창의적 해결책을 도출해보는 훈련을 할 수 있습니다.

여행업은 근대적인 자아인 '나'를 발견한 낭만주의시대에 본격적으로 시작됩니다. 그 후 100여 년이 지난 1890년대부터는 여행업의 대중화가 진행됩니다. 소설이나 영화에서 볼 수 있듯이 영국의 부자들이 하인과 함께 많은 가방을 갖고 마차나 기차로 유럽여행을 하는 Grand Tour가 유행하게 됩니다. 여행업이 너무 대중화되어 세계유명관광지의 주민들이 여행객들을 박대하는 움직임까지 나타나는 근대적인 전통의 끝자락에 놓여 있는 지금 여행업은 어떻게 바뀌어야합니까?

이 공부가 취업준비과정이라고 생각해봅시다. 신입사원을 뽑는 이유는 미래의 기여도 때문일 것입니다. 회사의 관점에서 볼 때, 지금 당장 업무에서 큰 두각을 나타낼 런지 확신할 수는 없겠지만, 새로운 시대의 감각을 갖추고 있어 미래의 발전가능성이 높은 사람인지 확인하고 싶어 할 것입니다. 그러니까 5년이나 10년 뒤에는 투자한 본전을 충분히 회수할 수 있을 것 같다는 전망을 보여줘야 합니다. 이건 여행업에게만 적용되는 연구전략이 아닙니다. 특히 지금은 어디에나 적용될 수 있을 공부방법을 배우는 게 중요하겠죠.

단기적인 이익을 위해서는 Killer Contents라고 말할 창의적 방안이 필요합니다. 예를 들어, '파리 한 달 살기'에 관한 구체적인 사업계획을 짜봅시다. 부모님의 7박8일 유럽 단체여행의 통상적인 비용인 700여만 원을 갖고 파리 한 달 살기계획을 짜드릴 수 있습니다. Air B&B를 통해 몽마르트언덕 밑이라든지 파리시내의 저렴한 숙소를 예약해봅니다. 영어글쓰기의 실력이 요구되겠죠. 항공료는 대개 3~4개월 전이 가장 저렴하다는데, 이것도 조사해봅시다. 여기에 전철 1개월 사용권을 구입하는 방법을 확인하면, 기본비용이 산출될 것입니다. 파리의 기초생활물가는 아주 저렴합니다. 이러한 구체적인 실천과정 속에서 자유여행의 장단점을 파악할 수 있습니다. 신입생 오리엔테이션수업의 과제로 활용해봤는데, 학생 자신이 동행해도 될 정도의 결과가 나왔습니다. 자유여행의 트렌드에 부응하는 앱으로 개발하여 여행벤처사업을 위한 PPT Presentation으로 제시할 수 있습니다. 이게 여행업계의 실제 취업현장에서 Killer Contents

가 될 수 있다고 장담하기는 어렵습니다. 내가 아니라, 절실한 당사자가 훨씬 더 깊이 조사하고 연구해봐야 할 것입니다. '청년성공'이라는 구절에서 얼핏 느껴지는 염려스러운 미래보다는, 그러니까 지금 과감하게 도전해보고 실패도 해보는 경험이 느닷없는 성공보다 어쩌면 더 큰 의미가 있을지도 모릅니다.

협상

현대인에게 우울증은 감기와 같습니다. 미국의 영화감독 우디 알랜(Woody Allen)의 영화들은 거의 우울증을 앓는 지식인들에 관한 문명사적인 기록입니다.

콘스탄디(Moheb Constandi)의 「Against Neurodiversity」라는 에세이를 최근(2019년 9월 12일) 읽었습니다. 'neurodiversity'의 사전적 정의는 "심신을 쇠약하지 않도록 하는 인류의 다양한 신경학적 행동이나 능력"입니다. 정신의학의 도움 없이도 정신신경 증상의 회복을 가능하게 하는 능력이 인간에게 있다는 말인데, 이 용어는 정신과학에의 의존을 거부할 수 있다는 주장을 담고 있습니다. 콘스탄디는 이러한 경향을 설명하면서 우려를 표명하고 있고요.

자폐증(Autism Spectrum Disorder)에 있어서 과학적으로 중요한 진전이 있었습니다만, 그 원인에 관한 이해가 여전히 부족한 게 사실입니다. 그래서 많은 부모들이 절망적인 심정이 됐고 자식을 돕기 위해서 자발적으로 무엇이든 시도해보고 있습니다. 그 원인이 미생물에 의한 감염, 예방접종, 대기오염 혹은 환경독성물질이라는 등 과도한 상상이 넘쳐나고 있습니다. 자폐장애인들이 직면하는 제도적인 차별문제를 비판하다가 아직까지 확실하지 않은 사회적인 모델을 더 선호하면서 자폐증이라는 의학적 진단자체를 거부하는 경향이 더 심해지고 있습니다. 자폐증의 발생빈도가 급격히 커지는데도 의학계에서 해결책을 도출해내지 못하니 절망적인 심정의 보호자들이 비과학적 수단에 의존하는 경향이 늘고, 더 문제가 되는 건 이게 일종의 사회적인 권리보장운동으로 변질되고 있다는 점입니다.

한국에서는 치매가 더 잘 알려져 있는 정신질환이어서 보험가입권유 광고를 흔하게 만날 수 있습니다. 치매의 치료책은 아직 없습니다. 그렇다고 해서, 내 주변의 사람이 걸렸다면, 마냥 손 놓고 당할 수만은 없겠죠. 위에서 언급된 자폐증에 관한 원인들 중에서 '미생물에 의한 감염'은 어느 정도 입증된 것 같습니다. 뇌와 장이 연결되어 있어서, 대장의 미생물 분포상태가 자폐증상에 직접 영향을 미친다고 합니다. 자폐아의 최초 증상들 중 하나가 배가 아프다는 거라나요. 그래서 유산균에 관한 연구가 많이 진행됐고요. 그러니까 자폐증상의 발현을 좀 더 빨리 알았다면, 그 예후가 조금 더 좋아졌겠죠. 이런 관점에서 본다면 콘스탄디가 부모들을 비판적으로 말하고 있지만, 부모들이 자폐아들의 사회적 권리보장운동을 펼칠 정도까지 의료전문가들을 전적으로 신뢰하지 못하고 있는 사정도 어느 정도 이해할 수 있습니다. 의사의 말만 믿고 있기에는 자식의 장래문제이기에 부모에게는 '생사의 문제'처럼 여겨지겠죠.

인생의 중요사 앞에서 누구도 100% 믿을 수 없는 세상입니다. 그렇게 믿고 있다가는 '전화사기'를 당하기에 딱 알맞죠. 그러니까 무슨 문제를 만나든 내가 어느 정도까지는 알아야 합니다. 그러므로 무엇이든 공부할 수 있는 능력을 키워야합니다. 이게 인문학이고, 그로 인해 계발돼야 하는 게 '인문학적 상상력' 좀 더 정확하게 말하자면, '시적 상상력'입니다.

"잘 되겠지"라고 믿는 게 아니라, 적극적으로 '협상(negotiation)'에 나서려 하는 자세를 가져야합니다. 그게 학생과 교수의 관계이든, 가족이나 연인 사이의 관계이든 말입니다.

모더니즘

우울증은 우리가 같이 살아야하는 증상일지도 모릅니다. 낭만주의에서 비롯된 자아의식이 지금 무너져 내리는 중이기 때문입니다. 세상의 급격한 변화를 제대로 감지하지 못한다면, 하늘이 무너지고 땅이 꺼지는 것 같은 느낌을 받게 됩니다. "I love you"의 전제는 'I'와 'you'의 굳건한 자아의식입니다. 나도 흔들리고 너도 흔들리는데, 우리의 사랑이 흔들리지 않을 수 있겠습니까.

'세기말'이란 용어를 들어본 적이 있을 것입니다. 이때의 세기말은 19세기 말을 말합니다. 그때 영국문학사의 전환점인 모더니즘 운동(1890년~1920년)이 있었습니다. 이탈리아 르네상스 시기에 극소수에 의한 근대화가 시작되었듯 영국의 모더니즘 시기에 극소수에 의한 근대에 대한 회의, 즉 탈근대가 시작됐습니다.

1798년 워즈워스와 콜리지의 『서정담시집』(Lyrical Ballads)에서부터 지금 '낭만적 사랑(romantic love)'이라는 용어로 통용되는 낭만주의(romanticism)가 시작되면서 자아의식이 확립됐습니다. 그런데 대영제국이 한창 성과를 거두던 19세기 말의 빅토리아시대에 몇몇 똑똑한 문인들이 이 '나'에게 의심의 눈초리를 보내기 시작합니다. 내 전공이라고 할 수 있는 시인 T. S. 엘리엇(Eliot)의 『황무지』(The Waste Land)와 소설가 콘래드(Joseph Conrad) 등이 선구자들입니다.

소설을 읽다가 어떤 건 읽기 쉽고 어떤 건 어렵다는 걸 느꼈을 것입니다. 바로 그 경계선이 모더니즘입니다. 모더니즘 이전의 리얼리즘 소설들, 예를 들어, 찰스 디킨스의 『위대한 유산』(The Great Expectations)은 주인공(the main character)인 '나'를 중심으로 하는 기승전결의 스토리가 분명합니다. 그런데 콘래드의 『어둠의 핵심』(Heart of Darkness)에서는 큰돈을 벌고 싶어서 상아수집가가 된 주인공 커츠(Kurtz)의 이야기인지, 커츠를 구하러 갔던 '화자(the narrator)' 말로우(Marlow)의 이야기인지, 아니면 말로우의 이야기를 인용부호("")로 기록하여둔 무명의 '테두리 화자(the frame narrator)'의 이야기인지 파악하기가 어렵습니다. '나'라고 말하는 사람이 누구인지도 모르겠고, 그 이야기를 어디까지 믿어야할지도 모를 지경입니다.

모더니즘에서부터 의문시되기 시작했던 자아의식의 상황은 지금까지 계속 악화일로의 길을 걸어왔습니다. '가짜뉴스'가 넘쳐나는 지금 세상의 담론의 혼란은 모더니즘에서 비롯된 것입니다. 모더니즘 이후의 소설이 어렵게 느껴지는 이유는 영어실력의 결여 때문이 아니라, 자아의식의 혼란이 심화되는 세상을 읽는 훈련이 부족하기 때문입니다.

판단의 유보와 '어둠의 다크' 상태

피츠제럴드(F. Fitzgerald)의 『위대한 개츠비』(The Great Gatsby)는 자신의 낭만적 사랑이 '환상'이 아니라 현실 속에서 실현가능한 '상상'이라고 믿는 개츠비보다는 그의 비극적인 노력의 현대적 의미를 읽으려고 노력하는 화자 닉(Nick)의 스토리로 읽어야할지도 모릅니다. 이렇게 작년에도 한 마디 하고 지나갔는데, 그 다음 시간에 다음과 같은 문단으로 시작되는 에세이를 제출받았습니다. (혹시 몰라 발표자의 이름은 밝히지 않겠습니다. 기대를 하지는 않고 있지만 앞으로 이 책의 수정판이 나오는 일이 벌어진다면, 원하는 경우에만 이름을 밝히도록 하겠습니다.)

> 판단을 유보해야 하는 이유
>
> 중학교 1학년 때 스마트 폰이라는 것이 출시되면서 인터넷의 세계에 푹 빠져들게 됐다. 그 당시에는 나만의 생각이라는 확고한 사고가 자리 잡히기 이전이었고, 가짜뉴스가 지금처럼 판을 치지는 않았지만 잘못된 정보에 혹하기도 했던 나였다. 2G의 시대가 뒤떨어지고 스마트 시대에 살아가는 지금, 과거보다 더 빠른 속도로 가짜뉴스들이 우리들의 사고를 뒤흔들어놓고 있다. 『위대한 개츠비』의 닉은 아버지의 영향으로 늘 판단을 유보하는 버릇이 생겼다고 소설의 맨 처음 이야기한다. 현재를 살아가고 있는 우리들은 소설 속 캐릭터 닉처럼 절실하게 판단을 유보하는 버릇을 형성해야만 한다.

그리고 또 「나는 지금 '어둠의 다크' 상태다」라는 에세이도 받았습니다. 여러 해 동안 발표와 토론의 수업을 하면서 교수인 내가 배운 게 많다는 말이 거짓이 아님을 알 수 있는 내용입니다. 주변의 친구들, 아니 나의 가슴도 울리는 발화이며, 이게 바로 한국의 밝은 미래의 담론일지도 모릅니다.

> 솔직히 고백하자면 그동안 나는 이렇게 깜깜한 것들도 발견하지 못했다. 깜깜함을 느낄 새도 없이 그냥 직진해왔다. 그러나 이번 학기 나를 둘러싼 환경은 변했고, 그로 인해 나는 처음으로 깜깜함과 마주하게 되었다. 완전 어둠의 다크라고 할 수 있는 어두움이다. 한 번도 마주해본 적 없고, 누구도 출구를 모른다. 출구를 모르니 답답하고 무섭고 '왜 내가 이 고통을 사서 겪어야 하지?'라는 생각도 가끔 든다. 그러나 이건 아니다. 지금 이만큼 깜깜해졌기에 나는 지금의 내 상황을 발견했

다. 중2 같은 말이지만 나는 내 안의 어둠과 마주해본 적이 없다. 어두워짐으로써 비로소 보이는 것이 있다. 어두울수록 더 잘 보일 것이다. 나는 이만큼 어두워졌다. 그러면서 발견한 것도 있고, 앞으로 또 무언가를 발견하기 위해서는 더 어두워져야 할 것이다. 누구도 모르고, 출구도 없다. 나 혼자 탐험하는 것이다. 발견하는 것이 없어도 괜찮다. 사실 없을 리가 없다. 무의미하다고 고통스러운 길을 사서 걸어간다고 생각했었지만 전혀 무의미하지 않다. 어둠과 고통을 통해 나는 이만큼 성장했다. 앞으로 더 어두워지면, 자꾸 내면의 어둠과 마주하는 시간을 가지면 나는 무엇을 발견하고 성장하게 될까 궁금하다.

지금 이 순간에도 어떤 학생은 교수의 말을 자기 것으로 만들어내고야 맙니다. 물론 자기 것으로 소화해내는 일이 쉬운 건 아닙니다.

사랑을 하려면, 우선, 내가 사랑을 받을 만해야 하지 않을까요. 내가 매력이 있어야합니다. 누가 내게 오느냐가 더 중요하지 않습니다. 그건 행운에 달렸겠죠. 취업도 마찬가지입니다. 내가 그 회사에 의해 선택되느냐보다 더 중요한 건, 내가 그 회사가 선택할 만한 인재가 되느냐 일 것입니다. 만약 내게 충분한 능력이 있는데 그 회사가 안 뽑았다면, 그건 그 회사가 얼마 가지 않아 망할 징조라고 치부해도 됩니다.

감정교육

지금 근대의 끝자락에 살고 있으니, '전근대→근대→탈근대'로의 시대전환과정을 읽을 수 있습니다. 근대가 '르네상스(극소수)→프랑스혁명(다수)→낭만주의(사상)'의 과정으로 자리를 잡아왔듯 탈근대도 '모더니즘(극소수)→포스트모더니즘(다수)'으로 자리를 잡아가는 것 같습니다만, 아직 탈근대를 주도하는 사상혁명은 완성되지 않았다는 게 내 판단입니다. 귀스타브 플로베르의 소설 『감정교육』이 근대적 감정체계를 위해서 수행했던 역할처럼, 탈근대시대의 감정교육을 위한 새로운 시스템이 필요합니다.

할아버지 세대나 아버지 세대와 싸우는 이유는 자신들의 담론이 서로 다른 감정에 기반을 두고 있으면서도 같은 의미의 용어를 사용하고 있다고 착각하고 있기 때문입니다. 전근대 할아버지의 '사랑'과 근대 아버지의 '사랑'과 탈근대 자식의 '사랑'이 같은 뉘앙스를 갖고 있을 리 없습니다. 그러니까 "어머니는 사랑을 몰라요"라고 말하면서 어머니의 가슴에 못을 박아버리지는 마세요. 한국의 부모가 이미 성인이 된 자식의 대학 학비를 무조건적으로 지원하고, 또는 제대로 못 해준다고 미안해하고, 이미 성인이 된 자식의 결혼을 위해 적극적으로 희생하는 이유는 그들의 전근대적인 감정 때문입니다.

성인이 된 자식에게 재정적인 독립을 요구할 수 있게 하는 국가지원체계가 갖추어진 서구선진국에서는 상상하기 힘든 정서입니다. 더구나 탈근대시대의 초입에 서 있는 여러분은 여러분이 받은 것처럼 그렇게 자식을 위해 희생할 수도 없고, 희생할 리도 없을 것입니다. 그런 건 어찌 보면 국가가 당연히 해야 할 일이니까요. 이런 세대 간 정서체계와 사고방식의 차이를 고려하지 못한다면, 국가의 출산장려정책은 앞으로도 계속해서 큰 효과를 보기가 어려울 것입니다.

데카르트의 극장

미카엘 헨론(Michael Hanlon)의 「정신적 장애물」("The mental block")」이라는 에세이는 "의식은 과학에 있어서 가장 큰 신비이다.(Consciousness is the greatest mystery in science.)"라는 문장으로 시작됩니다. '의식'을 아무도 모른다는 말입니다.

리드고우(John Lithgow)라는 소설가가 「크고 검은 개로 그린 내 자아의 초상화」("A Portrait of My Ego as a Big Black Dog")」라는 에세이에서 자신의 자아(ego)의 초상화를 '크고 검은 개'로 그려야만 우울증을 견뎌낼 수 있다고 말하는 수준으로, 낭만주의의 '나'의 발견으로 시작되었던 근대의식이 추락해버렸습니다.

미국을 대표하는 철학자들 중 하나인 대니얼 데닛(Daniel Dennet)은 이런 자아의식의 위험성을 '데카르트의 극장(Cartesian theatre)'이라고 부릅니다. 그는 "거의 모든 과학자와 철학자가 데카르트의 이원론을 거부하지만 아직도 극장의 비유를 비롯해서 그것을 암시하는 비유에 매달리는 사람이 많다"고 주장합니다. 다음은 수전 블랙모어의 계속되는 설명입니다.

> 데닛은 우리가 스스로 자신의 은밀한 머릿속 극장에 자리한 방청객이라 상상한다고 말했다. 그 극장은 우리의 경험이 생각, 개념, 지각, 기억, 욕망 등의 연속적 흐름으로 의식에 들어왔다가 다시 떠나는 곳이다. 하지만 이런 것들이 실제 뇌에서 어떤 것에 대응될 수 있다는 말인가? 뇌에는 '내'가 존재할 수 있는 중심 장소가 없다. 뇌는 그저 셀 수 없이 많은 방식으로 상호 연결된 엄청나게 많은 뉴런의 집단에 불과하다. 이곳에는 영상이 등장할 수 있는 스크린이 존재하지 않는다. '의식이 일어나는' 단일 장소도 존재하지 않고, '내'가 모든 결정을 내릴 수 있는 중앙의 지휘 본부 따위도 존재하지 않는다. 결정은 뇌 전체에서 만들어지기 때문이다. 따라서 당신이 극장, 경험의 흐름, 관찰자 등을 상상하고 있다면 결국 당신은 그런 것들을 찾는 데 실패할 수밖에 없는 운명이다.[08]

데닛은 자아를 '무해한 사용자 환상(benign user illusion)'이라 기술하면서 극장을 자신의 '다중원고 이론(multiple drafts theory)'으로 대체했습니다. 수잔 블랙모어의 책 제목이 『선과 의식의 기술―의식에 관한 선의 10가지 질문』입니다. 선불교의 '선(禪)'입니다. 데닛은 달라이 라마의 영향을 크게 받았으며, 블랙모어

---

08   수전 블랙모어, 『선과 의식의 기술―의식에 관한 선의 10가지 질문』, 김성훈 옮김, 서울: 바다출판사, 2015, 52-53쪽.

도 서양식 참선방식인 마음챙김(mindfulness) 명상의 경험에 의해 자신의 과학적 연구방향을 혁명적으로 전환하였습니다.

인간의식을 모른다면, 그러니까 인문학의 전폭적인 지원이 없다면, AI를 완벽하게 만들 수 없을 것입니다. 뇌 속에서 의식이 발생하는 단일장소가 없다면, 자율자동차 등의 AI를 위한 컴퓨터의 CPU를 작동하는 통합원리를 확립할 수 없습니다.

그런데 '시인과 촌장'의 1988년 노래를 리메이크한 조성모의 「가시나무 새」가 "내 속에 내가 너무도 많아……"로 시작되는 것처럼, 이런 자아의 해체현상이 우리에게는 그리 어려운 과제가 아닙니다. 그러니까 이 분야에서는 우리가 선진국인 셈이죠.

수전 블랙모어는 앞에 인용한 책에서 "이를테면, '이것은 무엇인가? 이것은 어디에 있는가?' 같은 질문, '질문을 던지는 자는 누구인가?'와 같이 자기 자신에게 되돌아오는 질문, 혹은 질문을 던지는 마음 그 자체의 속성에 관한 질문들" 어찌 보면 "빤한 것들에 대한 질문"을 "해결하려면 생각하는 능력과 생각을 자제하는 능력이 모두 필요한" 것 같으며, "여기에는 과학뿐 아니라 의식을 탐사할 수 있는 기술도 함께 필요하다"는 결론에 도달합니다(8쪽).

"겉으로는 매력적으로 보였지만 결국에는 대단히 실망스러웠"던 "과학과 함께 마술(witchcraft)에서 심령론(spiritualism), 신지학(Theosophy)에서 차크라(chakras)에 이르기까지 수많은 대안적 세계관을 탐색해"본 뒤에 "우연히 선(禪)을 접하게 되었다"고 말합니다(9쪽). 블랙모어는 불교 신자도 "그 어떤 불교 종파에도 소속되어 있지 않고, 그 어떤 종교적 신념도 받아들이지 않았으며, 그 어떤 공식적인 서약도 하지 않았다"고 강조합니다(10쪽).

블랙모어는 초등학교 특별활동교실이나 구글 등의 첨단기업에 있는 마음챙김 명상교실에 정기적으로 참여하는 17%가 넘는 미국인들의 마음챙김 명상을 적극적으로 활용하고 있을 뿐입니다. 이탈리아 르네상스의 베니스, 피렌체와 로마, 그리고 프랑스혁명의 파리, 산업혁명과 낭만주의의 영국, 포스트모더니즘의 뉴욕에 뒤이어 동양사상의 서울이 탈근대시대의 핵심 도시가 될지도 모르겠다고 꿈꾸어봅니다.

『완벽한 타인』

「세 개의 삶」이라는 작년도의 학생 에세이에서도 그 자라나는 미래의 새싹을 보게 됩니다. "강의시간에 '나'와 감정에 대한 이야기를 자주 하시는데 불현듯 얼마 전에 보고 온" "최근 흥행한" 『완벽한 타인』이라는 영화가 생각났다고 시작하면서 "이 영화가 갑자기 머릿속에 떠오른 이유는 무엇이고 이 영화가 흥행한 이유는 무엇일까?" 분석합니다. 그리고 영화의 마지막에 나오는 "사람은 누구나 세 개의 삶을 산다. 공적인 삶, 개인의 삶, 비밀의 삶"이라는 대사를 인용하면서, "이 대사 때문에 '나'라는 생각에서 이 영화가 떠오른 것 같다"고 추정합니다.

더욱 놀라운 건 우울증에 관한 효과적인 상담을 위한 처방전을 다음과 같이 제출하고 있다는 점입니다.

우울증과 같은 병을 가진 사람들이 힘듦을 겪는 부분이 이 비밀의 삶인 것 같다. 이 삶으로 인해 갈등이 생기는 것 같다. 이 삶을 잘 유지하지 못했거나 이 삶을 타인에게 보여주었는데 안 좋은 반응을 얻었거나 이 삶을 유지하고 있지만 어떻게 유지해야할지 모르는 것, 이 중에서 병이 생기는 것 같다.

우리가 이러한 사람들을 더 편안하게 하려면 비밀의 삶을 잘 다루는 과정이 중요하다고 생각한다. 타인의 비밀의 삶을 함부로 알지 않으려 하고 알게 되더라도 잘 반응해주어야 하며 혹시 속에 말하고 싶지만 말 못 한 비밀의 삶이 있는지 진정한 대화를 나누는 것으로 변화는 시작될 것이다.

이 에세이의 결론은 다음과 같습니다.

영화에서는 간단하게 세 개의 삶으로 표현되었지만, 이 세 개의 삶 말고도 우리는 여러 개의 '나'를 가지고 있을 것이다. 나조차도 인지하지 못하는 '나'도 내 안에 있다. 여러 개의 나가 모여 진정한 '나'가 된다. 우리는 이 모든 나를 합쳐야 비로소 '나'라고 말할 수 있다.

로렌조 오일과 칵테일 드럭

앞에서 살펴본 자폐증이나 우울증에서도 그렇고, 조부모와 부모 세대와의 관계에서도 그렇고, 의학계나 정부기관 등 기존의 전문가집단을 전적으로 신뢰할 수 없게 만드는 게 현실입니다.

이런 사연을 극적으로 보여주는 영화가 『로렌조 오일』입니다.

로렌조 오일
Lorenzo's Oil

부신백질 형성장애(애디슨-쉴더병, Adrenoleukodystrophy, ALD)환자들의 혈장과 신체조직 내 긴 사슬 지방산(Very long chain fatty acid, VLCFA) 축적되어 있음
음식으로부터 섭취되는 VLCFA를 낮춰줌
몸속에서 만들어진 VLCFA를 낮추는 기능 도움

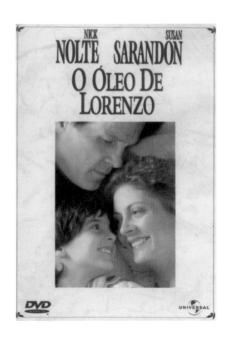

부신백질이영양증이라는 불치병을 겪는 아들을 결국은 살려낸 어느 부모의 이야기입니다. 의사에게 아들의 불치병 선고를 받은 부모가 도서관에 가서 공부를 하는 장면이 이 영화에서 가장 인상 깊었습니다. 그냥 포기해버리지 않고 '시적 상상력'의 힘으로 전문적인 지식기반이 없는 의학적인 해결책을 찾으려는 영웅적 노력에 감탄하지 않을 수 없었습니다. 현재 '로렌조 오일'이라는 이름으로 판매되고 있는 유일한 치료제는 올리브 오일에 함유된 불포화지방산이었습니다. 그 아들이 오래 살다가 사망했다는 기사를 얼마 전에 읽은 바 있습니다.

결핵이나 암처럼 1980년대의 공포의 질병이었던 에이즈(AIDS)도 전문가시스템에 의해서라기보다 인문학적 지혜에 바탕을 둔 '시적 상상력'의 힘으로 극복한 사례입니다. 에이즈는 동성애가 만연했던 서구의 문화계인사들에게 많이 발생했습니다. 그래서 에이즈의 공포시대에 마약주사나 수혈보다 동성애가 더 비난받은 바 있습니다. 의사들에게는 해결책이 없어 다양한 약을 두서없이 처방해줄 뿐이었습니다. 그런데 똑똑한 환자들이 서로 다른 3~5개의 처방약품들을 혼합해 스스로의 몸에 생체실험을 하기 시작했고, 이게 성공을 거두었습니다. 그래서 지금도 칵테일 드럭(Cocktail Drugs)이라고 부릅니다.

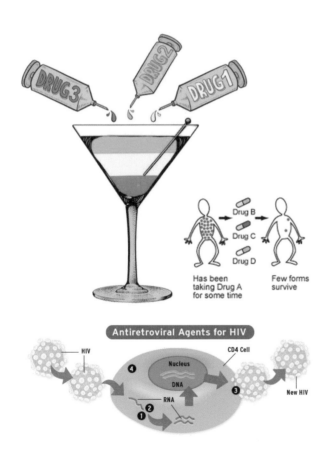

자기통제라는 신화

인문학적 방법론의 두 축인 분석적 사고와 창의적 해결의 구체적인 적용능력습득을 위해 학습해야할게 너무 많습니다.

레스닉(Brian Resnick)의 「자기통제라는 신화」("The myth of self control")[09]는 자아의식이 '데카르트의 극장'일 뿐이라는 데닛의 철학사상에서 도출해낸 "의지의 힘을 사용해 목표를 달성한다는 것이 과대 포장돼있다"는 심리학자들의 분석적 사고내용을 기반으로 하여, 다양한 문제점들에 관한 창의적 해결을 위한 "실제로 작동되는 내용"을 설명합니다.

지혜의 나무에 있는 과일이라는 악에 이브가 굴복하는 성경 이야기는 인간의 첫 번째 죄가 자기통제의 상실이라고 말하는 것 같습니다. 그래서 미국인의 75%가 의지력의 결여가 체중감량의 장애가 된다고 말합니다. 자기 통제력을 발휘하는 게 이롭다는 건 여전히 강력한 가정이기는 하지만, 그게 단기간의 이득이 있을 뿐이거나 노골적인 실패가 될 수 있다는 연구가 많아지고 있습니다.

"실제로 자기 통제력이 좋은 사람은 무엇보다도 이러한 싸움을 결코 하지 않습니다"라고 레스닉은 지적합니다. "더 간단하게 말하자면, 자기 통제력이 뛰어난 사람들은 자기 통제력을 거의 전혀 사용하지 않는 사람들입니다." 그런 사람들은 건강한 식습관, 학습이나 운동 등을 귀찮은 일이 아니라 재미있는 일이라고 여기며, 실제로 즐깁니다. 그러면 이러한 목표들을 추구하는 게 더 쉬우며, 힘이 덜 듭니다.

그리고 무엇보다도 자기 통제력에 의한 결정을 내려야하는 일을 피하는 방식으로 자신의 삶을 구조화하는 것 같아 보입니다. 달리기나 명상 등 매일 똑같은 시간에 동일한 활동을 하는 사람들은 목표를 달성하기가 쉬워지는데, 의지 때문이 아니라 습관적인 행동절차가 그걸 더 쉽게 만들기 때문입니다. 예를 들어 아침에 더 빨리 깨는 기술은 방의 반대쪽에 자명종을 놓아두는 일입니다.

몇몇 사람들은 그저 유혹을 덜 경험하는 경향이 있습니다. 그리고 미래가 더 불확실하기 때문에 즉각적인 보상에 더 초점을 맞추는 가난한 사람들보다는 장기적인 보상을 감안하는 부자들이 자기 통제력을 갖기 쉽겠죠. 그러니까 환경을 개선할 필요가 있으며, 유혹을 피하는 데 필요한 기술을 습득할 필요가 있습니다.

삶의 구조화

레스닉의 글을 자세히 읽은 이유는 광고, 연예계, 유튜브와 SNS 등 집중력 사업(attention business)이 '돈'이 되는 세상이기 때문입니다. 똑같이 주어진 시간 속에서 하는 공부이기 때문에, 집중력

---

09   Brian Resnick, "The myth of self control," The New Yorker, Nov. 3, 2016.

(concentration)의 능력이야말로 학업성취도와 직결되겠죠. 5분 기다려서 하나 더 받은 아이가 나중에 학업성취도가 더 높았다는 마시멜로 테스트는 근대사회의 신교윤리(Protestant ethics)와 부합하지만, 열심히 일하는 사람이 성공하는 근대적인 사회가 더 이상 아닌 것 같습니다. 가장 땀 흘려 열심히 일해야 하는 사람이 오히려 가난의 상징 같아 보입니다. 실제로 잘 노는 사람이 성공할 가능성이 높아지는 탈근대의 시대가 도래 한 것 같아요.

사랑하는 사람이나 자기가 좋아하는 스포츠를 연구하는 게 이 시대의 공부입니다. 학교공부의 경우에도 하고 싶어 하는 마음, 즉 동기부여(motivation)가 중요합니다. 그걸 중심으로 자신의 삶을 구조화하여 정해진 습관(routine)으로 만드는 작업이 필요합니다. 작년도 모범사례들을 읽으면서 에세이쓰기를 유도하는 게 동기부여라면, 세 개의 에세이와 기말논문을 과제로 부여한 건 삶을 구조화하여 습관형성을 하려는 의도를 담고 있습니다.

낭만주의시대의 자아의식이 자연스럽고(natural) 당연한 전제였다면, 구조주의(structuralism)에서 공부했던 것처럼 자아의식이 자연스럽게 형성된다고 믿지 않고 의식적으로 구조화하려고 노력해야 하는 시대가 됐습니다. '성형수술'이 대세가 돼버린 세상이지만, "다 비슷하게 예쁘게 생겼어!"라는 칭찬보다, 나 자신의 독특한 매력을 하나씩 만들어나가는 구조화된 습관형성과정이 앞으로는 더 중요해질 것입니다.

영시의 작시법

영시에도 시를 짓는 규칙과 방법인 작시법(作詩法, Prosody)이 있습니다. 약세음절과 강세음절의 결합으로 이루어지는 운율(meter)과 그러한 운율의 조합(foot)이 하나의 시행(詩行)에 몇 개 있느냐는 보격(meter)이 영시의 리듬을 결정합니다. "Tell me not in mournful numbers"라는 롱펠로우(Longfellow)의 시행은 "약강 약강 약강 약강"의 강세로 4보격(tetrameter)입니다. 그리고 시행의 끝에 두 개 혹은 그 이상의 음이 같은 운을 이루는 각운(end-rhyme)이 중요합니다. 또한 소네트(sonnet)에서처럼 일정한 운율형식을 갖춘 일정한 수의 행으로 짜인 연(stanza)으로 시가 이루어지기도 합니다.

시조(時調)의 경우처럼 고전주의까지 작시법은 시창작의 핵심준수사항이었습니다. 그러나 자유시를 중시하는 낭만주의 이후 충분히 강조되지 않는 경향이 있습니다.

2001년도 가을학기 동안 미국 아이오와대학교에서 개최된 세계작가들의 유엔이라고 하는 국제창작프로그램(IWP)에 참여했는데, 내가 번역한 내 시 3편이 시 전문지에 게재됐습니다. [부록-6] 내가 계속해서 영시를 쓰려면 미국인인 자기가 했던 것처럼 영시의 리듬이 몸에 배도록 2년 동안은 전념해서 수련해야 한다고 IWP의 메릴(Christopher Merrill) 교수가 권고했습니다. 선택의 문제였습니다. 그런데 나는 한국어로 작업하는 것의 중요성을 깊이 느끼고 있었기 때문에, 거기에 시간을 투자하지는 않았습니다.

영시의 경우에는 낭송이 아주 중요한 역할을 합니다. IWP의 기간 동안 강당을 가득 메운 천여 명의 청중 앞에서 낭독공연의 형식으로 여러 명과 함께 서너 편의 시를 읽었던 경험이 있습니다. 영시의 경우에는 낭송음반이 음원차트의 상위권을 차지하는 경우도 종종 있습니다.

사랑의 철학

지난 시간에 잠깐 언급했었던 셸리의 「사랑의 철학」("Love's Philosophy")의 첫 연을 큰 소리를 내며 여러 번 읽어봅시다.

> The fountains mingle with the river,
> And the rivers with the ocean,
> The winds of heaven mix forever
> With a sweet emotion;
> Nothing in the world is single;
> All things by law divine
> In one another's being mingle;—
> Why not I with thine?

> 샘물은 강물과 뒤섞이고,
> 그리고 강물은 바다와 뒤섞이고,
> 하늘의 바람은 영원히 뒤섞이네
> 이렇게 달콤한 정서와 함께.
> 세상에 있는 어떤 것도 혼자가 아니네.
> 신성한 법칙에 의해 세상 만물은
> 서로 서로의 존재 속에서 뒤섞인다네.
> 그런데 왜 나는 당신과 그러지 못하는가.

영시개론 수업임에도 불구하고, 3교시의 끝 무렵이 되는 지금까지 영시를 실제로 읽지 않았던 이유는, 아니 읽지 못했던 이유는 시를 읽는 안목이 훈련돼있지 않다고 판단했기 때문입니다. 21세기 초의 눈으로 읽을 수 없다면, 그저 암기를 강요하는 Teaching 중심의 수업과 다를 바가 없어집니다. 오래전의 시를 읽더라도, 지금의 눈으로 읽을 수 있는 비판적인 관점이 선행학습 돼있어야 했기 때문입니다.

셸리의 낭만적 사랑의 철학은 남의 밭으로 가야할 물도 자기 밭으로 멋대로 끌어들인다는 아전인수(我田引水)의 행위처럼 보입니다. 샘물이 강물과, 강물이 바다와 뒤섞이는 것처럼 하늘의 바람이 영원히 뒤섞이는 건 자연스러운 현상입니다. 그러나 그게 시인의 "달콤한 정서"를 합리화하는 철학적인 근거라고 규정할 수는 없습니다. 소위 '낭만적 사랑'이 문제가 되는 경우, 그리하여 성희롱이나 더 나아가서 성폭행이 돼버리는 이유는 사랑의 상대에게도 그런 정서가 있는지 확인하는 과정이 생략돼버렸기 때문입니다. 대권후보였으며 도지사였던 사람도 이런 착각 속에서 궁극적으로 만인의 지탄을 받게 될 행동을 거리낌 없이 했던 것이겠죠.

"세상에 있는 어떤 것도 혼자가 아니"며 "세상 만물은 서로 서로의 존재 속에서 뒤섞"이는 게 "신성한 법칙"일 수 있습니다. 그런데 이 시의 특징은 상대의 반응이 보이지 않는다는 점입니다. "그런데 왜 나는 당신과 그러지 못하는가."라고 일방적으로 질문하는 건 '나'는 "신성한" 위치에 있고 '당신'은 '나'의 "법칙"을 무조건 수용해야 한다는 폭력적인 강요가 될 수 있습니다. 낭만주의가 노예무역을 옹호하는 제국주의의 이데올로기로 쉽게 전환된 이유가 여기에 있습니다.

비판적 상상력

그러므로 이제는 '낭만적 사랑'처럼 아무리 좋아 보이는 내용이라도 "누가 말하고 있는가?"(Who is speaking?)라고 질문해야합니다. 그리고 소위 "달콤한 정서"에 있어서 '당신'과 의견이 다르다고 말할 수 있는 비판적 상상력을 갖춰야합니다.

> See the mountains kiss high heaven
> And the waves clasp one another.
> No sister flower would be forgiven
> If it disdained its brother;
> And the sunlight clasps the earth,
> And the moonbeams kiss the sea;
> What are all these kissings worth
> If thou kiss not me?

> 산들이 높은 하늘과 키스하는 걸 보라,
> 그리고 파도가 서로서로를 꽉 붙잡는 것을.
> 어떤 누이 꽃도 용서받지 못하리라

만약 그 오빠 꽃을 멸시한다면.
그리고 햇빛은 땅을 꽉 붙잡고
그리고 달빛은 바다에게 키스한다네.
이 모든 키스들이 도대체 무슨 소용이람
만약 당신이 내게 키스를 해주지 않는다면.

근대의 끝자락이라는 시대적인 전환기에 살고 있기에 근대의 이데올로기를 비판적으로 읽는 데 있어서 심리적 장애가 그리 크지는 않습니다. 그래서 이 시의 결론이 되는 제2연에서 네 번 반복되는 '키스'라는 말 앞에서 '낭만적 사랑'의 "달콤한 정서"를 극적으로 불러일으키는 대신에, "누이 꽃"으로서 "오빠 꽃을 멸시"할 수도 있으며, 그게 "용서받지 못하"는 행위일지라도 별 상관이 없다는 기분이 듭니다.

근대의 정서가 바뀌는 코스, 혹은 그 꼬투리라도 감을 잡을 수 있다면, 행복의 길로 전환되는 굉장히 중요한 삶의 기회가 될 수도 있습니다. 이런 비판적 안목이 훈련돼있지 않다면, 나 자신에게조차 알 수 없는 분노와 동시에 불안과 우울을 느끼게 될 수도 있습니다.

영시개론 수업시간에 진행되는 것처럼 충분한 설득의 과정을 선행하지 않고, 근대이데올로기를 확신하고 있는 어머니와 아버지의 "달콤한 정서"를 멸시하고 비웃는다면, 반드시 분노의 반응을 초래하고야 말 것입니다. 가족의 내부갈등이 세계관의 갈등을 슬기롭게 풀어갈 수 있는 지혜의 부족 때문에 기인하는 경우가 많습니다.

'낭만적 사랑'에 관한 비판적인 글 읽기에 불편함을 느끼는 학생이 있을 수 있습니다. 안 보고 싶었던, 굳이 볼 필요가 없었던 현실일 수 있습니다. 그걸 억지로 보게 만드는 작업을 하고 있는지도 모르겠습니다. 그러나 내가 지금 누구를 기분 나쁘게 하거나 모욕하려고 하는 게 아닙니다. 그러한 불편한 심정을 넘어서면 세상을 제대로 읽어나가는 '시적 상상력'의 힘이 생길 것입니다. 학기가 다 지난 뒤에서야 비로소 느끼게 되어 이 강의를 다시 들으러오는 경우가 종종 있습니다. 물론 세상이 격변하고 있기 때문에 이 강의도 계속해서 크게 바뀔 가능성이 많습니다.

프랑스혁명

근대이데올로기가 확고하게 자리를 잡게 만든 사건은 프랑스혁명입니다. '나는 너를 사랑해'라고 말하려면 '나'와 '너'의 자아의식을 전제로 합니다. 동서고금을 통틀어서 사랑에 목숨을 걸었던 사례는 너무나도 많습니다만, 노예(농노)에 불과했던 민중 전체가 들고 일어나게 만든 건 루소 등의 연애소설이었습니다. 루이 16세와 함께 교수형에 처해진 마리 앙투아네트는 그냥 재수가 없었습니다. 새로운 체제가 아직 법으로 제도화돼있지 못하여, 말하자면, '가짜뉴스'에 희생된 셈인 거죠. 그런 걸 자유와 평등의 근대국가이념으로 제도화한 사람이 왕정복고의 나폴레옹입니다.

워즈워스(William Wordsworth)의 낭만주의는 책이 비쌌던 시절 보통사람의 언어로 쉽게 쓰인 외울 수 있는 짧은 시로 근대사상을 보편화시켰습니다. 그리하여 사랑하지만 가난하여 결혼허락을 받을 수 없었던 젊은이들이, 일확천금의 꿈을 꾸고 30%의 커미션을 노리고 상아를 수집하기 위해 삼분의 일 정도는 풍토병으로 죽는 위험을 무릅쓰고 아프리카로 떠났던 것입니다. 이게 『어둠의 핵심』의 커츠의 스토리입니다. 별로 신경 쓰지도 않는 것 같은 데이지를 향한 '낭만적 사랑'에 일방적으로 목숨을 거는 『위대한 개츠비』의 이야기도 있습니다. 지금 시대의 관점에서 보면 다소 미친 짓들이지만, 그래도 위대하다고 말할 만큼 대단한 짓들이죠. 이런 비판적인 평가가 요구되는 세상이기에, 커츠 이야기의 화자 말로우와 개츠비 이야기의 화자 닉이 필요해집니다.

할리우드의 대작들, 예를 들어, 마블영화도 말로우와 닉 등의 비판적인 시선을 간과하면 처참하게 실패하곤 합니다. 그러니까 TV드라마 혹은 영화 시나리오를 쓰려고 한다면 "달콤한 정서"를 꿈꾸는 과정을 중시하되, 그게 "신성한 법칙"이라고 일방적으로 믿거나 혹은 과도하게 주장하는 실수를 범하지는 말아야합니다.

이곳은 다소 불편한 정서의 놀이터입니다. 앞으로 영원하자는 낭만적 사랑을 그저 믿을 수 있다면, 얼마나 마음이 편하겠습니까. 그렇지만 그런 맹목적인 믿음은 내면의 숨겨진 갈등을 증폭시켜 파국을 초래할 가능성이 높습니다. 이게 이상한 말이라는 걸 압니다. 그렇지만 이게 더 이상 이상하지 않은 세상에 살고 있기도 합니다. 그리고 이런 생각은 중요하고도 위험합니다. 아는 사람끼리, 그러니까 '낭만적 사랑'의 불안정함을 과감하게 인정하면서 살아나가는 '업자들'끼리만 할 수 있는 말이겠죠.

현대인의 사랑

지금까지 읽은 1810년의 시와 1960년대의 시, 피버(Vicki Feaver)의 「코트」("Coat")를 비교해봅시다.

Sometimes I have wanted
to throw you off
like a heavy coat.

때때로 나는 원했어요
당신을 벗어던져버리기를
마치 무거운 코트인 것처럼.

Sometimes I have said
you would not let me
breathe or move.

때때로 나는 말했어요
당신이 내게 허락해주지 않는다고
숨 쉬거나 움직이거나를 말이죠.

But now that I am free
to choose light clothes
or none at all.

그러나 이제 나는 자유예요
가벼운 옷을 선택하거나
또는 아무것도 안 해도 돼요.

I feel the cold
and all the time I think
how warm it used to be.

나는 추위를 느껴요
그리고 언제나 생각해요
그게 얼마나 따뜻했던가를.

쭉 읽어나가는 데 거부감이 들지 않았을 것입니다. 우리와 거의 동시대의 정서를 담고 있기 때문입니다. 연인이나 부모와의 인간관계 등에 비춰보면서, 내 경험일 수도 있겠다는 생각이 듭니다. 「나는 자연인이다」라는 인기가 많은 TV프로그램의 주인공처럼, 어머니가 "시골에 가서 조용히 살고 싶다"라고 푸념하는 경우가 있을 수 있습니다만, 진짜 속마음은 아닌 경우가 많습니다.

외로움의 구조화

작년도의 어떤 학생은 피버의 시 「코트」보다 더 멋있게 '사랑과 외로움'이라는 제목의 에세이로 현대인의 삶을 위한 창의적인 해결책을 구조화해냈습니다. 다소 길지만 결론부분의 두 단락을 읽겠습니다.

애인이 있어도 외롭다. 이는 애인과 나의 문제이고 서로 간의 사랑이 부족해서 외로운 것이다. 이런 생각을 하는 사람은 많고, 나조차도 이렇게 생각했었다. 이런 생각을 지니고 있었음으로, 외로움을 느낄 때마다 남자 친구에게 타박을 하며 요즘 소홀하다는 등의 잔소리도 하고, 그로 인해 싸움도 적지 않게 했다. 반복적인 싸움에 지쳐갈 무렵 나는 남자 친구와 거리를 두는 시간을 가지자고 제안하였다. 시간을 가지는 동안, 나는 외로움을 느꼈다. 남자 친구가 나에게 잘해주지 않아 외로움이 발생하여 이별을 하게 된다면, 나의 외로움이 해소될까? 이 생각이 참이 된다면, 사람들은 연애도, 결혼도 하지 않을 것이다. 혼자 있을 때 외로움이라는 감정의 씨앗은 존재하고, 그것은 비단 혼자 있을 때만 일어나는 것이 아님을 알게 되었다. 결국 나는, 남자 친구와 있어도 외로운 감정이 드는 것은, 남자 친구의 애정에 대한 문제가 아닌 내가 외로움을 수용하는 태도의 문제라는 것을 알게 되었다. 나의 외로움을 관리하고 통제하는 것은 남자 친구도, 엄마도 아닌 나 자신이라는 것이다.

외로움을 관리하는 것이 바로 지속적으로 사랑을 이어나갈 수 있는 방법이라고 생각한다. 외로움이라는 씨앗은 결국, 사람의 마음에 혼자 있던, 애인과 있던, 가족과 있던 존재하는 것이고, 그것과 마주보는 나의 시각에 따라 독이 될 수도 있고, 좋은 길로 나아가 관계를 우호적으로 만들 수도 있다. 외로움을 긍정적으로 받아들이고 개인 시간을 가지고 명상을 통해 바라본다면 이는 고독이라는 긍정적 에너지가 되어, 나 자신에게 좋은 영향을 미치게 되고, 반대로 외로움을 두려워하고 불안해하며, 타인에게 이에 대한 책임을 묻는다면 우울감과 좌절감이라는 부정적 에너지로 발전하게 되는 것이다. 이는 타인, 사랑의 경우 가족과 사랑하는 사람과의 관계에 '내'가 어떤 모습으로 마주하는지에 대해서도 영향을 미치며, 결국은 관계의 지속에 영향을 미친다는 것이다.

만성우울증의 질문에 관한 답변이 여기에까지 이르렀습니다. 이제 그 대답을 요약해야 할 시간입니다. 정신과의 상담에서 "어떠세요?"하고 물을 것입니다. 내가 고정되어 있는 게 아니며, 또한 내가 하나가 아니라는 인식이 처방전의 첫머리에 있어야합니다. 그리고 멘토(mentor)가 없는 세상이라는 걸 알아야합니다. 지혜는 지식처럼 배울 수 있는 게 아니니까, 뭐든지 스스로 생각해내야합니다.

영국의 르네상스

이탈리아의 13~14세기의 르네상스에 비하면 16세기에 시작된 영국은 후진국입니다. 목동이 자연을 예찬하는 전원시(Pastoral)인 크리스토퍼 말로우(Christopher Marlowe)의 「열정적인 목동이 자신의 사랑에게」("The Passionate Shepherd to His Love")는 대표적인 르네상스 시편입니다.

이탈리아의 소네트를 수입하여 셰익스피어가 훨씬 더 수준이 높은 영국의 소네트로 업그레이드하였고, 극소수 귀족의 근대화에 머무르고 말았던 이탈리아의 르네상스와 달리, 영국의 주력언어를 프랑스어에서 영어로 전환하도록 만들었던 희곡작품들 등을 통해서 국민 대다수의 르네상스가 되도록 기여했기 때문에, 근대문화의 수입국 영국이 선진국 이탈리아를 제치고 세계문명의 선도자 역할을 하는 기틀을 마련하게 됐습니다.

르네상스가 전근대에서 근대로 넘어가는 결정적인 시대적 전환기였던 것처럼, 근대에서 탈근대로 넘어가는 결정적인 시대적 전환기인 지금도 마찬가지 상황으로, 유사한 도전에 직면하고 있습니다. 그래서 인문학이 중요하며, 그중에서도 정수라고 말할 수 있는 '시적 상상력'의 힘을 키우는 과정이 미지의 미래를 대비하는 교육훈련의 핵심이 돼야합니다.

첫 번째 연을 읽어보겠습니다. 시행 끝의 '(a)'와 '(b)'는 반복되는 각운의 구조를 강조하기 위해서 첨부하였습니다.

Come live with me and be my love, (a)
And we will all the pleasure prove, (a)
That valleys, groves, hills, and fields, (b)
Woods, or steepy mountain yields. (b)

와서 나와 함께 살아서 내 사랑이 되려무나.
그러면 우리에게 있는 온갖 즐거움이 알려지겠지
계곡들, 작은 나무숲들, 언덕들, 들판들,
숲들이나 가파른 산이 산출하는 것들이.

첫 행의 'love'를 '사랑'이라고 번역했지만, 사실은 그냥 무뚝뚝한 경상도 남자의 고백처럼 "내 아기를 낳아도!" 혹은 "내 아내가 되어도!" 정도의 퉁명스러운 고백입니다. 그러니까 '아내'라고 번역하는 게 더 적절할지도 모르죠. 그리고 'pleasure'도 현대 독자의 기분을 감안하여 '즐거움'이라고 번역했지만, 사실은 '산출물' 즉 재산을 자랑하는 말입니다. 그러니까 눈에 보이는 전부 다 내 거니까 내 아내가 돼달라는 말입니다. 이런 결혼은 지금도 가능합니다. 중매결혼의 경우, 재산을 주요사항으로 고려하기도 하니까 말입니다.

영시의 뉘앙스(nuance) 훈련

And we will sit upon the rocks,
Seeing the shepherds feed their flocks,
By shallow rivers to whose falls
Melodious birds sing madrigals.

그러면 우리는 암벽 위에 앉아있게 되겠지
목동들이 양떼 먹이는 걸 보면서,
얕은 여울 옆에서, 물 떨어지는 소리에 맞춰
새들이 아름다운 가락으로 마드리갈을 부르네.

두 번째 연 때문에 영시가 영어 자체의 훈련과정이 됩니다. 여러 해 전에는 단어나 문장의 함축성이나 미묘한 차이, 즉 뉘앙스 훈련에 집중했습니다. 그런데 영문학과에 요구되는 시대적 사명이 엄중하여 이제는 안타깝게도 자주 공부하지 못합니다.

마지막 2행을 자세히 읽어봅시다. 마드리갈은 짧은 서정시이니 새들의 찍찍거리는 소리가 노래의 멜로디처럼 들린다는 말입니다. 그런데 "to whose falls"가 문제입니다. '시적 상상력'이 요구되는 이러한 영어실력은 AI 시대의 자동번역기가 넘볼 수 있는 영역이 아닙니다. 이런 수준은 일상 언어의 차원을 넘어서니까 미국인이라고 해서 더 잘할 수 있는 게 아닙니다. 이런 곳에서 자신의 영어실력을 입증할 수 있습니다.

"whose"는 "shallow rivers" 즉, "낮게 흐르는 시냇물"이라는 '선행사'와 동일한 의미를 가진 관계대명사입니다. "falls"는 '동사'가 아니라 '나이아가라 폭포(Niagara Falls)'에서처럼 '명사'입니다. 깊게 흐르는 물은 시끄러운 소리를 내지 않습니다. 졸졸졸 시끄럽게 흘러내려가던 시냇물이 얕은 바위에서 폭포처럼 떨어져 내리면 아주 시끄러운 소리가 울려나올 것입니다. 그러한 소리가 새들이 아름다운 가락으로 부르는 서정적인 노래에 맞춰 울려 퍼지는 악기의 반주 같다는 뜻입니다.

순정만화의 여주인공

3연과 4연과 5연을 계속해서 읽어나가겠습니다.

And I will make thee beds of roses,

And a thousand fragrant posies,

A cap of flowers, and a kirtle

Embroidered all with leaves of myrtle;

그러면 내 그대에게 장미로 된 침대를 만들어주겠지

그리고 수천 개의 향기로운 꽃다발을,

꽃 모자를, 그리고 도금양(桃金孃)

이파리로 온통 수놓은 낙낙한 가운,

A gown made of the finest wool

Which from our pretty lambs we pull;

Fair lined slippers for the cold,

With buckles of the purest gold;

가장 예쁜 양들에게서 우리가 뽑은

가장 좋은 털실로 만든 가운을.

순금의 버클들이 달린 넉넉하게

안감을 댄 겨울용 덧신들을.

A belt of straw and ivy buds,

With coral clasps and amber studs:

And if these pleasures may thee move,

Come live with me, and be my love.

산호(珊瑚) 걸쇠들과 호박(琥珀) 장식 못들이 달린

밀짚과 담쟁이 꽃봉오리들로 만든 벨트를.

그러니 이런 즐거움들이 그대의 마음을 움직인다면,

와서 나와 함께 살자구나, 그래서 내 사랑이 되려무나.

경제력이 닿는 한 화려하게 꾸며진 여성상이 그려집니다. 꽃모자 등을 하고 있는 순정만화의 여자주인 공의 원조가 이곳인 것 같습니다. 결혼식 때 부케 등 신부를 꾸미는 장식품들도 이와 같은 정서를 기본으로 하고 있겠죠.

내면의 사랑

마지막 행, "Come live with me, and be my love"를 이 시의 제1행인 "Come live with me and be my love"와 비교해보세요. 그리고 아래에 있는 이 시의 마지막 행과 비교해보세요.

> The shepherds's swains shall dance and sing
> For thy delight each May morning:
> If these delights thy mind may move,
> Then live with me and be my love.

> 5월이면 매일 아침 그대를 기쁘게 하려고
> 젊은 목동들이 춤추고 노래할거야.
> 이런 기쁨들이 그대의 마음을 움직인다면,
> 그러면 나와 함께 살아 내 사랑이 되자.

무뚝뚝한 남자처럼 물질적인 관점에서의 결혼을 요구하고 있지만, 전근대의 남성과는 달리 상대 여성의 내면에서 우러나오는 사랑을 갈구하고 있는 심정이 살며시 드러납니다.

> (1) Come live with me and be my love,
> (2) Come live with me, and be my love.
> (3) Then live with me and be my love.

무뚝뚝하기 짝이 없었던 이 시의 제1행이었던 (1)과 달리 (2)번의 가운데에 있는 상대방의 반응을 살피는 것처럼 보이는 쉼표(,) 그리고 이 시의 마지막 행인 (3)에 이르러서 입으로도 발화되는 "그러면 (Then)"이라는 단어는 이 시를 근대화의 시작점인 르네상스를 대표하는 시라고 판정하게 만듭니다.

압축성장의 문학적 과업

일본에 의해 패망한 건 이씨조선, 즉 전근대였습니다. 일제 시대가 시작되면서 과업은 전근대에서 근대로의 전환이었고, 이러한 역사적 임무를 한국문학이 감당해냈습니다. 유럽이 르네상스에서 프랑스혁명까지 500여 년의 세월 동안 전근대에서 근대로의 전환과업을 수행했다면, 한국은 1910년 한일합병 이후

1930년까지 20여 년이라는 짧은 기간에 전근대에서 근대로의 전환과정을 어지러울 정도의 빠른 속도로 진행해야 했습니다.

서구보다는 바빴지만 한국보다는 느긋하게 진행됐던 일본의 제국주의가 유럽모델을 본받아 한국 등에 대한 폭력적 식민지배정책을 채택했다면, 뒤늦게 고속성장을 해야 했던 한국은 평화적 근대화작업의 모델이 됐습니다. 소수의 선진국을 제외한다면, 세계 거의 대부분의 국가는 다른 국가를 침략하고 약탈하지 않는 압축성장정책을 채택하지 않을 수밖에 없는데, 한국이 이 분야의 모델이 될 수 있었습니다.

김유정의「봄봄」

세계적으로 가장 많이 번역된 한국의 단편소설은 김유정의「봄봄」입니다. 말로우의 시가 '부자'를 주인공으로 하고 있다면, 김유정 소설의 스토리는 가난한 머슴이 주인공입니다. [부록-7] 그럼에도 불구하고 사랑의 확인 작업은 말로우의 르네상스 시와 유사하게 진행됩니다. 물질적인 빈부격차가 뚜렷하게 드러나는 근대화의 폐해도 데릴사위 노릇을 하는 머슴과 장인의 권력서열에서 드러납니다. 김유정의 소설이 르네상스로 진입하는 전 세계인의 마음에 공감을 불러일으키는 이유는 비록 머슴의 신분이기는 하지만 '나'를 좋아하는 점례를 위해, '나'의 자아의식이라고 정의할 수 있을 자존심을 지키기 위해, 그러니까 이러한 '나'의 영역을 지켜내지 못한다면 너와 나의 대등한 낭만적 사랑의 관계는 성립될 수 없으니까, 자신의 전부를 걸고 미래의 장인에게 용감하게 도전하고 있기 때문입니다.

전 세계의 '머슴'들

얼마 전 종로 3가 횡단보도의 전신주에서 위와 같은 벽보를 만났습니다.

중국교포여자들을 등쳐먹는 사기꾼을 조심하자는 벽보입니다. 「봄봄」의 남녀주인공의 역할이 뒤바뀌었으며, 그것도 악의적으로 변형된 사건입니다. 이러한 벽보에도 불구하고 중국교포여자들이 르네상스의 세계관을 벗어나 제대로 된 근대화의 과정을 학습하지 못한다면 계속해서 거짓사랑의 사기에 당하게 될 전망이 안타깝게도 높아 보입니다. 전근대의 사회를 이제 막 벗어나려는 공동체 속에 살고 있을 전 세계의 「봄봄」의 '머슴'들이 '데릴사위'라는 명칭에 속아 헛된 꿈을 꾸면서 여러 해에 걸친 노력봉사를 하게 될 것입니다.

건축학개론

수지라는 배우를 국민 여동생으로 만들었던 영화 『건축학개론』과 거의 같은 시기에 상영됐던 황순원의 소설을 바탕으로 한 영화 『소나기』는 처참하게 실패했습니다. 국민영화가 돼버린 『건축학개론』과 대조적으로 『소나기』는 1,200명 정도의 관객으로 종영됐다는 신문기사를 그 당시에 봤습니다.

둘 다 첫사랑을 소재로 비슷한 이야기를 하고 있는데, 하나는 국민적 공감대의 형성에 성공하고 다른 하나는 원작의 유명세에도 불구하고 폭삭 망해버린 이유가 무엇인지 분석해보지 않을 수 없습니다. 둘 다 낭만적 사랑이란 '달콤한 정서'를 바탕으로 하지만, 그 예술적 재현의 방식에서 크게 차이가 납니다. 그건 '시적 상상력'의 힘의 발휘 여부에서 기인한다고 판단됩니다.

이제 시간이 부족하더라도 여유가 있는 것처럼 천천히 토론을 해봅시다.

(1) "『소나기』가 르네상스적이라면, 『건축학개론』은 사랑의 복잡한 이면을 알고 있는 대학생의 수준인 것 같습니다.": 적절한 논평입니다. 그러나 이론적인 토론의 차원이 아니라 문외한끼리의 감상평인 것 같습니다.

(2) "과연 '달콤한 정서'가 어떻게 이 두 영화에서 드러나는지, 낭만적 사랑은 과연 무엇인지 질문하게 됩니다.": 『건축학개론』에는 주인공 1과 주인공 2가 있다는 게 결정적인 차이입니다.

(3) "순수한 대학생이 현실세계에 물들어가는 과정인 것 같습니다.": 교수가 설명해주면 암기할 사항이 되지만, 학생 본인이 찾으면 자기의 것이 됩니다. 그렇게 되면 그러한 설명의 논리를 다른 데에도 적용할 수 있는 힘을 갖게 될 것입니다. 그래서 없는 시간이라도 짜내어 학생들 간의 토론을 유도하고 있습니다.

(4) "『소나기』가 말로우의 시를 닮았다면, 『건축학개론』은 피버의 시를 닮은 것 같습니다.": 아주 좋은 착안입니다. 그러나 이론적인 구조화는 어떻게 구축하는 게 좋을까요? 그냥 느껴지는 인상비평(impressionism)을 넘어서는 체계화작업이 다른 사안에도 적용할 수 있게 할 것입니다.

『건축학개론』의 포스터를 보면 액자(額子) 구조의 특징이 뚜렷하게 드러납니다. 수지가 아련한 첫사랑의 여주인공으로 국민여동생이 된 바탕에는 '타락한 여자'처럼 보이는 한가인의 이미지의 희생이 있었습니다. 수지는『소나기』의 소녀와 같은 역할을 하고 있는데,『건축학개론』에서는 바깥의 액자에 둘러싸여 있는 스토리의 여주인공입니다. 즉 근대의 끝자락에 있는 '낭만적 사랑'의 아련한 상징이 된 것입니다.

노스탤지어와 유토피아

낭만주의에서 본격적으로 시작되는 근대의 이데올로기는 과거에 대한 노스탤지어, 즉 향수(nostalgia)와 미래에 대한 유토피아(utopia)로 특징지어집니다.『건축학개론』은 '첫사랑'의 추억을 비롯한 '사랑'의 양가성(兩價性), 즉 이상과 현실을 둘 다 포괄하고 있습니다. 이게 지금 시대의 유력한 문화적인 무기들 중 하나입니다.

김유정 소설의 '머슴'이나 사기꾼 주의라는 벽보에서 거짓사랑에 사기를 당하는 여성들은 뭣 때문에 피해를 보고 있는지도 모릅니다. 일본군인 소수가 한국을 식민 지배했습니다.『소나기』와 같은 순진함만 있었던 한국인은 일방적으로 당할 수밖에 없었습니다. 그러나 이제는『건축학개론』과 같은 '시적 상상력'의 힘을 갖추고 있습니다. 일본군 성노예 문제로 인해 발생한 한일 간의 경제적 갈등 속에서 묵시적으로 진행된 일본제품 불매운동은 일본맥주를 판매품목에서 사라져버리게 만들어버렸습니다. 이제는 더 이상 식민 지배를 받지 않을 수 있게 된 것입니다. 이는 북한의 남침통일전략의 무기력함을 미리 입증해주고 있습니다.

디즈니영화의 변신

『겨울왕국』(Frozen)은 디즈니영화의 성공적인 변신을 거듭해서 입증합니다. 디즈니 영화세계 속의 사랑이 변했습니다. 더 이상 이성 간의 로맨스라는 낭만적 사랑의 이상(ideal)이 중심이 아니며, 두 자매가 화해하며 끝나는 이 영화처럼 더 이상 '키스'로 끝나지 않습니다. 가족 간의 사랑이라는 새로운 이상에 의해 권좌에서 내려왔습니다. 근대의 끝자락에 있는 이 시대에 낭만적 사랑은 효력을 상실한 이야기라는 걸 디즈니도 잘 알고 있는 것 같습니다. 그럼에도 불구하고. 어린이영화라는 본질을 고려할 때 노스탤지어와 유토피아를 두 축으로 하는 이상(ideal)을 계속해서 제시해야할 필요가 있습니다. 이 영화에서 결론지어진 '가족 간의 사랑'은 임시방편의 해결책일 뿐이라는 게 앞으로의 도전과제입니다.

(이 수업 얼마 뒤에 개봉된 후속작『겨울왕국 2』(Frozen 2)가 이러한 도전과제를 훌륭하게 극복하여 대단한 성공을 거두었습니다. 두 번째 작품의 핵심주제는 '가족 간의 사랑'을 바탕으로 하면서도, 방탄소년단(BTS)의 성공공식처럼 탈근대시대의 혼란상 속에서도 실효적인 자아의식을 구축하려는 노력을 포기하지 않는 마음자세를 보여주는 것이었습니다.)

4교시 내면의 자아

마이크로소프트 입사 프로젝트

마이크로소프트사 기획설계자 킴킴(Kim Kim)이 대한민국명상포럼에서 "빅데이터(Big Data)와 불이(不二·Non Duality)"란 주제로 특강을 했습니다.[10] 빅데이터는 AI의 기반이고, 불이(不二)는 불교의 중도(中道)사상입니다. 세계 최고의 AI전문가가 불교의 핵심사상에 심취하고 있다는 말입니다. 지난주에 이 내용을 접하고 '시적 상상력'의 관점에서 AI와 명상의 연결고리를 새롭게 전망한다면, '마이크로소프트 입사 프로젝트'를 짜볼 수도 있겠다고 생각했습니다[부록-8].

소위 스펙의 준비에 전념하는 건 취업업무의 준비를 하려는 것이겠죠. 맡을 업무를 충분히 준비해 취업한다는 전략 자체가 무리한 목표 같습니다. 해당업무에 따라 영어가 필요 없을 수도 있고, 토익 900점이어도 영어를 잘 못한다고 평가받을 수도 있습니다, 취업을 준비하는 데 있어서 가장 중요한 목표는 발전 가능성을 보여준다는 것입니다.

로봇은 단순하고 특수한 지능만을 필요로 합니다. AI공포의 원인은 인간이 필요하지 않은 특이점을 초래할 범용지능(General Intelligence)의 능력 때문이며, 세계적 AI전문가 킴킴이 선불교명상에 심취하는 이유라고 말합니다. 그는 한국 국적을 유지하고 있고, 그게 유리하다고 말합니다. 특이점을 해결할 실마

---

10 백성호, 「인공지능 시대, 명상과 영성이 필요한 까닭은」, 『중앙일보』, 2019.09.16.

리를 찾으려는 게 진짜 AI전문가가 되는 길이겠죠. 생각 없이 AI대학원에서 실무훈련을 쌓는 것보다 더 시급한 고민일지도 몰라요.

지난 시간에 조성모의 「가시나무 새」를 예로 들었던 것처럼 우리에게는 상식인 게 서양인들에게는 어려울 수도 있습니다. 마치 논리적인 사고가 서양인들에게는 상식인데 우리가 어려워하는 것처럼 말이죠. 낭만적 자아의 한계를 극복하는 유력한 방안들 중 하나는 자아가 하나가 아닌 여러 개의 행동자들(agents)로 발현된다는 거겠죠. 철학자 데넷까지 인용할 필요도 없이 동양적인 사고로는 자연스럽게 도출되는 결론입니다.

세계로 진출하기에 필요한 대표적인 기능들 중 하나는 지금 연구하는 '시적 상상력'에 의한 '독창적인 아이디어'이며, 다른 하나는 영어실력입니다.

자아의 탄생

한국 학생들은 부끄러워서인지, 자신이 없어서인지, 반대 의견일지도 모르는 걸 말했다가 불이익을 받을까봐 두려워서인지, 하여튼, 완전한 문장으로 질문하지 않는 경우가 흔합니다. 그래서 학생의 단편적인 언급을 근거로 그 속내를 추론해야 하죠.

말로우의 다음 2행에 관해 뉘앙스까지 검토했던 이유는 무엇이었을까요?

By shallow rivers to whose falls
Melodious birds sing madrigals.

얕은 여울 옆에서, 물 떨어지는 소리에 맞춰
새들이 아름다운 가락으로 마드리갈을 부르네.

르네상스가 근대사상의 시작이라는 걸 보여주기 때문입니다. 근대를 형성하는 문학적 상상력의 시작입니다. 대학교라는 체제 혹은 지금 내가 입고 있는 양복 등 지금 살고 있는 세상을 만들어냈던 문학적 상상력에 의한 것입니다. 거의 전부 다 상상력으로 만들어내게 된 거죠. 그런데 지금 현재 그러한 상상력이 더 이상 힘을 제대로 발휘하지 못하기 때문에 세상이 혼란스러워졌습니다. 이어질 다음 세상이 문학적 상상력으로 어떻게 만들어가야 할지 짐작이 가지 않기 때문에, AI에 대한 공포가 생기는 겁니다.

다시 읽어보니 '나', 즉 자아의 탄생장면입니다. 세상은 '나'로부터 만들어졌습니다. 새소리와 물소리가 서정적인 노래를 부른다고 규정하는 게 바로 '나'입니다. 바로 이 순간 인간은 자연에 대해 '신'으로 등극합니다. 왕의 상상력만 중요시됐던 왕권의 시대, 즉 중세를 방금 벗어났습니다.

이 시는 목동의 자연예찬 장르, 즉 목가(Pastoral)에 속합니다. 나는 한국문학의 서정시를 비웃는 편입니다. 예전 선비들처럼 음풍영월(吟風咏月), 즉 바람이나 달만을 노래 부른다고 말이죠. 왜냐고요? 말로우의 '목가'에 어울리는 르네상스 시대의 사상에 집중하기 때문입니다. 그렇다고 그런 정서를 싫어한다거나, 내게 그런 정서가 없다는 말은 아닙니다. 한국문학의 주류가 그런 시대의 정서에 머물러 있으면 안된다는 주장일 뿐입니다.

완벽한 배우자

『잠자는 숲속의 미녀』(Sleeping Beauty)라는 동화의 마지막 장면에서 두꺼비가 공주에게 키스를 한 다음에 '펑'하고 왕자로 변신합니다. 그런데 지금의 현실로 돌아와서 질문을 해봅니다. "세상에는 두꺼비가 많아요, 아니면 왕자가 많아요?" 이에 착안하여 만든 영화가 드림웍스(Dreamworks)의 『쉬렉(Shrek)』이죠.

벤제브(Aaron Ben-Ze'ev)는 「완벽한 배우자를 찾아서」("How to find The One")라는 에세이에서 미국 독신자들의 69%가 현실에서 경험하는 관계와는 다르게 "진지하고 오래가는 낭만적인 관계"를 찾고 있다는 "Match(연애 상대)"라는 데이트사이트의 2018년도 여론조사결과를 인용합니다. 하나뿐인 완벽한 배우자를 찾는다는 낭만적인 사랑의 이념이 50%의 이혼율과 불행한 결혼생활을 만들고 있습니다.

모든 인간관계에는 유효기간이 있습니다. 그 기간이 계속해서 연장되려면 당연히 서로 노력해야합니다. 이게 '썸'이 유행하는 이유일 것입니다. 물론 부모형제 등 가족과의 관계에 있어서도 같은 원리가 적용되겠죠.

사랑하는 사람을 공격하는 이유가 있지도 않을 완벽한 이상형의 기준 때문은 아닌지 반성해야합니다. 나는 가끔 내게 "내 꼬라지('꼴'의 사투리)를 알자!"라고 속삭입니다. 낭만적 상상력이 근대의 우리가 물려받은 핵심유산이기에, 자칫 쓸데없는 상상력의 지옥에 빠지게 됩니다.

결혼상대를 만나기 전에는 "키도 커야한다"고 주장하다가도 실제로 만나고 난 뒤에는 "키만 커도 좋다"로 바뀌어도, 행복해합니다. 벤제브 교수는 낭만적 사랑이라는 궁극적인 성취보다는 삶과 사람의 변화에 맞추는 '양립, 공존이나 조화가능성(compatibility)'이 핵심덕목이라고 말합니다. 그리하여 온라인이든 오프라인이든 중매벤처산업의 점검표의 우선순위에서 "유머보다는 친절함, 재산보다는 지성"을 상위에 배치하는 게 효과적일지 모른다고까지 제안합니다.

결혼101 강좌

"1. 행복의 거의 모든 부분이 결혼의 영향을 받는다. 2. 이혼은 인생 경험에서 두 번째로 스트레스가 많은 사건이다. 3. 기혼자의 50% 정도가 이혼한다. 4. 아주 많은 기혼자가 불행함을 느낀다."라는 결혼제도의 현실 앞에서, 노스웨스턴대학교의 결혼강좌가 14년간 지속된 이유를 분석한 「결혼 101 강좌: 영혼의 동반자(Soul Mate)는 없다」는 읽어볼 만합니다.[11]

19세기 후반부 빅토리아시대의 '집안의 천사(Angel in the House)'라는 결혼관의 시대적인 착오를 인지하지 못하고, 조지 부시 미국행정부는 "건강한 결혼 장려정책"(The Healthy Marriage Initiative)을 펼치고 한국정부는 성과가 거의 없는 출산장려정책에 200조 원에 가까운 예산을 허비했습니다. 사랑은 운이며 맞는 사람을 만나는 거라는 대중문화에 부합하는 "행복하게 잘 살았답니다"라는 스토리('happily ever after' story)를 가진 예전의 디즈니영화를 이제는 영상세대의 3살 아기도 외면하는 실정입니다.

지금 우리가 살고 있는 근대라는 시대의 기본제도는 낭만적 사랑을 기반으로 핵가족이 형성되고, 그걸 기초로 하여 수립된 국민국가입니다. 국가를 유지하기 위하여 군대와 학교가 설립되었습니다. 학교는 '홍익인간(弘益人間)'의 양성소라고들 하지만, 사실은 국가생활에 필요한 기본자질을 훈련시켜주는 곳입니다.

그런데 왜 중·고등학교에 다니면서 불만이 가득했던 것일까요? 그건 교육의 바탕이 되는 이데올로기가 흔들리고 있기 때문입니다. 그리하여 왜 공부하는지 충분히 납득할 수 없었기 때문입니다. 내가 하는 말이 체제 비판처럼 들릴지도 모릅니다. 그렇지만 이게 근대의 끝자락에 있는 현실입니다.

공무원시험에 합격하여 군청에 근무하게 된 학생이 있었습니다. 축제준비에 동원됐습니다. 전근대적이거나 근대적인 상사의 안 될 것만 같은 지시사항들을 극복하면서, 탈근대 성향의 군중을 성공적으로 동원하려는 전략을 수행해야 했습니다. 어느 누구도 이러한 시대적 갈등이라는 문제에서 도망칠 수 없습니다.

급변하는 세상을 제대로 읽어내어 그 앞머리에 설 수 있다면 웃으면서 인생을 살고, 뒷머리에서 쫓아가거나 혹은 거꾸로 가고 있다면 힘들고 괴로울 것입니다.

결혼101 강좌의 4개의 주제를 분석해봅시다.

자아의 이해

"결혼이 제대로 작동되려면 당신에게 맞는 사람을 찾아야한다는 잘못된 생각을 고치는 데 놓여 있다. 사실은 당신이 맞는 사람이 돼야만 한다."라는 게 이 강좌의 기반입니다. 그 핵심 논리는 다음과 같습니다.

11 Christine Gross-Loh, "The First Lesson of Marriage 101: There Are No Soul Mates," The Atlantic, Feb. 12, 2014 (https://www.theatlantic.com)

우리의 메시지는 기존의 문화에 반한다. 우리의 초점은 당신이 맞는 사람인가에 놓인다. 19, 20, 21살짜리를 가르치고 있으니까, 인생의 이러한 단계에서 할 수 있는 최선의 것을 생각해야한다. 그건 맞는 사람을 찾으러 나선다기보다는 자신이 누구인지, 자신이 어디에 있는지, 어디 출신인지 이해할 필요가 있게 만드는 일을 한다. 그래야 같이 있을 수 있는 적합한 동반자를 초대할 수 있게 될 것이다.

이러한 목표를 성취하기 위한 학습활동으로 "일기쓰기, 친구들과 약점에 관해 인터뷰하기, 자신의 가치관들을 파악하기 위해 노력하기" 등을 제시합니다. 왜냐하면 "문제의 원인들에 대해 무지하다면 경험하게 되는 문제들을 자기 자신이 아니라 남의 탓으로 돌리는 경향"이 생기기 때문입니다. 최선의 방법은 문제들을 "책임감 있게 받아들이고 효과적으로 처리하는 방법을 배우는" 것이기 때문입니다.

14년 전에 시작된 강좌의 기본 프레임이 크게 안 바뀐 것 같은 느낌입니다. 첫째, 심리적인 발달과정의 측면에서 지금의 20대는 예전의 청소년 수준이고 대학교 고학년 학생이라도 예전의 20대와 유사한 성장통을 겪고 있기 때문입니다. 둘째, '자아의 이해'라는 목표가 전제하는 자아자체가 문제적입니다. 결혼이 문제가 되어 공부의 대상이 된 이유는 근대적 자아의식 자체에 대한 회의에서 비롯됩니다. "너를 찾아라."라는 말이 무리한 요구처럼 들리는 세상입니다. 그러니까 '하나'뿐인 자아가 아니라 '움직이는 자아' 혹은 '여러 개의 자아들'을 전제로 하여 자아의 이해 노력을 재해석해야합니다.

일기쓰기 등의 학습활동은 대체적으로 적절합니다. 비난의 손가락질을 바깥으로 돌리면, 무조건 잘못된 행위입니다. 그런 태도는 누구와도 같이 있기 어렵게 만들 뿐입니다. 그러므로 자기반성의 일기쓰기는 좋은 습관을 형성하게 되겠죠.

나에게 화살을 돌리면, 내가 매력 있는 사람이 돼갈 것입니다. '백마를 탄 왕자'를 무작정 기다리는 여성들이 아직도 있습니다. 실제로 어디선가 사우디의 왕자가 첫눈에 반했다고 다가온다 하더라도, 준비가 되어 있지 않다면 받아들이기보다는 놀라서 도망치기에 바쁠지도 모릅니다.

그리고 일기쓰기보다 훨씬 더 어려운 게 이번 학기의 과제인 에세이쓰기입니다.

피할 수 없는 갈등을 더 잘 처리하는 방법

"당신의 과거와 당신이 자라온 가족을 이해하는 것이 현재의 당신과 당신이 무얼 소중하게 생각하는지 이해하게" 만들 것이라는 전제하에서 부모 인터뷰라는 학습활동을 진행하는데, "가장 보람 있었던 과제로" 여겨졌답니다. "친밀한 관계 속에서는 상대방에게 쉽게 전해질 수 있는 엄청난 힘을 갖게 된다는 것을 배웠어요. 이게 인간관계에서 상호신뢰와 상처받기 쉬움이 요구되는 이유예요."라는 감상평이 그 효과를 말해줍니다.

"비난하기, 과도단순화 또는 자신을 피해자로 생각하기 등이 불행한 커플과 실패한 결혼생활의 공통된 요소들"이기 때문에, 갈등을 한 사람이 이기면 상대방은 지는 제로섬 게임으로 보는 대신에 "어깨를 마주 대고 서서 문제를 함께 바라보는 두 사람"이라고 생각하는 패러다임 전환이 필요합니다.

상대방을 방어자세로 만들어 벽을 치게 만들어버리는 "당신은 말이야"라는 진술이나 "언제나" 또는 "결코" 같은 단어들로 시작하여 서로 손가락질을 하는 대신에, 갈등의 구체적 해결기술로써 "당신이 Y의 상황에서 X를 했을 때, 나는 Z를 느꼈어"라는 XYZ 진술법이 제안됩니다.

나이가 들어가면 사랑하기가 어려워집니다. 어떤 사람을 사랑한다는 건 그 사람이라는 '보따리'를 사랑하는 것이기 때문이죠. 차분한 대화가 어려운 한국의 상황에서는 부모 인터뷰보다 부모 관찰이 더 적절한 방식 같습니다.

인간관계가 깊어진다는 건 '취약해진다는 것(vulnerability)'이므로 상처받기 쉬워집니다. 법의학적으로 치정관계로 인한 살인사건의 경우 치명적인 타격 한 번이면 되는데 이미 죽을 또는 죽은 사람을 아주 여러 번 찌르기 때문에 쉽게 알 수 있다고 말합니다. 달콤한 신혼의 기간이 끝나는 신호가 뭔지 아세요. 치약 짜놓은 상태 같은 아주 사소한 것 때문에 상대방에게 화가 나기 시작할 때랍니다.

그러므로 사람에게 화를 내지 말라는 충고는 아주 의미가 있습니다. 종업원에게 다짜고짜 화를 낸다면 진상고객이 되겠지만, "아까 커피를 줄 때 이러이러한 행동을 했는데, 그러면 손님은 화가 나겠죠."라고 구체적인 사안을 진술한다면, 화를 낸 것보다 더 큰 효과가 있을 것입니다. 잘못돼버린 관계를 구해내라는 말이 아니라, 왜 그렇게 돼갔는지 그리고 개선 가능한 상황인지 이해하는 능력이 필요하다는 말입니다.

좋은 결혼에는 기술이 필요하다

낭만적인 문화를 갖고 있어서 "기술을 훈련한다거나 대화기술에 관해 이야기하는 게 다소 비낭만적으로 보일 수" 있습니다만 이건 중요한 일입니다. 잘못된 문화적 신화들 중 하나가 결혼생활이 쉬울 거라는 생각입니다. 그리하여 "대부분이 결혼생활에 필요한 적절한 대화기술을 갖고 있지 못합니다."

"나는 너를 사랑해"라는 말로만 충분히 행복하던 시절이 분명히 있었습니다. 100세 시대이니까 공식적으로 2번의 결혼이 제도적으로 허용돼야 한다는 주장이 등장할 만큼 전혀 다른 시대가 다가오고 있습니다. 어떤 시대가 오는지 아무도 잘 모른다는 게 사실이라서, 앞 세대의 지식인으로서 미안한 마음입니다.

동반자와 비슷한 세계관

10여 년 전 50대의 70%, 그리고 60대의 80%가 부부관계가 불행하다는 내용을 개그프로그램의 웃음

코드로 활용하는 걸 본 적이 있습니다. "두 사람이 세상을 완전히 다르게 본다면 최상급 대화기술조차도 도움이 되지 않을" 것이라는 결혼101 강좌의 4번째 마지막 주제는 한국의 중년부부관계의 문제점의 핵심입니다.

> 결혼생활에서 행복하려면 상대방이 말하는 것뿐만 아니라 그 말 뒤에 있는 경험도 이해할 수 있어야만 한다. 그렇게 할 수 없다면 상대방의 처지가 어떤지 이해할 수 없어서 상대방을 공감하며 이해할 수 없기 때문이다. 그러면 최고의 대화라 할지라도 도움이 되지 않을 것이다.

공감을 바탕에 둔 이해를 하기에 필요한 세계관의 유사성을 결혼의 조건으로 고려해본 적이 없기 때문입니다. 이 지점에서 여러분이 자신의 부모를 도와줄 수 있습니다. 텃밭을 가꾼다거나 영화를 취미로 만든다거나 서로 공감할 수 있는 활동을 같이 하도록 유도함으로써 불행하다고 말도 못 하고 있는 부모를 행복하게 살 수 있도록 도와줄 수 있습니다.

> 하루를 어떻게 보내고 돈을 어떻게 쓰고 세상을 어떻게 바라보는지에 있어서 얼마나 비슷한지가 당신의 동반자와 하루하루를 행복하게 보내는데 큰 영향을 미칠 것이다. 그건 최초에 얼마나 매력적이었는지보다 더 중요하다.

비슷한 세계관을 갖고 있는지 확인해본 적이 없는 상대방이 부산국제영화제나 광주비엔날레 때문에 돈을 써가며 부산이나 광주로 가는 걸 이해하기가 쉽지는 않겠죠. 그러니까 "첫 눈에 반한다는 근대적 사랑의 사상은 신화일" 뿐이며 "사랑에는 많은 일이 필요하다"는 걸, 그러니까 공부를 해야 한다는 걸 명심하는 건 중요합니다.

전문가제도의 실패

톰슨(Derek Thompson)의 「전문가제도의 실패로 인한 미국의 존재위기」("Elite Failure Has Brought Americans to the Edge of an Existential Crisis")는 미국인 정체성의 핵심 3요소인 가족, 신과 국가에 대한 충성도, 즉 핵가족, 종교적 충성맹세와 국가자부심의 급격한 하락세 등 근대의 끝자락에 처해 있는 세상을 기록하고 있습니다.[12]

비유럽이민자와 무신론자가 증가하면서 서구의 전통적 신념이 쇠퇴하고, 자녀들과는 친밀한 관계를 유

---

12 Derek Thompson, "Elite Failure Has Brought Americans to the Edge of an Existential Crisis," The Atlantic, Sep. 5, 2019.

지하고 싶어 하지만 부모와는 거의 관계가 없는 기현상이 발생하고, 우울과 불안, 절망으로 인한 죽음인 자살의 증가 등이 기존의 사회제도가 무너져 내리고 있음을 말해줍니다.

밀레니얼 세대와 Z세대가 다른 점은 "공동체의 참여"를 중요시하고, "타자들에 대한 인내심"을 높이 평가하는 데 있습니다. 그들은 "무기력에 빠져 있는 세대라기보다는 경제적이고 사회적인 불의의 희생자들과 연대를 구축하는 데 초점을 맞추고" 있는 것 같습니다. "흑인의 생명도 중요하다", "미투" 또는 "의료보장운동" 등 "평등운동들의 핵심 배후세력은 청년층이며, 그들은 좌파나 민주당에 경도돼있다기보다는 권력의 제도적인 남용에 민감하여 그걸 교정하려는 데 아주 적극적입니다."

"(3D업종이라고 불리는) 이전의 제조업 직종, 신도들을 실망시킨 교회들, 여성들의 권익이 무시되는 전통적인 결혼제도 등 기존의 전통적인 제도들이 그 효력을 상실"하고 있지만, "이야기들이 해체되면서 동시에 다시 만들어지는 양상 등 둘 다를 고려해야만 합니다." 무자비한 진실은 "많은 사람들이 비틀거릴 가능성이 높다"는 것입니다. 그런 일들이 이미 존재합니다. 불안감의 증대, 자살, 즉 절망에 의한 죽음은 국가의 심각한 난맥상을 말해주고 있습니다.

근대적 시스템의 몰락현상 때문에 미국 같은 강대국일지라도 그 힘을 잃어가고 있으며, 새로운 공동체가 확립돼가는 기간 동안의 혼란상을 피할 수는 없다는 말입니다. 지금의 젊은이들은 음료수 하나를 사먹을 경우에라도 싸고 맛있는 것이라는 자본주의의 효용성 논리를 중시하는 근대화시대에 속하는 나와는 달리, 다소 비싸더라도 공감이 가는 것을 선택합니다. 근대적 구속 상태를 벗어나는 과정 속에서 불안과 우울의 무기력증과 투쟁해야겠지만, 그 가는 길을 읽어내는 '시적 상상력'의 능력을 제대로 학습할 수 있다면, 비틀거리기보다는 새로운 시대에 기여한다는 환희(bliss)를 경험할 가능성이 높습니다.

동북아정세의 진단

여야를 막론한 한국의 정치권이 자주 여론의 추이를 제대로 반영하지 못하는 이유도 이와 유사한 무지에서 나온다고 여겨집니다. 그리고 중국정부가 홍콩청년층의 정동을 이해하지 못하고 있는 이유, 그리하여 홍콩청년층의 과격한 반발을 유발하는 이유도 중국공산당중심의 중앙집권적 조국근대화시대의 정서에 의존하는 정치적 대안들이 밀레니얼 세대와 Z세대의 전혀 다른 정동을 감안하지 못하기 때문인 것 같습니다.

일본의 보편적인 한국인 혐오현상은 근대적 세계관의 몰락현상 속에서 유일하게 공통적으로 지지할 수 있는 '국가적 자부심'을 어떤 희생을 치루더라도 지켜내야 한다는 정동에서 나오는 것으로 보입니다. 한국인이 그에 대응하는 정동의 양상은 다소 다른 것 같아요. 그건 한국이 일본보다 근대화전략에 몰입하는 데 뒤늦었기에, 토인비(Arnold Toynbee)의 문화의 해바라기현상이라는 관점에서 볼 때, 탈근대로의 변화를 위한 운신의 폭이 다소 더 넓기 때문입니다. 일본인들은 속이 좁고 한국인들이 관대하다고 치부하기보다는, 서로가 처해 있는 역사적이고 사회적인 정황이 다르다는 점을 제대로 이해하고 설명할 수 있다면, 현재의 한일경제전쟁의 해결책이 각자의 분야에서 도출되기 시작할 수 있을 것입니다.

셰익스피어

영국이 인도와도 바꾸려 하지 않을 만큼 셰익스피어가 위대한 이유는 무엇보다도 말로우와 함께 이탈리아의 르네상스를 도입하면서도 아주 새롭게 개혁해냈다는 점입니다. 1920년대의 한국시단에서처럼, 전근대의 굴레를 벗어나 근대의 시 형식을 도입하기 위해 비슷하게 써내기도 결코 쉽지가 않은 과업입니다.

진짜 글을 잘 쓰는 사람에게는 내용뿐만 아니라 형식도 고려하는 상상력의 힘이 있습니다. 소설에 관한 에세이나 논문을 쓸 때 내용뿐만 아니라 화자(the narrator) 등 형식의 관점도 같이 고려한다면 좋은 성적을 받을 것입니다. 19세기의 사실주의와 달리 19세기 말의 어려운 모더니즘 작품들을 읽으려 할 때에는 필수적인 고려사항입니다.

셰익스피어는 "abba abba" 각운구성(rhyme scheme)의 8행(octave)과 "cdc cdc" 각운구성의 6행(sestet)으로 된 14행의 정형시였던 이탈리아 소네트(Italian sonnet)를 "abab cdcd efef gg"의 각운구성을 통해서 4행(quatrain)×3+2행(couplet)의 영국 소네트(English sonnet)로 탈바꿈시켰습니다. "내 애인의 눈은 태양 같지 않아요."라는 아래에서 읽게 될 130번의 첫 행에서처럼, "내 애인의 눈은 태양처럼 빛나요."라는 식의 이탈리아 소네트의 진부한 이미지를 지금 시대에도 어울릴 만큼 신선하게 '다시쓰기(re-writing)'하는 데 성공하고 있습니다.

이러한 셰익스피어의 예술적 성과는 엘리자베스 여왕이 직접 공연을 관람할 만큼 근대영국의 확립과정에 있어서 아주 중요한 정치적인 역할을 수행했습니다. 근대의 초석을 세우는 데 크게 공헌을 했으니, 인도가 대영제국의 발전에 아무리 큰 재정적인 기여를 했더라도 비교가 되지 않을 수밖에 없습니다.

영시개론 수업을 영문학의 고전인 『베어울프』나 초서의 『캔터베리 이야기』가 아닌 셰익스피어에서부터 본격적으로 시작하는 이유는, 고대영어를 따로 배워야 하는 이들 작품들과는 달리 셰익스피어의 영어는 지금 우리가 사용하는 근대영어의 시발점이기 때문입니다. 셰익스피어의 희곡들에서 "May God be with you.(신이 당신과 함께 하시기를)"에서부터 시작된 "Goodby"라는 단어의 변천사를 찾을 수 있습니다.

소네트 130번

"눈이 하얗다면, 그러면 그녀의 가슴은 회갈색이겠죠."라는 구절처럼, 이 작품에는 아주 도발적이면서도 '100일 기념 시' 같은 현대적인 감각이 있습니다.

My mistress' eyes are nothing like the sun;

Coral is far more red than her lip's red;

If snow be white, why then her breasts are dun;

If hairs be wires, black wires grow on her head.

I have seen roses damasked, red and white,

But no such roses see I in her cheeks;

And in some perfumes is there more delight

Than in the breath that from my mistress reeks.

I love to hear her speak, yet well I know

That music hath a far more pleasing sound;

I grant I never saw a goddess go;

My mistress, when she walks, treads on the ground.

And yet, by heaven, I think my love as rare

As any[13] she belied[14] with false compare.[15]

내 애인의 눈은 태양 같지 않아요.

산호가 그녀의 입술보다 훨씬 더 빨갛죠.

눈이 하얗다면, 그러면 그녀의 가슴은 회갈색이겠죠.

머리가 철사라면, 검은 철사들이 그녀의 머리에서 자라요.

빨갛고 하얀 다마스크 장미들을 본 적 있어요.

그러나 그녀의 뺨에서 그런 장미는 못 봤어요.

그리고 내 애인이 내쉬는 숨결 속에서보다

어떤 향수들에서 더 기쁨을 맛보았어요.

그녀가 말하는 걸 듣기를 사랑하지만, 나는 잘 알아요

음악이 훨씬 더 기분 좋은 소리를 갖고 있다는 걸.

---

13 any woman

14 misrepresented

15 misrepresented

여신이 걷는 모습을 내가 결코 본 적이 없음에 동의하지만
내 애인은, 그녀가 걸을 때, 땅을 밟고 터벅터벅 걸어가요.
허나, 맹세코, 내가 생각하는 사람이 진귀하다고 나는 생각합니다
거짓 비교로 잘못 말해졌던 어떤 여인보다도 말이죠.

3번의 4행(quatrain)의 도발을 감당하는 마지막 2행(couplet)의 결론이 보여주는 반전은 아가사 크리스티(Agatha Christie)의 탐정소설을 읽는 것 같은 스릴감마저 느끼게 해줍니다. 12행에서 계속되던 신화적인 이상형에 대비되는 애인의 몸에 관한 지극히 현실적인 묘사에도 불구하고, 애인의 기분을 상하지 않게 할 뿐만 아니라 더 큰 찬사를 받는 것 같은 느낌이 들게 하는 마지막 2행의 절묘한 전환은, 이탈리아 소네트의 진부한 묘사재현능력에 대한 예술적인 비판과 극복의지를 곁들이고 있기 때문에 더욱 경이로운 성취로 보입니다.

에세이의 성적평가기준

다음 주에는 9월 말 제출되는 첫 번째 에세이를 수업의 자료로 활용할 것입니다. 빨리 제출할수록 유리합니다. 왜냐하면 처음에는 자세히 분석하고 또 해결책도 풍부하게 제시할 가능성이 높습니다. 나중에는 이미 다뤘던 유사한 과제에 관해서는 설명을 생략하는 경향이 있을 테고 관심사가 다양해질 것이기 때문에 수업시간이 부족해질 것입니다.

학생이니까 당연히 성적평가에 관심이 많을 것입니다. 다음은 절대평가를 하는 경우의 성적평가기준입니다. 다음 시간에 실제로 제출된 에세이를 갖고 평가를 진행하므로 구체적인 평가기준, 그리고 그와 더불어 이 수업이 목표하는 바를 누구나 다 직접 확인할 수 있게 될 것입니다.

B+: (1) 주제와 관련되는 자료들의 수집
    (2) 논리전개의 일관성

A : (1) 필자 자신의 논리전개
    (2) 자료들에 관한 적절한 분석

A+: (1) 기존의 논리와 차별되는 창의성
    (2) 논리전개의 일관성

A++: 전문가 자질의 발현

A+++: 전문가의 경지

말을 하거나 글을 쓸 때 가장 기본적인 자질은 처음부터 끝까지 논리의 일관성이 있어야한다는 것입니다. B+라고 평가할 수 있을 이 수준까지는 무조건 도달해야합니다. 그렇게 하지 못한다면, 대학교에 안 다닌 것과 거의 마찬가지의 상태가 돼버립니다. 그러므로 앉아서 수업을 듣고 있는 것 자체도 아주 중요한 훈련입니다. 무슨 내용의 수업이든 관통하는 핵심논리를 갖고 있으니까요.

자기 나름대로의 논리를 갖고 말을 하거나 글을 쓰는 게 학점 A의 수준입니다. 학습한 자료들을 소화해서 자기 것으로 만들었다는 걸 뜻합니다. 이게 이번 학기의 최소한의 목표입니다. 모든 분야에서 목표를 달성할 수는 없겠지만, 적어도 한 분야에서만이라도 목표를 달성할 수 있기 바랍니다. 이 수준에서부터 공부가 진짜 시작됩니다. 누가 시켜서 하는 숙제가 아니라 자기가 하는 공부가 말이죠.

교수의 감탄을 이끌어내는 수준이 A+라는 평가입니다. 제대로 배운 것도 없는데 어떻게 창의성을 발휘하느냐는 질문을 할 수 있습니다. 그렇지만 청년시절이야말로 아직 제대로 영글지는 않았지만 기존의 체제에 반항하는 심정으로라도 정말로 새로운 생각이 익어가는 때입니다. 떠오른 아이디어가 너무 과감하다는 느낌이어서 용기가 나지 않는다면 교수를 찾아가세요. 기뻐하면서 수준을 업그레이드할 수 있도록 노골적으로 도와줄 것입니다.

(이 수업의 당시에는 A++와 A+++의 수준, 즉 전문가의 자질이 발현된다거나 전문가의 경지에 도달한 것 같은 판단이 드는 에세이들을 만날 거라고 기대하지 않았습니다. 그래서 그때에는 이 두 수준을 설명하지도 않았습니다. 다음 시간, 즉 5교시를 읽어보시면 알게 되겠지만, 학생들은 언제나 교수의 기대치를 뛰어넘습니다. 그래서 언제나 너무 신이 나서 수업을 진행하게 됩니다. 이게 30년이 넘는 교육자로서의 삶의 기쁨이었습니다.)

근대영시의 계보 [부록-9]

근대영시의 계보로 전체의 그림을 그려봅니다. 세상을 제대로 읽기 위해서 시적 상상력이란 비평적 안목을 훈련하는 데 초점을 맞추고 있기 때문에 언급된 시인들도 전부 다 다룰 시간이 없습니다. 그렇지만 전체적인 그림을 그려낼 수는 있을 것입니다.

"당신의 눈은 태양처럼 빛나요."라는 이탈리안 소네트가 말하듯 르네상스는 귀족들의 '놀이'에 가까웠어요. "내 애인의 눈은 태양 같지 않아요."라고 말하는 소네트 130번에서처럼 셰익스피어가 이탈리아 르네상스에서 과장된 화장기를 지워내면서 르네상스의 대중화를 이룩해냈죠.

영문학에서 중요한 3가지 시대는 근대의 초석을 마련한 셰익스피어, 근대사상의 기틀을 다진 낭만주의, 그리고 근대의 초극, 즉 탈근대를 모색하기 시작했던 모더니즘입니다.

1798년 낭만주의가 워즈워스와 콜리지의 『서정담시집』이라는 시집 한 권으로 시작된 것처럼 설명하지만, 그 당시에는 누구도 몰랐겠죠. 내가 지금 우리 시대가 근대의 끝자락이며 새로운 시대가 오고 있다고 말하지만, 지금 시대의 '이름'은 아직 모르죠. 아마도 50년이나 100년쯤 지난 뒤에 역사 속에서 그 위치가 확실하게 정해질 가능성이 높습니다.

이런 식으로 대영박물관의 1층 가운데에 자신의 인쇄물 전시관이 자리 잡고 있는 블레이크(William Blake)의 경우에도 오랜 세월이 지난 뒤에 발견됐습니다. 1960년대 탈근대의 시대를 본격적으로 연구하기 시작하면서, 근대의 시작점이 됐던 낭만주의의 중요성이 재발견됐습니다.

빅토리아시대의 질문

빅토리아시대의 핵심문제는 "도덕적인 발전이 가능한가?"라는 질문으로 요약될 수 있습니다. 나는 이걸 '빅토리아시대의 질문(Victorian Question)'이라고 명명했는데, 1850년대 이후 지금까지 그 해결책을 발견해내지 못하고 있습니다. 산업혁명으로 획기적인 경제발전을 이룩했지만, 소위 다윈(Charles Darwin)의 적자생존 법칙 외에 사회발전의 원리를 알지 못하고 있습니다.

그로 인해 원주민학살이나 노예무역 등 콘래드 등의 모더니즘 문학이 비판했던 문제들이 아직까지도 다른 형태로 지속되고 있는 느낌입니다. 이념이 없으니 광기가 일어나고 있는 셈이죠. 마찬가지로 한국의 교육제도의 근본문제는 적자생존 스타일의 경쟁의 논리 외에 효율적으로 적용할 수 있는 대안을 찾지 못하고 있다는 점입니다.

민족국가의 형성

1910년 한일합방과 1919년의 3·1운동 이후 1920년대는 한국의 근대문학이 태동하던 시기입니다. 3·1운동은 고종황제의 장례식에서 일제에 의한 독살소문 때문에 촉발된 군중의 분노표현이었고, 압박을 받았던 단일민족의 자연스러운 민족감정의 표출이었습니다. 근대국가를 민족국가(nation-state)라고 하는데, 한국처럼 하나의 민족이 하나의 국가를 형성하는 건 세계적으로 많지 않은 사례입니다. 이라크 등의 쿠르드 족이나 팔레스타인 등 국가의 분쟁 대부분이 민족과 국가의 불일치로 인해 발생하고 있습니다. 한국사의 이 부분에 관한 역사해석에 있어서 전문가집단의 합의가 제대로 이루어지지 않았습니다. 그리하여 민족을 중심으로 하면 임시정부에서부터, 그리고 국가를 중심으로 하면 해방 이후 1948년의 정부수립에서부터 근대국가의 출발점이라고 서로 다른 주장을 하면서 정치권에서 논쟁이 벌어지곤 합니다.

모더니즘과 한국의 근대화

서구 모더니즘(1890~1920)은 한국사에서 중요한 역할을 합니다. 왜냐하면 한국의 근대화가 본격적으로 시작되던 시기가 서구 모더니즘운동의 끝 무렵인 1920년대였기 때문입니다. 한국의 지식인들은 "런던다리 무너지네 무너지네"라고 서구문명의 몰락을 애도하는 T. S. 엘리엇의 『황무지』를 읽으며 자신의 조국의 몰락으로 인한 상실감에 공감했습니다. 그런데 한국의 지식인들이 몰락을 애도하던 건 전근대 이씨조선이었고, 엘리엇은 빅토리아시대 대영제국의 영광에도 불구하고 근대문명의 궁극적인 몰락을, 그러니까, 탈근대시대의 도래를 예고했습니다. 한국의 지식인들이 위로를 받았던 엘리엇의 스토리는 엉뚱하게도 한국에서는 아직 본격적으로 시작되지도 않았던 근대의 몰락을 예고하는 것이었습니다.

한국 근대지성사의 혼란상은 최초의 시라고 여겨지기도 했던 육당 최남선의 「소년」이 자아실현의 희망을 갖자는 르네상스 정신의 표현이었고, 김소월의 시편들은 낭만주의적 서정을 아름답게 구현하였다면, 동시대에 살았던 이상은 탈근대의 시를 썼다는 데에서 나타납니다. 전근대의 조선이 일본 제국주의에 의해 강제로 몰락한 토양 위에서 르네상스와 낭만주의 근대뿐만 아니라 엘리엇과 맞먹는 이상의 탈근대도 '짬뽕'처럼 함께 출현했습니다. 이상의 유명한 '13'이라는 상징은 근대를 대표하는 시계의 12진법을 초극하는 시간관의 표현입니다. 더욱 놀라운 사실은 영문학자 김기림이 그런 이상의 고뇌를 제대로 이해하고 비평적으로 옹호했다는 점입니다. 근대문명이 도입된 지 10년이 채 되지도 않은 시점에서 "아버지의 아버지의아버지의아버지의" 압력을 받으면서도 이상은 근대의 허약함을 감지했습니다. 그래서 결핵으로 죽어가는 몸을 이끌고 확인하기 위해 동경으로 갔던 것입니다. 자신의 예상대로 실망을 하였고, 건강이 허락된다면 런던까지 가보고 싶다고 소망합니다.

지금 근대의 끝자락에서 시대전환이라는 과제의 도전을 받고 괴로워하고 있겠지만, 1920년대 여러분의 선배들은 훨씬 더 어려웠던 과업을 성공적으로 대처해냈습니다.

짬뽕

전 세계 200여 개국에서 일본을 비롯한 20여 개의 선진국을 제외한다면, 거의 다 우리와 똑같은 문화사적인 경험을 하게 마련입니다. 씨족사회의 일원이었던 할아버지와 삼촌을 배려하라고 요구하는 부모의 전근대적인 과거, 취업하고 저축해서 결혼하라는 부모의 근대적인 현재의식을 가족이라는 구성원 속에서 경험하는 탈근대시대 여러분의 '짬뽕'문화는 한국 특유의 현상입니다. 이러한 원시, 전근대, 근대와 탈근대의 문화적인 짬뽕경험이 반영된 한국의 핸드폰과 냉장고 등 물질문명과 드라마, 영화와 대중음악 등 정신문화가 세계 곳곳에서 적극적인 공감대를 형성하는 이유가 여기에 있다고 나는 믿습니다.

자유와 평화를 수호한다는 미군은 공격하면서도, 곳곳에 파병된 한국군이 공격당하는 경우는 드뭅니다. 이라크에 파병된 한국군은 병원을 개방하여 지역주민을 치료하는 서비스를 제공합니다. 그러므로 주둔지가 공격당하는 일이 벌어진다하더라도, 그건 자신들의 부모 세대를 공격하는 셈이 되는 것이니 자체적으로 비난을 받게 됩니다.

「내 마음은 뛰노라」

1798년의 『서정담시집』은 서정시(lyric)과 담시(ballad), 즉 이야기 시로 구성되어있습니다. 낭만적 정신을 표현하는 대표적인 짧은 서정시 「내 마음은 뛰노라」("My heart leaps up")를 읽어봅시다.

> My heart leaps up when I behold
>   A rainbow in the sky:
> So was it when my life began;
> So is it now I am a man;
> So be it when I shall grow old,
>   Or let me die!
> The Child is father of the Man;
> And I could wish my days to be
> Bound each to each by natural piety.

> 내 마음은 뛰노라
> 하늘의 무지개를 볼 때면.
> 내 삶이 시작될 때에도 그러하였다.
> 내가 어른이 된 지금도 그러하니라.
> 내가 나이가 들어도 그러하리라.
> 그렇지 않다면 죽는 게 낫겠다!
> 어린이는 어른의 아버지이다.
> 그러니 내 나날들이 자연에 대한 경외심으로
> 매일 매일 묶여 있기 소망할 수 있기를 바라노라.

이 시의 핵심단어는 '나'입니다. '내' 또는 '내 마음'이라는 건 이전에는 없었던 권리입니다. 노예해방인 거죠. 그러니까 인간의 권리를 가진 근대적인 자아의 탄생입니다. 이건 엄청난 이야기입니다. 아무리 신기한 현상일지라도, 하늘의 무지개는 언제나 있었습니다. 중요한 건 내가 그 무지개를 보았고, 내 마음이 뛰었다는 경험입니다.

내 개인의 경험이 중요해지면서 관광산업이 본격화됩니다. 이것도 이전에는 없었던 일입니다. 조선시대를 배경으로 하는 TV드라마에는 자연경치가 거의 안 나옵니다. 등장인물들은 궁중의 복도를 맴돌 뿐이죠. 개인의 경험이 중요하지 않기 때문입니다. 『대장금』이 이러한 문법을 바꿨습니다. 아름다운 자연의 장면들이 많이 삽입됐고, 주인공 이영애의 낭만적 사랑의 스토리가 전개됩니다. 전근대에서 근대로 진입하기 시작하는 나라들이 정서적으로 공감대를 형성하기에 적절했기 때문에 전 세계적으로 큰 인기를 얻었습니다.

이 시의 영문판과 한국어판으로 효도카드를 만들고 부모에게 암기해서 낭송해드리라는 과제를 낸 적이 있습니다. 그것보다 더 좋은 건 이 시의 경험을 부모님과 함께할 수 있는 상황을 제공하는 것이겠죠. 세 시간 정도 소요되는 과천의 서울대공원 산책로 트레킹에는 비용이 많이 들지 않습니다. 이 시의 정신을 이해하는 여러분이 이번 주말에 부모님과 함께 걸으면서 '내'가 겪는 낭만적인 경험의 기쁨을 전달해드릴 수 있기 바랍니다.

"내가 어른이 된 지금도 그러하니라."에서 시간의 진전과정에 맞춰서 '어른(a man)'이라고 번역했지만 인간의 권리를 알게 된 '인간'이라는 의미가 강하게 들어있습니다. 이러한 인권의 자각만 있어도, 그런 '기미'만 알아도 우울과 불안이 너무 심해져 자살을 하는 지경에 이르지는 않을 것입니다. 이 시에서 노래하는 '무지개'의 경험을 영화 등의 취미로 번역할 수도 있을 것입니다. 그러니 다양한 취미활동은 도움이 됩니다.

"어린이는 어른의 아버지이다."에서 방정환 선생님의 어린이사상이 나왔습니다. 그러나 '어린이날'을 제정한 건 방정환의 업적이며, 동요 등 어린이문화가 제대로 확립돼있는 국가는 그리 흔하지 않습니다.

"자연에 대한 경외심"은 지금 시대에도 중요한 덕목입니다. 낭만주의의 본질을 외면하고 인간중심주의에 전념하여 '타자'에 대한 폭력적인 차별을 무차별적으로 저질러왔던 서구 제국주의의 폐해에도 불구하고, 낭만주의는 개를 비롯한 동물의 심리상태에까지도 깊은 관심을 기울이게 만드는 위대한 유산입니다.

낭만주의를 대표하는 시

「수선화」라고 번역되기도 했던 「나는 구름처럼 외롭게 떠돌았다네」("I wandered lonely as a cloud")는 낭만주의를 대표하는 시입니다. 런던, 스톤헨지에 뒤이어 매년 100만 명이 넘는 관광객이 방문하는 영국의 3대 관광지가 바로 호수지역(the Lake District)입니다. 경치가 아름답기도 하지만 바로 이 시 때문에, 낭만사상의 원천지이기 때문에 그토록 많은 사람들이 찾아갑니다. 영시의 경우 따로 제목이 없으면 첫 행을 제목으로 삼습니다.

I wandered lonely as a cloud

That floats on high o'er vales and hills,

When all at once I saw a crowd,

A host, of golden daffodils;

Beside the lake, beneath the trees,

Fluttering and dancing in the breeze.

나는 하나의 구름처럼 외롭게 떠돌았다네

저 높이 골짜기와 언덕을 계속 떠도는 구름처럼.

그때 너무나도 갑자기 나는 한 무더기를 보았다네

황금빛 수선화 무더기를.

호수 옆에서, 나무들 아래에서

미풍 속에서 펄럭이며 춤추고 있었네.

전근대, 예를 들어, 조선시대에는 거주이전의 자유가 없었습니다. 이 시의 주인공은 구름처럼 자유롭게 트레킹을 하며 돌아다닙니다. '무지개'를 보았던 경험처럼 내가 발견하는 경험에서 기쁨을 느낍니다.

Continuous as the stars that shine

And twinkle on the milky way,

They stretched in never-ending line

Along the margin of a bay:

Ten thousand saw I at a glance

Tossing their heads in sprightly dance.

은하수 위에서 반짝이고

그리고 끊임없이 빛나는 별들처럼

호수의 굴곡을 따라

수선화들은 끊이지 않게 이어져 있었네.

한 번에 힐끗 일만 송이를 볼 수 있었다네,

흥겹게 춤을 추면서 고개를 치켜 올리는 모습을.

The waves beside them danced; but they

Out-did the sparkling waves in glee:

A poet could not but be gay,

In such a jocund company:

I gazed—and gazed—but little thought

What wealth the show to me had brought:

수선화 주위의 물결이 춤추었다네. 그러나

환희에 있어 수선화들은 반짝이는 물결을 능가하였다네.

이렇게도 유쾌하게 어울리고 있으니

시인이 어찌 기쁘지 않을 수 있었으리오.

나는 응시하고, 그리고 응시했지만, 생각하지 못하였다네

그 광경이 나에게 얼마나 대단한 재산을 가져다주었는지를.

　이 시의 제목을 '수선화'라고 번역했던 이유도 꽃 축제가 많은 이유도 여기에 있습니다. "한 번에 힐끗 일만 송이를 볼 수 있었다네"라는 감탄의 경험을 제공하기 위해서 꽃 축제에서는 아주 많은 꽃을 한꺼번에 볼 수 있는 기회를 제공해줍니다.

시인의 응시

　그렇지만 이 시의 핵심내용은 3연의 "시인"이라는 단어에서 본격적으로 전개됩니다. 3연의 마지막 2행은 수선화 관광경험에 관한 것이 아닙니다. 이 시는 그것보다는 근대적 시창작의 비결을 말해주고 있습니다. 그래서 이 시의 제목은 '수선화'가 아니라 '나는 구름처럼 외롭게 떠돌았다네'가 돼야합니다.

　짧은 시임에도 불구하고 "응시하고, 그리고 응시했지만(I gazed—and gazed—)"에서 '응시하다'라는 행위가 두 번, 그것도 대쉬(—)를 첨부하며 일부러 공간을 더 넓히면서 강조됩니다. '시인'의 '응시'라는 행위의 중요성을 설득력 있게 설명하려는 게 이 시의 목적입니다.

　수많은 수선화가 피어있는 호수지역의 아름다운 광경을 관광하느라고 바빠서, 정작 중요한 "그 광경이 나에게 얼마나 대단한 재산을 가져다주었는지를" "생각하지 못하였다네"라고 반성합니다. 그러니까 관광의 경험보다 그 관광의 결과로 발생한 '대단한 재산(wealth)'이 훨씬 더 중요하다는 주장입니다. 'wealth'는 '재산,' 즉 '큰돈'입니다. 말하자면 수선화관광으로 '한 밑천'을 잡았다는 뜻입니다.

내면의 자아

'왜냐하면(for)'으로 시작하는 4연은 '대단한 재산'을 가져다주는 근대적 시창작 비결의 설명입니다.

> For oft, when on my couch I lie
> In vacant or in pensive mood,
> They flash upon that inward eye
> Which is the bliss of solitude;
> And then my heart with pleasure fills,
> And dances with the daffodils.

> 왜냐하면 가끔, 내가 침대에 누워
> 멍하니 있거나 또는 생각에 잠겨 있을 때,
> 수선화들은 저 내면의 눈 위에서 번쩍이는데
> 이는 고독이 주는 축복이라네.
> 그리고 그때 내 마음은 즐거움으로 가득 찬다네,
> 그리고 수선화들과 같이 춤을 춘다네.

『위대한 개츠비』를 작업하다가 많이 만났던 'couch'는 누울 수도 있는 소파입니다. '텔레비전 광(狂)'이나 '방귀신'을 뜻하는 'couch potato'라는 말에도 나오는데, '소파침대'라고 번역했었습니다. 시는 경험의 순간에 쓰이는 게 아니라, 나중에 '내면의 눈(inward eye)'에 의해 예상치 못한 순간에 플래시가 번쩍하듯 탄생된다고 설명됩니다.

수선화를 보았던 '육체의 눈'에 추가하여 그 경험을 시로 창조해내는 '내면의 눈'이 탄생하면서, 근대인간은 완성됐습니다. 그로 인해 자아의식을 갖춘 영국인들이 세계 곳곳에서 대영제국주의의 관리자들이 됐으니, 워즈워스가 예언했던 '대단한 재산'을 과장이라고 비판할 수 없습니다.

워즈워스는 '내면의 눈'이라는 자아의 탄생이 고독의 축복이라고 말합니다. 외로움(loneliness)은 심해지면 우울과 불안을 초래합니다. 그러나 고독(solitude)은 '나'라는 자아를 탄생시키는 축복(bliss)의 경험입니다. 똑같아 보이는 현상임에도 자아의식의 탄생여부에 따라 한 순간에 상황이 뒤집혀집니다.

'고독의 축복'이 있어야 사랑도 제대로 시작될 수 있습니다. "나는 너를 사랑해"라는 사랑행위의 두 핵심구성요소 '나'와 '너'는 고독의 축복을 즐길 줄 아는 자아의식을 갖고 있는 근대의 개인들이어야 합니다.

말로우의 "열정적인 사랑(passionate love)"이 쉽게 부서지는 이유는 '고독의 축복'을 받기에는 르네상스 자아에게 독립적인 존재의식이 부족하기 때문입니다.

인간 각자에게 내면의 힘이 생기게 하는 시입니다. 자아의식이 흔들리는 근대의 끝자락인 탈근대의 시대라고 하더라도, 낭만주의의 대안이 아직은 없으니 이 시에서처럼 자아의식이 제대로 만들어지고 난 뒤에 흔들려야하는 세상입니다. 자아의식의 탄생이라는 축복이 없다면 흔들리는 게 아니고, 그저 수동적으로 세월의 물결에 휩쓸려가게 될 뿐입니다.

여러분의 부모의 대부분이 이 시가 말하는 자아발견의 경험을 제대로 해보지 못했을 가능성이 높습니다. 조국근대화의 세월을 보냈지만 근대의 자아의식의 탄생이 내면에서 이루어지지 못한 경우가 많습니다. 여러분이 이 시를 통하여 근대적 자아의식을 알게 됐다면, 그 내면의 눈으로 아직 모르는 근대이전의 사람들에게 알아들을 수 있는 말로 설명해줄 수 있을 것입니다. 만약 그렇게 할 수 있다면, 그런 설명을 듣게 되는 사람은 평생 잊지 못할 기가 막히는, 『춘향전』의 심봉사처럼 눈을 번쩍 뜨는 것 같은 개안(開眼)의 경험을 하게 될 것입니다.

에세이 발표

5교시

학업수준의 자각기회

지금까지 제출된 첫 번째 9월 에세이들을 다 읽었습니다. 작년의 두 번째나 세 번째 에세이 수준에 도달한 것들이 많았습니다. 단군 이래 공부를 가장 많이 한 학생들이라는 말처럼 매년 학업수준이 기하급수적으로 향상되는 느낌입니다. 학생들 자신이 자기수준을 모르는 경우가 많습니다. 놀라운 수준에 도달해 있는데도 객관적으로 판단해본 경험이 없으니까요. 학습내용을 직접 가르친다기보다 스스로 평가할 기회를 제공하는 게 더 중요합니다. 3개월 동안에 어떻게 실력이 늘겠냐는 의심이 들 수도 있겠지만, 그런 놀라운 변화를 보여주려는 게 목표입니다.

협상의 전략

'의사소통에 관하여'라는 제목의 에세이의 마지막 부분입니다.

이 글을 쓴 본인도 과거에 협상을 실패한 경험이 많다. 누군가와 협상을 시도할 때 서로 배려하고 조금 물러서서 그 상황을 지켜보아야 했다. 그러나 그 상황에만 집중해서 마음이 급급하고 횡설수설하게 말하다가 약점을 드러내게 되는 경우가 많았다. 그러다보니 상대방의 요구 사항을 다 들어주게 되고 거의 양보하는 것과 다름없는 상황에 놓이는 일이 한두 번이 아니었다.

　이번 리포트를 작성하기 위해 여러 가지 정보를 조사하고 알아가면서 협상에 필요한 많은 기술들을 배울 수 있었다. 이 리포트를 보고 많은 사람들이 앞으로 겪게 될 많은 협상의 순간에 놓였을 때 차분한 자세로 협상전략들을 활용하면서 본인의 요구사항들을 성취해 나아가기를 바라며 이 글을 마친다.

"1. 서론, 2. 협상의 전략 및 예시, 2.1 협상 전략, 2.2 협상 예시, 3. 결론"으로 구성된 '목차'에서 드러나는 것처럼, 전형적인 리포트입니다. 참고자료 작성법에 따라 참고문헌도 첨부했습니다. 공부를 성실하게 잘하는 학생입니다. 지금까지의 수업에서는 좋은 평가를 받았을 수도 있습니다. 그런데 하라는 대로 했던 공부의 결과이지 소위 자기주도 학습은 아닙니다. 다음과 같은 평가와 발전방향을 참조하세요.

　　평가(B+/A): 공부를 잘하는 학생의 전형적인 노력의 낭비사례입니다. 자료수집과 자료분석의 능력은 아주 뛰어납니다. 삶과 글쓰기의 초점만 맞추어진다면 놀라울 정도의 발전이 예상됩니다. 요컨대 기존의 수업형태에서였다면 A+였을 것입니다. 그러나 '너무 많은 정보(TMI)'가 범람하는 시대에 이러한 자료수집과 객관적인 분석은 그 힘을 상실해버렸습니다.

　　발전방향: '의사소통'이라는 에세이의 제목부터 목표가 제대로 설정돼있지 않음을 보여줍니다. '협상의 전략' 등이 더 적절해보입니다. 똑똑한 학생인데 왜 이런 착오가 발생했을까요. 그건 자신이 주도적으로 하는 공부에 익숙하지 않았기 때문입니다. '협상'은 아주 중요한 기술입니다. 영업직을 생각해보세요. 협상, 특히 국제협상은 이 시대 경영진의 핵심능력입니다. 유명한 협상강의를 위해 아주 비싼 수업료를 지불해야 할 정도입니다. 자, 어떻게 돈이 되는 공부를 할 수 있을까요. 이 에세이를 다시 쓴다면, 조금 더 깊이 연구한다면, 그렇게 될 수 있을 것입니다. 이제 목표가 뚜렷해졌으니까요.

가위바위보

　에세이 「'가위바위보'」는 "남녀노소, 전국 각지, 만국공통 누구나 아는 게임 '가위바위보', 세상에서 가장 공평하고 깔끔한 게임이라 해도 무방하다. 이런 '가위바위보'가 나는 문득 궁금해졌다. 누가 이 게임을 언제, 왜, 만들었는지 어떻게 변화되어왔는지까지 알아보려한다."라는 문단으로 시작됩니다. 그리고 "나는 '어쩌면 어느 누구에게도 가장 공평한 가위바위보가 인간이 추구하는 바와 사회질서의 안정, 발전에 가장 큰 역할을 한 것은 아닐까?'란 생각을 해본다."라고 끝납니다.

　성실한 자세로 글쓰기에 임하고 있지만 생각이 뚜렷하게 정리돼있지 않은 경우에 나타나는 가장 큰 특징은 글쓰기 과정의 끝부분에 이르러서야 쓰고 싶었던 이유가 드러난다는 점입니다. 필자가 '가위바위보'라는 놀이에 관심을 가지게 됐던 이유가 밑줄 친 부분에서, 그러니까 가장 마지막 문장에서 뚜렷이 드러납니다. 마지막 문장이 첫 문장이 된다면, 아주 훌륭한 에세이로 향상될 가능성이 높습니다. 평가와 발전방향은 다음과 같습니다.

평가(B+/A): 가위바위보 게임이 함유한 공평한 규칙의 원리에 관한 자료들을 잘 정리하고 있으나, 필자 자신의 관점으로 통합할 수 있는 생각의 구조(the structure of concepts)라는 틀(framework)이 필요합니다.

발전방향(A): 심리게임의 측면이 세심하게 검토됐다면 아주 흥미로운 방향으로 연구가 발전됐을 가능성이 아주 높습니다.

발전방향(A+):

(1) 헤겔(Hegel)의 변증법 등에 나타나는 서구의 +/−의 이항대립보다 '가위바위보'라는 우리의 3항대립이 더 우수한 논리체계라는 측면을 철학적으로 연구할 수 있습니다. 문학평론가 이어령이 이 점을 지적한 바 있습니다만, 아마도 발표자는 그 사실을 모르고도 이어령과 유사한 통찰력에 도달했을 것입니다.

(2) 고전적 컴퓨터게임 핑퐁처럼 중독성 있는 게임으로 만들어질 수도 있습니다.

(3) 종이접기협회처럼 세계가위바위보협회의 한국지부를 만들게 될 수도 있습니다.

(4) 치매예방교육의 핵심사업으로까지 발전할 수도 있습니다.

근대여행의 핵심정동

「사람들은 왜 그렇게 뉴욕에 열광하는가?」는 단순한 여행기를 넘어서서 "그렇다면 뉴욕의 어떤 부분이 사람들을 이끄는 것일까?"라고 자문하며 여행의 본질을 탐구합니다.

"새해가 되고 옆에 있는 사람과 키스하는 것도 이상하지 않"고, "센트럴파크에서도 운동하는 사람들과 벤치에서 급하게 밥을 먹는 사람들 모두 서로를 이상하게 여기지 않"는 "뉴욕 사람들은 서로의 사생활을 중시하고 남이 뭘 하든 관심도 없"는 등 "서로의 자유를 존중해주고 그 안에서 자유를 즐길 줄 아는 사람들로 구성되어" 있는 "뉴욕 분위기 자체"를 발견합니다.

그리고 그 이유를 다음과 같이 설명하는 게 이 에세이의 결론입니다.

뉴욕에서는 모두가 자기서사를 가지고 있고 자신에 대한 확고한 자아가 있다. 더 중요한 것은 내 자아만을 생각해서 상대방을 대하지 않는다는 것이다. 상대방의 내면도 존중하면서 자신의 생각대로만 행동하지 않는다. 내가 뭘 하든 그것을 존중해줄 수 있는 사람들이 뉴욕을 빛나게 한다. 각자의 삶을 존중하면서 필요할 때는 누구보다도 잘 뭉칠 수 있는 뉴욕이야말로 현 시대가 따라가야 할 모습을 보여주고 있다고 생각한다. 이런 자유로운 분위기와 존중할 줄 아는 사람들이 모여 있는 뉴욕을 경험하기 위해 한 해에도 수만 명이 방문하고 있고 뉴욕을 그리워한다.

앞에서 읽었던 에세이 두 개와 달리 필자 자신의 생각을 말하고 있습니다. 그래서 B+가 아닌 A로 평가했습니다.

> 평가(A): 뉴욕여행에 대한 개인적인 기대감의 표현을 넘어서서 근대여행의 핵심정동을 잘 표현해내고 있습니다.
> 발전방향: 개인적 자아의 발현이라는 측면에서만 볼 때, 런던, 로마, 암스테르담 등 근대화가 제대로 진행된 서구대도시들의 보편적 특징을 뉴욕이 보여주고 있을 가능성이 높습니다. 뉴욕이 다른 서구근대의 도시들과 다른 점은 무엇일까요. 미국의 최대도시인 뉴욕이 보여주는 미국의 장단점은 무엇일까요. 더 나아가서 근대도시란 무엇일까요.
> 이상이 동경에 대한 자기 나름의 사상적인 분석을 확인하기 위해 죽어가는 몸을 이끌고 동경에까지 가서 직접 경험하려고 했던 것처럼, 뉴욕을 동경하는 차원을 넘어서서 뉴욕과 당당하게 맞설 정신적인 크기는 무엇일까요.

내가 학생의 글을 하나하나 읽을 때 무슨 행동을 하고 있는 것일까요. 여러분의 정신과 대결하고 있는 겁니다. 영화를 보러 가도 마찬가지인 거죠. 감독과 정신대결을 하러 가는 겁니다. 이상이 동경과 했던 것처럼, 방금 읽었던 뉴욕관광의 기록도 한국의 정신이 뉴욕의 정신과 대결을 펼치고 있는 장면입니다. 그러니까 교수인 나를 이기면 뛰어난 인재라고 평가받을 능력을 갖고 있다는 걸 입증하는 겁니다.

페스티벌의 미래

「내한공연산업과 영시개론」은 낭만주의 수업에서 배운 교훈, 즉 '분위기'의 중요성을 통해 본인이 직접 참여했던 페스티벌산업의 발전방향을 모색해보고 있습니다. 그 대표적인 사례로 "해발 800m에서 펼쳐지는 페스티벌이어서 그런지 태풍도 만나고 엄청난 더위도 만나면서 꽤나 고생을 했지만, 만약 기회만 된다면 계속해서 방문하고 싶다는 느낌을 주었던" 후지 락 페스티벌을 들면서, "제 마음을 그렇게 결심하게 만들었던 가장 큰 이유는 페스티벌 자체가 주는 낭만적인 분위기"였다는 점을 들고 있습니다. 그런데 구체적인 사업전망을 제시하지 못하고 있는 다음과 같은 결론부분이 문제입니다.

이런 '분위기'의 중요성을 제대로 느끼고, 실제로 성공하고 있는 사례들을 몸으로 직접 체험한 저는 한 가지 결론을 내리게 되었습니다. 물론 엄청난 라인업으로 구성된 페스티벌이나 내한 공연도 좋지만 특정 페스티벌만의 고유한 특징을 살린 분위기를 가진 페스티벌이라면 계속된 성공을 해낼 수 있지 않을까라는 생각을 하게 되었습니다.

제시됐던 평가와 발전방향은 다음과 같습니다.

평가(A): 공연산업의 효율적 경영의 핵심요소에 대한 적절한 분석, 그리고 공연산업체의 성공여부를 결정하는 요소에 관한 적절한 분석과 전망을 내릴 수 있는 안목을 갖고 있습니다.
발전방향:
(1) 연구의 측면: 탈근대예술의 핵심요소와 전망
(가) 낭만주의적 정서를 '분위기'라는 용어로 지적하고 있지만, 탈근대시대 예술의 핵심정동에 대한 분석이 필요합니다.
(나) 탈근대시대 고급예술의 정동이 대중예술산업에서 적용되는 경로에 대한 분석이 필요합니다.
(2) 적용의 측면:
(가) 기존의 성공사례 분석: 미술 전시분야
(나) 구체적인 사업계획 작성 및 제안

최근 미술전시회가 성황리에 개최되는 사례들이 늘고 있습니다. 다른 예술장르의 구체적 성공사례를 벤치마킹(benchmarking)하여 대중음악 페스티벌에 적용할 수 있는 능력을 갖고 있습니다. 이 경우 인문학적 연구방법론인 첫째, 이론적 분석과 둘째, 창의적 해결의 과정을 적용하면 될 것입니다.

물 한잔의 습관

「꾸준한 물 한잔이 사람을 바꾼다」라는 에세이는 여전히 고쳐지지 않는 한국인의 물섭취 부족문제를 해결하려고 어색하고 적응이 힘들지도 모르는 습관을 들여야 한다는 뱃맨겔리지 박사의『신비한 물치료 건강법』에 관한 독후감입니다.
물의 효능에 관한 자료를 자신만의 관점으로 잘 정리하여 적절한 결론에 이르고 있습니다. '물이 살아있다'라는 철학으로 유명한 일본의 연구자 등 물에 관한 다양한 연구결과를 조사하여 다이어트 산업 등 벤처사업 혹은 취업에 도움이 되는 창의력을 발휘해야 할 것입니다.

자신감의 힘

"확실한 것은, 예전에 비하면 분명 학벌이 좋지 않더라도 훌륭한 성과를 내는 사람들이 많아졌다는 것이다. 이들은 어떤 힘으로 학벌을 극복하고 취업에 성공할 수 있었던 것일까?"라는 의문에서 시작된 「가천대생이 서울대생을 이기는 방법」이라는 에세이는 질문이 정확했기 때문에, 다음과 같이 어느 정도 유의미한 결론에 도달합니다.

처음부터 잘할 수 있는 사람은 없다. 특히나 학생이라면 더더욱 그렇다. 그 예상치 못한 위기들을 대처하면서 성장을 하는 것이다. 본인이 지금까지 열심히 살아오지 않았다면, 똑같은 방법으로는 지금까지 열심히 살아온 사람을 이길 수 없다는 것을 알아야 한다. 활동 하나하나에 의미를 부여한 뒤 다른 분야에 연결을, 그리고 나만의 무언가를 도전해보는 것이 어떨까? 진정한 나를 표현하는 것만이 서울대생을 이길 수 있는 유일한 방법일 것이다.

그리하여 적절한 처방전을 발견하게 됩니다.

현실적인 생각에 앞서 우선은 시작을 하는 것이 중요하다. 그 시작을 유지하다보면, '나'에 대해 좀 더 알아갈 수 있는 시간이 된다. 내가 무엇에 관심이 많은지, 내가 무엇을 잘하는지를 알게 되는 것이다. 그러면 굳이 누가 말해주지 않아도, 그 다음에 해야 될 행동을 자연스럽게 알게 된다. 그러면서 성장하는 것이고 그러면서 자기만의 스토리를 만드는 것이다. 그렇게 나 자신만의 스토리가 완성되면 남들과 단순히 비교될 수 있는 것이 아니기 때문에 '자신감'이 생기는 것이다. 이 순간부터는 누가 오더라도 당당할 수 있고, 그것을 중점으로 '나'를 표현한다면 색다른 지원자가 될 수 있을 것이다.

"자신만의 논리로 수업시간에 학습한 내용을 정리해내는 데 성공"했으니 평가는 당연히 A입니다.

발전방향: 자기 자신의 말로 한 게 아니라 선생님의 말이나 용어를 사용하여 억지로 정리한 티가 많이 납니다. 아주 성실한 학생이라고 평가할 수 있습니다. 위와 같은 논리만으로 서울대생을 이길 수는 없을 것입니다. Killer Contents를 이론적인 측면에서만이 아니라 그걸 '나의' 상황에 적절하게 적용하여 '내가' 만들어낼 수 있다는 확신이 잘 불러일으켜지지 않습니다.
그러면 공부는 열심히 했는데 성과가 거의 없을 수도 있습니다. 이와 같은 주제에 있어서 내가 지금 당장 할 수 있는 게 무엇인가, 그걸 근거로 어떤 미래의 도전이 실질적으로 가능할 수 있을까 질문해야 합니다. 그리고 그 답변에 힘이 있어야, 즉 Powerful해야합니다.

자기인식의 힘

"누구나 감정에 기복이 있다고 하지만 나 스스로 종종 그것을 느끼고 인지하고 있다."는 자기인식의 힘 때문에 「Mind Control」이라는 에세이는 일정 부분 성공적인 결과를 획득합니다.

이제까지 경험을 돌아보면 감정상태의 저하는 홀로 있을 때 더 극심하게 나타나고, 기분이 좋아지거나 들뜰 때는 주로 누군가와 함께 있었다. 그래서 침체기에 빠져있을 때는 일부러 밖으로 나가 누군가를 만난다거나 생산적인 활동을 하는데 이는 침체기에서 벗어나는 데 도움이 된다. 살아가면서 모두가 변화무쌍한 감정의 변화를 겪는다. 다만 그때그때 그것을 얼마나 잘 조절하고 적절히 해소할 수 있느냐의 차이라고 본다. 다행히도 나는 완벽하진 않지만 스스로 어느 정도 제어하고 해소할 수 있는 방법을 알고 있다고 생각한다.

"자신의 정서를 객관적인 시선으로 일관되게 파악할 수 있는 능력을 일관된 초점으로 묘사해내는 데 성공하고" 있기 때문에 평가는 A입니다. 이런 서사능력은 마지막 문장에서 스스로 요약하고 있듯이 중요합니다. 한 가지 아쉬운 점은 '일기'에서처럼 자신의 정서향상에는 성과를 거뒀지만, 다른 사람을 돕거나 공동체에 도움을 주는 지혜로까지 발전되지는 못했다는 겁니다.

발전방향: 제대로 된 공부를 함으로써 얻을 수 있는 가장 중요한 성과는 자기 자신을 비롯한 세상을 읽는 능력이 커지는 것입니다. 자기 자신의 정서에 관한 연구이지만, 자기 자신이 속해있는 공동체의 영향을 직접 받고 있기에 발생하는 정서에 관한 연구이기도 합니다.

고삐를 놓쳐서 날뛰는 말처럼 완벽하게 통제되지 않는 불안과 우울이란 정서의 원인을 개인적 측면에서만 분석하는 자세는 회복탄력성에만 집중하는 자아심리학의 한계를 드러냅니다. 하나의 자아로 설명해낼 수 없는 공동체의 현실을 중복자아의 실태로 인식하기 시작한다면, 자신의 정서문제 뿐 아니라 다른 사람들의 유사한 문제도 해결하려고 나설 수 있습니다. 바로 이 지점에서 제대로 된 공부가 '돈'이 되기 시작합니다. 아주 쓸모가 있어지기 시작하며, 그래서 공부가 아주 재미있어지기 시작합니다.

비딱한 시선

"교육학의 대가 파커 팔머라는 작가"의 『가르칠 수 있는 용기』라는 책의 독후감 「가르칠 수 있는 '용기'」의 필자는 비딱한 시선이라는 시적 상상력의 힘을 갖고 있습니다.

텍스트 너머에 숨겨진 진정한 그의 의도는 텍스트로 그를 만나는 독자인 내가 당연히 알 수 없다. 그러므로 어느 순간, 며칠 전 책을 읽다가 문득, 나는 이 작가 역시 자신이 무엇에 대해 쓰는지 잘 모르고 있는 것이 아닌가에 대한 생각을 했다. 왜냐하면 인간이란 자신이 잘 모르는 것에 대해 길게 서술해야 할 때가 오면 최대한 상위개념만 빙빙 에둘러 말하다가 다급하게 다음 내용으로 넘어가는 경향이 있다. 대표적인 예시로는 공부를 충분히 하지 않은 학생들이 작성한 답안지가 있을 수 있다.

모더니즘의 세례를 받은 영문학도이기에 그 사상적 배경도 확실하게 파악하고 있습니다.

이런 내면의 문제들, 자아와 소통과 인간의 정신들이 얽힌 문제들은 지금 전 인류의 정신적 발전이 일어나고 있는 지금 시기에는 명확히 해결되거나 뚜렷한 해결책이나 매뉴얼이 없는 것이 당연하다. 왜냐하면 아무도 살아본 적 없고 심지어 생각하거나 느껴본 적도 없는 것이 우리가 지금 살아가고 또 나아가고 있는 포스트모던 시대이기 때문이다. 이 작가라고 해서 뭐 특별할 것이 없었을 뿐, 이 사람의 무지가 잘못이라고 할 수 없는 것이다. 우리는 다 같이 뭘 좀 모르고 있을 뿐이다.

이제 이 교육학의 대가를 뛰어넘을 준비가 됐습니다. 아니, 내 용어로 말하자면, 포월, 즉 그를 버리는 게 아니라, 그를 감싸고 넘어갈 준비가 돼있습니다. 그런데 이 글의 결론부분은 다음과 같습니다.

여기까지가 내가 이 책을 읽고 한 생각에 대한 글이다. 나 역시도 완벽한 결론을 냈다거나 생각을 깔끔하게 정리하지는 못했다. 그러나 적어도 내가 깨달은 것은 포스트모던 시대가 나에게 쥐어준 새로운 자아와 그것이 가져다 줄 기회이다. 어쩌면 이렇게 답이 없는 시대에 태어난 것은 나의 엄청난 기회일지 모른다.

새로운 우리를 마주한 한 우리. 이 책의 내용에서 내가 가장 동의하는 바는 제목에 있는 "용기" 단 두 글자이다. 작가가 의도한 것이 독자에게 용기를 심어주는 것이라면 작가는 분명 성공한 작가이다. 나는 이 책을 읽고 분명히 용기를 얻었다.

"처음부터 끝까지 자신의 관점을 지켜나가면서 비딱하게 읽는 능력을 아무나 쉽게 획득할 수 없다는 점에서 주목할 만했습니다."라고 평가하지 않을 수 없습니다. 그럼에도 불구하고 왜 그런 고생을 자처하고 있는지 질문하지 않을 수 없기 때문에, 아주 우수한 글이 되지는 못하고 있습니다.

발전방향: 만약 저자의 논리에 대해 불만이 있다면, 나는 너에게 불만이 있다고 말하는 과정을 넘

어서서, 그의 논리를 감싸고 넘어갈 수는 없는 것일까요. 이런 발전방향을 위해 나는 포월(포함+초월)이라는 용어를 사용하는데, 누군가를 이기는 진정한 방법은 그를 내 속에 포함시켜버리는 것이기 때문입니다. 이건 토마스 쿤(Thomas Khun)이 『과학혁명의 구조』에서 양자물리학이 뉴턴 물리학을 혁명적으로 계승한 과정을 설명하는 유명한 사례에서 찾아볼 수 있습니다.

인상비평

"소설을 원작으로 한 만큼 영화는 필연적으로 소설의 내용을 제한된 시간 안에 효과적으로 반영해야할 사명을 지니게 되는데, 영화 『Atonement』는 그것에 어느 정도 성공한 것으로 보인다."라고 평가할 만큼 「소설 『Atonement』와 영화 『Atonement』의 비교」의 필자의 학문적인 연구 실력은 탄탄합니다.

소설과 영화는, 기본적인 골자는 거의 같지만 영화의 경우 예술영화가 아닌 이상 아무래도 제한된 시간 안에 기승전결을 갖추어야 하고 또한 부분적으로는 관객에게 임팩트를 줄 수 있어야 하기에 생략되거나 조금 다르게 표현한 부분이 존재한다. 본 글에서는 이러한 차이점에 대해 다루어보고자 한다.

이 소설과 영화를 직접 읽거나 본 사람들에게만 흥미로울 수 있는 내용이기 때문에 상세한 비교과정에 관한 설명은 생략하겠습니다. 이 필자의 소설분석능력, 영화분석능력과 매체비교분석능력 등이 다 출중합니다. 그럼에도 불구하고 무언가 산만하다는 느낌을 지울 수가 없습니다. 인상비평(impressionism)에 그치고 만 느낌이 강합니다. 그 이유는 이 두 작품을 직접 경험하지 않은 독자에게도 이런 연구를 수행하는 이유를 설득할 수 있어야하기 때문입니다. 그런 수준에 이르기 위해서는 좋은 점과 나쁜 점을 두서없이 나열하는 것 이상의 체계적 연구가 요구됩니다. 그래서 A/A+의 평가를 했습니다.

발전방향: 비평작업에 있어서 핵심적인 과정들, 즉 용어의 정의, 기존의 이론의 틀 제시, 필자의 가설의 설정, 그리고 기존의 이론과 필자의 가설의 대립과 융합의 전개과정 등이 명백하게 제시됐다면 아주 훌륭한 글이 됐을 것입니다. 지금의 분석능력만으로도 충분히 그런 글을 쓸 수 있다고 믿습니다. 이론적 분석이 제대로 이루어지지 못했기 때문에, 소설과 영화의 장르분석에 관한 심도 깊은 논문으로 발전되지 못했다는 아쉬움이 남습니다.

영혼의 불꽃놀이

이제부터는 창의성이 반짝반짝 빛나는 에세이들을 읽게 됩니다.

(이번 학기 내내 이런 에세이들에 감탄하면서 읽다가 '영혼의 불꽃놀이'라는 용어가 떠올랐습니다. 경원전문대학 비서과 교수로 오랫동안 재직했는데, 지인들이 예쁜 아이들을 많이 보겠다고 부러워하곤 했습니다. 그런 지청구에 깨달은 바가 하나 있었는데, 그건 여성의 아름다움이 꽃과 같다는 것이었습니다. 어떤 학생은 저학년 때 아름답게 피어납니다. 톰보이(tomboy) 같던 학생도 그녀의 아름다움에 남몰래 감탄하게 하는 순간이 오더군요. 어느 정도 나이가 들어 결혼하는 제자의 남편을 만나게 되면, "자네 아내의 아름다움의 절정은 내가 보았었네."라고 혼잣말을 하곤 했답니다. 그런데 이번 학기에 젊은 영혼이 불꽃처럼 밝게 빛나는 순간을 많이 만났습니다. 이건 육체의 아름다움과 달리 앞으로도 계속해서 더 밝게 빛날 것 같아 더욱 기뻤습니다.)

멘탈이 털린다

「멘탈(mental)」은 "멘탈(mental)이 털린다"라는 요즈음의 속어를 제목으로 삼아 자신의 경험을 분석하고 있습니다.

> 나의 경험상 나는 수시로 멘탈이 부서진다. 속된말로 멘탈이 털린다. 교재를 가져오지 않았거나, 과제를 잊어버렸거나, 무언가가 생각대로 풀리지 않거나, 자존감이 떨어지거나 등등 정말 다양한 이유로 멘탈이 털리게 되는데 내 경험상 한 번 부서지기 시작하면 멘탈에 틈이 생기게 되고 그 틈을 통해 정말 가벼운 충격에도 버티지 못하고 무너진다. 오늘도 그러한 경험을 겪었다. 더욱 힘들었던 것은 멘탈이 부서짐과 동시에 뇌 회로도 멈추었다. 이미 멘탈은 거의 무너지기 직전의 모래성이었고 작은 파도가 한 번 왔다 가자 흔적도 남지 않고 처음부터 존재했는지도 모를 정도로 매끈한 모래 바닥과 같았다. 이러한 경험을 겪게 되면 정말 골치 아프다. 먼저 심적으로 매우 힘들어지고 이어서 육체적으로도 축축 쳐지는 경험을 하게 된다.

공부의 힘, 즉 시적 상상력의 힘은 삶의 문제를 회피하지 않고 직면하게 만들어줍니다.

> 그러다보니 이러한 상황을 겪는 내 정신도 이제는 힘이 들었고 이 딜레마를 끝내고 싶다는 생각이 들었다. 이제는 스물두 살이나 되었고 머지않아 스물세 살을 바라보고 있는 이때에 더욱 내적으로 성장하고 싶으며, 약한 내 모습을 충분히 이길 수 있는 힘이 길러졌을 거라는 소망을 가지고 이 문제를 직면하려한다.

그리고 "멘탈이라는 단어 하나로 정의될 수 있는 것이 아니라 다른 부분도 연관되어 있기 때문에 더욱 복잡한 개념"이라는 점을 깨닫게 합니다. 해결책을 바로 찾아낼 수는 없을 것입니다. 어렵고 복잡한 문제였으니, 탈출구가 쉽고 간단하게 발견될 수는 없습니다. 그러나 지금까지 속절없이 당했던 그런 허약한 처지에는 놓여 있지 않을 수 있게 합니다. '멘탈이 털렸다'고 하더라도, 그 무너지는 걸 직시할 수 있게 되었으니까 말입니다.

그렇다면 건강한 멘탈은 어떻게 가질 수 있을까? 끊임없이 무너지고 다시 쌓아올리는 과정을 반복해야한다. 내가 어느 정도 나이가 들면 그때는 나의 살아온 경험과 지식이 있으니 괜찮지 않을까? 물론 대처하는 능력은 오르겠지만 또 그때에 다른 문제를 직면하고 틈은 계속 생길 것이며 우린 그 틈을 채우기 위해, 다시 메꾸기 위해 노력해야한다. 그 방법은 저마다 다를 것이며 그 방법을 찾는 데에는 오랜 시간이 걸릴 수도 있다. 나는 오랜 시간이 걸릴 것 같다. 그 원인을 직면하려 할 때에도 수없이 무너지기 때문이다. 무너지는 것도 훈련이 아닐까.

이 글의 결론은 다음과 같습니다.

하지만 그 답을 찾아가는 것이 우리 인생이라고 생각한다. 살아가며 많이 듣고 느끼고 배워야한다. 다양한 관점에 서서 나를 바라보고, 나를 틀 안에 가두어 생각하지 않아야한다. 지금까지 학교에서도 어디에서도 배운 내용이 아니라 참 어렵고 수수께끼 같은 부분이 많지만 스스로 찾아나가며 성장할 수 있을 거라는 확신을 가지고 모두가 해낼 수 있으면 좋겠다.

"학교에서도 어디에서도 배운 내용이 아니라"고 정의하는 바로 그걸 학교에서 체계적으로 학습할 수 있어야 그 존재 의의가 되살아날 것이며, 그 학교체제에 의해 교육되는 근대의 구성원이 삶의 의미를 되찾게 될 것입니다.

평가(A+): 자신의 정서상태에 관한 객관적 분석을 '멘탈'이라는 용어를 중심으로 설명해내고 있습니다. 문제 자체가 문제가 아니라, 문제를 문제로 알지 못하는 게 정말로 문제이기 때문입니다. 질문을 제대로 할 수 있다면, 바로 그 자리가 해결책의 시작이기 때문입니다. 그것도 그냥 해결책이 아니라, 개인적인 차원을 넘어서서 공동체를 위한 대안이 되기 때문입니다. 이 지점에서 자신의 지혜에 대해 대가를 받는 전문가가 되는 길이 열리게 될 것입니다.

발전방향: '링반데룽'[16]이라는 난경(難境)에 부딪쳐있다는 느낌이 든다면, 그러한 논리구조가 속해있는 사고의 틀(framework)을 포월(포함+초월)하는 공부가 절실하게 필요합니다. 만약 자료조사와 연구를 통해 획득한 포괄적인 사고의 틀의 도움을 받아 자신의 사고의 틀을 넓혀나갈 수 있으면, 심리적인 자유의 영역이 더 넓어질 것입니다.

대학생활의 낭만

"대학생활의 낭만은 무엇인가? 아직도 대학의 낭만이라는 것이 존재하는가? 나는 고등학교에 다니면서 오로지 대학만을 바라보며 공부했다. 대학교에 가면 동아리도 하고, 축제도 즐기고, 방학 때는 배낭여행도 떠나보고, 보고 싶었던 영화도 실컷 보고, 다양한 친구들을 사귈 거라고 상상해왔다."라고 시작하는 「우리의 대학생활 안녕하신가요?」는 감칠맛 나는 글 솜씨로 에세이 본연의 맛을 잘 드러내고 있습니다. 환상이 깨지며 겪게 되는 대학생활의 현실에 관한 다음과 같은 묘사는 이 에세이가 고등학생이나 대학 초년생을 위한 소개의 글로 아주 적합하다는 걸 알 수 있게 합니다.

하지만 현실은 달랐다. 내가 대학에 가자마자 느낀 것은 대학은 작은 사회라는 점이었다. 갑자기 어른이 되어야만 했고, 모든 것을 스스로 해결해야만 했다. 아무도 나에게 어디서부터 어떻게 시작해야 하는지 알려주지 않았다. 대학공부를 시작하기 전부터 마주해야 하는 것은 대인관계이다. 이것 또한 경쟁이었다. 서로에게 관심이 없었다. 중, 고등학교와는 다르게 소속감이 크지 않다. 이 문제는 많은 대학생들에게 심한 스트레스와 우울증을 안겨준다. 제대로 된 대학생활을 시작하기도 전에 아웃사이더가 되어버리는 경우도 있다.

'대학생활의 낭만'이라는 주제를 중심으로 현재 속해있는 대학생활 전반에 관해 객관적인 분석을 진행할 수 있는 능력이 놀랍습니다. 그리고 차분하게 논리를 전개해나가는 뚝심도 필자의 강점입니다(평가: A+).

이런 훌륭한 자질을 만나면 욕심이 생깁니다. 전문가의 자질을 발현하는 데 자극을 줄 수도 있겠다는 희망이 생겨 다소 과한 충고를 남발하게 됩니다. 이게 선생의 고질병이겠죠.

발전방향: 필자 자신의 능력에 비해 목표와 야심이 너무 소박해보입니다. 이론적인 자기반성의

---

16 독일어인 것으로 기억하는데, 조난을 당했을 때 자신의 위치를 파악하기 어려운 등반객이 아래로 조금 내려가다가 위로 조금 올라가다가 하는 식으로 조난의 장소를 빙빙 돌다가 큰 위험에 처하게 되는 심리 상태를 표현하는 용어입니다.

부족으로 인해 특히 마지막 문장이 '대학생활의 낭만'의 옹호로 끝남으로써 그간의 비판논리와 모순되는 것 같습니다.

서구의 장기간에 걸친 근대화과정에 한국근대화의 (전근대/근대/탈근대라는) 삼겹살적 상황을 단순하게 비교하는 수준을 넘어서서 이론적인 분석 작업이 진행됐다면, 한국적인 상황의 강점도 제시될 수 있었을 테고, 그러면 미래세대를 위해 대학생활의 낭만을 조금 더 긍정적이고 실질적으로 조망해볼 수도 있었을 것입니다.

근대적인 낭만에 아이러니한 태도를 취하는 탈근대적인 입장에서 대학생활의 낭만을 읽어낼 수밖에 없습니다. 낭만의 정신을 옹호하면서도 낭만의 절대적인 힘이나 전망에 대해서는 일부 부정하는 등, 긍정과 부정이 동시 병존하는 정동 말입니다.

대학이라는 제도에 대한 비판의 작업을 진행하면서도, 대학, 더 나아가서 근대교육제도가 처해있는 역사현실에 관한 총체적인 틀에 의거하여, 탈근대시대 근대교육제도의 역할의 한계, 특히 미래세대의 준비를 위한 제도로서의 제한사항을 철저하게 분석해서 보완하겠다는 자세가 부족해 보입니다. 이런 점들을 보완한다면 아주 중요한 대학생활의 자기반성이 될 것입니다.

익명

다음 에세이는 익명으로 수업시간 중에 발표해달라는 부탁을 받았습니다. (서로를 알고 있는 실제의 수업시간과 달리, 이 책에서는 모든 글들이 익명으로 인용되고 있습니다.) 그 이유는 자신의 드러난 자아 밑에 있는 숨겨진 자아가 드러나서 발가벗겨지는 느낌이 들기 때문입니다. 이러한 정동은 글쓰기를 본격적으로 시작하는 사람에게 자연스러운 현상입니다. 하지만 얼마 지나지 않아 자신의 글쓰기에서 드러나는 자신의 수치스러운(?) 비밀이 다른 사람들이 보기에, 그리고 자기 자신이 보기에도 별 게 아니라는 걸 느끼게 됩니다. 이런 게 바로 글쓰기의 힘입니다. 왜냐하면, 제대로 된 글쓰기는 자아가 해방되는 과정이 되기 때문입니다. 자기 자신도 잘 알지 못했던 숨겨져 있던 자아의 본체가 툭 불거져 나오니까, 숨겨야할 몸의 비밀이 들켜버린 것 같은 느낌이 들 수밖에 없습니다. 그렇지만 이러한 수줍음은 자신의 영혼과 본격적으로 마주하는 초기의 현상에 불과합니다.

나를 표현한다는 것

익명을 요구한 이 에세이의 제목은 적절하게도 '나를 표현한다는 것은'입니다.

'에.세.이.' 예전부터 말은 많이 들어봤지만, 실제로 써본 적은 거의 없다. 에세이와 비슷한 게 있다면 아마도 일기 아닐까? 나는 그날 하루를 정리하고, 당시의 감정을 회상하기 위해 일기를 꼬박 꼬박 쓰곤 한다. 일기와 에세이의 가장 큰 차이가 있다면 누군가에게 전달하느냐(대상의 유무)의 차이가 아닐까? 인터넷에 에세이의 정의를 조금만 검색해보면 대부분 하는 이야기가 비슷하다. '일정한 형식 없이 자신의 일상생활에서의 느낌, 체험을 생각나는 대로 쓴 형식'의 글이라는 것. 나의 느낌을 누군가가 읽는다는 점에서, "정말 내가 생각하는 그대로를 써도 되는 걸까? 나의 감정을 그대로 드러내도 되는 걸까? 드러낸다면 어디까지 드러내야 하는데?"라는 의구심이 들었다.

에세이라는 형식 자체에 대한 고민을 드러내고 있다는 점에서 이 필자에게는 글쓰기의 기본 자질이 있습니다. 결론은 다음과 같습니다.

나를 표현한다는 것은 어떻게 보면 굉장히 어려운 일인 것 같다. 글을 통해서든 말을 통해서든 듣는 사람을 생각하면 더더욱 그렇다. 그런데 그보다 더 중요한 것은 나 자신인 것 같다. 내가 나의 목소리에 귀 기울이고 받아들여주는 과정 안에서 진정한 의미의 에세이가 쓰일 수 있지 않을까?

그리고 이 필자는 지금 쓰고 있습니다! 그것도 아주 잘 쓰고 있습니다! 그리고 이러한 감정의 객관화 작업이야말로 정신과 치료의 가장 중요한 도구입니다. 상담 치료의 목표라고 할 수 있겠죠.

평가(A+)와 발전방향: 현재의 수줍음을 벗어나면 엄청나게 잘 쓸 가능성이 높습니다. 이제 겨우 시작입니다.

이 익명의 필자는 앞으로 점점 더 뻔뻔해질 것입니다. 부끄러움, 수줍음, 쑥스러움, 그런 과정 없이 어떻게 사랑이 있을 수 있겠습니까. 자기 자신에 대한 사랑도 이렇게 시작됩니다. 영혼의 수치스러울지도 모르는 구석까지 다 드러내는 용기는 남의 앞에서 몸을 벌거벗는 것보다 더 어려운 일인지도 모릅니다.

『조용한 사람들』(The Quiet)이라는 2018년도 베스트셀러에서 수잔 케인(Susan Cain)은 "내성적인 사람들의 힘"을 밝혀낸 바 있습니다. 적극적인 사람들이 유리한 근대사회에서 소외돼왔던 내성적인 사람들의 현실을 설명해냄으로써, 나를 비롯한 수많은 사람들이 차마 드러낼 수 없어서 고민하던 많은 문제점들을 해결해줬습니다.

글 쓰는 솜씨

「김소연 시집, 한 글자 사전을 읽고」의 필자는 매력 있는 스타일의 소유자로서 문학평론가가 될 자질이 엿보입니다.

이번 에세이를 쓰기 위해 첫 줄을 몇 번씩 쓰다 지웠고, 결국엔 내 뜻대로 써지지 않아 한두 시간 산책을 다녀왔다. 이전에도 이런 적이 있었다. 일기의 첫 문장이, 짧은 글귀와 서론이, 편지의 인사말이 마음에 들지 않아 대충 구기고 과감히 지워버린 그날의 문장들조차도 가끔 열어서 되새겨보면 내 노력과 시간을 머금고 태어난, 나중에는 다른 곳에서 퍽 마음에 드는 글귀가 되었다. 고민한 추억을 추억하며 잃어버린 혹은 찢어버린 글을 낳은 내 경험으로 달려가 다시 그 표현과 내용에 젖어든다. 난 이게 문학이라고 믿어 의심치 않는다. 이 책의 글귀도 그랬다. 한 글자 한 글자마다 달린 말들은 내가 알던 뜻과, 그 뜻과 함께한 추억을 떠오르게 했고, 작가의 고민의 시간과 경험을 짧고 울림 있게 겪을 수 있었다.

오랫동안 글을 써온 공력이 보입니다. 글을 쓴다는 것의 비밀을 어느 정도 파악하고 있는 솜씨를 보여주고 있습니다(평가: A+). 이런 능력을 만나면 교사로서의 욕심이 다음과 같이 폭발합니다.

발전방향: 그럼에도 불구하고 이 글을 읽는 독자들에게 깊은 호소력이나 설득력을 확실하게 발휘하지 못하고 있는 듯한 느낌이 드는 것은 왜일까요? 자기 자신만을 위한 감상문을 넘어서서 문예전문지나 일간신문에 수록될 수 있을 만큼의 실력, 그러니까 누군가가 돈을 주고 내 글을 사보게 만드는 프로페셔널이 되는 길은 무엇일까요? 하나는 탈근대시대의 낭만적 정동에 관한 이론적 깊이의 길, 또 다른 하나는 자신만의 문체랄까, 자신만의 매력이 넘치는 글의 풍미랄까, 그런 걸 아직까지는 확실하게 장착하지는 못하고 있는 느낌! 아주 훌륭한 작가가 될 소질을 보여줍니다. 이 작가의 시는 어떨까 궁금해집니다.

유튜브를 읽는 두 가지 관점

자신의 일상을 촬영한 유튜브 영상콘텐트에 관한 에세이 「V-log의 확산」은 "어떠한 지식으로 얻을 수도, 개그와 같이 큰 웃음을 주는 영상이 아닌 그저 한 사람의 일상영상일 뿐인데 이 콘텐트의 수요와 공급 또한 증가하고" 있는 현상을 "시청자의 입장과 영상제작자의 입장, 두 가지로 설명"하고 있습니다.

평가(A+): 유튜브 동영상 V-log와 탈근대시대의 정동에 직접적인 연관성이 있다는 '가설'은 적절하면서도 설득력이 있습니다. 시청자(소비자)와 제작자라는 서로 다른 관점에서 분석하면서, 시청자의 입장에서는 대리만족과 공감이 V-log의 중심정동이고, 제작자의 경우에는 삶의 의미라는 것입니다.

발전방향: 이론적인 연구가 실용적인 결과, 즉 창업이나 취업전망에 직접적인 도움이 되지 못

하는 이유를 찾아봅시다. 우선, 쌍방향 소통에 관한 연구가 필요합니다. 이 글은 일방향적인 연구 (text)에만 집중하고 있는데, 서로 영향력을 주고받는 상호관련성(context)의 측면을 이론화하는 게 더 의미가 있습니다. 그렇게 할 수 있다면, 특정 유튜브 프로그램의 성공과 실패의 원인을 분석하는 틀(framework)을 구축할 수 있습니다.

"왜 우리는 특별할 것 없는 타인의 일상을 계속해서 보게 되는 것일까?"라고 질문하고 "'영시개론' 강의를 들으면서 이에 대한 대답을 포스트모더니즘과 연관시킬 수 있을 것 같다고 생각했다."라고 자문자답하는 「포스트모더니즘 관점에서 바라보는 유튜브 브이로그(VLOG)의 인기」는 바로 앞에서 읽었던 에세이의 「발전방향」에서 제안했던 이론적 연구를 본격적으로 수행합니다.

포스트모더니즘은 모더니즘의 한계점을 비판하면서 등장했다. 모더니즘은 이성을 강조하였는데 점차 이성과 비이성을 구분하는 것이 심해졌고 모더니즘을 따르는 사람들은 이성이 아니라고 여겨지는 것들을 폄하하기 시작했다. 또한 예술에 있어서는 사실주의보다는 추상적인 기법을 추구했으나 이러한 예술은 대중들이 이해하기 어려웠고 결국 대중들의 참여가 축소되는 결과를 낳았다. 이에 대한 반발로 사람들은 개성과 자율성을 중시하기 시작했고 예술에서는 대중적인 작품들을 추구하기 시작했다. 기존의 체계가 뒤집히고 고유 영역의 경계가 허물어진 것이다. 우리는 이를 포스트모더니즘이라고 부른다. 그렇다면 포스트모더니즘을 살아가고 있는 이 시대에 어떻게 유튜브 브이로그가 인기를 얻게 되었을까?

모더니즘이나 포스트모더니즘 등 다소 난해한 것 같은 용어들이 글에 등장하면 왠지 책을 아주 많이 읽고 공부를 아주 많이 해야 조금은 알 것 같은 위축감이 들 수 있습니다. 그러나 무슨 이론이든 지금의 세상을 조금 더 정확하고 자세하게 읽기 위한 도구일 뿐입니다. 그러므로 이 필자처럼 용기를 가질 필요가 있습니다. 그리고 현실에 적용하기에 거추장스러울 정도의 도구라면 굳이 고이 간직할 필요가 없습니다.

첫째, 일반인이 주인공으로 등장함으로써 "유튜브 브이로그는 기존의 영상과 다르게 영상 속 세상과 현실의 경계를 무너뜨린다는 특징을 가지고" 있으며, 둘째, "유튜브라는 플랫폼을 통해 시청자들은 직접적으로 참여할 수 있다는 특징을 가지고" 있다는 것입니다. 그리고 셋째, "사람들의 일상을 다룬다는 특징을 가지고" 있습니다.

이 필자의 놀라운 독창성은 "인간해방, 국가발전, 역사적 진보 등과 같은 거대한 담론보다는 가정, 직장, 지역사회 등과 같은 자기 주변적인 일들에 관심을 갖는" 포스트모더니즘의 "소(小)서사(작은 이야기)에 초점"을 맞추면서, 그리하여 "포스트모더니즘의 시대를 살아가는 우리에게 유튜브 브이로그는 담론의 장인 것이다."라는 결론에 도달한다는 것입니다. 그러니까 이미 전문가로서의 자질을 발현하고 있습니다.

평가(A++): 포스트모더니즘 이론에 관한 정확한 이해에 바탕을 두고, 그러한 이론을 유튜브 브이로그 등 현실세계 속의 현상에 적절하게 적용할 수 있는 뛰어난 학문적 능력을 갖고 있습니다. 최근 언론에서 가끔 접하는 어떠한 브이로그 분석보다 더 뛰어납니다.

발전방향: 착실한 학자의 모델이라는 판단에도 불구하고, 장래가 촉망되는 우수한 학자라는 느낌은 들지 않습니다. 그건 아마도 기존의 이론체계를 정확하게 이해하고 있더라도 자신만의 세상을 읽는 창의적인 관점이 부족하다는 느낌 때문일 것입니다. 필자의 글을 몇 개 더 읽어봐야 최종적인 판단을 내릴 수 있겠지만, 이러한 독창적인 시선이 부족하다면, 정말로 좋아서 침식을 잊고 계속해서 공부하게 되지는 않을 것입니다. 그런데 전문가로서의 성공은 이혼을 당할 만큼 집착에 가까운 자신의 일에 대한 집념에서 나옵니다. (참고: 미국대학교수들의 이혼율은 아주 높습니다. 한국에서도 곧 그렇게 될 것입니다. 그런데 이건 현대의 모든 전문가들에게 닥치고 있는 개인적인 불행의 양상입니다.)

두 발표자가 본 수업이 끝난 뒤에 대화의 기회를 가져도 좋을 것입니다. 첫 번째 발표는 실용적인 측면, 그리고 두 번째 발표는 이론적인 측면에 치중하고 있기 때문에 서로에게 좋은 시너지를 발휘할 것입니다.

중간서사

국가라는 체제를 위한 집단 살해행위의 준비조직이 군대입니다. 이와 같이 근대사회는 목숨을 걸 만큼 큰 거대서사(grand narrative)에 의존합니다. 모더니즘의 대표적인 건축가 르꼬르뷔제(Le Corbusier)의 대표적인 건축양식이 바로 거대서사의 상징, 아파트와 철강과 유리로 만들어진 빌딩입니다. 세계에서 가장 가난한 나라에 속하는 북한이 아직까지 안 망하는 이유는 굶어죽으면서도 버티게 하는 거대서사의 힘 때문입니다.

병역기피라는 괘씸죄로 귀국하지 못하고 있는 가수 유승준의 경우에도, 미국교포이기 때문에 법적으로는 문제없겠지만 군대라는 거대서사에 얽혀 있는 국민정서를 읽지 못하기에 어찌하지 못하고 있습니다. 병역의 의무라는 근대의 거대서사를 대하는 한국인의 양가적(兩價的, ambivalent) 정서를 이해하지 못한다면, 유승준은 귀국의 해결책을 찾지 못할 것입니다. 탈근대의 시대를 살고 있다는 걸 알고 있음에도 불구하고, 한국의 젊은이들은 근대국가체제를 유지하기 위해 (만약 통일이 된다면 병역은 의무라기보다는 선택이 될 전망이며, 북한군의 남침 가능성이 약해진 상황이기에 대한민국을 지켜야 한다는 절박함이 적어졌는데도) 병역의 의무를 다 하려고 노력하고 있기 때문입니다. 근대의 체제가 점점 그 유효성을 상실하여가고 있는데 탈근대의 체제가 아직 확립돼있지 않은 근대의 끝자락에 있는 시대적인 정황을 상징하는 사건입니다.

탈근대시대를 예고하는 포스트모더니즘 예술은 다소 엉성해 보이는 게 특징입니다. 예술형식이 아직 완성돼있지 못하기 때문이죠. 현재는 개인서사(individual narrative)가 사회적인 담론의 중심형식입니다. 그리하여 범람하는 '가짜뉴스'를 정화시키는 체제는 없습니다.

『조커』(Joker)라는 영화가 다음 주에 개봉됩니다. 미국에서는 극장 앞에 경찰을 배치한다는 소식이 들려옵니다. 배트맨의 대표적인 악당을 위한 개인서사가 어느 정도 공감대를 형성하는 중간서사(middle narrative)로 발전하는 과정일 것입니다. 그러면 단합된 정신에 고무된 소위 악당들이 반사회적인 행위를 감행하게 될 가능성이 높아질지도 모릅니다. 이런 식으로 영화를 보러 가기 전에 자신의 견해를 가설처럼 갖고 가세요. 영화감독이 사회적으로 받아들여지기 어려운 기괴한 개인서사를 어느 수준까지는 용납할 수 있을 만한 중간서사로 만드는 데 어떻게 성공하는지 아니면 실패했는지 확인하는 과정이 영화 관람의 경험입니다. 탈근대의 세계는 이렇게 중간서사들이 모여서 공동체가 공인하는 담론을 만들어나가는 과정으로 새롭게 형성될 것입니다.

우울증과 허무주의

「허무주의에 관하여」는 다소 과격한 주장처럼 들릴 것 같아서 우울증에 관해 내가 말하지 않고 참았던 생각을 정확하게 표현하고 있습니다.

> 하지만 이러한 무기력하고 마음이 가라앉은 상태에 '우울증'이라는 병명을 붙이는 것은 잘못된 일이라고 생각한다. 앞서 말한 것처럼 근본적으로 우울증이 치료될 수 있는 것인가? 라는 의문에 대한 해답으로 나는 치료할 수 없는 것으로 주장하고 싶다. 그리고 그렇기 때문에 이러한 감정의 상태의 지속에 우울증이라는 병명을 붙이는 것은 당연히 맞지 않다고 생각한다. 그렇다면 이러한 감정의 상태의 지속에서 벗어날 해결책은 무엇인가에 대한 의문이 자연스럽게 떠오를 것이다.

나도 필자처럼 우울증은 정신질환이라기보다는 근대의 끝자락에 존재하는 사람에게 확고한 체계의 결여로 인해 발생하는 총체적인 불안상태에 대한 정서적인 반응이라고 생각합니다. 그러므로 우울증은 정신과의 치료에 의해서 해결될 사안이 아니라, 아주 무신경한 극소수를 제외한다면 누구에게나 자주 나타나게 되는 "무기력하고 마음이 가라앉은 상태"입니다. 그러므로 세계관이 격변하는 현실을 알고 직시한다면 원인불명의 상태는 벗어날 수 있게 되는 보편적인 정동이라고 여깁니다.

> 나는 나의 우울의 근본에 대해서 생각해보았다. 나는 대부분의 우울과 외로움은 허무주의에서 비롯된다는 생각을 했다. 우울해도 외롭지 않을 수 있고 외로워도 우울하지 않을 수 있다. 반대로 동

시에 외롭고 우울할 수도 있다. 나는 이 두 가지를 모두 포괄하는 것은 허무주의라고 생각했다. 이 것은 나의 개인적인 고찰이며 고치기 위해 평소 노력하는 일들 중 하나이다. 즉, 바로 허무주의를 조심하는 일이다.

필자의 허무주의는 근대의 끝자락에 있는 근대인의 일반적인 감정일 것입니다. 그건 조심하지 않으면 언제나 느낄 수밖에 없는 것이죠. 왜냐하면 국가, 학교, 가족 등 근대를 구성하는 핵심요소들의 영구적 유효성은 상상할 수도 없는 거짓말이 돼버렸기 때문입니다. 이와 같은 이론적인 틀을 확실하게 파악하지도 못한 상태에서 필자가 이런 인식수준에 도달할 수 있었으니, 전문가의 자질이 보인다고 평가할 수밖에 없습니다.

평가(A++): 위장병과 우울증이라는 두 병명을 비교해보면 정신과의 진단에 큰 문제가 있음을 알게 됩니다. 우울은 병이 아니라 증상입니다. 이러한 진리를 아주 정확하게 파악하고 있습니다. 놀라운 통찰력입니다. 그리고 우울증의 원인이 허무주의적 세계관에서 기인한다는 점을 찾아내고 있는 것 같습니다. 이건 정신과학계에서도 아직 잘 모르는 것 같습니다. 예를 들어 수용과 참여 요법 (ACT, Acceptance and Committment Therapy)[17]이 이러한 방향으로 가고 있는 최신 치료법의 한 사례입니다.

발전방향: 필자의 논리의 틀의 발전방향이 정신의학의 발전에 기여할 것 같아 보입니다. 전문가의 길로 들어서는 다양한 입구를 점검해볼 것을 제안합니다.

디즈니 서사의 변화

「디즈니 서사의 변화: 변화하는 유토피아」는 1930년대 『백설공주』로 대표되던 디즈니의 낭만적인 사랑서사가 2011년의 『라푼젤』에서부터 최근의 『겨울왕국』에 이르기까지 이상적 유토피아라는 확고한 패러다임이 무너지고 있는 탈근대사회를 위한 새로운 서사로 변모하고 있다고 요약합니다.

확고한 패러다임이 무너지고 있는 탈근대사회를 사는 우리는 진정한 유토피아란 무엇인지 규정하기가 어려워 보인다. 그래서 사람들은 희망을 잃고 우울과 불안에 빠질 수 있다. 그렇지만 이는 다른 말로 하면 유토피아란 사람마다 다양한 모양으로 나타날 수 있다는 것이다. 즉, 자신의 자아에

---

17 Acceptance and commitment therapy(ACT, typically pronounced as the word "act")는 상담의 한 형태이며 진료 행동 분석의 한 갈래입니다. 심리적 유연성을 증가시키기 위하여 참여와 행동변화전략을 다르게 혼합하는 방식으로 현실을 수용하는 마음챙김의 전략을 사용하는 경험주의에 기반하는 심리적인 개입 절차입니다.

맞는 유토피아를 각각 다르게 만들 수 있다는 것이다.

이 필자의 영민함은 프랑스여행을 통해 자아를 들여다보는 경험에 관한 에세이의 전반부로, 디즈니의 탈근대적 독법을 선택하는 전략에서 뚜렷이 드러납니다. 특히 앞에서 있었던 「사람들은 왜 그렇게 뉴욕에 열광하는가?」의 근대적인 관광의 스토리와 겹쳐서 읽어보면 그런 점이 확실해집니다. "워즈워스가 자연을 보며 자신의 내면을 돌보고 자아가 성장한 것처럼 우리는 사회현상과 자신의 경험을 비추어보며 '나'의 정체성을 확립해나가야" 한다는 정신자세로 개인서사 중심의 탈근대시대를 위한 관광의 논리를 구축하려고 시도하고 있습니다.

필자는 탈근대시대의 디즈니 서사분석이라는 이론체계에 힘입어 새로운 시대의 여행, 그리고 더 나아가서 유의미한 삶의 방식을 프랑스여행에 적용하고 있습니다.

그리 깨끗하진 않은 세느강 물이 아주 천천히 움직였다. 우리는 긴 대화를 하지 않고 그 모습을 멍하니 바라보았다. 아까의 당황스러운 감정은 조금씩 가라앉았다. 그리고는 정확하진 않지만 어떤 애매모호한 느낌이 들었다. 우리가 전에 열심히 계획한 것은 거의 지켜지지 않았다. 그런데 이것도 나쁘지 않잖아? 뭔가 신기했다.

우리의 첫 프랑스여행은 노래로 치면 리믹스 버전 같았다. 원곡의 형식과는 약간 다른. 그 세느강 물은 나에게 이런 마음을 흘려보내는 것 같았다. 생각했던 것과 다르게 풀리면 어때, 계획대로 안 풀릴지 두려움이 몰려와도 한번 부딪쳐보는 거야. 그러다가 때로는 더 좋은 풍경을 발견할 수도 있고. 예쁘고 아름다운 순간만 인생의 작품이 아니잖아. 기쁨, 두려움, 슬픔의 순간들도 모두 소중한 작품이니까.

근대의 끝자락에서 살아가게 되어, 무너져가는, 그것도 모더니즘 시대 이후 오랫동안 무너져 내려오는 근대의 잔해 속에서, 아직 도래하지 않은 엉성한 탈근대의 기대 속에서, 대부분의 사람들이 불안에서 비롯한 우울증의 정서를 벗어나지 못하고 있는 이때, 위와 같은 마음의 평화는 결코 작은 성취가 아닙니다.

엘리엇은 모더니즘을 대표하는 시 『황무지』에서 비현실적이기까지 한 서구의 핵심도시들, "무너지는 탑들 / 예루살렘 아테네 알렉산드리아 / 비엔나 런던"의 폐허를 뒤로 하고, 시적 상상력의 힘으로 희망의 실마리를 다음과 같이 제시한 바 있었습니다.

I sat upon the shore
Fishing, with the arid plain behind me
Shall I at least set my lands in order?

나는 강가에 앉아
낚시질을 했다, 뒤엔 메마른 벌판
최소한 내 땅이나마 정돈할까?

그런데 필자는 엘리엇보다 훨씬 더 희망적인 어조(tone)로, 그것도 구체적인 산문으로 새로운 중간서사의 연대를 다음과 제시하고 있습니다.

여행을 가기 전의 나는 낭만적이고 이상적인 여행의 모습을 기대했다. 그러나 나는 여행지에서의 다양한 경험을 통해 이상적인 모습의 여행만이 소중한 것이 아님을 깨달았다. 내가 꿈꿨던 유토피아는 그곳에 없었지만 더 값진 무언가를 얻었다. 그것은 나의 자아를 깊이 들여다본 것과 빠르게 변화하는 사회에서 어떻게 나 자신을 찾고 그 사회를 이해해야 하는지를 알게 된 것이다. 자아를 확립하고 자신의 내면을 성장시키기 위해서는 특별히 멋있는 장소를 가거나 대단한 경험을 할 필요는 없다. 그저 아름답진 않은 전시회를 가는 것이든 조용히 흘러가는 강을 보는 것이든, 지극히 일상적인 모습을 봄으로도 충분하다. 옛날의 아름다운 유토피아를 꿈꿀 수 없고 이루어지지 않음에 슬퍼하거나 좌절하지 말자. 우리는 그 유토피아를 깨고 새로운 유토피아를 향해 더 나아갈 힘이 있다.

전문가 자질이 제대로 발현되고 있는 멋지고도 멋진 글입니다(평가: A++).

발전방향: 최고 등급(A+++)이 되지 못하는 유일한 이유, 즉 아주 작은 바람은 실용적인 적용가능성의 제시가 부족하기 때문입니다. 새로운 시대를 위한 새로운 여행패턴의 탄생이 가능할 것 같습니다. 구체적으로 그러한 적용방향을 제시해줄 수 있다면 벤처기업 여행사의 on-line 또는 off-line의 설립 혹은 유수여행사로의 취업 시 제시할 수 있을 PPT Presentation이 만들어질 것 같습니다. 이론적인 측면에서 보완점을 제시하자면, "그 유토피아를 깨고 새로운 유토피아를 향해"라고 말하면서, 옛날 이름을 재사용하지 말고 새로운 용어에 의한 새로운 체계를 선도적으로 구축할 수 있기 바랍니다. 이런 기대를 해도 될 만큼 충분히 훌륭합니다.

전문가의 탄생 [부록-10]

「000을 찾아가는 과정」을 읽으면서, 그리고 다 읽고 나서, 눈물이 핑 돌았습니다. 내 이야기가 있어서가 아닙니다. 감동적인 글입니다. 감동적인 글을 쓸 줄 아는 아주 뛰어난 능력을 갖고 있습니다. 그 능력이 '시'에 관해서도, 그리고 '이론적인 탐구'에 있어서도 계속해서 발휘되기 바랍니다. 내가 덧붙일 게 없으니, 가장 높은 점수를 주는 게 맞겠죠? 평가(A+++). 학생들의 이메일 답신에 평가에 관한 언급을 하지 않는 게 보통입니다만, 이 경우는 예외였습니다. "그간의 삶의 노고가 000이라는 뛰어난 작가가 자신의 갈 길을 찾아가는 과정이었네요"라는 답신을 보냈습니다.

시인의 탄생

산문뿐만 아니라 시에서도 발견한 '영혼의 불꽃놀이'에 기뻤습니다.

있다 없다

누구에게 야망은 있다
나에게도 있다.
나에게도 있었다
어디로 간 야망인가

누구에게 희망은 있다
나에게도 있다.
나에게도 있었다
어디로 간 희망인가

새벽 녘 이슬은 있다.
동틀 녘 어디에도 이슬은 있었다
어디로 간 새벽이슬인가

보이던 것들이 보이지 않는다
다 어디로 갔을까
여기, 쓸모없는 싱싱한 풀잎만 남았구나

시가 영혼의 가장 깊은 곳에서 우러나오는 언어형식이기 때문에, 시를 발표하게 될 때 가장 수줍어하는 경향이 있습니다. 이 시는 훌륭한 시인의 자질을 보여주고 있습니다.

특히 마침표(.)의 사용방식에 유의하시기 바랍니다. 1연과 2연의 첫 2행의 끝에만, 그리고 3연에서는 1행에만 마침표가 사용됐습니다. 마침표는 문장을 끝맺음하는 종결부호입니다. 하나의 문장이라도 자신 있게 마침표를 덧붙여서 생각의 종결을 선언할 수 있었던 시대가 있었습니다. 그때는 "있다."라고 자신 있게 유토피아를 기대했던 시대였습니다. 그런데 이제 그러한 시대는 과거의 기억 속에만 있을 뿐입니다. 근대에서처럼 유토피아를 확신할 수 있어야, 노스탤지어에도 힘이 실립니다. 그런데 근대의 끝자락에서 노스탤지어는 무기력한, 그리하여 마침표를 첨가하여 말을 끝맺을 수도 없는 "있었다"라는 형식의 회고 담일 뿐입니다.

이 시를 다음과 같이 평가(A)할 수 있을 것 같습니다.

(1) 아마추어처럼 자신의 자아에 몰입되지 않고, 시를 읽는 독자의 심리적인 변화를 유도할 줄 아는 프로페셔널한 솜씨를 보여주고 있습니다.

(2) "야망"이나 "희망" 등 유토피아를 중심으로 자아중심의 근대적인 세계관이 굳건히 확립되지 못하여 흔들리고 있는 양상을 적절한 틀을 통해 성공적으로 재현해내고 있습니다.

(3) "새벽녘 이슬"과 "쓸모없는 싱싱한 풀잎" 등의 뛰어난 이미지들을 통해 근대자아가 장악하려던 객관적 자연세계가, '새벽녘'이라는 잠시 존재하는 시간과 싱싱함이 곧 '쓸모없는' 양상이 되는 현실을 자각하는 시적화자(persona)가 대변하는 시인의 인식수준이 깊습니다.

뛰어난 시인의 훌륭한 소품(小品) 같습니다. 자신의 시적 세계관이 확립돼있다기보다 이론공부에 의거하여 자의적으로 시적 세계가 구축된 것 같습니다. 조금만 더 노력하면 시인이 될 것 같습니다.

구직편지

최근 독일유학 중 페레로(Ferrero)에 인턴취업을 하기 위한 구직편지(cover letter)의 작성요령에 관한 졸업생의 문의에 관한 답변 중 일부입니다.

이 편지에서 가장 중요한 내용은 무엇이 돼야할까요? 이 지점에서 영어실력보다 더 중요한 것은 세상 속에서, 특히 해당회사에 내가 어떤 식으로 기여할 수 있는지 정확하게 알고 있다는 사실을 잘 보여주는 것입니다.

한국인이니까 외국어실력, 특히 영어실력이 영미인보다 더 좋을 수는 없습니다. 그런 분야에서 경쟁할 필요는 없습니다. 누구도 그런 걸 원하지는 않습니다. 그래서 Business Communication 수업보다 영시개론 수업이 더 중요해지고, 000군이 말했던 것처럼 대화했던 내용이 더 중요해집니다.

자신의 능력에서 killer contents를 정확하게 요약 정리하여 제시합니다. (1) 한국인 특히 동양인의 정서를 잘 이해하고 있다는 점, (2) 카페 드플로레 성공요인에 관한 정확한 분석, (3) 영어회화동아리에서 학습한 외국인에도 뒤지지 않을 수 있는 영어실력의 분야, 예를 들면, 설득력, 논리전개능력 등의 강조가 3번째 문단에서 제대로 제시돼야합니다.

영어실력도 중요하지만, 지금 영시개론 수업에서 학습하는 세상을 읽고 적절하게 판단하는 능력이 삶의 핵심이라는 점을 지적하고 싶습니다.

의식이라는 환각

2019년 9월 26일[18] 프랜키쉬(Keith Frankish)의 「의식이라는 환각」(The consciousness illusion)이라는 에세이를 읽었습니다. 의식적 경험(conscious experience)은 과학의 대상인 물리적 의식(physical consciousness)과 과학적으로 입증 불가능한 현상학적 의식(phenomenal consciousness)이 있을 뿐입니다. 인간의 현상학적 의식은 환각일 뿐입니다. 그러므로 현대인은 빨간 약과 파란 약 등 선택의 여지가 있었던 영화『메트릭스』의 네오보다 더 황당한 처지에 놓여있습니다. 이 논문은 다음과 같이 요약됩니다.

현상학적 의식은 세상이 우리에게 만들어내는 충격의 발자국을 뒤쫓는 데 도움을 주기 위해 우리의 두뇌가 써내려간 하나의 소설이다.

소설이 철학적 의식연구의 핵심개념이 됐습니다. 그런데 현실을 반영하는 소설의 '문학적 상상력'보다는 기존의 사고체계를 혁명적으로 다시 생각하기 위한 문학 장르로 '시'가 더 적절합니다. 그래서 '문학적 상상력'보다 '시적 상상력'이 더 적절한 용어입니다. 지금까지의 논리전개를 요약하자면, 환각으로밖에 설명할 수 없는 인간의식을 이해하는 유일한 방법론은 '시적 상상력'입니다. 이 지점에서 인간의식을 대체하려는 AI 연구에 있어 필수적으로 요구되는 핵심능력이 '시적 상상력'이라는 점을 다시 한 번 지적하고자 합니다.

이 논문의 결정적인 한계는 다음과 같은 결론부분에서 드러납니다.

주체는 상호작용하는 생물학적 하부조직들로 구성돼있는 독립적으로 진화된 유기체로서 하나의

---

[18] 가끔 날짜를 밝히는 이유는 지난 수업과 이번 수업 사이의 1주일이라는 기간 동안 읽은 영문 자료라는 걸 상기시키기 위해서입니다. 고리타분한 수업에서 많이 활용되는 플라톤과 소크라테스 등 오래전 그리스 철학자의 사상 등 언젠가 있었던 예전의 자료들이 아니라, 바로 지금 우리가 살아가고 있는 세상의 이야기들입니다. 그러니까 지금 읽고 있는 영문 자료는 영어권 철학계가 도달한 가장 최신의 학문적 업적이라는 걸 뜻합니다.

전체로서의 인간이라는 게 내 대답입니다. 그것을 사용하고, 그것을 기억하고, 그것에 관해 다른 사람들에게 이야기하는 등 그것과 관련하여 우리로 하여금 생각하고 유연성 있게 행동할 수 있게 하는 그것에 관한 정보가 우리의 신경하부조직들에 충분히 도착한다면, '우리'는 그걸 압니다. 각각 하나의 기능을 책임지지만 서로 정보를 공유하는 많은 부문들로 구성된 하나의 거대한 조직을 생각해보세요.

인간주체의 총체성, 더 나아가서 분리불가능성에 관한 신념은 서구사상이 결코 포기할 수 없는 최후의 저지선입니다. 그렇지만 인간의식이 환각에 불과하다면 이러한 주체성에 대한 신앙도 망상일 뿐입니다.

불교의 인식론

인간의식이 환각에 불과하다는 게 불교의 인식론에서는 상식입니다. '인연'이라는 말을 들어본 적이 있겠죠. 어떤 존재도 독립적 총체성을 가질 수 없으며, 전부 다른 것으로 계속해서 변해나간다는 연기설(緣起說)은 불교의 핵심사상입니다. 삶은 고통(苦)일 뿐이지만, 인간의식의 총체성 개념에 의한 집착이 만든 환각일 뿐이라는 진리를 깨닫고 나면 '나'의 고통에서 벗어날 수 있다는 말입니다. 간단히 정리된 불교의 인식론과 비교하더라도 서구의 인식론이 봉착한 '난처한 경지[난경(難境)]'를 미루어 짐작할 수 있을 것입니다.

가장 중요한 교육

지난 주 중앙일보 어딘가에서 「아이에게 코딩교육을 시켜야 할까요?」라는 제목의 KAIST 바이오및뇌공학과 정재승 교수의 칼럼을 읽었습니다. 다음은 그 결론입니다.

어릴 때부터 예술에 대한 폭넓은 경험을 제공해야 한다. 그저 모나리자 앞에서 사진만 찍고 오는 루브르미술관 방문이 아니라, 우리 도시의 작은 미술관 그림 앞에서 두 시간씩 생각하는 기회를 제공해줘야 한다. 그러나 대한민국은 바로 이 가장 중요한 교육들만 빼고 다 가르친다.

소위 4차산업의 대가 정재승 교수의 처방이 '시적 상상력'의 훈련이라는 건 짐작하기 어렵지 않습니다. 그리고 보면 내가 처음부터 좋아했던 대중가수 악동뮤지션도 정규학교를 다니지 못했기 때문에, 그리하여 타고난 '시적 상상력'이 파괴되지 않았기 때문에 탈근대적인 매력을 유지하였는지도 모릅니다.

2001년 국제창작프로그램에 참가했을 때 문예창작과 작품발표를 참관한 적이 있었습니다. 문예창작과의 학생들 중에는 미국 지도층의 자녀들이 많았습니다. 어떤 여학생의 단편습작이 미군의 베트남전쟁 장면을 묘사했는데, 정글 속 참호의 묘사가 너무 상세하고 정확했습니다. 그 여학생에게 군대경험이 없을 텐데 어떻게 그렇게 생생하게 재현할 수 있었느냐고 질문했더니, 여름방학 동안 베트남에 체류하면서 직접 가봤다는 것이었습니다. 소설가가 되려는 과정에 대한 엄청난 투자의지에 놀랐습니다. 그렇지만 할리우드에 의해 영화화되는 판권을 생각한다면, 그게 여유 있는 삶이 동반되는 엄청난 성공의 기회라는 걸 깨달았습니다.

헬렌 피셔의 책

헬렌 피셔(Helen Fisher)의 『우리는 왜 사랑을 하는가』(Why We Love)라는 책을 읽고 있습니다. 이 책이 좋아서 추천하려는 게 아니라, 정반대의 의도를 갖고 있습니다. 이 책은 세계적인 베스트셀러입니다. 그리스시대부터 현대까지 사랑에 관한 동서고금의 교훈들을 수록한 저서임에도 불구하고, '원시→전근대→근대→탈근대'의 시대적 변화상뿐만 아니라 동서양의 정서차이도 감안하지 못하고 뒤죽박죽으로 쓰인 책입니다. 여러분이 훨씬 더 설득력 있게 잘 쓸 수 있을 것입니다.

K-pop의 성공비밀과 『서정담시집』

K-pop의 세계적 성공의 비밀에 관한 연구가 다각도로 진행되고 있습니다. 그중 하나는 『서정담시집』에서부터 내려오는 낭만주의 전통입니다.

워즈워스와 콜리지의 『서정담시집』은 지난 시간에 읽었던 「나는 구름처럼 외롭게 떠돌았다네」 같은 미래의 유토피아를 노래하는 서정시뿐만 아니라, 근대산업혁명의 여파로 뒤처진 전근대적이거나 르네상스적인 인간군이 격변하는 현실 속에서 고통 받는 모습을 그리는 앞으로 읽을 「우리는 일곱이어요」 같은 담시, 즉 이야기 시로 구성돼있습니다.

SM의 이수만이 체계화한 K-pop의 구조는 서정시와 이야기 시의 두 분야를 전략적으로 전부 담고 있는 것 같습니다. 전근대와 근대의 정서에 매력을 느끼는 개발도상국의 청중에게는 미래의 유토피아를 노래하는 서정적인 부분이 아직도 그 매력적인 힘을 유지하고 있겠지만, 탈근대의 정동에 익숙한 서구 선진국의 청중을 대상으로 한다면 힙합 등 근대화의 현상에 비판적인 이야기 시의 양상이 더 설득력이 있을 것입니다.

그래서 '노래'의 부분에 있어서 "나는 그대를 사랑합니다."라는 등 고음을 중심으로 노래를 부르는 서정적인 파트가 있을 뿐만 아니라, "나는 라면을 먹고 콧물을 흘려."라는 등 비루하기까지 한 현실을 읊조리는 힙합의 파트가 있습니다. '춤'의 부분에서도 서정적인 느낌에 강한 댄서가 있을 뿐만 아니라 소위 '스트리트 댄스'라고 말하는 비보이류의 댄서도 참여하고 있습니다. 이렇게 다양한 역할을 필요로 하니 보이그룹이나 걸그룹 등 집단형태의 창작과 공연방식을 선택했던 것 같습니다.

공부할 수 있는 능력

말하기와 글쓰기의 어려움

대중 앞에서 말하기의 어려움은 아주 잘 알려져 있습니다. 토론수업은 그보다 더 어렵습니다. 그런데 그것보다 더 힘든 게 에세이쓰기인데, 지금 그걸 강요하고 있습니다. 그만큼 하기 힘든 일이라는 걸 알았기 때문에, 9월 말이라는 시한을 주고 일부러 압박을 했습니다.

이제부터는 너무 심하게 강요하지 않겠습니다. 그러나 에세이 3편과 기말논문의 부담이 있으니 너무 느긋해지면 곤란해집니다. 미루다가 늦게 내면 불리한 점이 많겠죠. 좋은 충고를 들어도 생각을 바꿔 고칠 시간적인 여유가 없겠죠. 발표를 해야 도와줄 수 있어요. 용감하게 쓰세요. 자기가 쓴 게 말도 안 되는 것 같지만, 그건 아무도 모릅니다. 왜냐하면 아직까지 자기기준이 확립돼있지 않으니까요.

영시개론 강좌를 매년 계속 진행하는 가장 큰 이유는, 내 수업전략이 개선돼선지 아니면 학생들 수준이 높아져서 그런 건지, 매년 무시무시하게 발전하는 학생들이 있기 때문이에요.

지난 시간에 했던 평가를 오해할 수도 있습니다. 재수가 없어서 B를 받았다고 생각하는 경우가 있어요. 평가기준을 모르니까 당연히 피해의식이 생기는 거죠. 그렇지만 세상은 대체로 공정하게 돌아갑니다. 나쁜 미꾸라지 몇이 흙탕물로 만들어버리는 경우가 있을 뿐입니다.

에세이나 논문을 어떻게 써야할지 모르겠으면, 그것부터 도와줄게요. on-line이 아닌 off-line 수업이 존재하는 이유는 교수와 대면하는 개별접촉이 필요한 경우입니다.

중간고사의 필요성

말이나 글로 발표하지 않는 학생들, 가만히 있는 학생들 때문에 중간고사가 필요해요. 적극적인 반응이 없으니 수업내용이 제대로 전달됐는지 알 수 없어서요. 무슨 문제를 어떻게 내야 할지 궁금한 건 여러분이나 나나 마찬가지 입장이에요.

채점방식도 알려드릴게요. 예를 들어, 학습했던 영시의 일부분을 문제로 제시하겠습니다. open-book이니 그것을 번역할 필요는 없습니다. 자기 생각을 써야 합니다. 그 생각의 창의성의 정도에 따라 해당답안에 +를 줄 것입니다. 그 +가 몇 개인지가 성적평가의 기준이 되겠죠. 혹시 지금 하고 있는 설명의 핵심을 전혀 짐작하지도 못하겠는 학생이 있을 수 있습니다. 중간고사 다음 시간에 뛰어난 답안들을 검토하겠습니다. 푸코(Michelle Foucault)가 암시했듯이, 나는 간수이고 여러분은 죄수인 방식의 근대교육에 봉사하고 싶지 않습니다. 중간고사 시험이라는 건 어쩌면 여러분이 얼마나 잘났는지 과시할 수 있는 기회이기도 합니다.

A학점 35%를 포함하여 B학점까지 70%라는 상대평가시스템이기 때문에, 내가 성적을 평가하는 게 아닙니다. 나는 그저 순서를 정하는 사람이죠. 그러니까 일생일대의 공부를 했는데도 C학점이 나올 수 있어요. 그럴 때에는 받는 학생만큼이나 나도 정말로 화가 나요.

글쓰기의 요령

말하기의 요령을 생각해봅시다. 똑같이 말하고 살아가는데, 누구는 평가하는 권리를 갖는 교수이고 누구는 평가받는 처지에 놓인 학생이 되는 결정적 차이점은 무엇일까요? '꽉 들어찬' 혹은 '간결한'이라는 뜻의 'compact'가 핵심입니다. 전문가와 비전문가의 실력차이는 발언내용의 'compact'의 정도에서 결정됩니다.

취업면접(job interview)의 "왜 지원했어요?"라는 질문에 어떻게 해야 하나요? "열심히 하겠습니다."라는 대답은 앞에서 수없이 들었을 진부한 '냉무'(내용 무)겠죠. 입을 벌려 말하는, 즉 발화의 순간에 상대방이 집중해서 귀를 기울여 들을 만한 내용을 전달해야합니다. 그렇게 하면, 떨어뜨릴 수는 있어도, 잊어버릴 수는 없겠죠. 영어발음이 아무리 유창해도 소용없습니다. 듣는 사람은 오래 기다리지 않습니다. 발음이 다소 어눌해도, 그 말하는 내용이 뛰어나다면, 그건 그 사람의 특징이 됩니다.

시간을 들여 천천히 읽을 수도 있으니 글쓰기는 말하기에서보다 무조건 훨씬 더 'compact'해야합니다. 글쓰기의 요령은, 그러니까, 생각하기입니다.

영어에세이 평가

영어로 생각하며 영어로 쓰는 훈련은 아주 좋은 학습전략입니다. 그렇지만 글쓰기는 말하기보다 훨씬 더 'compact'해야합니다. 말하기의 경우에도 불필요하게 늘여 말하는 건 아주 나쁜 습관입니다. 상대방의 집중력이 순식간에 사라질 것입니다.

"두려움 때문에 선택해놓고서는 그게 실천적인 생각이라고 치부하는 경향이 많다(We choose out of fear and frame that as practical)."라는 짐 캐리(Jim Carrey)의 어느 대학졸업식 연설문의 핵심주장에 근거하여 자신의 생각을 전개하기 시작하는 건 그런대로 좋은 아이디어였습니다. 그런 출발점에서 해석능력을 입증하고, 더 나아가서 독창적인 관점으로 발전시켜야 했습니다. 글쓰기보다 더 중요한 건 생각하기입니다.

짐 캐리는 자신의 삶을 회고하는 입장에서 젊은이들에게 충고하고 있지만, 필자는 이제 열심히 살아가야할 미래의 전략을 구상해야할 때입니다. 그러므로 "이 세상 사람들 참 문제다!"라는 한탄에서 생각이 끝날 수는 없습니다. 무언가 긍정적이고 실천적인 방향이 제시돼야합니다.

객관적 분석의 쓸모없음

「기업윤리와 채용비리」는 어떤 국회의원 딸의 KT 부정입사의혹 사건에 관한 연구입니다. 필자는 객관적인 분석을 잘합니다. 그러니까 공부도 잘합니다. 그런데 흔한 신문기사들의 모음처럼, 어디에선가 읽은 것 같은 내용이 돼버립니다. 노력의 결과물이 쓸모없어 보입니다.

"물론"으로 시작하는 다음 부분이 필자 자신의 판단을 드러냅니다. 그리하여 읽는 사람 마음에 직접적으로 전달되려고 합니다.

> 물론 내가 이러한 리플들에 동요하는 것은 아니지만, 난 이번 과제를 하면서 부끄러움을 느꼈다. 정치에 무지한 점을 포함하여, 만약 내가 김 의원 딸이었다면 어땠을까? 하는 상황을 가정해보았다. 혹은, 우리 부모님 중 한 분이 국회의원이며 대기업 관계자들과 아는 분이라면? 나는 분명하게 '절대 부정입사 하지 않겠다'라고 말 할 수 있을까? 나는 미래 취준생이고, '헬조선'이라는 말을 피부로 느끼고 있는 20대 청년의 입장에 있기 때문에 이번 일에 공감하고 분노하는 것은 아닐까? 만약 내가 취업 걱정이 없고 부모님이 물려주신 돈만 가지고 평생을 살 수 있는 '금수저'라면, 이 정도의 사건은 연예인 가십거리 마냥 웃으며 얘기하지 않을까 하는 생각을 했다. 하지만 현실적으로 나는 김 의원의 딸과 같은 위치에 있는 사람도 아니며 나를 포함해 이 사건에 분노하는 사람들이 많다는 점에서 그 부녀는 합당한 책임과 처벌을 물어야 한다고 생각한다. 또한 이러한 부정채용에 대한 법

적 제재가 더욱 강화되어야 한다고 생각한다.

이 부분이 이 에세이의 끝이 아니라 시작이었어야 합니다. 그러면 관련 자료들을 전혀 다른 눈으로 볼 수 있었을 테고, 훨씬 더 효과적으로 활용했을 것입니다.

공부의 의미

기득권층에 대한 대중과 언론의 끊임없는 비판에도 불구하고 별다른 영향력을 미치지 못하는 것 같은 자괴감이 들 때가 많습니다. 이 에세이가 바로 그러한 딜레마를 잘 드러내 보여줍니다.

평가(A): 채용비리에 관한 자료조사를 실시하고 그것에 입각해서 논리적으로 정리하는 능력이 있습니다. 이게 통상적인 보고서(리포트)를 쓰는 실력이라고 여겨집니다. 그렇지만, 필자 자신도 스스로 느끼고 있듯이, 김 의원의 딸이라면 아빠의 그러한 유혹적 제안에 마음이 흔들리거나 받아들이지 않았을까 생각해보지 않을 수 없습니다. 즉 언론의 대대적이고 일방적인 비판에도 불구하고, 또 그러한 압도적인 여론에도 불구하고, 이 문제가 만족스럽게 결말지어질 가능성은 거의 없어 보입니다.

그렇지만, "물론"으로 시작된 문단은 필자의 "발전방향"을 기대하게 만듭니다.

자신의 심리적인 흔들림에 효과적으로 대처할 수 있는 마음기제를 확립하지 못한다면, 평생 정의롭게 살겠다는 필자의 다짐이 제대로 지켜지지 않을 위험성이 커집니다.

더 큰 문제는 이러한 연구조사에도 불구하고, 암울한 현실을 해결한다거나, 아니면 적어도 그러한 현실을 제대로 분석해서 그 대안을 제시할 수 있겠다는 미래의 전망이 확실하지 않다는 점입니다. 만약 그렇지 못하다면, 이렇게 열심히 공부한 보람이 없을 것입니다. 바로 이러한 공부의 무의미함 때문에 공부를 열심히 한다는 것에 대한 반발이 팽배한 것입니다. 공부가 아주 중요한 걸 잘 알면서도, 단축수업이라는 혹은 휴강한다는 강사의 말에 전부 환호하는 이중적인 심리가 학생들에게 있는 이유입니다.

공부에 의미가 있도록, 그렇게 변하게 하는 과정을 찾아내지 못한다면, 그게 어느 교실이든 교실에 들어오는 일 자체가 쓸모없는 행위가 될 가능성이 높아집니다. 공부를 하는 자체가 중요한 게 아닙니다. 공부한 걸 어떻게 사용할 수 있는지가 중요합니다. 광범위한 자료조사에도 불구하고 그게 자기 이야기가 아니니까, 나중에 자신의 사적이고 공적인 삶 속에서 어떻게 활용할 수 있을 것인지에 관한 전망이 잘 보이지 않습니다.

짜증을 내는 대응

일본 성노예(소위 위안부)문제에 깊이 관여하고 있던 대학원생에게 이렇게 질문한 적이 있습니다. "당신의 대처방안이 일본의 가슴을 아프게 하고 있습니까? 당신 자신의 분노하는 감정의 표현이 문제가 아니라, 일본정치가들을 곤경에 처하게 해야 진정한 해결책이 나오기 시작할 것입니다."

김 의원 같은 사람들이 지도층 중에 많을 텐데, 위와 같은 자료조사를 근거로 그런 사람들의 가슴을 서늘하게 하여 밤잠을 제대로 못 자게 할 방법을 찾아보는 게 진정한 해결책의 시작입니다. 그걸 김 의원 같은 사람들이 찾아줄 리가 없습니다. 근대사회체제의 지도층이 찾아줄 리 없을 대안을 직접적인 피해를 보고 있는 청년층에서 연구해서 찾아낸 다음에, 언론에 공표하여 지도층이 어쩔 수 없어서 받아들이게 만들어야 합니다.

마치 성노예문제에 있어서 일본정치가들이 짜증내면서도 대꾸하는 현재의 상황처럼 말이죠. 얼마 전까지는 언급되지도 못했던 사안입니다. 지금은 일본수상부터 나서서 반발하고 있기 때문에, 성노예문제에 대처하던 한국지식인들의 전략이 성공했다고 판단할 수 있습니다. 마찬가지로 이번 채용비리의 경우에도 김 의원 등을 비롯하여 몰래 나쁜 짓을 해오던 지도층이 짜증을 내는 대응을 하도록 만들어야 합니다.

위험사회

「위기를 기회로 바꾸는 위기대처능력」은 "2009년 영국 신종플루(2009 H1N1 인플루엔자 판데믹)"와 "2015년 한국 메르스 사태"의 위기관리 및 커뮤니케이션을 중심으로 영국정부와 한국정부의 위기대처능력에 관한 성실한 비교검토입니다. 필자는 자료수집과 분석 등 학문적인 연구를 할 기본자세를 잘 갖추고 있습니다(평가: B+/A).

"위기를 기회로 바꾸는 위기대처능력"이라는 제목이 의도했던 목표와 달리 "위기에 대처하는 능력"에만 집중하는 경향이 있습니다. 기존체제에 발생한 위기를 포월(포함+초월)하는 새로운 체제구축의 기회로 삼아야 위기를 기회로 바꾸는 작업이 본격적으로 전개될 것입니다. 울리히 백의『위험사회』라는 책이 이 분야에서 대표적입니다. 특수한 질병 등만이 위험요소가 아니라 사회전반에 걸쳐 위험요소가 있다는 지적으로 유명합니다. 근대사회가 뿌리에서부터 흔들리면서 위험이 상존하는 상황이 돼버렸다는 분석입니다. 울리히 백의 저서를 신봉하며 각국 정부가 대처방안에 몰두하고 있는 것 같습니다.

그런데 울리히 백의 저서를 포월(포함+초월)해야 하는 이유는 근대사회에 대한 비판에도 불구하고, 수많은 위험을 근본적으로 벗어날 수 있게 새로운 사회를 구축하려는 미래지향적 제안이 거의 발견되지 않기 때문입니다. 바로 이 지점에서 여러분 같은 새로운 세대가 할 일이 많아집니다. 개인적 차원에서의 불안과 우울은 위험사회이기 때문에 발생하는 증상이므로, 이러한 측면에서도 연구가 진행될 수 있습니다.

'돈'은 언제 기꺼이 냅니까? 절체절명의 위기에서죠. 큰 병 앞에서 병원비를 깎자고 흥정할 사람은 없을 것입니다. 그러니까 큰 위기가 발생하는 상황이 '돈'을 버는 곳입니다.

근대사회가 전체적으로 위기를 겪고 있습니다. 근대의 끝자락에 살고 있어서, 그런데 탈근대의 체제가 아직 미비해서 유래하는 근본원인을 파악할 수 있다면, 자신의 공동체를 위해 유의미한 기여를 하는 보람 있는 삶을 살 수 있을 것입니다.

돈이 될 수 있는 창의성

「아프리카돼지열병 확산, 어떤 고깃집에는 기회?」는 "공부에 뜻이 없어."라고 투덜거리는 학생에게 희망을 주는 글입니다. 이 에세이는 다음과 같이 시작됩니다.

> 돼지열병에 관한 에세이를 적기로 했는데, 아무래도 영시개론 수업인데 수업과 관련조차 지을 수 없는 너무 동떨어진 주제가 아닌가 처음엔 생각했다. 하지만 너무 관심이 있는 주제였기에 마음을 바로잡았다.

필자는 "작년 9월 전역하고 얼마 후에" "작은 삼겹살 포장집"을 하는 "아는 형의 사업을 도와주게" 됐습니다. 그 사업은 "1년 사이에 가맹점이 10개 이상이 생길 정도로 급속도로 번창"했습니다. 그런데 동유럽 양돈사업을 초토화시켜버린 치사율 100%의 돼지열병이 파주시의 한 돼지농장에서 최초로 확인되어 국가적 재난급으로 확대됐습니다. 아이러니하게도 "여러 돈육사업들의 매출이 줄은 가운데" "국내산 돼지고기를 쓰지 않고 스페인 고기를 쓰"고 있던 "우리 가게는 매출, 주문량에 이어 수익까지 늘었"습니다.

지금까지의 객관적 진술에 첨부된 다음과 같은 결론부분이 공부의 힘을 보여줍니다.

> 근데 문득 이런 생각이 들었다. 우리 물이 빠지는 상황이었다면 어땠을까? 즉 우리가 국내산 고기를 사용하고 있었다면? 물을 내가 어떻게 해볼 순 없으니 배를 부수거나 배를 미는 수밖에 없었을 것이다. 그럼 나라면 어떻게 했을까 생각해봤다. 나라면 그 상황에서 돈이 되는 걸 찾을 수 있을까? 확실한 건 에세이를 쓰고 있는 지금의 내가 해결할 수 있는 문제는 아닌 것 같다. 하지만 이 에세이를 쓰면서 이 문제에 대해 고민을 해본 나는, 미래에 고깃집을 하게 되면, 이 에세이를 작성했다는 기회에서 얻은 생각을 바탕으로 더 나은 판단을 내릴 수 있다. 돈이 될 수 있는 창의성은 물이 들어올 때가 아닌 나갈 때 크게 발휘된다. 지금 에세이를 작성하면서 하고 있는 이 생각들이 미래의 나에겐 수입산 고기보다 더 큰 기회가 아닐까 생각해보게 됐다.

'시적 상상력'을 훈련하는 영문학과의 '영시개론'이라는 고리타분한 것처럼 보이는 수업내용이 저잣거리 고깃집의 밝은 미래의 전망과 아무런 관련이 없는 것 같지만, 전혀 그렇지 않음을 잘 드러내고 있는 글입니다(평가: A). 위기를 경험하는 게 중요한 게 아니라, 그런 위기의 경험 속에서도 생각의 틀을 창출해 내는 사람이 되는 게 중요합니다. 그러니까 성적이 좋고 나쁜 게 중요하지 않고, 성적이 왜 나쁜지를 분석할 줄 아는 게 중요합니다. "땅에 넘어진 자 땅을 짚고 일어서라"라는 말이 있습니다.

위험과 기회

위기사회의 징조는 어떤 곳에서도 나타납니다. 위기라고 해서 언제나 문제가 되는 건 아닙니다. 특히 당면한 위기가 해당 개인에게만 국한되는 사건이 아니라, 공동체 전반에 발생하는 경우일 때에는 더욱 그러합니다. 위기 속에서 미래의 기회를 포착하려고 노력하는 데에 어쩌면 공적 성공의 비밀이 숨어 있을 것입니다.

(1) 공동체 전체가 경험하는 위기이므로, 발생하는 혹은 발생 예상되는 위기 속에서 자신이 속한 집단의 위치를 정확하게 파악하는 게 중요합니다.

(2) 빌 앤 멜린다 게이츠 자선재단(Bill & Melinda Gates Foundation)은 집단발병이 인류의 미래에 가장 큰 영향을 줄 것으로 예상된다고 이미 지적한 바 있으며, 이 분야에 아주 많은 연구와 투자를 진행하고 있습니다. 그러므로 이번 아프리카열병의 사례를 중심으로 생각의 틀(framework)을 훈련한다면, 다음번에 직접 경험하게 될 위험사태 속에서 누구보다도 현명하게 대처할 수 있을 것입니다.

(2019년도 2학기의 수업내용을 책으로 엮고 있는 2020년 3월초인 지금 개강이 4주 미루어지는 등 펜데믹(pandemic)이 된 신종 코로나바이러스 감염증(COVID-19)의 세계적인 확산위기를 경험하고 있습니다. 이 에세이를 읽었던 겨우 반년 전에는 상상도 못 했던, 하늘이 무너지고 땅이 꺼지는 위험에 인류사회 전체가 직면하고 있습니다. 하나의 작은 위안이라도 있다면, 이 에세이를 썼던 발표자에게는 마음의 준비가 돼있을 것이라는 점입니다.)

(3) 언제나 위기(危機=danger+opportunity)가 기회(機會)가 되는 것은 아닙니다. 사회체제가 공고하게 확립돼있을 경우에는 위기가 기회로 바뀌지 않습니다. 그러나 근대의 사회체제의 틀 자체가 흔들리고 있는 현재의 경우에는, 즉 새로운 탈근대시대가 다가오고 있는 것으로 판단되는데 아직 그 구체적인 모습이 뚜렷하지 않을 경우에는 큰 기회가 발생할 것입니다. 구글, 마이크로소프트, 우버와 에어비엔비 등 세계적인 벤처기업들이 만들어진 지 정말 얼마 되지 않았습니다.

위험을 기회로 바꾼 사례들

위험을 기회로 바꾼 구체적인 사례들을 몇 개 생각해봅시다. 소설『바람과 함께 사라지다』(Gone with the Wind)의 남주인공 레트 바틀러(Rhett Butler)는 전쟁상인이었습니다. 자신이 남부출신 사람이라 할지라도 남북전쟁에서 남부가 패배할 걸 전망할 수 있다면, 고립된 조지아주의 주도 애틀랜타(Atlanta)에서 모든 물가가 폭등할 것은 쉽게 예측할 수 있습니다. 아주 큰돈은 전쟁 때 생깁니다. 일본의 부흥은 한국의 6·25에, 그리고 한국의 부흥은 월남전에 많은 부분 기인하고 있습니다. 대한항공에 근무했었는데 한진그룹 부흥의 비사(秘史)에도 그런 측면이 있을 것 같다는 추측을 했던 적이 있습니다.

최근의 홍콩의 자유화투쟁과 대비되는 북경의 천안문 사태는 1960년 한국의 4·19혁명을 연상케 합니다. 70년대 초 대학초년생이었던 나는 그 '실패한 혁명'의 원인을 숙고해본 적이 있습니다. 그건 시대를 제대로 읽어내지 못했기 때문이었습니다.

경제적이고 정치적인 측면에 관심이 별로 없는 대학생들이 많습니다. 그런데 이러한 공부가 개인에게 큰 영향을 미칩니다. 당장 내년에, 그러니까, 2020년에 경제공황에 육박하는 불황(depression)이 닥친다면, 투자는 어떤 식으로 해야합니까. 모아뒀던 돈으로 집을 살까요, 아니면 그냥 현금으로 갖고 적절한 때를 기다릴까요? 일을 열심히 해서 성공하는 것보다는 이런 정치적이고 경제적인 판단에 있어서 정확한 게 더 중요해지는 때가 많습니다.

대박집

필자의 아는 형님처럼 인체감염가능성에 관한 암묵적인 공포를 활용하여 취급하는 돼지고기가 국내산이 아니라 해외산이라고 선전하는 등 단기적이고 즉각적인 대응은 누구나 할 수 있습니다.

그런데 아프리카열병이 확산될 것인지, 아니면 언제쯤 진정될 것인지를 어떻게 전망하느냐에 따라 대처방향이 180도 달라질 수 있습니다. 바로 이 지점에서 자료조사에 의한 '너무 많은 정보들(TMI)' 속에서 적절한 판단을 내릴 수 있는 '시적 상상력'이 요구됩니다.

현대 사회학에서 위기사회이론에 관한 연구가 활발하게 진행되고 있습니다. 그동안 훈련된 '시적 상상력'에 의거하여 이 분야의 연구결과들 중에서 자신이 처한 상황 속에 적절하게 활용할 수 있을 새로운 아이디어를 찾아내거나 추측해낼 수 있습니다. 그렇게 되면 흔하게 만나는 수많은 고깃집과는 달리 언젠가는 대박집이 될 수 있을 것입니다.

공부할 수 있는 능력

누구나 적용할 수 있을 이론의 틀이 없다는 게 위기사회의 전형적인 특징입니다. 그러므로 공부할 수 있는 능력이야말로 가장 중요한 무기가 됩니다. '공부할 수 있는 능력'을 공부하는 이 수업이야말로 지금 현재 가장 중요합니다.

자기를 모르기 때문에 수업에 참여하는 것입니다. 해보지도 않았는데 자기가 뭘 잘하는지 어떻게 알 수 있겠어요. 그래서 교육철학자 브루노의 '수월(excellence)의 함양'이라는 교육철학이 중요해집니다. 자기가 잘할 수 있는 것, 뛰어날 수 있는 걸 찾는 과정이 교육의 핵심입니다. 아무도 모르죠. 내가 이 수업시간에 공개적으로 평가를 진행하는 이유도, 내 개인적인 편견이 당연히 작용할 것이기 때문에, 어느 정도는 편파적으로 칭찬이나 비판을 할 수 있기 때문입니다. 궁극적으로는 내 평가가 중요한 게 아니라, 그런 평가조차도 자기 나름대로 평가할 수 있는 능력을 갖추게 되는 게 중요합니다.

새로운 교육방법론

「영화『라라랜드』의 낭만주의」는 영시개론 수업에서 배운 탈근대의 시적 상상력을 영화 다시보기의 방식에 적용한 글입니다. "왜 주인공들이 연결되지 않고 각자의 삶을 사는 걸로 끝났을까?"라는 아직도 생각나는 친구의 질문에 대한 뒤늦은 답변입니다.

> 남자주인공 세바스찬은 말한다. "Why do you say 'romantic' like a dirty word?" 자신이 큰 성과 없이 지내는 것과 꿈을 이루려고 하다가 사기당한 것에 대해 로맨틱하게 말하지 말라는 누나의 말에 대답한 것이다. 이미 영화『라라랜드』와 낭만주의, 즉 Romanticism은 서로 연결되는 것이 많음을 드러내고 있었을 수도 있다. 또한 영화에서 제시한 그들의 꿈을 이룬 방법 또한 낭만주의 성격을 많이 띠고 있는 것 같다. 하지만 전에는 몰랐던 것을 수업을 듣고 난 후에 영화를 보니 더 느낄 수 있었던 것 같다. 영화『라라랜드』는 로맨스가 분명한 주요 장르이지만 결국에는 그들의 자기서사로 인한 자아실현이 더 중요하게 나타나는 영화로 이는 매우 낭만주의와 닮아있었다.

낭만주의 근대정신의 후예이기는 하지만 낭만주의에 100% 신뢰를 보낼 수 없는 탈근대시대 영혼의 현실상황을 제대로 반영할 수 있다면, 대중적인 성공이 보장된다는 일종의 법칙. 이러한 수업내용의 핵심을 정확하게 이해하고, 그걸 영화의 성공사례에 잘 적용하고 있습니다(평가: A+).

그렇지만 필자만의 공식(formula), 즉 자신만의 성공비결을 개발하는 게 필요합니다. 그렇게 되면 필자가 하는 모든 일들에 자신감 있게 적용할 수 있을 것입니다. 자신의 법칙이니, 유연하게 수정보완해가며 발전시켜갈 수 있을 것입니다.

그게 어떤 분야이든, 탈근대시대에 자기 분야의 전문가가 되는 새로운 교육방법론입니다. 무슨 분야인건 그리 중요하지 않습니다. 5년 후에라도, 물론 뒤늦게 기초적인 자질을 닦느라고 엄청 고생은 하겠지만, 예를 들어, 바이오나노 전문가의 길로도 들어설 수 있을 것입니다.

이 수업을 통해서 성공한다는 보장은 못 해주겠지만, 성공하는 틀 하나를 붙잡고 나갈 수는 있을 것입니다. 여기에 제대로 활용할 수 있는 영어실력만 추가하면 될 것입니다.

내 딸도 그랬던 거야!

「미완성을 견디는 연습」의 시작 부분은 일기처럼 개인적인 고백에 불과한 것같이 들릴 수 있습니다. 필자는 아주 찰진 글 솜씨를 갖고 있습니다. 단어들이 팍팍 들어와서 꽉꽉 꽂힙니다.

> 나는 완벽을 추구한다. 흔히 말하는 완벽주의자다. 밥을 못 먹거나 잠을 못 자는 한이 있더라도 내가 원하는 결과물이 나와야 한다. 그것이 무엇이든 말이다. 성적, 일, 사람과의 관계, 내 스스로의 감정마저도 예외는 아니다. 완벽에 대한 집착이 나를 괴롭혀도, 나는 집착을 놓지 못한다. 집착마저 없다면 내가 영원히 잉여 인간으로 전락할 것 같은 두려움 때문이다. 내 완벽주의에 대한 집착은 열살 때로 거슬러 올라간다. 자그마치 2007년, 우리 언니는 열아홉 살이었다. 언니는 우등생이었다. 소위 말하는 명문대도 골라갈 수 있을 성적이었다. 아빠는 자신이 끝내 이루지 못한 학벌 콤플렉스를 언니에게 온전히 투영시켰고, 언니는 기대의 값어치를 완벽히 해낸 셈이었다. 적어도 수능 점수가 나오기 전까지는 그랬다.

이게 일기와 같은 사적 서사를 넘어서서 공적 서사이기도 한 이유는 그러한 구분이 엄격했던 근대사회에 더 이상 살고 있지 않기 때문입니다. 근대의 끝자락, 탈근대시대의 입구에서 그러한 구분은 더 이상 완전하지 않습니다. 그래서 누군가의 개인적인 사건이 수업시간에 연구돼야 하는 것입니다. 정반대의 측면에서, 근대적 공적 언어의 대표였던 법률언어에 대해 그 공적 언어의 완벽성에 의문을 제기하는 데리다(Jacques Derrida)의 『법의 힘』은 미국 법학계에 잘 알려진 탈근대적인 연구서입니다.

> 아빠, 그리고 타인의 인정과 기대는 나를 세상에서 가장 생산성 있는 인간으로 만들기에 충분했다. 나는 내가 원하는 완벽주의자의 모습이 된 것 같았다. 세상 모든 걸 내 마음대로 통제할 수 있을 것만 같았다. 다들 자존감이 낮아서 문제란다. 서점 베스트셀러는 이러한 사람들의 마음을 관통이라도 한 듯 온갖 자존감 책으로 가득하다. 나는 서점에 갈 때면 자존감 서적은 눈길조차 주지 않았다. 나는 완벽한 내 모습에 너무나도 만족했다. 세상에서 내가 제일 좋았다. 믿을 놈 하나 없는 세상이라는데, 나는 나를 무조건적으로 신뢰했다. 무엇을 하든 내가 잘해낼 것임을 확신했다. 동네 친구가 술자리에서 나에게 쓴 소리를 하면 기분이 나빴다.

학문적 분석의 측면보다도 더 좋았던 건, "그때는 나도 몰랐었는데, 내 딸도 그랬던 거야!"라고 혼잣말을 하면서 읽었다는 사실입니다.

> 내가 원하는 내 모습을 잃고 싶지 않았다. 나를 실망시키고 싶지 않았다. 나는 누구보다 내 자신을 사랑한다고 믿어왔는데, 스스로에게 완벽하지 않은 모습을 들키면 나를 혐오할까봐 두려웠다. 그래서 나도 아빠와 같은 방식을 택했다. 나에게 실망할 일이 조금이라도 생기면 무조건 회피했다. 결과가 잘 나오지 않을 것 같으면 무조건 시도조차 하지 않았다. 잘해내지 못할 것 같은 두려움은 실체를 과장시킨다. 그 기준은 점점 낮아져서 나는 이제 경험해본 일을 제외하고는 전부 회피하는 바보가 되었다. 나는 성적만 잘 나오고 일만 잘하는 바보다. 남들은 시도하고, 경험하고, 실패하고, 깨달음을 얻고, 다시 경험하는 무한궤도를 달린다면, 나는 시도하고, 집착하고, 성공하면 다시 시작점으로 돌아가서 똑같은 일을 한다. 이제는 나도 실패에 무덤덤해지고 싶다. 완벽하지 않은 내 모습도 나를 이루고 있는 작은 부분 중 하나임을 덤덤하게 수용하는 사람이고 싶다. 일기에 어떤 내용을 써도 마음이 편한 사람이고 싶다.

필자 자신의 이야기, 개인서사(individual narrative)라는 작은 서사(little narrative)를 완성했을 뿐만 아니라, 그 드라마를 현재적으로 그리고 유의미하게 만들어내는 데 성공하고 있습니다(평가: A+). 적어도 내가 공감하고 있으니, 작은 공감의 공동체를 만들어내는 중간서사(middle narrative)가 시작됐으니까요. 아빠가 결국에는 필자에게 심정적으로 의지하게 될 가능성이 높습니다. 그러니까 필자가 집안의 기둥이 될 가능성이 많습니다.

고레에다 히로카즈

나는 이게 탈근대시대를 위한 거대서사(grand narrative)의 한 모델이라고 생각합니다. 『어느 가족』으로 2018년 칸영화제에서 황금종려상을 받은 고레에다 히로카즈 감독의 『걸어도 걸어도』, 『진짜로 일어날지도 몰라 기적』, 『그렇게 아버지가 된다』, 『바닷마을 다이어리』, 『태풍이 지나가고』, 『세 번째 살인』 등 가족시리즈 영화의 기본서사와 필자의 글은 맞닿아 있습니다.

> 나는 내가 빠른 시일 내에 완벽에 대한 집착을 버릴 수 없음을 안다. 그래서 이제부터 미완성에도 덤덤해지려는 연습을 하려 한다. 사실 영시개론 수업을 드랍하려 했다. 교과서도 없고, 하물며 달달 외울 것도 없는, 당장 시험 답안지에 뭐라고 써야 할지 감도 안 오는 이 수업을 감당할 수 없을 것만 같았다. 성공하지 못할 확률이 크다고 판단했다. 하지만 드랍하지 않았다. 성공할 용기가 아닌, 실패

할 용기를 가질 수 있길 바란다.

이렇게 뛰어난 에세이의 결론에 고백된 필자의 흔들리는 마음이야말로 근대교육제도의 문제점을 반증해줍니다.

공적 성공과 사적 행복

현재의 직업 중 70% 이상이 없어질 미래를 대비하는 교육훈련의 틀은 어떠해야합니까? 가장 중요한 초점은 공적인 성공뿐만 아니라 사적인 행복도 동시에 추구해야 한다는 점입니다.

이건 조국근대화가 지상목표였던 아빠의 세대에서는 상상도 할 수 없었던 미래상입니다. 근대사회가 삶의 전부였던, 그 유토피아적인 미래만이 의미가 있었던 시대 속에서 (주로 여성이 담당하던 가정적인) 사적인 행복은 (주로 남성이 담당하던 국가사회 속에서의) 공적인 성공을 위해 희생돼야할 덕목이었을 뿐이었습니다. 이제 그러한 근대의 틀 자체에 대한 신뢰 자체가 상실돼가는 시대 속에서 사적인 행복을 포기해버리면 너무나도 크고 공허한 허무만이 남아있게 될 것입니다.

이곳이 필자와 더불어 내가 이야기를 시작하고 싶은 지점입니다. 지금부터는 '돈'이 되는, 즉 쓸모가 있는 공적인 성공뿐만 아니라 사적인 행복도 동시에 달성할 수 있게 하는 아주 작은 길이라도 구축해낼 수 있다면, 그걸로 아주 중요한 시작이 될 것이기 때문입니다.

새로운 페미니즘의 탄생

「내 안의 조커 밀어내기」의 첫 문장, "지인에게 전기충격기를 권유받았다."는 그야말로 충격적입니다. 아주 뛰어난 소설의 시작문장을 연상시킵니다. 필자는 뛰어난 소설적 상상력으로 한국여성이 처한 삼중고의 상황을 시니컬하게 묘사합니다.

지인에게 전기충격기를 권유받았다. 하지만 사지 않았다. 요즘 내가 가진 취미는 공격성을 띠고 있다. 주로 인생에 도움이 안 되는, 불특정 다수의 외부인들이 나를 보는 시선은 이제 식상하다. 참 식상해서 이제는 비틀고 싶다. 마치 의사소통을 하는 방법을 모르는 어린애처럼 쉽게 화를 내고, 달려든다. '돌발 행동'을 하고 상대의 표정을 관찰한다. 시비를 걸고 길을 막으면 어깨를 툭툭 쳐보기도 하고, 추행을 하면 고함치며 쫓아가거나 고소를 한다. 돌발 행동인가? 그러나 출동한 경찰의 표정엔 귀찮음, 혹은 멍청함이 한 가득이다. 그 표정도 지루했다. 하지만 화가 조금씩 쌓여가는 것이다.

"주변에 남자 분 있으면 바꿔주세요."

하굣길이었다. 작게 일어나고 있는 불씨를 보고 선뜻 신고 전화를 든 나에게 소방대원이 한 말이다. 밥맛이었다.

분노하여 적과 아군으로 가르는 정치적인 대결의 페미니즘으로 발전될 수 있는 상황임에도 불구하고, 필자는 남존여비의 사회를 포월, 즉 감싸고 넘어갑니다.

졸업을 앞둔 나는 그런 사회의 태도가, 날 보호 대상으로 봐주는 그저 고마운 시선이 아님을 안다. 이 사회의 주연이 아닌 조연으로, 배경으로, 무대 밖으로, 밀려나는 중인 것이다. 나는 반전을 주고 싶다. 내가 할 수 있는 일을 찾는다. 쓰레기통에 있던 빈 컵을 주워 물을 날랐다. 연기가 올라오는 재 떨이로 부어 넣었다. 반복해도 안 되자 옆 사람에게 부탁을 했다. 드라이아이스가 한 주먹 든 것처럼 계속해서 연기가 올라온다. 대야를 찾아 더 많은 물을 날랐다. 학교에 몇 안 남은 동기가 그 장면을 보았다. 니가 구조대냐며 농담조로 웃었다. 나도 웃는다. 두 번째 대야를 나르고 젖은 티셔츠를 훌훌 털며 자리를 떴다. 이마에 땀이 맺혔는데 머리가 차가웠다. 소방대원의 여상한 기색과 말이 맴돌았기 때문이다. 절대 생색 같은 게 아니다. 그냥 나를 똑바로 보면 좋겠다.

필자의 위와 같이 쿨(cool)한 태도가 여성을 비롯한 유색인종, 피식민지배민족, 말 못 하는 동물들, 더 나아가서 더욱 말 못 하는 생태계 등 세상의 모든 타자들에게 있어서 미래의 모범사례라는 점을 입증하고 싶은 심정입니다.

이 정도 일이야 가벼웠다. 세상엔 날 귀찮고 괴롭게 하는 것들 천지였다. 이제 이십 대 중반인데 한 손으로는 다 꼽을 수 없다. 그러나 전기충격기 같은 것은 사지 않는다. 사면 조절할 수 있을까? 날 지키는 역할을 해야 하는 그것이 오히려 화를 불러올 수 있음을 알고 있다. 악역은 대서사를 쓸 수 없다고 하지. 그저 더 빠르게 밀려나게 될 뿐이겠다. 어렴풋 누구나 알고 있다. 선 밖으로 나가는 이들은 구실이 필요했겠지. 이미 너무 공감한다. 하지만 나는 그 선을 넘지 않는다. 닿을 듯하면 밀어내는 것이다. 내가 사회를 이끌어나가고, 세상이 돌아가는 진실에 더 가깝게 붙어서 주연을 맡을 때까지.

1차적인 차원의 생물학적 페미니즘과 2차적인 차원의 정치적 페미니즘을 포월하여 3차적인 차원의 문화적 페미니즘이라는 새로운 페미니즘의 선구자가 한국사회에 탄생하는 역사적인 순간입니다.

남성중심사회에서의 여성, 백인사회에서의 유색인종, 이성애사회에서의 동성애자, 인간중심사회에서 동물권리옹호자나 생태론자 등 타자의 입장에서 세상을 이해할 뿐만 아니라 일상생활 속에서 매일매일

대처해나가야 할 때, 어떤 태도를 취하는 것이 정말로 용감할 것인가에 관한 아주 깊은 사고를 하고 있습니다.

'전기충격기'가 암시하는 적과 아군의 이항대립에 기초하는 사고방식은 타자의 주변적인 위치를 더 공고하게 할 뿐이고, 개인적인 상상력의 범주를 위축시켜 자신의 능력을 발휘할 가능성을 축소시켜버릴 전망이 큽니다. 필자는 타자라는 편협한 입장을 벗어나 자신의 위치를 역전시켜 주체의 일원으로 전환시킬 줄 아는 능력을 발휘하고 있습니다. 이건 생각의 힘에서 나옵니다. 그리고 제대로 된 공부의 축적에서 비롯된 것입니다(평가: A++).

하지만 조금 더 독자 친화적이면 좋겠습니다. 조금 더 친절하게 생각의 진전속도를 늦추며 독자가 자발적으로 참여할 수 있는 여백을 글 속에 삽입하는 기술을 훈련하면 좋겠습니다. 그렇게 된다면, 이러한 문제의식을 개선하기 위해 노력하는 집단에서 일하려고 할 때 아주 중요한 능력이 될 수 있을 것입니다.

교수와 거의 같은 수준의 학생

「독자는 필터링하고 싶다-희곡 『에쿠우스』를 읽으면서」의 필자는 교수와 거의 같은 수준에 도달해있는 학생입니다. [부록-11]

희곡 『에쿠우스』의 형식은 시간의 흐름을 초월하여 인물들을 의식의 흐름대로 등장시키는 구조로 되어있다. 이러한 극형식은 관객들에게 전달되는 이야기가 알런 본인의 말이 아니라 다이사트라는 한 사람의 의식 활동이라는 점을 의식하게 만든다. 마치 『위대한 개츠비』의 화자 닉이 개츠비를 관찰한 일지를 적은 것처럼, 다이사트의 의식에 알런이 적히고 있는 것이다. 따라서 이 글을 제대로 이해하려면, 사연이 있는 알런보다 그 사연을 듣고 해석하는 다이사트를 의심하는 태도가 독자에게 필요할 것으로 보인다. 이 극에 대한 기존의 비평처럼, 화자 다이사트의 말과 작가가 보여주는 글의 전개에 그대로 순응하면서 읽는 방식은 작가 및 화자가 왜 그런 말을 하는지 의심하고 '시대적 이념과 삶의 가치관에 대해 고민하면서'[19] 자신의 생각을 정리하는 현대적 독해 방식과 거리가 먼 해석이다.

뒤이어 "지금까지 서술했던 화자의 신뢰성에 대한 분석에 더하여 한 가지 더 의심스러운 부분을 이야기하자면, 이 글의 작가에게도 신뢰할 수 없는 부분이 있는 것으로 보인다."라고 말하면서 화자뿐만 아니라 저자에게까지 필자의 비판적인 태도가 확대됩니다.

영화 『조커』를 보는 관람태도와 관련하여 '생각의 전투'라는 용어를 동원했던 적이 있습니다. 이 필자에

---

19 이선형(2013), 『연극은 무엇을 위해 존재하는가』, 서울: 푸른사상, 6p.

게야말로 화자는 물론 저자에게도 그 신뢰성의 한계를 지적할 수 있는 비평적 안목이 있습니다. 저자와 동등한 입장에서 대결할 수 있는 수준에 와 있습니다. 이미 전문가의 길에 들어서 있는 셈이죠(평가: A+++).

필자와 같은 수준에 도달해 있는 학생을, 서구에서는 학점 취득하는 것만을 목표로 하는 학생(Pass)과 구별하여 미래의 교수요원으로서 우등과정(Honor)의 학생으로 대우합니다. 이런 학생은 교수의 수업을 평가하고 있겠죠. 이런 수준의 학생들이 많다면 당장 '토론수업'을 진행해도 됩니다.

나는 추종자들을 싫어합니다. 자기 자신만의 안목을 갖고 비판적인 시선으로 내 생각을 분석하고 있을 필자와 같은 학생이야말로 수업시간에 들어오고 싶게 하는 매력입니다.

스포일러

지금 현재 절찬리에 상영되고 있는 영화 『조커』를 분석해보려고 합니다. 소위 스포일러(spoiler)는 걱정하지 마세요. 그건 기승전결이라는 근대적인 스토리의 직선적인 진행을 전제로 하는 관점에서 제기되는 문제일 뿐입니다.

이런 근대적인 사고방식은 「영화 '조커' 상영관 경계 강화… 美 뉴욕경찰국 인력 배치」라는 신문기사에서처럼 현실세계의 헛된 반응을 불러일으킵니다.[20] 주인공 조커가 "정신병을 앓을 때 최악인 건 사람들이 당신이 마치 그렇지 않은 것처럼 행동하기를 바란다는 것"이라고 쓴 일기와 조커 가면을 쓴 시위대가 경찰과 충돌하는 등 사회적 혼란이 일자 "나는 평생 내가 실제로 존재하는지도 몰랐다. 하지만 나는 존재하고, 사람들도 내 존재를 알아채기 시작했다."라고 말하는 장면을 근거로 "사회부적응자가 범죄로 존재감을 입증한다는" 내용이며, "워너 브러더스가 의도치 않게 폭력을 미화한다는 의문을 갖게 만든다고" TV 폭스뉴스가 보도하고 "오로라 총기난사 유가족이 항의하는 등 논란이 이어지자" 워너 브러더스가 "오해가 없기를 바란다. 가상의 캐릭터인 조커와 영화 모두 현실세계에서 어떠한 종류의 폭력도 지지하지 않는다. 이 캐릭터(조커)를 영웅으로 띄우는 건 영화제작자나 스튜디오의 의도가 아니다."라고 강조하는 일까지 벌어집니다.

영화적 에크리튀르

크리스티앙 메츠는 글쓰기(writing)와 같고도 다른 영화적 에크리튀르(écriture)를 다음과 같이 요약합니다.

---

20 「영화 '조커' 상영관 경계 강화… 美 뉴욕 경찰국 인력 배치」, 『뉴시스』, 2019.10.02.

크리스티앙 메츠는 영화적 에크리튀르는 영화가 자신을 텍스트로 구성하기 위해 다양한 약호(略號)를 통해 혹은 거슬러서 작동하는 과정이라고 말한다. 즉 영화언어가 약호들의 총합(總合)이면 에크리튀르는 약호들이 전치(轉置)되는 작동과정인 셈이다. 영화는 영감이나 천재와 같은 낭만적 에크리튀르가 아니라 사회적 담론을 재구성하는 재작업으로서 의미작용을 구체화하는 것이라고 말한다.[21]

에크리튀르는 글쓰기라는 뜻의 프랑스어입니다. '글쓰기'라는 용어 대신에 '에크리튀르'라는 다른 용어를 사용하는 건 절대로 잘난 척하려는 의도가 아닙니다. 기존의 근대적인 '글쓰기'를 포월하는 탈근대적 '글쓰기'라는 점을 강조하기 위해 똑같은 뜻의 다른 단어를 동원한 것입니다. 요컨대 영화적 에크리튀르는 문자에 의한 근대적 글쓰기와 달리 영상을 통한 탈근대적 글쓰기를 지향한다는 말입니다.

근대적 글쓰기의 세계관이라면, 예를 들어, "제발 범인이 누구인지 말해주지 마!"라고 요청하는 등의 '스포일러'라는 말이 작동하겠지만, 영화적 에크리튀르에서는 무의미한 말이 됩니다. 그래서 아예 첫 장면에 범인을 비롯한 결과를 거의 전부 알려주고 시작하는 영화가 등장합니다.

백남준이 세계미술계를 선도했고 한국미술이 세계적으로 기여하고 있는 비디오아트가 바로 영상미술에 의한 탈근대적 글쓰기의 시작입니다. 영화가 탈근대의 세계관을 위해 새로운 텍스트를 구성해내는 방식을 "다양한 약호(略號)를 통해 혹은 거슬러서 작동하는 과정이라고" 설명합니다. 요약된 기호라는 뜻의 약호(略號)는 영화 속에 등장하는 '칼'이 '신체적 폭력'을 의미하는 것 같은 사례를 말합니다. 신체적 폭력행위가 구성되려면 칼뿐만 아니라 그 칼이 사용되는 가해자와 피해자, 그리고 그 두 사람 간의 행동 등이 필요하지만, 영화에서는 '칼'이라는 약호만으로 그 뜻을 전달할 수 있습니다. 더 나아가서 영화에서의 '살인'을 사람을 죽인다는 행위 그 자체가 아니라 약호로 읽는다면, 살인자에게 혹은 피해자에게 자의식이 생겼다는 표현일 경우가 많습니다. 그리고 약호를 "통해 혹은 거슬러서" 작동한다는 말은 현실세계에서와 달리 영화의 에크리튀르의 문법에서 아주 빈번하게 활용되는 '회고의 장면'처럼 시간의 흐름을 거스를 수도 있다는 뜻입니다.

"영화언어가 약호들의 총합(總合)이면 에크리튀르는 약호들이 전치(轉置)되는 작동과정인 셈이다."라는 문장은 영화가 탈근대적 글쓰기를 수행해내는 방법을 설명합니다. 즉 약호들을 총합(總合), 즉 모두 모아놓은 것이 영화언어일 것입니다. 그러나 근대적인 글쓰기가 아닌 탈근대적인 에크리튀르로서의 영화는, 약호들의 총합이 근대적 글쓰기의 기승전결에서처럼 과거에서 미래로 순조롭게 흘러가는 순치(順置)에만 머물지 않습니다. 약호들의 총합을 그리는 순조로운 전개과정에 어긋나도록, 총합의 순서를 뒤집어버리는 역치(逆置) 등 딴 곳으로 옮겨놓은 전치(轉置)에 영화의 본령이 있다는 주장입니다.

---

21 표정옥, 「박제에서 부활하여 스크린에서 활보하는 이상의 상상력」, 『문예연구』 102호(2019년 가을호), 39-57, 43쪽.

"영화는 영감이나 천재와 같은 낭만적 에크리튀르가 아니라 사회적 담론을 재구성하는 재작업으로서 의미작용을 구체화하는 것"이라는 말은 지금까지 영시이론을 공부해온 학생들이 이해하기 어렵지 않을 것입니다. 지금까지 영감이나 천재 등으로 숭상돼온 근대의 낭만적인 글쓰기를 넘어서서, 탈근대를 위한 사회적인 담론으로 글쓰기를 재구성하는 재작업이 관객에게 의미 있게 작용할 수 있도록 영상작품으로 구체화하려는 게 영화적 에크리튀르의 목표이기 때문입니다.

이번 수업시간에 같이 생각했던『라라랜드』의 다시읽기, 칸영화제가 고레에다 히로카즈를 인정한 이유, 그리고 지금 읽고 있는『조커』의 경우에 공통적으로 적용해볼 수 있는 영화이론의 요약입니다.

영화『조커』의 영향력

베니스영화제에서 황금사자상을 수상하였을 뿐만 아니라 미국 언론이 공포분위기를 조성하고 있을 만큼 영화『조커』의 영향력은 대단합니다.

첫째, 소서사(little narrative), 즉 개인서사(individual narrative)의 관점에서 볼 때 주인공의 자의식의 탄생과정입니다. 주인공은 '해피(Happy)'라는 엄마의 아명(兒名)을 벗어나서 자신을 '웃음거리'라고 비웃는 뜻의 '조커(Joker)'를 자신의 이름으로 선택합니다. 즉 '엄마의 말=자신의 말'이라는 수동적인 등식(等式)에서 '비웃는 말=냉소적으로 받아들이는 말'이라는 부등식(不等式)을 사용할 만큼의 자아의식이 형성됩니다.

둘째, 거대서사(grand narrative)의 관점에서 영화『배트맨』의 대표적인 악당인 조커를 배출하게 된 이유가 근대대도시를 대표하는 고담이라는 도시 전체의 체제가 전혀 제대로 작동하지 않고 있다는 점을 부각시킵니다. 조커를 핍박하여 살인을 저지르게끔 도발하는 거의 깡패 같은 모습의 금융산업 종사자들이 이러한 상황의 '약호'입니다.

쓰레기처리 같은 일상의 문제나 폭동을 유발시키는 격심한 빈부격차 문제 등의 공적인 차원에서뿐만 아니라, 연인관계, 모자관계와 부자관계 등의 폭력적이고 파괴적인 종말 등을 통해 서사적인 차원에서도 총체적인 난국에 직면하고 있으며, 누구도 그 해결책의 실마리를 찾기 위해 희생적인 자세로 고민하고 있지 않는 현실을 재현하고 있습니다.

억지로 자기희생적인 입장에 처하게 되는 건 아이러니하게도 악당의 입장에 있는 주인공 조커뿐인 것 같습니다. 자발적이고 적극적인 자기희생의 모델이었던 예수와 정반대의 입장에 처해 있습니다. 대중 앞에서 조커가 십자가에 못 박힌 예수의 제스처를 취하지만 그는 소극적이고 비자발적으로 우연히 자기희생의 모델이 돼버렸을 뿐입니다.

선과 악의 이분법적인 논리가 더 이상 작동하지 않는다면, 그러한 윤리철학에 기초하고 있는 고담과 같은 근대사회는 굳건한 기반 위에 서 있다고 말할 수 없으며, 곧 붕괴될 것으로 여겨집니다. 그리고 이게 대중의 은밀한 반감을 배양할 것이라는 지배층의 두려움을 불러일으켜 상영관에 뉴욕경찰국의 인력을 배치하게 하였습니다.

셋째, 확고하게 반복생산해내는 중서사(middle narrative)야말로 이 영화의 상업적인 성공의 근본원인입니다. 근대의 거대서사가 철저하게 붕괴돼버렸다는 사회적이고 정치적인 판단이 옳다고 믿는다면, 새로운 시대의 대서사담론을 구축하려고 영혼의 측면에서의 부활 및 재건을 위한 개인서사를 모색해야 한다면, 두들겨 맞았던 조커가 비틀거리면서 일어나는 정신병원에 갇혀있는 연쇄살인범의 환상이라는 마지막 장면에서처럼, 개인서사의 성공적 확립에 기반을 두는 소규모 공동체(commune)에 의한 중서사의 발현(發現)을 통해 새로운 시대의 도래를 조망해볼 수 있습니다.

공포의 이유

위와 같은 논리가 실천적인 측면에서 설득력이 있다고 믿기 때문에, 그로 인해 총기난사가 빈번하게 발생하는 현재의 미국사회에서 이 영화가 촉발하는 총기난사사건이 다수 발생할 가능성이 실제로 높기 때문에 미국사회는 이 영화의 상영에 공포를 느낍니다.

조커의 스토리 전체가 정신병원에 갇혀 있으면서도 또 다시 살인을 저지르는 연쇄살인범의 환상으로 취급되고 있습니다. 이러한 조심성은 두 가지 측면에서 분석할 수 있습니다. 하나는 감독이 마지막에 너무 폭발적인 스토리 앞에서 배짱이 약해져서, 그러니까 스스로 무서워져 실제 현실의 반영이 아니라는 점을 강조하게 됐는지도 모릅니다. 다른 하나는 감독이 아니라 투자를 하는 제작진의 발언권이 훨씬 더 큰 할리우드의 시스템 때문이라고 짐작할 수 있습니다. 이 경우 이 영화가 정말로 큰 성공을 거둬 감독의 힘이 커진다면 소위 '감독판'이 등장할 수도 있을 것이고, 그때 연쇄살인범의 환상장면을 둘러싼 의혹을 해소할 수 있게 될 것입니다.

이보다 더 큰 위험은 극심한 빈부격차로 인한 대규모 폭동발생으로 일부의 공동체가 거의 무정부상태에 일정기간 돌입할 가능성이 높다는 것입니다. 이건 큰 부자들에게는 실질적인 고민거리입니다. 그리하여 현재 미국에서 가장 번창하는 사업들 중 하나가 경비 산업입니다.

그러면 한국의 경우는 어떠합니까. 수사관이 그렇게까지 요구하지 않았는데도, 화성연쇄살인범이 자기 범죄를 자발적으로 전부 고백하는 이유는 무엇일까요. 단일민족이기 때문에 미국처럼 무정부상태에까지 이를 것이라고 걱정을 하지는 않아도 되겠지만, 그럼에도 불구하고, 이 영화가 말하듯 이러한 시대적인 병리현상이 만연하리라는 경고는 타당합니다.

블로그: 시로 읽는 영화

2015년 8월 6일부터 2018년 4월 26일까지『시로 읽는 영화』라는 블로그를 운영했습니다(http://blog.daum.net/msleepoet). 지금은 관리를 안 하여 어떤 상태인지 잘 모르겠는데, 220여 편의 영화를 각각 한 편의 시로 읽었습니다. 『건축학개론』과 같은 시기에 개봉됐지만 폭삭 망해버린『소나기』와 같은 영화가 계속 무모하게 제작되는 상황을 막기 위해, 근대적 글읽기와는 차원이 다른 탈근대적 에크리튀르로 영화를 읽는 생각의 틀을 쉽게 접근할 수 있게 하려는 의도가 있었습니다.

대의민주주의의 위기

서초동과 광화문의 대규모 군중집회 사태에 관하여 "분열과 선동의 정치가 위험선에 다다랐다. 국민의 분노에 가장 먼저 불에 타 없어질 곳이 국회라는 걸 이제라도 깨달아야 한다."라는 문희상 국회의장과 "민주정치의 핵심인 정당이 제 역할을 못하면서 대의민주주의가 중대 위기에 처했다."라는 정세균 전국회의장의 평가는 근대국가제도의 위기를 요약합니다.

자유, 평등과 박애의 사상에 기초한 프랑스혁명으로 수립된 근대정치제도의 위기의 표현이기에 새로운 정치사상이 요구됩니다. 이렇게 심각한 문제의 원인은 유토피아(미래)와 노스탤지어(과거)에 기반을 두어 직선적으로 흘러가는 발전지향적인 경제체제를 옹호하는 근대정치의 효용성이 상실됐기 때문입니다. 이는 공산주의의 몰락뿐만 아니라 자본주의의 쇠퇴현상도 초래하고 있습니다. 그리하여 이분법적 대립구조에 기반을 두는 여당과 야당의 정당정치제도가 그 핵심기능을 거의 상실해버렸습니다. 이는 근대정치사상의 거대서사에 대한 부정의 행위로 표현되면서 한국 국내에서는 광장과 거리의 정치가 더 큰 힘을 발휘하고, 국제적으로는 국민국가(nation-state)의 협력관계에 기반을 두는 국제적 협력제도의 설립근거 미비로 인해 인종전쟁과 종교전쟁이 더 심각해지고 있습니다.

근대정치사상 자체의 문제임을 인식하는 게 해결책으로 향하는 길이 됩니다. 그러므로 탈근대정치사상의 구축을 목표로 해야합니다. 근대의 거대서사를 대체하는 개인서사, 더 나아가서 번개모임, 코뮌(commune) 등 중간서사를 형성하려는 정치적인 노력이 필요합니다. 이러한 관점에서 문학적 상상력의 중요성이 부각됩니다.

시에 대한 기대

프랑스혁명을 환상(fancy)에 대비되는 상상력(imagination)의 사상으로 구체화하여 대영제국의 기반을 닦았던『서정담시집』의 공저자이자 최초의 근대평론가 콜리지(Coleridge)처럼, 시대전환기에 도래하고 있는 탈근대시대의 체계구축을 위한 새로운 예술적 상상력이 요구되고 있습니다. 19세기 전반부의 낭만주의 시세계가 깔아놓은 근대사상체계의 바탕 위에 19세기 후반부 찰스 디킨스와 제인 오스틴 등을 비롯한 근대소설의 힘이 대영제국을 확립하는 빅토리아시대의 기반이 됐던 것과 유사한 과정이 요구됩니다. 한국을 비롯한 전 세계가 추종하고 있는 유럽식 생활양식은 거의 전부 빅토리아시대에서 비롯됐습니다.

조국근대화와 자유투쟁 사이에서 괴로워하던 러시아 청년의 고뇌를 묘사하는 콘래드의 『서구인의 눈으로』(Under Western Eyes)는 1960년대부터 1980년대까지 후진국이나 개발도상국 학생운동의 이율배반적 현실을 잘 드러냅니다. 근대적 세계관의 시적 상상력에 관한 문제 제기가 서구 선진국에서만 있었던 게 아닙니다.

이제 근대소설의 문법을 대체할 새로운 문학적 상상력의 체계가 절실하게 요구됩니다. 그 시작점은 포스트모던 건축, 미술이나 음악 등이겠지만, 그 구체적 결과물이 도출되는 종착점은 언어를 사용하는 문학에서입니다. 영국 모더니즘이나 프랑스 누보로망(nouveau roman)처럼 사무엘 베켓(Samuel Beckett)의 『고도를 기다리며』(Waiting for Godot) 등 부조리극은 기존의 사회관습 전체에 총체적인 의문을 제기했습니다.

이러한 운동을 선도하는 최전방에 시적 상상력이 위치해 있습니다. 그러므로 새로운 시대의 도래를 예상하는 철학책들의 결론은 거의 모두 '시'에 대한 기대를 표현하는 것으로 끝이 납니다.

근대의 증오정치에 분노하는 툰베리

탈근대시대를 위한 새로운 정치철학이 먼 미래의 일만은 아닌 것 같습니다.

12세의 어린 환경운동가 툰베리는 2019년 9월 23일 유엔 기후행동 정상회의 연단에 서서 "지구온난화의 문제를 알고 있다면서도 아무런 행동을 취하지 않는 어른들, 공허한 말로 자신의 꿈과 어린 시절을 훔쳐간 어른들을 정조준"하여 "대량멸종의 초입에 들어왔음에도 여전히 돈과 영원한 경제성장이라는 동화 같은 이야기를 늘어놓는다고 거칠게" 몰아붙였습니다.[22]

> "햇볕 아래 가는 게 두렵다. 오존구멍들 때문이다. 공기를 마시는 것도 두렵다. 어떤 화학물질이 있는지 모르기 때문이다. 아빠와 함께 밴쿠버에서 낚시를 나가곤 했다. 몇 년 전 온통 암에 걸린 물고기들을 발견하기 전까지 이야기다. 동물과 식물이 매일매일 멸종되고 있다. 여러분도 내 나이에 이런 걸 걱정했었나요."

툰베리는 기후변화에세이가 2018년 5월 스웨덴 신문의 공모에 선정되면서부터 환경운동가가 됩니다.

---

22 김진호, 「툰베리의 분노는 기후위기의 배후인 '증오의 정치'를 겨눴다」, 『경향신문』, 2019.10.05.

그해 여름 200여 년 만의 폭염과 기근으로 인해 스웨덴에서만 7월 한 달 동안 60곳에서 산불이 일어났습니다. 결국 스웨덴 총선을 20일 앞둔 8월 20일 툰베리는 홀로 스톡홀름 의사당 앞에서 시위를 시작했습니다. 2주 동안 매일 의사당 자갈마당에 조용히 앉아 행인들에게 "내가 이러고 있는 것은 어른들이 나의 미래에 똥을 싸고 있기 때문"이라고 적힌 팸플릿을 건넸습니다. 동맹휴학도 제안했습니다.

툰베리가 이렇게 단호하게 행동하는 이유는 이 이야기를 인용한 신문기사의 제목처럼 그녀의 분노가 "기후위기의 배후에" 있는 "증오의 정치"를 겨누고 있기 때문입니다. 근대정치체제 자체의 총체적인 전복을 목표로 하고 있기 때문입니다.

주류문화

지난주 미국 프로덕션의 제의로 SM의 이수만 프로듀서가 SM연합팀 슈퍼엠을 만들기로 했다는 "동서양 하나 된 퍼포먼스로 미국시장 사로잡을 것"이라는 제목의 기사를 봤습니다. 이수만 프로듀서를 비롯한 K-pop 세계진출의 선봉에 서 있는 대중음악인들에게 미안한 마음입니다.

동서양이 하나가 된 사상체계가 아직 만들어지지 않았는데도, 그들의 천재적인 감각으로 세계문화를 선도하려고 노력하고 있기 때문입니다. 그렇지만 궁극적으로는 서양인들이 이해할 수 있도록 설명해야만 할 때가 올 것입니다. 그럴 수 있어야만 한국문화가 일시적인 유행을 넘어서서 세계의 주류가 될 수 있을 것입니다.

콜리지의 상상력 이론과 워즈워스의 시적 상상력

포스트모더니즘 앞에서 탈근대 이론체계를 모색하기 위해 1960년대 말 일군의 문학평론가들이 근대사상의 출발점이었던 낭만주의를 재조명하기 시작했습니다. 그리하여 블레이크(William Blake)도 재발견해냈습니다. 근대비평의 아버지 콜리지의 상상력(imagination) 이론의 중요성도 재확인했습니다.

콜리지의 상상력 이론은 워즈워스의 「나는 구름처럼 외롭게 떠돌았다네」의 4연에서 시적으로 재현됩니다. 다시 읽어봅니다.

왜냐하면 가끔, 내가 침대에 누워
멍하니 있거나 또는 생각에 잠겨 있을 때,
수선화들은 저 내면의 눈 위에서 번쩍이는데
이는 고독이 주는 축복이라네.

워즈워스의 '시인'이 "침대에 누워 멍하니 있거나 또는 생각에 잠겨 있을 때" "저 내면의 눈 위에서 번쩍이는" 건 환상(fancy)이 아니라, 구체적 현실경험인 "수선화들"을 재현해내는 상상력(imagination)입니다. 이러한 시적 상상력의 힘으로 근대세계가 만들어져나갔습니다. 우리가 현재 살고 있는 세상은 문자 그대로(literally) 워즈워스의 시적 상상력에 의해 만들어져있다고 말할 수 있습니다.

상상력과 환상

상상력과 환상을 구분하는 기준은 무엇입니까. 사실상 없습니다. 워즈워스의 시적 상상력의 힘으로 구축된 근대세계에서 지배적인 힘(the dominant)이기 때문에 상상력이 더 중요하게 취급되고 있습니다.

『조커』의 고담 시는 근대적 상상력에 의해 만들어졌습니다. 그 속에서 주변인물인 조커가 하는 건 환상(fancy)이며 망상일 뿐입니다. 유명한 희극배우 찰리 채플린(Charles Chaplin)의 "가까이에서 볼 때는 비극이지만, 멀리서 볼 때는 희극이다."라는 말이 인용되는데, 의미심장한 표현입니다. 조커의 환상이 무시되며 지배세력에 압도당하는 그와 가까운 주변 환경의 관점에서 볼 때 조커의 삶은 비극입니다. 그러나 어둠침침한 고담 시의 전반적인 풍경이 상징하는 것처럼 조커를 주변으로 밀쳐냈었던 근대세계가 힘을 점점 상실하여가는 전체적 그림 속에서 다시 볼 수 있습니다. 이렇게 멀리서 볼 때에는 희극으로 보입니다. 왜냐하면 희극의 웃음은 관계의 전복상황에서 발생하기 때문입니다. 주변세력에 속했던 조커가 지배세력이 공포심을 느낄 만큼 성장하는 큰 구도를 그려볼 수 있기 때문입니다.

조커뿐만 아니라, 이제는 단정한(canny) 상상력보다는 거친 환상이 더 환영을 받는 시대가 됐습니다. 패션잡지사진의 분위기가 그 한 사례입니다. 정장처럼 단정한 옷을 입은 모델들이 아니라, 기괴한(uncanny) 분위기와 의상이 주류가 됐습니다.

「우리는 일곱이어요」

미래지향적 자아의 형성방법론을 위한 유토피아적 서정시와 산업혁명에 의해 뒤처진 세계를 노스탤지어의 관점에서 기록하는 담시 등 『서정담시집』의 두 분야에서, 상상력에 비해 환상이 득세하는 지금의 세상에서는 「우리는 일곱이어요」(We Are Seven)」 같은 담시를 다시 자세히 읽어볼 필요가 있습니다. 처음 3연을 읽어봅니다.

　—A simple Child,

　That lightly draws its breath,

　And feels its life in every limb,

What should it know of death?

순진한 어린이,
가볍게 숨을 쉬고,
팔다리에서 생명을 느끼는데,
어찌해서 죽음을 알 수 있겠는가?

I met a little cottage girl:
She was eight years old, she said;
Her hair was thick with many a curl
That clustered round her head.

나는 작은 오두막집 소녀를 만났다.
그녀는 여덟 살이다, 그녀가 말했다.
그녀의 머리는 많이 곱슬곱슬한데
머리 가운데에 떡이 져있다.

She had a rustic, woodland air,
And she was wildly clad:
Her eyes were fair, and very fair;
—Her beauty made me glad.

그녀에게는 시골 삼림지대의 분위기가 있다.
그리고 그녀는 옷을 형편없이 입고 있었다.
그녀의 눈이 고왔다. 아주 고왔다.
그녀가 예뻐서 내가 기뻤다.

이 시의 '나'는 「나는 구름처럼 외롭게 떠돌았다네」의 화자이며 '시인'으로서 '내면의 눈'을 발견한 근대의 인물입니다. 그가 자유롭게 트레킹을 하다 숲속에서 우연히 만난 여덟 살짜리 소녀는 옷을 형편없이 입고 있는 모습으로 보아 산업화의 물결에 뒤처진 집안의 어린이입니다.
  '나'는 '그녀의 눈'에 주목합니다. 근대사상에 의하면 '그녀'도 근대교육의 힘에 의해 자아를 발견할 수 있는 독립적인 인격체입니다. 이런 교육적인 신념은 심훈의 『상록수』 등에서도 쉽게 찾을 수 있습니다. 그리하여 숲속에서 '그녀'를 위한 '나'의 야학(夜學)이 다음과 같이 진행됩니다.

"Sisters and brothers, little Maid,
How many may you be?"
"How many? Seven in all," she said,
And wondering looked at me.

"여자 형제와 남자 형제, 작은 아가씨,
얼마나 많이 있어요?"
"얼마나 많이? 모두 일곱이어요," 그녀가 말했다.
그리고 이상하게 여기며 나를 바라봤다.

"And where are they? I pray you tell."
She answered, "Seven are we;
And two of us at Conway dwell,
And two are gone to sea."

"그런데 그들은 어디 있어요? 말해주세요."
그녀가 대답했다. "우리는 일곱이어요,
그런데 우리들 중 둘은 콘웨이에 살고,
그리고 둘은 바다로 나갔어요."

"Two of us in the church-yard lie,
My sister and my brother;
And, in the church-yard cottage, I
Dwell near them with my mother."

"우리들 중 둘은 교회묘지에 누워 있어요.
내 여동생과 내 오빠예요.
그리고 교회묘지 오두막집에서, 나는

엄마와 그들 가까이에서 살아요."

"You say that two at Conway dwell,
And two are gone to sea,
Yet ye are seven! I pray you tell,
Sweet Maid, how this may be."

"네가 말하기를 둘은 콘웨이에 살고,
그리고 둘은 바다로 나갔고,
허나 너는 일곱이라며. 말해주세요,
귀여운 아가씨, 어떻게 그렇게 돼요?"

'나'는 '그녀'에게 형제자매에 관해 물어봅니다. '교회묘지'는 마을공동묘지로 사용되던 교회 옆의 부지입니다. 로마의 베드로성당은 '반석(rock)'이 되라는 예수의 명령에 따라 베드로의 무덤 위에 세워져 있습니다. 그런 식으로 베니스 두오모 성당과 산디아고 순례길의 목적지 성당도 또 다른 예수의 제자들의 무덤 위에 세워져있습니다. 이러한 전통에 따라 이탈리아 성당의 내부에서 벽이나 바닥에 묻혀있는 자들의 묘비명을 볼 수 있습니다.

가족과 가문

'나'의 가족(family) 개념은 근대 '가족'을 의미하지만, '소녀'의 모두 일곱 명이라는 대답 속에 있는 건 '가문'을 뜻합니다. 전근대 조선시대의 피비린내 나는 정치적인 암투의 배경에는 가문의 많은 식솔들의 생명과 생활을 책임져야했던 대표들의 고뇌가 서려있습니다. 그래서 종묘사직을 비롯한 사당이 중요했습니다. 그러니까 "아이는 마을이 키운다."라고 말할 때의 마을은 '가문'을 암시합니다.

Then did the little Maid reply,
"Seven boys and girls are we;
Two of us in the church-yard lie,
Beneath the church-yard tree."

그런데 정말로 작은 아가씨가 대답했다.

"우리는 일곱 명의 소년과 소녀이어요.
우리들 중 둘은 교회묘지에 누워 있어요,
교회묘지 나무 바로 아래에요."

"You run about, my little Maid,
Your limbs they are alive;
If two are in the church-yard laid,
Then ye are only five."

"너는 뛰어 돌아다니지, 내 작은 아가씨야,
너의 팔다리는 살아 있단다.
만약 둘이 교회묘지에 놓여 있다면,
그러면 너희는 다섯뿐이지."

"Their graves are green, they may be seen,"
The little Maid replied,
"Twelve steps or more from my mother's door,
And they are side by side."

"그들의 묘지는 푸르고, 그들을 볼 수 있어요."
작은 아가씨가 대답한다.
"엄마 방에서 열두 걸음 정도에,
그들은 나란히 있어요."

"My stockings there I often knit,
My kerchief there I hem[23];
And there upon the ground I sit,
And sing a song to them.

---

23 가장자리를 감치다

"그곳에서 나는 종종 내 스타킹을 짜고,
그곳에서 나는 내 손수건의 가장자리를 감쳐요.
그리고 그곳에서 나는 땅에 앉아요.
나는 앉아서 그들에게 노래 불러줘요."

"And often after sun-set, Sir,
When it is light and fair,
I take my little porringer,
And eat my supper there.

"그리고 종종 해가 진 뒤에, 아저씨,
날이 밝고 좋을 때면,
나는 내 작은 죽 그릇을 갖고 가서,
그리고 그곳에서 내 저녁을 먹어요."

"The first that died was sister Jane;
In bed she moaning lay,
Till God released her of her pain;
And then she went away.

"첫 번째로 죽은 건 작은 제인이었어요.
침대에 누워 신음을 했어요,
하느님이 고통을 덜어주셨죠,
그리고 그런 다음 그녀가 떠나갔어요."

"So in the church-yard she was laid;
And, when the grass was dry,
Together round her grave we played,
My brother John and I.

"그래서 교회묘지에 그녀가 놓였어요,

그리고 마른 여름날이면 내내,

그녀의 묘지 주변에서 우리는 함께 놀았어요,

내 오빠 존과 나는요."

"And when the ground was white with snow,

And I could run and slide,

My brother John was forced to go,

And he lies by her side."

"그리고 땅이 눈으로 하얗게 됐을 때,

그러면 나는 달려가서 미끄럼을 탔어요,

내 오빠 존이 가야만 했어요,

그래서 그가 그녀의 옆에 누웠어요."

길고도 긴 '소녀'의 대답은 '가문'을 둘러싼 전근대적인 관습과 전통의 힘이 끈질기다는 걸 말해줍니다.

국어와 산수

'나'의 교육전략대로 '소녀'의 근대화 개종 작업이 손쉽게 진행되지는 않을 것 같습니다. '소녀'가 "7-2=5"라는 간단한 산수도 못 하는 것 같아 보입니다. 근대교육의 핵심과목은 국어와 산수입니다. 그러므로 지금 진행되고 있는 야학의 핵심교육내용도 국어와 산수일 터인데, 이 '소녀'의 출중한 국어실력에 비하면 근대산업화의 기반이 되는 과학교육을 위한 산수실력은 너무나도 뒤처집니다.

"How many are you then," said I,

"If they two are in heaven?"

Quick was the little Maid's reply,

"O Master! we are seven."

"그러면 너희는 얼마나 많니?" 내가 말했다.

"그들 둘이 천국에 있다면 말이다."

작은 아가씨의 대답이 아주 빨랐다.
"오 아저씨! 우리는 일곱이어요."

"But they are dead; those two are dead!
Their spirits are in heaven!"
'Twas throwing words away; for still
The little Maid would have her will,
And said, "Nay, we are seven!"

"그러나 그들은 죽었어. 그 둘은 죽었다고!
그들의 영혼은 천국에 있다고!"
말을 내던지듯 내뱉었다. 그런데 여전히
작은 아가씨가 자신의 의지를 갖고
그리고 말했다. "아뇨, 우리는 일곱이어요!"

　자식은 못 가르친다고 말하는 이유가 기대치에 부응하지 못하면 쉽게 좌절하기 때문입니다. 사랑이 많으면 분노도 그만큼 쉽게 분출되기 마련입니다.

세계관의 대립

　「우리는 일곱이어요」에는 어린이의 대답을 이해하지 못하는 시적화자가 등장합니다. 화자는 자신의 '눈'으로 본 세계, 즉 시선이 지배하는 근대적 세계관을 교육하려고 시도하지만 실패합니다. 제인(Jane)과 존(John) 등 죽은 2명이 형제자매에 포함되는지 여부를 놓고 시적화자와 소녀는 끝까지 자신들의 의지를 굽히지 않습니다. 시적화자 패턴의 시에는 "나는 만났다"(I met)처럼 결정적인 행동의 순간이 있습니다. 오두막 소녀의 순진한 대답이야말로 시적화자가 제1연에서 제기했던 어린 동생 짐의 죽음에 관한 진지한 질문에 대한 현명한 결론입니다. "가볍게 숨을 쉬고, / 팔다리에서 생명을 느끼는" 시적화자의 어린동생 짐은 오두막집 소녀처럼 죽음의 의미를 알고 있었습니다. 죽음과 삶의 구분도 명확하게 하지 못하는 것처럼 보이는 오두막집 소녀가 어른 시적화자의 난해한 질문을 대답해주는 현자(賢者)였다는 데, 이 시의 아이러니가 있습니다.
　그러나 '나'와 '소녀' 중 누구의 의견이 정말로 옳은지는 하나도 중요하지 않습니다. 맞거나 틀리다고 단정적으로 판단할 수도 없습니다. 왜냐하면 시대에 따라 이쪽이 맞기도 저쪽이 맞기도 하기 때문입니다.

가족유사성

전근대시대에는 '소녀'처럼 죽음을 "돌아가셨다(went away)"라고 묘사했습니다. 50여 년 전 돌아가셨던 외할머니는 생활하시던 방의 윗목에, 병풍(屛風) 뒤에 누워계셨습니다. 근대에 들어서서 하늘과 죽음은 인간의 세계와 차단됐습니다. 병원 장례식장에 가더라도 죽은 자를 만날 수는 없습니다. 죽음에 대한 극심한 공포가 병원에서 과도한 생명연장을 시도하게 만들었습니다. 이에 대한 해결책으로 존엄하게 죽을 권리를 위한 '사전연명의료의향서'를 작성할 필요가 생겼습니다. 탈근대시대에 이르러 죽음의 개념을 삶 속에 다시 받아들이기 시작했기 때문입니다. 그리하여 안락사 문제도 대두되기에 이르렀습니다.

근대의 끝자락에 있는 지금의 시대는 죽음에 대해 양가적인 감정을 갖고 있습니다. 그리하여 장례의 방식도 죽음 친화적으로 조금씩 변하고 있습니다. 이런 관점에서 보면, 근대를 대표하는 '나'의 죽음에 관한 사상이 주류였다가 전근대를 대표하는 '소녀'의 죽음에 관한 사상을 재고해보는 과정 같습니다. 그러나 전근대적인 사고방식을 수용한다기보다는, 근대적인 사고체계로의 몰입상황을 벗어나게 하는 대안을 찾는 도중에 전근대적인 사고방식에서 가족유사성(family resemblance) 같은 친근함을 발견했다는 말입니다.

『서정담시집』의 서문

19세기 후반 찰스 디킨스의 소설이 유명해지면서 "런던의 신문 값을 올렸다"라는 말이 있습니다. 파리의 유명한 성에서 루이 16세의 아지트를 방문했는데 보석 등 귀중품을 보관하는 비밀의 방에 있던 책꽂이가 아주 인상적이었습니다. 인쇄술이 발달하여 책이 대중화되기 전에는 아주 고가품이었다는 증거겠죠. 그러므로 비교적 짧은 시로 사상과 감정을 전달할 수 있었던 낭만주의가 19세기 초에는 인기를 끌었습니다.

1802년 출판사의 요구로 작성된 『서정담시집』의 「서문」은 낭만주의사상을 담고 있습니다. 핵심적인 두 개의 측면만 검토하겠습니다.

> 생생한 감정의 상태에 있는 사람들의 실제 언어를 운율에 맞춰 적절하게 배열함으로써, 시인이 나눠주려고 합리적으로 노력하고 있는 그런 종류의 즐거움과 그런 즐거움의 양을 얼마나 멀리 나눠줄 수 있는지 규명하는 데 있어서 얼마간 도움이 될지 모르는 일종의 실험으로써 이 책이 출판됐습니다. (옮긴이 강조)

이 시집이 '실험'이라고 규정되는 이유는 바로 이전의 신고전주의의 대표시인 알렉산더 포프

(Alexander Pope)의 시를 읽어보면 쉽게 알 수 있습니다. 이조시대의 시조처럼 자수율과 시어(poetic diction)의 관습에 묶여 있었다가, '혁명'처럼 해방됐던 것입니다. 프랑스혁명의 정신이 낭만주의 시에서 발현된 것입니다.

보통사람의 실제언어

이 정의(定義)에서 핵심용어는 '사람들의 실제언어(the real language of men)'입니다. '사람들'은 '귀족'에만 국한되지 않으며 '보통사람'을 말합니다. '실제언어'는 일상생활에서 쓰는 말을 뜻합니다. 프랑스혁명의 인권사상이 제대로 실현됐습니다. 인권사상이 보통사람의 감각을 보통사람의 말로 표현할 수 있는 권리로 구현됐습니다.

이게 얼마나 중요한 특권인지는「봄봄」의 머슴을 상기해보면 될 것입니다. 여러 해의 무상노동에도 불구하고 자신의 권리를 언어로 표현할 수 없는, 능력의 부족으로 인해 점례의 사전허락에도 불구하고 미래의 장인의 집에서 쫓겨날 수밖에 없는 처지에 놓이게 됩니다. "사람들의 실제언어"로 자신의 "생생한 감정"을 표현하는 능력이야말로 근대인권의 핵심조건입니다.

근대시 창작법

아까 했던 말을 뒤집어서 다시 말하면, 워즈워스의「나는 구름처럼 외롭게 떠돌았다네」의 4연에서 시적으로 재현됐던 게 콜리지의 상상력 이론이 되어『서정담시집』「서문」의 핵심이 됐습니다. 3번째로 다시 읽어봅니다.

> 왜냐하면 가끔, 내가 침대에 누워
> 멍하니 있거나 또는 생각에 잠겨 있을 때,
> 수선화들은 저 내면의 눈 위에서 번쩍이는데
> 이는 고독이 주는 축복이라네.

이걸 요약하면 다음과 같은 문장이 됩니다.

poetry is the spontaneous overflow of powerful feelings: it takes its origin from emotion recollected in tranquility.

시는 강력한 감정의 우발적인 흘러넘침입니다. 그건 고요 속에서 회상된 정서에 그 원천이 있습니다.

이게 바로 낭만주의의 핵심교리입니다. 우리 시대를 이해하기 위해서는 어디에서나 필요합니다. 그러므로 무조건 외워야하며 잊지 말아야합니다.

특히 시를 쓰고 싶다면 꼭 기억해야하며 바로 이렇게 써야합니다. 근대시 창작법이 시와 산문으로 요약돼있습니다. 대단한 광경이나 사건을 경험했기 때문에 시가 써지는 게 아닙니다. '풀잎' 하나를 보더라도 그게 '강력한 감정'을 유발했다면 그것으로 족합니다.

「나는 구름처럼 외롭게 떠돌았다네」의 화자의 수선화 경험처럼 "침대에 누워 멍하니 있거나 또는 생각에 잠겨 있을 때" 즉, "고요 속에서 회상"될 때, 시가 나옵니다. 그건 마치 "우발적인 흘러넘침" 같습니다. 시를 억지로 써야만 했던 시인들이 이런 "우발적인 흘러넘침"을 자의적으로 만들어낼 수 없었기 때문에, 근대 인간의 통제영역 밖에 있는 시신(詩神, Muse)의 존재를 상상하곤 했습니다.

시 창작의 실제

『메멘토 모리』라는 영화의 주인공은 과거의 중요한 기억을 보존하려고 분투합니다. '시'는 "강력한 감정"을 오랫동안 기억할 수 있게 만드는 장치이기도 합니다. 대부분의 감정을 잊을 수 있겠지만, 하찮은 것 같아 보이는 감정이라도 시로 창작된 건 쉽게 잊기가 어렵습니다.

시 창작에 재능이 없다고 미리 겁을 먹는 경우가 있습니다. 요절한 천재의 산물이라는 등 근대시 창작에 관한 소문이 무성했었기 때문입니다. 그러나 시적 상상력은 거의 모든 분야에서 발휘되고 있습니다. 6만 원 짜리 핸드백과 명품 핸드백의 차이점은 무엇일까요. 그건 어쩌면 대다수가 부여한 환상의 가치에서 비롯된 것일지도 모릅니다.

"강력한 정서의 우발적인 흘러넘침"이라는 근대시의 정의가 낭만적 사랑(romantic love)에서도 적용됩니다. 그리하여 사랑의 고백이야말로, 그리고 우발적인 첫 키스야말로 사랑이라는 가장 중요한 인간관계의 핵심이 됩니다.

될 대로 되겠지

얼마 전 엘리베이터 안에서 엄마가 데리고 탄 꼬마소녀가 천만관객 『겨울왕국』의 "Let it go"라는 주제가를 목놓아 불렀습니다. 그 엄마는 나를 보면서 난처하다는 표정을 지었습니다.

주인공 엘사(Elsa)가 여왕이라는 책임감을 벗어나 "바람이 마치 내 내면의 소용돌이치는 폭풍처럼 짖어"대는 눈이 하얗게 빛나는 산 위의 "고립의 왕국"으로 도피하겠다는 선언입니다. 이 영화에서는 전근대적인 왕권수호의 의무에서 벗어나려는 근대적인 자아 찾기의 심적 과정이 뚜렷하게 강조되는 장면에서 나옵니다. 그러니까 보통 "그냥 내버려두자"라고 번역되는 주제가의 제목을 "될 대로 되겠지"라고 좀 더 자조적으로 바꾸는 게 더 정확한 어조(tone)의 반영일 것입니다.

내가 엘리베이터 안에서 만났던 꼬마소녀가 목놓아 외쳤던 것도 또한 억압에서의 해방을 요구하는 행위가 아니었을까 생각됩니다. 그러니까 세상이 자꾸 내게 이것저것 요구하는데 그게 나와 무슨 상관이냐고, 벗어나고 싶다고 말하려는 건 아니었을까요.

『겨울왕국 2』(Frozen 2)의 예고편이 나왔습니다. 그 부제(副題)가 "미지의 세계 속으로(Into the Unknown)"입니다. 자아의 스토리, 자기서사를 찾으려는 모험담입니다. 5명의 등장인물이 함께 서 있는 예고편의 마지막 장면은 그러한 자기서사가 적어도 5명의 공감을 담보하는 중간서사가 됐음을 확인시켜줍니다. 디즈니영화사가 이 영화로 또 한 번 크게 성공할 것 같아 보입니다.

CJ라는 재벌급 영화사에 근무한다면 여러분의 핵심업무는 무엇일까요. 『겨울왕국 2』의 성공가능성을 정확하게 계산할 수 있어야 합니다. 천만 영화의 속편이니까, 그리고 중간서사의 공감대가 아주 높아 보이니까, 적어도 500만 관객을 예측할 수 있습니다. 이 수치를 확신할 수 있다면, 500만 관객으로 인한 예상수입의 80%를 투자할 준비를 할 수 있습니다. 300만 관객을 예상한다고 말하면서 디즈니영화사와의 협상을 시작할 수 있을 것입니다.

『겨울왕국 2』의 예상관객수를 정확하게 예측하는 능력이야말로 문화산업의 핵심자질입니다. 이 분야에 관심이 많다면 영시개론의 수업시간 동안 그러한 능력을 습득해야합니다. CJ라는 대형회사에 취업하지 못한다 할지라도 백두대간 등 중소규모 영화배급업체에서 능력을 발휘할 수도 있을 것입니다.

(『겨울왕국 2』의 경우에도 결국 천만 관객을 넘겼습니다. 정확한 예측에 의거해 과감한 투자를 했던 영화배급업체 담당자의 승리가 됐겠죠.)

햄릿의 일상화

화목한 부부의 대화

지난 두 번의 수업에서 진행됐던 평가기준을 파악한 다음에, B+ 정도로 평가됐던 「화목한 가정」이란 에세이를 「화목한 부부의 대화」로 '다시쓰기'한 똑똑한 학생이 있어요. "부부간의 대화는 사회가 가장 작은 집단인 한 가정을 유지하는 방법이어서 가장 체계적이고 효율적인 의사전달체계가 필요한 영역"이므로 "부부간의 대화를 어떻게 하는지와 이를 개선할 수 있는 방법"에 관한 연구, 특히 "한국 부부 8쌍을 선출하여 의사소통 문제의 유형과 전략에 대한 연구를 한" 자료를 중심으로 "화목한 가정을" 지키는 방법을 검토합니다.

유사한 주제이지만 전혀 다른 관점에서 다시쓰기를 시도했다는 점이 필자의 무한한 발전가능성을 입증합니다. '화목한 부부의 대화'는 중요한 주제이니, 이 문제를 제대로 이해하는 게 필요합니다. 사적인 미래의 행복을 위해서든, 부부관계를 연구하는 영문학자, 심리학자, 상담가 등 전문가로서의 공적인 성공을 위한 전공분야이든, 관심이 가는 주제에 관해 연구를 집중하는 것은 좋은 공부 방법입니다. 그리하여 지난번보다 글쓰기의 초점이 잡혀서 내용이 체계적으로 잘 정리됐습니다(평가: A).

그럼에도 불구하고, 다음과 같은 결론부분을 읽어보면, 글쓰기의 주제가 필자 자신의 몸에 밀착돼있다는 느낌이 들지는 않습니다. 그러니까 '남산 불구경 하듯' 남의 이야기를 하는 것 같습니다.

이러한 연구를 통해 부부간 의사소통의 단절을 야기할 수 있는 것을 알아보았고 좋은 의사소통을 위한 전략들을 알아보았다. 부부싸움에 사용하는 속담에 '부부싸움은 칼로 물 베기'하는 말처럼 부부는 죽을 듯이 싸움을 해도 금방 화해할 수 있다는 말이 있다. 하지만 '떡갈나무를 쓰러뜨리는 것은 큰 폭풍이 아니라 작은 곤충들이다'라는 말이 있듯이 사소한 차이가 갈등을 심화시키고 나중엔 폭발할 수 있음을 우리는 알아야 한다. 의사소통의 문제가 이혼까지 갈 수 있다는 것이다. 부부간의 대화가 결코 사소한 일이 아님을 중요시 생각해야 한다. 앞으로 가족의 구성원의 변화 및 남성과 여성의 역할 변화 등으로 인해 더 다양하고 어려운 의사소통 문제가 생길 것이다. 우리는 이러한 시대의 변화에 맞춰 계속해서 유연한 생각을 가지고 자아를 성립하여 배우자를 이해할 수 있고 좋은 관계를 유지할 수 있게 계속해서 부부간의 노력이 필요하다.

'화목한 부부의 대화'가 아직까지 필자 자신의 문제는 아니겠지만, 부모, 삼촌이나 이모 세대에게는 지금 심각한 일입니다. 필자가 인용한 사회학적 연구는 '대화의 문제'가 발생하는 원인에 관심이 없습니다. 그렇지만 부부간의 '대화의 문제'의 원인분석과 해결책도출이 핵심과제입니다. 이런 고민이 전제되지 않으면, 필자의 글을 다른 사람이 왜 읽어야 하는지 설득력이 떨어집니다.

의사소통단절의 문제

'님'이라는 말에다 점 하나만 붙이면 '남'이 된다는 유행가의 가사처럼, 근대가족제도의 부부관계는 허약한 기반 위에 서있습니다. 대부분의 경우에 부부간 의사소통단절은 대화기술부족에서 기인한다기보다는, 근대시대의 끝 무렵이기에 결혼제도에 의해 부부라는 인간관계를 지탱해주던 버팀목이 약해졌기 때문입니다. 이런 탈근대적인 현실을 감지한 청년층이 결혼과 출산을 기피하면서 한국의 인구절벽사태가 초래됐습니다.

근대체제를 기반으로 하는 통상적인 학문연구가 그 체제자체의 위기상황 속에서는 효용성이 없습니다. 부부의 대화결여문제를 해결해보겠다는 의도가 "서로 잘해보세요"라고 비꼬는 느낌의 결론부분에서 무의미해져버렸습니다. 어디에선가 들었던 말 같아 보입니다. 두 번에 걸친 에세이가 성실하게 학교숙제를 한 느낌입니다.

희망하는 대학교에 입학하기 위해 공부를 했지만 고등학교 수업시간에 뭔가 무의미한 짓을 하고 있다는 느낌을 지울 수 없었던 이유도 바로 이 때문이었습니다. 그러니 발표자의 잘못이 전혀 아닙니다. 그냥 너무 성실했었다는 게, 실수라면 실수겠죠.

이제는 더 이상 어디에선가 배웠던 걸 다시 공부하지는 말아야 합니다. 2시간 반에 걸친 이 수업을 듣기 위해 하루 활동시간의 거의 반을 사용해야 하는데, 그런 결과가 초래된다면 학생뿐만 아니라 교수인

나 자신도 분노해야합니다. 지금까지 무의미했던 학습내용에서 한 발자국이라도 더 앞으로 나아가야합니다. 이런 점에서 도움을 주고받기 위해 교실에 모여야합니다. 일주일 동안 깊이 생각해봐야할 걸 갖고나 갈 수 있어야합니다.

어떤 택시운전사가 손님에게 노트를 주며 뭔가 써달라고 했는데, 가장 기억에 남는 글이 "나는 혼자다. 아내는 나를 내버려두고 아들은 나를 미워한다."였답니다. 필자가 생각해봤던 게 누구에게는 죽고 사는 문제일 수도 있습니다.

검토의 부탁

"너 비행기 승무원 해볼래? 어느 날 저녁 뜬금없이 엄마가 물었다. 이유는 그냥 너한테 제일 잘 맞을 것 같아서 뿐이었다."라고 시작되는 「나의 꿈, 당신의 꿈」이라는 항공승무원취업에 관한 에세이를 쓴 필자는 아주 현명하게도 "아직 제출이라기보다는 혹시 부족한 부분 검토 부탁드려도 될까요 ㅎㅎ"라는 이메일을 보냈습니다. 아주 현명한 방법입니다.

취업의 의미

취업은 돈을 버는 일입니다. 그러니까 회사라는 조직체에서 나에게 돈을 주게 만들어야합니다. 회사에서 월급으로 월 250만원(연봉 3000만원)을 받는다면, 회사에서는 최소한 그 3배인 1억여 원을 매년 투자해야하는 상황입니다.

구직하는 회사는 물론이고, 그 회사의 산업분야의 경제전망이 취업여부에 결정적인 영향을 미칠 가능성이 높습니다. 왜냐하면 대한항공이 목표일지라도 그게 안 된다면 다른 항공사에 취업해야합니다. MBC나 KBS의 신입아나운서의 대다수가 지방방송국의 현직아나운서 출신이랍니다. 그러므로 해당 산업분야의 미래전망에 관한 공부는 꼭 필요합니다.

취업자격

취업을 할 수 있는 자격이 다양하겠지만 3개의 수준으로 설명해보겠습니다.

첫째, 경쟁이 심하지 않은 분야에서 구직활동을 할 때의 기준입니다. 회사가 자신에게 투자할 비용이 아깝지 않은 인재가 돼야합니다. 이건 기본입니다. 이 정도도 준비가 돼있지 않은 상태라면 정말로 문제입니다. 어느 회사에 가든지 이런 자격은 입증할 수 있어야만 합니다.

둘째, 계속 성장하지 못하는 회사는 시장에서 도태될 것입니다. 그러므로 구직자가 회사의 발전에 얼마나 도움이 될 수 있을 것인지 회사 측에서 긍정적으로 판단할 수 있게 해줘야 합니다. 이게 소위 통상적인 취업경쟁의 상황입니다.

영어인터뷰 수업에서 앞의 수준은 C학점 정도이고, 이 정도의 수준이 B입니다. 지원자의 가능성(possibility)을 점검하는 차원입니다. 정작 영어인터뷰 수업에서는 실습에 치중해야하기 때문에 이렇게 자세하게 이론적인 설명을 할 시간이 없습니다.

회사의 발전에 기여할 자신의 가능성을 입증하기 위해 자격증 등 소위 스펙(specifications)이 필요해집니다. 구체적인 계획이 수립돼있지 않은 상황이라면 스펙의 구비에 몰입하지 말아야합니다. 취업현실에 전혀 도움이 되지 못할 스펙을 위해 너무 많은 노력을 기울이는 사태가 발생하기 쉽습니다.

셋째, 미래의 전망이 아주 밝은, 그리하여 구직자의 미래의 성공도 어느 정도 예측할 수 있는 회사에 취업하려고 할 때에는 그 회사의 발전에 동참할 능력을 갖추고 있는지, 현재는 만족스럽지 못하더라도 적어도 미래의 전망을 보여줄 수는 있는지가 중요해집니다. 지원자의 '개연성(probability)'을 점검하는 차원입니다. 가능성(possibility)의 현실적용의 개연성입니다. 그러므로 인터뷰의 질문들이 아주 구체적이 됩니다.

영어인터뷰 실습에서 처음에는 첫째 수준의 용이한 취업을 상정하여 일상회화 중심으로 간단한 질문대답을 주고받습니다. 만약 구직자의 수준이 좋다고 여겨지면, 바로 이어서 지원자의 가능성(possibility)을 중심으로 질문하기 시작합니다. 예를 들어, 항공 산업의 미래와 해당항공사에서의 구직자 자신의 미래상 등입니다. 만약 구직자가 마음에 든다면, 바로 이어지는 질문의 내용은 어려워집니다. 인터뷰에서 어려운 질문을 받는다면, 그건 "Thank you, very much."의 상황입니다. 지원자의 '개연성(probability)'을 점검한다는 건 구체적인 업무현실 속에서 어려움을 같이 헤쳐 나갈 동료로서의 자질을 갖추고 있는지 확인하려는 과정이기 때문입니다.

취업전망

학생이 목표로 하는 항공 산업의 미래전망은 대강 다음과 같습니다. 물론 취업을 목표로 하는 학생 본인이 상식의 수준에서 검토하는 교수보다 더 정확하게 판단할 수 있는 능력을 갖춰야할 것입니다. 담당교수가 모든 분야에서의 전문가가 아니기 때문에 상식선에서 조언해주는 경우가 많을 수밖에 없습니다.

미국 등이 있는 아메리카대륙과 중국 등이 있는 극동지역을 연결하는 유일한 교통수단이기 때문에, 항공수요는 앞으로도 계속해서 증가할 가능성이 높습니다.

그러므로 항공승무원 취업경쟁이 다른 직종에 비해 아주 치열하지는 않을 전망입니다. 이런 예측 때문에 승무원취업을 권유해왔습니다. 대형항공사의 승무원직종이 위에서 설명한 둘째 수준의 취업자격으로 취업가능할지도 모릅니다. 목표를 조금 낮추어 저가항공사(LCC)라든가 한국인승무원이 많이 필요하지만 영어울렁증 때문에 도전자들이 그리 많지 않은 외국항공사에 도전하는 건 첫째 수준의 취업자격으로도 시도해볼만 합니다. 요컨대 영어인터뷰만 자연스럽게 할 수 있다면 승무원취업을 목표로 해볼 수 있습니다.

취업준비

해당산업이 원하는 구직자의 능력에 따라 취업을 준비해야합니다. 구직활동이란 취업 가능한 회사를 찾는 게 아니라, 그 회사에 혹은 그 산업분야에 적합한 능력을 향상시킬 방법을 연구하고 공부하는 과정입니다. 취업이 되지 않는다고 생각 없이 기다리는 자세는 바람직하지 못합니다. 취업이란 중매와 같은 것이라 회사와 구직자가 서로 합의해야하는 일이기 때문에, 운에 의해 결정되는 경우가 많습니다. 그러므로 한두 개의 구직활동의 성공에 목을 매는 자세는 좋지 않습니다. 회사 측에서는 선발하고 싶었는데, 피치 못하게 할 수 없었던 경우도 있기 때문입니다.

항공승무원의 스펙

항공사가 요구하는 승무원의 스펙은 크게 3가지로 분류됩니다. 물론 30여 년 전 대한항공에 근무했던 상식에 의존해서 설명하는 내 분석을 뛰어넘을 수 있어야 합니다.

1. 외국어능력
(1) 영어는 기본입니다. 일상회화는 잘 할 거라고 예상됩니다. 글쓰기 등 다른 분야에서의 능력에 관한 입증자료가 있다면 가산점을 받을 가능성이 높습니다. 특히 한국 사람들은 보고서 작성 등 글쓰기에 약합니다.
(2) 제2외국어(중국어, 일본어, 스페인어 등) 능력이 필요합니다. 이 분야에서 최상급일 수는 없겠지만, 6개월이나 1년 정도 학원에 다니고 있다는 입증자료라면 능력개발을 시도하고 있음을 보여줄 수 있습니다.

2. 체력
(1) 여승무원의 주요임무가 흔들리는 기체 안에서 10시간 이상 균형을 유지하며 봉사하는 일이기에, 기초체력을 입증할 수 있으면 좋습니다. 예를 들어, 10km 마라톤 완주증명서 같은 것이겠죠.
항공승무원의 선발에 미모를 따지는 것 같지만, 그건 한국여성들의 인기직종이기 때문에 '같은 값이면 다홍치마'라고 그런 경향을 보이는 것 같을 뿐입니다.

(2) 항공기사고나 납치사건 등 비상사태 시 승무원이 책임져야하기 때문에 건강한 체력이 요구됩니다. 장거리 수영능력은 필수이며 격투기 능력이 있다면 도움이 됩니다. 격투기선수가 되라는 말이 아니고, 그런 종류의 도장에서 어느 정도 수련했다는 증명서가 도움이 되겠죠.

3. 봉사정신
(1) 항공승무원은 서비스업종입니다. 그러므로 봉사정신이 중요합니다. 이를 입증하는 방법은 커피전문점이나 외식업소에서 부업을 한 경력 등이 있습니다.
(2) 봉사정신은 마음자세에서 나옵니다. 그러므로 입사지원서와 면접에서 그런 마음자세가 준비돼있음을 과시해야합니다. 승무원의 경험담에 관한 책들을 읽을 수 있으면, 준비된 항공승무원이라는 점을 부각시킬 수 있습니다.

입사지원서

입사지원서는 면접 때 받을 질문을 유도하는 장치입니다. 입사지원서를 보냈는데 떨어졌다면, 그건 내가 인재인 걸 회사가 못 알아본 것입니다. 입사지원서 제출 다음의 절차가 면접입니다. 면접관은 기본질문사항에 입사지원서를 참고하여 추가질문을 할 것입니다. 그러므로 면접연락을 받으면 예상 질문에 대한 대답을 준비해야합니다. 준비 없이 면접에 가서 그냥 생각나는 대로 말한다는 건 바보짓입니다. 이게 취업동아리 활동을 하는 중요한 이유이기도 합니다.

자립의 준비

혼자서 취업을 준비할 수 있으며, 그리고 혼자서 준비해야합니다. 취업을 하게 되면 회사에서 맡은 바 임무를 혼자서 감당해야하기 때문입니다. 그러므로 어떤 학원에 등록하고 취업준비를 끝냈다고 판단하는 실수를 하지 마세요.
취업정보는 지인을 통해서, 동아리를 통해서, 인터넷 등 다양한 방법으로 구할 수 있습니다. 여러 경로를 조사하고 연구하여 능숙하게 활용하는 것도 미래 업무수행을 위한 중요한 훈련입니다.
이 수업에서 진행하고 있는 에세이쓰기는 말하기 특히 인터뷰훈련의 기초이며, 논문쓰기는 회사업무의 핵심인 자료조사와 연구의 훈련이 될 수 있습니다.

첩보와 정보

'정보가 너무 많다(TMI: Too much information)'라는 말이 유행이지만, 그 정보라는 말이 사실은 첩보(intelligence)일 뿐입니다. 비행기 2대의 충돌공격으로 뉴욕의 쌍둥이빌딩이 무너져 내렸던 9·11이후 그럴 조짐이 있었다는 비판적인 기사들이 있었지만, 그건 첩보와 정보를 구별하지 못해서 나온 말입니다. 예들 들면 남북관계가 다소 소강상태인 지금 현재도 북한의 무력도발첩보를 찾을 수 있습니다.

수많은 첩보를 유의미한 정보로 만드는 건 공부를 통해서만 가능합니다. "그 남자 멋있데." 혹은 "그 동네 싸데." 혹은 "그 주식 올라간데."등 첩보를 의미 있는 정보인지 판단할 수 있는 능력이 미래의 행복과 성공을 좌우할 수 있습니다.

부자가 되는 비결에서 유산, 결혼과 복권당첨을 제외하고 가장 현실적인 방법은 쓸데없는 짓을 안 하고 번 돈을 차곡차곡 모으는 것인지도 모릅니다. 왜냐하면 잘못된 첩보를 따라 저축한 돈을 투자해서 실패하는 경우가 많기 때문입니다. 틀림없는 정보라고 판단되지 않는다면, "그 돈 어떻게 해서 번 건데 그런 첩보에 투자하려고해요."라며 말려야합니다.

업무의 핵심능력

얼핏 무의미해 보이는 첩보를 중요한 정보로 전환하는 능력이 회사업무의 핵심이 됩니다.

1980년대 대한항공에 입사해서 기획실에 근무했습니다. 신입사원에게 중대한 업무를 맡길 리가 없으니, 스스로 그런 업무분야를 개척해나가야 합니다. 그 당시 사용되던 지금의 팩스 같은 텔렉스로 들어오는 다양한 첩보 중에서 이라크분쟁 관련 자료를 수집해서 보고했습니다. 전체적인 그림이 그려지지 않는 상황이라 뚜렷한 의견도 첨부하지 않은 채 그냥 계속 보고했습니다. 그런데 두 달이 지나지 않아 진짜로 전쟁이 났습니다. 중동건설 붐이 아직 지속되고 있던 시절이었고, 서울-테헤란 노선의 중단여부를 결정하는 임원회의에 참가하라는 권유를 받았습니다. 당시 신입사원이었음에도 불구하고 전쟁발발 여부를 판단하고 노선중단을 결정하는 과정에서 어느 정도의 역할을 맡지 않을 수 없었습니다.

길게 경험담을 말한 이유는 첩보에서 정보를 읽어내는 능력이 회사업무의 핵심이며, 취업면접에서 중요한 점검요소라는 걸 강조하기 위해서입니다. 첩보에서 정보를 읽어내는 핵심능력이 '시적 상상력'이란 건 이미 짐작하고 있었겠죠.

호기심과 개방성

「한국인 '낙관성' 높지만 '학구열' 세계 최하위권」이라는 지난주 신문기사에서 정보를 캐내는 과정을

제시하겠습니다.[24]

   1-1. 첩보: 청소년은 호기심과 개방성이 높다.

   1-2. 정보: "어린이는 어른의 아버지"라는 워즈워스의 말처럼, 낭만적 상상력에서 기인하는 호기심과 개방성은 근대의 기본정서입니다. 호기심과 개방성이 어린 손자를 비롯한 중ㆍ고등학교까지 학생시절의 핵심성향이라는 점을 감안하여, 근대교육제도의 틀 내에서 진행되는 학습과정에 그걸 충분히 강조하면 효과가 있을 것입니다.

학구열

   2-1. 첩보: 높은 교육열에도 불구하고 학구열이 세계 22~24위로 최하위권을 맴돌았다. 학벌에 대한 욕구는 강했으나 정작 학구열은 떨어진다는 얘기다.

   2-2. 정보: 소위 SKY대학교 학생과의 초격차를 줄이려는 개인의 전략적 측면에서 활용될 수 있습니다. 학구열, 즉 학문적인 연구의 측면에서 열심히 하지 않는 경우가 많다는 뜻입니다. 높은 학구열이 궁극적인 성공의 과정에 있어서 중요한 요소임을 짐작할 수 있습니다. 집단적인 학구열의 고취를 통해 대학교들 간의 통상적인 서열격차를 극복할 수도 있을 것입니다.

어조(語調, tone)의 중요성

   3-1. 첩보: 낙관성은 연령집단별로 1~3위 사이를 차지해 한국인 특유의 강점으로 꼽혔다.

   3-2. 정보: 한국인들이 상대방에게 터무니없는 기대와 전망을 요구하는 경우가 많은 이유입니다. 미래의 전망에 있어 자기 자신에게는 객관적으로 그리고 축소지향적으로 평가하고, 부모 등 대외적인 관계에서는 확대지향적으로 발화하는 이중전략이 현명한 선택입니다.

   나에게 하는 속마음의 본심과 부모에게 하는 발언에 있어 전혀 다른 어조(語調, tone)를 적용할 필요가 있습니다. 한국인 특유의 낙관적 정서에서 대화하려는 부모에게 맞춰 다소 과장된 긍정적인 어조가 필요합니다.

> "아이, 걱정 마세요. 당신 딸이 얼마나 매력 있는데요. 남자들 많아요. 단지 정말 마음에 드는 사람이 아직 없을 뿐이지."

---

24 최재규, 「한국인 '낙관성' 높지만 '학구열' 세계 최하위권」, 『문화일보』, 2019. 10. 10.

그렇다고 해서 자신에게 말하는 어조도 이런 식의 낙관성에 물들어버리면 안 됩니다. 객관적이고 엄격한 눈으로 자신의 매력을 점검하고, 강점을 살리려는 노력을 해야합니다. 부모와 자식 간의 갈등의 대부분이 이런 대책 없는 낙관적 성향을 자식이 고려하지 않기 때문에 발생합니다. 1인칭 화자 '나'가 신뢰성을 상실한 모더니즘 이후의 현대 언어체계에서 특히 어조(語調, tone)의 연구가 중요해졌습니다.

단순한 신문기사에서도 이런 '정보'들을 뽑아낼 수 있습니다. 이런 복합적인 인식능력을 활용하여, 추석에 만날 때 가슴을 아프게 하며 무심코 취업여부를 물어보는 삼촌에게 "꿈도 살릴 수 있는 직장이 있다는 건 생각도 안 해보셨죠."라고 반문할 수도 있습니다.

공부하는 자세

4-1-1. 첩보: "경험적으로 진실성이 높은 사람일수록 자존감이 높고 목표를 성취할 가능성도 높은 것으로 나타났다."

4-1-2. 첩보+정보: 나이가 들수록 호기심과 개방성은 약해지지만 대신 진실성과 끈기는 강해진다는 연구결과가 나왔다.

4-2. 정보: 미래의 성공확률을 고조시키는 학구열을 높이는 방법은 터무니없는 기대를 품지 않고 자신에게 진실하게 다가오는 주제를 끈기 있게 연구하는 자세를 갖는 것이라는 교훈을 찾을 수 있습니다. 그리고 시작할 때 갖고 있었던 호기심과 개방성의 자세를 끝까지 유지하는 게 중요한 삶의 지혜라는 걸 알수 있었습니다.

"취업이 될 거야" 혹은 "누군가를 사랑하게 될 거야" 등 대책 없이 낙관적인 말을 믿는다면, 그건 정말로 바보 같은 짓입니다.

접할 수 있는 첩보가 너무 많은 시대이니까, 특히 '공부하는 자세'가 중요합니다. 뭘 공부해요. 어떻게 공부해야 하나요. 바로 이런 질문에 이번 학기 내내 대답하려는 것입니다. 이게 대학교육의 본령입니다. 이런 공부자세가 행복과 성공의 지름길입니다. 나중에 내 얼굴이 남산만큼 크게 떠오를 때가 있을 거라고 확신합니다. 왜냐하면 이런 공부의 능력은 문학적 상상력, 특히 낭만주의에서부터 시작된 시적 상상력의 힘에서 나오기 때문입니다.

한국인의 자아 찾기

「'나'를 찾기」는 한국인의 자아 찾기가 시작되는 전형적 양상을 보여줍니다.

우리 가족뿐만 아니라 우리나라 사람들은 남들과 비교하는 걸 너무 좋아한다. 그래서 어떤 얘기를 꺼낼 때도 항상은 아니지만 거의 나와는 상관없지만 좋은 본보기가 되거나 그렇지 않은 사람이 껴든다. (그 사람들도 끼고 싶지 않을 수도 있지만) 나는 이런 상황이 싫다. 살아가는 데 내가 중요하게 생각하는 건 다른 사람이 아닌 '나' 자신이다. 다른 사람 눈에 좋은 '나'가 아닌 내가 원하는 자신이다. 이렇게 되면서 나는 어떤 상황에 대해 반대의 의문을 가지기 시작했다. 예를 들어 생각하는 것이 꼭 좋은 것인가? 돈을 잘 벌어야지 성공하는 것인가? 남들 기준에 나를 맞춰야 하는가? 등등 남들이 대부분 맞다는 것에 대해서 나는 반대 입장에서 생각한다. 반대의 입장에서 나는 좀 더 내 입장을 확실하게 정리할 수 있게 되었다. 그저 남들이 가는 방향이 아닌 다른 길로 간다. 지금까지 난 끌려왔지만 내가 나를 끌 때가 됐다. 끌려가는 것도 지겹다. 누가 책임져주는 것도 아닌데 이때까지 어리석게 당했다. 하지만 이런 생각을 남들에게 하라고 추천해주는 것도 바람직하지 않다. 사람 사람마다의 특징이 있는데 그저 "내가 하니깐 좋은 것이다 그러니 너도 똑같이 따라 해라"는 자유롭지 못하다. 남들에게 이기적이기보다는 나에게 이기적인 사람이 더 낫다. 진짜 원하는 '나'가 되었으면 하는 바람이다.

'나'라든가 '사랑'이라든가 정확하게 알 수 없는 삶의 중요한 개념을 파악하는 방법은 이야기(story)입니다. 서사(narrative)의 측면에서는 낭만주의사상에 기반을 두는 문학적 상상력이 핵심도구입니다. 필자는 그런 도구를 사용할 줄 아는 힘을 어느 정도 갖추고 있습니다(평가: A).

그러나 추가로 첨부된 에세이 「사랑」에서는 '나'만의 방법론을 적용하지 못하고 있습니다. 그건 단순한 감각을 넘어서는 이론적 틀이 요구되는 국면이기 때문입니다.

밀레니얼 세대

'나'를 이야기하면 이어서 '사랑'을 말하고 싶어지듯이 개인서사는 타인의 공감을 획득하여 거대서사까지는 아니더라도 작은 공동체의 중간서사가 되려는 목표를 갖게 됩니다. '나'에 관한 이론적인 틀을 확고히 갖춘다면 공감을 확대한다는 목표가 효과적으로 진행될 수 있습니다. 필자 자신의 세대(generation)의 공통정서를 파악하려는 노력으로 확대될 수 있습니다. 밀레니얼 세대에 관한 연구를 통해 자신의 세대뿐만 아니라 자신에 관한 이해의 폭을 넓힐 수 있습니다.

현재 한국의 성년사회에 진입하고 있는 1990년대 이후에 출생한 밀레니얼 세대의 정서를 기존의 근대적인 사고방식으로는 이해하기가 어렵습니다. 이 세대에 관한 제대로 된 이론적인 분석과 설명이 여러 분야에서 요구되고 있습니다. 근대에서 탈근대로의 시대적인 전환과정에 관한 연구에서 밀레니얼 세대를 대표하는 이론이 도출될 것입니다.

베이비붐 세대, X세대와 밀레니얼 세대

한국의 인구는 크게 베이비붐 세대, X세대, 밀레니얼 세대로 나눌 수 있습니다.[25] 1950~1960년대에 태어난 베이비붐 세대는 인구출산율이 인구폭증을 우려할 만큼 아주 높았습니다. 그 세대는 끼니도 제대로 때우지 못하던 가난한 나라를 이른바 '한강의 기적'으로 만들었습니다. 1997년 IMF 외환위기의 타격을 입긴 했지만 회사의 성장이 나의 성장을 담보했던, 평생직장을 누릴 수 있는 세대였습니다. 1980년대에 이르러 인구가 유지수준으로 낮아졌고, 그 사이에 태어난 세대가 바로 X세대입니다.

베이비붐 세대와 X세대의 자녀 세대가 스파이더맨이 속한 밀레니얼 세대입니다. 이 세대는 성장과정 내내 경제실패를 많이 보고 자랐습니다. IMF의 직격탄을 맞은 베이비붐 세대의 좌절, 상시구조조정의 서막을 연 2008년 세계금융위기를 맞닥뜨린 X세대의 경쟁을 접했습니다.

'N포 세대'라 불리는 밀레니얼 세대를 부정적으로만 볼 수 없다는 시각도 있습니다. 'N포'라는 말 자체가 틀렸다는 해석입니다. 삶의 기준이 변하고 있는 만큼 결혼, 연애, 집, 인간관계 등이 더 이상 필수가 아니니, '포기'라는 말을 쓸 수 없다는 겁니다. 밀레니얼이 중요시하는 가치는 따로 있다는 거죠.

밀레니얼은 과거 세대보다 개인주의적이라는 분석이 있습니다. 사회·경제적 상황이 바뀌면서 조직형 인간에서 개인형 인간으로 변화했다는 겁니다. 조기 퇴사한 2030은 '상사·동료와의 갈등'과 '잦은 야근 등 열악한 근무환경'을 퇴사이유로 꼽았습니다. 이런 문제들이 과거에도 존재했지만, 조직보다 개인을 우선시하게 된 밀레니얼 세대는 부조리한 상황을 참고 견디기보단 목소리를 내고 변화가 불가능하다고 느끼면 조직을 떠나는 모습을 보입니다. 합리성·효율성에 대한 가치를 조직생활의 가치보다 높게 두기 때문입니다.

비선형적 사고

한국주류사회가 밀레니얼 세대를 이해하기 어려워하는 이유는 근대이념을 판단기준으로 생각하기 때문입니다. 책 한 권을 통째로 읽고 지식을 습득하기보단 인터넷 검색을 통해 필요한 정보를 조각조각 빠르게 습득하는 방식에 더 익숙해져 있는 밀레니얼의 비선형적 사고에 적용하기 어려워하고 있습니다.

'비선형적(non-linear)'이란 용어는 아주 혁명적인 뜻을 내포하고 있습니다. 직선적이라는 뜻의 '선형적(linear)'의 반대말입니다. 근대사회의 과학과 수학의 기반은 '평행한 두 개의 직선은 영원히 만나지 않는다.'라는 공리에 기초하는 유클리트 기하학입니다. 근대의 상징인 철도를 생각해보세요.

'비선형적'인 것이 결정적으로 중요해진 이유는 양자역학 때문입니다. 유클리트 기하학에 기초한 뉴턴

---

25 정민수, 「'90년대생 왜 그러냐고?' X세대와 비교해봤다(밀레니얼에 대하여)」, 『서울경제』, 2019.10.10.

물리학을 포월해버린 현대물리학의 시작 지점입니다. 중학교 과학시간에 배운 뉴턴의 가속도의 법칙을 기억해보세요. 야구공 같은 물체를 힘껏 던지면 날아가면서 속도가 더해진다는 이론입니다.

아인슈타인의 $E=mc^2$이라는 공식은 아시죠. E는 '에너지'이고 m은 '무게'입니다. 즉 무게를 가진 물질을 엄청난 에너지로 바꿀 수 있다는 수식입니다. 결국 원자폭탄의 원리가 됐습니다.

'비선형적' 사고는 원자폭탄보다 더 큰 영향력을 미칠 것입니다. 뉴턴 물리학을 중심으로 발전해왔던 근대문명을 포월할 전혀 새로운 문명을 탄생시키는 원리이기 때문입니다. 토마스 쿤이『과학혁명의 구조』에서 설득력 있게 설명하고 있는 뉴턴의 근대물리학에서 양자역학의 현대물리학으로의 전환입니다.

물리학에 비해 다소 발전이 늦은 인문학에 적용하여 이러한 과정을 근대사상에서 탈근대사상으로의 전환이라고 설명했습니다.

너무 늦은 시작

지금 이 수업의 목표가 있다면 탈근대적 비선형적 사고와 선형적 사고중심의 근대학교체제의 조화로운 공존입니다. 이런 사고전환훈련은 초등학교 때부터, 어쩌면 아이를 잠재울 때 들려주는 이야기(bedtime story)에서부터 시작됐어야 했을지도 모릅니다. 근대교육 전반의 문제점뿐만 아니라 근대문화 자체의 결함을 보완하기 위해서입니다.

너무 늦은 시작인 것은 확실합니다. 그래서 경험하고 체감하는 등 점진적인 교육방식을 적용하기가 어렵습니다. 속성과정이 요구되기 때문에 전체를 조망하는 '이론적인 틀'의 습득을 구체적인 적용사례들의 학습보다 먼저 요구하지 않을 수 없습니다. 그러니까 이 수업을 들으면 머리가 아파질 수밖에 없습니다.

이론적인 틀

'나' 혼자만의 이야기, 개인서사에서 머무를 수가 없습니다. 왜냐하면 '나' 개인의 이야기 같아 보이지만, 그래서 얼핏 고백같이도 들리지만, 근대와 탈근대의 혼재상황을 공통적으로 경험하는 밀레니얼 세대의 정서를 대표하는 작업으로 자동적으로 확대됩니다.

개인서사지만 제대로 쓰면 거대서사를 지향하는 중간서사가 돼버립니다. 이러한 과정은 사적 행복과 공적 성공의 구분을 모호하게 만들어버립니다. 또한 지금까지 경험해보지 못한 새로운 세계가 열리는 과정이므로 무궁무진한 기회를 만날 것입니다.

바로 이 지점에서 시적 상상력이 정말로 필요해집니다. 그래서 영시개론의 수업시간인데 시 읽기와 관계없어 보이는 이론들이 많이 등장하고 있습니다. 시 작품을 읽는 자체보다는 그걸 제대로 읽어내는 시적 상상력의 이론적인 틀이 훨씬 더 중요해져버린 세상입니다.

슈퍼엠의 「쟈핑(Jopping)」

지난 시간에 SM연합팀 슈퍼엠을 언급했는데, "동양과 서양이 만나 하나가 되는 새로운 세계를 선보일 것"이라는 이수만 프로듀서의 설명처럼 동양적 요소를 적극 차용한 첫 앨범이 나왔습니다. 타이틀곡 「쟈핑」("Jopping")은 뛴다는 의미의 '점핑'과 샴페인 뚜껑을 따는 소리 '파핑'을 합쳐 만든 신조어로, 쿵후에서 모티브를 얻은 안무를 선보입니다. 카이는 "뮤직비디오가 콜로세움에서 싸우는 전사 콘셉트인데 한마디로 다 끝내버리겠다는 의미"라고 말했습니다.[26]

「쟈핑」의 가사는 다음과 같이 시작됩니다.

> I don't even care
> 여긴 우릴 태울 stage
> Left to the right
> we gon' make it, make it bang
> Put your hands in the air,
> let me see you bounce
> To the left, to the right
> 시작되는 round

지금 세상을 신경조차 쓰지 않는 이유는 새로운 세상을 열어나갈 무대(stage)가 있기 때문이라고 말합니다. 잘 해낼 텐데, 그것도 '빵(bang)' 터트릴 만큼 잘해낼 것입니다. 왜냐하면 손을 하늘로 들고 방방 뛰며 무대 앞에서 응원해줄 관중이 있기 때문입니다.

"경쟁하는 사람은 한쪽만 보지(where the competition man it's looking one-sided)"라는 구절과 "너는 잘못된 짝 / 독선적이지만 나는 언제나 솔직하게 사실들을 뱉어내 / 되던져버려, 나는 이런 걸 음반의 8개 트랙 위에 던져내(you a mismatch / Opinionated but I'm always spitting straight facts / Throwback, I might throw this on an 8 track)"라는 구절은 한쪽만 보며 경쟁에 집중하는, 새로운 세상에 어울리지 않는 잘못된 짝 같은 독선적인 사람으로 인한 문제점을 8개의 트랙으로 된 이 음반으로 해결하려고 시도한다는 뜻입니다.

슈퍼엠의 탈근대적인 철학은 다음과 같은 한국어 구절을 중심으로 세계에 울려 퍼집니다. 한국적인 상상력이 근대세계의 문제점들을 포월하는 장면입니다.

---

26 민경원, 「슈퍼엠 "동서양 하나된 퍼포먼스로 미국 시장 사로잡을 것"」, 「중앙일보」, 2019.10.03.

모두 hear that sound

틀을 벗어난 하나의 신세계를 펼쳐

밀레니얼 세대의 교과서가 K-pop이라는 대중음악의 형식으로 써지고 있는 것 같아 보입니다.

사소한 목표가 갖는 중대한 힘

「사소한 목표가 갖는 중대한 힘」은 다음과 같이 시작됩니다.

> 우리는 누구나 목표를 가지고 있다. 중대한 것이 아닌 그 아무리 사소한 것이라도 실천할 의지가 있다면 우리는 목표를 가지고 있다고 할 수 있다. 대부분의 사람들은 목표에 대해 말할 때, 원대한 목표를 많이 말한다. 무엇 때문일까? 평소에 나는 목표를 세울 때 장기적인 목표보다는 당장 오늘의, 아니면 당장 이 에세이를 쓰는 시간에 내가 하고 싶은, 내가 해야 할 일들을 목표로 세우는 것을 좋아한다. 그래서 나는 목표 앞에 붙을 수 있는 단기적, 장기적, 사소한, 중대한, 원대한 등 여러 가지 수식어들 중에 '사소한'이 가장 좋다. 왜냐하면 사소한 것이라도 나에게 목표가 되면 그것을 이루기 위해 계획을 세우고, 어려운 일이 아니기 때문에 비교적 쉽게 목표를 이룰 수 있게 되고 그에 따라 성취감을 쉽게 얻을 수 있다. 또 성취감을 얻고 나면 다른 목표를 또 세우고 싶어지고 그 목표를 이루기 위해 노력하는 내 모습이 좋다. 사소한 것이라도 의미, 의지를 가지고 이루게 된다면 그것은 더 이상 사소한 것이 아니라고 생각한다. 이렇게 이루게 된 사소한 목표가 시작은 사소한 것이었지만 곧 중대한 것이 된다는 것이다.

근대의 거대서사의 한계와 그걸 보완하는 개인서사나 중서사가 개인의 목표설정이라는 관점에서 어떻게 적절하게 활용될 수 있는지 분석할 뿐만 아니라 실천하고 있습니다(평가: A).

'사소한 목표가 갖는 중대한 힘'이라는 주제를 에세이의 형식으로 적절하게 전개하고 있는데, 그 글의 힘이 그렇게 강력하게 분출되지 못합니다. 그 이유는 뛰어난 첫 문단에 비해 이어지는 문단들이 동일한 주제를 반복하기 때문입니다. 필자 자신의 이론적인 틀이 확고하게 자리 잡히지 않은 학기 초이기에, 개인의 반짝이는 아이디어를 넘어서서 그걸 다수의 공감을 획득할 수 있을 이야기로 확대하기에는 힘이 부칠 것입니다. 그리하여 근대 거대서사의 위험성에 대한 지적은 아주 설득력이 있으나, 탈근대를 위한 개인서사나 중서사가 어떤 식으로 힘을, 그것도 '중대한 힘'을 발휘할 수 있을 것인지 그 방향성이 제시되지 못한 아쉬움이 남습니다. 이런 측면이 강화됐다면 어디선가 보거나 들은 것 같으며 윤리·도덕적으로 긍정적인 평가를 받는 '잘 쓴 글'이 아니라, 이 글의 본래 의도대로 '삶 속에서 살아 숨 쉬는 글'이 됐을 것입니다.

창작시 「에휴…」

처음 시를 써본 필자가 걱정이 된다는 이메일을 보냈습니다.

평소대로 6시에 일어나서
시근벌떡 학교로 가려는데

하필 오늘따라 만석인 버스
내 차례에서 승차 거부당했다

발걸음을 돌려 지하철로 만근억근[27] 발걸음
곧이어 들려오는 지하철의 '연착 안내 방송'

에휴, 오늘 학교 가지 말까?

겨우 기쁘고 가벼운 마음을 추슬러 학교를 갔더니
처음 지각했는데 매일 지각한 듯
날 째려보는 교수님
억울해요 저는
변명이겠지만요. 에휴…

내 답변은 다음과 같았습니다. "귀여운 소품이군요. 언제나 위대한 작품이 나와야 하는 건 아니에요. 자신의 삶을 이런 식으로 가볍게 정리하면서 내면의 힘을 응축시키는 거죠."
'시근벌떡', '만근억근'이나 '에휴' 등 맛깔난 말재주가 있습니다. 이렇게 세상을 새롭게 보는 시선이 새로운 이론적인 틀에 의거하여 새로운 세상의 담론을 만들어내는 데 기여한다면 의미 있는 시인이 될 것입니다.

---

27 천근만근(千斤萬斤)보다 무거운 발걸음이라는 뜻입니다. 萬斤億斤.

가정폭력

SBS 『마부작침』의 기사들을 하나로 모은 종합기사 「'부부 살인' 리포트 – 아내 살해하는 남편, 남편 살해하는 아내」의 최종 결론은 다음과 같습니다.[28]

> "가정은 사적 영역이므로 공권력 개입은 가급적 자제되어야 하고 신중해야 한다는 명제는, 그 가정이 가정으로서 최소한의 기능을 유지하고 있을 때에만 성립될 수 있는 것이다. 한 사람이 작은 사람을 학대하고, 가족 구성원 중 누군가가 폭력으로 누군가에게 고통만을 안겨주고 있다면, 그곳에는 더 이상 가정이라 불리며 보호받을 사적 영역이 존재하지 않는다. 폭력이 난무하는 곳보다 더한 공적 영역은 없다."
> – 박주영, 『어떤 양형 이유』 중에서

가정폭력에 관한 한국법조계의 가장 앞선 법적 논리입니다. 사적 영역과 공적 영역이 엄격하게 구분돼 온 근대국가의 법률체계 안에서 가정에 대한 공권력 개입은 가급적 자제돼야합니다. '가정폭력'은 그 두 영역 간의 구분을 유지하기 어렵게 만드는 사건입니다. 사적 영역 내부에서 정의로운 질서 유지가 불가능하다면, 공적 영역의 질서를 유지하는 법적 절차를 동원해야한다고 주장합니다. 집안에서의 폭력행위가 지속된다면 경찰이 개입할 수도 있다는 말입니다.

그렇지만 대부분의 TV 스페셜리포트에서처럼 뭔가 부족한 느낌입니다. 현재 사회의 문제점을 지적하는 데에는 날카롭지만, 그 대안을 제시하는 데 있어서는 두루뭉수리하다는 느낌을 지울 수 없습니다. 왜냐하면 근대사회의 문제점을 지적하면서 그 해결책을 근대사회의 조직체계 안에서만 찾고 있기 때문입니다. 만약 문제점이 근대사회의 조직체계 자체에서 기인하는 것이라면, 내부에서의 해결책 모색은 언제나 부족할 수밖에 없습니다.

가부장제

가정폭력의 핵심문제는 가부장제입니다. 근대국가가 대통령을 정점으로 하는 피라미드 권력구조를 갖는 것과 마찬가지로, 근대가족은 가부장을 정점으로 하는 권력구조를 갖고 있습니다. 대통령의 권위에 더 이상 맹종하지 않는 것처럼, 가부장의 권위에도 더 이상 맹종하지 않으려는 분위기가 형성돼있습니다. 대통령이 절대 권력을 확보하려는 의도를 갖는다면 독재정치가 되는 것처럼, 가부장의 경우에도 절대 권력

---

28 심영구, 「'부부 살인' 리포트 - 아내 살해하는 남편, 남편 살해하는 아내」, SBS, 2019.10.10.

을 갖고 있다고 일방적으로 주장한다면 폭력적인 충돌이 발생할 가능성이 높아집니다.

가정폭력이 근대 핵가족제도의 이념자체에서 기인한다면 공권력의 일시적인 개입을 허용하는 것으로 앞으로 더욱 빈발할 사건들을 해결할 수는 없습니다. 공적 영역과 사적 영역의 엄격한 구분에 기초하는 근대사회의 이념체계 자체를 재고해봐야 할 시점인 것 같습니다.

홍콩의 시위사태

이는 가족폭력뿐만 아니라 현재 진행되고 있는 홍콩의 시위사태의 근본적인 해결책의 모색과정에서도 필요한 연구입니다. 홍콩 데모시스토당 비서장을 맡고 있는 조슈아 웡은 홍콩시위에 대해 한국인들이 관심을 계속 가져주기를 부탁하면서, "지금 우리 시위대가 중점적으로 요구하는 것은 자유직선제, 우리가 직접 정부 인사를 선출하는 것이다."라며 "우리는 30년 전부터 민주화를 위해 싸워왔고 자유 선거제를 얻을 때까지 싸울 것이다."라고 홍콩의 직선제 쟁취를 향한 의지를 드러냈습니다.[29] 조슈아 웡은 최근 임시정부선언 등 홍콩 독립주장설이 제기되는 것에 대해 "홍콩 시민의 다섯 가지 요구가 있는데 그중에 홍콩 독립은 포함되지 않는다."고 밝히면서도, "중앙집권을 믿는 시진핑은 과거가 있다. 전 세계가 나서서 홍콩의 정치적 경제적 자유를 지켜줘야 한다."라고 말합니다. 시진핑의 가부장적 사고방식에서 기인하는 중앙집권제가 근본적인 문제점이며, 홍콩독립이 해결책이 아니라면서 자유세계의 국제정치적 개입이 요구된다고 말합니다.

바이런의 역할

시대전환기의 선도세력 중에서 1세대는 유명해지지 않습니다. 그들은 뜬구름 잡으려는 짓 등을 하게 마련입니다. 그 뒤를 잇는 2세대는 1세대의 사상을 정리하고 요약할 수 있는 입장에 있게 되므로, 추종하는 세력이 이해하고 복사하기가 용이해집니다.

낭만주의의 경우에도 2세대의 시인들이 비슷한 역할을 했습니다. 셸리(P. C. Shelley)는 어린 시절 따돌림을 당했던 경험 때문인지 『서정담시집』의 담시 계열에서 주목했던 산업혁명의 피해자들에게 공감하는 시들을 씁니다. 노동자의 처지에 공감하며, 인간을 위해 제우스에게 불을 훔쳤다고 고통을 받았던 프로메테우스(Prometheus)의 신화를 부활시킵니다. 『그리스 항아리에 부치는 송가』("Ode on a Grecian Urn")에서 "미는 진리이고, 진리는 미입니다. 이게 지상에서 / 당신들이 아는 모든 것이고, 그리고 당신들이 알아야 할 필요가 있는 모든 것입니다.(Beauty is truth, truth beauty,—that is all / Ye know on

---

29 정단비 인턴, 「조슈아 웡이 전한 홍콩 "시민들 줄서서 돈 뽑고 있다"」, 『머니투데이』, 2019.10.10.

earth, and all ye need to know.)"라고 노래하는 키츠(John Keats)는 낭만주의의 미학을 완성합니다.

바이런(Lord Byron)은 영국의 낭만주의를 유럽에 전파하는 선봉장의 역할을 수행합니다. 『해럴드 공자의 순례』(Child Harold's Pilgrimage)는 바이런으로 하여금 "어느 날 아침에 일어났더니 유명해져 있더라(awoke one morning and found myself famous)"는 말을 하게 했던 시집입니다. 그 자신이 영웅이 됐던 것처럼, 낭만주의사상을 의인화한 '바이런의 시 같은 영웅(Byronic Hero)'의 개념은 숭배하기에도, 모방하기에도 적절했습니다. 『폭풍의 언덕』의 히스클리프, 『모비딕』의 에이함 선장이나 철학자 니체의 선악의 범주를 뛰어넘는 '초인(Superman)'뿐만 아니라, 배트맨이나 스파이더맨 등 할리우드 영화의 주인공을 비롯하여 연예계의 스타에 이르기까지 '바이런의 시 같은 영웅'은 아직도 쉽게 만나볼 수 있습니다.

이와 같은 바이런을 스승으로 여긴 사람들은 독일의 괴테(Goethe), 프랑스의 발자크(Balzac)와 스탕달(Stendhal), 러시아의 푸시킨(Pushkin)과 도스토예프스키(Dostoevsky), 미국의 멜빌(Melville) 등의 문인들을 비롯하여 화가 들라크로아(Delacroix), 음악가 베토벤(Beethoven)과 베를리오즈(Berlioz) 등입니다.

유토피아와 노스탤지어의 사상

바이런의 시 「희망이 행복이라고 사람들이 말하네」("They say that Hope is happiness")는 낭만주의 2세대의 시인답게 낭만주의사상을 잘 요약하고 있습니다. 이 시의 부제는 로마시인 버질(Virgil)의 "사물들의 원인들을 배울 수 있었던 사람은 행복하다"라는 라틴어문장입니다. 삶의 원리를 제대로 배우면 행복할 수 있는데, 그 삶의 원리란 제목에서 말하는 '희망'입니다.

1
They say that Hope is happiness—
   But genuine Love must prize the past;
And Mem'ry wakes the thoughts that bless:
   They rose the first—they set the last.

희망이 행복이라고 사람들이 말하네.
그러나 진정한 사랑은 과거를 상품으로 받아야한다네.
그리고 기억은 은총을 베푸는 생각들을 일깨운다네.
그런 생각들이 제일 먼저 떠오르고, 마지막에 내려간다네.

163

낭만주의에 기초한 근대사상은 미래를 향한 유토피아와 과거를 향한 노스탤지어로 간단하게 요약됩니다. 바이런은 이 시에서 "희망이 행복이라고" 말하면서 미래를 향한 유토피아를 번역합니다. 그리고 낭만적인, 즉 "진정한 사랑"이 과거의 기억을 은총처럼 상품으로 받아야 한다고 주장하면서 과거를 향한 노스탤지어의 중요성을 강조합니다. 기억과 희망은, 즉 노스탤지어와 유토피아는 알파와 오메가처럼 선형적인, 즉 직선적인 흐름의 근대사상의 양끝을 지키고 있습니다.

> 2
> And all that mem'ry loves the most
>   Was once our only hope to be:
> and all that hope adored and lost
>   Hath melted into memory.

> 그리고 기억이 가장 사랑하는 것은
> 한때 우리의 유일한 희망이었던 것이네.
> 그리고 희망이 숭배했다가 잃어버렸던 것은
> 기억 속으로 녹아서 사라져버렸다네.

1연에서 구축했던 노스탤지어와 유토피아의 구조를 기억과 희망의 긴밀한 관계성으로 친절하게 다시 설명해주고 있습니다.

망상이 아닐까

> 3
> Alas! it is delusion all—
>   The future cheats us from afar:
> Nor can we be what we recall,
>   Nor dare we think on what we are.

> 아! 이게 모두 망상이구나.
> 미래가 저 멀리에서 우리를 속이는구나.
> 우리는 우리가 생각해낸 것일 수가 없구나.

우리는 우리의 현존재를 감히 생각하지 못하는구나.

1824년에 바이런이 쓴 이 시는 1798년 『서정담시집』, 즉 낭만주의사상의 본격적인 시작점으로부터 36년밖에 되지 않았던 시절입니다. 그러므로 "우리가 생각해낸 것"이 "우리"가 될 수 있을지 확신하기 어려웠을 것입니다. 아직 사상이 여물지 않았던 시절이었으니, 정체성이 확립돼있지도 못했을 것입니다. 그리하여 이 모든 게 "망상"일지도 모른다는 우려를 표명합니다.

그러나 바이런의 우려와 달리 낭만적인 시적 상상력은 그때 이후 근대세계를 만들어냈습니다. 지금 이 수업시간에 우리가 상상해보는 탈근대시대의 양상들이 '망상'이 아닐까 하는 우려를 떨쳐버릴 수는 없습니다. 그렇지만 바이런 등이 이룩한 엄청난 성공을 보면서 '뻥'이 아닐 수도 있다는 희망을 가져봅니다.

반 발자국만 앞서 가기

시대를 너무 앞서 나가면 다른 사람들이 이해하기 어려워합니다. 워즈워스 등 1세대의 낭만주의사상을 대중이 소화하기 좋은 당의정으로 만들어냈던 바이런은 대중적인 성공을 거뒀습니다. 그리고 그를 따라했던 유럽과 미국의 추종자들, 괴테, 발자크, 스탕달, 푸시킨, 도스토예프스키, 멜빌과 베토벤도 자기 나라에서 성공을 거뒀습니다.

새로운 교육과정을 구축하고 있는 중이니, 영시개론의 교재가 아직 없습니다. 내 생각만 따라간다면 너무 어려운 글이 돼버릴 가능성이 높습니다. 대중적으로 인기 있는 시인 친구에게 비결을 물어본 적이 있습니다. 십 년이 넘는 세월 동안 노력했다는 대답이었습니다. 그런 노력을 안 한 상황인데도 학생들이 쉽게 접근할 수 있을 교재를 만들기 위해 매시간 강의를 녹음하고 있습니다. 녹음내용을 기록한다면, 이 시대전환기의 어려울 수밖에 없는 시적 상상력에 의한 탈근대사상을 조금 더 쉽게 전달할 수 있을지도 모르겠습니다.

『레미제라블』

위고의 소설이지만 뮤지컬로 더 많이 알려진 『레미제라블』의 핵심장면들 가운데 은촛대를 훔치고 난 뒤에 신부의 용서를 받고 장발장이 자아 찾기에 성공하는 장면은 잘 알려져 있습니다. 그러나 자베르 경관이 자살에 이르는 장면은 이 작품의 주제를 잘 말해줍니다.

프랑스혁명 이후 왕정복고의 시대에 벌어진 학생혁명의 와중에 학생진영에서 잠복근무를 하다 붙잡힌 자베르를 장발장이 처형하지 않고 풀어줍니다. 그 직후에 자베르는 세느강에 투신하여 자살을 함으로써 장발장은 완전한 자유의 몸이 됩니다.

자베르는 "Vengeance was his and he gave me back my life!(복수할 수 있었는데 날 살려줬어!)" 라고 말하며 당황합니다. 그리고 장발장의 근대적인 자아의식을 이해하기 어려웠던 자베르는 "I am the law and the law is now mocked!(나는 법의 화신인데 바로 그 법이 경멸을 받았어!)"라고 말하며 난경 (難境)에 빠져버렸음을 인식합니다. 죽기 직전에 부르는 자베르의 아리아의 마지막 부분입니다.

Is he from heaven or from hell? And does he know
장발장은 천사인가 악마인가? 그리고 그는 알고 있을까

That granting me my life today this man has killed me even soul
오늘 생명을 허락하면서 이 사람이 내 영혼조차 죽여버렸다는 걸?

I am reaching but I fall
내가 어딘가에 도달하려 하지만 추락해버리고 있네.

And the stars are black and cold
게다가 별들마저 어둡고 차갑네.

As I stare into the void of a world that cannot hold
지탱하지 못할 공허한 세계를 내가 들여다보고 있으니까.

I'll escape now from that world from the world of Jean Valjean
나는 이제 저 세상, 장발장의 세상으로부터 도망치려고 해.

There is nowhere I can turn.
내가 몸을 돌려 갈 곳은 없어.

There is no way to go on.
계속 살아갈 방법이 없어.

자베르 자신의 고백처럼 육체뿐만 아니라 영혼까지 죽여버렸기 때문에 장발장의 복수는 자베르의 그것보다 더 지독합니다. 왜 장발장의 처형이 아니라 그의 자비가 자베르에게 더 심한 복수가 돼버린 것일까요? 왜 자베르에게는 "몸을 돌려 갈 곳"도 "계속 살아갈 방법"도 없어져버린 것일까요? 왜 평생 쫓기기만 했던 장발장이 자베르를 파멸시켜버릴 정도로 더 큰 힘을 갖게 된 것일까요?

자베르는 장발장의 세상으로부터 도망치기 위해 세느강의 투신자살을 선택합니다. 자베르에게는 "지탱하지 못할 공허한 세계"밖에 남아 있지 않기 때문입니다. 학생진영에 의해 잠입형사로 발각됐고 그런 다음 처형의 총성이 울렸는데도 목숨을 부지하고 경찰서로 복귀한다면, 자베르에게는 그 아이러니한 진행과정을 설득력 있게 설명해야 할 의무가 생깁니다. 그런데 장발장의 처형포기는 전근대적인 법 논리로는 설명 불가능한 행위입니다. 왕이라면 모를까, 법을 대표한다고 자부하는 자베르에게도 그런 선택권은 없습니다. 장발장의 처형포기는 장발장이라는 인간의 주체적인 결정입니다. 범법자는 무조건 체포하여 처벌해야 한다는 자베르가 엄격하게 준수하던 법체계를 무시할 수 있는 근대인간의 주체적인 권리를 장발장이 행사하고 있습니다.

자베르의 영혼

『햄릿』에서 형이었던 전왕의 아내를 자기 아내로 맞이하는데도 반대 여론이 없을 만큼 막강한 권력자 클로디어스(Claudius) 국왕이 햄릿을 두려워하는 이유를 생각해봅시다. 전근대적인 왕정시대의 왕이었으니 햄릿을 두려워하는 이유가 아내의 눈치를 봐야하기 때문이라고는 생각할 수 없습니다. 나는 친구 호레이쇼(Horatio)와 다니던 대학교의 영향력이라고 생각합니다. 햄릿의 근대적인 사상은 전근대적인 왕의 입장에서 보기에 햄릿의 의도를 전체적으로 파악할 수 없게 만드는 두려운 힘이었을 것입니다.

햄릿과 클로디어스의 내면적인 권력구도를 검토했던 이유는 자베르와 장발장의 힘의 우위가 극적으로 뒤바뀌었기 때문입니다. 장발장이 자베르를 처형하지 않고 살려주는 순간, 자베르는 깨달았을 것입니다. 자신이 평생 수호해왔던 전근대적인 법체계의 종말이 이미 와 있었다는 사실을 말입니다. 그리하여 자베르는 전근대적인 세상 속에서는 상상해보지도 못했던 자신의 '영혼'의 존재까지도 인식하게 됐던 것입니다. 물론 세느강에서 자살하는 순간까지 파리 시내를 정처 없이 헤매던 아주 짧은 기간뿐이었습니다.

모든 경찰력이 포기해버린 장발장을 끝까지 추적해낼 수 있을 만큼 똑똑한 자베르였기에, 전근대가 끝나고 근대가 밝아오는 세상에서 자신이 "몸을 돌려 갈 곳"도 "계속 살아갈 방법"도 없어져버린 걸 잘 알 수 있었습니다.

뮤지컬 『레미제라블』의 마지막 장면에서 패배한 학생들이 부활하여 새로운 시대를 예고하는 노래를 합창합니다. 위고의 이 소설이 뮤지컬의 형식을 빌려서 재조명되는 이유는 바이런의 사상에 힘입어 전근대에서 근대로의 전환을 확신했던 위고처럼, 지금 시대의 관객들이 근대에서 탈근대로의 전환을 확신하고 있기 때문일 것입니다. 낭만적인 사상을 대중화한 2세대의 바이런뿐만 아니라 근대사상을 구체화한 워즈워스 같은 1세대의 시적 상상력도 아직까지 실현돼있는 게 확인되지는 않았습니다만, 관객들은 그러한 흐름이 확실하다고 예상하고 있다는 게 나의 판단입니다.

『마이 페어 레이디』

버나드 쇼(Bernard Shaw)의 희곡 『피그말리온』(Pygmalion)을 원전으로 하는 최초의 뮤지컬 『마이 페어 레이디』(My Fair Lady)는 오드리 헵번(Audrey Hepburn)의 출세작입니다. 이 영화의 이야기는 영어 발음, 특히 자음 정지발음의 교정만으로도 길거리에서 꽃 파는 소녀를 귀부인으로 변신시킬 수 있는지 여부에 관한 두 교수의 내기로 시작됩니다. 찰스 디킨스의 『위대한 유산』(The Great Expectations)에서 큰 유산을 물려받은 주인공 핍(Pip)이 런던에서 마차를 타고 다니는 걸 낭비벽의 산물이라고 오해하는 논문을 읽은 적이 있습니다. 인류의 가장 위대한 발명들 중 하나인 수인성전염병을 근절하게 만든 하수도시설이 보편화되기 전까지 대도시의 도로는 더러운 진흙탕이었습니다. 길거리에서 꽃 파는 소녀였던 오드리헵번은 최하층계급의 인물입니다. 이 영화가 뮤지컬의 모델이 됐던 이유는 환상으로 여길 수밖에 없었던 낭만적인 사랑이 실제로 상상력의 결과물이 될 수도 있다는 전형적인 스토리라인을 갖고 있기 때문입니다.

성장소설

『호밀밭의 파수꾼』(The Catcher in the Rye)은 주인공이 결정적인 '감정적 경험'을 한 뒤에 사회로 진입하기로 결정하는 전형적인 성장소설입니다. 18~21세 경에 성년이 되는 문화가 건재하던 시대의 소설입니다. 주인공의 성장(Bildung: formation)이 어느 정도의 완성도(perfection)에까지 진전되는 성장소설(Bildungsroman)에서는 자아의 통합이 사회적인 통합이 됩니다. 대중문화(영화)에서는 성년이 됐다는 이런 위로가 되는 관념들이 많이 등장합니다. 스파이더맨 시리즈의 최신판 『스파이더맨: 파 프럼 홈』(Spiderman: Far From Home)은 사랑이 무엇인지, 어떻게 함께 일하는지, '되기로 되어 있는(meant to be)' 직업적인 소명의식 등 사회의 일원이 되는 교육과정, 즉 주인공의 입사의식(入社儀式, initiation)을 스펙터클한 전투장면의 영상들로 보여줍니다. 낭만적인 스토리나 가족과 직업의 갈등스토리 등 모든 장면의 핵심은 주인공이 자아를 찾는 것이 성장했다는 것이라는 등식에 초점이 맞춰집니다.

성인연령이라는 사기

이는 영화뿐만 아니라 문학이나 교육 등에서도 핵심주제인데, 이 모든 사례에서 '자아'를 찾는다는 게 의심스럽지 않을 수 없습니다. 왜냐하면 어딘가 내면에 잠복해있는 영속적인 '자아'가 있으며, 어떻게 하든 발견해낼 수 있다고 가정하기 때문입니다. 그런데 우리가 '우리 자신을 발견'했다고 생각했더라도, 이게 우리의 남은 삶을 위한 만병통치약은 아닙니다. 그래서 현대 심리학에서는 이러한 단일정체성의 전제를 부인하고 그 대신에 단계별 발전이라는 아이디어, 즉 나이가 들어감에 따라 위치를 바꾸는 적응력이라는 자아의 감각을 가정합니다.

델리스트라티(Cody Delistraty)의 「성인연령이라는 사기」(The coming-of-age con)는 "하나의 진실한 자아라는 아이디어 전체가 커다란 위조물이라면 '당신이 진짜로 누구인가'를 발견하기 위해서 당신은 어떤 일을 할 수 있는가?"라고 질문하지 않을 수 없는, 근대자아의식에 의문이 제기되고 있는 근대의 끝자락이라는 시대를 인식시켜줍니다.

입사의식

담배, 술이나 성행위 등 성년의 특권으로 여겨졌던 행위들을 청소년들이 거리낌 없이 행하는 요즈음, 입사의식의 의미가 아직도 남아 있는지 질문하지 않을 수 없습니다. 결혼과 취업도 중요한 입사의식이었습니다. 그런 결혼과 취업이 공동체적인 의미를 상실하고 있습니다. 대학교 고학년의 심리수준을 후반기 청소년기라고 여기는 심리학자들도 있습니다. 그럼에도 불구하고 정치권에서는 선거권획득연령을 고등학생이 대부분인 18세로까지 낮추었습니다. 사회구성원 어느 누구도 18~21세의 성년진입이라는 근대적인 입사의식의 관습을 준수하는 데 열의를 보이지 않고 있는 상황입니다.

자아심리학

델라스트라티가 이런 연구를 하게 된 이유는 성년이라는 개념에 의거하여 성인을 구분하는 이분법이 초래하는 미국사회의 문제점을 알고 있기 때문입니다. 그럼에도 불구하고 기존에 공인된 연구결과의 요약을 마친 뒤 자신의 새로운 사상의 전개가 필요한 부분에서부터 생각이 갈 길을 잃고 헤매는 경향을 보입니다.

윌리엄 제임스(William James)는 "적절하게 말하자면, 하나의 인간은 그를 인식하고 그들의 마음속에 그의 이미지를 갖고 다니는 개인들의 숫자만큼이나 많은 여러 개의 사회적인 자아를 갖고 있다."라고 설명합니다. 이게 실용주의의 절충적인 대안이라고 여겨집니다.

서구철학은 자아개념을 고수하려고 합니다. 미국식 정신과치료는 자아심리학에 기반을 두고 있습니다. 자아의식에 대한 의혹이 제기되는 상황 속에서도 자아의식을 포기하려 하지 않으며, 윌리엄 제임스의 이론에 따라 여러 개의 사회적 자아들이 하나의 자아 속에 있다고 설명합니다.

인간의 권리

동양철학은 물론이고 프랑스예술영화 등에서도 단일정체성을 고수하려는 노력을 하지 않습니다. 프랑스혁명의 천부인권설(天賦人權說), 즉 인간의 권리는 하늘이 부여한 것이라는 사상의 '인간'이 백인남자에게 해당될 뿐이었다는 사실을 깨닫는 데, 성장소설의 주인공이 여성, 성소수자, 유색인종, 심지어는 동물이나 생태적인 존재 등 소위 '타자'일 수도 있다는 걸 인식하는 데, 정말로 오랜 시간이 걸렸습니다.

(2001년도에 잠시 미국에 체류할 때 유대인들이 백인의 부류에 들어갔던 것처럼, 폴란드 등 동구 유럽인들이 백인의 부류에 들어갔던 것처럼, 한국인과 일본인이 곧 백인의 부류에 들어갈 거라고 말해준 교수가 있었습니다. 영화『기생충』이 금년도 아카데미 시상식에서 주류로 등극하는 장면을 보며 2001년도에

들었던 말을 기억하지 않을 수 없었습니다. 한편으로는 자아의식, 그리고 그것이 확대된 백인종족의식의 끈질긴 생명력에 은근히 놀라지 않을 수 없었습니다.)

자아와 주체의 분열

프로이드(Freud)와 마르크스(Marx)는 현대를 이해하는 데 있어서 중요한 철학자들입니다. '꿈'의 해석으로 유명한 프로이드는 인간의 자아에 이드(id), 에고(ego), 슈퍼에고(super-ego) 등 여러 개의 층위가 있음을 밝힘으로써, 단일정체성의 자아인식이 활동하는 의식뿐만 아니라 무의식의 세계도 존재함을 입증했습니다. 프로이드의 성에 관한 이론은 다소 과격하지만, 그가 자아의식의 분열상을 확실하게 설명해낸 공적은 무시할 수 없습니다.

마르크스의 경우에도 그가 의도했던 현실세계 속에서의 계획, 즉 공산혁명은 다소 과격한 목표였지만, 계급혁명을 설명하면서 인간의 사회적인 주체가 하나가 아니라는 걸 입증한 업적은 잊을 수가 없습니다.

개인적인 자아는 프로이드에 의해서, 그리고 사회적인 주체는 마르크스에 의해서, 단일정체성의 분열상은 오래전에 입증된 바 있습니다.

고등래퍼

2018년 힙합 신에 충격적으로 등장한 두 명의 고등래퍼들, 이병재와 김하온은 근대의 입사의식 같은 관습이 오래전에 사라져버렸음을 입증해줍니다.[30]

김하온의 고등래퍼2의 준결승곡 「아디오스」("Adios")의 앞부분을 읽어봅니다.

> 욕망은 운명이 운명은 욕망이 아님
> 욕망이 만들어낸 운명 위에 Swerving
> 삶이란 영화의 감독이 되어버린
> 오래된 어린 녀석의 큐, 큐사인 마치 Kubrick
> 키워버린 것도 나니 치워버릴 것도 나인 것이
> 맞는 거야 애초에 애증의 관계였던 거지
> 영감을 주는 동시에 대부분을 가져갔으니
> 등가교환이라 칭하기엔 저울은 많이 기울었지

30　박세회, 「대한민국 3040들이 김하온·이병재와 사랑에 빠진 이유」, 『한국일보』, 2018. 04. 09.

수동적으로 사회의 일원이 되는 과정인 입사의식이라기보다는 능동적이고 주도적으로 새로운 세계관을 창조해나가는 창조의식의 관점에서 읽어야만 적절할 것으로 판단됩니다.

영웅의 일상화

클린트 이스트우드 감독, 톰 행크스 주연의 『설리: 허드슨강의 기적』(Sully, 2016)은 제트엔진에 불이 붙은 여객기의 조종사가 자동항법장치의 도움을 받지 못하는 상황에서 허드슨 강에 성공적으로 불시착하여 승객 전원을 살린 실화를 영화화한 것입니다.

이 영화가 끝난 뒤 상영된 쿠키영상에 나온 실제 조종사는 톰 행크스 같은 할리우드 스타의 '후광(aura)'를 갖고 있지 않을 뿐 아니라 엄숙하고 근엄한 것과는 거리가 먼 일반인이었습니다.

그리스 비극이나 셰익스피어 비극의 주인공들처럼 전근대의 시대에는 왕 등 '영웅'이 되는 계급이 정해있었습니다. 서민들은 셰익스피어 희극의 주인공들이 될 수 있을 뿐이었습니다. 낭만주의시대 이후 근대의 시대에는 천재적인 재능을 가진 특별한 부류의 사람들이 영웅으로 여겨졌습니다. 그런데 이 영화에서처럼 탈근대의 시대에는 우리 모두가 영웅입니다. 이 글을 쓰고 있는 지금, 2020년 3월초 신종 코로나바이러스 감염증이 만연한 중국의 우환이나 한국의 대구에서 일하기를 자원하는 의료진들이야말로 우리 시대의 영웅입니다.

햄릿의 일상화

햄릿에게 영웅으로서의 장례식을 명령하는 포틴브라스(Fortinbras)에게 있어서 '영웅'은 전근대적인 계급사회에서 왕에 준하는 자격을 말합니다. 햄릿의 위대함은 포틴브라스가 공감했던 그 당시의 영웅이었던 햄릿이 됐을 뿐만 아니라, 지금 시대의 행동자(agent)의 모델이기도 하기 때문입니다.

햄릿의 일상화는 근대의 끝자락, 즉 탈근대의 시작점에 서있는 우리 시대를 위한 현실적인 대안입니다.

이 영화의 줄거리는 승객 전원을 살려냈고 추락한 비행기에서 최초로 살아서 사후브리핑을 받고 있는 톰 행크스가 처벌을 받지 않기 위해, 자동항법장치의 항로변경권유를 수용하지 않고 허드슨 강의 착륙을 감행해야 했던 이유를 검사관들에게 납득시켜야만 하는 과정입니다. 근대의 선형적이고 기계적 사고를 포월하는 비선형적이고 맥락적인 사고를 통해 책임 있는 행위를 감행하는 행동자(agent)의 전형적인 모습입니다. 그리고 이건 햄릿이 영웅적으로 모범을 보였던 것입니다.

행동자

햄릿적인 사고의 시작점은 난경(難境, impasse)입니다. 궁지나 코너에 몰렸다고 말할 수 있는 난처한 경지입니다.

에세이 과제를 지금 하나 쓸 것인지 아니면 나중에 몰아서 숙제처럼 해버릴 것인지 난경 앞에서 행위를 결정해야하는 행동자는 다른 사람이 아닌 자기 자신입니다. 애인이 첫 키스를 하자는 신호를 보낼 때 할 것인지 말 것인지 난경 앞에서 행위를 결정해야하는 행동자는 다른 사람이 아닌 자기 자신입니다. 취업활동 중 합격했다는 통보를 받았을 때, 그 조직의 일원이 될 것인지 말 것인지 난경 앞에서 행위를 결정해야하는 행동자도 다른 사람이 아닌 자기 자신입니다.

울리히 벡의 『위험사회』는 암시하고만 있지만, 난경이란 어쩌다 있는 게 아니라 언제 어디서나 만날 수 있는 정황이라고 여겨야합니다. 다른 누구도 아닌 내가 결정해야합니다. 결정할 뿐만 아니라 행동해야합니다.

이 흔들리는 자아와 함께 말이죠. 자아의식의 단일정체성을 의심할 필요가 없었던 시대에 난경은 아주 드문 사건이었습니다. 자아가 이미 언제나 흔들리고 있는 탈근대에 난경은 일상입니다. 그러므로 햄릿의 일상화전략을 모르고 있다면, 계속해서 틀린 결정을 하고, 그리하여 잘못된 행동을 하게 되어, 불행과 실패를 자초하지 않을 수 없게 될 것입니다.

자식의 어떤 행위라도 아버지가 말릴 수 없는 게 지금 시대의 현실입니다. 이 어려운 시대에 우리는 모두 영웅이고 우리는 모두 햄릿입니다. 그러므로 우리는 자기 자신에게 살아내고 있음을 스스로 축하해줘야 합니다.

중간고사

2019년 2학기 영시개론 중간고사 (Open Book)

1. 다음의 용어에 대한 본인의 의견을 쓰시오.

1-1. romantic love

1-2. nation-state

2. 다음 글의 밑줄 친 부분을 우리말로 옮기시오.

2-1. By shallow rivers to whose falls/ Melodious birds sing madrigals.

3. 다음 글을 읽고 생각하고 느끼는 바를 쓰시오.

3-1. The fountains mingle with the river, / And the rivers with the ocean, / The winds of heaven mix forever / With a sweet emotion; / Nothing in the world is single; / All things by law divine / In one another's being mingle;-- / Why not I with thine?

3-2. I feel the cold / and all the time I think / how warm it used to be.

3-3. And yet, by heaven, I think my love as rare

As any she belied with false compare.

3-4. My heart leaps up when I behold/ A rainbow in the sky: / So was it when my life began;/ So is it now I am a man; / So be it when I shall grow old,/ Or let me die!

3-5. I gazed—and gazed—but little thought / What wealth the show to me had brought:

3-6. "But they are dead; those two are dead! / Their spirits are in heaven!" / 'Twas throwing words away; for still/ The little Maid would have her will, / And said, "Nay, we are seven!"

3-7. poetry is the spontaneous overflow of powerful feelings: it takes its origin from emotion recollected in tranquility:

3-8. And all that mem'ry loves the most/ Was once our only hope to be: / and all that hope adored and lost/ Hath melted into memory.

3-9. Love, in the world of Walt Disney films, has changed. Between Tangled (2010) and Moana (2016), the ideal of heterosexual romance has been dethroned by a new ideal: family love. The happy ending of our most-watched childhood stories is no longer a kiss. Today, Disney films end with two siblings reconciled despite their differences, as in Frozen (2013);

Poetry for All

중간고사의 채점기준

자기생각을 해냈나 보면서 중간고사 답안에 +를 붙였어요. 한 답안에 3개(+++)까지 붙이고 그걸 합쳐서 평가하는 거죠. 총 10문제 중 6문제만 풀었는데도 아주 잘 쓴 학생이 있었어요. 그 학생은 외운 대로 쓰는 시험에 익숙해 있었으니 자기가 잘하고 있는지도 몰랐던 거죠. 그런데 지금은 정답만 답이 되지 않는 세상이죠. 왜 이런 시험을 봐야하는지 먼저 설명해야 할 것 같아요.

어차피 없어질 직업인데요 뭐

4차혁명 대세론에 밀려 기술로 인한 노동자 떠밀림 현상은 이슈화되지 못하다 한국도로공사 톨게이트 수납원의 정규직 전환문제를 계기로 수면 위로 떠올랐어요.[31] 톨게이트수납 인력을 직접 고용하라는 법원의 판단을 거부하며 도로공사가 내세운 명분은 수납시스템의 자동화(하이패스)였습니다. "수납원의 도태는 기술진보로 인한 자연스러운 현상"이라는 경제계의 반응에, 청와대 경제수석도 "도로공사 톨게이트 노조의 수납원들이 (투쟁을) 하지만, 톨게이트수납원이 없어지는 직업이라는 것은 눈에 보이지 않느냐"

---

31 반기웅, 「'없어질 직업'에 매달린 우리의 노동」, 『경향신문』, 2019.10.26.

고 말했습니다.

비숙련 노동과 단순 업무의 하위노동자들뿐 아니라 자동화의 파고는 제조업과 사무직, 전문직 등 직종과 직무를 가리지 않고 확산될 조짐이고, 노동시장 전체일자리의 55~57%가 향후 수십 년 사이에 기계에 의해 대체될 확률이 높은 고위험군에 속합니다.

취업의 종류

취업해야한다고들 얘기하지만, 취업이 뭔가요. 그냥 시키는 대로 살아온 사람은 그냥 취업하면 된다고 말하는 대로 따라가겠죠. 정답이 있으니, 그것만 쓰면 된다고 생각하는 것과 비슷한 사고방식이죠. 그렇게 생각한다면 어떤 답안에 +점수를 주는지 이해할 수가 없습니다. 1993년도 뉴스위크 "Jobs" 특집에 관한 리포트와 논문을 취업률 90%에 육박하던 비서과 학생들에게 강요했던 것과 비슷한 상황이죠.

취업에도 종류가 있습니다. 첫째, 취업이 안 되는 걸 걱정할 수도 있겠죠. 정부나 학교에서는 이런 점에 집중합니다. 그다지 높지 않은 취업률 격차 때문에 인문계에 비난 같은 비판이 집중되는 느낌입니다. 그런데 둘째, 취업했다 하더라도 문제가 있습니다. 여기서부터는 정부, 학교, 심지어 부모 등 누구도 신경 쓰지 않습니다. 어떤 종류의 취업이든지 그저 취업했다고 축하받습니다. 이 지점까지만 가르치라는 거죠. 이 정도 수준까지만이 목표라면 이 수업의 이유를 잘 모르겠다고 생각할 수 있고, 또 너무 어렵다고 여길 수도 있습니다.

그런데 셋째, "어차피 없어질 직업인데요 뭐."라고 생각하게 될 그런 취업을 한다는 건, 취업해야 할 당사자들, 그러니까 여러분에게는 그리 간단한 문제가 아닙니다. 같은 직장에 취업했더라도, 57% 이상이 없어질 둘째 수준의 직종에서 일하게 될 수 있습니다. 둘째 수준까지의 취업이라도 만족한다면 인문대보다 전망이 더 좋은 학과가 있겠죠. 그렇게 눈높이를 낮춰 당장 취업한다 하더라도, 했다 하더라도, 개인의 입장에서 보면 그 수준에 만족할 수는 없겠죠. 왜냐하면 미래의 전망이 밝지 않으니까요. 피곤한 앞날이 뻔히 보이는데 미래의 계획을 세울 수 없겠죠. 이게 결혼회피와 출산기피의 근본원인입니다. 한국사회전체의 문제이기도 하지만, 개인의 인생계획을 세우는 데 있어 결정적 판단요소겠죠.

평생교육

세 번째 단계의 취업이나 일단 취업 후의 전직을 위해 이 수업이 진행된다고 보시면 됩니다. 앞으로의 대학교육은 청년기 4~5년간이 아니라 평생교육체제로 전환돼야합니다. 그런데 이러한 변화의 추이가 신속하지는 않을 것입니다. 그러니까 여러분은 한참 뒤에 꼭 필요해질 평생교육 수업에도 동시에 참여하고 있는 셈입니다.

전문직이라도 평생직장이 보장되지 못하는 시대. 이렇게 혁명적으로 바뀌는데 도대체 어떻게 준비해야 할까요. 이런 과제에 구체적으로 해결책을 제시하는 커리큘럼은 아직 뚜렷하게 없습니다. 지금 전 세계 대학이 찾고 있는 셈인 거죠. 지금 이 수업시간에 내가 하고 있는 게 그런 모색과정에 동참하고 있는 겁니다.

중간고사뿐 아니라 어떤 문제든지 누구도 정답은 몰라요. 이런 상황이 당황스러울 학생을 위해 이번 시간부터는 아예 기말고사 문제를 알려주고, 거의 문제풀이 방식으로 수업을 진행하려고 해요. 그러면 자기 생각을 쓰는 훈련이 좀 더 쉬워질까 해서요.

AI와 미래예측

"'연내 인공지능 국가전략'을 발표할 것"이라는 대통령의 발언과[32] "AI학과를 국내 첫 신설하여 '판교밸리'의 스탠버드대로 키울 것"이라는 총장의 선언이[33] 영시개론 수업과 무슨 상관이 있을까요. 당장 잘 먹고 잘 사는 길이 필요한 학생에게는 좋은 기회입니다. 학부의 AI부전공이나 AI대학원의 교육과정에 많은 지원이 있을 게 예상되기 때문입니다.

AI가 직업지도를 바꿀 태세지만, 이후 우리의 삶은 어떻게 바뀔까요. 일하는 방식은 물론 놀이, 육아, 환자치료, 노인간병에 이르기까지 전부 바뀔 거란 관측이 있지만, 미래예측분야 전문가들마저 답변이 엇갈립니다.[34] 과거의 타자기나 세탁기가 사람이 하던 일을 도와주는 정도의 변화를 가져왔다면 AI가 대체하려는 영역은 기자의 기사 작성, 변호사의 변론서 구성, 경비원의 관제업무, 통역사의 번역, 음악가의 작곡·연주, 정치인의 연설문 작성 등 직업별 핵심역량자체입니다. 이러한 직업의 변화는 휴식의 변화, 관계의 변화, 삶 전체의 변화를 부를 것입니다. 그러므로 기술 공학부터 인문학까지 총동원해 어떤 일들이 어떻게 바뀔지 상상해야합니다. 풍부한 상상과 생각만이 우리의 미래를 의지대로, 생각대로 이끄는 열쇠가 될 것입니다.

초지성

AI의 궁극적 목표라는 초지성(Super-intelligence)이라는 용어자체가 AI의 결정적인 약점을 내포하고 있습니다. 'TMI'라는 말에서 드러나듯 너무 많은 첩보(intelligence)에서 쓸모 있는 정보(information)를

---

32 반기웅, 「'없어질 직업'에 매달린 우리의 노동」, 『경향신문』, 2019.10.26.

33 박재영, 「"AI학과 국내 첫 신설… 가천대를 '판교밸리'의 스탠퍼드대로 키울 것"」, 『동아일보』, 2019. 10.17.

34 홍희경, 「AI가 묻는다… 나로 인한 변화, 감당하시겠습니까」, 『서울신문』, 2019.10.25.

추출해내는 '시적 상상력'의 힘을 지난 시간에 설명했습니다. 초지성이라고 번역되지만 실제로는 '초첩보'를 '초정보(Super-information)'로 변환시키지 못한다면 AI의 막강한 능력은 실현되지 못합니다.

AI로 변해갈 세상을 어떻게 읽어내느냐라는 관점에서 직업의 핵심역량 자체가 결정될 것입니다. 시적 상상력을 공부한 후 AI 연구진영에 합류하면 처음에는 기초적인 기술이 부족할 테니 구박을 받겠지만, 변해가는 세상을 읽는 훈련을 제대로 한 사람에게 궁극적으로 유리한 상황이 전개되지 않을 수 없습니다. 이스라엘대학교의 '전공+인문학+과학기술'의 'T형 인재' 전략도 세상을 읽는 광범위한 인문학적 지식이 미래연구의 바탕이 된다는 점을 인식하고 있습니다.

세상을 읽자

내가 지금처럼 지난 한 주간의 신문기사를 수업시간에 언급하는 이유는 시적 상상력으로 '세상을 읽자'라는 훈련 때문입니다. 근대의 끝자락에 있어 탈근대의 새로운 세상이 오는데, 어느 누구도 정확히 그 실체를 모르는 상황이기 때문입니다. 이건 뒤집어 말하면 새로운 세상을 우리가 만들어가야 한다는 말이기도 합니다. 어떻게 만들어요? 없는 곳에서 조물주처럼 뭔가 새로운 걸 만들려면 시적 상상력이 필요하지 않겠어요.

이런 관점에서 학교에서 지원하는 '2019 영미어문학과 문화콘텐츠 기획 디자인 공모전' 같은 기회가 제공됩니다. 전통적인 공부만을 목표로 하지 않고 있습니다. 학문적인 공부가 싫었더라도, 여기서 훈련된 시적 상상력으로 뭔가 쓸모 있는 아이디어를 구상해낼 수 있을 거라고 믿습니다.

이어령의 마지막 인터뷰

개인적으로 지난주에 인상적이었던 소식은 문학평론가 이어령의 마지막 인터뷰였어요.[35]

> 나 같은 환자들은 하루에도 듣는 코멘트가 여러 가지야. "수척해 보여요." "건강해지셨네." 시시각각 변하거든. 알고 보면 가까운 사람도 사실 남에겐 관심이 없어요. 허허. 왜 머리 깎고 수염 기르면 사람들이 놀랄 것 같지? 웬걸. 몰라요. 남은 내 생각만큼 나를 생각하지 않아. 그런데도 '남이 어떻게 볼까?' 그 기준으로 자기 가치를 연기하고 사니 허망한 거지. 허허.

아직 죽음이 마음에 와닿지 않을 젊은이들에게 이걸 인용하는 이유는 내 삶의 철학이기 때문이에요.

35　김지수, 「이어령 마지막 인터뷰: "죽음을 기다리며 나는 탄생의 신비를 배웠네"」, 『조선일보』, 2019.10.19.

3주 전에 사고로 입술이 터졌어요. 나 딴에는 심각했지만, 지난 3주 동안 여러분은 몰랐을 거여요. 이젠 그저 도톰해져 매력(?) 있어진 입술만 남았지만요. 그런 식이에요. 시험을 망친 뒤, 연애가 끝난 뒤, 누군 가 죽은 뒤에 하늘이 무너질 것 같지만, 세상은 여전히 심드렁하니 잘 돌아가고 있을 뿐인 경험 하나쯤은 있겠죠.

남들이 날 어떻게 볼까 눈치보고 사는 사람들이 많아요. 특히 소위 단일민족의 한국사회가 조금 더 심해요. 그런데 죽음이 눈앞에 닥치면 눈치 보지 말고 하고 싶은 걸 해보고 살 걸 그랬다는 후회를 제일 많이 한대요.

켄 로빈슨

지난주 수업 끝난 뒤 미래교육의 양상에 관한 질문이 있었어요. 몽롱한 암시 말고 구체적인 계획은 무엇이냐고요. 그 학생의 질문 때문에 기억이 되살아났어요. 대학원석사과정의 지도학생에게 논문주제로 제안했던 건데, 예전의 연구라서 잊어버리고 있었어요.

영국의 교육정책을 창의성 중심으로 바꾸게 만들었고, 그로 인해 한국의 교육과정에도 영향력을 행사했던 켄 로빈슨(Ken Robinson)을 그 모범사례로 들 수 있어요. 『아이의 미래를 바꾸는 학교혁명』, 『엘리먼트: 타고난 재능과 열정이 만나는 지점』과 『내 안의 창의력을 깨우는 일곱 가지 법칙』 등 번역된 책들의 제목만 봐도 그가 지향하는 지점을 쉽게 짐작할 수 있겠죠.

꼰대

이 수업시간이 강조되는 교육혁명이 실제로 벌어지고 있는 일이라는 점, 그리하여 적어도 초·중등학교교육현장에서 적용되기 시작한다는 게 무슨 의미일까요. 그들이 성인연령이 되는 적어도 10년 뒤에는 현재의 여러분과 전혀 다른 창의성교육을 받은 경쟁자들이 등장할 거라는 말입니다. 제도 교육이 해주지 못했던 교육혁명과정을 여러분 스스로 계속 학습해나가지 않으면, 여러분이 꼰대라고 비웃는 처지의 세대와 비슷한, 어쩌면 더 열악한 입장이 될지도 모른다는 뜻입니다.

창의적 인재양성을 위한 교육패러다임 전환

김민희의 『창의적 인재양성을 위한 교육패러다임 전환에 관한 고찰-켄 로빈슨의 이론에 대하여』는 "새로운 시대가 요구하는 변화의 흐름에 따라 '창의성 함양'이라는 화두를 놓고 현재 미국, 영국, 일본 등을 비롯한 많은 나라에서 교육제도개혁을 추진하고" 있는데, 그 이유는 "오늘날 학생들이 아무리 많은 학업을 수행하더라도 경제적으로 안정적인 일자리를 보장받지 못한다는 것"이며 "세계화의 진행 속에서 자신이 소속한 공동체의 문화적 정체성이 위협당하고 있다는" 것이라고 설명합니다.[36]

그리하여 "영국 교육개혁에 적용되어, 대안교육의 수준이 아닌 공교육에서 적용가능한 창의성증진 교육방안을 제안하고 적용하여 성과를" 거뒀던 "영국의 저명한 교육학자 로빈슨의 창의성이론을 중심으로" "창의적 인재양성의 필요성에 더하여 어떻게 하면 효과적으로 창의성증진을 위한 교육을 실현해갈 수 있을지에 대한 시사점을 얻기 위한 논의"를 진행합니다.[37]

"현재 기술변화의 속도와 규모는 인간이 살아가고 있는 생계를 유지하는 방식에서 패러다임 전환이 일어나고 있다는 것을" 말해줍니다. 따라서 "교육관에도 그에 상응하는 패러다임 전환이 일어나야" 합니다. 그러므로 "교육과 지능에 대해, 그리고 우리 자신에 대해 지금까지 상식처럼 당연하게 받아들였던 근본적인 개념들을 다시 생각해야합니다."[38]

이를 위한 로빈슨의 새로운 패러다임은 다음과 같습니다.

가. 나의 창의적 특성에 적절한 매체를 찾는 것이 중요하다.
나. 그 매체를 통제할 수 있는 능력이 필요하다.
다. 실험하고 모험할 수 있는 자유가 필요하다.[39]

로빈슨의 새로운 교육철학은 궁극적인 목표인 '햄릿의 일상화'를 위해 누구나에게 있는 특출한 분야를 육성하는 '수월(excellence)의 함양' 패러다임을 적용하는 것입니다.

특정한 매체로 인해 창의성을 활짝 꽃피운 사람의 예는 수없이 많다. 피아노가 아니라 바이올린, 수채화가 아니라 파스텔, 수학 전체가 아니라 특히 대수학 등. 모든 창의적 과정에서 우리가 생산하는 개념은 작업하는 매체와의 관계 속에서 흘러나온다. 행운아들은 적절한 시기에 자신의 매체를 찾아낸다. 얼마나 많은 사람이 자신의 매체를 찾지 못해서 창의적 가능성도 묻힌 채 살아가고 있을까? 그들은 자신에게 창의성이 없다고 생각하지만, 사실은 창의적으로 될 수 있는 '방법'을 찾아내지 못한 것이다. 자신의 매체를 찾지 못했기 때문에 자신을 발견하지 못한 것이다.[40]

36 김민희, 『창의적 인재 양성을 위한 교육 패러다임 전환에 관한 고찰-켄 로빈슨의 이론에 대하여』, 가천대 영어교육 전공 석사 학위 논문, 2015년 8월, 3쪽.

37 같은 책, 8쪽.

38 같은 책, 30쪽.

39 같은 책, 30쪽.

40 같은 책, 88쪽.

근대국가 이데올로기

근대국가 이데올로기가 얼마나 우스꽝스러운 수준까지 전락해버렸는지 "미국 네바다에 위치한 미 공군기지 '51구역'을 습격, 정보기관이 외계생명체를 비밀리에 연구한다는 음모론을 확인해보자는 누리꾼들의 이벤트와 관련해 전략폭격기사진을 게재한 경고메시지로 응수했던 미 국방부 산하기관이 결국 사과메시지를 게재했다."는 신문기사가 적나라하게 드러냅니다.[41] 국가의 민감한 정보에 관한 시민들의 과도한 관심에 군사력의 위협으로 대응하는 군대는 도대체 누구를 위한 군대인지 의심하지 않을 수 없습니다. 그러므로 세계 곳곳에서 자신들이 지켜야 할 국민에게 경찰과 군인이 총을 발사하는 사태가 발생합니다.

이와 정반대의 사례도 있습니다. "부패, 문맹, 극빈층을 줄여 레임덕은커녕 취임 때보다 퇴임 후의 지지율(65%)이 더 높았지만 재출마 요구를 완강히 거절하고" "국회의원이나 장관은 물론 대통령이었을 때도 농사일을 계속하던 스무 평의 낡고 누추한 오두막, 후줄근한 옷들이 빨랫줄에 걸린 잡초투성이 앞마당"으로 되돌아가 84살의 순박한 시골농부 할아버지로 살고 있는, "비서나 경호원은커녕 부인이나 자녀도 없이(무자녀), 다리 저는 개와 함께 다니며, 손수 장비를 들고 이웃집을 수리하기도"하는, "간디 이후 자발적 가난으로 산 유일한 지도자", "월급의 90%를 빈민주택기금으로 기부하고 남은 액수도 국민평균소득 80만원보다 많다고 하며, 유일한 재산인 낡은 차로 출퇴근하는 길에 히치하이커들을 태워주고, 단 한 번의 비리도 없는, '세상에서 가장 가난한 대통령'"이었던 우루과이의 호세 무히카입니다.[42]

그 자신이 "가장 존경한 '체 게바라 이후 가장 위대한 남미 지도자'로 불리면서도 극단적 사고로는 변화가 불가능하고 참된 혁명은 사고의 전환이라고 주장"하는 무히카 대통령의 말씀이 아무리 옳다 하더라도, 그게 개인적인 인식의 성과이지 우루과이를 비롯한 세계를 위한 새로운 정치체제의 시작이라고 규정지을 수 없다는 점에서, 미국 네바다공군기지의 과민반응과 마찬가지로 근대국가 이데올로기가 제대로 작동되지 않고 있는 극단적인 사례가 될 뿐입니다.

신문기자

충격적인 진실을 숨기기 위해 국가라는 이름으로 가짜뉴스, 여론조작과 민간사찰을 서슴지 않는 아베 정권에 맞서 진실을 찾으려는 신문기자의 실화를 그린 심은경 주연의 일본영화 『신문기자』는 정치와 언론분야에 관심 있는 학생에게는 중요한 작품입니다. 어쩌면 전문가집단의 일원이 되려면 거의 누구나 겪

---

41   임주영 인턴기자, 「'51구역 습격' 이벤트에 '전략폭격기 경고' 응수한 미군, 결국 사과」, 『아시아경제』, 2019.09.22.

42   박홍규, 「자발적 가난을 선택한 대통령」, 『한겨레』, 2019.09.21.

어야 할 통과의례에 관한 건지도 모릅니다.

일본만의 문제는 아닌 것 같아요. 신문기사의 거의 1/3은 너무 편파적이어서 읽지도 않고 그 내용이 짐작이 될 지경입니다. 어느 날 3~4개의 신문을 긴 시간에 걸쳐 읽어봤더니 사태를 종합적으로 파악할 수 있었습니다. 한국정치의 난맥상의 책임은 언론에도 있어 보입니다.

새로운 공론장

근대사회를 지탱하는 가족과 국가의 힘이 상실된 상태라 할지라도, 근대사상 형성의 기반이 됐던 언론매체에게 새로운 시대를 위한 역할을 기대해야합니다. 언론이 새로운 공동체 형성을 위한 새로운 공론장(公論場)의 역할을 해야 하기 때문입니다.

기존의 근대국가 이론에 의거하여 탈근대시대의 이상적 국가모델이 중국이나 러시아 등 독재국가 형태라고 공공연하게 주장하는 정치학자들도 있습니다. 근대국가이론을 대신하는 탈근대공동체를 위한 거대서사이론이 확립되지 못한다면 국제사회의 혼란으로 인해 인류의 멸망을 위협하는 수준이 될 것입니다.

인류는 기후변화에 적절하게 대처하는 데 실패할 것입니다. 어린 툰베리가 분노하는 것처럼 여러분의 후손이 사람이 살 수 없는 곳에서 살아야하는 시대가 올 것입니다. 20~30년 후 인간이 살 수 없을 섭씨 50도 이상의 기온이 여름 내내 지속되는 도시들이 있게 될 것입니다.

한국의 압축성장 모델

한국은 일본처럼 서구의 직선적인 경제발전모델을 추종할 수 없었습니다. 그 대신 '전근대-근대-탈근대의 중첩적인 삼겹살 모델'을 창출해내지 않을 수 없었습니다.

「우리는 일곱이어요」의 소녀는 "7-2=5"라는 기초산수도 못 배운 전근대적 계층의 인물입니다. 근대교육의 기초지식이 없다면 산업혁명의 혜택을 볼 수 없을 것입니다. 이와 같이 서구의 근대화는 전근대를 배제하는 게 기본적인 특징입니다.

압축성장을 급속하게 진행해야 했던 한국은 서구의 근대화 진보방식을 제대로 수행하지 못했습니다. 그래서 한국의 전형적인 모습이 탄생합니다. 선진국과 다름없어 보이는데도, 동대문 의류상가 주변의 뒤엉켜있는 오토바이들은 동남아의 번잡한 도시를 연상시키고, 광장시장의 노점상들은 경제발전이 본격적으로 진행되기 전의 북경거리와 비슷해 보입니다. 그래서인지 한국인은 세계 어느 나라에서든 적응하고 공감하는 데 큰 어려움을 느끼지 않습니다.

경제발전과 정치발전

박정희 대통령에 관한 평가는 경제발전에 기여한 업적과 독재적으로 변했다는 정치적 아쉬움이 교차합니다. 근대경제가 발전하면 자유민주주의 체제의 영향력이 확대될 거라는 중국의 정치발전과정에 관한 국제정치학자들의 예측이 빗나가고 있습니다. 한국의 경우처럼 좀 더 많은 시간이 지나면 그렇게 될는지 알 수는 없지만, 경제발전과 정치발전이 같은 속도로 진행되지 않는 건 확실합니다.

왕정국가 등 전근대적인 정치세력은 자신의 정치형태를 유지하며 동시에 근대적인 경제발전을 도모하려는 경향이 높습니다. 한국은 압축성장과정에서 경제발전과 정치발전의 속도격차의 조절을 경험했던 바가 있기 때문에, 서구의 민주화모델보다 중국, 폴란드, 베트남 등 개발도상국들의 경제발전을 위한 모범사례로 활용될 수 있었습니다.

방글라데시 국가발전모델

한국의 압축성장모델의 적용사례로 1986년 대한항공 기획실에 근무하던 당시 세계 최빈국 방글라데시를 위한 국가발전모델 개발경험을 회고하겠습니다.

중동건설특수가 지속되던 시기였고 장거리항공기종이 보편화되기 전이었기에 사우디아라비아의 수도 제다로 가는 대항항공 중동노선은 대부분 방콕을 경유했습니다. 그 대신 방글라데시의 수도 다카 경유노선을 추진했습니다. 항공기 감가상각 기간으로 인한 중고항공기의 처리문제도 고려했습니다.

항공사 플랜트수출

콜레라의 발상지이며 홍수로 수천 명의 사망자가 발생하는 방글라데시의 경제사정을 고려할 때, 세계적인 항공정비기술을 갖춘 대한항공의 감가상각기간 문제가 있는 중형항공기투입은 적절한 사업계획이라고 판단했습니다. 일종의 '좋은' 제국주의 방식이라고 할까요. 그리하여 대한항공의 노후항공기를 투입하여 방글라데시 국적항공사의 운영전반을 책임지는 플랜트수출 방식을 제안했습니다.

건설특수가 식어가며 경쟁이 격화되던 한국기업의 중동건설 현장에 방글라데시의 저임금노동자를 단순노무직으로 공급할 수 있고, 방글라데시의 국가재정에 도움이 될 것이었습니다. 군대식 단기 합숙과정을 통해 근대노동에 적합한 생활습관, 기본적 산수교육과 벽돌쌓기 정도의 단순기능을 교육할 수 있다는 점을 알려줬습니다.

다카출장 직후 오스트레일리아로 유학을 떠났습니다. 대한항공의 항공사 플랜트수출은 실패했지만, 저임금노동자의 해외송금이 방글라데시 외화수입의 큰 몫을 차지하게 됐다는 소식을 나중에 들었습니다.

K-pop 등 한국문화가 널리 알려진 지금은 더 많은 해외취업전략을 세울 수 있을 것 같아 한국의 압축 성장모델이 설득력 있었던 1980년대의 일화 하나를 말했습니다.

왜 공부를 해야 하는가

이번 시간에 수업을 시작할 때 중간고사 모범답안을 읽어나가려다 중단했습니다. 친구들의 모범답안 제시에 대해 의구심을 품고 있는 학생들이 있다는 걸 느꼈기 때문입니다.

의사전달행위에 있어 언어자체는 30% 정도만 기여하고 나머지 70%는 어조(tone)나 제스처 등 다른 방법이 감당합니다. 그러니까 "너 나를 사랑해?"라고 자꾸 물어보지 마세요. 아무리 대답을 많이 듣더라도 진심을 알기는 어렵습니다.

수업내용보다 그걸 들으려는 마음자세가 더 중요합니다. 이 수업을 시작할 때 모범답안을 듣겠다는 자발적인 마음자세가 일부의 학생에게 다소 부족하다는 걸 느꼈습니다. 그런지 아닌지 직접적으로 물어볼 수 있는 사안은 아닙니다. 그냥 그런 걸 느끼는 거죠. 그래서 나중에 하려던 '세상을 읽자'의 내용을 먼저 끌어왔습니다.

왜 이 공부를 해야 하는지 정말로 이해한 뒤에 적극적으로 참여하지 않는다면 가르치려는 노력이 쓸데 없게 돼버리기 때문입니다. 혼자서 공부할 때에도 자기 자신에게 끊임없이 질문하시기 바랍니다. 지금 나는 이걸 왜 해야 하는가. 충분히 납득가지 않는다면, 다른 걸 하는 게 더 현명합니다. 억지로 공부한다면, 그때 했던 공부는 안 한 것만 못합니다. 복습을 하고 또 한다 하더라도, 나중에 시험 볼 때, 대강하고 지나 갔던, 그래서 복습을 할 때도 대강했던, 바로 그 부분에서 실수가 나올 수밖에 없을 테니까요.

중간고사의 문제풀이-낭만적 사랑

1. 다음의 용어에 대한 본인의 의견을 쓰시오.
1-1. romantic love(낭만적 사랑)

(실제 교실에서는 선정된 답안을 해당 학생이 읽었습니다. 그러나 이 책에서는 이름을 제외하고) 답변을 제시하겠습니다.

> ROMANTIC LOVE는 사랑에 빠짐과 동시에 온 세상이 자신의 기분에 맞춰 돌아가는 것이라고 생각한다. 모든 것이 달콤하고 노래하는 것처럼 보이고 들린다. 자기 중심적인 생각에 감정이 더해진 것이다.

낭만적 사랑의 전통적인 정의입니다. 물론 오래전 얘기긴 하지만, 어떤 여성은 애인과의 첫 키스, 즉 뽀뽀를 했는데 영화에서 많이 봐와서 기대했던 종소리가 안 들렸다고 헤어진 사연도 있었습니다.

나는 낭만이라고 하면 중세시대의 유럽이 떠오른다. 아마 소설, 영화 등을 통해 보았던 아름다운 장면이 '낭만적'이라고 생각한 것 같다. 내가 소설 등을 통해서 보아온 중세시대의 유럽은 몇 가지 공통점이 있었다. 탁 트인 들판과 기사이다. 이 둘의 공통점은 우리나라에선 보기 힘들다는 점도 있다. 우리가 생각하는 낭만적 사랑이란, 늘 있는 평범한 사랑이 아닌 일상 외의 사랑을 말하는 게 아닐까.

학생들의 학습 능력은 놀랍습니다. 워즈워스에 집중하느라 제대로 설명하지 않았던 콜리지로부터 시작된 또 하나의 전통이 바로 위와 같이 환상적인 중세이미지의 활용이었습니다. 수업시간에 이걸 설명하지 않았는데 학생 자신이 독서경험을 통해 짐작했다는 말입니다.

현대의 낭만적 사랑

낭만적 사랑에 관한 현대인의 태도는 이율배반적일 수밖에 없습니다. 이 어려운 난경을 현명하게 풀어나가는 4개의 해결책이 아래에 있습니다.

(1) 낭만적 사랑은 매우 아름다워 보인다. 왜냐하면 자신의 감정을 아낌없이 표현하기 때문이다. 하지만 자신의 감정이 중요한 가치가 되었다고 해서 그것이 상대방에 대한 배려까지 이어졌는지는 의문이다. 후에 들어서 ROMANTIC COMPATIBILITY가 중요하게 떠올랐던 것을 보면 낭만적 사랑은 자기 자신의 기분에만 충실했을 뿐 서로 간의 좋은 관계를 이끌어나가는 데에는 부족했다. 제국주의로 바뀌게 되는 흐름은 낭만주의가 서로의 자아를 이해하는 것에 실패했으며 결국에는 공유할 수 있는 내적인 가치를 만들어내지 못했다는 것을 의미한다.

(2) 내가 느끼는 낭만적 사랑이란 '순수하고 영원한 사랑'이다. 어떠한 조건에 상관없이 그저 바라보는 것만으로도 충만함을 느낄 수 있는 그런 사랑 말이다. 이런 사랑이 이루어지기 위해서 가장 중요한 조건은 사랑하는 대상을 자기 자신의 마음속으로 끌어안을 수 있어야한다고 생각한다. 사랑하는 주체는 '나'이고, 모든 낭만적인 인간들은 자기 자신을 가장 사랑해야한다. 사랑하는 대상을 끌어안아 '나'라는 존재 안으로 포함시킬 때 비로소 '낭만적 사랑'이 완성된다고 생각한다. 그리고 포월(포함+초월)을 통해 낭만적 사랑을 한 단계 더 발전시킬 수 있다고 생각한다. 사랑하는 대상을

나 자신 속으로 포함시키는 것에서 그치지 않고 이를 초월할 수 있다면 궁극적인 그리고 미래지향적인 사랑의 완성이 이루어질 수 있다고 생각한다.

(3) 개인의 주체성이 관심 받지 못하던 시대에 등장한 낭만적 사랑은 근대적이라고 할 수 있다. 제오프리 하트만에 의하면 낭만주의의 목표는 자의식에서 상상력으로 전이하는 과정을 거쳐 '주체성'을 갖는 것이라고 한다. 이 부분에 있어 성공한 국가는 영국이다. 프랑스가 혁명을 거쳤음에도 영국에 밀리는 이유는 혁명 후 생각을 바꾸는 낭만주의를 하지 않았기 때문이다. 낭만주의를 통해 우리 사회는 개개인을 바로 볼 줄 알게 되었다. 하지만 이 낭만주의는 우리가 살고 있는 현재에는 통하지 않는 느낌이다. 낭만적 철학이 사라져가고 낭만적 사랑에 어려운 장애물이 많다. 이것의 예로 결혼을 살펴볼 수 있다. 과거에는 당연시 여겨지던 결혼이 현재에는 선택사항이 되어가고 있다. 여러 가지의 이유로 젊은 세대는 비혼을 결심한다. 이러한 문제들을 해결하기 위해 우리는 낭만적 철학을 되돌려오도록 연구를 해야 한다. 시작은 무엇이 내 속마음인지 보여주는 것에서 시작해야한다고 생각한다. 서로를 믿지 못하는 지금의 시대에 상대방이 내 말을 믿지 못하더라도 화내지 않고 해결방법을 찾아야하는 것이다. 현대사회에서 우리가 외로운 주된 이유들 중 하나는 나의 있는 그대로의 모습을 보여주면 상대방이 수용해주지 않을까 걱정하는 두려움이다. 서로가 외로움에 잠기지 않기 위해서 상대방의 마음의 문을 열고 이야기하면 자신만의 잣대로 재단하지 않고 경청하고 자신도 마음의 문을 열고 이야기하는 태도가 간절히 필요하다고 생각한다.

(4) 우리 집에 있는 강아지들도 사랑을 한다. 사랑이라는 것은 동물이나 사람에게서나 본능이다. 그러나 르네상스에선 귀족, 소수만의 근대화가 이루어졌고 프랑스혁명에서는 전부의 근대화에 성공했으나 생각이 바뀌지 않아서 낭만주의시대에 와서야 생각이 바뀌었다. 우리는 이때부터 '나'라는 자아를 찾기 시작했고 시를 통해 표현했던 것이 지금까지 이어져온 것이다. 누구에게나 '내'가 안에 생기면서 나 같은 사람도 이런 낭만적인 사랑을 할 수 있구나 하며 느꼈기에 굉장히 중요하다고 생각한다. 그러나 영국의 낭만주의는 이른바 제국주의로 자국민을 내보내 자기 자신을 내세워 경영시킨다. 이는 오래 못가서 시대적 변환기를 맞아 (사랑하는 것이 인간의 본능이기에) 낭만적 사랑을 하기는 하나 대체해야할 무언가가 필요해졌다. 그래서 우리는 이 사랑에서 해석을 중요시하기 시작한다. 연락이 잘 된다고 해서 사랑인지 연애인지 멋대로 생각한다. 사귀는 게 아니라면 상대가 날 가지고 놀았다며 분노한다. 왜 이런 일이 생길까? 나에 대한 이해가 부족해졌기 때문에 다양한 기의들이 나타나기에 휘둘리는 것이다. 나는 이 시대에 인문학이 이런 혼란을 막아줄 것이라고 생각한다. 나에 대한 확실한 이해가 타인에 대한 배려와 존중을 만들어내서 전환기에 놓인 낭만적 사랑을 구출해낼 것이다.

낭만적 사랑에 있어서, 지금은 사랑 그 자체보다 어쩌면 그 해석이 더 중요해졌습니다. 사랑하는 행위보다 분석하는 능력이 더 중요해졌다는 말입니다. 인문학은 '기의', 즉 말의 내면의 의미에 집중합니다. 그래서 시적 상상력이 행복과 불행을 가르는 원인이 돼버릴 수 있습니다.

물론 혼자서도 행복할 수 있는 게 제일 좋겠지만, 그건 예수나 부처 같은 성인이 돼야 할 수 있는 걸지도 모르겠습니다. 낭만적 사랑에 일방적으로 돌진한다면, 미래의 불행을 초래하는 행위가 될 가능성이 높습니다. 상대방의 낭만적 사랑에 대한 배려가 없으니 행복해질 가능성이 낮아질 수밖에 없습니다.

그래서 단순한 시 읽기에 집중하는 수업을 진행할 수 없었습니다. 낭만적인 시를 읽으면서도 뭔가 이 시대의 낭만적인 사랑을 위한 복잡하지만 효율적인 방법론의 실마리를 찾아야했기 때문입니다.

중간고사의 문제풀이-민족국가(nation-state)

민족국가 또는 국민국가는 개개인의 자유를 인정하고 모두가 공동으로 사용하는 소통 수단을 사용하면서 생긴 거대한 공동체이다. 내가 이 집단에 무언가 기여할 수 있다면 아무 문제없지만, 그렇게 하지 못하게 됐을 때 이 집단은 나를 거들떠보지 않을지도 모른다. 이런 공포가 왕따를 만들고, 이러한 과정 위에 더욱 돈독해지는 공동체가 모여 거대해진 것이 지금의 NATION-STATE다.

베네딕트 앤더슨(Benedict Anderson)의 『상상의 공동체』(Imagined Community)에 의하면, 근대국가는 원래부터 있었던 게 아니라 특정 집단, 즉 국민국가의 경우에는 국민 전체가 상상하여 창조해낸 공동체입니다.

대한민국은 누가 만들었나요. 김소월, 김유정, 이광수와 이상 등입니다. 문학이 왜 중요한지 아시겠죠. 그전에는 없었어요. 대한민국이. 사람들이 신문을 왜 봐요. 신문을 보고 똑같이 생각하잖아요. 그래서 정치권에서 여야가 서로 왕따라고 주장하는 데 노력한답니다.

남북관계

앤더슨의 논리는 상상의 공동체를 다시 만들 수도 있다는 식으로 전개될 수도 있을 것 같아요. 특히 한국의 남북관계에 있어서 말이죠. 어떤 상상의 공동체가 만들어져야 할까요. 그 얘기를 아래의 학생들이 썼어요. 이런 사회학 서적을 공부하지 않았을 텐데도 큰 줄거리를 벗어나지 않았어요. 엄청 똑똑해요. 그리고 앤더슨은 근대국가의 형성 원리를 설명하지만, 탈근대국가가 어떻게 새롭게 만들어질 수 있는지에 관해서는 언급하지 않았어요.

(1) 민족국가. 단일민족 혹은 단일정체성을 가진 국민들이 주권을 갖는 나라. 이런 정의는 더는 통하지 않을 것이다. 대체 '단일정체성'이란 무엇인가? 눈을 감았다 뜨는 순간에도 사람의 마음, 생각은 거듭해서 바뀐다. 다시 말해 내 정체성, 개인의 정체성은 하나가 될 수 없고, 따라서 단일정체성은 성립될 수 없는 것이다. 개인의 차원만 해도 성립하기 어려운데, 수많은 개인들이 모여 이루어진 국가는 과연 정체성이 단일하다고 할 수 있을까? 그렇다면 주권은 누구에게 있으며 주인은 누구일까? 국가의 경계는 어디일까? 점점 모호해지는 세상이다.

(2) 대한민국이라는 영토 안에 북한과 남한 이 두 가지로 민족을 나눠보면 어떨까 하고 생각해보았다. 같은 인종과 비슷한 언어…… 우리는 과연 단일민족국가인가 다민족국가인가에 대해서 생각해보았다. 비록 현재로 놓인 상황에 있어서 우리는 다민족국가라고 생각해보았다. 국가 안에 다양한 다민족의 틀이 아닌 한반도 영토를 두고 나누어진 두 개의 국가가 존재한다는 틀로 잡아보았다. 각 나라에 있어 아직은 나누어져 있지만 추후엔 서로의 문화를 흡수하여 하나가 될 수 있는 단일민족국가가 오기를 바라는 조심스러운 마음으로 생각해보았다.

남북관계가 순조롭던 시절 문정인 교수와 프랑스를 대표하는 정치평론가 아탈리의 서울프레스센터 기자회견장에 일부러 찾아갔어요. 정치공학적인 협상과정에 관한 관심 때문이 아니라, 새롭게 상상의 공동체를 만들어가는 과정이 중요하다고 생각했기 때문이었습니다. 그래서 "남북관계에 있어서 예멘이 겪고 있는 문제를 넘어갈 수 있는 방법은 무엇인가?"라는 질문을 했어요. 사우디아라비아반도의 끝에 있는 작은 나라 예멘은 급속한 정치적 통일 후에 오랫동안 내전상태에 빠진 사례이기 때문이었습니다. 서로의 문화를 공유하는 상상의 공동체가 만들어지지 않았는데 정치적인 관계가 흔들리는 상황이 오게 되면, 그러한 갈등이 폭력적으로 증폭될 가능성이 높을 것 같았기 때문이었습니다.

(2019년도의 수업시간에는 길게 설명할 시간이 없었지만, 여러 해 동안 다루었던 주제입니다. 이라크와 터키에 걸쳐 있는 쿠르드족이나 유대인과 팔레스타인의 경우에 '민족'과 '국가'의 괴리로 인한 격렬한 분쟁이 세계평화를 위협하고 있습니다. 남북한의 경우에도 '민족국가'라는 근대국가 이데올로기 때문에 '민족'과 '국가'의 괴리로 인한 갈등이 상존하고 있습니다. 이 문제를 해결하기 위해 양측이 납득할 수 있을 '상상의 공동체'를 창출해내는 탈근대적인 거대서사가 요구되고 있는 상황입니다.)

새로운 상상의 공동체

심지어 국가는 '더러운 단어'가 되었다라고 말하는, 어느 정도 고개를 끄덕이게 하는 답안도 보았습니다.

(1) 근대의 국민국가, 과거에는 공동체 사회가 우선시되었으나, 이제는 개인중심의 사고로 변했습니다. 이제는 국민이라는 표현보다는 한 명 한 명 개인에게 더욱 초점을 맞추는 시기가 되어야 합니다.

(2) 잘못된 낭만주의, 오직 한 사람과 사랑해서 죽을 때까지 산다는 이 말로 인해 많은 가정이 불운하게 산다. 이는 근대가족에게 영향을 미쳐 자본주의 국가체제에 많은 문제를 낳고 있다. 잘못된 가정 위에 놓인 사회는 당연히 문제가 될 수밖에 없다. 국가가 해주는 것이 없다고 생각하며 불만만을 이야기한다. 거대서사가 점점 없어진다. 따라서 사람들은 (해주는 것이 없으니) 서사 본능에 따라 자신만의 소서사를 쓰기 시작하지만, 중간서사가 없는 것이 현실이라고 생각한다. 학교만 해도 학과는 꼭 선택해서 들어가야 하나, 동아리는 자유롭게 선택하는 과정이다. 따라서 현재 우리 사회는 중간서사를 만들어나가야 한다. 나는 이 중간서사를 잘 만들려면 자신이 가지고 있는 소서사들이 비슷하거나 같은 사람들끼리 모여서 감정을 공유하다보면 그들이 크게 같이 갖고 있는 공통점이 중간서사가 될 수 있다고 생각한다. 따라서 우리 모두는 자신의 소서사를 정확하게 가지면서 이런 소서사를 남들과 자유롭고 스스럼없이 풀어나간다면 우리의 사회가 갖고 있는 문제를 풀 수 있을 것이라고 생각한다.

새로운 상상의 공동체가 차근차근 만들어지고 있습니다. 탈근대의 정치학을 위한 놀라운 씨앗이죠. 이런 걸 만나게 되는 기쁨에 이 수업을 하고 있습니다.

국가란 여러 공동체들이 합해져 더 큰 공동체를 이룬 것이다. 여기서 공동체란 가족뿐만 아니라 성소수자, 여성단체, 남성단체 등 각각의 공동의 목표를 가지고 살아가는 공동체도 포함된다. 각각의 공동체의 원하는 방향이 다르기 때문에 그것들이 모두 한 데 모인 더 큰 공동체인 국가는 이제 정의하기가 어려워졌다. 이게 정의할 필요가 있는가 싶은 생각도 든다. 결국 다채로운 사람들이 한 데 모여 모든 국가의 경계가 허물어지고 어우러지고 있기 때문이다. 물론 이러한 변화 속에서 생기는 갈등은 인문학적 상상력을 통해서 해결책을 찾아야 한다고 생각한다.

'국가'라는 공동체의 용어를 전혀 다른 관점에서 다시 만들어내고 있습니다. 국가를 근대적인 정치의 차원에서만 취급하며 그걸 근거로 남북회담을 하고 있는 현실 속에서, 새로운 상상의 공동체가 만들어지고 있습니다. 놀라워요. 감탄한다니까요.

사랑의 철학에 관한 일관된 비판적 자세

3. 다음 글을 읽고 생각하고 느끼는 바를 쓰시오.

3-1. The fountains mingle with the river, / And the rivers with the ocean, / The winds of heaven mix forever / With a sweet emotion; / Nothing in the world is single; / All things by law divine / In one another's being mingle;-- / Why not I with thine? (샘물은 강물과 뒤섞이고, / 그리고 강물은 바다와 뒤섞이고, / 하늘의 바람은 영원히 뒤섞이네 / 이렇게 달콤한 정서와 함께. / 세상에 있는 어떤 것도 혼자가 아니네. / 신성한 법칙에 의해서 세상 만물은 / 서로서로의 존재 속에서 뒤섞인다네. / 그런데 왜 나는 당신과 그러지 못하는가.)

셸리의 「사랑의 철학」의 낭만적 사랑의 이념에 관해서 이 시의 화자의 태도를 응석이며 억지라고 규정하거나 데이트폭력의 위험성이 감지된다는 등 거리감을 느끼며 비판적인 자세를 취하는 경우가 대부분이었습니다. 그러니까 낭만적 이데올로기가 더 이상 제대로 작동되지 못하는 근대의 끝자락인 건 확실한 현실인 것 같아요.

(1) 이 시의 화자가 응석을 부린다는 느낌까지도 받았다. 화자와 달리 나는 이 세상의 모든 만물은 짝이 있어야만 하는 것은 아니며 사랑은 강이 모여 바다가 되듯 그저 자연스러운 감정에 이끌려 만들어지는 것이라고 생각한다. 자연의 원리를 이야기하며 너와 나는 짝이 되어야 한다고 이야기하는 것은 억지라고 느껴진다.

(2) 이는 화자 혼자만의 생각이며 상대방도 과연 화자와 같은 마음인지는 드러나지 않았다. 이는 잘못하면 성희롱으로 이어질 수 있으며, 낭만적 사랑의 문제점을 암시한다. 의사소통이 부재하고 데이트폭력이 만연한 현대 사회를 떠올리게 되었다. 나의 감정을 아는 것도 분명히 중요하나 내 의견을 상대방에게 확실히 전달한 후 경청하는 태도가 필요하다고 느껴진다.

Poetry for All

이 시기의 사람들은 이런 셸리의 시를 읽고 자신도 시 속의 주인공과 같은 경험을 한 적이 있음을 깨달았을 것이다. 그리고 이 낭만적 사랑에 대한 엄청난 공감대가 형성되어 상대방의 감정은 신경 쓰지 않은 채 사람들의 생각을 바꿔놓았을 것이다. 그리고 이 공감대가 모이고 모이다 어느 전환점에서 국가가 있기에 이 모든 것이 존재한다고 생각해서 제국주의가 생긴 것은 아닐까 하는 의문이

든다. 그래서 영국인들은 다른 나라를 식민지로 삼고 그들의 인권을 탄압하는 데 아무런 죄책감을 느끼지 않았을 것이다. 이 '전부에게 해당되는 시'가 만들어졌기에, 대영제국이 만들어졌고, 자신의 감정만을 생각하는 오류를 범해서 대영제국이 무너진 것이라고 생각한다.

'전부에게 해당되는 시', 영어로 번역하면 'Poetry for All'은 정말로 멋진 용어입니다. 놀라운 발명인 것 같습니다. 언젠가 누군가의 책 제목으로 나왔으면 좋겠어요. 왜냐하면 낭만주의 시 세계가 구축한 낭만적 사랑에 관한 모두의 공감대가 근대국가라는 상상의 공동체를 전 세계의 기본 문화로 만들었으니까요. 그리고 또 한 번 시적 상상력이 전 세계 모든 사람들에게 해당되는 새로운 세계관을 도출해내야 할 역사적 사명을 부여받고 있으니까요.

'나'의 자아의식과 '너'의 자아의식이 전제돼야 낭만적 사랑이 성립되겠죠. 프랑스혁명의 정신은 루소(Rousseau)의 연애소설 등 민중의 문학적 경험을 기반으로 합니다. 프랑스의 영웅묘지의 1층은 나폴레옹과 조세핀이 차지하고 있지만, 그 지하에는 루소 등 철학자와 문인이 중심입니다. 전직 대통령이나 군인이 주로 묻혀있는 한국의 국립묘지와는 대조적인 현상이죠.

대중음악을 읽는 방법론

다음의 답변이 내 마음속에서는 만점이에요. 낭만주의사상을 알고 있을 뿐만 아니라 그걸 대중음악의 현실에 제대로 적용하고 있어요.

'내 주위를 둘러보면 세상에 어울리지 못하고 있는 게 하나도 없는데, 나라고 당신과 그러지 못할까' 하는 마음은 그 당위성을 자연에 두고 있으며, 자신의 마음이 자연스러운 것이라고 주장하는 것으로 보인다. 이런 생각이 반영된 노래, '흔들리는 꽃들 속에서 네 샴푸향이 느껴진 거야'라는 장범준의 노래가 같은 생각을 공유하고 있다. 하지만 꽃들 속에서 샴푸향이 느껴지는 건 네 생각일 뿐이라며 라는 이 노래 위에서 음악차트 1위를 4주 내내 (지난 9월 25일부터 오늘 날짜인 10월 22일까지) 놓치지 않고 있는 악동뮤지션의 노래 '어떻게 이별까지 사랑하겠어, 널 사랑하는 거지'가 반론한다. 사랑에 당위성을 부여한다면, 그 사랑이 이루어지지 않을 때 화가 나고 슬플 테지만 악동뮤지션의 노래는 이와 같은 '찢어질 것 같이 아파하는' 사랑이 아니라 '바다처럼 깊은 사랑'을 하겠다고 노래하면서 서로 사랑하려는 의지가 있는 한 우리는 마르지 않을 바다와 같은 사랑을 할 수 있다며, '내가' 사랑하면 그만인 낭만적인 사랑을 넘어서 '우리가' 사랑을 하는 새로운 사랑에 대해 이야기하는 것이다. 악동뮤지션의 노래가 장범준의 노래와 비슷한 시기에 음악 차트에 올랐지만 악동뮤지션의 노래가 1위를 유지하고 있다는 점에서 많은 사람들이 낭만적 사랑 이상으로 존재할 새로운 사랑을 기대하고 믿고 있다는 생각이 들었다.

이런 글을 읽으면 '영혼의 불꽃놀이'라는 말이 떠올라요. 어떤 걸 연구하느냐가 중요한 게 아니겠죠. 세상을 읽는 원리를 이해할 수 있다면 어떤 곳에서도 유의미하게, '돈'이 될 수 있게 적용할 수 있겠죠.

「코트」를 둘러싼 이율배반의 논리

3-2. I feel the cold / and all the time I think / how warm it used to be. (나는 추위를 느껴요 / 그리고 언제나 생각해요 / 그게 얼마나 따뜻했었던가를.)

따뜻함과 추움의 동시 병존은 논리적으로는 이율배반입니다. 그렇지만 그런 난경을 별로 어렵지 않게 수용하고 있는 모습들을 볼 수 있었습니다.

(1) WARM과 COLD는 서로에게 고마워해야한다. 한없이 따뜻해봤기에 추위를 느낄 수 있기 때문이다. 하지만 가끔 그 WARM을 느껴보지 않았더라면 하는 생각을 한다. 내가 느끼는 COLD가 너무 괴롭고 힘들기 때문이다.

(2) 연애에 있어서 서로 목매는 연애를 하는 연인들이 생각난다. 우리가 입는 옷은 개인적인 취향과 자유 의지를 표현하는 것인데, 서로에게 집착하고 얽매는 연애를 하는 연인들. 하지만 막상 헤어지면 후회감과 우울함, 공허함에 다시 생각이 나고, 돌아오길 바라고, 다시 집착하게 되는 악순환을 거치는 (전)근대의 연인들이 생각이 난다.

(3) 추위가 존재해야 따뜻함을 느낀다. 어쩌면 반대의 성질이 존재해야만 알 수 있다는, 어쩌면 조금은 바보같이 느껴지는 방식 같다는 생각도 든다. 하지만 현실이기도 한 것 같다. 한쪽이 존재해야 다른 쪽의 존재를 알 수 있다고 말해주는 듯한 느낌이 들었다.

이런 학생들의 편안한 수용방식이 생각보다 굉장히 중요한 걸 가리키고 있어요. T/F(True/False)의 이분법적 논리학에 기초하고 있는 서구적인 사고방식의 관점에서 볼 때, 잘 구별되지 않는 춥고 따뜻한 감정의 혼재상태는 이해하고 설명하기에 아주 어려운 난제입니다. 그런데 한국 학생들은 그리 심각한 문제로 받아들이지 않습니다.

이분법이라는 수입품

논리학을 비롯한 서구사상이 우리에게는 수입품이기 때문입니다. 예를 들어 북한의 공산주의는 서구의 공산주의와 전혀 다른 특징을 갖고 있습니다. 헤겔(Hegel)의 정반합의 변증법적인 논리학에 의거하는 마르크스의 공산주의 이론에서 시작됐지만 그 논리학을 곧이곧대로 추종하고 있지는 않기 때문입니다. 이와 유사하게 한국의 민주주의도 서구의 민주주의와 달리 전통의 압력을 크게 받지 않으면서 자유롭게 새로운 길을 모색하고 있는 느낌입니다.

대승불교의 철학자 나가르주나(龍樹)의 불교 논리학을 굳이 인용하지 않더라도 불교와 도교의 사고방식에 익숙한 한국인은 이분법에 연연하지 않습니다. 그리하여 전통적인 이분법에 의문을 제기하는 1960년대의 「코트」가 한국인의 시선에는 참신하다기보다는 평범한 일상적인 정서의 묘사 같아 보이게 됩니다.

일장춘몽

"언젠가 내가 꿈에 나비가 되었다. 훨훨 나는 나비였다. 내 스스로 아주 기분이 좋아 내가 사람이었다는 것을 모르고 있었다. 이윽고 잠을 깨니 틀림없는 인간 나였다. 도대체 인간인 내가 꿈에 나비가 된 것일까. 아니면 나비가 꿈에 이 인간인 나로 변해 있는 것일까"라는 도교를 대표하는 『장자(莊子)』의 「호접몽(胡蝶夢)」은 서구철학자들에게는 아직까지도 쉽게 받아들이기 어려운 비논리적인 스토리입니다.

그러나 한국 판타지문학의 기원인 김만중의 고전소설 『구운몽(九雲夢)』의 주제가 "꿈도 현실도 죽음도 삶도 구별이 없다"라는 일장춘몽(一場春夢)이라는 걸 기억해보면, 우리에게는 거의 누구나 쉽게 받아들일 수 있는 오랜 전통에 뿌리박혀 있는 사상입니다.

동도서기

서구의 문물을 수용하려는 근대화경쟁에서 일본이 다소 앞서는 바람에 한국은 일본의 식민지가 됐습니다. 그 다급하던 시절 동양사상은 지키면서 서양기술을 받아들이자는 동도서기(東道西技)가 내세울 수 있는 유일한 사상 비슷한 것이었습니다. 물론 서양의 기술이 사상과 철학을 바탕으로 하고 있었고, 궁극적으로 그 사상과 철학을 수용해야만 그 기술을 제대로 익힐 수 있었으니, 몰락해가던 동양문화의 헛발질이었던 셈입니다.

그런데 세상을 제대로 읽는 데 있어서 서구논리학의 이분법적 결함이 일시적인 현상이 아니라, 서구근대문화의 본질적인 한계에서 비롯된 것일 수도 있습니다. 이런 사정에서 근대의 끝자락이고 탈근대의 시작인 상황이라면, 동서양의 처지가 역전되고 있음을 의미합니다.

  나는 서도동기(西道洞機)의 방식으로 이러한 난경에 대처하려는 서구지식인들의 글을 자주 읽고 있습니다. 이러한 상황판단이 정확하다면, 이제 우리는 역사와 전통으로 인해 몸에 배인 탈이분법적이고 비선형적인 사상으로 정신적이고 심리적인 장애물 없이 탈근대의 세계관을 구축해나갈 수 있을 것이라고 믿습니다.

셰익스피어의 독창성

3-3. And yet, by heaven, I think my love as rare / As any she belied with false compare. (허나, 맹세코, 내가 생각하는 사람이 진귀하다고 나는 생각합니다 / 거짓 비교로 잘못 말해졌던 어떤 여인보다도 말이죠.)

「소네트 130번」에 대한 두 개의 답변은 근대정신의 창조에 있어서 셰익스피어가 얼마나 독창적이었는지 잘 설명하고 있습니다.

  (1) 셰익스피어의 소네트는 이탈리아의 소네트에서 자기의 사랑을 신화에 기탁하여 나타낸 방식을 비판이라도 하듯이 이탈리아 소네트에 등장하는 표준형 미인이 아니라 거의 반대되는 듯한 여인을 사랑한다고 이야기한다. 게다가 질문과 대답이라는 형식의 이탈리아 소네트와는 다르게 독창적인 형식을 창조하여 반전을 제시한다. 이러한 셰익스피어의 글쓰기가 지금까지 이어지는 것으로 보인다. 우리가 글을 읽을 때는 남들이 쓴 글을 그대로 베낀 것에 감흥이 생기지 않는다. 언제부터 우리는 독창적인 글에 매력을 느끼게 되었을까 생각해보면, 그 시작이 바로 기존의 신격화된 묘사를 거부하고 나만의 글쓰기에 도전하고 새로운 형식을 창조한 셰익스피어의 글이라고 할 수 있는 것이다.

  (2) 그녀를 잘못된 비유로 잘못된 허상으로 만들지 않고 그녀 자신의 있는 그대로의 모습을 사랑하고 말하는 것이 진정한 사랑이라고 말하는 것 같다. 선의의 거짓말이 필요할 때도 있고 빈말도 듣고 싶지만 가장 사랑을 느낄 수 있는 것은 '나' 그 자체 있는 그대로를 사랑해주는 것이 진정한 사랑이라고 생각한다.

머리와 가슴

서양식 낭만적 사랑에 관한 오해 하나를 설명해보려고 합니다. 우리는 '나'와 '너'의 독립적 주체성이라는 자아의식을 머리로는 이해할 수 있을지 몰라도, 가슴으로는 수용하기 어려울 때가 있습니다.

뭐든지 경험해보고 싶은 마음이 있어서, 노동에 소질이 없는데도 오스트레일리아 유학 초기에 대형마트 청소부로 일했던 적이 있습니다. 물론 이틀 만에 무능력하다고 해고당했지만, 그때 웃기지만 슬프기도 하다는 속어인 '웃픈' 일화 하나를 경험했습니다. 백인동료들과 친하게 지냈는데 탐과 앤이 사귀다가 어제 헤어졌다는 말을 들었어요. 그날 아침 앤은 새로 사귄 빌과 탐 앞에서 진한 키스를 했습니다. 탐은 덤덤하게 쳐다보고 있는데, 동양인인 내가 어찌 할 바를 몰라 했었어요.

'쿨(cool)'하다는 말을 아주 긍정적으로 사용하는 경향이 있습니다. 그런데 로맨틱러브 영화 한 장면을 기억해보세요. "Bill, I don't think I love you any more. Bye. Please pack my things and send them to me"라고 통보하면 그냥 이별인 거죠. 그게 연애든 결혼이든 상관없어요.

근대자아의 탄생과 폐해

3-4. My heart leaps up when I behold / A rainbow in the sky: / So was it when my life began; / So is it now I am a man; / So be it when I shall grow old, / Or let me die! (내 마음은 뛰노라 / 하늘의 무지개를 볼 때면. / 내 삶이 시작될 때에도 그러하였다. / 내가 어른이 된 지금도 그러하니라. / 내가 나이가 들어도 그러하리라. / 그렇지 않다면 죽는 게 낫겠다!)

워즈워스의 이 시는 근대자아의 탄생을 극적으로 묘사하고 있을 뿐만 아니라, 이 시로 인해 근대자아가 실제로 보편화되기에 이르렀습니다.

　　이 시의 화자는 '내가' 하늘의 무지개를 볼 때 '나의' 마음이 뛴다고 이야기한다. 이 구절은 땅만 보고 농사를 짓고 땅만 보고 일하며 위는 쳐다볼 수 없었던 노예와 같은 삶을 살던 전근대의 화자가 하늘을 보고 근대적 자아를 깨닫는 순간을 말한다. 근대적 자아의 탄생으로 화자의 인생은 시작되었고 시키는 대로만 움직이던 어린아이에서 스스로 움직이는 어른이 되었고 생각이 죽어 있던 사람에서 자아가 살아 숨 쉬는 사람이 되었다. 단순한 6개의 행이지만 그 안에는 근대자아의 탄생이 잘 녹아들어 있다.

이는 훈고적인 역사해석입니다. 그런데 지금 이 자리, 즉 당대의 입장에서 계속해서 재해석될 수 있어야 살아있는 역사입니다.

무지개는 아름답지만 알지 못하는 것. 어릴 때의 그 감정이 무지개를 보고 느끼는 것과 어른이 된 나에게 준 영향력. 결국 자연이 준 체험의 기쁨에서 인간의 진리를 찾는 느낌의 시 같다. 사소한 경험의 차이지만 이것이 사회의 발전을 가로막고 있다고 본다. 흔히 "나 땐 말이야"라는 대사처럼 꼰대가 하나의 아이디어를 막고 고전적으로 결정하여 기존과 그대로 가려 하는 것처럼 말이다.

낭만적 자아가 근대의 끝자락에 이르러 "나 땐 말이야"라는 대사처럼 꼰대의 자부심의 근거가 돼버릴 수도 있게 됐습니다. 근대자아의 폐해라고 할 수 있는 이런 사태는 반성하지 못하는 자아의식에서 나옵니다. 내가 느꼈던 무지개가 세상경험의 전부라고 생각하면 꼰대가 돼버립니다. 같은 무지개라도 각자에게 서로 다른 느낌으로 다가올 수 있기 때문입니다.

안다고 말할 수 있다

3-5. I gazed—and gazed—but little thought / What wealth the show to me had brought: (나는 응시하고, 그리고 응시하였지만, 생각하지 못하였다네 / 그 광경이 나에게 얼마나 대단한 재산을 가져다주었는지를.)

다음의 답변들의 특징은 이 시를 안다고 말할 수 있다는 공통점이 있습니다. 자기 자신의 말을 하고 있습니다. 내가 수업시간에 했던 말이 아닙니다. 정말로 알고 나니까, 자기 자신의 삶 속에서 사용하는 자기 자신의 말로 이 시를 설명할 수 있게 된 것입니다. 그러니까 그냥 아는 정도가 아닙니다. 이 시의 읽기를 통해서, 세상을 제대로 읽을 수 있는 내면의 힘이 정말로 생긴 것입니다.

(1) 홀로 외로이 지내는 떠돌이생활 방랑자에게 아름다움을 선사해주고, 혼자가 아닌 듯한 기쁨을 주고, 계속해서 생각나 기쁨을 준 것은 '생명'이었다. 혼자가 외롭고, 힘들고 고독한 것이라는 것. 하지만 이런 작은 생명이 큰 힘이 되고 큰 도움이 되어줄 수 있다는 것이 매우 인상 깊었다. 또한 이러한 아름다운 광경을 보고 담고 느끼려는 화자의 '참여의지'가 엿보였다는 점도 주목할 만하다.

(2) 계속해서 수선화 광경을 보면서 내면의 자아가 탄생을 할 수 있게 됩니다. 이러한 내면의 자아는 근대를 형성합니다. 이렇게 자연을 바라보면서 자연과 동화되고 느끼고 관찰함으로써 자신에 대해 더 생각하고 이 세상에서 나는 무슨 존재인가라는 생각 등을 함으로써 내면의 힘이 생깁니다.

(3) 여기서 워즈워스는 수선화를 계속 응시하며 이것이 결국에 자신에게 큰 부를 가져다주었다고

고백한다. 이는 수선화의 풍경을 보는 것이 단순히 작가의 마음을 풍요롭게 하는 것에 그치는 것이 아니라 작가의 자아와 내면을 풍족하게 하여 이것이 현실적으로 자신에게 부와 돈을 가져다주었다는 것으로도 해석할 수 있다.

(4) 시인은 황금빛 수선화를 보며 끊임없이 응시하고 응시하며 생각한다. 그 광경을 사유하고 장악한다. 그리고 마침내 그 안에서 부를 찾아낸다. 여기서 말하는 WEALTH는 내면의 자아가 가지고 있던 갈망의 실현이라고 할 수 있다. 진정한 사랑을 꿈꾸던 이에겐 사랑의 성취가 되고 경제적 성공을 바라던 이에겐 돈, 자유와 공정함을 원하던 이에겐 평등한 권리가 된다. 이러한 사람들이 모여서 강력한 거대서사를 만들고 대영제국을 건설하였다. 사랑의 성취는 가족을 형성하였고, 그것이 모여 국가의 기틀이 되었다. 사람들은 경제적 성공을 위해 해외로 나섰고 식민지를 건설하였다. 자유와 권리를 찾으며 사회가 안정되었다. 이 시에서 말하는 WHAT WEALTH를 영국적인 관점에서 봤을 때는 대영제국의 건설이라고 볼 수 있다.

무지개와 수선화

다음의 답변은 정말로 놀랍습니다.

무지개를 보고 가슴이 뛰어 자아가 생긴 사람과는 다르게, 여기서 화자는 수선화를 보고 처음에는 아무런 감흥도 느끼지 못했다. 이유는 여러 가지다. 길에 흔히 피었기 때문에, 마음만 먹으면 언제든 볼 수 있기 때문에, 그래서 응시하고 또 응시해도 그 광경이 얼마나 대단한 한 밑천을 가져다주었는지 모른 것이다. 자아란 그런 것이다. 아무리 보고 또 봐도 감흥이 없으면 생기지 않는 것이다. 아무리 탄탄한 자아인 척해도, 자아가 없다는 것은 금방 탄로가 나기 마련이다. 현대인들이 우울해하는 이유 역시 마찬가지다. 자신의 자아가 없는 채로 좋은 음악, 좋은 그림을 닥치는 대로 집어삼키다보니 소화하지 못한다. 그래서 '우울'이라는 탈이 나는 것이다. 이제는 좋은 글, 그림, 음악이 아닌, 나의 내면의 눈을 보고 대화해야 한다.

워즈워스의 서정시 단 2편을 읽었을 뿐인데, 그 2편의 문학적 수준 차이를 정밀하게 분석해내는 비평적 능력을 발휘하고 있습니다. 「내 마음은 뛰노라」의 무지개와 「나는 구름처럼 외롭게 떠돌았다네」의 수선화를, 무지개는 신기한 것 그리고 수선화는 일상적인 것이라는 관점에서 비교분석한 게 놀랍습니다. 이게 연구 자료의 도움 없이 필자 본인이 찾아낸 것이라면 정말로 대단한 성취라고 평가할 수 있습니다. 『무지개에서 수선화까지: 워즈워스 낭만주의 철학의 일상화』라는 제목의 석사논문으로까지 발전할 수 있습니다.

무지개를 보고 놀랄 수는 있겠지만 수선화의 경험이 더 중요해 보입니다. 무지개보다 수선화가 좀 더 일상적인 경험 같아 보이기 때문입니다. 사람에 따라 하늘의 무지개보다 땅의 수선화가 더 기적적인 사건이라고 여길 수 있습니다. 그러나 필자는 그런 경험 자체의 차이를 말하고 있지 않습니다. 무지개와 수선화를 대비하는 이유는 비일상적이고 신기한 사건이 아니라 일상적인 경험에서 우러나오는 시적인 경험이 더 본질적이라는 점을 지적하기 위해서입니다. 일상의 경험이 시로 바뀌는 전환과정이 근대시 창작법이며, 그렇기에 근대정신의 보편적인 화수분이 될 수 있었습니다.

거대서사들의 충돌

3-6. "But they are dead; those two are dead! / Their spirits are in heaven!" / 'Twas throwing words away; for still / The little Maid would have her will, / And said, "Nay, we are seven!" ("그러나 그들은 죽었어. 그 둘은 죽었다고!/ 그들의 영혼은 천국에 있다고!" / 말을 내던지듯 뱉었다. 왜냐하면 여전히 / 작은 아가씨가 자신의 의지를 갖고 / 그리고 말했다. "아뇨, 우리는 일곱이어요!")

처음에 이 시를 봤을 때는 당연히 근대적 '가족'의 개념으로 봤기 때문에 5명이 정답이라고 생각했다. 하지만 이는 소녀의 관점에서는 7명일 수밖에 없는 것이다. 즉 어떻게 보느냐에 따라 완전히 다르게 해석될 수 있는 것이다. 이는 세계관의 차이도 존재하지만, '어디까지가 삶이니?'에 대한 질문과도 연관 지어볼 수 있을 것 같다. 인간이란 무엇이며, 어디까지가 육체인 것일까? 육체적으로 죽은 언니와 오빠지만 세지 않기에는 모호하기 때문이다. 근대적 인간의 존엄성은 어떻게 봐야 하는지에 대한 의문점을 시사하는 것 같다.

전근대와 근대, 2개의 거대서사가 정면충돌하는 장면입니다. 남녀노소 누구나 다 참여할 수밖에 없는 전쟁이었습니다. 삶의 의미 전체가 걸려있습니다. 아무리 어린 소녀라도 쉽게, 아니, 절대로 물러설 수 없는 전투입니다. 소녀에게는 삶이 아직 제대로 시작되지도 못했지만, 그럼에도 불구하고, 내가 왜 사는지가 걸려있는 일이기 때문입니다.

전근대 정서를 향한 양가적 정동

죽은 가족에 포함시켜 다섯 명이 아니라 일곱 명이라고 끝까지 주장하는 소녀의 전근대적인 계산방식에 은근히 공감이 갑니다. 산업혁명에 뒤쳐진 계층의 현실적 곤경을 이야기하는 워즈워스 담시의 놀라운 점은, 어쩌면 워즈워스도 예상하지는 못했을 것 같은데, 근대이데올로기를 구체적으로 보완하는 작업이면서도 동시에 탈근대 담론을 예비해둔 것 같은 느낌이 들기 때문입니다. 근대의 희생자를 옹호하면서, 동시에 근대의 끝자락에서 다시 그 의미를 기억하게 만들 전근대적 세계관을 워즈워스가 일부러 보존해둔 건 아닌가라는 생각이 들기도 하기 때문입니다.

그런데 다음의 답변은 이런 논리전개가 워즈워스를 너무 높이 평가하는 과오를 범하고 있음을 지적합니다.

> 개인의 죽음, 희생에도 불구하고 결국 우리는 SEVEN이라고 이야기하는 모습은 제국주의 열강이 하나의 국가를 낭만화해서 젊은이들을 전쟁으로 내몬 모습과 비슷하다고 생각한다.

근대의 끝자락에 이르러 「우리는 일곱이어요」의 소녀에게 다소간의 공감대를 형성하게 되는 건, 현재 탈근대시대의 정동형성에 어느 정도 도움이 되기 때문입니다. 그러니까 소녀가 대변하는 전근대사상이 좋았던 건 아니라는 지적입니다. 가미가제 특공대로 대표되는 일본군국주의는 근대화과정에도 불구하고 간직하고 있었던 전근대적 정서가 국가를 이상적으로 낭만화했기에 크게 활성화됐습니다. 전근대문화와 단절하려고 최선을 다했던 근대문화의 노력에 나름대로 중요한 이유가 있었음을 잊지 말아야 합니다.

소녀에 대한 긍정적이거나 부정적인 두 가지 해석 방향이 공존하는 이유는 근대의 끝자락에 이르러 근대를 초극하는 탈근대의 관점에서 전근대적 정서를 바라보니까 양가적인 정동을 갖지 않을 수 없기 때문입니다.

전화통화 같은 단절된 대화

문학작품 읽기에 있어서 내용의 설명보다 형식의 분석이 훨씬 고차원입니다. 형식을 읽는 힘은 작품전체를 관조하는 능력을 전제로 합니다. 그리고 해당 작품의 문학사적인 위치를 가늠해보고 있습니다.

대학교의 수업을 통과(Pass)하는 데 급급한 수준이 아니라 교수요원으로 평가될 오너(Honor) 학생이라면, 형식의 분석에서 발군의 실력을 발휘할 것입니다. 영문학전공으로 유학 가고 싶다는 생각이 들면, 우선 이런 수준까지 자신의 연구 실력이 도달했는지 확인해보는 게 무엇보다 우선입니다. 그런데 다음의 답변이 지금까지 설명한 그런 수준에 도달해 있습니다.

> 시적화자와 소녀의 대화가 단절된 느낌을 준다. 얼굴을 보고 대화하는 상황임에도 불구하고, 마치 전화통화를 할 때처럼 대화에만 집중하며 상대방이 누구인지 어떤 상황인지는 고려하지 않는다. 전화기는 두 사람을 연결시켜주는 순기능도 하지만 단절감을 심화시키는 역효과가 나기도 한다. 내

가 원하지 않으면 끊어버릴 수 있고, 통화를 하면서 다른 일을 해도 상대방은 알 수 없으니 아무런 제약이 없다. 이런 상황의 제약이 대화하는 상대를 사람이 아닌 것으로 무의식중에 생각하게 만든다. 마치 논리를 따지기 위해 오고가는 내용에만 집중하는 것이다. 이런 현상이 소녀와 화자 사이에도 일어나는 것으로 생각된다. 심지어 통화하고 있는 것도 아닌데 그런 느낌을 주는 것은 그만큼 화자의 태도가 지배적이기 때문일 것이다.

텍스트와 콘텍스트

다른 식으로 설명하자면 이 담시에는 두 개의 텍스트(text)가 대립하고 있을 뿐 그 둘을 융합하는 콘텍스트(context)를 찾을 수가 없습니다. 이것도 워즈워스의 담시를 분석하는 이론적인 틀입니다. 근대이데올로기의 가장 큰 문제는 자신의 텍스트만 인정할 뿐 상대방의 텍스트는 독립적 존재성 자체를 부인한다는 점입니다. 이게 상대방은 인간의 권리를 갖고 있지 않다고 판단하게 만들어 죄책감 없이 전근대적인 인간들을 말살시켜버렸던 식민제국주의를 탄생시키는 논리가 됐습니다.

영혼의 맑음

3-7. poetry is the spontaneous overflow of powerful feelings: it takes its origin from emotion recollected in tranquility: (시는 강력한 감정의 우발적인 흘러넘침입니다. 그건 고요 속에서 회상된 정서에 그 원천이 있습니다.)

시는 일상적이고 평범한 단어로도 충분히 감정을 잘 드러낼 수 있는 것 같다. 감정의 흐름, 난 저번에 창작시를 쓴 후 '맑음'을 경험했다. 몇 페이지 가량 길게 쓴 일기보다, 짧게 적은 몇 줄의 시가 나에게 몇 배의 위안과 공감을 주었다. 이게 바로 시의 힘이 아닐까?

워즈워스의 근대시 창작법의 핵심을 이해하는 가장 빠르고 정확한 방법은 창작시를 써보는 것입니다. 도대체 뭘 배웠다고 시를 쓰라고 하십니까? 뭔가 천재적인 영감이 필요한 게 아닙니까? 시 창작방법론에 관해 온갖 질문을 할 수 있습니다. 이런 혼란상이 우후죽순(雨後竹筍), 즉 비가 온 뒤에 여기저기 많이 솟는 죽순처럼 수많은 시 창작교실의 존립근거가 됩니다.

위에 인용된 두 문장으로 된 시 창작법에 의거하여 누구나 시를 쓸 수 있습니다. 그러면 자신의 영혼이 맑아짐을 경험합니다. 이게 별 준비도 없었는데, 시를 쓰라는 과제를 강요하는 이유입니다. 자신의 영혼과 대화할 수 있는 세상에 몇 안 남은 제대로 된, 그리고 가장 빨리 배울 수 있는 방식입니다.

카르페 디엠

3-8. And all that mem'ry loves the most / Was once our only hope to be: / and all that hope adored and lost / Hath melted into memory. (그리고 기억이 가장 사랑하는 것은 / 한때 우리의 유일한 희망이었던 것이네. / 그리고 희망이 숭배했다가 잃어버렸던 것은 / 기억 속으로 녹아서 사라져버렸다네.)

CARPE DIEM이 떠올랐다. 이 고전시를 통해 현재 내 고민을 해결할 수 있음이 놀랍다. 나는 매번 과거의 나를 원망하고 또 그리워한다. 그리고 현재의 나에 대해서 고민한다. 결국 모두가 알지만 놓지 못하는 '과거' '추억'은 놓아야 한다. 그저 CARPE DIEM. 현재 내가 할 수 있음에 감사하며 충실할 뿐이다. 결국 그것이 정답인 듯하다.

19세기의 전반부가 낭만주의시대였다면 19세기의 후반부는 빅토리아시대입니다. 낭만주의에 관한 이론적인 분석에 초점을 맞추느라고, 예전보다 빅토리아시대를 이번 학기에 충분히 공부하지 못할 가능성이 높습니다. "19세기 영시"와 "영시의 이해" 등 두 개의 동영상 강의를 참조하시기 바랍니다.

낭만주의 이념의 대중화가 진행된 빅토리아시대를 대표하는 용어가 '죽음을 기억하라'라는 뜻의 라틴어, 메멘토 모리(Memento Mori)에 대응하는 '오늘에 충실하자'라는 카르페 디엠(Carpe Diem)입니다. 노스탤지어에서 유토피아까지 선형적인 시간관에 기반을 두는 근대문명이 부딪힌 삶의 궁극적인 의미에 관한 질문입니다. 낭만주의를 대중화한 바이런의 시 세계가 빅토리아시대의 정서와 직접적으로 연결되는 건 당연한 사태이고, 지금 세상에 사는 우리들은 빅토리아문화의 직접적인 후계자들입니다.

보릿고개

디킨스가 한탄하던 극심한 빈부격차의 상태를 벗어나 제인 오스틴(Jane Austin)의 『오만과 편견』(Pride and Prejudice) 등에서처럼 결혼문제에 몰두할 수 있을 만큼 삶이 윤택해진 빅토리아시대의 영국인들의 심정을 대변하는 용어가 카르페 디엠이었습니다.

'보릿고개'라는 말은 봄밭에서 보리를 수확할 수 있을 때까지 가족의 식량을 공급할 만큼도 못 되는 지난 가을의 쌀 수확량이 부족하던 시절, 1960년대 초까지의 한국인의 삶을 상징하는 말입니다. 이제 개발도상국을 벗어나 선진국의 문턱에 있는 한국인들의 정서가 빅토리아인을 닮아가는 건 당연한 일입니다. 필자가 답변에서 암시하고 있는 것처럼 빅토리아시대의 문화와 정서를 자세히 이해하는 것이 현재의 한국문화를 설명하는 데 큰 도움이 될 것입니다.

Frame과 Layer

바이런의 이 시는 노스텔지어와 유토피아의 두 개념으로 낭만주의사상을 근대사회의 구축이론으로 정리해내고 있습니다.

> 바이런은 이 시에서 MEMORY와 UTOPIA를 반복하고 있다. 과거와 미래를 연결하는 것이다. 그래서 (MEMORY와 UTOPIA가 이어져서) 사랑이 된다는 것이다. 인간의 시간이란 여러 FRAME이 이어진 것이다. MEMORY의 LAYER가 쌓여 한 사람을 만들어낸다고 할 수 있을 것이다. 찰나의 순간이 존재한다면 그 순간의 나는 나의 과거, MEMORY들이 쌓여서 만들어진 것이 분명하다. 그렇다면 UTOPIA, 미래는 앞으로 쌓일 FRAME일 것이다. 그러므로 MEMORY+UTOPIA=LOVE라는 것은 누군가의 모든 시간적 FRAME을 사랑하고 사랑할 것이라는 큰 약속이 될 수 있지 않을까? 한 영화에서 모든 장면이 마음에 들긴 아주 어렵지만 아주 낭만적이기도 하다.

이 답변은 바이런의 논리체계를 지금 시대에 읽는 방법을 제시하고 있습니다. 노스텔지어와 유토피아 또는 기억과 희망의 근대적 이념이나 낭만적 사랑의 이론이 더 이상 사회전체를 설명하는 거대서사로 작동되고 있지는 않지만, 그런 이론의 틀(frame)을 환절기에 여러 개의 가벼운 옷을 겹쳐 입는 패션처럼 겹(layer)으로 활용할 수는 있다는 말입니다. 그러니까 "한 영화에서 모든 장면이 마음에 들긴 아주" 어려운 것처럼, 근대적 이념이나 낭만적 사랑의 이론 전부가 마음에 들긴 아주 어려운 세상입니다. 그러나 부분적으로 "아주 낭만적이기도" 하기 때문에 마음에 드는 것처럼, 부분적으로 근대적 이념이나 낭만적 사랑이 작동되기도 하는 세상이기도합니다.

디즈니영화사의 변신

3-9. Love, in the world of Walt Disney films, has changed. Between Tangled (2010) and Moana (2016), the ideal of heterosexual romance has been dethroned by a new ideal: family love. The happy ending of our most-watched childhood stories is no longer a kiss. Today, Disney films end with two siblings reconciled despite their differences, as in Frozen (2013);

(월트 디즈니 영화의 세상에서 사랑이 변해왔다. 『라푼젤』(2010)과 『모아나』(2016)의 사이에서, 이성애적 로맨스라는 이상이 가족애라는 새로운 이상에 의해 권좌에서 내려졌다. 우리가 가장 많이 봤던 어린 시절 이야기들의 해피엔딩은 더 이상 키스가 아니다. 오늘날 디즈니 영화들은 『겨울왕국』(2013)에서처럼 차이점들에도 불구하고 화해하는 두 자녀들과 함께 끝난다.)

(1) ROMANTIC LOVE를 강조하고 쫓는 시대는 이미 지나갔다. 『겨울왕국』의 근대사회 억압에 대한 표출, 자기서사를 찾아나서는 이야기는 혁신적이었다. 탈근대시대로 넘어가고 있는 현대에서 자신의 내면을 탐구하는 것은 정말 중요한 일이다. '나'에 대해서 알아야만 자기 통제가 가능하기 때문이다. 뿐만 아니라 나를 구조화해야 한다. 만약 자기서사를 찾지 못한다면 난경에 몰릴 상황은 계속될 것이다.

(2) FROZEN의 엘사는 "LET IT GO"를 부른다. "LET IT GO"는 근대사회의 억압에 대한 터져 나오는 감정이다. 억압을 뚫고 왕이 되고자 한다. 여기서 한편의 서사가 만들어진다. 오늘날 디즈니는 차이를 극복한 관계성의 이야기로 끝이 난다. 방탄소년단의 팬클럽 역시 BTS의 성공요인 중 하나를 멤버 간의 끈끈한 관계성으로 꼽는다. 우리는 왜 관계성에 주목할까? 일회적이고 목적 중심의 관계로 이뤄진 사회 속에서 마음 한편으로는 지속적이고 순수한 관계성을 꿈꾸기 때문이다. 낭만적 관계를 그리워하기 때문이다. 지금까지 그리워했던 것이 순수하고 낭만적인 관계라면, 앞으로 우리가 나아가야 할 관계의 방향성은 서로의 치부를 드러내고, 인정하고, 메워줌으로써 하나 또는 그 이상이 될 수 있는 관계다. 독립적이고도 연결된 관계로 나아가야 한다.

낭만적 사랑의 근대적 이념을 대표하던 디즈니영화사는 극적인 변신을 하여 근대의 끝자락에서 탈근대적 담론의 형성 가능성을 모색하는 데 앞장서고 있습니다. 「나는 구름처럼 외롭게 떠돌아다녔네」에서 워즈워스가 지적했던 것처럼, 이러한 대응책이 디즈니영화사에 얼마나 큰 '부'를 가져다줬는지 온갖 언론매체에서 시끄럽게 알려주고 있습니다.

상상력과 공감

「상상」의 필자의 9월 에세이의 평가는 B+였는데 이번의 에세이는 A+입니다. 비약적인 향상입니다. 최종적으로 비슷한 수준의 학생 두 명이 학점 경쟁을 하게 된다면, 비약적인 향상을 한 학생에게 좋은 평가를 할 수밖에 없을 것입니다.

난 못해. 어떻게 금방 바뀔 수 있어. 이렇게 생각하기가 쉽습니다. 그렇지만 실제로 써보고 발표해보기 전까지는 어떤 결과가 나올지 모릅니다. 어떤 수준까지 잘 쓸 수 있는지 알려면, 정말로 써보는 수밖에 없습니다. 그래서 학생들의 발표에 많은 시간을 들이고 있는 것입니다.

우리는 '왜 상상을 하는 것인가'에 대해 생각을 해보게 되었다. 나 또한 카페에 앉아 지금도 이 글을 쓰기 위해 다양한 상상을 한다. 어떤 식으로 이 주제에 대해서 어떻게 구상할지에 대해서 말이다. 우리의 상상력은 자유롭고 무궁무진하다. 마치 뫼비우스의 띠처럼 무의식 속에서 반복적으로 구현한다. 다른 요소와는 다르게 나 자신, 독립적으로 내가 주체가 되어 나의 의지로 충분히 현실화시킬 수 있다. 현실과는 멀게만 느껴지는 상상은 사실, 어떤 논리보다 자기 자신에게 많은 편안함과 현실 가능함을 보여준다. 우리 주위에도 상상을 통한 직업이 존재한다. 상담 심리사이다. 개인의 심리적 문제를 해결할 수 있도록 조언해주는 일을 전문으로 하는 사람들이다. 그들은 환자의 상상과 심리적인 면을 꺼내주며, 내면을 심층적으로 탐색해 결과를 분석한다. 나는 문학에서도 비슷한 점을 느낄 수 있다고 생각했다.

상상력-공감의 연결고리를 논리적 추론을 통해서 스스로 찾아내는 힘이 놀랍습니다(평가: A+). 문학적 상상력에 관한 공부가 충실하게 진행됐고, 그 결과 자신만의 논리로 상상력을 공적인 측면뿐만 아니라 사적인 측면에서도 적절하게 적용할 수 있게 됐습니다.

삶의 주인

이제 조금 더 용감해졌으면 좋겠습니다. 중·고등학교 시절의 억압적인 교육방식 때문인지 상상력을 발휘하여 권위에 도전하고 타자를 옹호하는 데 있어 스스로에게 한계를 지우는 경향이 있습니다. 두 부분, 하나는 저자의 고정된 의도가 있다고 믿는 부분, 다른 하나는 발단-절정-결말의 직선적이고 선형적인 스토리라인만 있다고 믿는 부분, 당연하다고 여겨왔던 이런 것들이 바로 그러한 한계를 지우는 원인들입니다.

내가 삶의 주인입니다. 그리고 근대의 주체가 갇혀 있는 국가, 학교와 가족 등 근대체제가 근본부터 무너져내려가고 있다는 게 피할 수 없는 난경처럼 다가오는 현실입니다. 수많은 난관에 결국 부닥쳐야 한다면, 용기를 내서 내가 먼저 나서서 부닥쳐보는 게 의미 있을 것입니다. 실패를 하더라도 실패를 당하는 게 아니라, 실패를 자발적으로 경험하는 것이죠.

절벽에서 뛰어내리기

결혼을 왜 못합니까? 절벽에서 뛰어내리는 것 같은 모험이기 때문입니다. 손을 붙잡고 뛰어내린다고 믿지만, 상대방도 그런 마음자세일지 또는 죽을 때까지 계속 그런 마음일지 절대로 알 수가 없기 때문입니다. 결혼을 하지 못하는 이유는 용기가 없기 때문입니다. 상대방과 결혼하는 게 아닙니다. 내가 결혼을 결심하는 것입니다. 그러므로 이혼의 경우에도 이혼을 당하는 게 아니라 이혼을 하는 게 되겠죠. 이렇게 생각해야 성숙해진 자세로 자신의 미래를 마주할 수 있습니다.

글쓰기도 이와 비슷한 마음자세의 결과물입니다. 일단 자기 생각을 용감하게 전개해버렸기 때문에, 글쓰기의 '발전방향'에 관해 지금처럼 논의할 수 있게 됩니다. 땅에 넘어진 자 땅을 짚고 일어나라라는 말처럼, 우선 자기 자리에서 자기 말을 하기 시작해야 주변의 사람들도 도와줄 수 있습니다.

저자의 죽음

근대자아의 독립정체성에 의문이 제기되면서 세상을 읽는 데 있어 인간의 판단력을 신뢰할 수 없게 됐습니다. 소쉬르의 기호학은 인간의식과 무관한 인식의 틀로 세상을 읽을 수 있음을 입증했습니다. 그리하여 구조주의(structuralism)가 시작되는데, 인류학을 비롯한 현대학문의 시작입니다.

바르트와 푸코의 핵심개념 중 하나가 '저자(author)의 죽음'입니다. 한국통일의 전망에 관한 유명 소설가의 인터뷰기사가 신문전면을 차지하던 시절이 있었습니다. 권위(authority)의 상징이었던 저자는 이제 죽었습니다. 그래서 이제는 작가(writer)만이 남아있게 됐죠.

바르트가 제안하는 세상을 읽는 방법은 『신화론』입니다. 『현대의 신화』라고도 번역돼있는 이 책은 근대세계를 총체적으로 바라보는 시선을 제공합니다. 지금 내가 입고 있는 양복도 교수는 이렇게 입어야 한다는 신화 때문에 입고 있습니다. 명품도 그렇고, 여러분이 좋아하는 스포츠도 그렇습니다. 현재 인기가 많은 프로야구나 프로축구의 규칙이 매년 개정되고 있습니다. 그걸 개정하는 기준은 바로 인기 있는 신화의 신비로운 힘(aura)을 강화하는 방법론입니다.

해외봉사활동계획 [부록-12]

"NGO(비정부기구)나 ODA(국제개발협력분야)로의 취업준비과정에서 1년간 외교부 산하 구 KOICA(한국국제협력단)에서 진행하는 해외봉사활동에 참여하게 되었고 영시개론 수업에서 받은 지식과 ODA연구를 통해 삶의 논리체계를 재확인하고 더 효과적으로 봉사활동 및 취업활동을" 하려는 학생이 3주간의 교육입교로 수업에 참여할 수 없게 되어 「해외봉사활동계획」의 발표를 합니다. 이를 통해 근대-탈근대의 전환기라는 시대적 상황 속에서 UN을 비롯한 국제기구들이 당면문제를 해결하고 노력하는 현장의 상황을 조금 더 실감 있게 볼 수 있었습니다.

「하락의 동반자」

최근에(2019년 10월 23일) 쓴 시를 한 편 읽고 수업을 마치겠습니다.

하늘이 높아 보인다.
가을이 깊어가기 때문이리라.

아니, 그보다는 내가 내려가기 때문이리라.
언제부터인가 하늘은 나날이 높아져만 간다.

하늘을 친근하게 우러러본 적은 없었다.

아무리 큰 소망이라도
내 힘으로 하늘과 만나리라는 기대는 없었다.

하늘은 언제나 처럼 생뚱맞은 얼굴이었고
나는 멀어져가는 하늘을 쳐다보았을 뿐이었다.

지구는 태양의 주변을 돌고 있지 않다.

지구는 중력에 이끌려서 한없이 추락할 뿐이다.
나는 지구를 닮은
영구적 하락의 맥없는 동반자일 뿐이다.

비뚤어진 눈

변화는 크다

이 수업은 강의에서 그치지 않아요. 수업의 내용을 통해 여러분이 변해서 다시 다른 내용으로 돌아오거든요. 오늘 에세이를 보면 얼마나 바뀌는지 눈앞에서 보게 될 거여요. 마치 바보가 천재가 되는 것 같은 느낌! 변화가 커요. 그러니까 수동적인 마음자세를 버리세요. 적극적으로 참여하세요.

오디오클립

네이버에 오디오클립이라고 개인라디오 플랫폼이 생겼어요. 재수강도 아니면서 다시 듣는 베테랑들에게 그걸 활용해서 이 수업내용에서 기인하는 쟁점에 관한 토론프로그램을 구상해보라고 제안했어요. 될지 안 될지는 잘 몰라요. 해봐야 알겠죠. 하는 동안에 각자의 장단점을 잘 알 수 있게 될 거여요. 정치권에서는 청년층의 목소리가 너무 부족해요. 이런 노력이 청년층의 민의를 대변(representation)하게 된다면 대의민주주의의 대표자(representative)로서의 삶을 살게 되겠죠.

노동의 불안한 미래

고속도로 톨게이트수납원의 직접고용문제에 "없어지는 직업"이라는 정부고위 관계자의 발언에 관한 갑론을박의 핵심은 "자동화, 무인화라는 흐름을 거부할 수 없다는 것이 중론이지만 막상 자신의 직업이 사라질지도 모른다는 위기를 안고 사는 이들의 마음"을 고려해달라는 것이었습니다.[43] 시위자도 "세상이 바뀌고 있고 우리 직업이 곧 사라질 것을 우리도 안다"고 고개를 끄덕이면서 "(인력구조조정을) 하지 말라는 것이 아니다. 속도를 조절해달라는 것"이라고 말했습니다. "일이란 것은 가정을 유지하는 데 필수인데 그저 '사라질 직업'이라고 하는" 막막한 현실 앞에서 "사라질 직업을 갖고 일하는 우리가 느끼는 불안함, 말로는 표현할 수 없는 감정을 세상은 너무도 간단한 말로 정의해"버린다는 것이었어요.

고속도로 톨게이트수납원의 난경이, 근로자 다수의 미래는 걱정 없는데 극소수에게만 문제였던 시대의 이야기가 아니라는 게 본질입니다. 뮤지컬『마이 패어 레이디』에서는 극빈층 소녀가 낭만적 사랑의 힘으로 빈곤계층을 탈출하고, 디킨스의『크리스마스 캐럴』에서는 스크루지가 개과천선하며 해피엔딩으로 끝났지만, 그건 구제받을 대상을 소수라고 상정하거나 빈곤대물림의 전망이 적었던 시대에 적합한 옛날이야기(fairy tale)입니다. 지금은 사라질 직업인 걸 알면서도 불안함을 갖고 일해야 하는 근로자들이 더 많아지는 게 확실한 세상입니다.

지난 시간에 검토했던 사연을 재점검하는 이유는 노동의 암울한 미래상을 대처하는 최선의 방안으로, 첩보를 정보로 바꾸는 훈련을 제시했었기 때문입니다. 그리고 적어도 한 학생은 그 절박함을 제대로 이해하고 있기 때문입니다.

이해의 상충

근대사회의 주류는 '사라질 직업'이 다수가 되는 세상에 대처할 방법을 모르고 있는 것 같습니다. 그러므로 취업을 위해서든 아니든 공부를 하는 이유에 있어 제도로서의 학교나 정부와 학생의 이해가 상충하고 있습니다. 5년이나 10년이 되기도 전에 '없어지는 직업'에 취업해야 하는 현실이라면 어느 누가 최소한 20년의 안정된 수입이 보장되는 직업이 필요한 결혼과 출산을 시도하려고 하겠습니까.

육체적으로 반복되는 업무는 로봇을 비롯한 자동화와 무인화에 의해 대체되겠지만, 정신적으로 반복되는 업무는 AI를 비롯한 컴퓨터 프로그램에 의해 대체될 것입니다. 그러므로 전문가직종의 경우에도 많은 부분 '사라질 직업'에 속하게 될 가능성이 높습니다. 예를 들어, 영상판독의 정밀도에 있어 인간을 능가하는 능력을 가진 프로그램의 도입으로 CT나 MRI의 판독을 담당하는 종합병원의 직종은 지속가능성의 위협을 느끼고 있습니다.

이 수업에서 의도하는 바는 어느 특정분야의 전문가를 양성한다기보다 유연하게 대처할 수 있는 전문

---

43 「'사라질지 모르는 직업' 가진 이들은 지금…」『연합뉴스』, 2019.11.02.

지식의 기반을 다지는 것, 즉 모든 분야로의 전문가가 되기 위한 능력을 배양하려는 것입니다. 지금 당장 시적 상상력에 의한 창의력으로 첩보를 정보로 바꿔내는 전문기술을 확보하기는 어려울 것입니다. 그러나 그 실마리는 잡을 수 있을 것입니다. 나중에라도 자신이 선택한 전문가의 길로 나아가기 위한 훈련방법을 체득할 수는 있을 것입니다.

이게 쉬운 목표가 아니라는 걸 잘 압니다. 그리고 어디에서도 이런 커리큘럼을 체계적으로 진행하는 곳이 잘 보이지 않습니다. 그래서 2시간 반의 짧은 수업이지만 아주 많은 자료와 준비가 필요합니다.

전문가훈련의 길

"기사를 3, 4가지씩 보면서 (보수/중도/진보) 비교분석하며 교수님께서 하신 것처럼 정보를 캐내려면 대체… 학생인 저는 어떻게 연습해야 할까요, 관점을 몇 가지씩 정하면 될까요.""첩보를 정보로 바꾸는 능력을 연마하고 싶은데 도저히… 너무 어렵습니다"라는 "요즘 수업을 너무 즐겁게 듣고 있는 학생"의 질문이 있었습니다. 다음은 그 답변입니다.

그게 지금 약간 과장하자면 해당분야의 전문가들이 하는 일입니다. 예를 들어 배가 아파서 병원에 갔을 때 동네의사가 몇 가지 검진을 해보고 소화제를 주거나, 아니면 심각한 일이라고 종합병원에 가라고 합니다. 배가 아프다는 첩보가 의학적인 정보로 바뀌는 것이죠. 한 순간에 그런 기술을 습득할 수는 없습니다. 그래서 전문가에게 많은 돈을 내고 그의 의견을 받는 것이겠죠.

그렇지만 일상생활에서도 이런 기술이 적용됩니다. 엄마가 아이를 키울 때 아이의 요구사항을 전부 들어줄 수는 없습니다. 어느 경우에는 무시하고 어느 경우에는 자기 자신은 별로 중요시하지 않는데도 엄마가 아주 중요하고 긴박한 사태인 것처럼 행동하는 경우가 있습니다. 아이에 관한 첩보 중에서 의미가 있는 정보를 찾아내는 능력이야말로 엄마에게든 선생님에게든 아주 중요한 자질입니다. 아이의 행복과 성공에 가장 핵심이 되는 판단들이 될 테니까요.

이번 수업기간 동안 에세이를 쓸 때 영화든 유행가든 드라마든 뭐든 자신에게 관심이 있었던 한 분야를 선정하여, 그 속의 첩보를 정보로 바꾸는 훈련을 해보세요. 뭔가 하나 수업시간에 좋은 평가를 받는다면 그런 경험을 기반으로 이번 학기가 끝난 뒤에도 계속해서 연구 개발해나가세요. 그러면 어느 순간 전문가가 돼있을 겁니다.

유전무죄 무전유죄

탈근대시대에는 근대시대와 달리 공적 성공이 공적 담론에만 국한돼있지 않습니다. 변호사 등 법조인들을 전적으로 신뢰할 수 있나요? 그런데 왜 '유전무죄(有錢無罪) 무전유죄(無錢有罪)'라는 말이 대중의 공감을 얻나요? 최근의 핵심논쟁거리였던 고위공직자범죄수사처가 바로 이 문제를 인정하기 때문에 새롭게 만들어진 제도가 아닌가요?

사적 행복과 공적 성공은 더 이상 분리돼있지 않습니다. 육아에 있어 공인된 교육방법론이 불충분하여, 공적 성공에 매몰될 수밖에 없는 아버지들을 대신하여 제대로 작동되지 않는 교육의 거대서사를 대체하는 쓸모 있는 중간서사를 발굴해보려고 어머니들이 자발적으로 소규모모임을 만들고 있는 모습을 자주 목격할 수 있습니다.

누구나 시적 상상력에 의해 창의성을 개발해야 할 의무가 있는 시대가 왔습니다. 자신의 판단능력의 수준이 공적 성공뿐만 아니라 사적 행복의 결과물의 질을 결정하게 될 가능성이 높기 때문입니다.

이런 시대적 상황 속에서 자신에게 그냥 직업이 생길 거라는 생각은 그야말로 망상일 뿐입니다. 그러므로 에세이와 논문이라는 고된 글쓰기를 통해 평생교육의 기틀을 마련해야합니다.

평가내용의 활용

지난 시간에 취업관련 수업을 길게 하도록 만든 바로 그 항공사취업관련 에세이의 필자가 다시 써왔습니다.

내가 하고 싶은 직업과 동기에 대해 설명했으니 그 목표를 쟁취하기 위해서는 어떤 것이 있는지 내 생각을 정리해보겠다.
1. 언어자격증이 필요하다. 토익, 토플, hsk 등등.
2. 영어면접을 볼 수 있을 정도의 능력이 있어야 한다.
3. 체형을 갖춰야 한다.
4. 비행시간과 시차적응을 할 수 있는 체력과 군기가 심한 곳에서 버틸 수 있는 지구력이 있는지 본인이 판단해야봐야 한다.

자기가 스스로 하고 싶은 걸 질문했으니, 그 답변을 자기 걸로 소화해내는 데 어려움이 없었을 것입니다. 이건 표절, 즉 베낀 게 아닙니다. 이미 자기 게 됐습니다. 이제 실천만 남았습니다. 확실히 이해했으니 시간낭비 없이 제대로 된 결과를 얻게 될 것입니다.

꿈의 해석

「인간 안의 우주, 꿈」의 필자에게는 아이디어가 있었습니다. 조카 탄생의 경사 속에서 "태몽은 누구나 하나씩 가지고 있는 것"이라는 필자의 생각과 달리 무관심해서 당황했던 주변반응을 분석하고 싶었지만, 연구를 어떻게 시작해야 할지 몰랐습니다. 프로이드의 『꿈의 해석』 등을 추천했고, 그 결과 "내용이 한층 더 부드러워졌을 뿐만 아니라, 저의 생각을 뒷받침하는 글도 충분히 쓸 수" 있었고 "또한 제목과 주제를 바꿈으로써 태몽 중심보다 꿈을 중심으로 글을" 바꿀 수 있었다는 이메일 답신을 받았습니다. "꿈이라는 것 자체가 인간에게 있어서 가장 접하기 쉬운 경험이지만 동시에, 말로는 설명할 수 없는 현상이라는 것을 알기에, 나는 과학적, 역사적으로 서술된 꿈에 관한 이야기를 서술하고, 이를 통하여 이해한 개인적인 생각을 논술하는 방식으로 에세이를 작성"하게 됐습니다. 그러니까 개인서사가 거대서사의 틀 속에서 작동하는 방식을 연구하게 됐습니다.

태몽에 관한 관심에서 출발하여 프로이드의 '꿈의 해석'을 거쳐 신화의 사회적 효용성에 관한 롤랑 바르트의 '신화론'까지 이르는 필자의 사고전개과정이 명료하고 흥미롭게 제시돼있습니다(평가: A+). 언어를 통한 대화과정을 중심으로 하는 공동체는 의식세계에 집중하지 않을 수 없습니다. 그러나 지배적인 시대정신이 그 힘을 잃게 되는 시기의 공동체 내에서는 언어사용이 의사소통의 필요충분조건이 되지 못합니다. 원시의 건국신화, 전근대시대의 종교, 근대의 논리학 등이 그 다음 시대의 지배적인 논리체계에 포월(포함+초월)돼버림으로써 자신의 본래적인 힘을 잃어버리게 됩니다. 유대인의 종교적 지도자들이 원시신앙의 마술사들의 힘을 무력화시키는 게 구약성경의 핵심사건들이라면, 근대의 과학자들과 기술자들이 번개의 원리나 지구의 공전 등 고급종교의 신비적인 설명의 힘을 무력화해왔습니다. 지금은 핵가족제도 속에서 근대시대의 대변자였던 아버지들의 언어가 점점 더 무기력해져가고 있습니다.

근대언어의 무기력함

근대언어의 본질적인 무기력함을 사적인 차원에서는 프로이드가 꿈이 대표하는 무의식(이드, 자아, 초자아)으로, 공적인 차원에서는 마르크스가 주체(subject)의 대립으로 폭로했던 바 있습니다. 그러므로 필자가 태몽, 더 나아가 꿈에 관심을 갖게 된 건 탈근대시대의 자연스러운 정서의 반영입니다. 타로카드 점집이 길거리에 공공연하게 나와 있고, 로또나 부동산 투기 등 행운에 의존하는 경제 논리가 점점 더 힘을 얻어가고 있습니다.

윤리도덕적인 관점에서는 틀렸다는 걸 알면서도, 도가 넘는 댓글이나 인종차별의 정치논리가 횡횡하는 이유도 공적인 언어체계가 무능력한 현실을 느끼기 때문입니다. 자신의 언어가 힘을 발휘하지 못하는 현실 앞에서 그 원인을 이해하지 못하니, 소극적인 성향의 사람들에게는 우울과 불안이, 그리고 적극적인 성향의 사람들에게는 불만족에 의한 불평이 보편적인 정서가 돼버리기 마련입니다. 그러나 근대의 끝자락에서 탈근대시대를 선도해나가고 있다는 상황인식을 정확하게 할 수 있다면 쓸데없는 선동에 휘말리지 않고 전문가의 길을 걸어나갈 수 있습니다. 필자의 꿈에 관한 연구가 이러한 사회적인 문제를 해결해나가는 데 큰 도움이 될 수 있을 것이라 믿습니다.

줄탁동시

필자에게는 소위 '흑역사'가 될지도 모를 9월 에세이의 첫 부분을 읽겠습니다. 왜냐하면 극적인 반전의 역사이기도 하기 때문입니다.

나는 타요키즈카페에서 7개월째 주말 아르바이트를 하고 있다. 친구들에게 키즈카페에서의 에피소드를 말하면 재밌어하기도 하고 놀라기도 한다. 키즈카페에서 일하면 어린이들을 잘 알 수 있게 될 것이라고 기대했지만, 현실은 아이들보다는 같이 오는 보호자들의 유형을 분류할 수 있게 되었다.

제목도 없는 감상문일 뿐이었습니다. 지난 시간 수업이 끝난 뒤 발표도 되지 못한 이 에세이의 필자가 질문했습니다. "어떻게 해야 잘 써요?" 이 한 마디의 질문이 이 수업에서 진행하고 있는 Coaching의 핵심목표인 줄탁동시(啐啄同時) 현상을 불러일으켰습니다. '줄탁동시'는 병아리가 알을 깨고 나오기 위해서는 줄탁이 동시에 이루어져야 한다는 뜻입니다. 헤세(Herman Hesse)의 『데미안(Demian)』에서 가장 유명한 구절로 설명될 수 있습니다.

새는 알에서 나오려고 싸운다. 알은 새의 세계다. 태어나려 하는 자는 하나의 세계를 파괴하지 않으면 안 된다. 그 새는 신을 향해 날아간다. 그 신의 이름은 아프락사스라 한다.

지금 시도하고 있는 과정은 내용이 확정돼있지 않습니다. 그러므로 Coaching의 방법에 의한 줄탁동시가 거의 유일하게 유효한 교육방법론입니다. 새가 알에서 깨어나려고 하는 정확한 순간에 밖에서 같이 깨주는 것이죠. 이런 결과를 얻기 위해 대기하고 있는 교수에게는 학생의 딱 한 마디의 질문이면 족합니다. 대답은 "어떻게 하면 키즈카페가 돈이 되는 사업인가?"였습니다. 다음은 다시 쓴 「늘어나는 노키즈존과 키즈카페」라는 에세이의 시작 부분입니다.

내가 현재 키즈카페에서 아르바이트를 10개월 넘게 하고 있다. 아르바이트가 끝나면 과제를 하거나 친구를 만나러 근처 카페에 가는데 근처 카페에는 '초등학생 미만 아이 출입 금지'라는 팻말이 붙어 있다.

글에 뚜렷한 초점이 생기고, 왠지 모르게 필자의 끌고나가는 힘이 느껴집니다. 이 글의 마지막 문단은 다음과 같습니다.

키즈카페 아르바이트를 하면서 키즈테마파크를 만들고 싶다는 생각이 커졌다. 키즈산업시장은 앞으로도 더 성장할 것으로 예상한다. 하지만 크게 성장하기 위해서는 지금 가장 이슈인 노키즈존에 대한 해결책이 필요하다고 생각한다. 내 의견일 뿐이고 사람마다 생각이 다른 것은 인정하지만 '아동 혐오'가 당연시되지 않았으면 한다.

키즈카페 사업

거의 무엇을 써야할지 모르는 것 같았던 최초의 에세이에 비하면 이 다시 쓴 에세이는 엄청난 발전을 보여줍니다(평가: A+).

키즈카페라는 사업을 한다면, (1) 수익성 검토와 (2) 사업의 미래전망이 가장 중요합니다. 이 두 가지를 제대로 하지 못한다면 지속적인 성장이 불가능할 것입니다. 우선 (1) 수익성 검토가 확실하게 진행돼야합니다. 그렇지 않으면 80%에 육박한다는 자영업자의 실패사례를 반복하게 될 것입니다. 수익성은 (가) 수입과 (나) 지출의 차이에서 나옵니다. (가) 수입의 미래는 상권의 전망을 정확하게 계산해낼 수 있는 능력에서 나옵니다. 절대로 추상적인 희망에 근거하면 안 됩니다. 특히 키즈카페는 시설투자가 먼저 이루어진 다음에 수입창출을 기다려야 하므로, 시설투자로 인한 이자지출과 감가상각을 고려해야합니다. 따라서 (나) 예상 지출의 계산이 아주 중요해집니다. 경쟁력을 갖추기 위해 개점이후 추가지출이 요구됩니다. (나-1) 추가지출을 예상되는 (가-1) 추가수입으로 감당할 수 있을지, 아니면 순손실로 발생하는데 그 손실을 견뎌낼 수 있을 만큼의 예산이 확보돼있는지 엄밀한 계산이 요구됩니다.

제3자의 입장에서 볼 때에는 개선점이 잘 보입니다. 그러나 그게 내 사업이 되면 이야기가 크게 달라집니다. 현재 점주의 고충을 제대로 이해할 수 있는 마음자세가 중요합니다.

지난 에세이와의 결정적인 차이점은 남의 집 불구경하듯 보는 자세, 즉 객관적인 비난의 어조가 사라졌다는 겁니다. 다시 쓴 에세이에서는 점주와 고충을 나눌 준비가 돼있습니다. 얼마 동안 근무를 계속하든지 간에 신뢰할 수 있는 유능한 직원이 될 것입니다. 너무 잔인한 전망이라서 말하기 조심스럽지만, 점주가 이 키즈카페 사업을 포기할 수밖에 없는 사정이 될 때 필자에게 가장 먼저 의논해올 가능성이 높아졌습니다. 그러니까 점주가 너무 빨리 될 수 있을지도 모르겠습니다.

자기서사

「드라마 '어쩌다 발견한 하루'가 성공한 이유-부제: 주연과 조연은 없다」의 필자는 드라마의 성공요인을 "바로 자신의 자아를 찾아 자기서사를 만들려고 했기 때문"이라고 설명합니다.

> 정해진 운명, 주어진 것에 매달리지 말고 자신의 삶을 살라는 것이 이 드라마의 목적이라고 생각한다. 따라서 우리는 드라마를 보고 즐기는 것에서만 그치는 것이 아닌, 자기의 삶을 만들어야 한다. 나는 이 드라마를 보기 전까지는 교수님이 강의해주신 '자기서사'가 대단한 것이라고 크게 와닿지 않았는데, 드라마에 적용해보니 '자기서사'의 중요성을 알게 되었다. 나도 '은단오'처럼 그동안 작가라고 칭해지는 누군가로부터 끌려다니지는 않았을까 다시 생각해보게 되었으며, 나의 서사를 이제부터라도 시작해야겠다.

'자기서사' 등 아무리 좋은 사상이나 이론이라도 자신의 '비뚤어진 눈'으로 제대로 알아 볼 수 있기 전까지는 아무런 의미도 없을 수 있습니다(평가: A+). 드라마 한 편을 보더라도 자신의 눈-이건 워즈워스의 '내면의 눈'을 말합니다-으로 봐야 합니다. 이게 자신의 삶을 살아가기 시작하는 출발점입니다. 대중적이어야 하는 TV드라마가 갖는 숙명적인 스토리라인은 청소년의 성장소설입니다. 그러한 낭만적 목표가 너무 뻔하다는 느낌이 들지 않도록 만드는 장치가 필요합니다. 그럼에도 불구하고 아직 탈근대사회의 프레임이 완성되지 않은 현재시점에서, 드라마 속에서 어설프게나마 만들어지는 '자기서사'에 공감하면서 '중서사'로 확장되거나 '거대서사'가 만들어지기 시작하면 상업적인 성공으로 귀결될 것입니다.

비뚤어진 눈

강의를 듣지 않는 학생은 거의 없습니다. 문제는 그게 나와 무슨 상관인지 느껴야 한다는 거죠. 수업내용을 열심히 베끼는 게 아니라, 날 만나야 해요. 그래서 이런저런 추파를 보내는 거여요. 말하자면 집단 코칭을 하는 거죠.

이 필자처럼 누군가는 생각하고 느끼는 법을 알게 됩니다. 자신의 비뚤어진 눈을 믿기 시작하는 거죠. 그것밖에, 그 비뚤어진 눈밖에 세상에는 믿을 게 없어요. 옆에서 아무리 정답을 말해줘도, 그것 또한 비뚤어진 눈이 본 세상 모습일 뿐이어요.

'사랑'도 내 비뚤어진 눈으로 사랑한다고 말해야 그게 진짜 사랑이에요. 워즈워스의 '내면의 눈'이 말하는 바가 이거예요. 다른 건 겉만 단 알약, 즉 당의정(糖衣錠)일 뿐이죠. 이게 진짜 시작입니다. 그전까지는 과장해서 말하자면, 아직 살아 있는 게 아니었어요. 낭만주의시대에는 그만큼 쇼킹한 사건이었어요.

모두의 비뚤어진 눈과 조우할 수 있다면 드라마든 영화든 광고든 다 성공하겠죠. 학생들이 이런 인식에 도달할 때마다 나는 정말로 기쁘답니다. 실제로 바뀔 수 있다는 걸 확인하게 되니까요.

『노수부의 노래』

「『노수부의 노래』에 등장하는 기독교적 상징에 대하여」의 필자는 전통적인 영문학 수업을 위한 에세이를 제출했어요. 143연에 630행, 총7부에 달하는『노수부의 노래』(The Rime of the Ancient Mariner)는 『서정담시집』의 공저자 콜리지(Samuel T. Coleridge)의 대표작입니다. 기존의 고리타분한 신고전주의에 반발한다는 견해는 같았지만 일상과 자연의 언어를 소재로 삼아 그 안에 내재된 아름다움을 표현하고자 한 워즈워스와 달리 콜리지는 신비롭고 초자연적인 세계를 다루는 데에 보다 초점을 맞추었습니다.

워즈워스의 "내 친구의 시에는 정말 큰 결함이 있다(The Poem of my Friend has indeed great defects)"라는 평가와 달리 상상력(imagination)의 최초 비평가 콜리지의 이 시는 인간의 믿음이 하나님의 영혼에 의해 직접적인 영향을 받아 의롭게 된다거나, 기독교인의 회심이 하나님의 은혜와 인간의 자유의지가 합력하여 이루어진다는 복음적 신인협조설(Evangelica Synergism)을 반영하고 있습니다.

전근대에서 근대로의 혁명적인 변화의 시대를 반영하는 과정에서 시가 종교를 대신하여 삶의 위안을 제공하기 시작합니다. 이러한 낭만주의 1세대의 노력은 키츠의 미학, 셸리의 저항 사상과 바이런의 영웅론 등 2세대에서 꽃을 피우게 됩니다.

학문적 연구자세

이 필자의 학문적 연구의 자세는 아주 잘 잡혀있습니다(평가: A+). 이제부터는 자기 자신만의 연구세계를 구축해나가는 것이 필요한 시점입니다. 학문의 세계는 어렵고 힘든 길이므로, 24시간 연구에 몰두할 수 있는 주제를 찾는 일이 무엇보다도 중요합니다.

대학교수의 삶은 크게 연구, 교육과 봉사로 나뉩니다. 그중에서도 대부분의 시간은 연구실에 가만히 앉아 있는 삶입니다. 스스로 공부에 미쳐 있지 않으면, 교수가 된 다음에 미칠 지경이 될 수 있습니다. 그리 높지 않은 급여수준에도 불구하고 연구 성과의 압박감은 아주 심합니다. 학문적 연구의 길로 들어서려면, 자신의 주제가 평생 몰두할 만한 가치가 있는지 정확히 판단해야합니다. 콜리지 같은 옛날 사람을 공부하는 게 아닙니다. 나에게 얼마만큼 절박한 주제를 제시하고 있는가를 먼저 확인해야합니다.

「예쁘지 않은 것에서 오는 불안함」

「예쁘다」라는 글을 다음과 같이 보여준 다음에

　　많은 사람들은 예쁘다는 칭찬을 인사치레로 주고받는다. 이 예쁘다는 말이 계속될 때 과연 이것은 정말 칭찬일지 의문이 생겼다. '예쁘다'란 사회가 생각하는 미의 기준이다. 때문에 화장을 하지 않거나 머리를 잘라 이 기준에 어긋나면 더 이상 예쁘지 않은 사람이 된다. 이만큼 '예쁨'이라는 것은 순식간에 사라질 수 있는 것이다.

뒤이어서 다음과 같은 「예쁘지 않은 것에서 오는 불안함」이라는 글을 겹쳐 보여주는 솜씨가 놀랍습니다.

　　'예쁘다'가 한 사람에게 족쇄가 되는 순간부터 아무리 칭찬하려는 의도였더라도 듣는 사람에게는 평가가 된다. 항상 예쁘다는 말을 닳도록 듣다가 듣지 못하게 되는 날에 오는 불안감은 외모 강박이다. 사람들이 자신의 내면을 봐주기를 바라는데, 현실에서는 예쁘다는 말로 외면만을 보고 끝낼 때 오는 불안, 우울, 혼란에 대해 우리는 관심을 가질 필요가 있다. 나의 겉치레에만 집중하는 사람들에 둘러싸여 있을 때 나는 과연 누구인가에 대한 의문은 계속 들 것 같다. 사람들이 자신에게 가지는 기대치를 충족하기 위해 내면이 아닌 외면이 주가 된 삶을 살게 될 것이라 생각한다. 나 자신이 아닌 다른 사람의 평가가 삶의 기준이 된다면 결국에는 자아를 상실하지 않을까. 때문에 이 모든 것을 간과한 채 '예쁘다고 칭찬해주면 고마운 줄 알아야지'라는 말은 내게 더 이상 이기적인 말로밖에 들리지 않는다.

아주 날카로운 지적입니다. 탈근대시대의 불안강박 혹은 미술이나 건축 등 예술철학에 관한 뛰어난 연구논문이 될 수도 있고, 패션이나 미용 등 (지금 시대의 가장 큰 규모의 산업들 중 하나인) beauty산업의 핵심전략이 개발될 수도 있습니다(평가: A++). 바로 이렇게 양가적으로 회의하는 마음자세를 갖고 있기 때문에 이 분야의 대가들이 고객들의 마음을 사로잡는 것입니다.
　한 전문가의 훌륭한 출발을 보고 있습니다.
　이제부터는 단상(斷想)이 아닌 길고도 깊은 연구가 진행돼야할 것입니다. 그래야 다른 사람들이 기꺼이 필자 자신의 의견에 큰돈을 지불하려고 하는 진정한 전문가가 될 수 있습니다.

「효도는 의무인가」

「효도는 의무인가」는 한국의 조나단 스위프트(Jonathan Swift)의 탄생을 보는 것 같은 느낌을 들게 합니다.

(1) 첫 문단: "자식은 자기를 낳고 길러준 부모에 대해 은혜를 느껴야 할 어떠한 의무감도 가질 필요가 없는 것이다." 『걸리버 여행기』를 읽던 중 나온 구절이다. 이 구절을 본 순간 내심 기뻤다. '나와 비슷한 생각을 하는 사람이 있구나.' 생각이 들었다.

(2) 부모님은 내가 아니라 다른 아이가 태어났더라도 똑같이 사랑해줬을 것이다. 사람들은 그것에 감사함을 느끼고 평생 효도하는 마음으로 살아야 하는 것인가?

(3) 마지막 문단: 우리는 그들의 선택에 의해 태어났지만, 그들의 욕심에 얽매이지 않고 스스로 생각하고 목표를 설정하고 자기서사를 이루는 삶을 살아가야한다고 생각한다. 물론 부모님에게 아무 감사함도 느끼지 말고 살아가라는 것은 아니다. "내가 너를 어떻게 키웠는데 자식은 부모에게 그러면 안 되지"라고 말하고 "효도는 자식으로써 당연한 도리지"라고 하며 강압적으로 효도를 강요하는 사회적 분위기가 바뀌어야한다는 것이다. 부모들은 자신이 자식을 위해 살아갔다는 착각을 버려야 하고, 자신의 선택에 대한 책임을 져야한다고 생각한다. 자식에게 어떠한 의무도 부담도 주지 않는 효도를 강요하지 않는 세상이 와야 한다고 생각한다.

자신의 삶을 반성하는 힘을 갖추는 경우는 아주 드문 일입니다(평가: A++). 하물며 근대가족체제 내부에서 살아가면서 자식의 입장에서 이처럼 '효도'에 관해 냉철한 인식에 도달하는 수준은 그리 쉽게 획득될 수 없습니다. 보통사람들이 오해하기 쉬운 담론입니다. 그렇지만 바로 이런 사람이 효도를 합니다! 셰익스피어가 『리어왕』에서 이미 자세히 설명해준 바가 있습니다.

삶의 지혜

필자는 이러한 인식의 획득으로 앞으로의 삶에 있어서, 특히 인간관계에 있어서 큰 실수를 하지 않을 지혜를 갖추게 됐습니다. 누구도 필자의 행복을 보장할 수는 없습니다. 행운도 곁들여줘야 하기 때문입니다. 그러나 약간의 불운을 제외한다면, 자신의 잘못된 선택에 의해 큰 불행에 빠지지는 않을 것이라고 예상할 수 있습니다.

예전에는 아내에게, 그리고 지금은 딸에게 항상 하는 말이 있습니다. 자식을 키우면서 느끼는 행복을 자각하라고 말이죠. 아이는 큰 기쁨, 아니, 비교할 수도 없는 기쁨을 줍니다. 아이는 자라면서 이미 부모에게 효도를 다하고 있습니다. 그러니 나중에 효도를 하느니 마느니 따지지 말라는 당부입니다. 이건 개인적인 행복의 차원에서의 정동훈련 과정입니다.

탈근대의 국가정책

출산제고나 복지확대를 위한 정책에서 근대국가 행정체계에 혼란이 가중되는 큰 이유는 핵심 구성요소인 근대가족 정동체계의 변화상을 제대로 분석하지 못하기 때문입니다. 그리하여 막대한 예산의 낭비가 발생됩니다. 탈근대시대의 도래를 성공적으로 대처하는 국가공동체의 이론체계 수립을 위해 행정학, 정치학, 사회학이나 경제학 등을 시적 상상력의 차원에서 새롭게 연구해야합니다. 이런 측면에서 탈근대시대의 가족관계에 관한 연구를 체계적으로 시작한다면 전문가의 길로 진입했다고 평가됩니다. 이런 행정전문가는 지위고하에 관계없이 한정된 예산으로 정책을 효율적으로 집행하는 데 큰 공헌을 할 것입니다.

TMI

「'TMI'란 단어를 통해 볼 수 있는 사회」는 언제부턴가 흔히 쓰이는 단어인 'Too Much Information'의 준말을 중심으로 탈근대사회의 의사 전달 윤리를 점검합니다.

> 상대방이 하는 말을 TMI라고 생각하여 피곤해하지 말고 한번 들어보자. 어쩌면 나중에 그 말의 가치를 깨닫고 무엇을 얻게 될 수도 있으니까. 또한 계산적 이유 때문이 아니더라도 이러한 행동은 감정을 '공유'하는 것이기에 가치가 있다. '공유'를 통해서 우리는 타자를 수단적 존재로 보는 자기중심적 성향에서 벗어나 타자를 진정으로 이해하는 여유로운 마음을 갖게 된다. 그리하여 서로가 계산된 사람이 아닌, 인격 있는 사람이 되는 것이다. 개개인을 계산하지 않고 그 자체로 가치 있게 여기는 사회가 되었으면 좋겠다. TMI도 들을 만하다고 느끼는 여유 있는 사회가 되었으면 좋겠다.

TMI를 정확하게 분석하고 있습니다(평가: A++). 유익성에 의거하는 정보의 분석과 판단이 피폐한 인간관계의 주요원인이라는 지적은 의미 있습니다. 너무 똑똑한 학생이기에 가슴 아픈 충고를 한 마디 하려고 합니다. 제대로 된 분석에 이은 해결책이 타자와의 감정의 '공유'라는 것이기 때문입니다. "개개인을 계산하지 않고 그 자체로 가치 있게 여기는 사회"라는 목표가 아주 그럴 듯하지만 공허하기는 마찬가지입니다. TMI 시대의 근본문제가 모든 게 돈으로 '계산'되는 사회라는 점인데, 그저 '계산하지 않고'라고 말한다고 해서 현재 살고 있는 사회 속에서 살고 있는 개인의 마음속에 깊숙이 뿌리박힌 계산하는 태도가 사라질 리가 없습니다.

공부가 재미없고 무의미하다고 여겨지는 경우가 많습니다. 그건 공부가 실질적이고 의미 있는 해결책을 제시해주지 않을 거라고 예단하기 때문입니다. 이 지점에서 공부를 멈춘다면 공부는 할 필요가 없을 테고, 밤새워서 열심히 할 이유도 없을 겁니다. 공부가 해결책, 그것도 내 자신에게 절실하게 필요한 실천방안을 제시해주지 않는다면, 그건 공부의 잘못이 아니라 공부를 대하는 나의 잘못입니다. 이 지점을 넘어선다면 전문가가 될 것입니다.

탈세계화

「탈세계화 속의 한국」의 필자는 "내가 어렸을 때부터, 혹은 지금까지 내가 기사나 수업에서 들어왔던 우리 사회의 핵심가치는 바로 '세계화'였다"라고 말한 뒤에 "탈세계화라는 이론자체를 영시개론 수업에서 들은 것이 처음이었다."라고 탈근대시대의 선구자가 된 당혹스러움을 토로합니다.

> 과연 우리는, 혹은 한국은 이런 상황에서 어떻게 생존방법을 강구할 수 있을까? 나는 영시개론 수업에서 들을 수 있었던 여러 가지 방법들을 생각해냈다. 어떤 영화가 성공하게 된 요인이 무엇인지, 어떤 가수가 세계적으로 인기를 얻고 있는 요인에 대해 생각해보며 이런 위기를 어떻게 극복해나갈 수 있을지에 대해서 생각하게 되었다. 하지만 어떤 방법을 통해서 결론을 도출하든, 단 하나의 결론으로 가게 되었던 것 같다. 바로 한국만이 가질 수 있는 독자적인 콘텐츠와 강점들을 더욱 개발해나가서 외국의 사람들이 '어쩔 수 없이' 우리나라를 찾아 자신들이 원하는 것을 구매해 갈 수밖에 없도록 해야 한다는 것이 바로 내 생각이었다. 만약에 우리나라에만 존재하는 어떤 자원이 있다면 우리는 그것을 강점으로 삼아서 탈세계화를 진행하고 있는 어떤 국가도 어쩔 수 없이 한국에서 그것을 구매할 수밖에 없는 상황을 만들어낸다면 이런 탈세계화 국면에서도 충분히 생존해나갈 수 있다고 생각한다. 물론 내가 언급한 그 자원에 대해서 구체적인 요소는 제대로 어떤 것이 있는지 알 수는 없다고 생각한다. 더해서 이런 글을 쓰고 있는 나조차도 그런 요소가 어떤 것이 있는지 계속해서 고민만 할 뿐 정말 찾아내지는 못했다. 하지만 계속해서 내 생각이 발전할 수 있는 이런 글들을 쓰고, 남들의 의견을 들으며 우리 민족만의 생각을 발전시켜 나갈 수 있다면 언젠가는 우리 한국만이 가질 수 있는 바로 그 생존방법을 찾아낼 수 있을 것이라는 게 나의 의견이다.

아담 스미스의 분업이론에 따른 근대의 세계화전략이 그 한계에 다다른 이 시점에서 탈근대의 국제경제학은 어떻게 진행될는지 아무도 모른다는 게 진실에 가깝습니다(평가: A++). 그나마 세계경영의 제국주의를 주도해온 미국이 먼저 트럼프 대통령을 중심으로 혈맹이나 동맹 등 기존의 세계질서를 무시하고 자신의 국익에 맞춰 국제경제의 동향을 바꿔나가고 있습니다.

한국문화의 등장

1988년 올림픽 이후 1990년대 초부터 한국문화가 서구세계에 소개되기 시작했습니다. 1985년경 국제 협상단의 일원으로 파리에 출장 갔던 적이 있습니다. 그때 양복을 입고 다니면 일본인인지 아는 척을 당하고, 점퍼를 입고 다니면 중국인인지 물어봤습니다. 중국과 일본의 사이에 있는 한국이라는 나라는 잘 몰랐던 거죠. 이게 독도문제에 있어 공적기관들을 비롯하여 세계인들이 잘 알지 못하는 근본원인입니다. 오스트레일리아 유학시절이었는데 88올림픽 직후 영문과교수들이 유구한 전통문화를 보유한 한국에서 온 나를 비로소 사람취급하기 시작했습니다. 그도 그럴 것이 이전에 시드니대학교에 유학 왔다 유명한 소설가가 된 또 하나의 한국인은 6·25전쟁 때 왔었거든요. 1990년대 초 서구의 유수잡지들이 한국특집을 게재하기 시작했습니다. 그 이후 30여 년의 짧은 시간이었지만 오천 년의 전통에 바탕을 두는 한국의 문화현상들이 세계적으로 인정받고 있는 중입니다.

탈근대의 국제사회가 어떻게 전개될지는 모르지만 개별국가의 독자적인 문화의 힘에 기반을 두고 자기 나름의 영역을 구축해나가야 한다는 기본전략은 아주 정확한 판단입니다. 이제는 정치나 경제가 아니라 문화가 더 큰 힘을 발휘할 시대라는 생각이 듭니다. 각자의 전문영역에서 구체적인 실천방안을 모색하기 위한 연구와 개발이 필요할 것인 바, 영시개론 수업은 바로 그러한 목표를 갖고 있습니다.

WAR ON TERROR

2001년도 9·11 때 국제창작프로그램(IWP)의 일원으로 아이오와대학교에 있었습니다. 하와이를 제외한 미국의 본토가 공격받은 최초의 사건이었으니, 한국의 김신조 청와대공격사건에 버금가는 충격을 받았을 것이라고 여겨졌습니다. 그로 인해 박정희 대통령이 주민등록 제도와 향토예비군 등 통제와 억압의 정치를 시작하게 됐던 것으로 추측됩니다. 이틀의 애도기간이 끝난 뒤 CNN의 자막은 "WAR ON TERROR"였습니다. 미국정부의 공식적인 대응전략의 표명이었습니다.

테러(TERROR)에 대한 대응정책이 전쟁(WAR)이라는 말입니다. 이건 아주 잘못된 반응입니다. 왜냐하면 테러리즘의 정의가 잘못돼있기 때문입니다. 테러는 전쟁이 아닙니다. 전쟁은 진영과 전선개념을 전제로 하는 근대국가들 간의 군대를 이용한 외교전략의 한 방법입니다. 그런데 테러는 근대이데올로기와 무관한 탈근대의 대규모집단들 간의 군사적인 대결전략입니다. 그러므로 전쟁은 테러에 대한 해결책이 될 수 없습니다. 최근 사우디아라비아 대규모 정유시설에 대한 드론의 폭탄테러가 그 한 사례입니다.

경찰국가

대내적으로는 통제와 안보를 극적으로 강화하려는 국토부의 창설, 대외적으로는 틀린 정보라고 나중에 판명된 첩보에 의해 후세인 대통령을 주적으로 상정하는 이라크침공 등이 감행됐습니다. 비민주적이고 식민제국의주의적인 정책들의 전개를 예견하고 아이오와대학교 주변에서의 강의와 기고 등을 통해 경고하기 시작했습니다.

어떤 대학교수가 "제국이 반성할 수 있을 것 같아요?"라고 질문했습니다. 로마제국처럼 미국제국도 반성할 수 없다는 것이었습니다. 경고일지도 몰랐습니다. 그럼에도 미국내부의 언론통제로 인한 여론의 왜곡사태, 후세인의 몰락으로 인해 아슬아슬하게 군사 · 정치적으로 균형이 유지되고 있었던 중동의 혼돈상 등이 예상됐기에 발언을 멈추지 않았습니다.

그때 친구처럼 지내던 아프리카문학의 대가인 아이오와대학교의 피터 나자레스(Peter Nazareth) 교수에게 식민지 지식인의 고뇌를 다루는 수업내용을 문제 삼으며 FBI가 총장실 면담을 통고했습니다. 수년 후 피터가 그 사건을 다룬 신문기사를 보내줄 정도로 큰 피해는 없었습니다. 그렇지만 내게 보내는 경고장임이 뚜렷했습니다.

제국의 몰락

영화 『글래디에이터』(Gladiator)에서 검투사 막스무스와 결투하러 황제 코모두스가 자신의 신분을 잊고 검투장으로 내려가는 장면이 로마제국의 몰락의 상징이라고 생각한 적이 있습니다. 나는 9 · 11이라는 극적인 사건에 잘못 대처했던 정책수행과정이 범미주의(Pan-Americanism)라고 포장되는 미국이라는 제국의 몰락의 시작점이라고 생각합니다.

최근 수니파 극단주의 무장조직 '이슬람국가(IS)'의 최고지도자인 아부 바크르 알바그다디 제거작전을 주도한 도널드 트럼프 미국대통령은 이 '21세기 최악의 테러리스트'가 "개처럼, 겁쟁이처럼 죽었다"라고 공식 발표했습니다.[44] 이라크전쟁이라는 대규모 실패를 이미 경험했던 미국이기에 대테러작전의 주요수단으로 국가들 간의 전쟁을 선호하지는 않습니다. 그러나 근대조직체계를 전제로 하는 최고지도자 살해계획이 IS 조직을 와해하는 계기라는 분석도 있지만 오히려 보복테러를 통해 결속을 다질 수 있다는 우려도 나오고 있습니다. 테러는 점조직으로 운영되고 있어서 폭력조직처럼 두목을 없앤다고 조직이 와해되지는 않습니다. 다양한 경로로 축적된 자금이 있는 한 "위협이 사라지지 않았다"라고 바이든 부통령 자신도 인정하고 있습니다.

불법이민을 막는다는 멕시코 장벽건설도 3 · 8선 같은 군사경계선으로 국가 간의 인적 · 물적 자원의 흐름을 막을 수 있을 거라는 근대군사이데올로기를 신봉하기 때문에 생긴 국가재정의 낭비사례로 여겨

---

44 전희윤, 「'21세기 최악의 테러리스트' 수괴 잃은 IS, 전 세계 테러리즘 소멸로 이어질까」, 『서울경제』, 2019.11.02.

집니다. 3·8선을 넘어오는 멧돼지로 인한 아프리카열병을 막기 위해 그물망을 설치하자는 한국정부의 아이디어도 낡아버린 이데올로기에 대한 집착에서 나옵니다.

장애인과 비장애인

「과제로 시작해 자기반성까지」의 필자는 '대학생 멘토와 함께하는 인앤아웃 프로그램'이라는 이름의, 장애청소년들이 자기주장훈련을 통해 일상생활에서 자신의 권익옹호를 실현할 수 있도록 돕는 프로그램에 참여한 경험을 분석했습니다.

비장애인인 자신이 모르는 '사시나무 떨 듯'의 '사시'라는 단어를 장애인 학생이 알고 있어서 충격을 받았던 경험에 의해 "동정의 눈빛"을 받은 적도 "신체적 결핍 때문에 거절당한 적도" 없는 필자의 "너무나도 당연시했던" 편견을 자각하게 됩니다.

당장 나조차도 장애학생들에게 어떤 도움을 줄 수 있을지만을 생각했을 뿐, 학생들이 무엇을 좋아하는지, 무엇을 잘하는지는 궁금해하지 않았다. 한 사람 한 사람 인격체로서 알아가고 싶은 마음보다 어떤 점에서 도움을 줘야할지를 내내 생각해왔다는 것은 곧 나의 무의식중에 장애인은 '비장애인의 도움이 필요한 사람'이라는 전제가 깔려있었음을 반증한다. 무의식중에 열등하다고 판단한 것이다.

이러한 자기반성의 힘은 개인적인 차원의 서사에서 그치지 않기 때문에 더욱 중요합니다. 필자의 결론은 장애인 교육정책의 중요한 전환을 유도하기에 충분한 힘을 갖고 있습니다.

지금까지 나는 장애학생과 비장애학생의 분리교육을 주장했다. 장애학생이 학교폭력의 희생자가 되는 걸 막는 최선책이라고 생각했다. 그런데 분리교육은 결국 간극을 넓힐 뿐이다. 학교교육이 끝나면 우리는 장애여부와 상관없이 모두 사회로 나온다. 평생을 다른 공간에서 교육을 받은 사람들이 사회인이 되자마자 서로를 이해하고 공존하는 능력이 생길 수는 없다. 통합교육을 통해 '진정한 더불어 사는 사회'를 만들 수 있다. 공존하는 법을 배우고, 가르치고, 그렇게 인식의 변화를 도모해야 한다.

소위 '장애'에 관해 이보다 더 확실하게 자기 인식의 변화를 설명하기가 어려울 지경입니다(평가: A++). 자신의 개인서사로부터 시작하여 공적인 인식의 변화를 유도하는 글쓰기의 힘과 스타일은 방송언론계열의 직업에 최적화돼있는 느낌입니다.

이 글의 가장 아쉬운 점은 너무 모범생적인 해결책입니다. 장애인에 관한 인식의 변화는 정상인에 관한 사전인식을 전제로 합니다. 정상인으로만 구성된 정상인의 사회가 제대로 굳건하게 자리 잡고 있어야 결론부분이 아주 유의미하고 감동적일 수 있습니다. 그런데 문제는 과연 그러한가? 입니다. 정상인이라는 말 자체가 근대사회를 구성하는 평균적인 인간을 말하는 것일진대, 과연 정상인은 누구인지 의심하지 않을 수 없습니다. 탈근대는 근대사회 자체의 이데올로기를 근본적으로 의심하는 시절이기 때문입니다.

「병신과 머저리」

대학입시교육과 관련하여 자매와 아버지의 갈등을 실감나게 묘사했던 뛰어난 에세이에 관해 공적인 성공을 언급했는데, 그 필자에게서 "에세이를 보완하고 싶은데 공적인 성공이라는 말이 잘 이해가 되지 않습니다. 저의 성공이 공공의 이익이 된다면 그게 공적인 성공인가요? 아니면 사회의 다수가 성공하는 게 공적인 성공인가요?"라는 질문을 받았습니다. 정말로 좋은 질문입니다. 왜냐하면 공부를, 생각을 제대로 해나가는 사람이라면, 당연히 해야 하는 질문이기 때문입니다. 근대사회를 온몸으로 살아내야 했던 아버지 세대가 추정하는 공적인 성공은 (학업-취업-결혼 등) 너무나도 확실한 기승전결을 갖고 있기 때문입니다. 「병신과 머저리」라는 이청준의 단편소설 제목을 1970년대에는 6 · 25전쟁을 겪은 선배 세대를 '병신'이라고, 그리고 어디가 아픈지도, 고장난지도 모르는 후배 세대를 '머저리'라고 부르는 것으로 해석한 바 있습니다. 지금도 유사한 현상이 벌어지는 것 같습니다. 공적인 삶이 공인되던 근대의 끝자락에 와있는 아버지 세대가 '병신'이라면, 어떤 게 공적인 삶의 모습인지도 모르겠는 자녀 세대를 '머저리'라고 명명할 수 있기 때문입니다.

대부분 공부를 열심히 그리고 잘 하는 학생들이기 때문에, 그동안의 학교교육에서 그리고 성실한 선생님들에게 배웠던 틀(frame)에서 벗어나기가 어려울 것입니다. 그럼에도 불구하고, 탈근대라는 시대 자체가 그러한 모험을 강요하고 있습니다. 그리하여 피할 수 없는 난경이 사적인 면에서뿐만 아니라 공적인 면에서도 계속 제기되고 있습니다.

지금까지 생각해왔던 아버지 세대의 '공적인 성공'과는 다른 형태의 '공적인 성공'이 실현가능할까요. 바로 이 문제 때문에, 그러니까, 성공의 길이 보장돼있지 않기 때문에, 손쉬운 teaching을 하지 못하고 coaching을 하고 있습니다.

그러나 우리보다 앞서 이 길을 걸어간 많은 선배들이 있습니다. 그래서 열심히 공부해야합니다. 예를 들어, 푸코는『감옥의 탄생』에서 학교 등 근대제도가 감옥을 모방하고 있다는 점, 다른 책에서는 병원도 그러하다는 점, 그리고 또 다른 책에서는 더 나아가서 소위 '인간'이라는 게 불과 몇 백 년 전에 발명된 거라는 점을 설득력 있게 설명해냈습니다. 그러므로 열심히 연구조사를 하여 자신의 글로 쓸 필요가 있습니다.

우리 모두가 장애인입니다

장애에 관해 근대이념에 근거한 '너무 모범적인 해결책'이 아닌 탈근대적인 아이디어는 무엇일까요? 그러면 장애인을 어떻게 정의해야 하나요? 우리 모두가 장애인입니다. 나도 장애인입니다. 겉보기에 멀쩡하지만 나는 운전을 아주 싫어합니다. 환경보호의 명분도 있지만, 집에 좋은 차를 놔두고 대중교통을 이용합니다. 왜냐하면 공간 감각이 너무 결여돼있기 때문입니다. 이과생이던 내가 대학입시원서를 제출하는 과정에서 문과로 진로를 급히 바꿔야 했던 이유도 공간 감각의 결여가 대학교 이과수업에서 결정적인 장애요인이라는 사실을 깨달았기 때문입니다. 오스트레일리아에서 법정통역을 하던 시절에 한국인 밀집지역의 법원에 통역봉사를 가려고 나서던 50번째의 날에도 지도를 옆자리에 펴놓고 운전해야만 했습니다. 그러므로 나도 장애인입니다.

이제는 나이가 들었습니다. 이제부터는 하나둘씩 신체적인 장애요소가 늘어날 거라고 생각합니다. 그러므로 한 가지의 기능에만 장애가 있는 다수의 장애인들보다 내가 더 심한 장애인이 되겠죠. 그리고 이건 불운하게도 요절하지 않을 모든 이들의 운명입니다. '우리 모두가 장애인입니다'는 장애인협회를 위한, 아니 국민계도를 위한 캐치프레이즈가 될 수 있을 것 같습니다.

이런 타자를 위한 포월의 논리체계는 장애인뿐만 아니라 여성, 유색인종, 성소수자, 동물 권리보호운동과 생태론 등으로 확대될 수 있을 것입니다.

「다크나이트」의 필자

「다크나이트」의 필자는 B라는 학점도 줄 수 없었던 지난 에세이의 수준 때문이었는지, 뛰어난 글을 쓰고서도 다음과 같은 이메일을 보냈습니다.

> 많이 미숙한 글 지켜봐주신 교수님께 감사합니다. 교수님이 그래도 좋게 봐주실 순 있지만, 남에게 소개될 만큼 자랑스러운 글은 아니어서 수업시간에 소개하는 일은 삼가달라고 부탁드리고 싶습니다. 하지만, 교수님의 생각과 피드백은 매우 들어보고 싶기 때문에 개인적으로 해주셨으면 하는 바람이 있습니다. 저의 글 봐주셔서 감사합니다. 오늘도 편안한 밤 되십시오.

제 대답은 다음과 같았습니다.

> 발표하지 말라는 말까지 발표해야 할 것 같습니다. 군의 에세이를 근거로 10교시 수업을 시작해야 하기 때문입니다. 정말, 잘 썼어요.

「다크나이트」의 결론입니다.

　　조커가 '배트맨'의 자수를 목적으로 인질을 흥정하는 모습을 뉴스에 내보냈을 때, 그는 바로 기
자회견이 있을 때 자수를 하려고 하였을 만큼 그는 자신의 안위보다는 고담 시와 고담 시민들을 사
랑하였고, '하비 덴트'와는 방법이 다르지만 범죄자들과 싸우는 정의로운 히어로입니다. 그렇다면,
'정의'라는 범주 안에 포함되어 있는 그들이 같은 경험을 하고 한쪽은 경계선을 넘어 타락을 하고
한쪽은 더 완벽하고 성숙한 인물로 거듭났습니다. 영화 마지막에선 타락하여 악당으로 변했던 '하
비 덴트'는 결국 죽고 배트맨이 그의 잘못된 업보를 모두 짊어지고 사라지면서 끝을 냅니다. 고담
시 사람들은 내막을 모른 채 '하비 덴트'를 칭송하고 '배트맨'을 범죄자라 낙인찍습니다. 그들은 내
막을 모를 수밖에 없어 '덴트'를 정의라 부르고 '배트맨'을 악이라 부르죠, 이 장면을 보고, 경계선
을 넘어 타락한 인물인 '덴트'는 악이라 해야 하는가? '배트맨'은 그럼 정의인가? 탈근대적 시점으
로 보면, 현대사회를 살아가는 사람에게 정의와 악이라는 기준을 적용할 수 있는가? 라는 의문을 품
게 되었습니다.

　잘 모르던 시절의 지난 에세이가 미숙하다고 생각하여 소개하지 말라는 부탁을 받았지만, 이번에는 정
말로 잘 썼습니다(평가: A++).『배트맨: 다크나이트』에 관한 영화평론들이나 논문들을 찾아 필자의 이 짧
은 글과 비교하면 얼마나 잘 썼는지 알 수 있을 것입니다.

선과 악

　근대의 가장 큰 문제는 서구논리학의 이분법이라는 굴레입니다. 선과 악이라는 이분법은 적과 아군이
라는 대립구도를 만들었고, 근대 이후 지금까지 전쟁 등 폭력에만 갈등의 해결책을 의존하게 만들었습니
다.『배트맨: 다크나이트』가 위대한 영화라고 평가되는 이유는 선과 악을 대변하는 것 같은 배트맨과 조
커의 이분법적 대립 그 자체에 의문을 제기하고 있기 때문입니다. 최근에 나온『조커』라는 영화도 이 영
화의 전통을 이어가고 있는데, 조커는 우리가 공감할 수 없는 순수한 악마가 아니라는 엄연한 사실, 즉 근
대사회의 구조적인 모순에서 배출된 부산물일 뿐이라는 진실을 뚜렷하게 보여주기 때문입니다.

　이런 점에서 배트맨 같은 초능력의 인물이 아닌 보통사람 하비 덴트를 중요시한 점이 이 영화의 가장
큰 특징입니다. 검사였던 하비 덴트는 어쩔 수 없이 선과 악의 이분법을 넘나들지 않을 수 없었습니다. 근
대사회의 악을 척결하려는 정의의 수호자이기는 하지만, 검사는 악의 세계와 아주 친숙해져야 하기 때문
입니다. 지금 한국사회에서 크게 논의되는 검찰 개혁도 이런 관점에서 새롭게 검토될 수 있을 것입니다.

There is police and police[45]

"There is police and police."라는 데리다(Derrida)의 문장을 아주 좋아합니다. 잘못 쓴 문장이 아닙니다. "경찰과 경찰이 있다."에서 '경찰'이 두 번 반복되는 이유가 있습니다. 다음은 내 시입니다.

법칙금에 관한 명상

거의 매일 다니는 길이었다. 올림픽대로에서
분당 가는 고속도로로 진입하기 위해 끼어들었는데,
어제는 교통경찰관에게 걸렸다. 그런데, 이상하게도,
경찰관이 머뭇거리며 여러 번 물어보았다, 동의하시냐고.
그래서 동의를 하고 범칙금납부 통고서를 받았는데,
금액: 30,000원
적용법조: 도로교통법 제23조
위반내용: 끼어들기 금지위반
이라고 적혀 있었다. 내가 끼어들어간 건 맞으니까,
그런데, 현실에서는, 차선을 바꾸기 위해서 어디선가
줄지어 서 있는 차량들 사이 어딘가로 들어가야 하니까,
그러니까, 언젠가는, 어떻게든, 끼어들어가야 하는 실정인데,
이어져 있는 차량들이 공간을 잘 내어주지 않아서,
머뭇머뭇 달리다가, 너무 앞으로 가서, 끼어들어간 것 같아서,
그때는, 너무 앞에서, 얌체같이, 끼어들어간 것 같아서,
의도적인 행위는 아니었지만, 그래도 잘못한 것 같아서,
그래서 그냥, 동의를 했고, 그리고 계속해서 길을 갔다.

그런데, 내가 점선에서가 아니라 실선에서,
그러니까 건너갈 수 없는 선을 위반했다고 생각하고,

---

45 이곳은 2019년의 수업시간에 자세히 설명되지 않았던 부분입니다. 그러나 이전에는 아주 중요한 요소로 강조했었습니다. 2019년도의 수업 방향에서는 공적인 부분보다 사적인 측면에 더 많은 시간을 배분했습니다. 왜냐하면 우울과 불안 등 개인적인 문제를 해결하기에 급급해질 정도로 대학생들의 살림살이가 점점 더 어려워져가는 걸 느꼈기 때문이었습니다.

오늘, 똑같은 도로를 달려가면서, 차선을 유심히 보았는데,

그냥 끝까지 점선으로 되어 있었다. 그러니까

끼어들기 금지위반이 되는 지점이 어딘지 명확하지 않았다.

만약 어디서부터 끼어들기가 금지행위가 되는지 질문하였다면,

경찰관이 대답하기 곤란했었을지도 몰랐다.

데리다(Derrida)의 말이 생각났다. 그가 어떤 글에서

"There is police and police."라고 쓴 적이 있는데,

그게 무슨 뜻인지 알 것 같았다. 그러니까 경찰관이라면

이미 정해져 있는 법을 집행한다고 생각하는 게 상식이겠지만,

법이라는 게 정해지면서 집행되는 게 실상이라는 것이다.

끼어들기 금지위반의 법이 있겠지만, 그게 집행하는 과정에서

세부법조항을 즉석에서 만들면서 적용해야 하는 게 현실이고,

그 세부법조항에 성공적으로 이의를 제기하면 위반이 되지 않을 수도 있는 것이다.

그러니까, 어제부터, 경찰관에게 동의를 했으면서도,

마음속으로 쉽게 승복할 수 없었던 것이다. 그러니까

근대조직 속에서는 언제나 불만일 수밖에 없는 것이다. 그러니까

정해져 있는 법이 공정하게 집행된다고 선언되지만, 본능적으로

세부법조항이 불공정하게 적용되는 게 현실이라는 걸 느끼고 있기 때문이다.

무슨 이유에서든지 경찰단속에 걸려본 적이 있을 것입니다. 아니 학교 다닐 때 선생님에게 걸려본 적이 있을 것입니다. 물론 내가 잘못한 게 명백하고, 그런 사실을 전부 인정하는 경우도 있습니다. 그러나 대부분의 경우에는 억울하다는 느낌이 있었을 것입니다. 왜 그런 느낌이 들었을까요?

한 명의 경찰이나 교사에게 두 개의 주체가 공존하기 때문입니다. 하나는 법조항입니다. 그 법조항에 의하면 위반입니다. 또 하나는 그 법조항을 현장에 적용하는 주체입니다. 요컨대 경찰이나 교사가 위반사항을 단속할 수도 있고, 눈감아줄 수도 있기 때문입니다. 뇌물수수를 말하는 게 아닙니다.

교통신호등에는 적색, 녹색과 황색이 있습니다. 황색신호일 때 아주 짧은 거리를 통과한 적이 있었습니다. 신호등이 황색일 때에는 교차로 횡단이 신호위반이 된다는 사실을 몰랐습니다. 도봉경찰서 바로 앞에 서 있던 초병에게 단속됐습니다. 그런데 내가 정말로 몰랐다는 사실을 어떻게 알았는지 신호위반이 된다는 사실만 고지하고 보내줬습니다. 이게 교통법규위반을 눈감아주는 하나의 사례입니다.

대문자 정의와 소문자 정의

테리다에 의하면 정의에는 대문자 정의(Justice)와 소문자 정의(justice)가 있습니다. 대문자 정의는 신의 뜻이라는 종교적인 교리와도 연결되는 이상주의적인 원칙입니다. 소문자 정의는 그런 정의가 현실에 적용되는 실천사례입니다. 경찰이나 교사가 이런 근대이데올로기의 '난경'을 알 리 없겠지만, 그럼에도 불구하고, 그들은 두 개의 정의를 어떤 때에는 확실한 신념도 없이 적절하게 적용해야합니다.

경찰이나 교사의 잘못이 아닌 것처럼, 하비 덴트의 잘못도 아닙니다. 하비 덴트의 비극은 배트맨처럼 세상을 읽는 시적 상상력의 힘이 없었기 때문에 발생합니다. 어쩌다 한 번 비극적으로 인식할 수밖에 없었던 하비 덴트와 달리, 지금 시대를 살고 있는 사람은 누구나 언제나 만날 수밖에 없습니다.

「다크나이트」의 필자도 하비 덴트와 같은 난경에 처해 있었습니다. 그러다가 배트맨처럼 세상을 읽는 시적 상상력의 힘을 알게 됐습니다. 이런 사례에서처럼 나는 여러분이 진짜로 바뀔 수 있다는 걸 정말로 믿습니다. 근대이데올로기에 매몰돼있는 교육제도의 잘못 때문이었지, 여러분의 잘못이 아니었기 때문입니다. 탈근대가 언제나 이미 와 있습니다. 그러니까 시적 상상력의 도움을 받아 창의성을 발휘하기만 하면 됩니다.

금년을 대표하는 두 개의 영화 『기생충』과 『조커』도 바로 이런 '난경'을 영화화하고 있습니다. 『조커』가 조커의 개인서사에서 완결되는 반면에 『기생충』은 최소한 중서사, 더 나아가서 대서사로 발전하고 있습니다. 그래서 더 뛰어난 작품 같아 보입니다.

(이런 평가가 2020년 아카데미 시상식에서 현실로 실현될 것은 예상하지 못했습니다. 그런데 실제로 그렇게 됐습니다. 이렇게 계속되는 놀라운 증거들 앞에서 우리가 살고 있는 시대가 근대의 끝자락이며 탈근대의 시작점이라는 생각이 더욱 굳어집니다.)

「불과 얼음」

프로스트(Robert Frost)의 「불과 얼음」("Fire and Ice")은 이러한 근대의 난경을 잘 표현하고 있습니다.

Some say the world will end in fire,
Some say in ice.
From what I've tasted of desire
I hold with those who favor fire.
But if it had to perish twice,
I think I know enough of hate

To say that for destruction ice

Is also great

And would suffice.

어떤 사람은 세상이 불로 끝난다고 말하고,

어떤 사람은 얼음으로라고 말합니다.

내가 욕망의 맛을 봐왔기 때문인지

나는 불을 선호하는 사람들에게 동의합니다.

그러나 세상이 두 번 망해버려야 한다면,

내 생각에는 내가 증오도 충분히 알고 있으니

파괴에 있어서는 얼음도 또한 대단하며

충분하다고 말할 것입니다.

선과 악의 이분법처럼 욕망과 증오의 이분법도 별 의미가 없어 보입니다.

'읽기'에서 '듣기'로의 전환문제

4행의 "hold with"의 해독에 있어 주의할 점은 '동의한다'라는 번역어의 암기에 그쳐서는 안 된다는 것입니다. 읽기학습에서는 문제가 발생하지 않겠지만, 듣기(listening)의 능력으로 전환되지 않습니다. 'hold with'라는 영어구절을 듣는 그 짧은 순간에 '동의한다'라고 한국어로 번역하여 이해하고, 다시 이어지는 영어의 듣기에 집중할 수 없습니다. 그러므로 영어는 영어로 공부해야합니다.

이런 전략이 'hold with' 같은 숙어의 경우에 잘 적용이 되지 않는 이유는, 'with'라는 전치사의 뜻을 따로 익히지 않았기 때문입니다. '함께' 또는 '같이'라는 'with'의 뜻과 '잡는다'라는 'hold'의 뜻을 합치면서 듣는 순간 그 전체의 뜻을 추정해낼 수 있어야 합니다. 한국어의 듣기에도 이와 똑같은 절차를 거치게 되므로, 영어를 한국어처럼 익숙하게 공부하는 방법입니다. 함께 손을 잡는 장면을 상상해낸다면 순식간에 감을 잡을 수 있습니다.

읽기에서 가장 고차원에 속하는 번역은 훨씬 나중의 일이므로, 듣기의 과정에서는 그런 걸 신경 쓸 필요가 없습니다. 가장 중요한 건 '읽기'에서 한 공부가 '듣기'에서 소용없어지는 걸 방지해야 한다는 점입니다.

「가지 않은 길」

프로스트의 「가지 않은 길」("The Road Not Taken")도 근대의 난경을 잘 표현하고 있어서 시에 관심이 있는 대부분의 사람들이 공감합니다.

> Two roads diverged in a yellow wood,
> And sorry I could not travel both
> And be one traveler, long I stood
> And looked down one as far as I could
> To where it bent in the undergrowth;

> 두 개의 길이 노란 숲속에서 갈라지고 있었어요.
> 그런데 애석하게도 나는 둘 다 여행할 수는 없었어요.
> 그리하여 한 명의 여행자로서 나는 오랫동안 서 있었어요.
> 그리고 될 수 있는 한 멀리까지 하나를 내려다봤어요.
> 그 길이 아래 덤불 속으로 구부러져 들어가는 지점까지 말이죠.

"두 개의 길" 앞에 서 있는 "한 명의 여행자"라는 행동자(agent)가 처한 근대의 '난경'을 묘사하는 대표적인 정경입니다.

> Then took the other, as just as fair,
> And having perhaps the better claim,
> because it was grassy and wanted wear;
> Though as for that, the passing there
> Had worn them really about the same,

> 그런 다음에 그것만큼이나 멋진 다른 길을 선택했어요.
> 풀이 우거져 있고 밟아서 닳게 되기를 원하고 있었기 때문에
> 아마도 권리 주장을 더 잘하고 있었을 거여요.
> 그런 점에서 말하자면, 저곳을 지나가는 길이
> 실제로는 거의 똑같이 닳아져 있었지만 말이죠.

영어단어 학습법

영어단어의 경우 학습의 초기 외에는 사전에 너무 의존하지 말아야 합니다. 예를 들어, '말하다'라는 사전적인 뜻을 갖는 say, speak, tell, talk를 어떻게 구별합니까. 단어의 사용법을 정확하게 파악하지 못하면 '듣기'와 '말하기'에서 큰 곤경에 처하게 됩니다. 자기 자신만의 영어사전을 만들어나가야 합니다.

'take'와 'have'의 차이점은 무엇입니까? 누가 "Have some cookie"라고 말할 때와 "Take some cookie"라고 말할 때 어떻게 다르게 반응해야 예의에 어긋나지 않습니까? 거절할 수 있는 경우와 거절하기에 곤란한 경우가 있습니다. have가 수동적인 상태동사라면 take는 취하는 동작까지 포함하는 능동적인 동작동사입니다. 그러므로 "Take some cookie"라고 말하면, 예의상으로라도 한 개를 집어주는 게 좋습니다.

'take'라는 단어가 사용된 것처럼 서구적인 사고방식은 개인의 의지에 따른 적극적인 선택을 중시합니다. 풀이 우거진 상태가 "밟아서 닳게 되기를 원하고" 있는 걸 "권리주장"이라고 정의하는 것처럼 타자를 물신화하는 경향으로까지 확대되는 문제점이 있습니다. '여행자'라는 인간주체의 입장뿐만 아니라, '타자'인 '풀'과 그걸 보유하고 있는 '길'이라는 객체의 관점에서의 상황판단은 고려되지 않고 있습니다.

자신이 선택한 이곳과 대비되는 'there(저곳)'라는 단어의 사용에서도 뚜렷하게 드러나는 시각입니다. 예를 들어, 블록버스터 전투영화의 가장 큰 전환점은 '저쪽'에 있던 '적'이 '이쪽'에 있는 '아군'으로 입장을 바꾸는 장면입니다.

정복욕

And both that morning equally lay
In leaves no step had trodden black.
Oh, I kept the first for another day!
Yet knowing how way leads on to way,
I doubted if I should ever come back.

그런데 그날 아침은 둘 다 똑같이 놓여 있었어요
어떤 발자국도 밟아서 검게 만들어버리지 않았던 잎들 속에서요.
오, 나는 다른 날을 위해 첫 번째 길을 간직했어요!
허나 어떻게 길이 계속 길로 이어져 가는지 알고는
내가 도대체 돌아올 수나 있을는지 의심했어요.

길 위의 잎들을 발자국이 "밟아서 검게 만들어"버리는 게 길을 가려는 목적이라니, '정복욕'이 서구적인 행동자의 추동력이라는 걸 짐작할 수 있습니다. 그리고 객체와 대조적인 주체를 중심으로 하는 서구사상과 대비되는 관계중심의 동양사상의 탈근대적인 이점을 파악할 수도 있습니다.

전치사

4행의 "on to"는 "hold with"의 경우와 마찬가지로 전치사의 뜻을 정확하게 이해하지 못하면 해석에서부터 어려움을 겪게 됩니다. 한국어로는 정확하게 번역하기 어렵지만 'on'과 'to'의 뜻 자체를 정확하게 알고 있어야 합니다. 그렇지 못하다면 많은 공부를 한 뒤에도 '듣기'에서 난감한 상황을 맞이하게 될 것입니다.

'on'은 "There is a picture on the wall."에서처럼 '그냥 위에'가 아니라 '붙어서 위에'라는 뜻입니다. 그래서 "Go on!"이라고 말할 때 'on'을 강조하기 위해 손바닥을 위로 하여 손을 수평으로 내미는 제스처를 하곤 합니다. 전치사를 몸짓으로까지 강조함으로써 지금까지 하던 일을 계속하라는 뜻이 뚜렷하게 전달됩니다. 이런 걸 한국어로 번역하려고만 하지 말고, 감각적으로 알아들을 수 있어야 영어회화의 상황 속에서 자연스럽게 행동할 수 있습니다.

'into'와 비교되는 'to'는 어떤 장소의 바로 앞까지 가는 걸 말합니다. "I entered the room."이라는 뜻의 "I went into the room."과 달리 "I go to the room."은 문 앞까지 갔다는 서술문입니다.

그러므로 "how way leads on to way"는 길이 계속 길로 이어졌고, 그 두 번째 길 바로 앞에서 또 다시 들어가기로 선택을 했다는 말입니다. 한 번의 선택이었지만 그로 인해 이어지는 선택을 하지 않을 수 없었다는 말입니다.

행동자의 선택

이게 바로 근대사상의 대표적인 특징입니다. 일단 행동자의 선택이 내려진 이상, 유토피아(Utopia)로 향하는 발걸음을 중도에서 멈출 수 없다고 생각합니다. 그러니까 "내가 도대체 돌아올 수나 있을는지 의심했었어요."라고 자신의 인생을 미리 결론짓습니다.

결혼이나 직장선택에 큰 관심을 표명하는 이유는 한 번의 선택이 인생을 영원히 결정한다는 근대이데올로기를 신봉하기 때문입니다. 밀레니얼 세대를 아주 다르다고 느껴는 이유이기도 합니다. 밀레니얼은 선택을 한 번만 할 수 있다고 믿지 않습니다. 그리하여 그들은 어렵게 들어간 직장도 쉽게 포기하고, 어렵게 이룩해낸 근대가족제도에서도 쉽게 벗어나는 것 같은 느낌이 듭니다.

노스탤지어의 개인서사

3연까지의 유토피아를 마지막 연의 회고의 노스탤지어로 결말지으면서, 근대의 난경을 묘사하는 프로스트의 세계관이 근대의 이념을 벗어나지는 못했다는 걸 입증해줍니다.

> I shall be telling this with a sigh
> Somewhere ages and ages hence:
> Two roads diverged in a wood, and I−
> I took the one less traveled by,
> And that has made all the difference.

> 내가 한숨 쉬면서 이걸 이야기하고 있게 될 거야
> 지금으로부터 오래고 오랜 시간이 지난 뒤 어떤 곳에서.
> 두 개의 길이 어떤 숲에서 갈라져 있었다고, 그런데 나는−
> 나는 사람들이 좀 덜 여행했던 걸 선택했었다고
> 그리고 그게 이 모든 차이점을 만들어냈다고.

3연까지처럼 거대서사의 관점에서가 아니라, 노스탤지어를 하나의 행동자의 개인서사로 기록하고 있다는 점이 프로스트가 근대의 난경을 심각한 문제로 여기고 있음을 알려줍니다. 그러니까 난경 속에서 개인적인 결단이 필요한 시대라는 걸 잘 알고 있는 거죠.

개인적인 결단

이 수업이 프로스트가 예고한 그러한 결단에 있어서 큰 도움이 될 수 있습니다. 애인이 첫 키스를 하자고 할 때, 어떤 직장에 취업하기로 결정할 때, 주택을 구입할 시점을 정할 때, 하나의 숲속에서 두 개의 길 앞에 선 프로스트의 여행자처럼 언제나 난경을 마주하게 됩니다. 선택을 쉽게 해줄 수 있을 거대서사가 부재한 세상 속에서 개인적인 결단만이 유일한 해결책인 경우가 대부분입니다. 결정 장애가 너무 흔해진 세상입니다. 이러한 난경의 문제 앞에서 고뇌를 했던 독서경험이 있는 사람은 그로 인해 향상된 시적 상상력의 힘으로 실제로 도움이 되는 창의력을 발휘하게 될 가능성이 높아집니다.

악의 평범성

배우 곽철용은 과거의 악역으로 인해 유튜브 스타로 떠올랐습니다. 「곽철용과 조커, 악역에 왜 감정이입이 될까」[46]라는 질문에 대한 대답은 생각보다 복잡합니다. 유대인 말살을 목표로 하는 수용소의 기획자 아이히만의 전범재판을 취재하기 위해 이스라엘로 갔던 아렌트(Hannah Arendt)는 충격적인 발견 때문에 기자에서 철학자로 바뀝니다.

> 악이란 뿔 달린 악마처럼 별스럽고 괴이한 존재가 아니며, 사랑과 마찬가지로 언제나 우리 가운데 있다.

그녀가 쓴 『예루살렘의 아이히만』은 '악의 평범성'을 주장합니다. 그리하여 「악마는 '보통사람'의 얼굴로 우리 곁에 산다」라는 신문기사에 누구도 놀라지 않게 되었습니다.[47]

생태론

전편과 달리 근대적 선악관이 본질적으로 변모한 탈근대적인 세계관을 재현해내지 못했기에 속편 영화 『말레피선트2』(Maleficent: Mistress of Evil)는 실패했습니다.

선과 악의 이분법적 대립의 증오정치를 지구의 신 가이아(Gaia)를 닮은 불사신 피닉스(Phoenix)의 신화로 포월하려는 디즈니의 동화 같은 해결책이 공감을 얻지 못한 이유는, 가이아 이론을 중심으로 하는 생태론(ecology)의 추진력이 약한 이유이기도 합니다.

인간주체를 중심으로 하는 환경(environments)이라는 개념 대신에 지구상의 모든 존재를 중심으로 해야 한다는 생태론(ecology)은 지속가능한 발전모델을 위해서도 납득이 가는 논리체계입니다. 그런데도 불구하고 뚜렷한 실천지침을 제시하지 못하고 있어서, 기후변화문제의 해결책을 실천하겠다는 전 지구적인 노력을 이끌어내지 못하고 있습니다. 어린 툰베리가 그 대변인이 돼야하는 게 생태론의 현실입니다.

존재와 무

불사신인 피닉스처럼 거의 멸종에 이른 세계가 무(無)에서 부활한다는 개념 자체가 존재(being) 중심

---

46 이지영, 「곽철용과 조커, 악역에 왜 감정이입이 될까」, 『중앙일보』, 2019.10.23.

47 정진우, 「악마는 '보통사람'의 얼굴로 우리 곁에 산다」, 『중앙일보』, 2019.06.25.

의 서구사상에서는 익숙하지 않습니다. 그리하여 피닉스가 부활한 이후 미래의 전망이 불투명하게 느껴집니다. 결말 부분에서 폭력적인 갈등을 초래했던 세대를 이어받는 왕자와 공주 등 차세대의 지도자들이 최종적인 화합을 선언하고 있음에도 불구하고, 그러한 현실이 실현될 가능성에 있어서 설득력이 부족합니다. 그리하여 실질적인 지도자는 여전히 말레피선트라는 신화세계의 인물이 됩니다.

디즈니영화사의 미래는 이러한 문제의 해결여부에 달려있는 것 같습니다. 과거의 동화적인 해결책이 탈근대적인 고객에게는 만족스럽지 못한 전개이기 때문입니다. 인수 합병한 픽사(Pixar)의 영향력으로 선(유색인종, 여성, 소수민족)과 악(백인, 남성, 주도민족)의 역전현상을 가끔 구현해내고는 있지만, 여전히 근대이데올로기의 현상유지로 되돌아가는 성향을 드러내고 있습니다. 더 큰 난관은 무(無)의 동양사상을 이해하기 어려워하며 서양사상에 익숙한 제작전략을 전면재편하지 않는다면 미래의 전망은 더욱 어두워질 것입니다.

에세이의 본령 [부록-13]

「글 잘 쓰는 법」은 전문가의 탄생을 보여줍니다. 필자는 에세이의 본령에 잘 맞는 글을 쓰고 있습니다 (평가: A+++). 당장 관련 잡지에 투고해도 될 만큼 훌륭한 글입니다. 그 이유는 에세이의 내용과 형식이 아주 잘 어울리기 때문입니다. 에세이 글쓰기의 능력을 갖추고 있으니, 자꾸 많이 써서, 전문가, 즉 에세이스트가 되는 길을 열어보시기 바랍니다.

수필가, 신문 기자, 라디오나 TV의 방송작가와 광고전문가 등 다양한 직업에 도전해볼 수 있습니다. 그러니 수동적으로 글만 쓰지 말고 자신의 글을 이곳저곳에 투고하며 경쟁력을 심사받아보거나, 돈이 되는 직업으로 활용할 수 있는지 될 수 있는 대로 많은 곳에 도전해보시기 바랍니다.

정말 놀라운 사실은 이게 이 필자의 첫 번째 에세이라는 점입니다. 아마도 자신의 글쓰기에 자신이 없어 지금까지 망설였을 것입니다. 그러한 망설임이 이 글에 담겨 있는 주요 정동입니다. 그런데 이 필자는 이미 뛰어난 글쓰기 능력을 갖춘 작가의 경지에 와 있습니다. 이 학생의 사례를 보면서, 다시 한 번 한국교육의 문제점을 느끼게 됩니다.

나의 정의

창작시 「정의」는 다음과 같습니다.

1학년 1학기 첫 수업
교수님께서 말씀하셨다

네 자신을 정의하라.

나는 누구인가?
나는 남자인가

나는 누구인가?
나는 친구인가

나는 누구인가?
나는 아들인가

나는 누구인가?
나는 학생인가

교수님 잘 모르겠어요
나에 대해 알지도 못하는데
나를 정의 내리기엔 20년은 너무 짧았어요.

마치 그림자가 지지 않는 가로등 아래를 걷는 듯하다.

나의 정의라는 관점에서 '남자'와 '친구'는 "Who are you?"라는 질문에 대한 대답이 되며 프로이드가 해체해버린 단일 '자아(self)'를, '아들'과 '학생'은 "What are you?"라는 질문에 대한 대답이 되며 마르크스가 해체해버린 단일 '주체(subject)'를 찾고 있습니다. 그런 추적과정에 관한 가장 적절한 대답은 이 필자의 대답처럼 "잘 모르겠어요"입니다. 그렇지만 "그림자가가 지지 않는 가로등 아래를 걷는 듯"한 명증한 해결책의 모색과정을 보여주기에 이 학생은 시인이란 무엇을 하는 사람인지, 그리고 시적 상상력의 힘으로 무엇을 할 수 있는지 잘 알고 있음을 반증합니다.

가수 아이유의 '러브 포엠'

가수 아이유의 선공개곡 「러브 포엠」(Love poem)이 각종 음원차트 1위를 싹쓸이했습니다.[48] 이와 함

---

48   이다겸, 「아이유 Love poem, 차트 올킬⋯ "살았으면 좋겠다" 소개글 '먹먹'」, 『스타투데이』, 2019.11.02.

께 아이유가 직접 적은 것으로 보이는 최근 절친했던 故설리를 애도하는 듯한 '러브 포엠'의 소개글에 누리꾼들은 먹먹함을 감추지 못했습니다. 그 글은 다음과 같이 마무리됩니다.

> 또 배운 게 도둑질이라, 나는 나의 사랑하는 사람들에게 얼마든 노래를 불러줄 수 있다. 내가 음악을 하면서 세상에게 받았던 많은 시들처럼 나도 진심 어린 시들을 부지런히 쓸 것이다. 그렇게 차례대로 서로의 시를 들어주면서, 크고 작은 숨을 쉬면서, 살았으면 좋겠다.

낭만적인 세계관의 노골적인 선언입니다. 나처럼 나이든 사람이 듣기에는 적절하지 않을 정도의 사랑 노래입니다. 그럼에도 불구하고, 아이유는 이런 노래를 만들 자격이 있고, 또 우리도 이런 노래를 들을 권리가 있습니다. 왜냐하면 아이유는 낭만적 사랑을 글로 쓰지 않고 노래로 부르고 있기 때문입니다. 위에 인용된 글만 있다면 다소 칙칙한, 시대에 뒤처지는 정서의 표현 같아 보일지도 모릅니다. 그러나 위의 글은 나처럼 나이든 사람도 삶의 고뇌를 잠시 잊게 할 만큼 아름다운 노래에 덧붙여진 것입니다. 근대의 끝자락에 있어 낭만적 사랑의 힘이 사라져가고 있다고는 해도, 그걸 대체할 거대서사가 아직 없으니 그런 추억의 힘을 빌려야 할 때가 많습니다. 그런 노스탤지어는 노랫가락 속에 아직도 힘차게 살아있습니다.

영시를 공부하는 이유

지금 이 시간까지의 수업내용을 간단한 도표로 정리해보겠습니다.

1단계: 왜 사는가? 무엇을 위해 사는가?
* 자기 마음속에 '절박한' 질문이 생기지 않으면 누구도 도와줄 수 없다.
* 강의내용은 그런 질문들을 유도하려는 목적이 있다.
* 도저히 피할 수 없는, 자신의 인생의 질문을 만나야 한다. (그게 문학에서든 영어공부에서든)
* 이번 학기 중에 안 되더라도, 방학 동안 여행을 하거나 부업을 하면서, 또는 그 후에라도 살면서 그 질문을 찾아야 한다.

2단계: 데미안적 모먼트(Demianic moment)
* 에세이와 기말논문의 목적은 자신이 찾은 '절박한' 질문에 대한 대답의 시작이다.
* 마음속에서 생각하는 것만으로는 부족하다.
* 구체적인 물증(글이나 작품 등)으로 제시돼야 한다.

3단계: 담론(Discourse)의 형성

* 이제 대화를 통한 인간관계가 시작될 수 있다.
* 깊은 인간적 교류(rapport)가 중요하다.
* 자신의 '담론'을 형성해나가기 시작해야 한다.
* 그래야 자신의 세계가 진정으로 시작될 것이다.
* 인생의 성공여부는 자신의 담론의 성공여부에 달려있다.

 질문이 있어야 누구라도 도와줄 수 있습니다. 그래야 뭔가 시작됩니다. 그게 뭔지는 몰라도 시작되면 글이 저절로 나옵니다. 그게 없으면 사는 게 아닙니다. 이건 SKY대학교나 하버드대학교와 아무런 상관이 없는 일입니다.

 절박한 질문 앞에서 줄탁동시를 목표하는 Coaching의 교육과정이 빛을 발합니다. 이때 나는 '영혼의 불꽃놀이'를 목격합니다. 정말로 아름다운 광경입니다. 왜냐하면 새롭게 태어난 영혼이 각자 나름대로 뭔가를 모색하기 시작하기 때문입니다.

술에 취한다는 것

 개인서사가 형성되기 시작하면 외로움의 슬픔이 아닌 고독의 힘을 발산하게 됩니다. X세대의 학생에게 술 마시는 광경의 묘사를 부탁했던 적이 있습니다. 그냥 "마셔!" 그런답니다. 술에 취하는 게 목적이라면 차라리 알코올주사가 그 효과에 있어서 더 싸고 빠르지 않겠습니까. 술을 마시는 이유는, 아니, 꼭 술을 마시지 않더라도, 친구라는 인간관계는 어쩔 수 없이 빠져 들어가 있는 난경 속에서 제정신을 가지고서는, 그러니까 독립적인 인간주체의 자존심을 유지하고서는 도저히 대화를 개시할 수 없는, 그런 장애물을 넘어가려는 게 가장 중요한 목적입니다.

담론의 형성

 시적 상상력의 힘에 의해 자기 자신이라는 독립적인 인간자아와 주체에 대한 반성을 할 수 있게 되면, 대화를 통한 제대로 된 인간관계를 시작할 수 있습니다. 이는 개인서사를 넘어서서 중서사와 대서사라는 담론을 형성하는 능력이 생겼다는 걸 뜻합니다. 이렇게 자신의 세계가 형성되기 시작하면 인생의 성공을 계획할 수 있게 됩니다. 이게 바로 대학교육, 더 나아가서 교육의 진정한 목표입니다. 이게 바로 소위 홍익인간이 되는 길입니다.

라포르(rapport)

구체적인 사례를 하나 들자면, 취업인터뷰에서 성공하는 방법은 그 짧은 시간 안에 면접관들과 '깊은 인간적인 교류'를 형성해내는 것입니다. '신뢰감'이라고 번역되는 '라포르(rapport)'는 행복의 원천입니다. 누군가와 라포르가 형성되는 경험이 바로 행복감의 이름입니다. 나는 수업시간에 놀라운 성취를 이룩한 에세이들에서뿐만 아니라 교감하는 눈빛들 속에서도 학생들과의 라포르를 경험합니다. 이러한 공적인 성공의 방식을 지금까지 높게 평가했던 적이 없었습니다. 그러니 나는 경쟁자도 별로 없는 '블루오션(blue ocean)'에서 행복하게 수업을 하고 있는 셈입니다.

정신건강의 위기

가수 셜리의 자살[49]이 많은 사람에게 충격을 줬던 이유는 그녀가 겪었던 우울한 감정의 보편성 때문이었습니다. 트웬지(Jean Twenge)의 「미국 청년층의 정신건강의 위기는 실제이며, 그리고 당황스러울 정도이다」("The mental health crisis among America's youth is real—and staggering")라는 보고서는 청년층의 우울과 불안이 한국에만 국한된 문제가 아님을 알려줍니다.[50]

> 2009년부터 2017년까지 20세와 21세의 불안증상이 7%에서 15%로 두 배로 증가했다. 16세와 17세의 불안은 69%로 치솟았다. 우울과 무기력의 감정들을 포함하는 심각한 정신적인 고민은 2008년부터 2017년까지 18세에서부터 25세까지에서 71%로 뛰어올랐다. 2008년과 비교할 때 2017년의 22세와 23세의 자살시도는 2배이며 55% 이상이 자살을 생각했었다.

이런 사정을 잘 모르니까 개인적인 문제로 취급되는 경향이 있습니다. 자브르(Ferris Jabr)의 「비디오게임에 정말로 중독될 수 있을까요?」("Can You Really Be Addicted to Video Games?")는 "중독이 본질적인 인간의 친밀한 경험을 인공적으로 보상하기 위한 충동적인 대체물"이라는 관점에서 실제로 치료를 진행하고 있는 사례들을 보고하고 있습니다.[51] 영시개론의 목표인 라포르가 공적 성공을 위한 취업인터뷰에서 뿐만 아니라 사적 행복을 위한 불안과 우울의 원인인 외로움의 극복에서도 대표적인 해결책이라는 걸 밝혀줍니다.

---

49 「연예인 셜리 숨진 채 발견···경찰 "극단적 선택 추정"(종합)」, 『연합뉴스』, 2019.10.14.

50 Jean Twenge, "The mental health crisis among America's youth is real—and staggering", The Conversation, March 15, 2019

51 Ferris Jabr, "Can You Really Be Addicted to Video Games?, The Atlantic, Oct. 23, 2019.

외로움부 장관

「영국이 먹방(Mukbang)에 빠진 이유」라는 기사[52]를 보면, 일간지 『가디언』은 영국에 먹방 바람이 불고 있는 이유가 외로움과의 관련성이 있다고 보도했습니다. 영국 통계청자료에 따르면 "16세 이상 24세 이하 청년의 경우 10명 중 6명 정도 외로움을 느낀다고 응답"했는데, 영국정부는 '외로움'을 심각한 사회문제로 인식하여, "범정부 차원에서 외로움 대응전략을 마련하기 위한 책임자(Chairman)"로 "2018년 1월 영국총리는 세계최초로 외로움부 장관을 임명"했습니다.

영국은 외로움이 개인문제가 아니라 사회문제라고 인식하여, 그 문제를 해결하기 위해 범정부 차원에서 협업하고 있습니다. 예를 들어 영국 커피숍 '코스타'는 "약 300개 매장에" "낯선 사람이 만나 이야기를 나눌 수 있는 공간으로 커피숍 내부에" 수다석을 만들었습니다.

한국정부의 대처수준은 빈약합니다. "통계청자료에 따르면 2018년 기준 20대 청년 약 5.7%가 자살충동을 겪었"는데 "그중 약 14%가 외로움을 충동원인으로" 꼽았습니다. "2030 세대의 주요사망원인은 '자살'로 이어지는 '외로움'과 연관 있는 것으로" 나타났습니다. 그러나 근대의 끝자락에 있어서 발생하고 있다는 근본원인을 파악하여 대처한다면, 한국이 이 분야에 있어서 세계를 선도할 가능성이 높습니다. 왜냐하면 BTS의 아미(ARMY)에서도 입증되듯 개인의 자아와 주체보다 관계를 선호하는 동양사상이 이런 문제의 근본적인 해결에 있어 훨씬 더 효과적이기 때문입니다. 그린버그(Gary Greenberg)의 「정신과의사의 구제불능의 오만함」("Psychiatry's Incurable Hubris")이라는 글에서 "정신질병의 생물학은 여전히 신비이지만 개업의들은 그걸 인정하기를 원하지 않는다"라는 주장 등 이와 유사한 수많은 에세이들에서도 입증됩니다.[53]

알랭 드 보통의 『불안』

총체적 난국과 같은 현실상황에 대응하기 위해 새로운 시대의 삶을 위한 '인생학교'를 운영하고 있는 알랭 드 보통의 『불안』은 서구사상이 도달한 하나의 지점을 가리킵니다.

> 우리는 우리 자신이 같다고 느끼는 사람들만 질투한다. 우리의 준거집단에 속한 사람들만 선망한다는 것이다. 가장 견디기 힘든 성공은 가까운 친구들의 성공이다.[54]

---

52 김민호, 「영국이 먹방(Mukbang)에 빠진 이유」, 『미디어 데일리』, 2019.03.12.

53 Gary Greenberg, "Psychiatry's Incurable Hubris", The Atlantic, April 2019 Issue.

54 알랭 드 보통, 『불안』, 정영목 옮김, 서울: 은행나무, 2011, 57-58쪽.

여왕폐하의 타고난 성공에는 자존심이 상하며 질투를 느끼지 않는다는 경험에 비추어 현대인의 불안이 태생적이라기보다는 시대의 산물이라는 점을 밝혀냅니다.

18세기 후반 영국에서 시작된 산업생산과 정치조직의 변화로 인해 체제의 키를 쥐게 된 지배계급의 이해관계를 반영하는 신문과 텔레비전에 주입돼있는 물질주의, 기업가정신, 능력주의에 대한 열망을 이 체제에 의해 생계를 유지하는 다수가 공유하기 때문입니다. 근대의 "인류는 매년 완벽한 상태를 향해 진보한다는 세계관"이 전근대의 "내년도 작년과 똑같은 것(똑같이 나쁠 것)이라고 예상하던 순환론적인 낡은 세계관"을 대체해버립니다.[55]

"불안은 현대의 야망의 하녀"입니다. "세계를 유지하고 남들로부터 존경을 받으려면 적어도 다섯 가지 예측 불가능한 요인이 뜻대로 따라주어야 하는데, 이것은 사회적 위계 내에서 자신이 바라는 자리를 얻거나 유지할 수 있을 것이라고 확신하지 못하는" 변덕스러운 재능, 운, 고용주, 고용주의 이익 및 세계경제 등 다섯 가지 이유가 되기도 합니다.[56]

수많은 서양의 서적들처럼 문제점의 진단에서 날카로운 혜안을 발휘하다가도, 그 해결책의 모색을 위한 지혜 창출에 있어서는 둔탁해지는 경향을 알랭 드 보통의 이 책도 보이고 있습니다.

"가족의 유대, 우정, 성적인 매력"이 "자신의 요구를 온전히 충족시켜 줄 것이라고 믿는 사람은 무모한 낙관주의자"라고 여기며 전근대적인 해결책을 기대하지는 않습니다.[57]

> 죽음을 생각하면 사교생활에 진정성이 찾아온다. 우리가 아는 사람들 가운데 누가 입원실까지 와줄 것인지 생각해보면 만날 사람을 정리하는 데 큰 도움이 될 것이다.[58]

죽음의 명상을 대안으로 보여주며 선망의 굴레를 벗어날 것을 제안함과 동시에, "비극예술에 담긴 교훈"[59]에서 드러나듯 "다수의 가치로부터 인정받지 못하는 가치, 다수의 가치를 비판하는 새로운 가치에 기초하여 새로운 위계를 세우려" 했던 철학, 예술, 정치, 기독교 등의 노력의 결과만을 기대하고 있습니다.[60]

---

55 같은 책, 46-47쪽.

56 같은 책, 118쪽.

57 같은 책, 130쪽.

58 같은 책, 275쪽.

59 같은 책, 199-200쪽.

60 같은 책, 355-56쪽.

행복연구

하버드대학교 성인발전연구소(The Harvard Study of Adult Development)의 행복연구는 1938년 이후 현재까지 75년간 생존해있는 90대의 60명 등 724명과 2,000명의 자녀에 관한 후속연구를 진행해오고 있습니다. 75년 연구의 분명한 메시지는 "좋은 인간관계가 우리를 계속해서 행복하고 건강하게 만든다. 끝."(The clearest message that we get from this 75-year study is this: Good relationships keep us happier and healthier. Period.)입니다.[61]

행복은 대부분의 사람에게 아주 중요한 관심사일 수밖에 없기 때문에 4대 연구소장의 TED 강연내용을 자세히 요약하겠습니다. 사회적인 관계가 우리의 건강에 실제로 좋으며, 외로움이 사람을 죽입니다. 가족, 친구와 공동체에 사회적으로 더 연결돼있는 사람들이 더 행복하며 육체적으로 더 건강하고 그렇지 않은 사람들보다 더 오래 삽니다. 그리고 친구의 숫자가 아니라 긴밀한 관계의 질이 중요합니다. 그러므로 사랑 없이 갈등만 심한 결혼생활은 이혼하는 것보다 건강에 더 나쁩니다. 50세의 나이에 인간관계에 가장 만족하는 사람들이 80세의 나이에 가장 건강했다는 연구결과도 있습니다. 그리고 좋은 인간관계는 우리의 몸뿐만 아니라 머리도 보호합니다.

밀레니얼 세대에 관한 최근의 연구에서처럼 75년 전 연구를 시작할 때 청년 세대는 좋은 삶을 갖기 위해 명예와 부와 성공을 추구할 필요가 있다고 실제로 믿었습니다. 그러나 75년이 지난 뒤에 우리의 연구에 의하면 가장 잘 살아간 사람들은 가족, 친구와 공동체 등 인간관계에 관심을 기울였던 사람들이었습니다. 그러니까 좋은 사람은 좋은 인간관계와 함께 건설됩니다.

---

61 Robert Waldinger, "What makes a good life? Lessons from the longest study on happiness", TEDxBeaconStreet.

정동이론

쓰레기통

내 수업을 들으면 어떤 일이 벌어지냐면, 어, 이게 생각보다 중요하네, 그런 생각이 들면서, 청강생이 생겨요. 여러분 자신에게는, 니체가 했던 말, 그러니까, 머리가 쓰레기통 같아져요. 구름 잡는 것 같은 이야기라고 분노하다가 받아들이면 혼란에 빠질 가능성이 있어요.

9월 에세이는 잘 썼는데, 10월 에세이를 아직까지 못 낸 사람들이 많아요. 기준이 생기니까 못 쓰는 거여요.

내 수업이 어려운 이유는 훈장선생님과 하는 서당처럼 3년의 기숙학교 생활이 필요한 내용인지도 모르는데 한 학기에 다 하려니까 그래요. 그렇지만 여러분의 젊음의 힘을 믿고 시도하는 거죠.

개론 수업이니까 영시의 맛만 보여줄 수도 있어요. 실제로 내가 잘 아는 강사님의 수업에서는 사랑에 관한 시 스무 편 정도만 읽었대요.

시간으로 따지자면 칠팔백 년의 도약(time-leap)을 하는 거니, 타임캡슐을 타고 가는 거나 마찬가지죠. 뭔가 가슴을 쳤으니까 잘 쓰게 된 사람도 혼란스러워요. 한 번은 어쩌다 성공했지만 두 번째는 힘들죠. 왜냐하면 체계적으로 작업해야 하니까요. 천재적인 감각뿐만 아니라 적절한 이론체계가 요구되니까요. 즉 공부가 뒷받침돼야 하니까요.

근데 문제는 12월 10일에 끝난다는 거죠. 이제 이익이 되는 공부가 뭔지는 알겠죠. 기준도 대강 알 것 같을 거여요. 그 기준은 여러분 자신이 잡아나가야지 누가 잡아주나요. 예를 들어 미용을 배우러 가면, 선생님은 언제나 자기가 최고라고 말하겠죠. 배우는 학생이 기준을 잘 파악해야죠. 왜냐하면 그 기준이 자신의 삶을 정하니까요. 그 기준이 너무 낮으면 삶의 수준도 그만큼 낮아지겠죠.

「진짜 공부의 어려움」

작년까지는 안 하던, 아니, 못 했던 내용, 「진짜 공부의 어려움」을 준비했어요. 금년에는 진짜 공부하는 사람들이 많아서, 처음 해보는 거여요.

1. 전근대→근대: 일본의 경우 (최후로 선진국에 진입한 국가)
   토인비의 문화의 해바라기이론: 서세동점(西勢東漸)
   마쓰시다 정경숙(政經塾): 일본 엘리트계급의 산실
   번역문화: Society→사회
   * 취업: 저임금, 단순노동
   * 취업: 고전적 전문직(의사, 변호사)

일본의 근대화

토인비의 문화의 해바라기이론에 따라 설명하자면, 19세기말 서구문명이 동양으로 세력을 넓혀오는데 두 개의 해바라기가 만나는 것처럼 동양문명의 끝자락에 있던 일본이 한중일 3국 중에서 가장 먼저 서양문명을 만나게 됐어요. 그래서 제일 먼저 근대화의 과정을 어느 정도 완수했죠.

박정희 대통령이 독재정치를 시작하면서 유신체제라는 이름을 붙였는데, 그건 일본의 메이지유신을 따라가고 싶다는 심정에서였겠죠. 아까 3년 기숙학교를 언급했던 건 일본 엘리트계급의 산실이었던 마쓰시다 정경숙(政經塾)을 빗댄 말이었어요. 짧은 시간에 전근대에서 근대로의 전환을 해야 했기에 소수의 엘리트가 중심이 되어 주도하는 형태의 근대국가체제를 만들어냈던 거죠. 위에서부터 강압적으로 근대화를 진행했기에, 다소 왜곡된 양상이 지금도 곳곳에서 드러나는 것 같아요. 일당 독재 같은 자민당을 장악하고 있는 현재의 아베 수상을 어느 누구도 제대로 비판하지 못할 정도의 정치체제와 언론형태에 이르게 된 거죠. 페미니즘 운동을 공공연히 전개하지도 못할 만큼 폐쇄적인 일본사회의 분위기도 마찬가지의 결과겠죠.

이식문화론

　사법고시와 행정고시 등 고시문화를 통해 전문가집단을 형성하는 방식도 일본의 창안입니다. 일본이 생각해낸 틀 안에서 한국의 근대제도가 본격적으로 시작될 수밖에 없었다는 건 사실이죠. 문학평론가 임화의 이식문화론이나 일본 제국주의의 한국근대화공헌에 관한 논란은 바로 한국의 서구적 근대화가 시작되던 시대상황을 반영하는 논리입니다. 물론 영·정조 시대의 실학운동 등 한국내부의 근대화노력도 감안해야합니다. 그러나 한국의 많은 제도가 그 틀을 벗어나지 못하는 구태를 안고 있음도 자각해야겠죠. 중·고등학교 시절의 4지선다형 국어시험문제가 고시제도의 여파를 보여주고 있어요. 이육사의 「광야」의 뜻을 위해 4개의 정해진 답안들 중에서 정답을 선택해야 한다는 건, 정말로 시적 상상력이 뭔지 모르는 유연성 없는 제도의 상징입니다.

자각의 힘

　"그 시대를 벗어나면 그 시대가 보입니다." 즉 그 시대를 벗어나면 그 시대를 읽을 수 있어요. 근대의 끝자락이 되니 일본의 근대화과정은 물론 한국의 그것도 개관할 수 있는 거겠죠. 지금 우리가 근대를 벗어나고 있는 중이니 과거가 된 근대를 전체적으로 조망할 수 있게 되는 거죠. 예를 들어, 내게 우울증이 있다고 혹은 알코올중독이라고 자각을 해야, 그 우울증이나 알코올중독을 벗어나기 시작할 수 있어요.
　이런 수업에서는 학생의 수용능력을 잘 파악해서 말해야 해요. 잘못 말하면, 말하기 시작하자마자 미운털이 박힐 수도 있어요. 근대이데올로기를 전적으로 신뢰하고 있는데, 지금과 같은 논리를 전개한다면 자신의 삶의 기반에 대한 공격으로 느낄 수밖에 없겠죠.
　우울을 넘어서는 분노를 하게 되어 폭력적인 갈등이 빈발하는 이유는 왜 분노하는지 알지 못하기 때문입니다. 이건 공부를 아주 많이, 그것도 깊게 해야 하는 일이기 때문에 쉬운 건 아니에요. 예를 들어 인류가 지구온난화라고도 하는 기후변화에 제대로 대처하지 못하는 이유는 소수의 처벌이나 교정으로 해결될 문제가 아니기 때문입니다. 인류 대다수가 자신의 삶의 철학을 바꿔야 하기 때문이죠. 종교적 회개에 육박하는, 격변하는 세상에 관한 이해 능력이 필요하기 때문입니다.

번역문화

　순수한국어와 대비되어 고상한 뜻을 갖고 있는 것처럼 보이는 한문으로 된 단어들 중 상당수는 일본의 번역작업의 결과인 게 많습니다. 자유민주주의를 경험해보지 못한 일본지식인들이 근대사회를 지칭하는 'society'라는 영어단어를 아직 경험해보지 못한, 그러니까, 그때부터 만들어나가야 할 근대공동체를 추상적으로 상상하며 '사회(社會)'라는 번역어를 만들어냈습니다. 보통사람들의 단어인 '마을'과 비교할 때 '사회'가 지식인의 고급단어처럼 여겨지는 이유가 바로 여기에 있습니다.

라이브러리와 도서관

근대사회를 개관하는 상상력의 힘을 얻게 된 한국의 지식인사회는 일본의 번역문화에 관심이 많아졌습니다. 「'라이브러리'는 왜 '도서관'이 됐을까」라는 신문기사가 그 사례예요.

> '도서관'(圖書館)이라는 말은 언제부터 쓰였을까? 동양에서는 1877년 도쿄대학 법리문학부에서 도서관을 사용하고, 1880년 7월 '도쿄부 서적관'을 '국립 도쿄도서관'으로 개칭하면서 '도서관' 명칭이 쓰이기 시작했다. 동양에서 일본이 가장 빨리 근대화를 이루면서 근대문물에 대한 '작명권'을 일본이 행사했다는 것은 사서 명칭 편에서 언급한 바 있다.[62]

'도서(圖書)'라는 말은 한자어 '하도낙서'에서 유래했는데, '하도(河圖)'는 황하로부터 팔괘(八卦)를 얻은 복희(伏羲)의 그림이며 '낙서(洛書)'는 하우(夏禹)가 낙수에서 얻은 글을 말하니, '도서'는 자연의 법칙과 세계의 질서가 담겨 있는 텍스트라는 뜻입니다. "어쨌거나 '도서'라는 말은 중국에서 유래해 한국과 일본에서 쓰였지만 '도서관'은 일본에서 쓰이면서 역으로 중국과 한국으로 퍼진 말"입니다.

서구의 '라이브러리'를 일본은 '도서관'으로 번역했고, 우리는 일본의 '도서관'을 우리만의 개념으로 번역하지 않고 수용했습니다. "요컨대 일본이 고심해서 번역한 것을 같은 한자문화권인 우리가 손쉽게 이식했으니 수월하고 효율적"이었겠지만, "문제는 이식과정에서 서구의 '라이브러리'는 무엇이고 어떤 곳이어야 하는가라는 우리만의 고민과 사유가 사라졌다는" 문제점은 남습니다.

한국의 도서관

이런 "과정의 생략이 이후 우리 도서관의 특징 중 하나를 형성"하고 있습니다. 대만대학교의 교수인 비교종교학자 마그리올라(Robert Magliola)의 『살아가는 세상들을 해체하는 것에 관하여』(On Deconstructing Life-Worlds)라는 책의 92쪽에서 발견한 "대만은 모더니즘을 우회했다(Taiwan bypassed Modernism.)"라는 문장도 이런 과정의 생략에 관한 간결한 묘사입니다. 예전에 인문학전공의 미국유학은 자료들을 잘 갖추고 있는 도서관 때문이었습니다. 최신자료까지 구비된 도서관이 곳곳에 있

---

62 백창민과 이혜숙, 「'라이브러리'는 왜 '도서관'이 됐을까」, 『오마이뉴스』, 2019.09.05.

다면 교수들이 자신의 연구실을 도서관으로 만들 필요가 없겠죠.

가천대학교의 경우에도 인쇄도서를 구비하는 도서관 외에 디지털 도서관이 또 있어요. 고민 없는 이식의 결과로 전통과 관습이 결여된 기존의 도서관을 포기하고 아예 새로운 도서관을 만드는 게 더 효율적이 돼버린 거죠.

서양요리가 직수입되기 얼마 전까지 한국인의 서구적인 식사방식은 일본식 레스토랑 일변도였어요.

> 하야시는 '하이라이스'를 만든 사람으로도 알려져 있는데, 지인이 찾아오면 고기와 채소를 끓여 밥에 얹어 대접했다. '하야시 라이스'로부터 하이라이스가 탄생했다고 전한다.[63]

일본의 근대화가 소수의 엘리트 중심이기는 했지만, 서양문화를 고민 속에서 자기 것으로 소화시키려는 노력을 통한 과정이었던 거죠. 여러분의 부모님이 좋아하시는 '카스테라'도 위와 유사한 융합작용에서 탄생한 일본식 서구의 빵이에요.

전문가집단의 한계

이러한 고민과 사유의 부족현상이 지금도 계속되고 있는 것 같아 걱정이에요. 위에 인용한 신문기사뿐만 아니라 대부분의 글들이 날카로운 '질문'에서 끝나는 것 같아요.

> 지금도 우리 도서관은 다른 나라의 다양한 사례를 추종하고 이식하기 바쁘다. 이 과정에서 우리 도서관은 근대 이전의 '전근대'(前近代)와 일본으로부터 이식한 '식민지 근대', 그리고 해방 이후 서구에서 수입한 '서구식 근대'가 섞이고 뒤엉켜 있는 상황이다. 우리는 왜 우리의 대안을 '우리 안'이 아닌 '우리 바깥'에서만 찾을까. 우리는 뒤쳐져 있고 우리 바깥의 것은 우리보다 늘 나은 것이라는 생각이야말로 '식민지적 관점' 아닐까. 우리에게 필요한 건 이제 '추종'이 아닌 '사유' 아닐까.[64]

전문가집단은 거의 대부분 자신들의 전문성을 인정받은 기존의 근대체제에 근본적인 도전을 시도하지 않으려는 것 같아요. 그래서 근대체제의 근본적인 한계점을 신랄하게 비판하다가도, 우리가 그 시대의 끝자락에 와 있으며 탈근대라고 말할 수 있는 새로운 시대를 위한 체제를 구체적으로 구축해나가야 한다고 적극적으로 나서려 하지 않는 것 같아요.

---

63 같은 곳.

64 같은 곳.

'탈근대'라는 말

전문가집단의 한계를 드러내는 가장 큰 특징은 '탈근대'라는 말에 대한 혐오에 가까운 거부감이에요. 근대시대가 진짜로 끝나고 있다면, '근대'가 아닌 전혀 다른 이름, 아니면 적어도 '근대'는 아니라는 뜻의 '탈근대'라는 용어를 지나가면서라도 언급해야 하는데, 위의 신문기사에서처럼 알면서도 일부러 끝까지 피하고 있는 것 같아요.

'탈근대'나 '포스트모던'이라는 용어를 피하는 가장 큰 이유는 그걸 발화하는 순간 최종적인 결론이라고 여겼던 그 '질문'이 새로운 시대구축을 위한 '대답'의 시작이 돼야하기 때문입니다. 바로 이 지점에서 '진짜' 공부가 시작될 것이고, 이 때문에 여러분이 글쓰기에 힘들어하고 있는 거죠.

이 길은 프로스트의 「가지 않은 길」에서처럼 아무도 가보지 않은 길처럼 보입니다. 그러니까 창의성이 요구되는 것이고, 시적 상상력이 필요한 거죠. 그렇지만 이 수업시간에 얻은 시적 상상력에 의한 창의성의 훈련결과를 교양수업 등 다른 곳에서 적용해볼 수 있을 거여요. 그곳에서 어떤 평가를 받을 수 있을 것인지 점검해보세요.

명예살인

전근대에서 근대로 전환하는 데 오랜 시간이 걸렸던 서구는 물론이고, 서구에서 도입된 음식까지 자기 입맛에 맞게 바꿀 수 있을 만큼 시간적인 여유가 있었던 일본과 달리, 20여 개 선진국을 제외한 한국을 비롯한 세계 대부분의 근대국가들은 '이식 문화'를 서둘러 시작할 수밖에 없습니다.

"파키스탄에서 아내가 불륜을 저질렀다는 이유로 처자식과 처가식구 등 모두 9명을 총기로 살해한 뒤 시신을 불태운 남성이 '명예살인'을 했을 뿐이라며 전혀 후회하지 않는다고 말했다"고 로이터통신[65]이 보도했습니다. 이 파키스탄인의 살인과 죽음을 불사할 만한 '명예'는 당연히 전근대사회를 기준으로 하고 있겠죠. 이처럼 전근대에서 근대로 신속하게 문화가 전환되지 못한다면, 그 사회의 구성원들에게 굉장히 위험한 사태가 될 가능성이 높습니다. 그러므로 소위 '이식문화'를 일방적으로 비판할 수는 없습니다. 차라리 한국의 '빨리빨리' 문화를 신속하게 체득하도록 도와주는 게 많은 사람을 돕는 길일 가능성이 높습니다.

해바라기현상의 역전

---

65 「파키스탄서 명예살인…처자식 등 9명 죽이고 방화」, 『뉴스1』, 2019.07.02.

지금은 일본이 선도했던 '전근대→근대'의 전환기가 아니라 '근대→탈근대'의 격변기이기 때문에 한일 관계에 있어 토인비의 문화의 해바라기현상이 역전됐습니다. 일본은 근대체제를 공고히 하는데 성공했기 때문에 탈근대문화의 수용에 있어 한국보다 뒤처지는 느낌입니다. 서세동점의 시대에 동북아 3국 중에서 서양해바라기의 영향력을 먼저 받을 수 있었던 일본이 근대화에 앞장 설 수 있었다면, 이제는 뒤처져 있던 한국이 탈근대화에 앞장 설 수 있는 기회를 맞이한 것 같아요. 그래서 「진짜 공부의 어려움」의 첫 번째 일본 편과 대비되는 한국 편을 다음과 같이 생각합니다.

    2. 근대→탈근대: 한국의 경우 (인류의 보편적인 모범사례)
    추격자에서 선도자로 (벤처산업, 한국재벌의 변신)
    한국과 일본의 갈등의 근본적인 원인 (힘의 역전)
    서구사상에서 동양사상으로 (mindfulness: 마음챙김)
    새로운 세계관의 창조: 유(有)의 문화→무(無)의 문화
    * 취업: 탈근대의 신산업

일본어를 어느 정도 잘하면 일본기업에 취업하기 쉽다는 신문기사를 많이 접할 수 있었어요. 왜냐하면 일본에는 고전적인 전문직(의사, 변호사)과 대비되는 저인금의 단순노동계층이라는 근대산업체계가 아직 크게 흔들리지 않고 있기 때문입니다. 그러나 한국문화에서는 정부고위관계자가 고속도로 톨게이트수납원을 '없어지는 직업'이라고 당당하게 말하는 것처럼 근대산업체계를 수호하려는 의지가 거의 발견되지 않고 있죠.

추적자에서 선도자로

경제개발5개년계획의 최대수혜자인 재벌그룹들도 근대적 산업방식의 추적자에서 탈근대 산업의 선도자로 변신하지 못하면 안 된다는 위기의식을 느끼고 있으며, 벤처산업이라면 무조건 옹호해야 할 것 같은 사회적인 분위기입니다. 벤처(venture)라는 단어는 모험(adventure)에서 나온 용어인 바, 탈근대시대의 사업은 가보지 않은 길이니 투기에 가까운 모험이 될 수밖에 없습니다.

밥도 못 먹는 일은 없게 하겠다는 신념으로 일본의 중고기계를 도입해 생산된 삼양라면이 1970년대 초에는 익숙한 식품이 아니어서 길거리시식회도 했고, 대통령의 명령에 의해 군대 배식에 납품되기 시작했습니다. 이제는 한국라면이 원산지 일본을 제치고 선도자가 됐습니다. 이와 같은 추적자 방식에 의해 한국의 눈부신 경제성장이 가능했습니다.

산업혁명의 성과를 되돌아보면 아담 스미스가 『국부론』에서 설명하듯 대량생산에 의한 대량소비 때문

이었습니다. 그 성공의 비밀은 생산자가 소수였기 때문이죠. 원가 5,000원 정도의 티셔츠를 전 세계인에게 명품으로 팔 수 있다면, 지금도 대영제국을 이룩할 만큼 큰 부자가 되지 않을 수 없겠죠. 그런데 지금은 너무 많은 생산으로 인해 노동효율성제고라는 이름으로 진행되는 살벌한 임금 삭감에 의해서가 아니면 어느 누구도 이윤을 제대로 남기기 어렵게 됐습니다.

인류의 모범사례

한국문화의 위험하기까지 한 역동성은 한·일간의 힘의 역전을 초래하고 있는 것 같아요. 이게 일본이 무리하게 도발하는 한·일간의 정치적 갈등의 근본원인이죠. 한국이 현재 직면하고 있는 도전을 성공적으로 대응하는데 성공한다면, '전근대→근대'로의 과정에서처럼 '근대→탈근대'로의 전환에서도 인류의 모범사례가 될 것입니다.

이게 위험한 국수주의(chauvinism) 발언이 아닐 수 있는 이유는, 서구가 르네상스 이래 주도해왔던 '유(有)'의 문화가 그 궁극적인 한계에 도달했다는 탈근대의 시대인식 때문입니다. 서구의 지식인들이 자신들의 사상보다 '마음챙김 명상(mindfulness meditation)' 같은 '무(無)'의 문화에 경도되는 현상은, 동양사상을 참조해야 새로운 사상을 선도할 수 있다고 여기기 때문입니다.

마음챙김 명상

한국마음챙김협회는 거꾸로 미국에서 수입됐습니다. 화계사 숭산스님이 미국 아이비리그 대학교들이 모여 있는 보스턴에서 선불교를 A4용지 몇 장에 요약해줌으로써 한국 선불교가 미국에 정착했습니다. 일본의 선불교 도입, 달라이 라마의 포교 및 한국 등 다양한 선불교문화소개라는 과정을 거쳐 마음챙김 명상이 미국문화의 주요요소가 됐습니다. 마음챙김 명상교실을 갖추고 있는 다수의 초등학교들과 월스트리트의 기업들이 그 영향력의 증거겠죠.

마음챙김 명상은 대다수 한국인들이 스스로 자각하지 못하고 있을 뿐, 한국 선불교의 전통에 그 뿌리를 두고 있습니다. 그러므로 한국인은 어렵지 않게 그 핵심을 이해할 수 있습니다.

미국인들이 이걸 좋아하는 가장 큰 이유는 스트레스 해소의 측면입니다. 그걸 10초 만에 경험할 수 있게 해줄게요. 우선 눈을 감으세요. 숨을 크게 들이쉬고 내쉬세요. 가슴이 아니라 배로 쉬세요. 계속 크게 숨을 쉬면서, 머릿속으로는 바람과 햇빛 등 자연환경을 상상해보세요.

주말수련을 여러 차례 해야 조금 이해가 되는 미국인들과 달리, 여러분은 금방 익숙해질 수 있어요. 타고 난 거죠. 왜냐하면 육체를 유지하는 핵심기제인 숨쉬기의 중심이 머리에서 가슴으로, 그리고 배로 내려가는 과정에서 '나'라는 자아가 없어져가거든요. 특히 '나 나 나(me me me)'가 세대의 특징인 밀레니얼에게는 '나'의 억압에서 벗어나는 경험이니, 항상 괴롭히던 스트레스가 없어지는 해방감을 느끼지 않을 수 없을 거여요.

아공(我空)

이런 자아의 소멸, 즉 '무(無)'의 경험이 서구인들에게는 생소하기 이를 데 없는 인식의 세계로 진입하게 만들어요. 한국인에게는 생래적으로 친숙한 반면에, 마음챙김 명상의 서구학자들도 자아개념의 포기과정을 너무 어려워합니다. 그래서 그들의 글은 우리에게는 입문과정과도 같은 '아공(我空)'에 집중돼있습니다. 그리고 '아공' 이후 깨침의 차원 앞에서는 무슨 소린지 모르겠다고 고백하는 경우가 대부분입니다.

중·고등학교 수학이나 과학과목의 어려움은 학원에서 많이 배우는 문제풀이 과정보다 해당문제가 구성되는 서구이분법논리를 한국학생이 수용하기 어렵기 때문에 발생합니다. 이러한 사정이 이제는 역전되는 것 같아요. '나'의 자아의식이라는 주체를 중심으로 객체와 철저하게 구분하는 서구사고방식이 '나'의 소멸을 전제로 하는 동양사상 앞에서 당황하지 않을 수 없기 때문입니다.

2018년도 최고로 선정된 게임은 이런 주류사상의 변화를 보여줍니다. 게임개발자 부부는 자기 아이가 백혈병으로 죽어가는 상황 자체를 게임으로 만들었어요. 백혈병의 발병에서부터 아이의 사망, 그리고 추모에 이르기까지의 과정이 큰 공감을 얻었어요. 이는 '아공'의 자아소멸 문화가 대다수에게 수용될 수 있음을 입증합니다. 게임산업에 있어서도 한국문화가 주류가 될 것입니다. 어쩌다 한두 번의 성공이 아니라 산업자체의 부흥을 위해 가장 필요한 요소는 근대교육을 받아왔으면서도 동양사상으로 경도되는 탈근대사상을 제대로 흡수하여 시적 상상력으로 창의력을 발휘할 여러분 같은 인재들이겠죠.

반도체산업의 미래

반도체(半導體)는 전기의 전도율이 큰 도체(導體)라는 단어에서 유래됐습니다. 구형라디오에서 볼 수 있었던 진공관의 역할을 하는 기판에 올린 반도체는, 전기가 통하기도 하고 통하지 않기도 하는 +-의 이분법의 체계를 기반으로 합니다. +-를 10이라는 이진법으로 바꿔 쓸 수 있습니다. 그리하여 'ㄱ'이라는 문자는 예를 들면 '1011110000' 등으로 번역할 수 있고, 그런 정보들을 아주 많이 사용할 수 있다면 '간다'라는 단어를 전기신호로, 더 나아가서는 전자신호로 주고받을 수 있습니다. 이런 정보교환용량이 급격하게 커질수록 전자기계는 작아지면서도 성능은 좋아집니다. 삼성전자는 용량확대과정을 예언한 황창학의 법칙에 의해 메모리분야에서 대단한 성공을 거뒀습니다.

1980년대 중반 대한항공에서 근무할 때 항공예약시스템을 위해 대용량 전자계산기가 설치된 2개의 빌딩이 동원됐습니다. 지금은 핸드폰으로도 가능한 기능인 전 세계인의 실시간(real-time) 예약시스템을 위해서였습니다. 그만큼 반도체용량의 확대속도는 경이롭습니다.

얼마 전에 구글이 양자물리학을 근거로 하는 양자컴퓨터 시제품에 성공했다고 성급하게 발표했습니다. 논란이 있을 수도 있는 연구결과를 공표했던 이유는, 양자는 전자와 달리 그 용량에 있어 무한할 수 있기 때문입니다. 이는 메모리능력의 향상에 따라 성패가 갈라지는 반도체산업의 미래가 아주 어둡다는 걸 의미합니다.

이에 따라 삼성그룹은 비메모리부분의 발전에 총력을 기울이겠다고 선언했습니다. 기계적인 축적 방식에 의존하는 메모리부분과 달리 비메모리부분은 창의성에 의존할 수밖에 없을 것입니다. 나도 잘 모르고 대다수 학생들도 잘 모를 반도체산업의 개요를 설명한 이유는, 이 분야에서도 시적 상상력의 의한 창의성이 핵심능력이 되리라는 전망 때문이었습니다.

후기 청소년기

요즈음 대학생들은 심리적으로 혼란스럽습니다. 그 이유들 중의 하나는 자신이 성인인지 아닌지 판단하기 어려울 때가 많기 때문입니다. 술을 마음껏 마실 수 있으니까 법적으로는 성인입니다. 그러나 취업을 하거나 결혼을 하는 데 있어 독립적인 주체성을 가진 성인으로 행동하기가 어렵습니다. 그래서 기존의 청소년 세대와 구분하여 30세까지의 청년층을 후기 청소년기라고 정의하려는 움직임도 있습니다.

성장소설

어른이 되는 절차가 뚜렷하게 있었던 건 근대사회까지였습니다. 지금도 아프리카 오지에서는 사회의 구성원으로 인정받기 위해 성인이 되는 의식이 엄격하게 진행되기도 합니다. 이러한 입사의식(入社儀式, initiation)이 소년과 소녀에서 어른이 돼가는 청소년기가 주인공인 근대 성장소설(Bildungsroman)의 핵심줄거리입니다. 『위대한 유산』, 『키다리 아저씨』, 『소공자』와 『소공녀』 등 전통적인 빅토리아시대 소설들의 서사는 '발단→전개→갈등→결말'의 직선적인 줄거리를 따라갑니다.

19세기 전반부가 낭만주의시대라면 19세기 후반부는 빅토리아시대입니다. 낭만주의시대에 시적 상상력이 근대사상의 초석을 마련했다면, 빅토리아시대에는 소설이 그 확대과정을 담당합니다. 근대소설은 근대교육제도가 확립되기 전에 핵가족의 자녀가 된, 전근대식으로 말하면 왕자와 공주가 성인이 돼가는 데 필요한 교육과정의 역할을 했습니다. 영국 식민지의 주요정책이 빅토리아소설을 중심으로 하는 학교교육제도의 확산이었습니다. 이제는 전 세계인의 근대교육을 위한 고전(古典, the classic)을 중심으로 하는 커리큘럼의 모범이 됐습니다.

신뢰할 수 없음

빅토리아시대를 대표하는 로버트 브라우닝(Robert Browning)의 시에 있어서 '내면의 독백(interior monologue)' 기법은 시인이 아니라, 종종 신뢰할 수 없는 발언자, 즉 페르소나(persona)를 위한 것입니다. 내가 하나일 수만은 없는 저간의 사정이 드러나기 시작합니다. 19세기 말 모더니즘의 대표소설가 콘래드의 화자(the narrator)들의 특징은 '신뢰할 수 없음(unreliability)'입니다. 그리하여 고정될 수 없는 개인의 의식을 흐름으로 파악하려는 '의식의 흐름(stream of consciousness)' 기법으로 쓰인 버지니아 울프(Virginia Wolf)와 제임스 조이스(James Joyce) 등의 현대소설이 등장합니다.

꼭짓점

오래전에 처조카가 여러분과 비슷한 나이에 죽었어요. 너무 젊은 나이에 죽음을 만나니까 죽는 순간까지 자신의 죽음을 자각하지 못했어요. 그런 과정을 목격한 충격이 나로 하여금 본격적으로 시를 쓰게 했습니다. 여기서 중요한 질문은 왜 죽는 순간까지도 죽음을 몰랐을까라는 거여요.

ABC의 꼭짓점을 가진 삼각형 하나를 생각해보세요. A가 상승직선의 출발점이고 B가 제일 높은 꼭짓점이며, C가 하강직선의 도착점이에요. 이러한 삶의 여정에서 여러분들은 A→B의 과정 속에 있으며, 나이든 나는 B→C의 길을 가고 있어요. 여러분은 삶을 찬양하는 성장과정 속에 있으며 나는 죽음을 성찰하는 소멸과정을 걷고 있는 셈이죠.

B의 꼭짓점에 도달하면 목격하게 되는, 저 멀리에서 보이다가도 점점 가까워지는 죽음의 도착 지점인 C를 직접 경험하지 못했기에, 여러분에게는 죽음이라는 개념이 추상적일 수밖에 없어요.

죽음의 깊이

ABC라는 삶과 죽음의 삼각형에서 A→B는 근대의 성장소설에 적합한 시간관이겠죠. 모더니즘 이후의 소설은 언제나 죽음의 냄새를 풍깁니다. 왜냐하면 A→B→C의 과정을 예견하기 시작했기 때문입니다.

여러분도 젊은 사람이기에 A→B의 성장과정 이후의 B→C의 소멸과정을 생리적으로 경험하기는 어렵습니다. 처조카 자신의 죽음경험이 그 대표적인 사례입니다.

그런데 이제 A→B라는 해피엔딩의 유토피아로 가는 과정에만 집중하던 거대서사는 그 힘을 잃었습니다. 탈근대시대 속에 어쩔 수 없이 살게 된 여러분은 '죽음의 깊이'를 심리적으로 간접 학습해야 하는 지경에 이르렀습니다.

아직 제대로 성장하지도 못했는데, 성장시대 이후 쇠퇴의 경험을 '미리 살기'해야 하는 어려움이 여러분의 몫입니다.

내가 지금 쩔쩔매면서 설명하는 게 느껴지나요. 아직 생명의 찬가도 다 부르지 못했는데 죽음의 깊이를 배워야 한다고 말하려니, 말하고 있으면서도 이런 말이 여러분의 가슴에 가 닿을 수 있을지 확신할 수 없기 때문입니다.

허무주의

다행인 것은 여러분에게만 어려운 시대가 아니라는 겁니다. 여러분보다 더 어려워하는 사람들이 바로 서양인들입니다. 아리스토텔레스를 최종근거로 삼는 서구사상가는 논리학의 출발점이 되는 자아의 존재 자체를 부정하기가 너무 어렵습니다. 최신의 서양철학서적이나 문학서적도 자아가 극도로 축소되는 지점까지만 가는 데 성공합니다. 그 너머의 길은 허무주의(nihilism)라고 말하며 극구 거부하고 있는 실정입니다.

요컨대 이 지점을 넘어갔던 사람이 많지 않다는 겁니다. 그런데 이게 진짜 공부의 영역입니다. 이곳으로 제대로 발을 내딛고 같이 걸어가기 시작하자고 내가 지금 제안하고 있습니다. 이 구역을 전부 다 완벽하게 파악할 수는 없겠지만, 뭐든지 한 구석만 이해해도 어딘가에서 큰 공헌을 하게 될 가능성이 높습니다.

털을 미는 사회

아주 사소한 일상의 분야에서도 근대사회의 난경의 징후가 포착됩니다. 털이 제거된 몸을 사회가 요구하기 때문에 제모는 여성뿐만 아니라 남성도 하고 있습니다.[66] 제모는 매우 사적인 결정 같아 보이지만 사실은 매우 사회적인 결정입니다. "전근대와 근대를 나누는 여러 기준 가운데 하나가 위생"이었기에 "털이 있으면 비위생적·전근대적이고, 털이 없으면 위생적·근대적이란 인식구도"가 정착됐습니다. 한국에서 "남성들이 면도를 하고 여성들이 겨드랑이 털 제모에 나선 것도 근대기획이 사회적으로 숨 가쁘게 가동되던 시기와 일치한다."고 설명합니다. 이 기사의 제목은 「털 미는 사회…"'공식적인 몸' 요구 내면화했기 때문"」입니다.

나는 방학이 되면 면도에 게을러집니다. 왜냐하면 공적인 육체를 유지할 필요가 없기 때문입니다. 여성들도 공적인 육체가 요구되지 않는 상황이라면 제모에 게을러질 것입니다. 이 기사가 표면적으로는 제모에 관한 습관형성과정에 관한 것이지만, 독자가 이 기사를 자세히 읽는 이유는 제모를 비롯한 근대관습이

---

66 성기윤, 「털 미는 사회…"'공식적인 몸' 요구 내면화했기 때문"」, 『헤럴드경제』, 2019.07.02.

현재 난경에 처한 상황이기 때문입니다. 면도와 겨드랑이 털 제모를 하지 않아도 사회적으로 용인되지 않을까 하는 생각을 은근히 하고 있기 때문입니다. 그럼에도 제모에 관한 탈근대의 관습이 어떤 식으로 형성돼야할지 검토되지 않는다는 게 아쉬운 점입니다.

근대관습을 총체적으로 개관할 수 있게 된 건 탈근대의 시대에 들어서 있기 때문입니다. 미용이나 패션 분야에 종사할 생각이 있다면, 이게 심심풀이로 읽는 첩보로 그치면 안 됩니다. 미래를 위한 의미 있는 정보가 어떻게 산출될 수 있을지 연구하기 시작해야합니다.

포월의 역사학

근대이데올로기의 대표적 특징은 전근대와의 단절과 거부입니다. 이런 대립의 역사학은 양반의 상투를 자르라는 고종의 단발령(斷髮令)이나 근대기독교의 제사를 인정하지 않는 교리 등에서 잘 나타납니다. 탈근대의 시대정신은 단절이 아닌 포월의 역사학으로 표현됩니다. 대표적 사례인『과학혁명의 구조』에서 토마스 쿤은 현대물리학이 근대물리학을 감싸고 넘어가며 발전해온 과정을 설명하며 뉴턴 물리학이 양자물리학의 일부가 됐다고 말합니다.

포월(포함+초월)의 개념은 특히 데리다(Derrida)의『죽음의 선물(The Gift of Death)』에서 잘 드러납니다. 그런데 데리다는 나처럼 '포월'이라는 용어를 만들지도 않았고 그걸 역사에 관한 주요한 설명기제로 적극적으로 활용하지도 않았습니다. 여러 번 언급했던 쿤의『과학혁명의 구조』도 뉴턴의 근대과학에서 양자역학의 현대과학으로의 진행과정을 포월의 개념으로 해설하고 있지만, 포월이라는 용어를 사용하지도 않고 그걸 나처럼 역사해석의 핵심도구라고 규정하지도 않고 있습니다.

내가 데리다나 쿤과 달리 역사해석에 있어서 '포월'을 특히 강조하게 된 이유는 한국인이기 때문인 것 같습니다. 데리다나 쿤 같은 서구인들과 달리 '전근대→근대→탈근대'의 역사적 중첩상황을 사상적일 뿐만 아니라 현실세계에서도 이미 언제나 경험하고 살아야하는 한국인이기 때문인 것 같습니다.

포월의 역사학으로 '전근대→근대→탈근대'의 진전과정을 설명하기 위해, 세 겹으로 중첩된 원들을 상상해볼 수 있습니다. 가장 안에는 전근대문화의 원, 바로 그 바깥에 근대문화의 원, 그리고 그 둘을 감싸고 있는 탈근대문화의 원이라는 모습입니다. 근대가 전근대를 전면적으로 거부하는 방식으로 자신의 시대이념을 표현했었다면, 탈근대정신은 앞선 시대들을 거부한다기보다 자신의 체계의 일부로 포함시키는 방식으로 발현됩니다.

하나의 예로 절에서 흔히 만나는 삼신각이 있습니다. 그건 불교관련 종교시설이라기보다는 아들을 점지해주는 능력이 있는 삼신할머니라는 전근대적 민속신앙의 산신령을 모시는 사당입니다. 탈근대사상과 어울리는 근대고급종교인 불교는 전근대적 민속신앙을 포월하는 건축전략을 도입했습니다. 아주 재미있는 비밀은 삼신각의 헌금이 사찰을 지탱하는 주요 수입원이 되는 경우가 많다는 사실입니다.

귀신

"사람들의 상상 속 만들어진 미신이 귀신을 더 무섭고 강한 존재로 만들어내는 것 같다. 그래서 귀신은 인간이 만들어낸 상상 속 캐릭터라고 생각한다. 인간에게 두려움이란 어떻게 보면 앞날에 대한 비관적 상상이 만들어낸 공포감이라고 생각한다"라는 인식이 드러내듯 「귀신」의 필자는 자신의 생각으로 세상을 제대로 읽어보려는 노력을 본격적으로 시작하고 있습니다(평가: A+). 그리하여 "단순히 무섭고 악한 존재로만 상상해오던 귀신이란 요소를 탈근대화를 통해 새로운 패러다임으로 다양하게 만들어진다면 우리가 만들어낸 마냥 무서운 귀신이란 이미지를 화복을 줄 수 있는 귀신으로 볼 수 있지 않을까 싶다."라는 미래의 전망을 도출할 수 있게 됐습니다. 그리하여 보통의 공포영화와 다른 힘을 갖고 있는『곡성』이라는 영화의 우월한 미장센에 관심을 갖게 됩니다.

앞으로의 연구는 어떤 방향으로 진행돼야할까요. '귀신'이라는 용어 자체에 관한 연구를 하면 기독교나 불교 같은 근대의 고급종교가 아닌 무당이나 애니미즘(animism, 물활론, 정령 신앙) 등 원시종교도 검토하게 됩니다. 그러면 중세의 종교적인 체계에 대한 단절을 선언하는 것 같던 근대를 지나, 탈근대시대에도 '귀신'이 영향력을 미치는 이유는 무엇인지 검토하지 않을 수 없게 됩니다. 이 지점에서 '포월'(감싸고 넘어가기)의 논리가 쓸모 있어집니다.

그런 뒤에 '귀신'에 관한 연구결과를 돈이 되는 분야에, 즉 실용적으로 어떻게 적용할 수 있을 것인지 검토하기 시작할 수 있습니다. 성공적인 공포영화는 어떤 식으로 만들어질 수 있는지 등에 관해 구체적인 전략을 수립할 수 있게 됩니다. 이제 이러한 연구과정의 본격적인 출발지점에 필자는 서 있습니다.

『닥터 슬립』

1980년 스티븐 킹(Stephen Edwin King)의 동명 소설을 원작으로 스탠리 큐브릭(Stanley Kubrick) 감독이 만든『샤이닝』(The Shining) 이후 40년 만에 나온 속편으로, 광기에 사로잡혀 미쳐버린 아버지에게서 살아남은 아들 대니의 이야기를 다룬『닥터 슬립』(Doctor Sleep)은 실패작인 것 같아 보입니다. 전작과 유사한 줄거리를 가진 공포영화임에도 불구하고 설득력이 약해진 이유는 무엇일까요. 아마도 40년의 시간간격 때문일 것입니다. 그 40년의 세월 동안 공포영화의 '공포'를 약화시켜버린 건 독립주체성이라고 여겼던 자아의 소멸위협을 공포로만 바라보지 않을 수 있게 됐기 때문입니다. 마음챙김 명상 등 동양적인 '무'의 경험이 축적되면서 생사의 이분법을 엄격하게 준수해온 근대사상의 장악력이 약화되고, 조금 더 마음 편하게 죽음이 얘기되기 시작했습니다.

「나의 스무 살 시절」 [부록-14]

「영시 에세이」라는 제목으로 제출된 글입니다. 글의 내용과 "신입생 때가 떠올라서 주제를 정해 에세이를 써보았"다는 필자의 집필의도를 감안하여 '나의 스무 살 시절'이라는 제목을 붙여봤습니다. 이런 작업이 출판에서 가장 중요한 편집과정(Editing)에서 하는 일입니다.

대학신문에 기고하여 신입생들이 전부 다 읽게 해줬으면 좋겠다는 생각이 들었습니다(평가: A+). 아주 진솔하며 따뜻한 마음씨가 느껴지는 좋은 글입니다. 그래서 부록으로 전문을 수록했습니다.

아주 좋은 노래를 들으면 눈물에 젖으며 잊고 있었던 자신의 과거를 회상하듯, 이 글도 내게 그런 영향력을 발휘했습니다. 어린 시절 혼자 떨어져 살아야 했던 4살 터울의 남동생이 안타까워 편지를 썼던 적이 있었습니다. 나중에 만났을 때 그의 지갑에서 낡아버린 내 편지를 봤습니다. 그가 심리적인 어려움을 딛고 잘 살아가게 된 이유들 중 하나였을지도 모른다고 생각했습니다. 이 필자의 글도 누군가의 마음에 그런 영향을 미칠 거라고 믿습니다.

이런 글은 객관적인 평가를 하지 않고 싶습니다. 그저 필자가 시야를 넓혀서 더 큰 주제를 갖고 글쓰기 솜씨를 발휘할 수 있기 바랍니다. 그렇게 되려면 이론적인 공부가 필요하겠지요. 탈근대의 인식으로 인해 근대를 개관하게 된 것이고, 그래서 자신의 스무 살 시절이 파노라마처럼 전개됐던 거니까요.

「발표를 잘하는 법」 [부록-15]

「벙어리 수준에서 떨림도 즐기기까지: 발표를 잘하는 법」의 필자는 프레젠테이션(Presentation)이나 스피치(Speech)분야에서 전문가의 길로 들어서는 느낌입니다(평가: A+++). 자신이 선정한 문제 하나에 천착하여 그 분야에서 전문적인 조언을 할 수 있을 정도로까지 발전시켜나가는 자세 자체가 공적 성공을 위한 마음자세를 갖추고 있는 것 같아 아주 흐뭇합니다.

이제 어떻게 해야 이러한 학업적인 성취를 '돈'으로, 즉 실용적으로 적용할 수 있을까요? 필자의 풍부한 경험이 전문지식으로 전환되려면 어떠한 사람에게든지 자신의 높은 수준을 설득시킬 수 있을 힘이 필요합니다. 공식석상에서의 발표가 죽음 다음으로 스트레스를 많이 느낄 정도로 두려운 경험이랍니다. 그러므로 필자 자신의 경험에서 우러나오는 발표 스트레스의 극복경험은 많은 사람들이 필요로 하는 지혜가 될 수 있습니다. 그렇게 되기 위해서는 이론적인 공부가 필요합니다. 이번 학기의 논문주제로 잡아 그런 이론체계, 그것도 자신만의 경험에서 우러나오는 이론체계를 구축해나가시기 바랍니다.

따뜻한 시

「지금이 힘든 데엔 이유가 있다」는 아주 따뜻한 시입니다.

왕복 네 시간
지하철을 타고 버스를 타고
학교를 왔다 집으로 돌아가며
많은 사람들을 본다

누구는 잠을 자고
누구는 책을 읽고
누구는 노래를 듣고
누구는 핸드폰을 한다

다들 다르게 생겼다
다들 다른 옷을 입고 있다
다들 다른 일을 하고
다들 다른 목적지가 있다

다들 다르게 살아가는 듯하지만
다들 시들시들하다
그렇게 비슷하게 살아가는 듯하다

그러나
누구나 꿈이 있겠지
누구나 행복한 미래를 그리겠지
누구나 사랑하는 사람이 있겠지

당장은 다들 시들시들 해보여도
누구나 행복한 미래를 위해
오늘도 열심히 살아간다

쓴 사람의 영혼이 따뜻하다는 걸 알 수 있습니다. 다른 사람을 감싸 안아 포용하는 힘이 있습니다. 두 번 나오는 '시들시들'이라는 부정적인 느낌의 단어가 보여주는 역설적인 격려의 힘이 돋보입니다. 그로 인해 공감의 힘이 퍼져나갑니다. 포월의 원리가 사랑의 힘으로 터져 나옵니다. 그리하여 에세이나 논문이 아니라 시가 됐습니다.

부음기사

중앙일보 · TBC 수습기자 채용절차의 1단계는 이력서와 작문형태의 자기소개서인데, 지난해의 주제가 "자신의 부음기사를 쓰시오"였답니다. 남자는 적지 않은 숫자가 "유족으로 아내와 1남1녀가 있다." 등 희망적인 가족관계를 밝혔던 반면에, 여자는 가족, 특히 자녀여부에 대한 언급이 거의 없었으며 "평생 독신으로 살았다"도 여럿이었답니다.

탄생에서 죽음까지 선형적인 근대세계관을 반영하여 자기소개서가 작성되는 경우가 대부분입니다. 근대의 끝자락이며 탈근대의 시작이라는 시대정신을 반영하여 기존의 상식을 대체하는 스토리라인을 제시한다면, 어, 이건 뭐가 다른 것 같은데, 왜 다르지라는 관심을 받을 가능성이 높습니다.

주관식 글쓰기가 다 비슷해 보이는 이유는, 그러니까 어디선가 읽어본 것 같아 지루한 느낌이 드는 이유는, 그 바탕이 되는 근대이데올로기가 익숙하다 못해 낡아버렸기 때문입니다. 부음기사라는 주제의 핵심이 '죽음'임에도 불구하고, ABC라는 삶과 죽음의 삼각형에서 A→B라는 근대성장소설에 적합한 시간관만 대부분 반영하고 맙니다.

A→B라는 해피엔딩으로의 과정에 집중하던 상상력의 힘을 잃어가는 거대서사가 아니라, A→B의 성장과정 이후의 B→C의 소멸과정을 포함하는 A→B→C의 전 과정을 예견할 수 있다면, 모더니즘 문학의 간접 경험으로 인한 '죽음의 깊이'를 보여줄 수 있다면, 자기소개서의 단계에서 소위 명문대학교 출신과 차별되는 창의성을 과시할 수 있습니다.

이력서로는 이기기 힘든 취업경쟁에서 우리는 세계관으로 이겨야 합니다. 자기소개서의 첫줄에서부터 놀라게 해야 합니다. 이건 시적 상상력에 의한 창의성훈련에 의해서만 개발될 수 있는 능력입니다.

『동백꽃 필 무렵』

「'동백꽃' 작가가 전하는 일관된 위로, 당신은 혼자가 아니다」라는 신문기사의 제목은 TV드라마 『동백꽃 필 무렵』의 성공요인을 잘 요약해내고 있습니다.[67]

---

67 정덕현, 「'동백꽃' 작가가 전하는 일관된 위로, 당신은 혼자가 아니다」, 『엔터미디어』, 2019.11.08.

'나를 잊지 말아요'라는 꽃말 하나를 남기고 향미(손담비)는 떠났다. 박복한 삶에도 그 마지막 순간까지 새 삶을 꿈꿨던 그지만, 연쇄살인범 까불이에 의해 속절없이 그 삶은 꺾였다. 하지만 그 꺾인 삶을 기억하는 이들이 있었다. 동백(공효진)은 까불이가 남긴 쪽지를 통해 향미가 자기 대신 죽음을 맞이했다는 걸 알고는 돌변했다. 참지 않겠다는 것. 용식(강하늘)은 호수에서 떠오른 사체 앞에서 넋을 잃었다. 향미에게 협박을 받아왔던 노규태(오정세), 또 죽여버리겠다고 향미에게 차를 몰았던 제시카(지이수)마저 자신이 그를 죽인 건 아닌가 죄책감에 빠졌다. 한 사람의 삶은 그렇게 쉽게 잊히는 게 아니었다. 물망초의 기원처럼 향미는 그렇게 사람들의 기억 속에 남았다.

KBS 수목드라마 『동백꽃 필 무렵』이 사람을 바라보는 방식은 바로 이 향미를 바라보는 방식 그대로다. 어느 마을 이름도 잘 모를 법한 부평초 같은 삶을 살다 간 누군가를 깊게 들여다보는 것이다. 밑바닥 인생을 살았던 향미의 존재감이 그 누구보다 빛나게 된 건 바로 이런 시선 때문이다. 고아에 미혼모로 살아왔던 동백과, 동백의 삶을 그렇게 힘들게 만들었던 엄마 정숙(이정은)을 드라마는 누가 잘했고 못했고를 떠나 똑같은 따뜻한 시선으로 바라본다.

이 드라마가 성공한 이유는 개인의 사적서사라고 여겼던 것이 사실은 작은 공동체의 중서사이며 대서사였다는 걸 대중이 공감할 수 있었기 때문입니다. 이 드라마는 사랑얘기가 아닙니다. 남녀주인공이 만나는 장면은 심지어 키스하는 장면까지도 어색하고 어느 정도 불편하기까지 합니다. 낭만적 사랑 그 자체보다는 그러한 사랑을 만들어가는 개인서사들을 지켜주는 공동체의 담론이 아직까지는 그 힘을 발휘하고 있다는 공감대를 창조해냅니다.

향미처럼 화려하게 폈다가도 한 순간에 허무하게 뚝 땅으로 떨어져버리는 동백꽃처럼, 낭만적인 사랑에만 의존하는 독립정체성을 가진 개인서사는 무기력해진 것 같습니다. 그러나 각각의 동백꽃 같은 개인서사를 수호할 힘이 공동체의 담론에서 사라졌다면 너무 허무할 것입니다. 개인서사를 포함할 공동서사를 위한 노스탤지어가 시골마을공동체에 아직까지 살아 있는 것 같은 한국적인 정서에 이 드라마가 적절하게 호소하고 있는 것 같아 보입니다.

한국인 일본전범

근대공동체서사에 관한 무비판적인 신앙심이 아이히만의 악마 같은 행위의 원인이었다고 아렌트가 '악의 평범성'이라는 개념으로 설명했습니다. 「'일제 전범' 낙인 한국인들… '나는 바보였다'」라는 기사는 태평양전쟁 전범재판에서 23명이 사형된 조선인 포로감시원들 중 마지막 남은 이학래의 증언을 기록합니다.[68]

---

68 이진욱, 「'일제 전범' 낙인 한국인들…'나는 바보였다'」 『CBS노컷뉴스』, 2019.11.08.

CBS라디오의 특집다큐멘터리『조선인 전범-75년 동안의 고독』에서 이학래는 "나는 빠가야로(바보)"라고 자조합니다. 정혜윤 PD는 "그들은 자기에게 주어진 일을 비판 없이 정말 열심히 했고 그 결과로 전범이 됐다"고 말했습니다.

> "이학래 씨가 스스로 '바보'라고 칭한 데는 그들(일제)이 원하는 대로 뭐든 했다는 반성이 담겼다. 자신의 무지를 성찰하는 그 슬픔은 나에게도 전해졌다. 나 역시 뭔가에 열정적으로 헌신한다. 여기에는 '무엇을 위해서?'라는 물음이 반드시 필요하다. 이학래 씨가 전하는, 너무나도 무가치한 것을 위해 헌신하다가 바보가 됐다는 말이 절실하게 다가온 이유다."

아이히만과 마찬가지로 조선인전범 이학래도 무가치한 것을 위해 헌신하다 바보가 됐습니다. 그 무가치한 것이 무엇이었을까요. 그걸 몰랐기 때문에, 그 이유 하나만으로, 세계적으로 지탄받는 범죄자가 됐습니다.

하비 와인슈타인

이 기사의 첫 문단을 제대로 다시 읽는 과정이 중요해보입니다.

> 우리는 보통 간단명료한 것에 끌리기 마련이다. 깊게 고민할 필요 없이 생각과 말 그리고 행동을 그것에 맞추면 편안함을 느낄 수 있는 까닭이리라. 그러나 그 자리에는 진실로 향하는 비판과 성찰이 들어서기 힘든 법이다. 간략하고 단순하면서도 분명한 태도를 의심할 때, 그 너머 진실은 고개를 든다.[69]

#미투운동의 시작점이 된 할리우드의 영화제작자 하비 와인슈타인(Harvey Weinstein)은 이 글을 쓰고 있는 시점에(2020년 3월 11일) 사실상 종신형인 23년형을 받았습니다. 그의 입장이 아이히만과 다르지 않음을 짐작할 수 있습니다. 그는 깊게 고민할 필요도 없는 너무나도 당연한 짓을 하고 살아왔을 뿐입니다. 갑자기 와인슈타인이 몰락하자 그와 친하게 지냈던, 그가 간단명료하다고 판단했던 짓들을 같이 했었을 영국왕실의 앤드류 왕자 등 과거의 친구들이 인터뷰를 회피하고 있습니다.

---

69 같은 곳.

당연하다는 것

아이히만과 조선인전범 이학래는 옛날사람이지만, 하비 와인슈타인은 요즘 사람입니다. 그들과 같은 처지가 되지 않으리라고 누가 보장할 수 있을까요? 누가 "It is natural to…"라고 권유한다면, "그건 당연한 거야."라고 힘주어 말한다면, 그런데 그가 직장상사 등 자기분야의 권위자라면 누가 감히 노골적으로 대놓고 "간략하고 단순하면서도 분명한 태도를 의심할" 수 있을까요? 차라리 그 당연한 짓에 적극적으로 동참함으로써 출세의 길을 모색하려고 나서는 게 더 타당하지는 않을까요?

아렌트는 물론이고, 이학래를 취재한 PD와 기자는 물론이고, 와인슈타인을 감옥에 보낸 여성운동가들도 이러한 '난경'을 벗어날 방법론을 제시해주지 못하고 있는 것 같습니다. 몇몇 학생들에게는 이게 특별한 사례인 것 같은 느낌이 들지도 모르겠습니다.

나 열심히 살았어!

한국정부가 재정적 파산선고를 할 수밖에 없었던 'IMF시절' 『눈물의 비디오』가 아주 유명했습니다. 30년 이상 은행원이었던 남자의 절망에 찬 호소는 지금도 가슴을 울립니다. 그때쯤인가 한밤중에 어느 집 부부싸움 소리가 아파트단지에 울려 퍼졌는데, "나 열심히 살았어!"라는 말이었습니다. 그런데 지금 세상은 그때보다 더 안 좋아졌습니다.

열심히 살면 안 됩니다. 당연한 걸 하면 안 됩니다. 간략하고 단순하면서도 분명한 태도를 믿으면 안 됩니다. 이렇게 누구에게 충고할 수 있습니까? 이건 이 사회가 정의롭지 않다는 말입니다. 살지 말라는 권고와 별로 다를 바가 없습니다. 그러면 어떻게 살아야 합니까? 이 해결책의 실마리가 정말로 많은 사람에게 구원의 시작이 될 가능성이 높습니다.

시대를 잘못 읽은 죄

지금까지 이 수업에 참여해온 여러분은 어느 정도 짐작할 수 있을 것입니다. 지금이 근대의 끝자락이며 탈근대의 시작이라는 시대상황을 인식하는 게 그 출발점입니다. 아이히만, 조선인전범 이학래, 하비 와인슈타인, IMF 『눈물의 비디오』의 주인공, 내가 살던 아파트 단지에서 "나 열심히 살았어!"라고 목놓아 외치던 아주머니 등은 근대이데올로기에 자신의 삶 전부를 '올인'하는 잘못된 투자를 했기 때문에 그런 결과를 만났을 뿐입니다. 그들의 죄가 어떤 것이든 간에 그들은 억울해할 만합니다. 어느 정도는 그들의 잘못이 아니라 시대를 잘못 타고났기 때문입니다. 아닙니다! 그들이 시대를 잘못 타고난 게 아니라, 시대를 잘못 읽었기 때문입니다.

비언어예술과 언어예술

　탈근대라는 새로운 시대의 시작점에 있기에 세상을 읽는 힘은 기존의 논리적인 지식체계에서는 나오지 않습니다. 전혀 알지 못하는 미지의 세계를 모색해나가는 가장 좋은 도구는 상상력, 그것도 시적 상상력이며, 그로 인해 발생하는 창의성입니다. 이런 창의성은 비언어예술에서 먼저 발휘됩니다. 음악과 미술 등은 시보다 새로운 시대를 읽어나가는 데 있어서 앞서 나갈 수 있습니다. 시를 선두로 하는 문학은 현실세계와 맞닿아 있는 언어로 예술적인 창의성을 번역해야 하는 어려운 일을 하나 더 해야 하기 때문에, 대응속도에 있어서 음악이나 미술보다 뒤처집니다. 반면에 훨씬 더 막대한 사회적인 영향력을 행사하게 됩니다.

트라베르세 김수자

　프랑스 중부도시 푸아티에(Poitiers)에서 개최된 '트라베르세' 축제의 첫 주인공은 한국미술가 김수자였습니다. 더욱 놀라운 건 축제의 명칭이 '트라베르세 김수자(traversées Kimsooja)'라는 것입니다. 프랑스 푸아티에 생루이 예배당에 설치된 김수자의 작품 '이주하는 보따리 트럭'은 작고 허름한 트럭에 한국식으로 차곡차곡 쌓여 묶여있는 지저분하고 얼룩덜룩한 이불보따리들입니다. 6·25전쟁의 피난시절 모습이 생각납니다.

　　　풀었다 묶었다 할 수 있는 보자기, 천 안팎을 넘나드는 바느질, 창문 안팎을 통과하는 빛을 모티브 삼아 국경을 넘나드는 이주민 같은 개인적·인류적 문제부터 음과 양, 물질과 비물질 같은 우주적 이원성의 경계를 넘나드는 형이상학적 문제까지 다양하게 다루는 것으로 유명하다.[70]

　김수자가 '가로지름' 또는 '경계 넘기'라는 뜻의 트라베르세라는 주제를 가장 잘 표현할 수 있을 미술가인 것 같습니다. 지금까지 이 수업에서 검토했던 끝자락에 와 있는 근대와 시작하려는 탈근대를 포함하는 역사관을 미술작품으로 표현해내고 있습니다. 세상을 제대로 읽는 힘에서 현대미술작품들이 탄생되고 있습니다. 이런 시적 상상력의 창의성을 갖춘다면 지금부터라도 성공적인 화가의 길을 걸어가기 시작할 수 있습니다.

70　문소영, 「오방색 콘테이너와 보따리 트럭…중세 유럽 도시를 장식하다」, 『중앙선데이』, 2019.11.09.

구명론

지금까지 수업했던 것 중 가장 중요한 개념을 하나 설명하겠습니다. 이미 여러 번 무의식적으로 말했는데, 감정이나 정서와 달리 익숙하지 않은 단어여서 눈에 띄었을 것입니다. 그건 '정동(affect)'입니다.

'affect'는 '영향을 미치다' 또는 '깊은 슬픔을 유발하다'라는 뜻을 가진 기존의 단어입니다. 최신의 정동이론을 이용함과 동시에, '예전의 이름을 활용하는 이론'이라는 뜻의 구명론(舊名論)이란 데리다의 단어 사용법을 동원하려는 전략의 산물입니다. 탈근대시대의 세계관을 정립하는 과정에서 기존에 있던 단어를 사용하기는 하되 그것에 새로운 의미를 부여하려는 작전입니다. 지난 시간에 인용했던 데리다의 "There is police and police."라는 문장과 그 속에 함유됐던 대문자 정의(Justice)와 소문자 정의(justice)의 공존상태가 하나의 사례입니다.

정동을 이해하는 손쉬운 방법은 감정(feeling) 및 정서(emotion)와 비교하는 것입니다. 계몽사상시대의 소설 『감정교육』은 제목만 자주 언급하는데, 그 이유는 '전근대→근대'라는 시대전환기에 사랑 등 대중의 감정자체가 너무 새로워져 의식적인 교육과정이 필요했다는 반증이기 때문입니다. 이런 감정교육이 낭만주의사상에서 철학적 기초를 마련하고 빅토리아시대에서 제도화되며 전 세계를 근대문화로 통일했습니다. 이와 유사하게 지금은 '근대→탈근대'의 시대전환기이기 때문에 기존의 감정이나 정서의 체계가 제대로 작동되지 않는 사례가 너무 많습니다. 따라서 소설 『감정교육』처럼 새로운 체제를 수립해야 할 필요가 있습니다.

'정동'의 'affect'에는 '애착'이나 '애정'의 뜻을 가진 'affection'에서 규정하고 결정짓는 어미(語尾)인 'tion'이 생략돼있어서, 아직 정확하게 결정지을 수 없는 느낌을 대변하는 데 적합해 보입니다. 서구개인주의에 익숙하지 않아선지 개인적 감정과 집단적 정서의 구별이 쉽지 않습니다. 이와 유사하게 탈근대시대를 위한 개인적 정동과 대비되는 인류의 집단무의식인 융(Carl Gustav Jung)의 원형(archetype) 개념이 자주 언급됩니다.

통역과 정동

정동이 문화적인 차이와 관계없으며 보편적이라고 치부해버리는 경우가 많습니다. 오스트레일리아 병원에서 통역할 때 당혹한 적이 여러 번 있었습니다. "허리가 우리우리한 게 욱신욱신 아파요."라고 했는데 "I have pins and needles around my waist."라고 간단하게 통역해서 의사의 눈총을 받았습니다. 영화자막 번역과 마찬가지로 순차통역도 시간의 제한을 받기 마련입니다. 정신과에서는 "가끔 딸이 보여요."라고 말하는 분을 만났습니다. 교통사고 사망자의 어머니가 딸이 너무 그리워 헛것이 보일 지경이라는 말을 문자 그대로 받아들인 일반의가 정신과로 의뢰한 사건이었습니다. 어쩔 수 없이 의사의 동의하에 한국문화 특성으로 인한 번역의 난경을 설명했습니다.

정동=감정+생각

탈근대시대의 개인적인 느낌인 '정동'과 근대시대의 개인적인 '감정'의 차이는 '생각'의 추가입니다.

당연한 걸 하면 안 되며 간략하고 단순하면서도 분명한 태도를 믿으면 안 된다고 권고하는 근본적인 이유는 기존의 감정체계가 제대로 작동되지 못하고 있기 때문입니다. 근대적인 감정에만 의존하는 판단은 무오류(無誤謬)일 수 없다는 경고입니다. 탈근대시대를 실수하지 않고 살아가기 위해서 기존의 감정체계를 전적으로 수용하지 말고 약간의 수정작업을 가해야 한다는 말입니다. 이에 따라 "정동=감정+생각"의 공식이 나옵니다.

썸

X세대와 밀레니얼 세대는 정동의 공식을 알고 있는 것처럼 행동합니다. "나는 너를 사랑해"의 낭만적 '감정'을 받아들이되 '생각'할 여유를 가질 수 있도록 여러 단계를 설치합니다. 이게 소위 '썸(some)'의 정의입니다. "너는 대단한 사람이야."(You are something.)라는 말에서 나온 것으로 추정되는 '썸'은 상대방의 중요성을 충분히 강조함과 동시에, "너는 내 전부야."(You are everything.)라고 선언하는 낭만적 사랑의 최종선언을 유예할 수 있게 해줍니다.

사랑에 있어서도 잠시 멈추고 생각하지 않을 수 없는 시대가 된 걸 잘 아는 세대입니다. 근대이데올로기에 매몰돼있는 사람에게는 어색한 요구겠지만, 감정도 공부해야합니다. 감정을 공부하는 곳, 그 메카가 바로 문학이며, 그곳의 대성당이 시적 상상력으로 구축되는 시입니다.

정동이론

『정동이론』의 「옮긴이 후기」를 길게 인용하며 최신의 정동이론을 학습하면서 그 미래전망을 점검해보겠습니다.[71]

우리는 일상생활에서 자주 접하는 우리의 '주체'라는 것이 근대 이래의 학문에서 상정하는 이성적이고 합리적인 주체가 아니라, 감정적이고 불확실한 주체라는 것을 자주 목격하게 된다. 정치적

---

71 멜리사 그레그·그레고리 시그워스 편저, 『정동이론』, 최성희·김지영·박혜정 올김, 서울: 갈무리, 2015, 586-88쪽.

주체는 정의와 주권의 주체라기보다 정치적 사안에 감정적으로 반응하는 여론에 휩쓸리는 주체이며, 경제적 주체는 합리적이고 효율적인 소비주체라기보다 감정적으로 충동구매와 투자를 하는 주체이며, 문화적 주체는 독립적인 취향을 가지고 대중문화에 접근하는 주체라기보다 드라마나 리얼리티 쇼, 뉴스 등 매스미디어에 수시로 휘둘리는 주체이다. 즉, 실생활에서의 우리는 이성적이고 합리적인 주체가 아니라 정서적 혹은 감정적인 주체이다.

근대의 끝자락이며 탈근대의 시작인 시대상황을 개인적인 주체의 관점에서 요약하고 있습니다. 홍콩 경찰이 1미터 앞에 있는 청소년에게 3발의 총알을 발사했다는 보도는 국가를 대표하는 행동자의 선택도 "감정적으로 반응하는 여론에 휩쓸리는 주체"일 뿐임을 말해줍니다. 이런 혼란스러운 정동의 실상을 국가와 대중에게 되도록 빨리 설명해줄 필요가 있습니다. 어떤 연예인의 악플러를 잡고 보니 서울법대출신의 사법고시실패자여서 잡고 나서 더 황망했다는 보도가 있습니다. 체포하기 전까지는 독립적인 주체라고 상정했을 텐데 "이성적이고 합리적인 주체가 아니라 감정적이고 불확실한 주체"라는 사실을 확인했던 것이죠. 일벌백계의 관점에서 악플러를 법적으로 처벌한다고 해서 사정이 나아질 것 같지 않습니다. 벌을 줘서 반성하게 만든다는 법률이론은 벌을 받는 대상이 이성적이고 합리적이라는 전제를 갖고 있습니다. 그래서 정신질환자는 아무리 큰 죄라도 감옥 대신에 정신병원으로 보냅니다.

'전개인적'이 아닌 '후개인적'

정동(affect)이라는 개념은 이 '정서적 주체'를 다루는 데 유용한 매개가 될 수 있다. 정동은 정서(emotion)나 감정(feeling)보다 넓은 개념의 용어이다. 감정이 개인적인 측면에서 문화적으로 약호화된 방식으로 언어나 몸짓으로 나타나는 표현이라고 한다면, 정동은 개인적인 차원 이전의 단계, 즉 전개인적인(pre-individual) 단계에서 감정과 느낌을 다룬다. 그렇기 때문에 정동 연구는 사회적인, 문화적인, 정치적인, 경제적인, 심지어 과학의 분야에서, 과거에는 측정하고 계량화할 수 없기에 일탈 또는 예외라고 치부했던 현상들을 충분히 이론적으로 연구할 수 있는 교량역할을 한다.

"개인적인 차원 이전의 단계, 즉 전개인적인(pre-individual)' 단계에서 감정과 느낌을 다룬다."라는 정동의 정의에 동의하기 어렵습니다. '개인적인 차원'의 단계는 근대적인 차원을 뜻합니다. 근대적인 감정과 느낌을 대체하기 위해 정동이란 새로운 용어가 지금 요구되는 이유는 '개인적인 단계' '이전(pre-)'이 아니라 '이후(post-)'이기 때문입니다. '전개인적인 단계'란 프랑스혁명에서 본격화됐던 개인의 자아의식 이전, 즉 중세라는 전근대시대를 뜻합니다. 근대의 개인적 감정과 정서의 무능력에 불만을 느끼고 탈근대의 정동체계를 구축하려는 정동이론이 그 해결책을 '전개인적인 단계'에서 찾으려 한다는 주장은 자기모순이 아닐 수 없습니다. 굳이 이런 어색한 용어를 만들고 싶지는 않지만 차라리 '후개인적(post-individual)'이라고 말해야합니다.

육체와 정신의 대비라는 자기모순

다음으로 생각할 수 있는 것은 '정신(mind)'과 대비되는 것으로서의 정동이다. 스피노자의 "우리는 몸으로 무엇을 할 수 있는지 아직 모른다"는 명제가 암시하듯, 정동 연구는 몸과 정신의 이분법을 거부하고, 오히려 몸의 관점에서 정신(의식)을 설명하는 시도를 한다.

기존의 감정과 정서가 부족하다는 걸 자각했기에 정동이론이 탄생했을 것입니다. 그러므로 정동은 본질적으로 '감정+생각'의 구조를 갖습니다. 탈근대라는 시대의식이 뚜렷하게 정립돼있지 않기 때문에 근대이념의 육체와 정신의 이분법에 대한 비판과 해체의 측면에만 논의를 국한하고 있습니다. 최근 육체, 즉 '몸'에 관한 담론이 부쩍 많아지는 이유는 근대이데올로기의 육체/정신의 이분법에서 육체가 억압받아왔다는 점이 특별히 강조되기 때문입니다. 정신일변도의 담론에 대한 반작용현상일 뿐이며 육체일변도의 담론이 돼야한다는 뜻은 아니므로, 육체와 정신의 대비라는 자기모순에 빠져 있는 것뿐입니다. 몸을 중심으로 해야 한다는 최근의 주장은 정신은 없고 뇌만 있을 뿐이라는 등 과학계의 입지를 강화하는 데 특별히 활용되고 있습니다.

네트워크와 관계성

그것은 현재 신경과학과 양자이론, 인지공학의 지식과 연동하여 융합적으로 이루어지고 있다. 한편 개인적인 주체개념을 넘어 전개인적인 것에 기반하여 주체에 접근하는 정동개념은 네트워크의 관계성의 개념과 연동하여 인간/기계/비유기체의 배치물을 한꺼번에 다룰 수 있는 개념틀을 제공한다. 이는 일상생활의 정동의 흐름에 초점을 맞추어 평범해 보이는 것들 속에 숨겨진 정치적 함의를 찾는 작업으로 연결된다. 정동이론은 일상생활의 경험의 물질성에 주의를 기울이면서 그러한 물질성에 작동되는 권력의 흔적을 조사하는 한편, 권력이 유도하는 규범화된 삶의 경계에서 존속하면서도 그것을 뛰어넘는 세계를 실현하는 잠재성을 펼쳐 보인다.

육체를 억압하는 정신을 중심으로 하는 근대이데올로기에 대한 반성작업의 일환으로 육체를 유난히 강조하는 추세가 강화되고는 있지만, 문제의 본질은 개인적인 자아와 주체의 독립적인 정체성이 불가능하다는 점에서 기인합니다. 그로 인해 프랑스의 인권선언에서부터 시작된 근대이념자체의 현실적용이 점차적으로 불가능해져가고 있습니다.

새로운 시대의 개념틀로 제시된 '네트워크의 관계성 개념'은 자아와 주체의 독립적 주체성 자체를 부정해야 제대로 발전될 수 있습니다. 이는 자아와 주체 중심의 서구사상에서 관계성 중심의 동양사상으로 주도권이 넘어가야 한다는 걸 의미하기도 합니다. 관계성과 네트워크는 동일한 개념이 아닙니다. 개인적 주체가 독립성을 유지하지 못한다면 관계성의 관점에서만 세계를 유효하게 읽을 수 있습니다. 그런데 이 주체가 인간이면 몸을 갖고 하는 행동의 결과를 내게 됩니다. 즉 행동자(agent)로서 결단해야 하는데 이건 네트워크 이론으로 설명할 수밖에 없습니다. 동양사상이 힘을 발휘하는 지점이 관계성을 설명하는 부분이라면, 세상 속에서 행동하는 주체라는 윤리·도덕적인 관점에서의 행동자는 네트워크로 설명돼야 하며 이 부분은 체험과 실험을 중심으로 하는 서구근대과학에 강점이 있습니다.

아는 사람은 쉽게 말한다

지금까지 정동이론을 소개하는 짧은 글을 읽었습니다. 이론이 뚜렷하지 않아 몽롱하게 쓰인 부분이 많아 보입니다. 이론 공부를 할 때 누군가가 어렵게 말하면 다시 설명해달라고 요구해야합니다. "아는 사람은 쉽게 말합니다." 특히 근대와 탈근대의 양다리를 걸치고 있는 글이 많을 수밖에 없는 혼란스러운 시절이기 때문에, 자신의 비뚤어진 눈으로 나름대로 이해하려고 노력하는 수밖에 없습니다.

주이상스

자신의 관점에서 제대로 이해했는지 확인하는 효과적인 방법을 하나 소개하겠습니다. 바르트의 '주이상스(jouissance)'라는 개념입니다. '즐거움(pleasure)'과 대비되는데, '희열(bliss)'이라고도 하지만 그 정도를 넘어서서 '성적인 희열'까지 포함합니다. 야한 단어 같아 보이지만, 지금 이 수업을 듣거나 읽는 사람이라면 이 정도의 수준이 큰 장애가 되지는 않을 것입니다.

'즐거움'이 근대사회체계 속에서의 기쁨이라면, 특별하게 사용되는 '주이상스'는 근대사회의 틀을 부숴버리는 통쾌함을 동반하는 기쁨입니다. 굉장히 어려운 개념 같아 보이지만, 실제로는 여러분이 기꺼이 돈을 쓰는 이유입니다. 이마트의 핸드드립 아메리카노 덕용제품은 아주 저렴합니다. 그런 사실을 모를 리가 없는데 용돈이 궁한 젊은이들도 10배도 넘게 비싼 커피를 마시러 가는 이유는, 원두커피의 '즐거움'이 아니라 '주이상스'라는 수준의 기쁨을 원하기 때문입니다.

이모티콘

핸드폰이 보편화되면서 이모티콘이 대세가 됐습니다. 이모티콘을 감정을 대신해 표현하는 콘텐츠라며 '감정대리인'이라고 정의하는 전문가들이 많습니다. 현대인은 자신의 감정표현을 회피하며, "감정을 너무 쉽게 소비하고 편한 감정만 표현하다보면 (감정이) 마치 인스턴트식품처럼 쉽게 먹을 수 있지만, 자신에게 부정적이거나 슬픈 감정, 진중한 감정에 대해 마음에 담을 수 있는 마음근육이 발달하지 않는다."라고 경고합니다.[72] 그리고 비대면문화에 밀린 대면문화를 복원해야한다는 처방전을 제시합니다.

탈근대의 '후개인적'이라는 개념 대신 '전개인적'이라는 복고회귀를 선호했던 정동이론에서처럼, 탈근대의 정동현상인 이모티콘의 해결책을 '대면문화'라는 복고적 전근대로의 회귀가 대안으로 제안되고 있습니다.

이모티콘은 지금까지의 감정표현이 안 먹히니까, 안 통하니까 사용되기 시작됐습니다. 이모티콘에 근대언어소통체계의 부족함을 크게 보완하는 기능이 있다는 걸 공감했기 때문입니다. 옛날식의 대면문화, 즉 직접 만나는 방식을 확대하는 것이 이모티콘의 폐해를 보완하는 데 도움 된다는 식의 결론이야말로, "나 때는 좋았다"라고 기회만 있으면 주장하려는 꼰대의 사고방식이 아닐 수 없습니다.

이모티콘은 감정표현의 외주화를 위한 감정대리인이라기보다, 문자언어의 한계를 보완하려는 감정보조인입니다. 탈근대적인 정동의 표현으로서 이모티콘이 주는 '주이상스'의 원리를 파악할 수 있다면 이 분야의 대가가 될 것입니다.

넵의 어조

이모티콘과 유사한 정동현상이 표준어의 파괴현상에서도 발생하고 있습니다. 이모티콘을 해석했던 것처럼, '네'라는 단어의 너무나도 다양한 표현방식은 감정표현을 회피하려는 목적보다 근대언어소통체계의 부족함을 크게 보완하는 기능을 위해서 사용됩니다.

> 넵의 바다는 넓다. '넵넵!' '넵' '넵~' '네..' '넹' '넴' '넵ㅠ' '넵;' '네네네넵'…. 다양한 감정의 파도가 일렁인다. 기초 해독법은 알아둘 필요가 있다. 넵은 스승과 제자 사이에도 흔하다. 대학에서 강의하는 극작가 김명화 씨는 "학생들에게 자주 받다보니 내게도 옮았는데, '넵'이라고 하면 뭔가 단칼에 해결하겠다는 의지가 담긴다"고 말했다. 대사를 뽑아내는 직업을 가진 그는 "어쩌다 받는 '넵넵'은 상대방이 경황이 없거나 서두른다는 느낌을, '넹'은 진지하지 않고 귀엽다는 느낌을 준다"며 "발신자의 마음은 넵 뒤에 붙이는 이모티콘이나 말줄임표로 가늠한다"고 했다.[73]

72 김윤경, 「사랑해 대신 '하트 이모티콘'…감정대리인에 의존하는 현대인들」, 『아시아경제』, 2019.09.14.

73 박돈규, 「'네' '넹' '넵' 사이…의욕 충만인가 립서비스인가」, 『조선일보』, 2019.10.05.

"직장에서는 의사를 명확히 전달해야 하고, 상대방이 말하지 않은 것까지 읽으려는 노력이 필요하다"라는 손관승 씨의 조언과 "내가 무슨 말을 했느냐가 중요한 게 아니다. 상대방이 무슨 말을 들었느냐가 중요하다"라는 피터 드러커의 명언도 근대언어소통체계의 단점을 보완하려는 노력의 필요성을 강조합니다. 아무리 훌륭한 말씀들이라도 이론체계에 의거하여 납득할 수 없다면, 차후에 어떻게 활용될 수 있는지 알기 어렵습니다.

영화 『82년생 김지영』에 관한 "82년생 김지영. 모두가 알지만 아무도 몰랐던. 무슨 말인지 참 알 것 같네. 내일아 빨리 와"라는 아내의 게시물에 가수 장범준이 "????"라는 댓글을 게재했습니다. 그런데 "해당 댓글은 곧 논란의 한가운데에 섰"고, "대중들은 장범준의 물음표 댓글의 의미를 두고 갑론을박을 펼치기 시작"했습니다.[74] 물론 해프닝일 뿐이었지만 근대언어소통체계의 단점이 뚜렷하게 드러났던 하나의 사례입니다.

지금 시대의 언어학에서는 기표와 기의의 차원을 넘어 어조(語調, tone)가 중요해지고 있습니다. 화용론(話用論, pragmatics)이 그 한 사례입니다. 사장과 비서가 애인관계라면 공적인 직장과 사적인 장소에서의 언어가, 특히 어조의 측면에서 확연히 구별될 수 있을 것입니다. 그리고 이런 언어차원의 정동현상이 현재 날로 점증하는 TV프로그램의 자막에서 특히 두드러지게 나타나고 있습니다.

감수성

성노예문제와 관련된 한·일 갈등에서 유니클로가 가장 큰 피해자가 됐습니다. 일본제품 불매운동이었기 때문에 의류판매업과 무관한 이유로 피해가 발생했지만, 후속대책과정에서 역사적 감수성의 부족으로 인해 큰 피해를 입었습니다.

이때의 감수성은 정동의 다른 표현입니다. 성인지감수성의 결핍이야말로 성희롱의 발생 원인입니다. 성인지감수성은 독립적 주체성을 가진 개인의 감정이나 정서가 아니라, 근대이념에서는 통상 주체에 대립되는 객체라고 비인격화되곤 했던 상대방의 감정이나 정동을 이해하는 능력을 요구합니다. 탈근대시대의 정동을 이해하지 못하여 발생하는, 피해자가 "잘 알지도 못하면서"라고 말하는 사례들입니다.

감수성은 산업적인 차원에서 특히 중요합니다. 자신의 취향에 맞는 것을 고르는 구독경제(subscription economy)의 '가치〉(소비자) 가격〉(제공자) 비용'의 원리는 정동이 발생시키는 경제원리입니다. 경제학의 이런 발전방향을 연구하는 '문학경제학'이 요구됩니다.

---

74   이현진, 「장범준, 댓글 논란에 끝없는 갑론을박…과도한 의미 부여는 그만할 때」, 『헤럴드경제』, 2019.10.23.

정신이 사람을 죽인다

질문지법

1976년도에 서울소재 중학교 영어선생님이 됐어요. 제일 먼저 느낀 교육현장의 문제점은 학생들의 수동적인 학습태도였습니다. 궁금한 거나 질문하고 싶은 게 없는 건 아닌데, 한국특유의 교사와 학생의 엄격하고 경직된 인간관계를 감안하지 않을 수 없었어요. 그래서 고안해낸 게 '질문지법'이었어요. 학생이 질문하는 부분과 담당교사가 대답하는 부분으로 나뉜 질문지를 인쇄하여, 교실마다 배포하고 담임교사를 통해 홍보했습니다. 예상보다 반응이 아주 좋았습니다.

그로부터 45년이 지났지만 한국교실의 상황은 크게 달라지지 않았습니다. 그래서 대학교의 수업인데도 질문지 형식의 코멘트를 제출하라든가 이메일로 문의하라고 독려하고 있습니다. 다른 친구들을 대표해 가끔 용기를 내는 학생이 있는 것 같습니다. 그리하여 다음과 같은 이메일 답신을 보냈습니다.

아직 2학년이기 때문에 어려움을 겪고 있는 학생들이 많을 것입니다. 그래서 용기를 내어서 내게 보내준 두 개의 글을 다음 시간에 수업의 내용으로 하려고 합니다.

기말고사, 에세이쓰기, 기말논문과 창작시 쓰기 등 과제를 제출하는 마감이 3주 남았으므로, 적절한 시점에 제기된 질문들인 것 같아요. 특히 그동안의 수업이 에세이쓰기에 초점이 맞춰져 있었기에, 시험 답안 작성과 논문쓰기에 관한 두 개의 질문은 부족했던 점을 보완하는 측면이 있습니다.

주관식시험의 답안작성

프로스트의 「가지 않은 길」을 번역하고 다음과 같은 글을 썼어요.

> 나는 아쉬운 감정에도 여러 가지 이유가 존재한다고 생각한다. 두 가지 이유를 생각해봤는데 가장 먼저 생각한 아쉬움은 시기, 질투, 부러움 등의 감정이다. 사람은 간사하기에 하나를 바라다 이루면 열을 바라게 되는 법이다. "남의 떡이 더 커 보인다"는 속담도 있지 않은가. 많은 선택지들 중 한 가지만 고르게 되면 대부분의 사람들은 본인과는 다른 길을 간 사람들이 조금이라도 더 좋아 보이면 부러워하기 마련이다. 본인의 길이 더 좋은 길일 때도 말이다.

지금까지 이런 식의 주관식시험 문제답안을 제출한 경우가 많았을 거여요. 내 의견을 말하는 건 중요하지만, '잘' 말하는 게 더 중요해요. 이걸 잘못하면 상대방과 대화가 잘 이루어지지 않아요.

'나' 혼자만의 생각을 일방적으로 말하면 대화가 계속될 수 없어요. 그래서 대부분 외로워지죠. 답인지를 쓰는 훈련이라고 하지만, 사실은 대화를 하는 훈련이에요. 행복하기 위해서는 대화를 통해 자기 마음을 제대로 전달할 수 있는 능력이 필수적이죠. 이런 훈련이 안 돼있으면 행복하기 어려워요. 진짜 목표는 제대로 된 주관식 답안을 쓰는 게 아니라고 말할 수 있어요.

인상주의

일부만 제시된 답안의 대표적인 특징을 지적하자면, 시를 읽은 인상을 단편적으로 생각나는 대로 말하고 있어요. 인상비평(impressionism)을 부정적으로 언급한 적이 있었죠. 인상은 'impress'인데, 'press'는 '누른다'이고 'im'은 'in'과 같은 '안'이라는 말이죠. 그러니까 외부의 객관적 경험이 나의 안으로 누르며 들어온 걸 의미합니다. 요컨대 내가 받아들인 걸 표현한다는 말이죠. 이런 게 말할 때 흔히 채택하는 방식입니다. 그런데 결과가 안 좋습니다.

의견의 구조

이런 종류의 발화방식이 통하는 세상이 있어요. 애인이나 부부를 비롯한 가족입니다, 내가 아무렇게나 말해도 너는 나를 알아줘야 할 게 아니냐. 그런데 아무리 가족관계라도, 네가 말하는 걸 어떻게 제대로 알아들을 수 있냐고 겉으로든 속으로든 반문하는 세상이 됐어요.

이런 결과가 초래되는 이유는 '나'의 시각을 중심으로만 생각하고 있어서 그래요. '나'의 말을 듣는 사람을 생각해보세요. 그 사람이 '나'의 의견이나 감정에 동의할 수 있을까? 이런 식으로 생각해보면 '나'의 의견의 '구조'를 만들지 않을 수 없어요.

유아적

이건 세상 살아가는 기본일지 몰라요. 지금이 아니라 어쩌면 초등학교 저학년 때부터 교육받았어야 했어요. 이건 말하는 데 있어서 첫 번째 기본훈련과정입니다. 상대방과 적절하게 대화하는 훈련이 잘 돼있지 않으면 처음부터 큰 문제가 되겠죠.

내가 특별히 어려운 걸 요구하고 있는 게 아니에요. 그러니 날 원망하지 마세요. 이런 걸 유아적(唯我的)이라고 말해요. 세상에 내[我]가 유일(唯一)하다고 생각하는 마음상태죠. 세상이 내 식으로 돌아가야 한다고 주장하는 거죠. 나만을 기준으로 모든 걸 해야 한다고 요구하니까요.

이게 모든 사랑싸움의 원인이겠죠. 둘 중 한 사람이 유아적이면 관계가 금방 힘들어지겠죠. 사랑의 핵심은 대화니까요. 그러니까 얼굴성형보다 유아적 마음상태를 벗어나는 훈련이 더 시급해요.

"내 주변에는 대학도 안 가고 일도 안 하고 책도 읽지 않고 아무 의미 없이 집에서 시간만 버리는 사람들이 굉장히 많다"라는 표현은 누구에게 하는 말입니까? 누구에게도 하는 말이 아니라면 무책임한 거고, 누구에게 하는 말이라면 그 사람이 왜 그런 행동을 하는지 생각해봤던 흔적이 있어야, 그 사람이 이런 말을 듣고도 화를 내지 않겠죠.

싸우거나 도망치거나

인간관계의 모든 갈등은 이 지점에서 발생하는 것 같아요. 만약 상대가 고쳐질 가능성도 없이 유아적이라면, 그런데도 항상 싸우지 않으려면 상대의 의견을 언제나 이미 전적으로 수용하거나 아니면 도망치는 수밖에 없겠죠. 만약 상대의 유아적인 태도를 참겠다고 맘먹으면, 그 사람을 위해 자기감정이나 의견은 희생해야 할 거여요.

인류가 조상에게서 물려받은 핵심적인 심리상태를 '싸우거나 도망치거나(fight or flight)'라고 생물학자들이 공통적으로 정의합니다. 먼 옛날 숲속에서 헤맬 때 풀숲이 부스럭거리면 즉시 맹수의 존재여부를 판단해 싸우거나 도망치는 능력이 부족했던 부류는 열등한 유전자였을 거라고 말이에요. 이게 현대인이 공포심 앞에서 냉정하고 객관적인 판단능력을 발휘하지 못하는 이유라고 설명합니다.

이런 판단능력의 결여가 맹수 앞에서 뿐만 아니라 유아적인 상대 앞에서도 발현될 수 있습니다. 그 사람이 유아적이 된 게 그 사람 탓만은 아니어요. 탈근대시대를 인식하지 못하고 전근대사상이나 근대이념에만 집착한다면 어찌 그들만의 잘못이겠어요. 시대를 제대로 읽지 못한 탓이겠죠.

내 삶의 전반부를 바쳐서 얻은 교훈이에요. 부모가 유아적이어서 신파소설보다 더 많은 고생을 했거든요. 이건 나만 겪었던 특별한 경험이라기보다 한국인의 보편적인 경험일 가능성이 높아요. 트로트 등 대중음악으로 표현되기도 하는 한국인의 '한'의 원인일지 모른다는 가설을 갖고 있어요.

자기주도 학습

생각의 '구조'는 중요한 개념입니다. '나'의 의견에도 동조하지 않을 가능성을 생각해보세요. 내 의견을 말할 때 상대의 의견이나 감정을 고려하지 않을 수 없습니다. 내 '의견' 자체보다 그걸 어떤 '구조'로 구축하여 상대의 설득력을 얻어내는지가 중요해집니다. 개인서사가 중서사나 대서사로 확대돼가는 과정이죠. 내 의견이나 감정의 영향력의 확대가 의견을 말하는 이유입니다.

대화의 훈련은 말을 하는 순간부터 시작됐어야 해요. 내가 가끔 분노하는 이유는 탈근대시대를 맞이해 최첨단의 수업을 진행해야 하는데, 아주 기초적인 대화훈련도 병행해야 하는 상황을 자주 마주치기 때문입니다. 여러분의 잘못이 아니라 상대를 고려하며 말하는 대화훈련을 못 받았기 때문이에요. 누구 탓을 할 때가 아니죠. 자신의 상태를 정확하게 분석하여 바쁘고 힘들더라도 자기주도 학습을 해야합니다.

자기주도 학습법에서도 구체적인 학습과정을 설득력 있게 제시하기보다 학생 자신이 알아서 해라는 식으로 설명되는 경향이 많아요. 설명을 쉽게 하려고 중서사와 대서사라는 용어를 창안해서 사용했는데, 중서사가 보통 말하는 공감대의 형성을 위한 대화이고 대서사는 담론입니다. 지금 이 수업의 목표가 바로 자기주도 학습이죠.

이와 같은 설명의 요약을 답신했더니 수정본을 받았습니다. 그 속에 다음과 같은 구문이 있었어요.

> 물론 개인마다의 사정과 추구하는 가치관이 다르기 때문에 나와 다르게 생각할지도 모르겠다. 그러나 자유가 확대될수록 책임져야 하는 일도 많아진다. 결과가 어떻든 본인이 선택한 길이고 남을 탓 할 수도 없다.

이게 수업하는 맛이에요. 내가 말하려는 핵심을 제대로 알고 있는 것 같아요.

전문가집단이 제시하는 기존의 해법에 냉소적인 자세를 취했던 적이 많았어요. 무슨 문제든지 비판에 충실한 것으로만 결론짓는 게 마음에 들지 않았어요. 전문가집단이 제시 못하면 문제의 해결책을 어디에서 찾아야 할까요. 주관식 문제의 답안작성법, 대화의 요령, 입사원서와 이력서와 면접 준비방법 등은 어디에서 공부하나요.

오뚜기의 입사지원서

재벌기업도 아닌데 문재인 대통령과 기업인의 '호프미팅'에 초대됐던 (주)오뚜기의 대졸신입공채 수기(手記)입사지원서가 화제였습니다.[75] 오뚜기가 공개한 자기소개서의 항목 3개를 소개하겠습니다. (1) 본인이 지원한 직무를 잘 수행할 수 있다고 생각하는 이유와 입사 후 자신의 목표를 설명하십시오. (2) 본인의 단체활동 또는 봉사활동 경험에 대하여 활동을 시작하게 된 계기를 포함하여 설명하십시오. (3) 생애 최고의 순간이 언제였고, 본인 인생에 어떤 영향을 끼쳤는지 설명하십시오. 어떻게 작성해야 할까요?

1980년대 초 대한항공 근무시절의 목격담입니다. 옛날얘기지만 지금과 다르지 않은 핵심요소가 있습니다. 기업의 인사부는 예나 지금이나 감당하기 어려울 만큼 많은 입사지원서를 짧은 시간에 처리해야합니다. 그때는 담당자가 책상 옆에 쓰레기통을 붙여놓고 입사지원서 대부분을 서너 줄만 읽고 버렸습니다. 어떤 게 첫 번째로 쓰레기통 행일까요? "나는 성실합니다."라는 종류의 표현으로 시작하는 것입니다. 쓴 사람은 진실이었을지 몰라도, 천 번째 읽는 인사담당자에게는 어떻게 보일까요. 너무 유아적이지 않습니까?

영시나 영어수업 뒤에 누가 와서 "선생님, 나 열심히 할게요."라고 말하곤 했어요. 내가 뭐라고 대답해야 하나요? 열심히 하겠다는 자신의 마음자세를 강조하는 건 유아적인 게 아닐까요? 뭐든 열심히 해야겠지만, 그보다 더 중요한 건 유아적인 사고의 틀에서 벗어나는 거겠죠. 자기 실력을 객관적으로 분석하고 해결책을 강구해야겠죠. 해결책을 연구하는 과정에서 질문할 내용이 생깁니다.

3인칭으로 독백하기

교수 등 전문가라면 비판보다는 해결책을 제시하는 데 주력해야 한다고 믿습니다. 현재 목표로 하는 대화능력의 향상노력에서 롭슨(David Robson)의 「지혜를 위한 3인칭으로 독백하기」("Why speaking to yourself in the third person makes you wiser")는 좋은 자료입니다. 낭만주의 시인이며 평론가였던 콜리지가 1809년 '그, 그것'('he, that')이라는 라틴어 'ille'로 만든 조어(coined)인 'illeism'은 "3인칭으로 자기 자신에 관해 말하기"라는 말입니다. 데이비드가 혼자 조용히 생각하며 자기 자신에게 이렇게 "…… 때문에 데이비드는 좌절했었어."라고 말하는 방식입니다.

대부분은 "나는 화났어."(I am angry.)라고 1인칭으로 자신에게 또는 상대에게 말합니다. 그러면 '나 (I)'는 '화라는 감정(the feeling of being angry)'과 동일해집니다. 내가 화라는 감정 속으로 빠져들면 곧

---

75   채혜선, 「자필로 적어야 하는 '오뚜기' 입사지원서」, 『중앙일보』, 2017.07.31.

이어 "나는 너를 죽일 거야."(I will kill you.)라는 폭발로 발화되기 쉽습니다.

그런데 내가 "만식이는 …… 때문에 화가 났어."라고 말하면 내 자신에게 화가 난 이유를 설명해야합니다. 그냥 화를 내고 말 수는 없습니다. 내가 화가 난 이유를 객관적으로 설명하다보면, 화가 난 원인이 상대에게만 있는 게 아니라는 걸 깨닫게 됩니다. 내가 화가 난 이유의 상당 부분은 내게도 있습니다.

"앵그리 버드(Angry Bird)"라는 게임으로까지 만들어진 만화영화가 있습니다. 그 게임이 재미있는 이유는 엉뚱하게 생긴 새가 온몸을 던져 분노를 표현하는 광경을 보며 자신의 화를 냈던 과거를 3인칭으로 회고하게 만들기 때문입니다. 화가 났어도 1인칭이 아니라 3인칭으로 말할 수 있다면, 상대에게 그렇게 할 수 없다면, 적어도 자신에게라도 그렇게 할 수 있다면, 비극이 아니라 희극이 될 수도 있습니다.

미식축구쿼터백 출신의 미국방송계스타였던 O. J. 심슨이 이혼한 전처와 그 애인을 살해(?)한 유명한 사건이 있었습니다. 경찰의 유력한 증거들 중 하나가 옆집에서 들었다는 "나는 너를 죽일 거야."라는 큰 소리였습니다. 이게 살인의 증거가 되려면 3인칭이 아니라 1인칭으로 발화됐다는 걸 입증해야합니다.

지능보다 지혜

롭슨은 "관점의 작은 변화가 정서적인 안개를 맑게 하여 과거의 편견을 벗어나 생각할 수 있게 해 줄" 거라며 "제3자사고가 판단력을 일시적으로 향상시키며 사고와 정서조절에 있어서 장기간의 효과를 가져온다는 연구결과가 많다"고 주장합니다. "지혜와 연관된 인지적이고 정동적인 과정들이 일상생활에서 훈련될 수" 있다고 생각합니다. 두뇌훈련을 통해 지능지수를 늘리는 과거의 교육훈련방식도 힘들었습니다. 그러나 지적 겸손함, 타인의 관점수용, 불확실성의 인정과 타협의 모색능력 등 다양한 지혜요소의 훈련과정에서 정동능력이 향상된다고 생각합니다.

애인과 말다툼하거나 이직하려는 사례에서 제3자사고의 힘을 갖춘 사람은 더 겸손한 경향이 있으며 다른 사람의 관점을 고려할 준비가 돼있음을 확인합니다. 대부분 긍정적인 정서를 과장하고 부정적인 정서의 강도를 축소하는 경향이 있는데, 제3자 일기쓰기를 계속한 사람은 정동의 파악에서 더 정확합니다. 그리하여 상황에 더 적절하게 대처하는 논리를 현명하게 전개합니다.

정동예측

롭슨의 정동예측(affective forecasting) 기법을 주식시장이나 포커게임에 적용할 수 있습니다. 1970년대 초 대학교정에서 카드놀이는 비윤리적인 행위였습니다. 나는 그렇게 나쁘지만은 않다고 여겼습니다. 그래서 4명이 하는 '마이티'라는 게임을 했습니다. 카드게임에서 이기는 전략을 하나 생각해보겠습니다. 자기 패에만 집중하지 않고 다른 사람들의 모든 패를 순서대로 기억하면 이길 확률이 높아집니다. A가 처음에는 클럽 3을 냈고 그 다음에는 클럽 K를 버렸다는 사실 등입니다. 순번이 계속 돌아가면 A의 의도를 어느 정도 파악할 수 있게 됩니다.

내 패에만 기뻐하거나 슬퍼하는 1인칭독백이 아니라 포커페이스로 3인칭독백에 집중하는 게 어느 정도의 승률을 담보하는 길인지도 모릅니다. 한국 최초의 PC를 만들었던 철학과 선배는 이런 정동예측이론을 수학이론의 적용으로까지 발전시켰습니다. 도박으로 패가망신하는 중요한 이유가 유아론적 1인칭독백일 가능성이 높습니다.

심리게임이 될 가능성이 높은 주식투자의 경우에도 승패는 3인칭독백의 활용여부에서 갈릴 가능성이 높습니다. 트럼프 대통령의 나르시시즘이 1인칭독백의 결과라면, 3인칭독백의 사례는 TV쇼『세사미스트리트(Sesame Street)』에서 자기 이름을 남의 이름인 양 부르며 말하는 엘모(Elmo)에서 찾을 수 있습니다.

고통(pain)과 고통받음(suffering)

롭슨의 정동예측과 유사한 연구결과를 자주 목격하는 요즈음입니다. 연구자 자신들이 인식하는지 여부는 알 수 없으나 선불교 등 동양사상의 영향으로 인해 심리연구의 경향이 전반적으로 바뀌고 있을 가능성이 높습니다.

인생을 고통스러운 바다인 고해(苦海)라고 말하는데 괴로움이 끝이 없는 게 세상이라는 불교사상을 반영합니다. 이런 괴로움을 벗어나는 게 소위 깨침입니다. 한국인이라면 깨침의 첫 번째 단계는 생각보다 쉽게 터득할 수 있습니다.

다리가 부러지면 고통(pain)의 감정을 경험합니다. 죽음을 비롯하여 살아 있는 한 고통을 피할 수는 없습니다. 인생은 고해라고 투덜거리는 이유는 고통을 없애달라는 요구가 아닙니다. 생명을 갖고 살아 있는 한 불가능한 요구입니다. 이런 식으로 잘못 오해하면 불교를 허무주의(虛無主義)적인 종교라고 결론짓게 됩니다.

고통(pain)과 구별되는 고통받음(suffering)을 생각해볼 수 있습니다. 2020년 2월 시합을 시작하자마자 영국프리미어리그의 스타 손흥민의 팔이 부러졌습니다. 그럼에도 불구하고 그는 끝까지 뛰면서 2골을 넣어 팀을 승리로 이끌었습니다. 그 시합 이후 수술을 받고 2달에 가까운 재활과정을 겪고 있습니다. 손흥민에게 고통(pain)은 고통받음(suffering)이 되지 않았습니다. 고통은 누구에게나 있을 수 있지만, 그걸 1인칭독백의 고통받음으로 바꾸지 않을 수 있다는 사례입니다.

ACT

지금 수업을 받으며 앉아있는 게 고통일 수 있겠지만, 누워있다고 해서 고통이 사라지는 건 아닙니다. 고통은 언제나 있는데, 고통에 1인칭독백으로 동참해서 고통받음으로 만들어버리면 인생이 고해가 됩니다. 다리가 부러졌다면 어떻게 하겠습니까? 나중에 나을 수도 있겠죠. 만약 낫지 않는다면 그냥 절뚝거리며 살아가야죠. 다른 방법이 또 있나요?

정신의학의 최신이론 중 하나가 ACT(수용과 참여 요법, Acceptance and Commitment Therapy)입니다. 고통을 있는 그대로 받아들이고 그런 삶에 적극적으로 참여하는 마음자세가 진정한 치료의 핵심이라는 이론입니다. 정신병증상인 트라우마(trauma)를 생각해봅시다. 교통사고를 당했습니다. 이 최악의 순간에 어떻게 해야 적절하게 문제를 처리할 수 있습니까? 아직 죽지 않았다면, 땅 위에 누워 "어, 내가 땅 위에 누워있네."라고 생각하기 시작해야죠. 그 엄청난 고통 속에서도 최상의 결과를 낼 수 있는 방법을 연구해야합니다. 해외토픽에 나오는 것처럼 살아나올 수 없을 것 같은 장소에서 기적처럼 나타나는 사람들 중 하나가 될 수도 있겠죠.

탈근대적 정동=근대적 감정+고통받음을 버리는 생각

애인하고 헤어지는 슬픔도 한 예겠죠. 고통은 받더라도 고통과 자신을 일치시키는 1인칭독백의 고통받음으로 만들지는 말아야 합니다. 이게 행복의 지침입니다. 이게 답안지 잘 쓰는 법이고, 공부 잘하는 비결입니다. 이 수업의 목표는 심리 상담이 아닙니다. 공부하는 것보다 이런 생각의 논리구조를 이해하는 게 더 중요합니다.

새로운 정동질서를 위한 기본원리라고 생각합니다. 중요한 건 이게 훈련가능하다는 점입니다. 아니, 훈련해야 한다는 겁니다. 이걸 생각하고 연습하지 않으면 안 됩니다. 왜냐하면 원래부터 없었던 것이기 때문입니다. 이걸 모르는 대부분의 사람은 고통 속에서 계속 살아갈 수밖에 없습니다. 이게, 뭐냐고요? "정동=감정+생각"이라는 공식입니다. 이걸 "탈근대적 정동=근대적 감정+고통받음을 버리는 생각"이라고 풀어서 쓸 수도 있습니다.

평화

'난경' 속에서 살고 있는 건 문제가 아닙니다. 당연한 일입니다. 그렇다고 누군가를 비난하며 싸움을 걸 필요는 없습니다. 심리적인 차원에서라도 폭력을 동반하는 갈등은 무의미합니다. 쓸데없는 에너지의 낭비입니다. 그래서 너무 싫어합니다. 평화롭게 문제를 해결할 수 있습니다. "나는 화났어." 대신 "000은 …… 때문에 화났어."라고 말할 수 있다면, 화를 내야할 때에도 앵그리 버드처럼 추하게 몸을 전부 내던지며 화를 내지는 않을 수 있습니다. 그렇게 행동한다면 그 화의 책임이 대부분 상대에게 있다 하더라도,

전부는 아니기 때문에 전부 책임지라고 요구하는 내게 화를 내기 마련입니다. 그리하여 정당한 분노로 시작됐지만 쌍방과실이 되는 억울한 사태가 벌어집니다. 상대에게 정당하게 화가 난다면, 3인칭독백의 방식으로 자신의 화를 설명하는 게 더 효과적입니다.

『건축학개론』의 떠버리

영화『건축학개론』의 떠버리를 보며 약간의 죄책감이 들었습니다. 1970년대 초 내 대학시절의 모습 같았습니다. 여자 친구의 손도 잡았고 키스도 할지 모르는 주인공과 달리, 우정을 유지하기 위해 그에게 뭔가 충고해줘야 하는 떠버리는 여자 친구를 만난 경험도 없기 때문입니다. 왜 그 떠버리가 연애를 전혀 모르면서도 남의 연애에 충고를 해줘야만 하는 난경에 빠져버린 것일까요. 내 경험에 의하면 1인칭독백에 빠져버리는 대신 3인칭독백으로 말하는 법을 약간 터득했기 때문입니다.

행복으로 가는 길은 누구도 모릅니다. 그건 행운이 곁들여져야 도달할 수 있는 경지입니다. 그렇지만 3인칭독백의 정동예측은 끔찍한 불행을 막아줄 것입니다. 1인칭독백에 따라 비극 속으로 온몸을 던져버리는 대신에 3인칭독백의 발화자는 자신이나 친구의 난경을 객관적인 관점에서 해석하는 지혜를 어느 정도 발휘할 수 있습니다.

『동백꽃 필 무렵』의 흥행요인

지난 시간에 제출됐는데 알지 못하고『동백꽃 필 무렵』에 관한 수업을 했습니다. 놀랍게도「동백꽃 필 무렵: 흥행요인」의 필자는 지난 시간의 수업을 이미 들었던 것 같은 지혜를 보여줍니다.「평가 및 발전방향」의 과정 속에서 이 글의 핵심내용이 요약돼있습니다.

드라마의 성공요인을 분석해내는 능력이 훌륭합니다(평가: A+). 그러나 전체를 아우르는 이론적인 접근방법의 부재로 인해 인상비평(impressionism)에 그치고 맙니다. 그리하여 자신의 독서능력에 관한 자신감을 상실합니다. 문학적인 상상력에 관한 공부가 우선 축적돼야합니다. 그래야 하나의 드라마에 관한 연구를 진행한 뒤에 그 과정에서 획득한 결과로 다른 작품을 자신 있게 분석할 수 있게 됩니다.

마지막 부분의 "시청자들의 공감을 쌓아 감정이입이 되고 위로가 될 수 있어야 한다. 또한 시청자들의 빈 공간을 채워줄 수 있는 그런 드라마를 선호할 것이다"라는 결론은 재미없다고 비판했던 센티멘털드라마의 기본공식을 반복하고 있습니다. 이 드라마가 성공했던 이유가 기존의 근대정서를 살짝 비틀었기 때문이라는 본문의 주장과는 반대되는 결론입니다. 자기모순이 발생하는 이유는 이론에 기반하지 못하는 인상비평이기 때문입니다.

필자의 핵심연구결과를 이론의 눈으로 다시 읽으면 다음과 같습니다.

(1) "이 드라마의 성공요인에는 첫째 다양한 장르가 섞인 드라마이다." "이 드라마는 로맨스, 스릴러, 휴먼(코미디)이 합쳐있는 소위 말해 '짬뽕' 드라마이다."

(2) "성공요인 두 번째는 동백이라는 등장인물에 있다. 동백이는 이 드라마에서 하마 같은 인물로 그려진다." "대놓고 걸크러쉬는 아니지만 고구마인 척 사이다이다. 센 척 하지 않고 조곤조곤 자신을 지키고, 얌전히 강단 있고 원칙 있다. 잠잠히 독립적이고 담담히 길을 간다." "이러한 사랑 감정 외에도 동백이의 하마 기질을 펼치게 만든 것은 그의 남다른 칭찬이다."

(3) "세 번째는 황용식의 촌므파탈이다. 촌므파탈은 촌놈과 옴므파탈의 합성어다. 단순, 소박, 소질, 우직, 용맹, 충직, 무데뽀, 정의로운데 대책 없는 역할 황용식의 촌므파탈은 강력했다."

(2)번은 여성권리회복운동으로 전개되는 정치적 페미니즘과는 다른 방식으로 여성의 힘을 보여주고 있습니다. '하마'로 상징되는 '동백'의 여성적인 힘은 대결과 투쟁을 일삼는 여성권리회복운동과 다른 방식으로 제시됩니다. 이런 '동백'의 자아의 내면의 힘은 (3)의 황용식에 관한 묘사에서 잘 드러나듯이 낭만적 사랑의 전형적 역할이 역전돼있음을 보여줍니다.

이런 새로운 주제를 설득력 있게 제시하려고 남성시청자들 혹은 남성의 권위에 대한 정면 도전을 불편해하는 여성시청자들의 반발을 감소시키기 위해 (1)에서 지적하듯 장르의 혼합을 도입했습니다. 그리하여 '까불이'에게 끊임없이 위협받으며 황용식의 보호본능을 불러일으키는 '동백'의 여성적 연약성을 부각시킵니다. 그리고 낭만적 사랑의 관계에 있어 이런 남녀역할의 심리적 역전에 관한 마을공동체의 적극적 동의를 (1)에서 지적하듯 휴먼드라마의 형식으로 유발함으로써 시청자의 동의를 확보했습니다.

이런 식으로 이론적 분석을 전개했다면, "이 말은 세상에는 자존감이 낮은 사람들이 많아 이것이 개인의 병이 되었으며, 이것이 발전하여 사회의 병이 되어 그만큼 관심도가 높아진 것이다. 이 드라마에서처럼 우리는 자존감이 떨어지고 떨어트리고 있는 시대에 살고 있다."라는 주장이, 낭만적 사랑에 실패하고 있는 여성시청자들뿐만 아니라 여성의 권위가 비약적으로 향상돼 자존감이 낮아진 남성시청자들에게도 공감을 유발하는 설득력을 발휘했을 것입니다.

"사회가 개인주의화 되면서 자기 방어적 태도를 보이는 사람들이 늘었다. 이러한 시기에 사람들이 원하는 건 용식이 같은 사람이 아닌가 싶다. 그는 아무리 소극적으로 대하며, 피하고, 밀어내도 이 한 사람만큼은 끝까지 나를 봐주고 사랑을 주고 나를 놓지 않을 것 같은 사람이다. 이는 낭만적인 사랑이 먹히지 않는 시대에서 우리는 낭만적인 사랑을 할 수 있는 시기를 추억하고 낭만적 사랑을 갈망하는 것일 수도 있다."라는 낭만적 사랑의 이상화라는 단순한 회귀적 결론을 넘어서 낭만적 사랑을 이 타락한 시대에 어떻게 성공적으로 회복시킬 수 있었는지, 이 드라마의 흥행성공의 요인을 학습할 수 있었을 것입니다.

다시쓰기

「동백꽃 필 무렵: 흥행요인」의 필자는 위와 같은「평가 및 발전방향」을 반영하여 결론부분을 다음과 같이 다시 썼습니다. 다소 길지만 이 부분을 인용하겠습니다. 필자가 권고사항을 어떻게 자기 것으로 소화해서 다시쓰기에 성공했는지 감동적이기 때문입니다.

『동백꽃 필 무렵』의 성공요인 세 가지를 알아보았다. 전반적으로 설명을 해보면 이와 같다.

지금 낭만적 시대가 실패한 시대로 첫눈에 반한 여자에게 "예쁘다"라고 말하며 쫓아다니는 행위에 설레기보다는 두려움을 느끼는 시청자가 더 많아졌다. 이에 맞춰 드라마에서 용식이는 자신을 '똥개' 위치에서 '좋은 놈'으로 설정되었다. 용식이는 "당신은 누군가가 지켜줄 여자가 아니다"라며 동백이를 존중하고 여자의 손목을 거칠게 잡기보다는 손을 팔랑팔랑 흔들며 잡아달라고 떼쓰면서 선택을 기다리는 남자다. 이를 통해 우리 사회는 기존의 낭만적 사랑의 전형적인 역할이 역전되어 있음을 용식이를 통해 잘 보여준다.

이 드라마에서처럼 우리는 자존감이 떨어지고 떨어트리고 있는 시대에 살고 있다. 이러한 사회에서 19세기부터 여성들은 여성의 권리회복을 위해 '페미니즘'이라는 이론 및 운동을 시작했다. 이는 오래전부터 이어져왔던 남성중심의 이데올로기에 대항하며, 사회 각 분야에서 여성권리와 주체성을 강화해야 한다는 여러 형태의 사회적 정치적 운동과 이론을 가리킨다. 현 사회에서는 억압받는 여성의 권리회복운동이 이와 같이 정치적 페미니즘으로 나타난다.

하지만『동백꽃 필 무렵』에서 여성의 서사를 그리는 방식은 이와는 다르다. 억압을 받는 사회적 약자였던 여성인 동백이가 용식이를 통해 '하마' 기질인 자아의 내면의 힘을 기르게 된 것이다. 내면의 힘이 길러지면서 자신에게 성희롱을 일삼던 손님들에게 강력하게 자신의 주장을 내세울 수 있게 된다. 이후 자신이 하고 싶은 대로 하는 모습에 동네 여성들이 동백이에게 연대를 하고 협력을 한다. 이러한 사회적 변화보다 개인의 성장을 그린 여성의 서사를 통해 동백이는 자신의 권리를 회복하게 된다는 것을 알 수 있다. 이는 여성적인 힘을 대결과 투쟁을 일삼는 방식의 여성권리회복운동과는 다른 방식임을 보여준다.

이러한 부분만 보면 남성시청자 혹은 남성의 권위에 대한 정면 도전에 불편함을 느끼는 여성시청자들의 반발을 받을 수 있다. 하지만 계속해서 동백이가 '까불이'에게 끊임없이 위협을 받아 용식이의 보호본능을 불러일으키며 동백의 여성적 연약성을 부각시켜 반발을 감소시킬 수 있었다. 또한 낭만적 사랑관계에 있어서 남녀의 역할의 심리적 역전에 대한 설명을 마을공동체의 이야기와 함께 보여주는 휴먼드라마 형식으로 보여주며 시청자들의 공감을 사로잡을 수 있었다고 볼 수 있다. 이를 통해 이 드라마에서 왜 장르에 혼합이 필요했는지 알려주며 각 요소가 유기적으로 연결되며 서로를 지탱한다고 볼 수 있다.

무기장착

공부를 하는 이유, 특히 에세이를 쓰고, 또 다시 쓰는 이유는 무기를 장착하기 위해서입니다. 수업에는 두 종류가 있습니다. 하나는 전통적인 학교수업이고, 다른 하나는 수업시간에 습득한 걸 다른 데에 가서 써먹을 수 있는 수업입니다. 이곳에서 배운 미사일을 다른 수업에서 발사할 수 있다면 충격적인 결과를 얻을 수 있을 것입니다. 에세이쓰기를 숙제라고만 생각한다면 인생의 중요한 기회를 놓치고 있는 셈입니다. 에세이 하나 쓰기도 힘들겠지만, 그렇게 힘든 노력에 보람이 있으려면, 예를 들면,『동백꽃 필 무렵』의 분석결과로 다른 연속극을 똑같은 수준으로 분석할 수 있게 하는 도구, 즉 무기를 장착할 수 있게 돼야 합니다. 이런 능력을 갖추게 되면 등록금을 내고 다닌 보람이 있는 거죠. 자신의 정서적인 문제를 해결하는 것뿐만 아니라 인생의 길을 열어가는 기회가 될 수도 있습니다.

자기모순

여러분이 쓰는 온갖 분야에 관한 에세이를 어떻게 다 알고 평가할 수 있는지 궁금하실 것입니다. 생각보다 간단한 원칙이 있습니다. 「동백꽃 필 무렵: 흥행요인」이라는 제목의 첫 번째 에세이에서처럼 자신이 비판했던 세계관으로 상투적으로 되돌아가는 실수를 범하는 경우가 많습니다. 자세히 읽으면 대부분의 경우 자기모순을 드러냅니다.『동백꽃 필 무렵』이라는 드라마를 철저하게 시청한 경험은 없지만, 필자가 쓴 에세이를 자세히 읽으면서 자기모순을 발견할 수는 있기 때문입니다.

자기모순이 발생하는 이유는 인상비평에만 만족하고 이론에 근거하는 분석도구, 즉 무기가 없기 때문입니다. 얼핏 잘 쓴 것 같아 보이지만 분석도구를 찾아내지 못하면 재능의 낭비가 되는 경우가 많습니다. 「동백꽃 필 무렵: 흥행요인」의 필자처럼 생각의 틀을 바꾸려는 노력을 하며 분석도구를 장착하게 되면 글 쓰는 힘이 생깁니다. 바로 이 지점에 모여서 수업하는 이유가 있습니다.

논문쓰기

논문이 에세이보다 어려운 건 당연합니다. 「제2언어」의 필자는 초고(draft)를 쓴 다음에 의견을 문의했습니다. 아주 어려운 길을 가야 할 때 도움을 요청하는 건 현명한 삶의 전략이겠죠.

마지막 문단에서 "이 논문을 마무리하는 과정에서 사람들이 오해할 수도 있겠다는 생각이 문득 들었다. 이 글을 쓰면서 제2외국어를 계속해서 취업하고만 연관시켰다. 그러나 취업과 관련이 없다면 제2외국어는 쓸모없다는 것이 아니다."라고 스스로 반성을 하게 되었던 이유는 논문의 체계가 잡혀 있지 않기 때문입니다. 누구에게 고쳐달라고 말하기 전에 필자 자신이 글을 마무리하는 시점에 이르러 "어, 이거

이상하다."라며 스스로 고백하고 있습니다. 자기 생각으로 글을 써나가기 시작하면 잘못된 길을 가고 있는 걸 스스로 자각할 수 있게 됩니다. 그리하여 누구의 도움도 받지 않고 연구를 계속해나갈 수 있게 됩니다.

에세이쓰기의 과제를 요구했던 이유는 에세이를 제대로 쓰면 자기가 깊이 파고 들어가고 싶은 연구분야가 발견되기 때문입니다. 에세이쓰기를 바탕으로 하여 논문쓰기로 확대될 수 있다면 불가능한 목표라고 생각할 수 없습니다.

이 논문의 제목은 "제2언어"인데 논문의 내용은 "제2외국어"입니다. 논문쓰기의 기본 얼개라고 할 수 있을 '개념들의 구조(the structure of concepts)'를 먼저 검토하지 않았기에 나오는 혼란입니다. 제2언어는 한국어에 더하여 영어를 모국어로 하자는 사람들이 하는 말이고, 제2외국어는 제1외국어인 영어에 추가로 배우는 중국어나 불어 등을 말합니다.

논문을 쓰려면, 우선 자신이 연구하고 싶은 내용을 확실히 규정해야합니다. 이게 '가설(hypothesis)'이 됩니다. "취업을 위해서 힘들더라도 제2외국어 공부를 해야 한다."라는 것입니다. 자신의 '가설'을 입증하려는 것이 논문을 써가는 과정입니다. 그래서 서론-본론-결론이 있습니다.

서론에서는 우선 개념들을 정의해야합니다. 그리고 개념들의 관계를 생각해봅니다. '개념들의 구조'를 만들기 위해 관련 연구결과들을 도서관 등에서 찾아봅니다. 이렇게 시작해서 논문의 '형식'에 맞춰 논리적으로 모순되지 않게 쓸 수 있다면, 어느 정도의 성과가 있을 것입니다.

논문쓰기와 실생활

논문쓰기를 학문연구분야에 국한된 기술이라고 치부하는 경우가 흔합니다. 그러나 논문쓰기와 같은 연구과정이야말로 근대문명을 이끌어나가는 과학의 본령이며, 그에 따라 사회조직의 운영원리입니다.

일과 놀이의 엄격한 구분이 있던 근대사회와 달라진 지금 여가산업이 어떤 방향으로 발전될지 짐작한다면, 고객들이 자발적으로 돈을 지불하게 할 수 있을 것입니다. 키즈카페에 관심이 있는 경우에도 마찬가지로 논문쓰기와 같은 연구 과정을 거쳐야 미래의 전망을 확실하게 할 수 있습니다. 우선 키즈(kids), 즉 유아의 개념 등 핵심개념들을 정의합니다. 그런 다음 놀이, 부모역할과 성장발달 등을 둘러싼 '개념들의 구조'를 만들어봅니다. 그 이후 유아의 놀이에 관한 자신의 가설을 수립합니다. 그런 다음 연구조사의 과정을 거쳐 가설을 입증할 수 있습니다.

논문쓰기는 논리적으로 생각하는 습관을 위한 것입니다. 공부를 열심히 해야 하는 이유가 여기에 있습니다. 이런 능력이 있다면 삶의 도전에 적극적으로 대응하며 살아갈 용기가 생길 것입니다.

암중모색

2017년도 10월 어느 학생에게 받은 문자 메시지입니다.

> 9월초에 개강했을 때, 취업뿐만 아니라 여러 가지 복합적인 상황들로 인해 마음이 많이 힘들고 인생에 대한 갈피를 잡지 못하는 상황이었는데 교수님 수업을 들으면서 나를 위한 인생에 대한 생각을 많이 해보게 되었고 주체적인 삶을 살아갈 수 있는 원동력을 갖게 되었습니다. 교수님의 수업을 처음 듣는 입장에서 인생에 대해서 해주시는 말씀들이 어렵고 추상적으로 들렸지만 우연히도 제 상황들과 고민들에 해답이 되는 말씀들이었기에 제 삶에 녹여서 실천 중입니다.
>
> 한 달 전쯤부터 삶의 끈을 놓아버리고 싶을 만큼 그리고 이불을 뒤집어쓰고 악을 쓰며 울 만큼 힘든 시기를 보내오던 저에게 교수님이 해주시는 말들은 다시 제 인생에 대한 열정을 가지고 살아갈 수 있는 원동력을 만들어주셨고 이 수업을 듣는 게 제 인생의 터닝 포인트가 될 거라고 생각합니다.

수업에 참여한 모든 학생들이 만족할 수는 없겠지만, 내가 여러분 앞에서 내 삶의 의미를 암중모색하고 있듯 여러분들도 마음속으로 그럴 거라고 믿습니다. 시대의 격변기 속에서 시시각각으로 다가오는 난경의 상황들을 적절하게 대응하는 일의 어려움을 나도 알고 여러분도 알고 있습니다. 이 수업은 각자 자신에게 알맞은 대응책을 마련하려는 방법을 찾는 데 그 목적이 있습니다. 나는 다 알고 있으니 여러분만 정답을 찾으면 된다는 건 아닙니다. 그랬다면 여러분의 적극적인 반응을 요구할 필요도 없이 Teaching을 했겠죠. 나도 잘 모르고 여러분도 잘 모릅니다. 이게 누구의 탓도 아니지만, 이런 황당한 상황을 먼저 경험하며 이러 저리 생각해둔 바가 있어서 내가 Coaching을 선도하고 있습니다.

알아들을 수 있게 복잡한

우리에게 남아있는 최선의 방책은 자기가 잘 할 수 있는 분야를 찾아 '알아들을 수 있게 복잡한' 대안을 마련해서 실제로 적용해보는 것입니다. 안정된 세상이 아니니 단순한 결론을 기대하기는 어렵습니다. 그렇다고 해서 알아들을 수 없다면 쓸모가 없습니다.

첫째, 해결책이 복잡할 수밖에 없다는 걸 인정해야합니다. 이 지점에서 에세이쓰기와 논문쓰기 등 공부가 힘을 발휘합니다. 둘째, 공부해서 알게 된 방법론을 자신의 분야에 적용해 그 성과를 확인합니다. 그러므로 자기가 잘 할 수 있는 분야를 찾는 게 중요합니다. 영시개론이라는 어쩌면 고리타분할 수 있는 수업에서 '돈'이라는 '충격적인' 단어를 쓰며 강조하는 실용적인 결과물의 창조는 생각보다 중요한 일입니다. 기말논문에서 놀이공원의 미래를 위한 창의적인 아이디어를 생각해낼지도 모릅니다. 그게 실용성이 있으면 취업이나 창업으로 이어지겠죠.

학습목표

첫 번째 학습목표는 시적 상상력훈련을 통해 '잘할 수 있을 것 같은' 분야를 골라 훈련해보는 겁니다. 이런 선정 작업에는 시간이 필요합니다. 그래서 학교에 다닌다는 교육과정이 필요했습니다. 과제로 제시된 에세이쓰기와 논문쓰기를 결과물이라기보다 일종의 모색과정이라고 생각해야합니다. 이런 공부가 먼저 필요합니다. 자격증이든 뭐든 나중에 생각해볼 문제입니다. 누구나 다 하는 것 같은 토익이라도 필요 없을 수 있습니다.

열심히 바쁘게 살지만 아무런 결과가 없을 수 있습니다. 누가 해줄 수 있는 일이 아닙니다. 자기가 해보는 수밖에 없습니다. 잘 안 될 수도 있습니다. 나는 '해보자주의자'입니다. 뭐든지 해봐야 계속할지, 아니면 좌절하고 말지 알 수 있습니다. 언제 잘 될지 알 수 없기에, 동물들과 달리 인간에게는 길고도 지루한 교육과정이 생겼습니다. 그러니 잘 안 된다고 좌절하지 마세요. 잘 안 될지도 모른다는 건 누구나 다 아는 교육철학의 전제니까요.

그런 다음 자신이 선택한 분야에서 인턴이든 부업이든 해보려는 구체적인 목표가 생깁니다. '워드', '엑셀'이나 '코딩' 등 실질적인 기술을 언제 습득하는 게 필요한지 구체적으로 계획을 세웁니다.

두 번째 학습목표는 영어입니다. 소수민족언어인 한국어만으로는 국제적인 활동을 할 수 없고, 기본교재 이외의 전문지식을 탐색하는 데 필요한 핵심도구가 영어이기 때문입니다. 자신이 공부하려는 것에 도움이 되는 영어공부를 합니다. 학문적인 길을 택한다면 '읽기', 취업에 도움이 되려면 '말하기'를 중심으로 하여 공부해야겠죠.

탈근대의 직업

데이비드 리(David Lee)의 TED 강연 「미래의 직업이 일 같이 느껴지지 않는 이유」("Why jobs of the future won't feel like work")를 보면 조금 느껴지겠지만, 일과 놀이(play)의 구분이 희미해져가는 시대입니다. 근대산업사회체제에서는 일과 놀이의 구분이 분명했습니다. 그러나 미래의 직업은 주말의 취미활동에서 시작될 수 있습니다.

TED 강연 「혈액을 운반하여 생명을 구하는 데 우리는 드론을 어떻게 이용하고 있는가」("How we're using drones to deliver blood and save lives")의 리노도(Keller Rinaudo)는 수혈을 위한 혈액공급이 적시에 이루어지지 못하는 아프리카에서 드론을 이용한 공급방법을 고안해냈습니다. 드론의 운항범위중심이 혈액 냉장보관 장소가 되는 원격의료 드론센터를 건립하면서 아프리카 오지의 의료혁명을 실현하고 있습니다.

기간도로시설이 부족한 아프리카의 금융체계는 핸드폰입니다. 대량공급된 저가핸드폰이 금융기관의 대형건물을 불필요하게 만들었습니다. 한국이 '전근대→근대→탈근대'의 자본주의 역사발전과정을 압축했던 것처럼 아프리카를 비롯한 후진개발도상국들도 도약의 방식으로 경제성장을 도모하고 있습니다.

근대교육의 난경

2020학년도 대학수학능력시험(수능)의 국어영역 25번의 정답에 관한 논란이 있었습니다.[76] 고전시가 「월선헌십육경가」(신계영) 중 "강호 어조(魚鳥)애 새 맹셰 깁퍼시니 옥당금마(玉堂金馬)의 몽혼(夢魂)이 섯긔엿다"라는 구절에서 '몽혼'을 가장 적절하게 해석한 선지를 고르는 문제였습니다. 답은 1번(홀수형 기준)으로 "내가 강에서의 은거를 긍정하지만 정치현실에 미련이 있음"이라는 해석이었는데, 문제는 A 강사가 수능 전 강의에서 25번 문항과 동일한 지문을 강의하며 해당구절에 대해 "벼슬살이에 대한 생각이 희미해짐"이라고 가르쳤다는 것입니다. 이에 수험생들 사이에는 "A 강사의 해석도 맞게 볼 수 있다"라는 의견이 있는 반면 "A 강사의 풀이를 믿고 문제를 풀었는데 틀려서 억울하다"라는 입장이 공존하고 있습니다.

가천대학교 영어적성시험 제도 확립과정에서도 유사한 고민이 있었습니다. 채점의 편의와 신속성을 위해 5지선다형 문제를 출제해야 했습니다. 문법문제가 결국은 말썽이 된다고 판단했습니다. 중·고등학교 때까지 학습하는 학교문법과 달리, '자장면' 외에 '짜장면'도 표준어로 인정을 받게 되는 것처럼 문법은 항상 변합니다. 출제자가 아무리 확실하게 틀린 답안이라고 믿어도, 미국의 African American 사회에서는 누구나 그렇게 말하고 쓴다는 게 입증된다면 아주 난처한 입장이 될 가능성이 높습니다.

영화언어

수능의 고전시의 해석논란은 "스스로 완결된 재현의 구조"에 의한 말의 "고정된 의미를 고집하는 것이 아니라 새로운 말함과 새로운 의미화에 열려" 있는 시(詩)와 같은 영화언어를 생각해보게 만듭니다.

> 영화는 필름으로 존재하며, 나름대로의 재생규칙을 갖는다. 그런 점에서 영화는 말해진 것, 곧 '말'의 일종인 셈이다. 그렇다면 영화 속에는 재현을 넘어서는 말함의 특성이 존재할 수 없는 것일까? 만일 말함과의 만남을 전제한다면, 어떤 말 속에서는 생생한 말함의 흔적을, 또 그것을 다시 촉발하는 계기를 찾을 수 있다. 물론 이때의 말은 스스로 완결된 재현의 구조를 갖는 것이어서는 안된다. 즉 그 말은 고정된 의미를 고집하는 것이 아니라, 새로운 말함과 새로운 의미화에 열려있어야

---

76 박채영, 「수능 국어 25번, '1타 강사 믿고 풀었는데'」, 『경향신문』, 2019.11.18.

한다는 것이다. 우리는 그와 같은 말의 대표적 형태로서 시(詩)를 떠올릴 수 있다. 시는 고정된 의미 전달을 넘어서며, 그런 점에서 동일성과 재현의 한계를 넘어선다. 시의 이미지는 동일성의 규정들을 초과하는 풍부함을 지니고 있다. 그러므로 시는 말함으로 관통되는 말, 재현에 머물지 않는 재현을 넘어서는 말, 그런 의미에서의 '표현'이라고 할 수 있다. 시는, 적어도 좋은 시는, 우리를 그 말들이 재현하는 고정된 의미 속에 가두지 않는다. 한 걸음 더 나아가서, 좋은 시는 우리가 더듬거려왔던 어떤 것에 대해 적합한 말을 찾아주고, 그럼으로써 우리가 똑똑하게 말할 수 있도록 도와준다.[77]

정답을 찾다 결국 실패하고야마는 근대교육의 난경은 "고정된 의미 전달을 넘어서며, 그런 점에서 동일성과 재현의 한계를 넘어"서는 시(詩)의 힘으로 해결될 수 있을 것입니다. 왜냐하면 좋은 시는, 그러니까, 시적 상상력은, "우리가 더듬거려왔던 어떤 것에 대해 적합한 말을 찾아주고, 그럼으로써 우리가 똑똑하게 말할 수 있도록 도와"주기 때문입니다.

이런 시의 힘을, 그러니까 새로운 세상을 열어가는 시적 상상력의 힘을, 대학수학능력시험이라는 공적인 입시제도가 정면으로 부정하고 있는 실정입니다. 그러니 아무리 뛰어난 1타 강사라도 실패하는 경우가 발생할 수밖에 없을 것입니다.

『군함도』와 『택시운전사』

그런데 말입니다! 일제강제징용의 역사를 그린 영화『군함도』의 실패와 광주사태를 그린 영화『택시운전사』의 성공을 비교해보시기 바랍니다. 영화의 주제와 상관없이 "고정된 의미전달"에 국한됐기에 『군함도』는 실패했고 "우리가 더듬거려왔던 어떤 것에 대해 적합한 말을 찾아주고, 그럼으로써 우리가 똑똑하게 말할 수 있도록 도와"줬기 때문에 『택시운전사』는 성공했습니다. 둘 다 비극적인 역사의 상업영화였음에도 불구하고 하나는 실패하고 하나는 성공했습니다.

수능의 관점에서라면 『군함도』가 성공했겠지만, 실제의 삶에서는 『택시운전사』가 성공했습니다. 근대교육이 그만큼 현실에 뒤쳐져 있다는 걸 입증합니다.

『프랑스 영화학교 입시 전쟁』

베니스국제영화제 최우수 다큐멘터리 클래식 상을 받은 『프랑스 영화학교 입시 전쟁』(The Graduation)은 프랑스 파리에 있는 영화학교의 입시현장을 보여주며 예술계와 교육기관의 관계에 대한

---

77 문성원, 『해체와 윤리—변화와 책임의 사회철학』, 서울: 그린비, 2012, 223쪽.

초상을 그려내는 작품입니다. EIDF2017의 작품이었습니다. 매년 여름 개최되는 EBS국제다큐멘터리축제의 작품들을 아주 저렴한 가격에 EBS 홈페이지에서 다시 볼 수 있습니다. 다음은 그 시놉시스입니다.

프랑스의 국립영화학교 '라 페미스'의 입학전형을 다룬 영화다. 영화계 종사자로 구성된 심사단과 응시자가 3차에 걸쳐 치르는 어떤 만남이 볼 수 있는 전부다. '수업도 없고 선생도 없다'는 페미스의 문화와 다소 유난을 떠는 엄격한 시험이 얼핏 어울리지 않아 보인다. 대답은 심사단과 응시자의 전투에서 주어진다. 한국에서 종종 문제시되는 입시부정 따위는 양자의 변증법 사이 어디에도 끼어들 틈이 없다. 흑백영화를 틀어주면 잔다는 한국의 영화과 학생들과 비교하는 게 미안하지만, 장 콕토와 장 그레미용을 언급하며 영화와 삶과 정치에 대해 진지하게 고민하는 응시자부터 유다르다. 더 흥미로운 건 심사단의 모습이다. 그들은 자신이 응시자라도 된 양 지지와 불호(不好)의 이유를 놓고 과격한 논쟁도 불사한다. 한 편의 스릴러에 못지않은 장면을 연출한다. 결국 드러나는 건 입학 너머 영화에 대한 순수한 열정이 격전을 벌이는 공간과 시간이다. 그 끝에서『프랑스 영화학교 입시 전쟁』은 공교육과 엘리트 양성의 양립 가능성을 증명한다. 꼭 그런 주제가 아니더라도『프랑스 영화학교 입시 전쟁』은 그 안에 영화적 세계를 구축한 다큐멘터리다. 교문이 열리는 시점부터 한 번도 학교 바깥으로 나가지 않은 채, 카메라는 응시자, 학교 관리자, 평가자의 움직임과 언어만으로 복잡한 세계를 완성했다. 다소 낯선 리듬에 한 번 빠져들면 그 영화적 세계에서 빠져나오기가 힘들 정도다. 개입하지 않는 것 같지만 어쩔 수 없이 개입의 태도를 취한 클레르 시몽은, 근래 들어 다소 양식적으로 비치는 프레드릭 와이즈먼의 작품보다 (극 중 언급되는) 레이몽 드파르동처럼 자연스럽게 대상과 거리를 좁혀가는 방식으로 훌륭한 성과를 거두었다. (이용철)

이 다큐멘터리에서 수능문제 논란과 극적으로 대비되는 입학시험현장을 체험할 수 있습니다. 근대교육의 난경을 극복하는 방법론이 이미 존재하고 있음을 알 수 있습니다. 아, 이래서 유학을 가야 하는구나, 그런 생각이 들 수도 있습니다. 아니면 이런 수업을 우리가 하게 되면 유학을 가지 않아도 되겠구나, 그런 생각이 들 수도 있습니다. 그런데 이런 교육을 받지 않았는데도, 내가 사범대학에 다니면서 "선생들에도 불구하고(In spite of their teachers) 학생들은 잘 자란다."라고 매일 주절거렸듯이, 봉준호와 홍상수 감독이 나왔습니다.

대학 같지도 않은 대학들

구태의연한 수능의 문제점을 아무도 모르는 게 아닙니다. 그래서 아직 과감하게 개혁할 방법을 모르는 중등교육보다는 대학교육에서 개선점을 찾으려고 노력하고 있는 것 같습니다.

부산 벡스코에서 개최된 2017 글로벌산학협력포럼의 주제는 '산학협력, 일자리 창출의 새로운 패러다임…'이었습니다. 그걸 취재한 신문기사의 제목은 「"4차 산업혁명 시대엔 외우지 말고 문제해결 능력 키워라」입니다.[78] 최근 대학들이 앞다퉈 도입하고 있는 PBL(Problem Based Learning, 문제해결 중심 교육) 수업방식의 세계적 권위자인 마크 서바 미국 델라웨어대 교수는 이날 "교육의 목적은 단순히 머리로만 지식을 아는 것이 아니라 아는 것을 실생활에서 실천하는 것"이라며 "PBL은 지식을 실생활에 활용할 수 있도록 하는 것에 중점을 둔 교육방법"이라고 설명했습니다. 이를 반영한 게 거꾸로 학습(Flipped Learning)입니다. 강의는 녹화해서 미리 학생들이 수업을 듣고 올 수 있도록 함으로써 수업시간에는 토론에 집중할 수 있도록 해줘야 한다는 취지입니다.

한 걸음 더 나아가서, '대학 같지도 않은 대학들'이 생기고 있습니다. 미국의 미네르바대학은 강의실도 없지만 하버드보다 들어가기가 어렵다고 합니다. 모든 학생이 3~6개월 마다 옮겨가는 기숙사에 머무르며 7개 국가의 현장을 경험하게 한답니다. 온라인으로 수업하지만 모든 학생이 수업에 동시에 접속하여 강의실교육보다도 높은 참여도와 학업 성취도를 보여준답니다. 한국에서도 대학생들이 직접 교수와 강의를 선정하고 학교운영까지 하는 대안대학교인 이상한 대학교라는 게 생기기도 했습니다.[79]

세계관의 격차에 의한 후유증

여러분이 적응하기 힘들었지 모를 Coaching 수업방식을 채택해야했던 이유를 대학교육정책의 관점에서 설명했습니다. 위에 제시된 다양한 수업방식들의 약점은 교육철학이 안 보인다는 점입니다. 열띤 토론을 유도한다며 학생들에게 너희들이 스스로 알아서 해보라는 태도에 집착하는 것 같아 보입니다. 내가 이 수업에서 직접적으로 관여하는 방식을 선택한 이유는 자유로운 토론을 왜 하는지, 그리고 어떻게 하는지 방향성을 제시해줘야 한다고 믿기 때문입니다.

지금 시대의 핵심과제는 '세계관의 격차에 의한 후유증'이라고 요약됩니다.

A. 이론
1. 세계관은 인간의 모든 중요한 결정의 기반이 되는 신념체계다.
2. 신뢰할 만한 세계관이 없으면 편안하고 행복한 삶을 살 수 없다.
3. 인류의 역사는 끊임없이 변하는 세계관의 기록이다.
4. 인간의 삶은 세계관의 변화에 적응하려는 노력에 의해서 성숙되어간다.

---

78 이현두, 「"4차 산업혁명 시대엔 외우지 말고 문제해결 능력 키워라」, 『동아일보』, 2017.11.01.

79 금창호 기자, 「"강의도 교수 선정도 내 손으로". '이상한 대학교' 개교」, 『EBS 저녁 뉴스』, 2019.01.23.

B. 실천

1. 전근대, 근대 및 탈근대 등 3개의 세계관이 현재의 삶과 밀접하게 연관돼있다.

2. 인접한 두 개의 세계관이 연결돼있으면-전근대적 세계관과 근대적 세계관 혹은 근대적 세계관과 탈근대적 세계관 등- 개인이나 집단이 미래의 발전을 위해 성취 가능한 계획을 수립할 수 있다.

3. 세계관들의 연결체계가 파괴돼있으면 개인이나 집단은 세상과 평화로운 관계를 형성할 수 없다.

4. 이러한 경우 비극적 후유증들이 산출된다. 자신이 더 약한 입장에 놓여 있다고 생각하는 집단에서는 자신에 대한 공격행위인 자가 면역 질환처럼 암과 정신질환의 주요원인인 우울과 불안이 발생한다. 자신이 더 강한 입장에 놓여 있다고 생각하는 집단은 좌절과 분노를 표출하기 위해 물리적이거나 정치적인 폭력을 동원한다.

5. 급격하게 변하는 세계관들의 격차의 이해를 돕기 위한 교육과정이 효과적인 해결책이다.

근대교육의 핵심은 전근대적인 세계관을 벗어나 근대사회의 일원이 되는 과정입니다. 세계관 두 개가 연접해 있으면 개인이나 집단이 자신들의 미래를 볼 수 있습니다. 미래의 발전을 위해 성취가 가능할 계획을 세울 수 있습니다. 초등학교시절의 기억이 행복으로 남아 있는 이유는 나무처럼 편안하게 자랄 수 있었던 성장(成長, growth)의 시절이었기 때문입니다.

세계관의 연결체계가 파괴돼있으면 개인이나 집단이 세상과 평화로운 관계를 형성할 수 없습니다. 파키스탄인의 명예살인사건에서처럼 전근대에서 근대로의 전환이라도 순조롭지 않을 때에는 폭력행위가 공공연하게 용인되곤 합니다.

근대의 끝자락이며 탈근대의 시작인 지금과 같은 시대에는 근대에서 탈근대로의 전환과정뿐 아니라 전근대, 근대와 탈근대의 세계관들이 혼재돼있어서 세계관들의 격차가 비극적인 후유증을 산출합니다.

'타자'라고 하는 여성, 소수민족이나 성소수자, 혹은 자신이 더 약한 입장에 속해 있다고 여기는 경우에 그 후유증은 주로 자기 자신에 대한 공격의 양상을 띱니다. 자신의 육체에 대한 공격행위, 자가 면역 질환이라고 할 수 있을 암이나 자신의 정신에 대한 공격행위인 불안과 우울 등의 형태로 나타납니다.

자신이 더 강하고 지배적인 입장(the dominant)에 있다고 생각하는 집단은 자신의 좌절과 분노를 타자에게 표출하기 쉽습니다. 그리하여 물리적이거나 정치적인 폭력을 동원하기도합니다. 이게 미국의 총기난사사건 등을 비롯한 뚜렷한 원인을 찾을 수 없는 극단적인 폭력 행위의 원인입니다.

급격하게 변하는 세계관으로 인한 후유증의 이해를 돕는 데에는 적절한 교육과정이 효과적인 해결책입니다. 성폭력은 성행위가 아니라 폭행이라서 문제가 됩니다. 성과 무관하며, 강자가 약자를 폭력적으로 억압하는 행위입니다. 스스로 강자이고 싶어 하는 자의 분노표출행위입니다. 유명 연예인을 자살로까지 이르게 하는 댓글이 문제되고 있습니다. 댓글은 글쓰기가 아니라 폭행이라서 문제입니다. 글과 무관하며, 익명성의 방패막이 속에서 스스로 강자이고 싶어 하는 자의 분노표출행위라는 측면에서 접근해야만 해결책이 도출될 수 있을 것입니다.

『로드 짐』

「패닉」의 필자는 자신의 자전거사고를 반성합니다. 자전거를 타고 바로 옆을 지나가던 필자에게는 자전거도로 양옆에서 잡초제거를 하는 모습, 날카롭게 돌아가는 잡초제거기 소리와 매섭게 흩날리는 잡초들이 너무 무서웠습니다. 그래서 멈췄습니다. 그리고 왜 그랬는지는 모르지만 돌아가려고 반대차선으로 갔습니다. 멀리서 빠른 속도로 달려오던 사람이 잡초제거구간을 지나오다 무언가 눈에 맞았고 순간 앞에 있던 나를 보지 못했습니다. 그리고 다시 고개를 들어 앞을 봤을 땐 내가 눈앞에 있었고, 그 사람은 나와의 충돌을 피하기 위해 순간적으로 급제동했습니다. 뒷바퀴가 공중에 붕 뜨는 바람에 자전거에서 떨어졌습니다. 그 충격으로 그 사람은 어깨를 크게 다쳤습니다. 그는 곧장 구급차로 병원으로 향했고 며칠 후 어깨 수술을 했습니다. 필자의 잘못이 아니었습니다. 그래서 나중에 "교통사고처리특례법 위반(치상) 피의사건에 관하여 공소권 없음으로 처분하였다는 내용"의 우편물을 받았습니다.

> 그 당시 나는 흔히 말하는 패닉 상태에 빠졌었다. 아니 그 이후로도 며칠간 그랬다고 해야 맞을 것이다. 이 일을 겪기 전까지 길을 가다 누군가 위험에 처하거나 도움이 필요할 때 마치 내가 영웅처럼 신속하고 지혜롭게 대처할 수 있을 것이라고 생각했다. 하지만 그런 상황 속에서 나도 그저 그 수많은 방관자 중에 한 명이라는 것을 깨달았다. 그 사람이 어깨를 다쳐 괴로워하고 있을 때에도 나는 어쩔 줄 몰라 하며 머리를 감싸 쥐고 걱정 어린 눈과 태도로 바라보고 있을 뿐이었다. 나중에 사고를 처리하는 과정에 있어서도 나는 그저 누군가에 의지하는 어리숙한 존재일 뿐이었다.

콘래드의 『로드 짐』의 주인공과 거의 유사한 경험입니다. 독립적 정체성을 가진 행동자의 영웅담을 꿈꿨던 로드 짐이 자신의 의지와 무관하게 난경 앞에서 '패닉'하게 됨으로써 비극적으로 좌절하게 되는 스토리입니다. 자전거사고는 불행한 일이었지만, 현대인의 행동심리를 대변하는 로드 짐의 정동을 이해하는 데 있어서 굉장히 중요한 경험이 될 것입니다. 필자는 자신의 심리상태를 분석함에 있어 제3자의 시선을 유지하는 상상력의 힘을 갖고 있습니다(평가: A+).

단순한 회고의 차원을 넘어 사건경험에 관한 이론적 분석노력이 병행됐다면 훨씬 더 의미 있는 방향으로 전개됐을 것입니다. 교통사고처리특례법 위반(치상) 피의사건에 관한 공소권 없음의 결정까지의 전개과정에 관한 실체적 이해가 있었다면, 앞으로 유사한 법률적 난경 앞에서 더 이상 아무것도 할 수 없다는 심리상태에 빠지지 않을 수 있습니다.

근대사회 구성원의 갈등해결에서 법률만 아니라 다른 방식이 있습니다. 근대법체계의 갈등해결능력이 축소되는 현재, 법률에 의한 해결책은 효율성이 낮은 방법입니다. 탈근대공동체에서는 거의 무의미하게 될 수도 있습니다. 근대법체계에 대한 좌절감이 대중의 공감을 얻으며 법 대신 총칼을 동원하는 영화가 흥행에 성공하고 있습니다. 이런 유의 영화가 실패하는 경우에는 대부분 근대법체계를 일방적으로 무시하기 때문입니다. 근대법체계에 절망했더라도 그러한 체계를 감싸고 넘어가려는, 즉 포월하려는 자세를 갖춰야 폭력이 난무하는 장면이 연속돼도 관객에게 편안하게 수용될 수 있습니다. 왜냐하면 그런 전환기적인 세상이니까요.

뛰어난 학생의 전형적인 특징

「제2의 빙하기: 정(情)의 부재」의 필자에게는 다음과 같은 사소한 일상의 경험에서 아주 큰 결론을 이끌어내는 시적 상상력의 힘이 있습니다.

> 오늘 아침 집을 나서 계단을 내려오다, 아랫집에 최근 이사 온 아저씨를 보았다. 처음 보는 사람에게 인사한다는 건 항상 어색하지만, 그래도 앞으로 자주 마주칠 이웃이기에 용기를 내어 다가가서 가볍게 목례(目禮)를 해본다. 그러나 아저씨는 나를 못 보셨는지, 혹은 보고도 무시한 것인지 내 인사를 받지 않고 빠른 발걸음으로 계단을 내려갔다. 나는 '소리 내서 인사할 걸 그랬나' 하는 후회와 함께 머쓱하게 머리를 한번 긁고는 다시 계단을 내려갔다.

조금 전에 설명했던 '세계관의 격차에 의한 후유증'을 이미 알고 있는 것처럼 필자는 자신의 경험에 비춰 그런 후유증 하나에 '관계적 빙하기'라고 부르며 해결책까지 모색하고 있습니다. 이건 놀라운 일입니다.

진실로 성실한 학생은 아직 수업하지 않은 내용인데도, 예전에 들었던 것처럼 자신의 생각에 적용하곤 합니다. 이게 뛰어난 학생의 전형적인 특징입니다. 그들은 그동안의 수업내용을 자기 식으로 소화하여 정리하고 있습니다.

내가 '세계관의 격차에 의한 후유증'이라는 제목을 따로 붙여 그동안의 수업내용을 정리해서 설명했을 때, 두 종류의 학생이 이 교실에 있었습니다. 하나는 잘 몰랐던 것에 관한 개요인 것처럼 듣고 있었던 학생, 다른 하나는 이미 다 알고 있는 걸 그저 확인하고 있었던 학생입니다. 두 번째 종류의 학생이 이 교실의 주류라면 토론수업이 활발하게 진행될 수 있을 것입니다.

관계적 빙하기

여기서 정(情)은, 기존의 무조건적이고 일방적으로 베풀기만 하던 정(情)을 의미하지 않는다. 근대시대에서 탈근대시대로 변모해가는 이 와중에, 다시 과거의 공동체주의적 정(情)을 내세우며 개인주의 사회를 극복하자는 주장은 매우 현실성이 떨어진다. 나는 탈근대시대에서는 정(情)의 새로운 정의가 필요하다고 생각한다. 기존의 정(情)은 온정주의(溫情主義)적인 측면이 있었다면, 새로운 정(情)은 서로 평등한 관계에서 어떠한 규범에도 얽매이지 않고 자유롭게 서로의 감정과 생각을 솔직하게 공유하는 '공감의 장'이 되어야 한다. 다시 말해, 공동체에서 벗어난 개개인의 자기서사들의 교차(交叉)가 이 '관계적 빙하기'를 타개하는 해답이 될 수 있다는 말이다.

사람들은 모두 행복을 추구한다. 그리고 그 행복이 오랫동안 지속되기를 바란다. 개인적인 성취감이나 혹은 일탈을 통해서 잠깐의 행복은 맛볼 수 있으나, 이는 절대 오래 지속될 수 없다. 이 지속적인 행복을 얻기 위해서 필수불가결한 요소는 바로 '의미 있는 관계'이다. 의미 있는 관계가 있다면 그 관계 자체가 마음의 쉼터가 될 수 있으며 행복의 근원지가 될 수 있다. '관계적 빙하기'의 시대에 사는 많은 이들은 타인과 정(情)을 주고받지 못하여 제대로 된 관계를 맺지 못해 자신을 스스로 고립시키고, 그에 따른 외로움으로 인해 자살이라는 극단적인 선택을 하는 이들도 존재한다. 이런 '관계적 빙하기' 시대의 희생양들에 애도를 표현하면서, 나는 남겨진 이들에게 앞으로 나아갈 방향을 제시하고 있다. 정(情)의 부활. 탈근대시대에 정(情)의 부활을 통해 빙하처럼 얼어붙은 관계를 녹이고 많은 이들이 관계에서 오는 행복과 희망을 되찾기를 기원한다.

필자가 첫 번째 에세이를 이제야 냈지만 아주 잘 썼습니다(평가: A++). 정말 늦게 냈지만, 그건 머릿속에서 세상을 읽는 틀이 제대로 마련되지 않았기 때문이었을 것입니다. '전근대→근대→탈근대'의 포월적인 역사전개의 프레임이 확실하게 이해되면서, 자신이 원하는 글을 쓸 수 있게 되었을 것입니다.

이제 필자는 전문가의 길로 들어서야 하는 아주 중요한 전환점에 서 있습니다. 그건 "정(情)의 부활. 탈근대시대에 정(情)의 부활을 통해 빙하처럼 얼어붙은 관계를 녹이고 많은 이들이 관계에서 오는 행복과 희망을 되찾기를 기원한다."라는 식으로 누군가 해결책을 발견하겠지라고 말하지 않는 데에서 시작됩니다. 필자 자신만이 필자가 발견하여 적절하게 정의할 수 있게 된 '정'의 문제에 있어 탈근대시대에도 의미가 있을 심리적이면서도 실용적인 적용방안을 발견하거나 발명할 수 있을 것입니다.

BTS의 팬클럽 ARMY는 '정'으로 뭉쳐있는 아미이고, 한국인 특유의 따뜻한 '정'의 정동 때문에 한국음악, 한국음식 그리고 심지어는 한국 먹방까지도 전 세계인에게 열띤 호응을 받고 있을지 모릅니다. 그러면 어떻게 공부해야 할까요. 유사한 주제이지만 (BTS의 아미 등) 다른 소재에 적용해서 에세이를 두 편 더 써봅니다. 그러는 동안 이론체계를 더 크고 견고하게 만들면서 기말논문의 주제로 확대해나갈 수 있을 것입니다.

「착하게만 살지 말아라」[부록-16]

「착하게만 살지 말아라」의 필자는 이미 전문가입니다(평가: A+++). 선과 악의 이분법적 단순대립이 갖는 근대적 윤리의식은 물론이고, 유교의 전근대적 사고가 갖고 있는 계급의식의 문제점까지 명확하게 파악하고 있을 뿐만 아니라, 그러한 전근대와 근대의 시대적인 한계를 포월하는 탈근대적인 윤리의식을 개인의 차원에서 어떻게 이해하고 실생활에 적용해야 하는지에 관한 놀라운 글입니다. 인생경험이 일천함에도 불구하고, 유토피아적인 성공으로 상승하는 데 몰두하기 마련인 청년기의 정서적인 한계에도 불구하고, 이런 인식의 수준에 도달할 수 있다는 것 자체가 경이롭습니다. 게다가 아직 2학년이라는 점을 감안한다면, 아주 뛰어난 학자 또는 사상가의 탄생을 목격하고 있는 것 같습니다.

자신의 능력을 믿고 연구능력을 발휘할 수 있는 사적이고 공적인 프로젝트에 적극적으로 참여하는 기회를 될 수 있는 대로 늘려가기 바랍니다. 이번의 찬사와 같은 평가를 제3자에게서 객관적으로 받아낼 수 있는지 점검하며 자신의 능력을 어느 분야에서 발휘할 것인지 실질적인 전문분야도 찾아보기 바랍니다. 정말로 놀라운 점은 필자의 중간고사 성적이 좋지 않았으며, 11월 4일에 제출한 첫 번째 논문도 평범했다는 점입니다. 정말로 눈앞에서 영혼의 불꽃놀이가 화려하게 펼쳐지는 광경인 것 같습니다.

창작시 「잠」

창작시 몇 편을 읽겠습니다. 우선 「잠」입니다.

깨끗한 검은색이 하늘에 가득 찰 때
우리는 모두 극세사 이불 속으로 포옥 들어간다

업무 때문에 띵한 스트레스를 받던 사람도
일정을 소화하느라 바쁘게 뛰어다닌 사람도
사소한 일에 언성을 높이며 싸우던 부부도

수능을 보고 예상 등급 커트라인의 1점 차를 가지고
이렇다 저렇다 말 많던 나와 동생도

깨끗한 밤이 하늘에 가득 찰 때
우리는 한 번에 약속이라도 한 양

숙연한 모습으로
따뜻한 요새 속으로 들어간다

편안한 얼굴
밤 잠……

깨끗하고 착한 마음씨가 그냥 드러납니다. 독자의 마음을 편하게 해주는 "깨끗한 검은색"이라는 구절
이 그걸 뚜렷하게 드러냅니다. 이런 따뜻함이 안 없어졌으면 좋겠습니다. 앞으로 살아나갈 험한 세상 속
에서도 끝까지 간직할 수 있었으면 좋겠습니다.

창작시 「그렇게 모두가 시인이 된다」

다음에 읽을 「그렇게 모두가 시인이 된다」는 노래 같습니다. 마음속으로 리듬에 맞춰 읽어보시기 바랍
니다.

각종 SNS에 들어가면
수많은 사진과 글들이 올라온다.
저마다 각기 다른 감성들을 쏟아낸다.

하늘을 보며 윤동주의 '서시'를 읊고,
야경을 보며 고흐의 '별이 빛나는 밤'을 떠올리며,
어머니가 차려주신 푸짐한 밥상을 보며,
레오나르도 다 빈치의 '최후의 만찬'을 떠올린다.

꼭 특정 작품과 연관 짓지 않아도
자신만의 한 줄 평으로도 자연의 노래를 부른다.

'구름을 보니 마음이 몽글몽글해져요.'
'오늘 노을은 하늘에 물감을 푼 것 같아요.'

이렇게 사람들은 각자의 방식으로 감정을 노래한다.

아침 공기를 맡으며 맑음을 느끼고,
지하철에서 사람들의 꿈에 대해 상상해보며,
마음속 고이 품고 있던 낭만을 꺼낸다.

그렇게 모두가 저만의 방식으로 시를 짓는다.
그렇게 모두가 시인이 된다.

시인과 대중가수의 협업이 진행되는 경우가 많습니다. 아이유의 「Love poem」을 분석하면서 말했듯 가요, 특히 서정적인 경우에는 낭만적 사랑의 힘이 아직도 핵심정서입니다.

낭만적 사랑을 비롯한 근대이념에 비판적인 발언을 하니까 낭만주의를 배척하려는 것으로 오해받는 경우가 많습니다. 그러나 탈근대시대의 시작이기에 근대이념의 작동이 아직 완전히 멈춰버리지는 않았다고 생각합니다. 오히려 지금 시대를 매일매일 살아가는 사람들은 여전히 근대의 체제에 충실하게 복종하는 자세를 취하고 있습니다. 내가 말하려는 내용은 미래의 지도자가 될 여러분 같은 사람들을 위한 것입니다. 새로운 시대를 앞서서 이끌고 나가려는 사람들의 비전수립에 도움을 주려는 것입니다.

창작시 「원래」

「원래」는 탈근대사상을 시로 표현하고 있습니다.

원래 그런 거야
원래 그런 거래

무엇이 맞는 것인지
무엇이 틀린 것인지
네가 어떻게 아니

살아가는데 원래 그런 게 어디 있니
살아가는데 정답이 어디 있니

"원래 그래"는 아주 틀린 말입니다. "It is natural to beat a boy for I am a grown-up man"이나 "It is natural to kill my wife because she committed adultery."라는 말을 들으면 마음이 편안한가요? 마음이 편안하지는 않지만 뭐가 잘못 됐는지는 모르겠나요? 말하는 사람이 아주 잘못된 세계관의 소유자이며,

그의 사고방식을 고쳐야겠다는 생각이 드나요? 그런데 이런 부류의 사람들을 어떻게 바꿔야할지 알고 있나요? 이런 충동이 행복과 평화의 길이라는 생각이 드나요?

잠재적 국민

통일부는 '흉악범죄 북한주민 추방관련보고'라는 제목의 국회외교통일위원회 보고자료를 통해 "첩보 및 나포선원 2명의 분리신문 진술결과, 북한반응 등이 모두 일치해 범죄행위에 의심의 여지가 없었다."며 최근 북한주민 2명을 동료선원 16명을 살해한 혐의로 북한으로 강제 추방했다고 밝혔습니다.[80] 통일부는 또 "일각에서 제기하는 '탈북민의 강제북송 우려' 주장은 3만여 탈북민의 사회정착에 도움이 되지 않는 대단히 부적절하고 무책임한 것"이라고 비판했습니다. '위법행위'라는 주장이 제기된 데 대해, 관련 법조항을 "균형 있게" 해석할 필요가 있다고 반박했습니다. 이에 대해 법조계 일각에서는 "기존 판례와 맞지 않는 해석"이라는 반론도 제기되고 있습니다.

통일부 고위당국자는 '통일부 출입기자 워크숍'에서 남북관계는 늘 '이중적 성격'을 갖고 있다면서 "남북관계에 있어서 헌법 3조와 4조를 늘 고려한다."고 말했습니다. 헌법 3조는 '대한민국 영토는 한반도와 그 부속 도서로 한다.'는 내용이지만, 4조는 '대한민국은 통일을 지향하며, 자유민주주의적 기본질서에 입각한 평화적 통일 정책을 수립하고 이를 추진한다.'고 규정하고 있기 때문입니다.

다음은 외교통일위원회의 토론장면의 일부입니다.

> ▶김재경="난민법은 외국인에 대해 적용하는 거지 우리 국민들한테 적용이 안 되는 거다. 아까 장관이 계속 잠재적 국민이라고 하는데 대법원 판례 그리고 우리 헌법 3조는 북한주민을 우리 국적을 가지고 있지 않아도 우리나라 국민으로 본다는 거 아닌가. 그러니까 난민법은 대상이 아니라니까."

김 장관이 북한주민의 법적 성격을 "우리 헌법상 잠재적 국민"이라고 표현하자 검사 출신인 김재경 의원이 발끈했다. 북한은 외교적·국제법적 관점에서는 대한민국과는 구분되는 국가로서의 성격이 짙지만 '대한민국의 영토는 한반도와 그 부속 도서로 한다'는 헌법의 영토조항(헌법 3조) 때

문에 외국으로 볼 수 없는 이중적 성격을 지닌 법적 실체다. 이에 따라 외교적으로는 북한주민도 역시 이중적 정체성을 지닌 것으로 볼 수 있지만 대법원이나 헌법재판소의 판례에 '잠재적 국민'이라는 개념은 등장하지는 않는다. [중략]

---

80 「정부 '추방 北주민 선박 청소 페인트칠…증거 인멸 시도'」, 『연합뉴스』, 2019.11.15.와 「정부, '北주민 추방 논란'에 '헌법 3조, 4조 균형 있게 접근해야'(종합)」, 『연합뉴스』, 2019.11.14.

이날 외통위는 3시간 10분여 동안의 토론을 했다. 이 과정에서 그나마 공감대가 형성됐는데, 법적 미비점이 있다는 것과 유사한 경우에 대한 대응매뉴얼을 보완해야 한다는 것이다.[81]

북한주민 추방 문제를 길고도 자세하게 인용한 건 미래의 유사한 사례에 대비하기 위한 '대응매뉴얼'이 보완됐을 리가 없기 때문입니다. 영토, 주권과 국민의 3요소로 구성된 근대국가이념을 지키는 정치체제들인 정부당국, 국회와 대법원이나 헌법재판소 어디에서도 자신의 설립이념자체를 본질적으로 흔들어버리게 될 '잠재적 국민'이라는 이중적인 정체성을 진지하게 검토하기는 어렵습니다.

정신이 사람을 죽인다

홍콩경찰이 홍콩시위대의 최후거점인 이공대에 봉쇄된 600여 명을 강경진압했습니다. 중국외교부대변인은 "홍콩정세를 면밀히 주시해왔고 어떠한 편견도 없이 완전히 사실만 바라본다면 지금 홍콩에서 일어나는 건 간단한 평화시위가 아니"며 "일반시민을 상대로 한 극도로 폭력적인 소수범죄자의 만행"이라고 정의하고 "그들은 홍콩사회의 정상적인 작동을 막으려 시도했고 공공질서를 위태롭게 했다"고 주장했습니다.[82] 이에 오완리 홍콩이공대 학생대표는 이메일 인터뷰에서 "현재 홍콩은 극도의 혼돈 상태다. 우리 사회를 변화시키는 것이 가능할까. 굳이 말하자면, 비관적이라고 본다."라고 앞으로의 상황을 전망했습니다.[83] 이러한 혼란에 한국대학사회도 합류했습니다. '홍콩의 진실을 알리는 학생모임'은 "주한중국대사관의 담화는 중국인유학생들이 각 대학교에 걸린 홍콩민주화시위를 지지하는 대자보와 현수막을 훼손하는 것을 옹호하고 있다."며 이를 "한국의 민주주의를 전면적으로 무시하는 행위"라고 비판하는 긴급성명을 발표했습니다.[84]

홍콩이공대 학생대표의 말처럼 기존의 근대사회체제에 종속돼있는 사회를 변화시키는 것은 비관적이라고 여겨집니다. 그러나 정신이 사람을 죽입니다. 총알은 대행하는 것뿐입니다. 어떤 정신이 사람을 살리게 될 것인지, 홍콩의 민주화를 도와주고 싶다면 탈근대의 정치이론을 제공해줘야 합니다. 그러므로 도서관으로 가야 합니다.

유승준

81 임장혁, 「김연철 '北어민 북송 처분은 靑 안보실' 천정배 '권한 없다'」, 『중앙일보』, 2019.11.16.

82 김서연, 「中외교부 '홍콩 시위는 폭력적인 소수 범죄자들의 만행'」, 『뉴스1코리아』, 2019.11.18.

83 김광수 「"홍콩 이공대 상황은 제2의 톈안먼 사태. 사회 변화 장담 못해"」, 『한국일보』, 2019.11.18.

84 「中대사관 '홍콩 지지 대자보 훼손' 옹호 담화에 韓대학생 반발」, 『연합뉴스』, 2019.11.15.

대법원이 LA총영사관의 비자발급거부조치가 위법하다며 2심판결을 파기환송한 결정에 따라 서울고법 행정10부(한창훈 부장)는 유승준이 LA총영사관을 상대로 낸 사증발급 거부처분 취소소송 파기환송심에서 "LA총영사관이 유 씨에게 한 사증발급 거부처분을 취소한다."며 1심판결을 취소하고 원고승소로 판결했습니다. 병역기피 논란으로 국내입국이 거부됐던 유승준이 17년 만에 한국 땅을 밟을 수 있는 길이 열렸습니다.[85] 유승준이 파기환송심에선 승소했지만, 여전히 국민여론은 그의 입국에 대해 우호적이지 않은 상황입니다. 「강산이 두 번 변해도 여전한 유승준 입국 반대여론… 한국 땅 다시 밟을 수 있을까?」라는 기사의 제목처럼 당분간 불가능해보입니다.[86]

미국시민 유승준이 한국입국을 거부당할 이유는 없습니다. 법적으로 타당한 권리처럼 보이는데 무슨 근거로 그러한 권리를 그렇게 오랫동안 거부당하고 있는 것일까요? 법적 소송에서 승리했음에도 불구하고 유승준의 권리가 회복될 가능성은 없어 보입니다. 한국국민의 여론이라는 대다수의 정서일지라도, 법 앞에서의 평등이라는 근대법체계의 기본논리가 크게 훼손되고 있는 것 같습니다. 그러나 박근혜 대통령의 탄핵사태에서도 입증된 것처럼 국민의 저항권도 인정돼야 진정한 민주주의라고 할 수 있습니다. 조금 더 생각해보면 유승준이라는 가수 한 명에 대한 국민정서의 판단이 대통령을 탄핵하는 수준과 동일한 정도로 비중이 크다고 말할 수는 없을 것 같습니다.

전쟁의 효용가치

커키스(Mark Kukis)의 「한때는 전쟁이 국가를 건설하는 데 도움이 됐지만, 지금은 전쟁이 국가를 망치고 있다」("War once helped build nations, now it destroys them")의 첫 번째 문장은 "전쟁이라는 용어가 궁극적으로 의미하는 조직화된 폭력(organized violence)은 오랫동안 국민들을 통합하는 힘이었다."입니다. 김구와 윤봉길 등의 근대국가건설을 위한 무력투쟁이 요구됐던 시절과 비교한다면, 미국은 이라크전쟁의 성공 같은 실패 이후 전쟁의 효용가치를 크게 신뢰하지 않는 분위기입니다.

근대전쟁은 유럽의 기사들 간의 전투방식을 무효화시켜버린 나폴레옹의 국민군대에서 비롯됩니다. 전쟁은 근대국가의 외교수단입니다. 그러므로 전쟁이 근대국가를 망치고 있다기보다는 전쟁이 지켜야 할 근대국가이념이 모호해졌다고 말하는 게 더 정확할 것입니다. 인용된 문장의 '조직화된 폭력'이라는 말이 '조직폭력배'라는 말을 연상시키는 이유는 지배세력에 봉사하는 근대국가의 행태가 그와 별 다를 바 없어 보이게 됐기 때문입니다.

공동체의 상상력

---

85 송은화, 「유승준 귀국 길 열려. 법원 '비자발급 거부 취소해야'」, 『더팩트』, 2019.11.15.

86 김현주, 「강산이 두 번 변해도 여전한 유승준 입국 반대 여론… 한국 땅 다시 밟을 수 있을까?」, 『세계일보』, 2019.11.15.

베네딕트 앤더슨은 『상상의 공동체―민족주의의 기원과 전파에 대한 성찰』에서 근대국가의 형성원리를 다음과 같이 설명합니다.

> 우리는 인간언어의 숙명적 다양성 위에 자본주의와 인쇄술이 수렴됨으로써 그 기본형태에 있어 근대민족(nation)을 준비하는 새로운 형태의 상상의 공동체가 형성될 가능성을 창조했다고 말함으로써 지금까지의 논의를 요약할 수 있다.[87]

그런데 근대국가를 형성했던 공동체의 상상력이 바뀌고 있는 것 같아 보입니다. 근대국가개념의 변화를 감안하지 않는다면, 한국의 4·19혁명을 주도했던 대학생들같이 자유민주주의를 순수하게 신봉하는 홍콩시위대의 좌절을 설명하기가 어렵습니다. 탈근대시대의 근대국가체제라는 점을 감안하면, 유승준의 귀국불가 정서나 북한주민 추방문제를 둘러싼 잠재적 국민이라는 개념을 거부감 없이 검토할 수 있게 됩니다.

영국과 미국의 정치가들은 이런 변화를 감지하는 것 같습니다. 그들은 이제 과거와 달리 자유민주주의의 원칙을 국제적으로 준수하고 옹호하는 데 관심을 크게 기울이지 않습니다. 최근 "영국과 미국이 아프가니스탄과 이라크전쟁 당시 자국병사들이 저지른 전쟁범죄를 감추거나 심지어 혐의자들을 사면하고 강등된 계급을 복원시켜주면서 논란이 일고" 있습니다.[88]

성노예사건 소송

위안부 피해자들과 유족들이 일본정부를 상대로 낸 손해배상 청구소송의 재판이 본격적으로 시작되면서 한국법원이 일본정부에 법적 책임을 물릴 수 있을지에 관심이 쏠리고 있습니다.[89] 「위안부 소송… 日정부를 韓법정에 세울 수 있나?」라는 신문기사의 제목처럼 일본정부가 주장하는 주권면제를 인정할지 여부가 재판의 핵심쟁점입니다. 전쟁범죄 등 국제법 위반행위는 주권면제 적용이 불가하다는 확립된 국제법의 원칙이나 유엔협약이 적용될 수 있는지에 관한 법리의 연구가 필요합니다. 한·일 간의 정치적 갈등의 주요원인인 성노예문제의 핵심은 근대국가의 독립적 주체성에 관한 판단입니다.

오스트레일리아 시드니에서 법정통역을 하면서 가장 크게 느꼈던 근대법체계의 원리는 과거의 사건발생시점과 현재의 재판시점이 다르다는 것이었습니다. 그리하여 증언이라는 정직한 언어의 중요성이 대두

87 베네딕트 앤더슨, 『상상의 공동체―민족주의의 기원과 전파에 대한 성찰』, 윤형숙 역, 서울: 나남출판, 2002, 75쪽.

88 조일준, 「영·미, 전쟁 범죄 덮고 살인죄 사면하고… '인권국가'의 민낯」, 『한겨레』, 2019.11.17.

89 「위안부 소송…日정부를 韓법정에 세울 수 있나?」, 『연합뉴스』, 2019.11.15.

됩니다. 살인이라도 몇 년 전에 발생했던 사건일 뿐이고, 그 사건의 실체를 파악하려는 재판은 법정에서의 언어를 통해 진행될 수밖에 없습니다. 그러므로 근대국가는 법체계의 언어에 의해서 유지됩니다.

　일본제국주의의 군대에 의해 성노예의 피해가 발생했던 건 과거 근대국가체제가 절정에 달했던 시기였습니다. 비극적 과거에 대한 재판이 진행되는 현재의 시점은 군대를 비롯한 근대국가의 주체성에 의문이 제기되는 탈근대시대입니다. 이러한 시대적인 괴리를 적절하게 고려하여 재판과정에 적용해내지 못한다면, 성노예재판은 그 결과가 흐지부지해져버릴 가능성이 높습니다.

거꾸로 보는 한국문학사

내 시「거꾸로 보는 한국문학사(4)-낮은 수준」을 읽어보겠습니다.

　아무 도서관이나 가보시라.
　그리고 국문학사를 찾아보시라.
　그러면, 기가 막힌 사실을 알게 된다.
　1910년대 이후의 한국문학사를 논하는 서적들,
　국어국문학과의 내로라하는 석학들이 써놓은 서적들,
　그 책들의 제목만 보시라. 주눅이 들어,
　그 책들을 어떻게 다 읽을까 걱정하지 마시고,
　그냥 그 책들의 제목만 눈여겨보시라.
　근대 문학사,
　그런데 현대 문학사,
　그리고 근현대 문학사,
　그러니까 역사의 제목도 제대로 안 정해져 있는 게,
　이게 소위 한국문학의 현실이다.
　1910년대 이후의 한국문학의 성격이
　근대인지, 현대인지, 아니면 근현대인지,
　아무도 모르는 게 현실이다. 이게 소위
　국어국문학과 교수들의 수준이고, 이건
　국어국문학계의 수준뿐만 아니라,
　한국문학의 낮은 수준을 드러내는 것이고,
　이건 한국문화의 낮은 수준을 드러내는 것이다.

'현대'를 영어로 번역해보세요. 'contemporary'는 지금의 시대, 즉 '당대'라는 말입니다. 근대와 구분되는 '현대'는 도대체 어떤 시대입니까? 1980년대 중반 국제협상에 관여하며 국제관문이었던 김포공항에서 외국귀빈을 모시고 서울로 들어오다 가장 많이 들었던 질문이 '현대(HYUNDAE)'가 뭐냐는 것이었습니다. 현대아파트가 도로변에 줄지어 있었고 도로 위에는 거의 대부분 현대자동차들이었습니다.

'현대'는 한국인이 만든 조어(造語)입니다. 내 시에서 지적하고 있듯 한국문화사 또는 한국문학사의 시대구분에 있어 가장 문제적인 개념입니다. 내가 쓴 평론「이미지즘의 문제적 수용과정」에서 이 문제를 다음과 같이 요약한 바 있습니다.

> 이형권은 2011년 3월『현대시』에 게재된「불온하고 온전한 한국 현대시사를 위한 단상들」에서 "한국의 시사를 논의할 때 가장 혼란스러운 것 가운데 하나가 '근대시'와 '현대시'의 명칭에 관한 것"이라고 지적하면서 다음과 같이 요약하고 있다.

>> 문제는 아직까지도 문학사가나 시 연구자들이 최소한의 대략적인 합의조차 이루어내지 못하고 있다는 점이다. 시중에 나와 있는 문학사류를 보면 근대문학사라는 명칭으로 1980년대의 문학까지 포괄하는가 하면, 현대문학사라는 명칭으로 1990년대의 문학까지 포괄하는 경우가 비일비재하다. 이러한 현실은 한국현대시사 연구가 초보단계에 머물러 있다는 사실을 말해준다. 물론 문학용어의 개념이나 범주 설정은 문학사관과도 얽혀 있는 복잡한 문제지만, 적어도 교육현장에서라도 통용될 수 있는 통일된 용어가 시급히 요청되는 것은 분명하다.[90]

> 한국 근(현)대시의 역사에서 최초로 본격적으로 도입된 서구문학사조인 이미지즘의 수용과정에 관한 연구야말로 '근대시'와 '현대시'의 명칭 논란에 있어서 가장 첨예한 문제점을 드러내는 분야일 것이다.

현대문학의 탄생

한국의 근대화는 1910년 한일합방 이후 본격적으로 전개됐습니다. 그때는 모더니즘(1890년~1920년)의 끝 무렵이었습니다. 한국문학의 근대화는 1798년도 워즈워스의 낭만주의사상에 따라 시작되지 않았습니다. 예를 들어 모더니즘 시인 T. S. 엘리엇의『황무지』의 서구근대문명의 몰락에 대한 한탄을 이씨조선의 전근대의 그것으로 치환해서 읽었습니다. 한국은 '전근대→근대'로의 전환을 모색해야 하는 시점이

---

90 이형권,「불온하고 온전한 한국 현대시사를 위한 단상들」,『시향』(2012년 봄호): 99-110, 101쪽.

었습니다. 그런데 서구에서는 '근대→탈근대'의 전환이 진행되고 있었기 때문에 시대적인 괴리가 발생했습니다. 이런 저간의 사정을 알 리 없었던 한국문학은 근대문학 이외에 모더니즘의 세련된 감각을 갖고 있는 현대문학을 갖게 됐습니다.

근대문학의 과정을 건너 뛴 한국의 현대문학이 왜곡된 결과만을 초래했던 건 아니었습니다. 이런 혼돈 속에서 한국 특유의 빨리빨리 문화와 압축성장 경제방법론이 탄생했을 것입니다.

현대미술가 박혜수

새로운 시대를 모색하는 아방가르드(avant garde)의 작업에서 미술 등 비언어예술이 먼저 두각을 드러냅니다. 그러므로 언어예술의 첨단에 서 있는 시를 공부하는 사람이라면 그런 작업현장을 점검할 필요가 있습니다.

올해의 작가상을 받은 박혜수의 국립현대미술관 서울관의 전시작품들은 다음과 같습니다. (1) 12개의 보고서로 구성된 『설문보고서 "당신의 '우리'는 누구인가"』가 있습니다. (2) 넓은 벽면의 양쪽에 'US'와 'NOT US'가 있고 모서리를 가로질러 "THIS IS"가 있습니다. (3) 기둥 모서리를 가로지르는 눈높이에 다음과 같은 문장이 있습니다: "당신의 우리는 누구인가." 이 설문은 당신이 생각하는 '우리'의 범위와 속성을 살펴보기 위한 조사입니다. (4) "?−우리−가 / −저들−과 / −같이−살−수 / −있을까 / −?"라는 5행으로 된 문자들이 벽면에 있습니다. (5) "토론극장: 우리…들(Forum Theater…URI)"이라는 사계의 전문가들과 함께 총 5회 진행되는 프로그램이 있습니다. (6) 청색바탕에 뚜렷한 하얀 글씨로 "WE WILL BE YOUR PERFECT FAMILY"가 써진 광고판이 있습니다. (7) 설문조사지가 벽에 붙어 있습니다. 마지막 2개의 항목만 읽습니다. F. 퍼펙트 패밀리에 요청하고 싶은 서비스(응답 6개) 식물 물주기 반려묘와 놀아주기, 가장대행, 꼰대대동서비스, 펫관리서비스, 과제물대신해조요 G. 퍼펙트 패밀리에서 가장 이용하고 싶은 서비스는? (응답 4개) 노후, 사후, 역할대행, 현재는 없음, 동행서비스.

가장 핵심적이라고 여겨지는 작품은 일종의 에세이입니다.

OURS
09:20

왜 우리는 하나여야 하는 거죠?
(1) 우리는 늘 단결과 희생을 말하지만
정작 저들은 나를 배려하지 않아요
(2) 지금처럼 계속 침묵하거나

불평만 하거나 우리를 비난해선 안 돼죠

(3) 나를 배려하지 않는 사람들과 사회를 위해

얼마나 헌신할 수 있을까요?

(4) 우리 모두의 모습에는

저들의 침묵에도 책임이 있어요

<u>우리 안에서 불안해요?</u>

(1) 우리는 울타리가 되어주어야 하지만

오히려 속박이나 무례함으로 변질되었어요

(2) 사람들에게 거부당하는 건 못 견딜 것 같아요

내가 우리에게 이탈되지만 않기를 바라요

(3) 항상 우리라고 말하면서

어려워지면 우리부터 정리하더군요

(4) 행복한 미래는 우리가 만들어가는 거예요

자기보다 우리를 먼저 생각하는 이유죠

(5) 우리라고 생각하면서

아쉬울 때만 우리를 찾아요

(비문자언어 회화를 문자언어로 전달하는 과정에서 편의상 어쩔 수 없이 밑줄과 번호를 붙였습니다.)

　　우리라고 말하거나 생각하면서, 어려워지면 우리부터 정리하거나 아쉬울 때만 우리를 찾는 기존의 공동체에 대한 불만에도 불구하고, 내가 우리에게 이탈되지 않기만을 바라는 화가 박혜수의 자기서사가 실제로 마련해놓은 중서사(대화)와 대서사(담론)의 형성과정을 통해 '우리'의 변화된 자화상이 마련되기를 바라는 작품의도를 읽어낼 수 있습니다.

현대미술가 김순기

　　국립현대미술관 서울관에서 프랑스 니스에 거주하는 세계적인 한국화가 김순기의 작품들도 만났습니다. 이 분의 작품들은 지금까지의 수업내용을 요약하는 것 같습니다.

　　첫 번째 작품에는 프레임 안에 한지 위에 반듯한 붓글씨로 써진 '나는'이 4개씩 10행이 있습니다. 자아의 독립적 주체성에 대한 의문을 제기하기 위해 '나'가 아닌 '나는'이라는 문장의 서술부(敍述部)가 없는 주어부(主語部)만 반복했습니다. 그런 흔들리는 자아들이 군대에서처럼 줄맞춰 모여 있습니다. 흔들리는 자아들의 근대국가공동체가 자아내는 정동, 익숙한 듯 이상한 느낌을 한국적 붓글씨 쓰기방식으로 쓴 한국어들의 집합으로 표현해냈습니다.

두 번째 작품은 프랑스어 일간신문지 위에 쓴 낙서입니다. 3개의 원이 그려져 있습니다. 가운데 원에는 '어제'라는 뜻의 'Hier'가 쓰여 있습니다. 두 번째 원에는 '어제 77년 1월 7일'이란 뜻의 불어, 가장 바깥의 원 가운데에는 '어제 77년 1월 8일'이란 뜻의 불어, 그리고 원들 바깥에 다시 '어제'라는 불어가 쓰여 있습니다. 수업시간에 포월의 역사학을 설명하기 위해 3개의 원을 칠판에 그렸던 적이 있습니다. 김순기의 그림은 그게 '전근대→근대→탈근대'뿐만 아니라 한국인에게 익숙한 시간관인 '어제'를 포괄하는 '그끄제→그제→어제'에서도 발견된다고 말하려는 것 같습니다.

세 번째 작품은 하얀 한지 위에 有와 無라는 글자가 뒤집혀서 판화방식으로 찍혀 있습니다. 서구의 이분법논리를 통쾌하게 뒤집는 작업입니다. 유(有)와 무(無)도 말하자면 이분법이지만, 무(無)라는 개념을 정확하게 정의할 수 없기 때문에 서구식의 엄격한 구분논리가 적용되기 어렵기 때문입니다. 이런 이국적인 문자에 의한 문화적 충격이 서구미술계의 자기반성을 유도하면서 김순기가 세계적인 화가로 인정받았을 것입니다.

홍콩시위사태를 설명하면서 "정신이 사람을 죽인다"라는 소제목을 붙였고, 그걸 이 12번째 수업의 제목으로 선택했습니다. 그와는 반대로 김순기의 정신은 사람을 살린다고 말할 수 있을 것 같습니다. 근대정치에 '올인'하면 죽지만 탈근대예술에 '올인'하면 살 수 있습니다.

문자로 쉽게 설명하기 곤란한 작품들은 생략하고 김순기의 출세작을 보겠습니다. 얼음으로만 만들어진 TV 형태의 조각 작품입니다. 독일의 전시회에 제출됐는데 전시기간 동안 녹아 없어져 흔적만 남았습니다. 유무의 이분법이 실제로는 이분법이 아님을 조각 작품으로 보여주며 n차 관람객이 직접 경험할 수 있게 했습니다. 백남준의 'TV부처'를 연상케 합니다. 김순기는 한국이 낳은 아방가르드 미술의 대가이며 비디오아트의 창시자인 백남준의 영향을 받았습니다. 전시장 앞에 배치된 백남준, 자크 데리다, 그리고 장 뤽 낭시와의 대화비디오들은 김순기의 현대미술이 탈근대적인 사상에 기반하고 있음을 입증해줍니다.

핀란드 교육모델

김대식 교수의 「초복잡계 세상서 '생존가능국가' 위한 시스템 교육을」이라는 칼럼제목에 나오는 '생존가능국가'라는 용어가 낯설지 않은 것처럼 근대국가이데올로기에 근본적인 의문이 제기되고 있는 건 부인할 수 없는 사실입니다. 그래서 핀란드 교육모델이 여기저기에서 언급되고 있습니다. 핀란드가 탈근대적인 교육모델을 초등학교수준에서 실험하고 있는 건 사실이지만, 그들이 본질적으로 바꾸고 싶어 하는 현재 고등학교의 졸업시험문제는 다음과 같습니다.

카를 마르크스와 프리드리히 엥겔스는 사회주의 혁명이 우선 영국 같은 나라에서 발발할 것이라고 예측했다. 마르크스와 엥겔스가 이런 주장을 한 근거는 무엇인가. 영국이 아니라 러시아가 최초의 사회주의 혁명의 무대가 된 이유는 무엇인가.

핀란드가 벗어나고 싶어 하는 수준에 우리는 아직 도착하지 못했습니다. 그래서 대학교의 강의실에서 토론수업이 제대로 진행될 수 없다는 걸 인정하지 않을 수 없습니다. 그뿐만 아니라 만약 위와 같이 '사회주의'라는 용어가 포함된 문제가 출제됐다면 그로 인해 고등학교 교실이 정치적인 논란에 휩싸였을 것입니다.

탈근대 교육개혁의 핵심은 한국에서 현재 활발하게 논의되고 도입되는 거꾸로 학습 등의 수업형식이 아니라, 근대의 끝자락이어서 다가오는 탈근대문화에도 동시에 대응해야 하는 수업내용의 혁명적인 변화입니다.

『헨젤과 그레텔』

「진짜 공부의 목표」를 다음과 같이 정리했습니다. 내 수업의 가장 큰 특징은 공부의 목표를 반복하고 또 반복해서 얘기하고 또 정리하는 것입니다. 여기에는 뚜렷한 이유가 있습니다. 그림 형제의 잔혹동화 『헨젤과 그레텔』(Hansel and Gretel)의 남매가 숲속에서 길을 잃는 이유는 목표설정을 한 번만 했기 때문입니다. 어디로 가는지 모르겠는 숲속에서 해야 할 가장 중요한 과업은 목표를 끊임없이 재설정하는 것입니다. 탈근대시대의 초입에 서 있는 여러분이 해야 할 가장 중요한 과업은 끊임없이 삶의 목표를 재설정하는 것입니다. 커리큘럼이 확정돼있는 근대교육의 Teaching이 아니라 무엇을 가르쳐야 할지 모르겠는 탈근대의 Coaching이 요구되기 때문에, 끊임없이 공부의 목표를 재설정하지 않는다면 여러분과 함께 길을 잃어버릴 게 거의 확실하기 때문입니다.

Every story is ours. That is who we are, from beginning to no-matter-how it ends.[91]

1. 대화: 사적 행복

'데카르트의 극장'(1인칭 자아)을 벗어나면 다른 사람과 감정적인 교류(rapport)를 하는 대화(private conversation, public dialogue)가 본격적으로 시작된다.

---

91 Coleman Barks, Rumi: The Big Red Book, HarperOne, Kindle Edition.

2. 담론: 공적 성공

'전근대→근대→탈근대' 세계관이 혼재돼있는 세상을 제대로 읽고 미래를 정확하게 전망할 수 있으며, 그렇게 형성(포월)된 자신의 의견을 공동체에 적절하게 전달하여 개인서사가 중서사 및 대서사의 담론(discourse)을 주도적으로 형성한다면 그 공동체의 지도자(leader)가 될 것이다.

이슬람을 대표하는 신비주의자 루미(Rumi)를 인용한 글입니다. "모든 이야기는 우리의 것이다. 어떻게 끝나든지 간에 시작부터 그게 우리의 모습이다." 진짜 공부는 "What is your story?"와 "How do you make your story?"에 대답할 수 있게 합니다.

백지

근대의 초입에서 루소가 인간의 마음은 원래 '백지' 같다고 말하며 천부인권설로 표현된 인간의 보편적인 권리라는 기본사상을 정립했습니다. 이제 탈근대의 초입에서 우리는 인간의 공동체가 원래 '백지' 같다고 말하며 탈근대공동체의 구축을 시작해나가야 합니다. 데리다가 말하는 '다가올 민주주의 (democracy-to-come)'라는 사상이 그 한 예입니다.

지금 경험하고 있는 전환기 시대의 혼란상은 세상이란 백지 위에 누구나 마음대로 그려볼 수 있는 기가 막히게 좋은 기회를 제공하고 있습니다. 내가 위에서 다시 정리했던 「진짜 공부의 목표」의 핵심은 여러분을 새로운 공동체의 지도자로 거듭나게 하려는 것이었습니다. 이런 사상을 반영하는 영화들이 좋은 흥행의 결과를 거듭해서 거두고 있는 정황이 내가 말하려는 바의 정당성을 어느 정도 입증해주는 것 같습니다.

creepy

매슈(Heidi Matthews)의 「소름끼치게 하는 남자라는 문제를 어떻게 할 것인가?」("What is to be done about the problem of creepy men?")는 탈근대의 정동 하나를 본격적으로 연구합니다. '오싹한'이나 '소름끼치게 하는'이라는 뜻의 'creepy'는 '혐오감'이나 '질색하다'라는 뜻의 'disgust'와는 전혀 다른 세계관에서 나옵니다.

'똥' 같은 대상에 대한 'disgust'는 선호의 이분법이 뚜렷하게 적용되는 근대의 감정(emotion)입니다. 그러나 creepy는 그런 이분법으로 전혀 설명되지 않습니다. 이건 근대적인 감정이 아니라 탈근대적인 정동(affect)이기 때문입니다. 근대의 감정체계로는 설명할 수 없는 전혀 새로운 느낌을 위한 체제가 탈근대를 위해 재창조되고 있는 중이라는 증거들 중의 하나입니다.

'disgust'는 '똥' 같이 뚜렷하게 구분되는 혐오대상에 대한 육체의 보호반응(Physical Reaction)을 동반하는 근대적인 감정입니다. 그리하여 몸에도 좋다는 은행나무 열매에서 똥냄새가 난다는 이유 하나만으로 서울시는 가로수의 수종을 교체하기로 결정해야 했습니다. 'creepy'라는 정동은 성적인 또는 인종적인 대상의 사회적인 수용(Social Acceptance) 여부를 결정합니다. 지금의 시대가 아직까지 수용 방법을 제대로 정하지 못하고 있는 대상들에 대한 느낌의 표현입니다.

가장 큰 문제는 옛날 감정으로 표현이 잘 안 된다는 데에 있지 않습니다. 공동체를 설득할 수 있을 설명체계가 정립되지 못하고 있는 동안 'creepy'라는 탈근대적인 정동의 대상이 되는 '타자'에 속하는 많은 사람들이 고통을 받고 있습니다. 의무적으로 건설된 대단지아파트의 임대주택 아이들은 친구들의 차별적인 발언으로 고통받고 있습니다. '왕따'시키는 정동은 부모들의 무의식적인 발언에 의해 비롯됩니다. 공동체가 'creepy'라는 정동을 제대로 이해할 때까지, 임대주택 아이들을 비롯한 타자들은 끝없는 고통을 받기로 예정돼있습니다.

'감정이입'에서 '정동교육'으로

하버드 의대의 심리학자 데이비드(Susan David)의 저서 『감정적 민첩성－들러붙어 있는 상태를 벗어나서, 변화를 포용하여 일과 삶에서 번창하자』(Emotional Agility: Get Unstuck, Embrace Change, and Thrive in Work and Life)는 우리의 행동, 경력, 인간관계, 건강과 행복 등 모든 중요한 것을 형성하는 우리의 정서를 다루는 방법을 연구하고 있습니다.

이 책의 제목만으로도 그의 연구가 지향하는 바를 짐작할 수 있습니다. 부제의 '일과 삶에서 번창'하려면 '들러붙어 있는 상태를 벗어나서, 변화를 포용'하라는 권고는 탈근대시대를 제대로 살아가려면 근대적 세계관에 더 이상 집착하지 말고 본질적인 변화를 과감하게 받아들이라는 말입니다. 그러므로 제목의 '감정적 민첩성'을 다른 말로 하면, 근대적인 감정체계를 고수하지 말고 탈근대적인 정동을 민첩하게 수용하는 마음가짐이 지금의 시대에 필요하다는 주장입니다.

그래서 자신의 책을 소개하는 데이비드의 에세이의 제목을 '감정적인 용기의 재능과 힘'이라는 직역(直譯) 대신에 「'감정이입'에서 '정동교육'으로」("The gift and power of emotional courage")라고 의역(意譯)했습니다.

미치겠어요

데이비드의 에세이는 우울증이 암과 심장병을 넘어서는 질병이라고 세계보건기구(WHO)가 말하는 이유를 생각해보면서 시작됩니다. 복잡해진 환경, 유래 없는 기술 발전, 정치적 및 경제적 변화의 시대에 자신의 정서의 경직된 반응에 고착하는 경향이 점점 더 심해지고 있기 때문입니다. 우울과 불안이 정신과의 질병이라기보다는 탈근대시대에 철 지난 근대이념에 집착하는 데에서 기인하여 발생하는 대중적인 증상이라는 내 주장과 일맥상통하는 말입니다. 그리하여 우리의 감정에 집착하여 자신의 생각이 옳다고 고집하며 편향적인 뉴스에만 집중하면서 자신의 편향적인 정서가 합법적이라고 여기는 경향이 있습니다.

7만 명이 넘는 사람들을 대상으로 한 연구의 결과로 데이비드는 우리들 중 3분의 1이 슬픔, 분노를 넘어서 비탄이라는 소위 '나쁜 감정'을 갖고 있다고 스스로 판단하거나 그런 감정들을 적극적으로 숨기려고 있다는 걸 발견했습니다. 우리 자신에게 뿐만 아니라 자녀 등 우리가 사랑하는 사람들에게 그렇게 하고 있으며, 우리의 부정적인 정서 때문에 의도치 않게 그들을 수치스럽게 만들고 성급한 결론을 내리며 본질적으로 귀중한 정서들을 이해하도록 그들을 돕는 데 실패하고 있다고 보고합니다.

"나는 슬퍼요."가 아니라 "미치겠어요."라는 수준으로 발전되기 때문에 문제가 커집니다. 선불교의 고통(pain)과 고통받음(suffering)의 구분을 동원한다면, "나는 슬퍼요."의 고통은 보편적인 인간조건입니다. 당연하기까지 한 자아의 고통에 대한 집착으로 초래되는 "미치겠어요."라는 고통받음은 인간 세상을 고해, 즉 괴로움의 바다로 만들어버립니다. 그리하여 의도치 않게 사랑하는 사람을 해치게 됩니다.

긍정적 태도의 폐해

데이비드는 긍정적인(positive) 태도가 도덕적인 올바름의 형태가 되면서, 암에 걸린 사람에게도 그저 긍정적인 자세를 가지라고 자동적으로 말하곤 한다는 점을 지적합니다. 여자들은 그렇게 화를 내지 말라는 말을 듣는다고 보고합니다. 이건 독재입니다. 긍정성의 독재입니다. 잔인하고, 불친절하며, 비효율적입니다. 우리 자신에게 그러할 뿐만 아니라 다른 사람들에게도 그런 짓을 하기 때문입니다. 개인이든, 가족이든, 사회든, 힘든 현실을 경직되게 부정하는 자세는 계속 유지될 수 없습니다. 탈근대의 시대 한복판에서 근대의 감정체계를 계속해서 억지로 유지하려고 하기 때문에 벌어지는 일들입니다.

무시하고 있기 때문에 통제하고 있다고 생각할지 모르지만, 탈근대적인 정동에 대한 억압은 억압하고 무시하면 그럴수록 더 증폭되지 않을 수 없습니다. 사실상 그 정동이 당신을 통제하고 있습니다. 내면의 고통은 언제든 밖으로 튀어나와버릴 것입니다. 이건 탈근대시대가 '언제나 이미(always already)'와 있었다는 결정적인 증거입니다.

행복의 논리학

데이비드는 탈근대시대의 도래라는 세계관의 혁명적인 변화를 전혀 감안하지 않고 있든지, 아니면 못하고 있습니다. 그래서 "나는 행복반대주의자가 아니다. 나는 행복한 걸 좋아한다. 그러나 잘못된 긍정적인 자세를 받아들이기 위해 정상적인 정서를 도외시할 때, 우리는 세상을 우리가 바라는 모습으로가 아니라 세상을 있는 그대로 다루는 기술을 개발할 능력을 상실한다."라고 에둘러서 말합니다. 근대적인 정서가 비정상적이 됐고 탈근대적인 정동이 새로운 시대의 정상적인 느낌이 됐습니다. 그러므로 데이비드의 말에서 '정서'를 '정동'으로 바꾼다면 변명(辨明)하는 어조가 강조(强調)의 그것으로 바뀔 것입니다. 그리하여 우리는 세상을 근대이념이 잘못 바랐던 유토피아의 모습으로가 아니라 탈근대시대의 세상을 있는 그대로 다루는 기술을 개발할 능력을 잘못하면 상실할 수도 있다고, 새로운 시대를 위한 행복의 논리학을 당당하게 소개할 수 있었을 것입니다.

입장료

데이비드는 "힘든 정서는 우리의 삶의 계약의 일부이다"라고 말하면서 근대의 긍정적인 정서보다는 불교의 고해사상을 받아들입니다. 스트레스와 불편함 없이, 의미 있는 경력을 갖거나 자식을 키우거나 세상을 더 좋게 만들 수는 없습니다. "불편함은 의미 있는 사람의 입장료인 것입니다."

그러므로 근대적인 세계관에서 기인하는 정서적 경직성을 허물어버리고 정서적 민첩성을 받아들이기 시작해야합니다. 정서적 민첩성은 근대적인 감정체계가 아직도 지배적인 상황 속에서 탈근대적인 정동을 적절하게 적용하는 능력을 의미합니다. 그러므로 '정동=감정+생각'의 공식이 필요합니다. 이를 데이비드는 "정서의 수용뿐만 아니라, 그 정확성도 중요하다. 그러므로 말이 필수적이다"라고 표현합니다. 데이비드가 말하는 '정확성'은 너무 자주 만나게 될 난경의 순간에 탈근대적인 세계관을 의식하며 적용하는 정동이 작동돼야 하기 때문입니다. 그러므로 데이비드가 지적하는 '말', 내가 말하는 시적 상상력에 의한 창의성이 필수적이지 않을 수 없게 됩니다.

우리의 정서는 데이터

데이비드는 우리가 정서를 묘사하기 위해 자주 쉽게 말하는 "스트레스를 받았어.(I'm stressed.)"라는 말은 틀렸다고 주장합니다. 왜냐하면 우리가 정서에 정확한 이름을 붙일 수 있다면, 우리는 정서의 정확한 원인을 더 잘 분별해낼 수 있을 것이기 때문입니다. 우리의 정서는 데이터입니다. 데이비드의 논리를 탈근대적인 정동체계의 수립필요성의 관점에서 다시 읽을 수 있습니다. 건강한 스트레스가 없으면 계속 살아갈 수 없습니다. 헬스클럽에서 일부러 몸에 고통을 주는 이유를 생각해보세요. "스트레스를 받았어." 라는 말이 틀린 이유는 건강하지 않은 스트레스의 대부분이 탈근대시대임을 자각하지 못하고 근대적인 감정체계를 고수하기에 몸과 마음에 안 맞는 불편한 것으로 경험하는 난경에서 비롯되기 때문입니다. 정서에 정확한 이름을 붙일 수 있다면 정서의 정확한 원인을 더 잘 분별해낼 수 있다고 말할 때, 그 정서는 근대적인 정서가 아니라 탈근대적인 정동입니다. 데이비드가 말하고 싶은 건 탈근대의 정동인데 그걸 근대의 정서라는 용어로 설명하려고 하니, 말이 꼬이기 마련입니다. 그럼에도 불구하고 "우리의 정서는 데이터"라는 말은 정확합니다. '정동=감정이나 정서+생각'의 공식에 따르면 근대적인 '감정이나 정서'는 탈근대의 정동을 산출하는 생각의 과정을 위한 데이터일 뿐이기 때문입니다.

유쾌한 박제

엘리엇 등 모더니즘의 통찰력 있는 좋은 글들을 읽으며 경험하는 난해함의 대부분은 새로운 탈근대의 시대를 말하면서도 아직 그 시대가 도래하지 않은 상황이기에 낡아빠진 근대의 언어를 동원하고 있기 때문에 발생합니다.

이상의 시를 어렵게 여기는 이유도 바로 여기에 있습니다. 전근대를 겨우 벗어난 근대의 초입에서 이상은 탈근대시대의 도래를 예감했습니다. 이상이 실제로 경험했던 탈근대시대는 「날개」의 마지막 구절 "날개야 다시 돋아라. 날자. 날자. 날자. 한번만 더 날자꾸나. 한번만 더 날아 보자꾸나."에서 뚜렷합니다. 이건 이상의 주인공이 종로2가의 미스꼬시 백화점 옥상에서 자살하려는 장면이 아닙니다. 그가 경험했던 '전근대→근대→탈근대'를 날아가듯 포월하며 넘어가버렸던, 그리고 앞으로도 계속 넘어가버릴 도약경험을 지금의 우리에게 문화유산으로 전해주고 있는 장면입니다. 이 단편소설의 시작은 "'박제(剝製)가 되어버린 천재'를 아시오? 나는 유쾌하오. 이런 때 연애까지가 유쾌하오."입니다. 전근대의 보편성 속에서 탈근대를 살아가는 천재는 박제가 되어버릴 수밖에 없을 것입니다. 그러나 이건 유쾌하기 이를 데 없는 경험입니다. 바르트가 근대적인 '즐거움'이라는 감정을 포월하는 탈근대적인 정동의 '주이상스'를 설명했다면, 한국사람 이상은 전근대의 세상 속에서 탈근대를 유추 경험하는 '유쾌'를 통쾌하게 제안하고 있습니다.

정동의 번역작업

근대서구가 전 세계를 지배하게 됐던 힘은 실험과학의 실천적인 능력에서 기인합니다. 데이비드가 탈근대적인 정동의 개념을 이론적으로 정립하지 못한 채 "정서는 데이타이지 지침서가 아니다."라고 말한 다음에 바로 뒤이어 "아들이 부모에게 갖는 좌절감 등 앞에서, 정서 그 자체에 귀를 기울일 필요 없이 정서의 가치관을 탐색해볼 수 있는 것이다."라고 말하는 부분은 놀랍습니다. 근대적인 정서는 데이터(data), 즉 첩보로 사용돼야합니다. 그 속에서 의미 있는 정보를 추출해낸다면 탈근대시대에 적합한 정동을 위한 번역작업이 될 것입니다. 부모가 이러한 해석능력을 장착하지 못하고 있다면, 탈근대시대에 속하는 밀레니얼 세대의 자녀가 근대시대의 부모에게 좌절감을 가질 수밖에 없습니다. 그러므로 정서 그 자체가 중요한 게 아니라 정서의 가치관, 즉 정서를 뒷받침하는 세계관이 근대인지 탈근대인지 분석하는 능력이 필요합니다.

정서가 우리를 소유하는 게 아니라 우리가 정서를 소유한다

근대적인 정서를 탈근대적인 정동으로 번역할 수 있는 능력을 습득한다면 "우리가 정서를 소유하고 있는 것이지, 정서가 우리를 소유하고 있는 것이 아니다."라고 말할 수 있습니다. 인용된 데이비드의 말에서 앞의 정서는 탈근대적인 정동이고 뒤의 정서는 근대적인 정서입니다. 똑같은 단어를 전혀 다른 세계관에 속하는 느낌을 위한 표현으로 사용하고 있으니, 수수께끼 같은 말처럼 들릴 수밖에 없습니다. 데이비드는 용어의 이러한 결핍에도 불구하고 "내가 어떻게 느끼는가와 가치관과 연결된 행동으로 내가 어떻게 할 것인지 라는 이러한 차이점을 내면화할 수 있다면, 우리는 정서를 통해서 우리의 가장 좋은 자아들로 가는 길을 생성해내게 될 것이다."라는 정확한 결론에 도달하고 있습니다.

이러한 이론을 실천하는 방법은 다음과 같다. 강력한 정서를 느끼면 그 정서를 분출하려고 달려가지 말라. 정서의 개략적인 형세를 파악하고 마음속에 있는 일기를 뒤져보라. 그 정서가 도대체 무슨 이야기를 하고 있는가? 그리고 "나는 화가 났어" 혹은 "나는 슬퍼" 등 "나는…"이라고 말하지 않도록 노력하라. "나는…"이라고 말할 때 그건 마치 당신이 그 정서인 것처럼 들리게 만들기 때문이다. 당신은 당신인 반면에, 정서는 데이터의 원천이다. 그 대신 정서를 그 자체로 주목하려고 노력하라. 즉 "내가 슬픈 감정을 느끼고 있는 것을 내가 주목하고 있어.(I'm noticing that I'm feeling sad.)" 혹은 "내가 화가 나고 있는 것을 내가 주목하고 있어(I'm noticing that I'm feeling angry.)" 등이다. 이러한 것들이 우리 자신, 우리 가족, 우리 공동체를 위한 기본적인 기술이다. 이런 것들은 직장생활에서도 아주 중요하다.

데이비드의 실천방안 도출능력은 부럽습니다. 한국문화에 특히 부족한 부분입니다. 내가 '영시개론' 또는 '셰익스피어'라는 영문학의 가장 전통적일 수 있는 수업에서 '돈'이 수업의 목표라는 충격적인 발언을 서슴지 않았던 이유입니다. 나도 한두 가지 생각을 덧붙이겠습니다.

마음챙김과 선불교

댓글 등 분노가 점점 보편적으로 용인돼가는 느낌이 있습니다. 분노는 표출한다고 없어지지 않습니다. 더 강화될 뿐입니다. 분노를 생각해야 해결됩니다. 그래서 감정을 '생각'하는 훈련이 필요합니다. 문학작품, 특히 시 읽기의 주요업무는 복잡한 감정이나 정서를 분석하는 일입니다. '배가 고프다'라는 빈곤의 문제 등 비교적 간단한 개인적인 감정이나 단체적인 정서는 정치·경제·사회학 등의 단순한 이론으로 해결될 수 있습니다. 그러나 우울과 분노 등 복잡한 감정이나 정서의 문제는 그러한 차원에서 분석되거나 이해될 수 없습니다. 그런데 지금은 빈곤문제의 해결보다 우울과 분노 등 정서적인 문제가 더 중요해졌습니다. 그러므로 시적 상상력에 의거하는 창의성이 어느 분야에서나 필요해졌습니다.

데이비드가 "나는 화가 났어."(I'm angry.)에 대한 최선의 해결책으로 "내가 화가 나고 있는 것을 내가 주목하고 있어."(I'm noticing that I'm feeling angry.)를 결론적으로 제시하고 있습니다. 이는 고통(pain)이 자아의 집착으로 인해 고통받음(suffering)으로 확대되지 않는다면, 괴로움의 바다[苦海]에서 벗어날 것이라는 선불교의 핵심교리를 적용한 것입니다. 데이비드가 마음챙김 명상을 통해 터득한 최신이론일 터인데, 이런 분야라면 선불교가 본능에 가까운 한국인이 더 유리할 게 분명합니다.

치매치료 패러다임의 변화

달톤(Clayton Dalton)의 「알약이 아니라 생활습관개선이 치매 증상을 호전시킬 수 있다」("Lifestyle changes, not a magic pill, can reverse Alzheimer's")는 거의 모든 신약의 임상실험이 실패로 돌아가고 있는 현실에서 최근 발표된 UCLA대학 연구팀의 완치에 가까운 치매치료의 놀라운 새로운 접근법을 보고합니다. 아직 초기단계지만 그토록 놀라운 결과를 초래한 게 분자 수준에 집중하는 약품이 아니라 패러다임의 전환(alternative paradigm) 때문이었다는 것입니다. 몇 해 전에 현대무용을 치매치료에 적용하여 큰 성공을 거둔 사례가 미국문화계에서 주목받았던 적이 있습니다. 근대문명의 총아인 의학에서도 세계관의 전환이란 탈근대적인 접근법이 하나둘씩 그 위력을 발휘하고 있다는 점을 중시하지 않을 수 없습니다.

「누구도 섬이 아니다」

돈(John Donne)의 「누구도 섬이 아니다」("No man is an island")라는 시는 오늘 학습한 내용을 한 주일 동안 명상하기 위한 좋은 자료입니다.

No man is an island,

Entire of itself,

Each is a piece of the continent,

A part of the main.

If a clod be washed away by the sea,

Europe is the less.

As well as if a promontory[92] were,

As well as if a manor of thine own

Or of thine friend's were.

Each man's death diminishes me,

For I am involved in mankind.

Therefore, send not to know

For whom the bell tolls,

It tolls for thee.

누구라도 그 혼자서

온전한 섬이 될 수는 없다.

그것은 대륙의 한 조각이고

본토의 한 부분이다.

바닷물에 흙덩이가 씻기어 나가면

유럽도 작아진다.

좁은 반도의 끝자락인양,

너 자신이나 이웃들의

작은 봉토인양.

누군가의 죽음이 나를 작아지게 하는 것은

나도 인류의 한 부분이기 때문이다.

그러므로 알려고 묻지 마라

누구를 위하여 저 종이 울리느냐고.

그 종은 너를 위해서도 울린다.

---

92 갑(岬), 벼랑, 낭떠러지

이 시의 끝에서 두 번째 행은 로스트 제너레이션(the Lost Generation)의 대표소설가 헤밍웨이(Hemingway)의 소설 『누구를 위하여 종을 울리나』(For Whom the Bell Tolls)의 제목이 됐습니다. 60년대 도입됐던 영화는 던과 헤밍웨이의 세계주의(cosmopolitanism) 정서로 인해 군국주의적인 근대국가였던 한국에서 상영 금지됐었습니다. 15세기의 대표적인 시와 20세기의 대표적인 소설이 전쟁의 정당성에 의문을 제기하고 있습니다.

세계관 프레임

준비기간

뭐가 그렇게도 절박한 것처럼 얘기할까. 뭐, 그리 절박한 게 있을까. 뭐가 그리 목숨 걸 일인가. 은퇴한 교수가 사명감이 있는 것처럼 왜 그렇게 열심히 할까. 그런 생각을 하는 학생들도 있을 겁니다.

비서과에 있을 때 실력도 안 되는 학생들에게 1993년도 뉴스위크의 특집 "JOBS"로 리포트를 쓰라고 강요할 때, 10년이나 20년 지나서 차장이나 부장이 됐을 때 틀림없이 현실이 된다고 주장했는데, 그때가 바로 지금입니다. 그때는 그래도 준비기간을 길게 봤어요.

이번 학기에 수업하면서 준비기간이 1~2년은 있다고 봤어요. 그런데 그런 준비기간이 없어진 것 같습니다.

취업절벽

30전 30패. 연세대 경영학과 4학년 S씨가 받아든 올 하반기(7~11월) 공채 성적표다. 상반기 공채에서도 몇 차례 고배를 마신 S씨는 여름방학 때 자격증을 따고, 수차례 자기소개서를 수정했지만 결과는 같았다. 경영학과 동기들 사이에서는 '50-3-1의 법칙'이라는 신조어가 생겼다. 서류를 50개는 넣어야 최종면접에 세 번 올라가 한 곳에 합격을 기대해볼 수 있다는 얘기다.

서울대 영어영문학과 졸업반인 K씨의 상황도 크게 다르지 않다. K씨는 살면서 '실패'에 대한 기억이 별로 없었다. 취업도 큰 문제가 안 될 것이라고 생각했다. 현실은 달랐다. 그는 올 하반기 취업시장에서 10여 개 기업에 지원했지만 모두 탈락했다. 한 차례도 면접기회를 얻지 못했다. 그는 "불합격 통보를 받을 때마다 열심히 살았다고 자부해 온 내 인생이 부정당하는 느낌이었다."고 토로했다.[93]

내 삶도 아닌데 수업시간에 저절로 절박해지는 이유는 세상의 변화가 내 예상보다 빨리 다가오기 때문이어요. 중학교 2학년 때 부업으로 초등학교 5~6학년을 가르칠 때, 1976년 사범대학 졸업 후 중학생을 가르칠 때, 1991년 비서과 전문대 학생들을 가르칠 때, 그리고 2007년부터 영문과 학생들을 가르치면서 느낀 종합적인 결론이에요. 내가 예상하는 가장 긴박한 시나리오보다 훨씬 더 빠른 속도로 세상이 변하고 있어요. 훨씬 더 심해요. 벌써 그렇게 되고 있어요.

이번 학기 초에 가천대생이 SKY대생을 이길 수 있다고 격려했었어요. 그리고 그걸 주제로 누군가가 에세이를 쓰기도 했어요. 그런데 위에 인용한 신문기사를 보세요. 이제 내가 뭐라고 말해야 해요? "SKY를 나와도 안 된다!" 이렇게 말해야죠. 편입으로 대학교를 세탁한다고 해서 취업이 잘 될 것 같지 않아요. 이제 1~2년의 준비기간은 없다고 말해야 돼요. 지금 당장 변해야한다고 말할 수밖에 없어요.

이게 왜 문제예요? 이런 절박한 심정으로 준비하지 않는다면, 나중에, 가혹한 현실 속에서 머리를 망치로 두들겨 맞는 것 같은 충격이 오겠죠. 대학생활의 느긋함과 너무나도 대비될 테니까요.

위기의식

SKY대학과의 격차를 상정했던 건 그런 차이를 뒷받침하는 제도가 아직도 굳건하다고 믿었기 때문이에요. 위의 신문기사에서 보듯 경제현실 속에서 실적을 계속 내야만 살아남는 기업들은 그런 차이에 의미가 없다고 이미 결론을 내린 것 같아요. 그래서 내가 이 기사를 많이 생각해보는 거여요. 세상 자체가 바뀌었어요. SKY대학의 졸업장이 쓸모없어져 간다면, 세계 유수의 대학들의 경우에도 마찬가지일 거여요.

탈근대시대로 세상을 완전히 탈바꿈하는데 전문가들의 대응태세가 부족하기 때문에 그런 거여요. 전문가들 대부분은 위기의식이 없는 것 같아요. 동료집단이 만들어놓은 '꼬치(cocoon)' 속에 번데기처럼 편안하게 만족해하는 것 같아요. 전문가들 중에 자신이 속해있는 전문가시스템 자체가 위기라고 말하는 사람은 드물어요. 그리하여 위기의 대안을 찾으려고 나서는 사람은 거의 못 만났어요. 왜냐하면 이건 아주 위험한 짓이거든요. 전문가집단이 마련해놓은 편안한 삶의 길을 포기하게 될 가능성이 아주 높거든요. 어떻게 노력해서 의사나 변호사나 교수 등 전문가가 됐는데요. 그로 인해 생기는 혜택들을 확실치도 않은

93 박종관/안재광/정소람/정의진/이주현, 「'취업절벽' 내몰린 청년들..SKY 나와도 '30전 30패'」『한국경제』, 2019.11.24.

미래를 위해 버릴 수 있다고 마음먹는 건 바보짓이겠죠.

지금 이 수업시간에 하는 건 실험이에요. 이게 세상에서 정말로 필요해지면 내가 너무 바빠지겠죠. 그렇지만 그럴 가능성은 거의 없어요. 그리고 나는 유명해지는 거 안 좋아해요. 거부감을 느끼는 사람들과 논쟁해야하는데, 그들은 대부분 자신의 기득권에 대한 도전이라고 느낄 게 뻔해요.

성공문법

여러분이 나보다 더 절박하게 느껴야 해요. 위기의식도 가져야해요. 선생님은 왜 혼자 그리 바쁘신가요. 이렇게 핀잔을 주고 싶겠지만, 사실은 여러분이 나보다 훨씬 더 바빠야 해요. 내가 밤잠을 못 이루고 고민하는데, 그 고뇌의 대상은 여러분이 경험하게 될 앞날이에요.

미래의 직업을 생각해보세요. 없어질 게 확실한 직업은 아주 많은데, 오랫동안 계속되리라고 믿어지는 건 몇 개 안 남았어요. 그러니까 공무원시험에 몰리는 거여요. 이럴 경우에도 미래를 계산해야합니다. 지금 미래가 보장돼있는 것 같아도, 전혀 아닐 수 있거든요. 이런 걸 총체적으로 예측하는 전문가시스템이 붕괴돼있어요.

몇몇 나라에서는 폭동이 일어나고 있어요. 최저수준의 생활을 하는데 미래가 전혀 보장이 안 되는 군중이 코너에 몰리면 선택할 수 있는 방법이 몇 개 없어요. 한국은 괜찮아 보여요. 북한의 경제발전프로그램 등 완충지대가 있어서 그런 정도로까지 몰락하지는 않을 거여요.

우리의 문제는 앞으로 어떻게 살아가야할지 모르겠다는 거여요. 『보이스플레이』는 실용음악과 재학생의 경연프로그램이에요. 이게 TV에 방영되는 이유는 이 분야에서는 잘만 하면 세계시장으로 나갈 수도 있기 때문이에요. 심사위원들을 비롯하여 학생들도 이 분야의 '성공문법'을 다 잘 알고 있기 때문이에요. 이런 식으로 세계로 통하는 문법이 있느냐 여부가 성공의 핵심조건이에요. 인문대에는 아직 없어요. 이공대에도 다 있는지 의심스러워요. 왜냐하면 이건 인문학만의 문제가 아니기 때문이에요.

「인문학교수」

작년 봄에 은퇴하면서 「인문학교수」라는 시를 발표했어요.

  궁지에 몰린 쥐새끼들처럼
  서로를 잡아먹으려고 했다.
  '대학졸업→취업'의 공식이
  이과 사고방식에 더 어울렸는지

문과는 취업률 하락의 주범이었고,
모든 문제의 원인으로 지목되었다.

미래를 짐작할 수 없는 무서운 세상,
희생양이 있으면, 잠시 잊을 수 있으니까
뭔가 주류가 아닌 놈들을 선택하는데
지난 20년간, 그게 인문학교수들이었다.

이걸 기획한 놈들이 더 나쁜 놈들이지만,
그놈들은 인문학을 모르니, 윤리도덕과 무관하니
악당이기를 작정했으니, 도대체 뭐라고 시비를 걸랴?

자기들이, 자기들 무리가 무너지는지 모르고,
아니, 그건 상관없다고 치부하고, 눈 감고
대표희생양을 뽑아 제출하는데, "나만 아니면 돼"라는 마음으로,
아무나 쫓아내는데 서로 혈안이었던 인문학교수.

　그동안 "문과라서 죄송합니다"(문송)라는 말이 신문을 도배했었어요. 그런데 이건 배가 가라앉는데 선원들끼리 서로 싸우는 격이었어요. 세상 자체가 변하는데 나만 살겠다는 심보였던 거죠. 이런 내부분열의 양상이 인문학계 내부에서도 벌어지는 것 같아 경종을 울리고 싶었어요.
　내부분열을 조장하는 건 식민지를 지배하는 핵심전략이거든요. 문과를 깔본다는 건 이과가 우월하다는 말이고, 이건 한국이라는 국가 전체의 관점에서 보면 이과와 문과의 내부분열이 아닐 수밖에 없어요. 대영제국이 인도를 지배하기 위해 힌두교와 이슬람교의 내부분열을 조장했고, 이슬람을 추종하는 파키스탄과 방글라데시의 분리 독립을 반대하다가 인도독립의 영웅 간디가 희생됐어요. 그런데 이과와 문과의 내부분열을 조장하는 게 외세가 아니라 한국 내부의 지식인집단이라는 건, 그들이 이런 논리를 모를 리 없으니, 유식하기 때문에 윤리·도덕적으로 더 한심한 거죠.

시는 지름길

　창작 시 「Me, too」의 필자가 프란츠 카프카의 소설 『변신』을 읽었는지 모르겠어요. 만약 읽은 경험이 없다면 더 놀라워요.

학교를 가려고 지하철을 타면
벌레들처럼 우글우글 몰려있는 사람들

집에 가려고 지하철을 타도
벌레들처럼 우글우글 몰려있는 사람들

지하철 바깥세상에서도
벌레들처럼 차들이 기어간다.

다들 어디서 나와
다들 어디로 가는 건지

벌레 같은 삶 속에 살아가고 있는
또 하나의 벌레는 바로 나.

독립적 정체성의 부재를 극적으로 표현한 대표적인 현대소설『변신』의 주인공 그레고리 잠자는 결국 벌레로 변해요. 이 필자는 카프카가 도달한 정신적인 수준에 시의 힘으로 도달했어요. 나는 바보 같은, 벌레 같은 사람이라고 자조하는 게 전혀 아니에요. 현대인의 자아의 현실이 처해있는 진실을 읽어낸 결과죠. 빙빙 에둘러 돌아가는 산문과 달리, 시는 진실에 직접적으로 도달하는 지름길과 같아요.

포비아 대중연설

「군중 속 나 나타내기」의 필자의 고민은 현실적이에요.

하지만 나를 표현하는 것은 중요하다. 다들 경험한 적이 있다시피 중학교나 고등학교에서 선생님들은 수업중간에 질문시간을 준다. 나는 그 질문시간에 수많은 고민을 했다. 손을 들까? 말까 아니면 따로 끝나고 물어볼까? 친구들이 많은 곳에서 내가 갖고 있는 물음을 물어보자니 용기가 사라져 항상 마음속으로 고민만 하다가 질문시간이 끝나버린다. 아니면 다른 친구가 먼저 질문을 했다. 다른 친구가 내가 하고 싶은 질문을 먼저 하면 후회를 한다. 내가 먼저 할 걸이라는 생각과 아쉬움만 가지고 수업이 끝나버린다. 그리고 그 후회는 그 날이 끝날 때까지 머릿속에서 맴돈다. 나를 표현하는 것을 고민하다가 결국 후회만 남는다. 이 질문시간을 생각하면 나는 나를 표현하지 않는 것은 후회의 연속이라는 정해진 경로라고 여긴다.

　21세기 현대에서 살아남기 위해서 나를 표현해야한다. 자신의 발표기회를 잡아 나의 의견을 제시할 줄 알아야 하고, 다수의 사람들 속에서 자신의 의견을 표현할 줄 알아야 하고, 잘못된 것에는 부정을 할 줄 알아야한다. 우리도 할 수 있지만 남들처럼 숨기고 있을 뿐이다. 남들과 달리 자신을 표현하는 용기가 나를 특출 나게 만들고, 나를 눈에 띄게 한다. 눈에 띄는 것은 부끄러운 게 아니다. 자신을 표현하는 방법이다. 자신을 표현하는 용기를 얻을 때에 군중 속에서 나를 발견하게 되고, 정체성을 확립하게 된다. 남들과 같은 흐름에 사는 것보다 자신을 한 번 표현해 보는 것이 어떨까 하는 질문을 던져본다.

　'나'의 입장에서, 그것도 심리적인 위축을 중심으로 논리를 전개하니까, 일방적으로 '나'를 격려하는 것으로 결론지어집니다(평가: A). 이러한 일방적인 격려는 결국 알 수 없는 좌절감만 강화시키게 될 뿐입니다. 그러므로 방법을 바꾸는 게 좋아요. 어떻게 할까요? 우선, '나'가 나서지 못한 게 아니라, 그때 그 순간에 '나'에게 특별한 이유가 없어서 나서지 않았던 건 아닐까요? 그러니까 '나'의 잘못이 아니라, '나'의 상황이 부적절했던 건 아닐까요? 지난 수업시간에 배웠던 '정동교육'을 적용해보면 이런 생각을 할 수 있게 됩니다.

　자, 어떻게 하면, 이러한 부정적인 기억을 긍정적인 기억으로 바꿀 수 있을까요? 그냥 한 번 질문해보면 어떨까요? 그런 경험이 한 번만이라도 있다면, 그러면 소극적이라고 자책했던 부정적인 기억이 일거에 사라져버리겠죠. 그러니까 질문을 한 번 해봅시다. 언제요? 다음 시간에요! 어떤 내용으로요? 지금 에세이에서 질문하는 내용으로요. 그런데 좀 더 그럴듯하게 질문해야 멋지지 않을까요? 그러니까 다음 시간까지 이러한 요지를 5문장 이상으로 정리해서 구두로 발표해보시기 바랍니다. 질문의 결과가 어떠할지, 교수인 내가 어떻게 대답할지, 아무도 몰라요. 그런 건 미리 짜지 맙시다! 상황이 어떻게 전개되든지 간에, 이렇게 하면, 소극적이었던 과거의 기억과는 작별하게 될 것임은 분명해지죠.

　이와 같은 평가를 한 다음에 "에세이에서 제안한 것처럼 다음 수업시간에 구두로 질문을 하시기 바랍니다. 그러니까 상상 속의 해결책이 아니라 현실 속의 해결책을 만들어보는 것이죠. 그리고 질문은 꼭 같은 것이 아니어도 좋습니다. 그래서 통쾌하게 과거의 한계를 극복해봅시다!"라는 이메일을 보냈습니다.

　그리하여 이 필자는 수업시간에 마이크를 들고 자기가 쓴 걸 보지 않고 그 내용을 설명해야했습니다. 죽음 다음으로 두렵다는, '병적인 공포(phobia)'에 가까운 대중연설의 경험을 해보도록 강요받았습니다.

이제 어떻게 하죠

학부 2학년생 중심의 개론과정이기 때문에 지금 이 수업에서 시도하는 게 아주 엄청난, 아주 어려운 프로젝트일지도 몰라요. 외국학생들이 주류였던 석·박사통합과정에서 했던 것과 수준 차이가 없어요. 설익은 얘기도 해보는, 말로 하는 토론수업이라면 조금 더 편했을지도 몰라요. 그래서 다음 시간, 마지막 수업의 뒷부분 30분에는 질의응답시간을 갖겠어요. 토론으로까지 발전하면 좋겠지만, 생각나는 대로 이것저것 얘기해도 좋을 것 같아요.

「영화 『진짜로 일어날지도 몰라 기적』을 보고 하게 된 자아성찰」의 필자는 이런 시도의 정신을 갖고 있어요. 잘 모르겠으니까 장면1에서부터 장면36까지 묘사하고 있어요. 분석은 고사하고 내용의 연결도 잘 안 돼요. 머리가 쓰레기통처럼 돼버렸지만 용감하게 쓴 거여요. 그리고 내게 보냈어요. 이제 어떻게 하죠라고 질문했어요.

대학교에 와서 가장 두려웠던 것은 논문 및 에세이를 쓰는 것이었습니다. 특히 정해진 주제나 형식 없이 한 달에 한 번씩 에세이를 쓰고 시를 창작할 것이라고는 생각도 못했습니다. 처음에는 많이 두려웠고 자신감이 아예 없었습니다. 처음에는 이 과목의 수업을 포기할지 말지도 고민이 많았습니다. 대학교에 왔고 피하기만 하기보다 좀 더 부딪히고 하나씩 해결하자는 마음으로 포기하지 않았습니다. 그렇게 세 달이 지났고 스스로 가장 자신 없고 무능하다고 여겼던 것들을 해결할 수 있었습니다. 처음 써보는 글이라 잘 쓴 건지 못 쓴 건지 스스로 평가하기도 어려웠지만 교수님께서 엄청난 칭찬과 함께 직접 평가해주시고 부족한 부분들을 채워주시면서 자신감을 심어주셨고 더 열심히, 잘 쓰고 싶다는 욕심이 생기기도 했습니다. 그렇게 교수님의 조언을 따라 계속해서 부족한 점을 채우고 여러 번의 글쓰기를 반복했습니다. 그렇게 수업이 끝나갈 때 쯤 제가 성장해가고 있음을 느낍니다.

스스로를 도전 정신이 뛰어나고 어려운 상황도 부딪히면서 해결해가는 사람이라고 생각했습니다. 그러나 수업을 들을 때 이런 수업을 어떻게 들지, 도망칠까 하며 고민하고 에세이를 한 번도 이렇게 정식으로 썼던 적이 없어서 해보기도 전에 포기하려 했던 저였습니다. 11월에 발전하게 된 제가 9월에 걱정하던 저를 보니 스스로를 잘 몰랐던 것 같습니다. 이 수업이 아니었다면 특히나 시 창작은 절대 손도 대지 않았을 것입니다. 세 달 만에 이렇게 많이 발전하고 자신감을 얻어 다른 공부를 시작하거나 학년이 올라가고 취업준비를 시작할 때도 이 수업 속 발전한 저를 보며 용기를 잃지 않을 수 있을 것 같습니다.

평가를 안 했어요. 왜냐하면 곧 다시 쓸 태세였거든요. 그래서 다음과 같이 발전방향만 제시했어요.

고레에다 감독의 작품을 다 보았지만, 바로 이 영화만 보지 못했습니다. 그런데도, 그리고 에세이를 자세히 읽었는데도, 영화의 주제는 물론 줄거리조차 이해하기가 어려웠습니다. 이 영화를 친구나 어머니에게 설명해준다고 생각해보세요. 그러면 어떻게 이야기를 시작해야할까요?

근대가족(家族)제도 그리고 할아버지까지 포함되는 전근대적 가문(家門)제도가 해체돼가는 시대에, 그럼에도 불구하고, 아직 미성년이기 때문에 가족관계를 포기하지 못하는 상황을 집중적으로 검토하는 고레에다 감독은 가족제도가 계속해서 유지되려면 미래에는 어떤 모습이어야 하는지 제시해주려고 노력하고 있습니다. 이런 점 때문에 세계적으로 인정을 받고 있는 것이겠죠. 이런 주제를 어떻게 영상미로 풀어내었는지 설득력 있게 설명해보려고 노력하세요.

이 필자에게는 기본적인 마음자세가 갖춰져 있어요. 기본적으로 자기가 쓰려는 게 뭔지는 알고 있어요. 여기에 이 수업시간에 훈련해왔던 이론적 분석능력이라는 무기를 사용하는 방법만 덧붙이면 되겠죠.

내면의 목소리

이 필자가 얼마 지나지 않아 똑같은 제목으로 다시 써서 보냈어요. 그렇지만 이번에는 다음과 같은 결론부분이 생겼어요. 고레에다 감독이 자신과 마음이 통했다고 기뻐할 거라고 생각합니다.

두 번째로는 사실 처음에는 깨닫지 못했지만 에세이를 쓰면서 영화를 계속 생각하다보니 깨달은 부분입니다. 아이들이 각자 소원을 희망차게 소리 칠 때 고이치는 아무 말도 하지 않습니다. 그리고 항상 재가 떨어지는 지역에서 사는 것을 불만으로 생각하다가 마지막 장면에서는 웃으면서 확인할 수 있는 여유까지 가지게 됩니다. 이 부분을 그저 한 단계 성장해서 생각에 변화를 줄 수 있었다고만 생각했습니다. 그러나 여러 번 생각해보니 본인이 가지고 있던 소원에 대한 집착을 포기함으로서 그 자리를 본인이 마주하는 일상의 행복이 기적이라는 것을 깨달음으로 채울 수 있었음을 알았습니다. 이 마지막에서 주는 교훈은 본인이 더 나은 선택을 위해 감수해야 할 부분은 포기하라는 것이라고 생각합니다. 특히 옳지 못한 욕심일 때는 더 과감할 필요가 있을 것입니다.

그러니 평가가 어땠을까요? 필자가 자신의 자아(self)에서 나오는 자신의 내면의 목소리(inner voice)로 말하고 있어서, 듣기가 좋습니다(평가: A+ 또는 A++). 자신이 발견한 자신의 이야기, 즉 자기서사가 수업시간에 배운 이론적인 내용에 의해 체계를 잡아가고 있습니다. 이제 공부의 길을 어느 정도 잡은 것 같습니다. 세상이 녹록하지는 않겠지만, 험난한 세상사 속에서도 자기서사를 발전시켜나가는 자세로 살아간다면, 주변의 다른 사람은 어떻게 평가할지 몰라도, 자신의 삶을 자기방식대로 살아가게 되면서, 적어도 자신에게는 의미 있는 삶이 될 것입니다.

논문의 목적

논문의 목적은 자신의 전공분야에서 자신의 새로운 가설을 입증하는 것입니다. 자신의 가설이 얼마나 의미가 있느냐, 그 분야에 얼마나 크게 기여하느냐, 즉 세상에 얼마나 큰 충격(impact)을 주느냐가 성공의 척도입니다. 공부는 누구나 하겠지만, 제대로 된 공부를 하는 게 문제인데, 이걸 에세이와 논문쓰기로 판단할 수 있습니다. 지금 이 수업시간에 폼 나게 성공하지는 못했어도, 여기서 배운 씨앗으로 언젠가 그렇게 되는 게 중요합니다.

이모티콘의 영향력

「감정대리인 이모티콘」의 필자는 자신의 경험에 비춰 이모티콘의 부정적인 영향에만 집중하는 신문기사를 비판하고 있습니다. 이모티콘이 사람들의 감정을 담고 있는 감정대리인의 역할을 하고 있는 것은 맞지만, 그런 정의가 "어떻게 소통과 관계의 어려움으로 직결되는지는 의문점이 든다."고 지적합니다. 왜냐하면 "오히려 소통과 관계의 어려움을 빚어내는 갈등은 우리가 하는 말로부터 시작된다고 생각"하기 때문입니다.

> SNS 단체 대화방에 있다 보면 이러한 경우가 상당히 많다. 누군가가 말을 하는데, 내가 어떤 말로 답장해야할지 감이 오지 않는 경우도 많고, 조금이나마 더 부드러운 표현방식을 통해서 대화를 풀어나가고 싶을 때가 많다. 나를 포함한 많은 사람들이 이럴 때 이용하는 표현방식은 바로 이모티콘이라고 생각한다. 이런 이모티콘을 통해서 우리는 우리의 감정을 말로 표현하는 것보다 더욱 쉽고 간결하게 표현함으로써 현대 사회에 어울리는 간편한 소통을 이어나갈 수 있다는 것이 나의 생각이다. 이것은 물론 내 경우지만, SNS 상에서 대화를 하면서 이모티콘을 많이 사용한다고 직접 만났을 때 제대로 소통이 되지 않는 사람은 아직까지는 보지 못한 것 같다. 이런 상황을 종합적으로 보면서 과연 기사에서 언급하고 있는 이모티콘의 부정적인 영향이 과연 이 현대 시대에 맞는 내용인가에 대해서 다시 생각해보게 되었다.

"과연 이모티콘의 상용화가 우리 직접적인 인간관계의 단절을 가져올지, 아니면 하나의 새로운 소통창구로 활용되는 것인지에 대해서는 각자 이 이모티콘을 사용하는 사람들의 판단에 맡겨야 할" 것이겠지만, "지금까지 내가 사용해오고, 남들이 이 이모티콘을 이용해온 목적을 살펴보면 나는 전자보다는 후자의 의견에 더욱 힘을 실어주고 싶다"고 결론짓고 있습니다.

이모티콘에 관한 신문기사를 보고 그것을 비판적으로 읽을 수 있는 공부의 힘을 필자가 갖추고 있음을 알 수 있습니다(평가: A++). '가짜뉴스'가 범람하는 세상 속에서 정신을 차리고 살아갈 수 있는 능력을 갖추게 된 것이죠. 필자가 이 지점에서 한 발자국 더 나아간다면, 이 분야에서 전문가적인 안목을 갖추게 될 것입니다. 그러면 자신의 의견을 다른 사람들이 의미 있다고 경청하기 시작할 것이며, 그렇게 된다면 '돈'이 되기 시작할 것입니다.

주식시장에서처럼 세상이, 그러니까 소위 '모두가' 그렇게 말한다고 해서, 그렇게 따라가면 큰일납니다. 자기 나름대로 말하기 시작해야합니다. 다른 방법은 없습니다. 자기가 말하는 게 다른 사람들에게 먹히면, 전문가가 된 것입니다. 그러기 위해서는 이에 관한 기말논문을 써보세요.

이 에세이에서 성취된 자기의견이라는 개인서사가 다른 사람과의 대화라는 중서사 속에서 얼마나 설득력이 있는지 확인해볼 수 있습니다. 만약 '대화' 속에서도 호응도가 높으면, 이론을 더 발전시켜 거대서사로 만들어나갈 수 있습니다. 그러면 이모티콘분야에서 중요한 '담론'이 될 것입니다. 그건 애플이나 네이버 등 IT기업의 취업근거가 될 것이며, 그렇지 않다면 '벤처'로 이모티콘의 제작과 배포에 참여할 수 있습니다. 만약 이와 같은 실용적인 적용보다는 공부의 학문적인 적용에 더 관심이 있다면, 새로운 시대의 언어학을 연구한다든지 언론학분야에서 자신의 관심사항을 더 깊이 연구해 독창적인 이론을 개발해낼 수 있을 것입니다.

세계관 프레임

「비틀즈와 BTS 그리고 나」의 필자는 "나는 과연 나의 이야기를 진솔하게 쓰고 있는가? 생각"하면서 "에세이를 쓰려고 하던 중 내 눈에 들어온 것은 방탄소년단이다."라고 말하며 시작합니다.

글쓰기, 더 나아가서 예술적 창작에 관한 고민의 길에 필자는 제대로 들어서있습니다(평가: A+). 그리하여 비틀즈와 BTS의 세계적인 성공의 요인들을 일목요연하게 분석할 수 있었습니다. "내가 이번 에세이를 쓰고 마무리하면서 나는 왜 그들처럼 될 수 없는 걸까? 그들이 부럽다는 생각이 들었다. 비틀즈와 방탄소년단이 대중들의 공감을 불러일으킬 수 있는 가사와 글을 써서 세상 사람들에게 음악으로 들려주고 전달할 수 있는 직업을 가진 것도 부러웠다."라는 정동의 핵심과제를 제대로 이해하고 분석할 수 힘을 가진다면 공부한 보람이 있겠죠.

이걸 어떤 신문기사는 "최근 콘텐츠기업은 일방향적인 세계관 전달에서 나아가, 소비자들과 함께 새로운 세계관을 구축해나가는 형태로 주도적인 해석을 하고 자발적 참여를 즐기는 밀레니얼 세대의 관심을 끌고 있다."라고 분석하더군요.[94] 이 지점에서 하나의 수업과제가 나오는데 그걸 먼저 공부해봅시다. 그래서 '세계관 프레임'에 관한 수업을 시작합니다.

---

94 안희정, 「밀레니얼 세대, 콘텐츠 세계관에 푹 빠지다」, 『지디넷코리아』, 2019.05.20.

BTS

『BTS를 철학하다』와 『BTS와 아미컬쳐』라는 전문서적들이 발간될 정도로 BTS(방탄소년단)의 영향력이 강력해졌습니다. 미국 CNN은 BTS 팬클럽 아미(ARMY)를 "세계에서 가장 강력한 팬덤 중 하나"로 평가하며, 토론토대의 동아시아 연구전문가인 미셸 조 교수는 팬들이야말로 BTS 성공의 핵심적인 이유라고 말합니다. 조 교수는 "(그룹과 팬들 간의) 이런 호혜적 개념이야말로 BTS를 서구의 다른 팝그룹들과 차별화하는 것"이라고 말하면서 "이는 정말 강력한 혼합물이라고 생각한다. BTS의 단순한 팬이 아니라 그들의 세계 속으로 빨려 들어가는 것"이라고 지적합니다. 영국의 BTS 광팬인 18세 여학생 테이니 하워드도 CNN에 "마치 아이가 자라나는 것을 지켜보며 자랑스러워하는 부모 같은 심정"이라며 "우리는 그들(BTS)이 지금이 되도록 도와줬다. 그리고 감사하게도, BTS는 우리가 하고 있는 일에 대해 고마워하고 있다"라고 말했습니다.[95]

ARMY culture

미국언론을 대표하는 『아틀렌틱』(The Atlantic)의 크루즈(Lenika Cruz) 기자는 「나는 BTS의 팬이 아니었다. 그런데 생각해보니 내가 그랬다」("I Wasn't a Fan of BTS. And Then I Was.")라는 기사에서, 한국이나 일본에서 이미 경험했던 바 있는, 자신의 의지와 상관없이 아이돌 팬이 돼버린 아줌마 팬의 심정을 고백하고 있습니다.[96] "한국의 슈퍼스타그룹을 충성스럽게 따르는 무리들과 차트의 정상을 차지하는 성공이 그들을 비틀즈와 비교하게 만들었다. 그들의 마법에 휩쓸려버리게 된 것에 나는 왜 놀랐던 것일까"라고 질문하고 있습니다. 미국문화계의 핵심인사가 본격적으로 분석하고 나선 이유는 이국적인 것에 (the exotic) 대한 일시적인 호기심이 더 이상 아니라는 증거입니다.

BTS가 비틀즈처럼 예술형식의 창조를 통해 미래의 인류를 위한 새로운 세계관을 형성하고 있는지 묻고 있습니다. 원자폭탄, 비틀즈와 공산주의를 20세기의 ABC라고 정의했습니다. 1960년대의 비틀즈는 20세기세계관의 핵심이었는데, BTS가 바로 그 비틀즈와 비견되고 있습니다.

> 내게 있어서 BTS의 장르를 넘나드는 작품과 그들의 팬 공동체 속으로의 여정은 내가 성인관객으로서 결코 경험해보지 못했던 기쁨과 강도를 제공해줬다. 이따금씩 나는 내가 뭔가 사회적인 경계선을 침범하고 있는 중인 것 같게 느껴졌다. 허나 BTS의 팬이 된다는 것은 당신이 사랑하는 것을 아

---

95 「"BTS 아미, 세계에서 가장 강력한 팬덤 중 하나" CNN」, 『뉴시스』, 2019.10.13.
96 Lenika Cruz, "I Wasn't a Fan of BTS. And Then I Was." The Atlantic, July 18, 2019.

무렇지도 않은 듯이 무시하는 수많은 편견들과 계급제도들의 심미안에 즉각적으로 익숙해지는 것을 의미하며, 그리고 그런 다음 그런 것 어느 하나도 당신에게 진정한 힘을 발휘하지 못하고 있다고 결정하는 것을 의미한다는 걸 배웠다.

이 분야의 전문가답게 크루즈 기자는 BTS의 팬이 된다는 것이 근대이데올로기가 만들어낸 "수많은 편견들과 계급제도들"을 감지해내는 "심미안에 즉각적으로 익숙해지는 것"이며, 그리하여 "뭔가 사회적인 경계선을 침범하고 있는 중인 것 같게" 느낄 수밖에 없다는 걸 알고 있습니다. 그러면서 "BTS의 사회적으로 의식 있는 가사들, 정신건강 등 타부에 대한 개방성, 젊은 세대들의 투쟁에 대한 공감과 자아사랑을 강조하는 메시지를 언급"하는 다른 비평가들을 인용합니다. BTS는 젊은 세대를 대표하여 혁명적으로 세상을 바꾸려는 새로운 세계관의 프레임을 사적이고 공적인 측면에서 전달하고 있습니다.

guilty pleasure

'비전통적인 남성성의 재현,' 기쁨에 넘치는 공연이나 이야기하기(storytelling)가 어지러울 정도의 복잡함 등 BTS에 관해 좋아하는 걸 모두 설명한 뒤 허드슨은 한숨을 쉬었다. 자신이 좋아하는 걸 좋아하도록 스스로에게 허락하지 못하게 하는 너무나도 많은 사회적인 세력들이 있다. BTS 음악에 있어서 "가장 단순한 사실은 나를 행복하게 만든다는 거야."라고 허드슨이 내게 말했다. "그게 또한 비밀스러운 쓰레기(garbeage)였다면 나는 그걸 즐길 수 없었을 거야."

BTS의 음악은 기존의 세계관의 천박한 층위들에 동조하는 대다수의 대중문화가 갖고 있는 '양심의 가책을 느끼는 즐거움(guilty pleasure)'을 전혀 느끼지 못하게 하는 기쁨이 있으며, 불안과 우울의 증상에 제대로 대처할 수 있게 하는 세련된 철학으로 대중문화(entertainment)의 차원을 넘어섭니다. BTS는 '천박하다(shallow)'라고 여겨지는 세계관의 '층위들(layers)'을 폭로한다고 크루즈가 지적합니다. 그리하여 아미는 부모와 조부모 세대 등 온 가족이 참여하는 자비와 사랑의 다문화공동체가 됐습니다.

인간의 시대

지금부터 설명하려는 것이 영시개론 첫 시간의 내용이었으면, 이상적인 영문학과의 수업이 됐을 것입니다.

푸코(Foucault)가 지적하듯 인간은 몇 백 년 전에 탄생했습니다. 그러니까 '인간의 시대'라는 게 그리 오랜 역사를 갖고 있지 않습니다. 백제 의자왕의 삼천궁녀를 생각해보세요. 한 사람의 왕을 둘러싸고 있는 궁녀 삼천 명에게 도대체 인권이라는 게 있었을까요. 이런 정서가 근대이데올로기가 보편적이 되는 프랑스혁명까지 계속 됐습니다. 프랑스혁명 직전에 있었던 일화 하나를 소개하겠습니다. 지금도 남아있어 관광객들의 탄성을 자아내게 하는 어마어마한 크기의 베르사이유 궁전에서 루이 16세와 귀족들은 사슴 사냥을 즐겼습니다. 사슴이 부족해지니까 사냥놀이에 동원된 사냥개들이 추적할 수 있도록 사형수들에게 사슴 가죽을 입혀 도망치게 했습니다.

이탈리아의 르네상스는 소수 귀족의 근대화였습니다. 세상의 지리적인 확산으로 인해 온갖 방법으로 막대한 재산을 모은 가문의 귀족들은 교황의 중세적인 권위가 우습게 보였을 것입니다. 레오나르도 다빈치의 『모나리자』의 미소는 신이 아니라 자신의 감정에 충실한 인간의 그것입니다. 그 이후 프랑스혁명의 인권사상을 바탕으로 개인의 자아의식을 확립한 19세기 전반부의 낭만주의시대를 통해 휴머니즘, 인간의 시대가 개막됐습니다.

Victorian Question

과학혁명과 산업혁명의 성공원리였던 다윈주의를 모방한 사회적 다윈주의(Social Darwinism)가 근대국가공동체를 구축하려던 19세기 후반 빅토리아시대의 핵심사상이었습니다. 중세적인 종교사상을 대체하는 근대적인 윤리도덕체계가 필요했습니다. 과학과 산업에서 성공적으로 적용됐던 다윈주의가 적자생존의 경쟁원리로 해석됐습니다. 그리하여 지금까지도 해결해내지 못한 '빅토리아시대의 질문(Victorian Question)'을 유산으로 남겼습니다. Victorian Question은 내가 일부러 만들어낸 용어입니다. 다윈주의가 공동체구성의 원리뿐만 아니라 과학과 산업에서도 더 이상 적절하지 않은 것 같습니다. 그리하여 다윈주의의 기원이 된 『종의 기원』 외에 다른 저서가 점점 더 많이 인용되고 있습니다.

빅토리아시대를 대표하는 정서가 우울증(melancholia)이라는 점이 하나의 증거라고 나는 믿습니다. 인류는 빅토리아시대에서 시작됐던 질문에 아직 제대로 된 대답을 제시하지 못하고 있습니다. 지금까지의 긴 기간 동안 문제가 계속 악화돼왔을 뿐입니다. 그래서 나는 서구사상보다 한국의 선불교를 비롯한 동양사상에서 미래의 희망을 찾고자합니다.

Victorian Question은 19세기말의 모더니즘 문학에 이르러 언어로 만천하에 폭로됩니다. 그때는 제국주의의 전성기였습니다. 콘래드의 『어둠의 핵심』은 벨기에 왕의 사유지였던 콩고에 관한 이야기입니다. 그래서 말로우 선장은 커츠를 구출하기 위한 임무를 부여받기 위해 벨기에의 수도 브뤼셀로 갑니다. 브뤼셀에는 지금도 도시의 크기에 어울리지 않게 제국주의를 상징하는 엄청나게 웅장한 건물을 만날 수 있습니다. 중동과 아프리카의 지도를 보면 자를 대고 그은 것처럼 직선으로 된 국경선들을 많이 볼 수 있습니다. 식민지배자들의 담합에 의해 만들어진 직선의 국경선들 때문에 국가와 부족의 불일치로 인한 내전상태를 많은 국가들이 지금까지도 경험하고 있습니다.

제국주의의 전성기였음에도 불구하고, 엘리엇과 콘래드 등은 모더니즘(modernism) 문학으로 인간사회에 대한 회의를 본격적으로 제기하기 시작합니다. 그 이전의 근대문학과 대비하여 한국문학에서는 이 시기부터 특별히 현대문학이라고 부릅니다. 프랑스의 상징주의는 새로운 상징의 체계를 창조하며 새로운 시대를 구축하려고 합니다. 그 이후 1960년대에 뉴욕이 그 맥락을 이어받아 근대성(modernity)를 대신하는 탈근대성(post-modernity)의 예술적인 표현인 '포스트모더니즘 예술운동(postmodernism)'의 중심지가 됩니다. 로마, 피렌체와 밀라노, 파리, 런던 그리고 뉴욕이 대표적인 단체관광지가 된 이유는 지금 우리가 살고 있는 세상이 만들어진 역사의 유적지이기 때문입니다.

혁명

홍콩이공대 학생들의 자유민주주의 투쟁의 목적은 무엇이었을까요? 혁명이란 뭘까요? 기존의 체제를 때려 부숴버린 건 아닙니다. 그런 종류의 혁명들은 근대의 역사 속에서 실패로 점철됐습니다. 프랑스혁명의 결과 왕정복고가 있었고, 이승만 대통령의 하야를 초래한 4·19혁명은 길고도 긴 군사독재를 초래했습니다. 혁명은 체제의 기반이 되는 정신을 바꾸는 일입니다. BTS가 모범을 보이는 세계관 프레임의 변화야말로 혁명이며, 내가 지금 이 수업시간에 하고 있는 게 바로 혁명입니다.

근대적인 세계관의 프레임을 탈근대적인 세계관의 그것으로 대체하려고 하고 있기 때문입니다. 이런 혁명의 분위기로 인해 BTS의 아미가 단단하게 뭉쳐있는 것입니다. 그리고 이런 혁명의 분위기에 힘입어 여러분들이 새로운 세계관을 만들어나가는 지도자로 커나가기를 바라는 것입니다. BTS의 노래가 목표로 하는 건 근대적인 감정과 정서의 체제를 탈근대적인 정동의 체계로 치환하는 작업입니다.

남미의 체 게바라의 경우처럼 혁명은 예전부터 위험한 직업이었습니다. 그러나 이제는 상황이 조금 달라졌습니다. 정치적인 투쟁의 방식으로 추진되던 근대적인 혁명과 달리, 탈근대적인 혁명의 핵심도구는 BTS의 사례에서처럼 시적 상상력이기 때문입니다. 그래서 나는 앞선 혁명의 선배들과 달리 육체적인 희생을 경험하지는 않을 것입니다. 그래도 조용히 사는 게 좋을 거라고 생각합니다. 그러나 세상을 새롭게 만드는 데 결정적으로 기여할 수 있다면 용감하게 나서야한다고 믿습니다.

창직(創職)

창직(創職), 즉 직업의 창조라는 말이 최근에 유행입니다. 신이 세상을 창조하는 행위와 비슷하게, 여가와 구분되던 근대적인 직업과는 전혀 다른 종류의 탈근대적인 직업을 창조해낼 필요가 생겼기 때문입니다. 창직의 전문가들도 자신의 천재적인 감각에 의존해 미래의 전망을 설명하고 있습니다. 그러므로 지금 이 시대에 가장 필요한 능력은 세상을 이론적으로 읽어내는 힘입니다. 다시 말하자면, 공부의 힘입니다. 그건 시적 상상력에서 나옵니다.

『배트맨: 다크 나이트』가 하나의 모범사례입니다. 근대적인 영웅은 비참한 영혼의 상태로 죽은 형사 하비 덴트입니다. 진짜 영웅은 어둠을 대표하는 기사[다크 나이트(The Dark Knight)]인 배트맨입니다. 무지몽매한 대중을 위해서는 근대의 대낮을 밝히는 수호자가 필요합니다. 그래서 배트맨은 대중의 지탄을 받는 밤의 수호자가 되기를 자청합니다. 배트맨이야말로 탈근대영웅의 전형입니다. 배트맨이 하는 짓이야말로 '창작'의 전형일 것입니다. 그리하여 『배트맨: 다크 나이트』 이후 할리우드의 블록버스터영화는 이 전통을 따르지 않을 수가 없었습니다. 왜냐하면 순진한 근대의 수호기사만 강조하면 대규모 투자에도 불구하고 거의 대부분 상업적으로 실패했기 때문입니다. 『배트맨: 다크 나이트』가 성취한 건 대중의 보편적인 사고체계를 전면적으로 바꿔버린 일이었습니다. 그러므로 탈근대적인 혁명의 행위였습니다.

포스트모던 컬처의 대안

한국문화를 선도하는 것 같은 BTS의 세계관 프레임의 의의는 르네상스에서부터 시작된 서구근대사상의 난경에 처한 포스트모던 컬처에 대한 대안이라는 점에 있습니다. 그와 반대로 한국의 문화적인 전통과 토양 때문에 BTS가 비틀즈처럼 새로운 세계관형성의 상징이 된 것인지도 모르겠습니다.

BTS는 『배트맨: 다크 나이트』가 본격적으로 시동을 걸었던 탈근대적인 혁명을 완성하고 있습니다. 배트맨은 어둠 속에서 하비 덴트의 위선적인 근대적인 '정의(正義)'를 탈근대의 '정의(正義)'로 바꿔나가기 시작했습니다. 그건 탈근대의 새벽이 오는 모습이었습니다. BTS는 배트맨이 어둠 속에서 시작했던 탈근대적인 혁명의 유산을 이어받아 탈근대의 대낮을 밝히고 있습니다. 그리하여 아미라는 새로운 공동체를 창조해나가고 있습니다. 한국의 지식인들의 임무는 BTS 등이 펼쳐나가는 새로운 세계관 프레임을 위한 이론적인 틀을 제공하는 것입니다.

내파(implosion)

지금은 내파의 시대입니다. 내파는 폭파(explosion)의 반대말입니다. 폭파의 행위를 위해서는 폭파대상의 바깥에 행위자가 위치해야합니다. 근대의 기본적인 특징은 전근대를 거부하는 것입니다. 그러므로 근대의 핵심적인 전략은 전근대의 폭파입니다. 그래서 근대는 전쟁의 역사가 됩니다.

탈근대의 혁명전략은 폭파일 수가 없습니다. 탈근대(post-modern)라는 용어를 사용하는 이유는 새로운 시대를 위한 체제뿐만 아니라 그것을 규정하는 단어조차 아직 확정돼있지 않기 때문입니다. 지금의 시대는 '근대는 어쨌든 아니다'라는 의미를 갖는 탈근대의 시대입니다. 그 이유는 아직 낭만적 사상에 기초하는 근대의 이데올로기를 벗어나지 못하고 있기 때문입니다.

근대의 끝자락이라는 점을 수용하더라도 세 가지 대처방안이 있을 수 있습니다. 첫째, 철학자 하버마스(Habermas)가 대표하듯 근대의 완성과정이 아직 끝나지 않았다고 주장할 수 있습니다. 기존의 체제가 가장 옹호하는 전략입니다. 둘째, 근대는 아주 끝장이 났다고 주장할 수도 있습니다. 이게 포스트모더니즘(postmodernism)이라는 예술운동의 대표이론입니다. 예술가들이기에 과격한 주장을 하는 데 큰 어려움이 없을 것입니다. 셋째, 내가 동조하는 데리다(Derrida)의 해체론은 근대사회체제가 아직까지는 붕괴되지 않았으므로, 그 안에서 탈근대사회의 도래를 준비해야한다는 입장입니다.

'내파'는 세 번째 입장에서 나오는 전략입니다. 내가 지금 하고 있는 수업이야말로 이러한 전략을 수행하기 위한 전술의 행위입니다. 그러니까 대학이라는 근대의 교육체제 안에서 대학을 혁명적으로 변화시키려하고 있습니다.

「부서지고, 부서지고, 부서지네」

지금까지 1학기 내내 여러분을 준비시켰습니다. 그래서 테니슨(Alfred Tennyson)의 「부서지고, 부서지고, 부서지네」("Break, Break, Break")를 자세히 읽을 수 있게 됐습니다.

> Break, break, break,
>   On thy cold gray stones, O Sea!
> And I would that my tongue could utter
>   The thoughts that arise in me.

> 부서지고, 부서지고, 부서지네,
> 그대의 차가운 회색 돌 위에, 오 바다여!
> 그런데 내 마음에 솟아오르는 생각들을
> 내 혀로 뱉어낼 수 있으면 좋겠네.

워즈워스의 「나는 구름처럼 외롭게 떠돌았다네」의 4연과 비교하면 그 차이점을 뚜렷이 알 수 있습니다. 워즈워스의 화자는 소파침대 위에 누워 빈둥거리다가도 뚜렷한 창작방법론에 의거해 수선화에 관한 근대시를 창조해낼 수 있었습니다. 그리하여 낭만적인 천재의 시대를 열었습니다. 워즈워스의 화자와 비교할 때 자신의 언어적인 무능력을 한탄하는 테니슨의 화자의 답답한 심정이 두드러집니다.

워즈워스의 화자와 테니슨의 화자

「우리는 일곱이어요」에서 숲길을 걷다말고 시골소녀에게 '7-2=5'라는 산수교육을 강압적으로 실시하려는 근대사상의 대변인이었던 워즈워스의 화자와 달리 테니슨의 화자는 지식인이 아닌, 고민이 없어 보이는 인물들을 부러워합니다.

> O, well for the fisherman's boy,
> That he shouts with his sister in play!
> O, well for the sailor lad,
> That he sings in his boat on the bay!

> 오, 어부의 아이는 좋겠네
> 누이와 놀면서 소리치고 있구나!
> 오, 선원청년은 좋겠네
> 만에 정박한 배에서 노래 부르고 있구나!

1연의 '발화하는 행위(utter)'와 2연의 '소리치는 행위(shout)'와 '노래 부르는 행위(sing)'는 대조적입니다. '오(O)'라는 감탄사는 물론이고 'well(좋겠네)'라는 노골적인 부러움의 표현과 더불어, 어느 쪽이 정서적으로 우위에 있는지 뚜렷하게 드러납니다.

워즈워스의 「나는 일곱이어요」에서는 화자가 승승장구하고 있던 근대적인 인물이었고 시골소녀는 산업혁명에 동참하지 못한 전근대적인 집안에 소속돼있었습니다. 2연의 '어부의 아이'와 '선원청년'은 워즈워스의 화자처럼 근대적인 산업발전에 동참하고 있는 행복한 사람들입니다. 빅토리아시대를 살아가고 있는 그들은 워즈워스의 화자보다 더 풍요로운 삶을 누리고 있습니다. 대영제국의 막강한 해군력을 감안한다면 이보다 더 좋을 수 없는 시절이었겠죠.

이 시를 읽는 어려움은 테니슨의 화자의 감정과 정서 때문에 발생합니다. 자신의 기쁨을 뚜렷하게 소리쳐 말하거나 노래 부르지 못할 뿐만 아니라, 그럴 가능성도 없기에 당당한 발언과 노래를 부러워합니다. 더욱 아이러니한 점은 이 시의 화자가 어부의 아이와 선원청년보다 더 지식인에 가깝다는 사실입니다.

자신의 근대적인 지식을 믿었기에 워즈워스의 화자에게는 시골소녀를 압도하는 자신감이 있었습니다. 그와는 정반대로 테니슨의 화자는 자신의 지식으로 인해 뭔가 부족함을 느끼고 있습니다. 그럼에도 불구하고 테니슨의 화자가 어부의 아이와 선원청년 같은 처지로 전락하기를 바라는 것 같지는 않습니다. 이건 전형적인 우울증(melancholia)의 증상입니다.

우울증

And the stately ships go on
  To their haven under the hill;
But O for the touch of a vanished hand,
  And the sound of a voice that is still!

그리고 배들은 당당하게 계속 나아가
저 언덕 아래의 정박소로 향하네.
그러나 오 사라져버린 손의 감촉이여,
그리고 아직도 남아있는 목소리여!

3연의 첫 2행은 대영제국주의 건설현장을 묘사합니다. 어부의 아이와 선원청년이 간접적으로 시사하고 있던 자부심과는 달리 나머지 2행에서 화자는 사라져버린 과거의 좋았던 경험을 아쉬워합니다. 사랑했던 사람의 기억 중에서 손의 감촉이 먼저 사라지고 목소리는 오랫동안 남습니다. 최근에 영상으로 부활된 딸과 재회하는 엄마의 VR(Virtuail Reality)에서 만화 같은 딸의 모습에도 그 목소리 때문에 감정적으로 격렬하게 반응하는 걸 확인할 수 있었습니다.

테니슨은 빅토리아시대의 국민시인이었습니다. 지금도 주택의 모델이 되는 빅토리아시대 저택의 거의 모든 벽난로 위에는 테니슨의 『아서왕 이야기』가 꽂혀있었을 정도입니다. 그러므로 세계를 정복하고 당당하게 고국으로 귀환하는 대영제국의 선단을 찬양하기보다 테니슨이 자신의 모호하기 이를 데 없는 상실감을 표현하는 데 집중하고 있다는 사실에 주목하지 않을 수 없습니다.

애가(elegy) 『회고록』(In Memoriam)을 비롯한 테니슨의 시세계를 해석하는 주류는 대학시절 친구였던 아서 할람(Arthur Hallam)을 못 잊어하기 때문에 우울증의 표현이 자주 등장한다는 것입니다.

Break, break, break,
  At the foot of thy crags, O Sea!
But the tender grace of a day that is dead
  Will never come back to me.

부서지고, 부서지고, 부서지네,
그대의 암석 발치에, 오 바다여!

그러나 죽어버린 날의 부드러운 은총은
결코 내게로 돌아오지 않을 것이라네.

하지만 그것만이 테니슨의 우울한 정서의 원인인 것 같지는 않습니다. 아서 할람에 관한 귀중한 추억을 무시할 수는 없지만, 그건 뭔가 더 중요한 걸 말하기 위한 일종의 도구인 것 같아 보입니다. 말하고 싶지만 말로 뱉어내는 것 자체도 어려운 아주 미묘한 정서인 것 같습니다.

게다가 잊지 말아야 할 점은 국민시인이었던 테니슨의 이러한 정서에 빅토리아시대의 영국인 대다수가 공감했다는 사실입니다. 빅토리아시대의 정서의 속살을 건드렸기에 테니슨은 대표시인이 됐을 것입니다. 그리고 이제 다 읽고 나니까 느꼈겠지만, 여러분을 비롯한 지금 시대 사람들의 마음에도 테니슨의 이런 모호한 정서가 공감을 불러일으킨다는 걸 확인할 수 있습니다.

반면교사

현재 시대의 당면과제의 근본원인을 연구하기 위해, 빅토리아시대를 부정적인 측면에서만 의도적으로 검토했지만, 현실은 그와 정반대였습니다. 내가 소위 Victorian Question에 관심을 갖게 된 이유는 '한강의 기적'이라고 불린 경제개발5개년계획이 성공적으로 마무리된 이후의 한국사회에서, 산업혁명에 의해 경제적인 근대화에 성공한 이후의 빅토리아시대의 사회적인 증상들을 읽었기 때문입니다. 테니슨의 우울증은 경제적인 위기를 벗어나 풍요롭게 살게 된 빅토리아시대의 중산층의 대표적인 정서였습니다. 이러한 빅토리아시대가 현재의 한국사회를 위한 반면교사라고 생각합니다.

수정궁과 겨울궁전

런던에서 개최된 세계최초의 박람회는 빅토리아여왕의 남편이었던 알버트 공이 주도했습니다. 박람회의 대성공에 힘입어 런던은 재개발됐습니다. 하이드 파크 옆의 로얄 알버트 홀을 중심으로 런던은 좁은 도로의 구시가지와 서울의 잠실재개발처럼 습지를 재개발한 박물관들이 산재해있는 폭넓은 도로의 신사가지로 돼있습니다. 세계박람회의 핵심건물은 수정궁이었습니다. 유리가 보석이었던 시대였습니다. 『어둠의 핵심』에서 묘사되듯 아프리카의 상아를 얻기 위한 물물교환의 핵심물품은 유리조각이었습니다. 유리로 만들어진 아케이드 속으로 들어가 그 당시의 명품을 구경하거나 구입하면서 근대문명의 수혜자가 된 자부심이 들지 않을 수 없었을 것입니다. 근대적인 소비자의 탄생입니다.

러시아의 표도르 대제는 이 수정궁의 경험에 문화적인 충격을 받고 러시아 제2의 도시가 된 인공도시 페테스부르그를 습지에 건설하게 됩니다. 러시아 근대화의 모범사례를 따른 한국을 비롯한 저개발의 모더니즘은 런던세계박람회의 충격에서 비롯합니다.

「해에게서 소년에게」

최남선의 「해에게서 소년에게」의 1연의 2행을 주목해보시기 바랍니다. 제목의 해(海)는 태양이 아니라 바다입니다.

처.........ㄹ썩, 처........ㄹ썩, 척, 쏴..........아.
따린다, 부순다, 무너 바린다.
태산 같은 높은 뫼. 집채 같은 바윗돌이나.
요것이 무어야, 요게 무어야.
나의 큰 힘 아나냐, 모르나냐, 호통까지 하면서
따린다, 부순다, 무너 바린다.
처.........ㄹ썩, 처........ㄹ썩, 척, 튜르릉, 꽉.

테니슨의 「부서지고, 부서지고, 부서지네」의 첫 행 "Break, break, break,"의 번안(飜案) 같아 보입니다. 예전에는 이 시가 한국최초의 근대시라고 배웠습니다. 최근에는 근대시 성립의 첫 단계라고 정의되는 신체시(新體詩)로 분류합니다. 새 시대를 열 소년에 대한 기대와 문명개화실현의 의지를 노래한 최초의 시작품이기는 하지만, 한국근대시의 시작점이라고 규정하기에는 미흡한 점이 있다고 판단하는 것입니다. 나는 국문학계가 최남선의 시의 격을 낮추어보는 또 다른 이유가 엘리엇의 모더니즘과 비교할 때 뚜렷이 드러나는, 나의 내면의 자아를 발견한다는 순진한 낭만주의에 있는 건 아닌지 의심하게 됩니다.

『황무지』

April is the cruelest month, breeding
Lilacs out of the dead land, mixing
Memory and desire, stirring
Dull roots with spring rain.

사월은 가장 잔인한 달,
죽은 땅에서 라일락을 키워내고,

기억과 욕망을 뒤섞으며,
봄비로 잠든 뿌리를 뒤흔든다.

낭만주의라기보다 모더니즘에서부터 시작되는 한국문학과 한국문화의 기형적인 근대화과정으로 인해 엘리엇의 『황무지』(The Waste Land)의 첫 행은 한국사람들에게 아주 잘 알려진 구절입니다. 4월이 되면 이 첫 행을 인용하는 글을 세계 어느 나라에서보다 더 많이 만날 수 있습니다.

그런데 4월이 왜 잔인합니까? 기억과 욕망이 왜 문제가 됩니까? 현재의 삶을 유지하는 시스템이기 때문입니다. 바이런의 「사랑의 철학」에 따라, 기억을 노스탤지어로, 바이런의 희망 같은 욕망을 유토피아로 해석할 수 있습니다. 그러므로 기억과 욕망은 근대이데올로기의 핵심요소입니다. 엘리엇의 화자가 '봄비'를 두려워하는 이유, 더 나아가서 대영제국의 본산 런던을 비롯한 유럽대도시들을 포함하는 유럽의 전역을 '황무지'라고 불렀던 이유는 근대이데올로기가 궁극적으로 초래할 서구문명의 파멸의 운명 때문이었습니다. 세계 제1차대전은 인류역사상 가장 잔인한 전쟁이었습니다. 세계 제1차대전과 세계 제2차대전의 중간지점에서 엘리엇을 비롯한 모더니즘의 예술가들이 근대이데올로기에 절망했던 건 어찌 보면 너무나도 당연한 정서적 반응이었습니다.

Unreal City,
Under the brown fog of a winter dawn,
A crowd flowed over London Bridge, so many,
I had not thought death had undone so many.

비실재의 도시,
겨울날 새벽 갈색 안개 속으로
군중이 런던교 위로 흘러간다, 저렇게 많이,
나는 죽음이 저렇게 많은 사람을 죽게 했다고는 생각지 못했다.

씨티 섬(City)은 런던, 그러므로 세계의 금융중심지입니다. 그곳으로 가기 위해 런던교를 건너가는 사람들은 그때나 지금이나 대부분 아주 부유한 금융업종사자들입니다. 그런 사람들이 좀비같이 묘사되고 있습니다. 엘리엇의 『황무지』가 지금도 의미가 있는 이유는 그가 예언했던 세상이 이제는 현실로 실현되고 있기 때문입니다. 모더니즘이 우려했던 탈근대의 시대가 지금 본격화되고 있습니다.

우리와의 차이점은 엘리엇에게는 아직 도래하지 않은 탈근대시대의 적절한 용어들이 없었다는 것입니다. 엘리엇을 비롯한 모더니즘시대 이후 탈근대라는 용어가 대중화되는 1960년대의 포스트모더니즘 시대까지의 글을 읽을 때에는, 근대적인 용어로 탈근대적인 의미를 표현하고 있다는 걸 감안하며 공부해야 합니다.

자기서사의 해결책

I sat upon the shore

Fishing, with the arid plain behind me

Shall I at least set my lands in order?

London Bridge is falling down falling down falling down

나는 강가에 앉아

낚시질을 했다, 뒤엔 메마른 벌판

최소한 내 땅이나마 정돈할까?

런던교가 무너진다 무너진다 무너진다

"런던교가 무너진다 무너진다 무너진다"라는 시행은 동요에서 인용한 구절입니다. 서구문명의 몰락을 총체적으로 제시하기 위해 엘리엇은 아주 많은 인용구절들을 병치하는 글쓰기 전략을 택했습니다. 위의 인용은 『황무지』의 결론의 일부입니다. 이제 황무지가 돼버린, 과거의 서구문명의 산실이었던 "메마른 벌판"을 배경으로 우리의 주인공은 낚시질을 할 때처럼 명상에 잠깁니다. 이제 인류의 미래를 위한 유의미한 행위는 "최소한 내 땅이나마 정돈할까?"라고 말하듯 자기서사의 정립입니다.

1920년의 『황무지』 이후 지금까지 자기서사에서부터, 그러니까 처음부터 다시 시작해야한다는 주문이 계속돼왔습니다. 그런데 아직까지도 그 자기서사가 타자와의 대화라는 중서사, 그리고 더 나아가 새로운 공동체를 위한 담론이라는 대서사로까지 확대되지 못하고 있습니다.

번역의 위험성

번역이란 직업도 아주 위험할 수 있다는 사례를 하나 말하겠습니다. 90년대 초에 윤효병 교수가 자기가 번역하는 버만(Marshall Berman)의 『현대성의 경험』(All That Is Solid Melts into Air)의 제4장 페테스부르그의 번역을 내게 권유했습니다. 예전부터 관심 있었던 저개발국가의 근대화라는 문화적인 양상에 관한 것이어서 흔쾌히 동의했습니다. 현대미학사에서 출간된 뒤 내가 공역자로 돼있는 걸 발견했습니다.

얼마 뒤 KBS 9시뉴스의 특집으로 이 책이 등장했습니다. 오역(誤譯)의 대표적인 사례로 공격을 받았습니다. 이 책은 한국문학계의 관심사였고 다른 출판사들도 번역에 관심을 갖고 있었답니다. 저작권의 무법지대였던 한국에서는 먼저 나오면 그만인 그런 때였습니다. 그리하여 이 책의 번역에 시비가 붙었던 것이고, 문화계의 권력을 가진 측에서 분풀이를 했던 것 같습니다. 나는 그 책으로 번역료도 받지 못했습니다. 돈이 안 되는 번역이라도 치열한 경쟁에 휩쓸리면 공영방송의 메인뉴스에 나쁜 뉴스로 등장할 수도 있다는 걸 배웠습니다.

공격한 진영에서 제4장의 번역에 시비를 걸 수 없다는 걸 나중에 깨닫고, 그중 한 명이 자신의 평론 어느 각주에다 제4장의 번역에는 문제가 없다고 기록해둔 걸 봤습니다. 그러니까 그들도 책 전부의 번역문제를 검토했던 건 아니었습니다. 윤호병 교수가 왜 내게 느닷없이 제4장만 번역해달라고 요구했는지 뒤늦게 깨달았습니다.

(번역에 관한 총체적인 그림이 잘 그려지지 않을 것 같아 경험담을 몇 개 첨가하겠습니다.

펭귄클래식 코리아를 위해 스콧 피츠제럴드의 『위대한 개츠비』(2009년)를 번역했습니다. 번역계약 면담과정에서 출판사 담당자에게 수정재량권을 주겠다는 회사 측의 지침을 듣고, 보낸 번역원고에 많은 수정을 가했지만 참았습니다. 번역의 전략에서 번역자는 될 수 있는 대로 원문에 충실하려는 입장이고, 출판사는 잘 팔리도록 독자를 위한 가독성을 중시하는 경향이 있습니다. 몇 년 뒤에 번역의 오류가 너무 많다고 번역료의 반환소송을 하겠다는 연락을 받았습니다. 내 원고를 직접 참조하라고 연락했더니, 자신들의 실수를 인정했습니다. 주식회사 웅진이 그 자회사를 넷마블로 파는 과정에서 번역의 가치를 점검하려다 이런 혼란상이 밝혀진 것으로, 최근에서야 짐작할 수 있었습니다. 참고로 그 책의 부록은 내가 번역한 게 아니라, 담당자가 재량껏 학문적으로 중요하지도 않은 대중잡지에서 뽑아 다른 사람에게 번역을 시켜 첨부한 것입니다. 번역자의 권위를 전혀 인정받지 못한 사례입니다.

부정적인 사례들만 들었지만, 아주 만족스러운 결과들도 많았습니다. 조너던 컬러의 『해체비평』은 데리다의 문학비평을 한국에 소개한 공로로 1998년도 문화관광부우수도서로 선정됐습니다. 내 친구 이스라엘 출신의 천재소설가 에드가 케렛(Edgar Keret)의 『신이 되고 싶었던 버스운전사』(2009년)는 그와의 우정 때문만이 아니라 서구사회에서 크게 인정받는 그의 문학이 한국문화계에도 좋은 영향력을 미치기를 바랐기 때문입니다. 민음사 세계문학전집을 위해 번역한 2권으로 된 책 잭 케루악의 『길 위에서』(2009년)는 1960년대 미국의 문화계의 혁명을 일으킨 책이며, 재즈음악의 리듬을 말로 표현하는 등 어려운 부분이 많아 국내 최초 정식 완역본이었습니다. 또 통속적인 탐정소설이라고 여겨지는 『포스트맨은 벨을 두 번 울린다』(2007년)도 정통문학의 영역을 넓히기 위해 민음사 세계문학전집에 번역했습니다. 이 두 권은 민음사라는 대형출판사에서 나왔기 때문인지 아직까지 연간 100만 원 정도의 인세를 받고 있습니다.)

『현대성의 경험』

이토록 사연이 많았지만, 그럼에도 불구하고 이 책의 「제4장 페테스부르그」는 한국의 근대화해석에 있어 아주 중요한 자료입니다.

> 근대화가 계속 진행되고 있지 '않던' 서구의 외곽지역에서는 무슨 일이 일어나고 있었던 것일까? 근대성의 의미들이 거기서는 더 복잡하고 모호하고 역설적이어야만 한다는 점은 분명하다. [중략] 1890년대의 극적인 산업성장에 이르기까지 19세기의 러시아인들은 근대화를 주로 일어나고 있지 '않은' 어떤 것으로 경험하고 있었다. 그곳을 여행할 때에도 러시아인들은 사회적인 행위로서가 아니라 차라리 환상적인 반(反)세계로서 경험하거나, 아주 멀리서 일어나고 있는 어떤 것으로 경험하고 있었다. [중략] 후진성과 저개발의 고뇌는 1820년대부터 소비에트 시대에 들어서서까지도 러시아의 정치와 문화에 있어서 중심적인 역할을 하였다. 그 100여 년 동안, 러시아는 후일 아프리카, 아시아, 남미의 국민들과 국가들이 직면하게 될 온갖 문제점들과 씨름하였다. 따라서 우리는 19세기의 러시아를 20세기에 대두하는 제3세계의 원형으로 생각할 수 있다.[97]

유럽의 근대문명을 직수입한 일본사상의 근대적인 위협에 대항하여 조선의 독립운동을 위해 1920년대의 한국지식인들이 사상적인 대항마를 찾을 수 있었던 건 러시아 모델뿐이었습니다. 그래서 푸쉬킨, 톨스토이, 도스토예프스키 등 러시아의 근대문학에 경도하게 됐고, 한국의 현실을 제대로 고려할 틈도 없이 러시아의 정치사상을 무비판적으로 받아들이며 독립운동의 일환으로 사회주의운동을 전개하게 됐습니다.

> 우리는 한 세기에 걸쳐서 신기루, 유령의 도시 같은 페테스부르그의 정체성의 진전 상태를 검토할 것 바, 그 장대함과 화려함이 음울한 공기 속으로 계속 녹아들어가고 있다. 여기서 나는 니콜라이 정권의 정치적 문화적 분위기 속에서 기괴한 상징주의의 분출이 매우 현실적인 의미를 갖게 되었다는 점을 주장하고 싶다.[98]

페테스부르그의 네프스키 지구는 공간적으로 파리의 대로와 흡사합니다. 어쩌면 파리의 어느 대로보다 더 멋있을지도 모릅니다. 그러나 버만이 지적하는 것처럼 "경제적, 정치적, 정신적으로 그것은 전혀 다른

---

97 마샬 버만, 『현대성의 경험―견고한 모든 것은 대기 속에 녹아버린다』, 윤호병·이만식 옮김, 서울: 현대미학사, 1994, 214쪽.
98 같은 책, 235쪽.

세상"입니다.[99] 한국의 주택투자의 논리가 여기에 있습니다. 한국인은 가족과 살게 될 집을 사고 있는 게 아니라, 신기루 같은 도시개발의 미래전망을 사고 있는 중이어서 과다한 가계부채의 위험을 제대로 자각하지 못합니다. 대도시에 개발이 집중되기 때문에 농촌과의 주택가격 격차가 아주 크며, 대도시 내에서도 환상의 집합지로 여겨지는 강남 등 특정지역에 투자가 집중되는 경향이 있게 됩니다.

저개발의 근대화

후진성과 저개발에서 나오는 모더니즘, 이러한 모더니즘은 19세기에 성 페테스부르그에서 가장 극적으로 러시아 최초로 생겨났다. 근대화의 확산과 더불어 우리 시대에는 (그러나 일반적으로 옛 러시아에서처럼 끝이 잘려지고 뒤틀린 현대화인 바) 제3세계에서 확산되고 있다. 저개발의 근대화는 근대성이란 환상과 꿈 위에 건설하고 신기루와 유령에 대한 친밀감과 갈등 위에 성장하도록 강요받는다. 생겨나온 생활에 충실하기 위해서는 날카롭고 거칠고 미완성이도록 강요받는다. 혼자 힘으로 역사를 만들 수 없다는 무능함으로 인해 자신을 고발하고 괴롭히거나 또는 역사라는 부담 전체를 스스로 짊어지기 위한 엄청난 시도에 몰두하는 것이다. 자기혐오의 광포함 속으로 자신을 강요하고 자조한 거대한 유보를 통해서만 자신을 보존한다. 그러나 이런 모더니즘이 성장해 나온 기이한 현실 및 그 밑에서 이런 모더니즘이 움직이고 살아가는 견딜 수 없는 (정신적일 뿐만 아니라 사회적이고 정치적인) 압력들은 자기 세계 속에서 훨씬 더 편안한 서구 모더니즘이 거의 따라올 수 없는 절망적인 백열(白熱)을 고취한다.[100]

저개발국가의 근대화과정에서 파생되는 러시아문학의 "절망적인 백열(白熱)"을 한국문학에서 쉽게 찾을 수 있으며, 내가 쓴 평론 「이미지즘의 문제적 수용과정」에서 이 문제를 검토한 바 있습니다.

「이미지즘의 문제적 수용과정」

한국문학사에서 근대시와 현대시의 구분을 어렵게 만드는 하나의 요인은 현대시가 모더니즘에서 시작된다고 정의한다 하더라도, 그러한 모더니즘 자체가 그 이전의 시대와 뚜렷하게 구분되지 않는 혼란스러운 인식체계를 갖고 있었다는 점입니다. 예를 들어 모더니즘 시학의 출발점인 이미지즘이 근대문학의 반성이라는 점에 동의할 수는 있지만 19세기 전반부에서부터 계속되어온 낭만주의전통을 배척하는 사조라

---

99 같은 책, 280쪽.
100 같은 책, 283쪽.

고 정의할 수는 없다는 것입니다. 이미지즘이 역사적인 원동력을 상실한 낭만주의라고 말할 수 있는 19세기말의 센티멘탈리즘에 대한 반발이었으며 고전주의적인 태도가 가미된 현대시 운동이었다 하더라도, 더 이상 서정시를 목표로 하지 않는다든가 낭만주의의 기본 정조를 전면적으로 거부한다고 정의할 수는 없기 때문입니다.

한국현대시의 기점에 관한 논의가 어려운 또 하나의 이유는 소위 '저개발의 모더니즘' 때문입니다. 내가 번역한 마샬 버만의 『현대성의 경험』의 제4장 "페테스부르그: 저개발의 모더니즘"은 한국의 모더니즘 수용사를 이해하는 데 중요한 역사적인 사례가 됩니다. 페테스부르그에 관한 버만의 설명이 1910년 한일병합 이전의 조선시대에서 20년도 되지 않았는데 느닷없이 근대화된 경성(京城)의 거리에 있게 된 한국 지식인의 입장에 대입될 수 있을 것입니다.

> 상류층의 경우 서구 소비재의 풍요로움을 즐기는 데는 열심이었지만 현대의 소비경제를 가능하게 만드는 생산력의 서구적인 발전을 지향하여 일하려고는 하지 않았다. 따라서 네프스키는 거의 모두 서구에서 수입되어 온 반짝거리는 상품으로 사람들을 어지럽게 하지만, 빛나는 전면(全面) 배후에 위험스럽게도 깊이를 결여하고 있는 일종의 무대 장치다.[101]

정지용의 「카페·프란스」

정지용의 시 「카페·프란스」(일부)는 일본에 있는 화자가 "나는 나라도 집도 없단다. / 대리석 테이블에 닷는 내뺨이 슬프구나!"라면서 고향과 조국을 잃은 센티멘털한 감정에 젖어있다는 점을 제외한다면 "위험스럽게도 깊이를 결여하고 있는 일종의 무대 장치" 같은 면을 다음과 같이 여실히 보여주고 있습니다.

옴겨다 심은 종려나무 밑에
빗두루 슨 장명등,
카페·프란스로 가쟈.

이놈은 루바쉬카
또 한놈은 보헤미안 넥타이
뺏적 마른 놈이 압장을 섰다

---

101 같은 책, 280쪽.

밤비는 뱀눈 처럼 가는데
페이브멘트에 흐늙이는 불빛
카페·프란스로 가쟈.

이놈의 머리는 빗두른 능금
또 한놈의 심장은 벌레 먹은 장미
제비 처럼 젖은 놈이 뛰여 간다.

　서구의 "모더니즘 예술과 사상의 모든 형식은 근대화과정의 표현인 동시에 반대라는 이중적 성격을 갖고" 있기에 제3세계에서는 "사회적 현실뿐만 아니라 환상, 신기루, 꿈을 기반으로 성장하도록 강요"받게 되고 "근대화의 과정이 아직 자립적이지 못한 상대적으로 후진적인 국가에서 모더니즘은 그것이 발달하는 곳에서 환상적인 특성을" 띠게 됩니다.[102] 그래서 정지용의 「카페·프란스」가 "오오, 이국종강아지야 / 내발을 빨아다오. / 내발을 빨아다오."라는 환상으로 끝나버립니다. 김병호는 이를 "자학에 가까운 울부짖음"이라고 해석하면서 "힘이 센 일본사람들에게 할 수 없으니 강아지에게라도 내 발를 빨게 하여 분함과 괴로움을 풀어보겠다는 의지와 좌절이 동시에 보인다.[103]"라고 설명하는데, '저개발의 모더니즘'이 갖고 있는 특성을 감안하지 못한 저간의 사정을 말해줄 뿐입니다. 정지용 시의 더 중요한 특징은 "이런 모더니즘이 성장해 나온 기이한 현실 및 그 밑에서 이런 모더니즘이 움직이고 살아가는 견딜 수 없는 (정신적일 뿐만 아니라 사회적이고 정치적인) 압력들"로 인해 고취된 "자기 세계 속에서 훨씬 더 편안한 서구 모더니즘이 거의 따라올 수 없는 절망적인 백열(白熱)"입니다.

김소월의 「진달래꽃」

　정지용의 시가 중요한 이유는 저개발의 근대화가 지금까지도 지속되는 한국의 근대화전통의 특징, 삼겹살 세계관의 포월이라는 과제를 안고 있기 때문입니다.
　김소월의 「진달래꽃」의 첫 연 "나 보기가 역겨워 / 가실 때에는 / 말없이 고이 보내드리우리다"의 해석에 있어서 근대적인 낭만적 사랑의 사연이지만 동시에 전근대적인 여성적 인고(忍苦)의 모습이기도 합니다. 김소월이 여성이 아니라 남성이라는 점을 감안하면, 자기 자신의 연애경험이라기보다 전근대와 근대가 병존하는 한국인의 심리상태가 반영된 것이라고 읽어야합니다. 게다가 김소월이란 남성의 여성적인

102　같은 책, 287쪽.

103　김병호, 『주제로 읽는 우리 근대시』 서울: 행복한 책읽기, 2001, 128쪽.

제스처는 현재 '비전통적인 남성성의 재현'이라고 찬사를 받는 BTS의 탈근대적인 남성성과도 맞닿아 있습니다.

탈근대적인 이상

이상의 「시제2호」는 이러한 시대적 중첩현상을 노골적으로 기록해두고 있습니다.

> 나의아버지가나의곁에서조을적에 나는나의아버지가되고또나는나의아버지의아버지가되고 그런데도나의아버지는나의아버지대로나의아버지인데 어쩌자고나는자꾸나의아버지의아버지의……아버지가되느냐나는왜나의아버지를껑충뛰어넘어야하는지 나는왜드디어나와나의아버지와나의아버지의아버지와나의아버지의아버지의아버지노릇을한꺼번에하면서살아야하는것이냐

근대가 겨우 시작됐던, 그리하여 전근대의 정서를 벗어나지 못해 괴로워했던 이상이었는데도 포월의 역사학으로 "아버지노릇"으로 표상되는 근대가족제도의 너머를 말할 수 있었습니다. 지금 이 수업시간에 요구하고 있는 어렵다고 느끼지는 과제는 여러분의 선배가 100년 전에 이미 시작했던 것입니다.

「날개」의 화자에게 아내가 창녀라는 게 정신적 고뇌의 원천이었던 것처럼, 이상소설의 핵심 주제는 근대를 선도한다고 주장하면서도, 아니 그걸 넘어서는 탈근대를 감지하고 있다고 자부하면서도, '정조(貞操)'라는 전근대적인 윤리의식에 어쩔 수 없이 괴로워하는 자신의 모순적인 정동의 분석입니다. 이상의 수필 「산촌여정(山村餘情)」은 "향기로운 MJB의 미각을 잊어버린 지도 20여일이나 됩니다."라며 MJB커피의 맛을 그리워하는 말로 시작됩니다. 숫자 "13"으로 대표되는 이상의 탈근대사상은 전근대의 '정조'나 근대의 '커피 맛'을 포기하지 않으면서, 그러니까 감싸고 넘어가는 포월의 철학까지도 실천해내고 있습니다.

홧병

세계관의 짬뽕 같은 중첩은 미국정신과 진단항목으로 등록되기도 했던 한국인 특유의 심리증상인 홧병(火病, hwa-byong)의 원인이기도 합니다. 울화병이라고도 하는데, 한국에서 스트레스를 발산하지 못하고 참는 일이 반복되어 발생하는 일종의 스트레스성 신체화 장애를 일컫는 말입니다. 자신이 감당할 수 없는 스트레스의 반복된 경험으로 인해 신체적인 장애까지 나타나는 증상입니다.

내 세대까지는 남편이 하늘이라는 문장이 보편적인 부부관계를 표현하는 말이었습니다. 이건 무조건적인 복종심을 강요받는 아내에게 뿐만 아니라 무한책임을 감당해야했던 남편에게도 엄청난 스트레스였습

니다. 아내 측의 입장에서만 생각해보겠습니다. 처음에는 전근대적인 제스처를 취하겠지만, 이제는 근대 사회이니 자신의 자아 찾기가 본격적으로 시작되는 건 시간문제입니다. 그리고 지금은 그러한 자아의 독립적 주체성이 본격적으로 의심을 받는 탈근대의 시대입니다. 아내들의 심정이 어떻겠습니까? 겉으로라도 무조건적인 복종을 해야 했던 전근대의 세월이 억울할 것이고, 근대의 자아형성을 거부당하거나 무시당했던 여성으로의 세월이 분할 것이고, 이제는 자신의 자아의 독립성이 무의미해진 것 같은 탈근대적인 상황에 황당한 심정일 것입니다. 스트레스의 반복된 경험은 어느 한 개인의 잘못에서 비롯되지 않았습니다. 저개발의 근대화를 해야 했던, 그러면서 동시에 탈근대시대로까지 도약하며 포월의 역사학을 진행해야 했던 한민족전체의 역사적 상황에서 비롯됐습니다. 그리하여 '한'이라는 대표적인 정서가 생겼고, 그 중에서 유약한 정신은 '홧병'을 앓게 됐던 것입니다.

한국인이 감당할 수 없는 스트레스를 특히 많이 경험하게 된 이유는 정지용, 김소월과 이상의 시에서 살펴봤던 한국적 근대화전통의 특징, 즉 삼겹살 세계관의 포월이라는 과제 때문이었습니다. 뛰어난 감수성의 한국을 대표하는 시인들도 감당하기 힘들어했던 스트레스였으니, 일반대중의 경우에는 하늘이 무너지고 땅이 꺼지는 것 같은 절망적인 경험의 연속이었을 가능성이 아주 높습니다. 이러한 민족의 과제를 해결하는 유일한 방법은 선배들의 노력을 이어받아 시적 상상력에 의해 도출되는 창의적인 해결책을 시뿐만 아니라 산문으로, 즉 누구나 다 알 수 있는 언어로 이해할 수 있게 말해주는 것입니다. 그러므로 공부가 필요합니다. 그래야 이론적인 설명이 가능해집니다.

진보연구

콜린스(Patrick Collison)와 코웬(Tyler Cowen)의 「우리는 진보의 새로운 과학을 필요로 한다」("We Need a New Science of Progress")라는 기사는 진보연구(Progressive Stidues)의 현황을 보고합니다.[104] 부제는 "더 잘 사는 방법을 아는 데 있어서 인류가 더 잘할 필요가 있다."입니다.

하버드, MIT, 칼텍, 존스 홉킨스, 시카고대학 등 미국의 명문대학들이 1861년 산업발전과 국가문명을 위한 실용과학을 중심으로 하는 근대적 진보의 철학을 연구하는 기관으로 설립됐다고 필자들이 주장하는 이유는 의식적인 '진보의 조작기제(progress engineering)'의 효율성을 강조하기 위해서입니다. 지난 2세기 동안 우리의 삶을 변형시키고 생활수준을 향상시켰던 경제적, 기술적, 과학적, 문화적 그리고 조직적 진보의 결합을 통해 "우리는 아직도 많은 진보를 필요로" 하는데, 그 이유는 진보의 불균등한 분배가 심한 것처럼 개선할 분야가 아직도 놀란 만큼 많기 때문이라는 것입니다.

근대초기의 유럽대학들이 자연과학과 근대철학에 기초하여 수학, 물리학, 화학, 생물학과 경제학 등의

---

104 Patrick Collison & Tyler Cowen, "We Need a New Science of Progress", The Atlantic, Jul 30, 2019.

실용학문의 기반을 만들어낸 것처럼, 인류의 복지증진을 연구한다는 진보연구의 목표를 위해 미래를 위한 사회구조 조정체계의 수립이 필요하다고 주장합니다.

탈근대의 시대인데 왜 진보를 강조하지? 이런 생각이 들 수 있겠지만, 현재 진행되고 있는 다음과 같은 프로그램들을 보면 진보연구의 살아있는 위력을 실감할 수 있을 것입니다.

* 일만 시간의 법칙
* 영재 발굴프로그램
* 생산성 향상노력
* 조직의 효율성, 생산성과 창의력 강조
* 번영의 약속
* 신진과학자 지원정책
* 소설과 서사를 통한 미래에 관한 낙관적 사고의 독려
* 상상력과 야망의 강조

세계경영

진보연구는 탈근대시대의 현실에 비춰볼 때 역사적인 퇴행인 것 같으며, 다소 무리수 같아 보입니다. 미국을 비롯한 선진국의 최대강점은 제국주의적으로 세계를 지배했던 경험을 바탕으로 미지의 미래를 선점하기 위해 위험을 무릅쓰고 공학(engineering)적으로 세계경영을 선도하려고 나서는 자신감에 있습니다.

패션산업을 생각해보세요. 올봄에 유행하는 색깔은 무엇입니까? 그걸 누가 결정합니까? 그걸 결정하는 지배세력이 있는 도시와 국가가 패션산업의 메카가 됩니다. 이와 마찬가지로 미국은 지금까지 학문연구의 미래를 결정해왔습니다. "미국은 세계관을 선도하는 새로운 이론을 창조해내는 산업을 주도해왔습니다." 버틀러(Judith Butler)가 유명한 이유는 동성애이론을 주도했기 때문입니다. 이런 식으로 탈식민주의나 생태론도 나름대로의 교과서를 미국학자 주도로 생산해냈습니다. 그리고 그런 분야의 연구를 위해 전 세계에서 미국으로 유학 갔던 지식인들이 자기 나라로 귀환하여 미국의 지식세계 지배구조를 강화해왔습니다.

세계사상의 주도권

앞에서 내가 뜬금없이 진보이론을 설명했던 이유도 바로 이걸 지적하기 위해서였습니다. 미국의 경제

학자들이 이제 진보의 시대적 효용성을 재강조하고 있습니다. 그런데 이건 세계사가 지금까지의 흐름과 다르게 흘러갈지도 모른다는 걸 뜻합니다. 왜냐하면 철지난 이론을 재탕할 만큼 세계를 주도할 창의성이 부족해졌다는 걸 입증하기 때문입니다. 진보이론이 아니라 탈근대시대의 '탈'진보이론이 필요한 때인데, 진보이론을 다시금 강조한다는 건 세계사상의 주도권이 다른 곳으로 넘어가야할 때가 왔음을 말해줍니다.

11교시에 정동이론, 12교시에는 정동교육을 설명하면서 조목조목 비판했던 이유도 선진국의 이론이 그 힘을 잃어가고 있다는 걸 느꼈기 때문입니다. 세계선도국가가 되는 길은 세계인이 따라오는 새로운 세계관을 만드는 것입니다. 진보이론이 아직도 경제현실에서 쓸모가 있으며 힘을 발휘하고 있습니까? 미국에서 배운 대부분의 한국경제학자들은 그렇게 생각하는 것 같습니다. 그런데 이건 빈곤의 극대화를 초래하여 폭력적인 갈등상황을 세계 곳곳에서 초래하는 소위 신자유주의이론의 다른 이름입니다.

경제학자도 아닌 나 같은 사람도 의문을 제기하는 이론이 세계를 희망찬 미래로 이끌어가지는 못할 것 같습니다. 바로 이곳이 전쟁터입니다. 세계사상의 주도권을 누가 잡느냐, 이걸 결정하는 이론투쟁의 장소입니다. 이게 한국의 지도자가 되려면 공부를 열심히 해야만 하는 이유입니다.

패스츄리(pastry)

「『Disgrace』를 읽고: 나의 아버지 루리에게」는 너무나도 뛰어난 글이지만 누군가에게는 공개적으로 드러내고 싶지 않을 사연일 수도 있기 때문에 「부록」으로 첨부하지 않았습니다. 전문을 제시할 수는 없지만 사적인 내용이 드러나지 않는 부분을 골라 인용하면서 이 필자의 우수한 상상력을 입증하고 싶습니다.

이해하게 된 이유는 멀리 갈 것 없었다. 왜냐하면 그 둘을 그렇게나 역겨워하던 나 역시도 분리된 사랑을 할 수 밖에 없는, 이미 분리된 사랑을 하는 같은 인간이었기 때문이다. 여기서 사랑이란 좁은 의미에서는 이성간의 사랑이 될 수 있고, 넓은 의미로는 모든 것에 대한 사랑이 될 수 있을 것이다. 그러니까 내 말은, 우리가 뭘 사랑한다고 할 때 정말 온전히 사랑하고 있느냐는 것이다.

어릴 적 아버지가 말해준 것인데, 물리학에서는 시간을 여러 프레임이 겹쳐 만들어지는 것이라고 생각한다고 한다. 예를 들면 지금 에세이를 쓰려고 노트북 자판을 두드리는 나의 시간은 두드리는 순간순간의 프레임이나 레이어가 쌓이는 형태로 흐르고 있다는 것이다. 이를 테면 아주 끝없이 두꺼운 패스츄리같은 것이다. 이 말을 뜬금없이 왜 했냐면 사랑에 대해 이야기하려고 한 것이다.

바이런(Byron)이 그의 시를 통해서 끝없이 외쳐대던 공식과 같은 것이 하나 있다. 바로 memory(과거)와 utopia(미래)가 만나면 그게 바로 love, 사랑이 된다는 것이다. 위에 나온 뜬금없어 보이는 시간의 패스츄리를 생각해 본다면, "당신을 사랑해."라는 말은 "당신을 이루고 있는 모든 시간의 프레임과, 앞으로 쌓일 프레임 모두를 내가 전부 사랑하고, 사랑할 것이야."라는 어마어마한 패스츄리의 고백이 되는 것이다. 다시 말해 과연 우리는 이런 사랑을 하고 있는 걸까? 그래서 그들에게 돌을 던지던 욕을 퍼붓던 할 수 있는 것일까? 아니 우리가 보는 것이 그들의 일부이기 때문에 파편적인 사랑처럼 보이는 게 아닐까?

어떤 영화를 보고 좋은 영화였노라 말 할 때도 나는 그 영화의 모든 씬을 좋아했던 적은 결코 없었으며, 이것은 타인에게도 크게 다르지 않을 것이라 생각한다. 인간의 인생이란 훨씬 긴 영화를 보면서 그 사람의 모든 장면을 좋아하고 사랑하는 것은 거의 불가능하다고 할 수 있을 것임에 의거하면 그 둘의 사랑이 뭐 그렇게 죽도록 비난받을 것인지는 모호해진다. 그냥 그들은 어디선가 부족했던 장면을 다른 영화에서 채우려 했을 뿐인데 좀 뭐랄까, 재수가 없었던 것이다.

내 생각이 말도 안 되는 앞뒤 안 맞는 헛소리 같아 보일지도 모르겠다. 그 이유는 아마 나 역시도 내 생각을 여기까지 끌고 오는 데 거의 두 달이 걸렸는데 그걸 짧은 에세이에 담아내는 데 대문호가 아니고서야 분명 한계가 있을 수밖에 없었을 것이고, 다 담아낸다 해도 내 생각 자체가 그렇게 확고하게 다져지지 않아서일 수도 있을 것이다. 그러나 내가 이 부족한 에세이와 짧은 생각에 담고 싶었던 의미는 내가, 지금 시대의 가치관이나 윤리에서는 분명 어긋나 보이는 사랑을 조금이나마 이해하고 포용하려 했다는 것이다. 우리는 모두 모난 데가 있으며, 그에 따라 우리의 사랑 역시 모났고, 남의 것이 더 모나 보인다고 하여 그 귀퉁이를 깎아 "거세"시킬 권리는 없다는 것을 내가 깨달았다는 것이다. 우리도 완전한 사랑을 못하고 있고, 파편적이라 여겨지는 사랑은 파편들만 보이기 때문에 파편인 것이기 때문이다.

내가 수업시간에 거시적으로 설명했던 '포월의 역사학'을 미시적으로 적용해내는 데 성공하고 있습니다. 탈근대 사랑의 원리를 설명하기 위해 동원한 맛있는 파이를 만드는 원리인 겹겹의 패스츄리(pastry)라는 현대물리학의 개념의 원용이야말로, 프레임(frame)과 레이어(layer)보다 더 이미지가 풍부한 뛰어난 용어 같아 보입니다.

쿳시(Cotzee)의 『치욕』(Disgrace)에 관한 뛰어난 에세이입니다. 학생 에세이로 이보다 더 잘 쓰기는 어려울 것입니다(평가: A+++). 그러한 문학적 영향력 또는 충격을 통해 자신의 충격적인 경험의 속살을 만나고, 그걸 끝끝내 이해해내는 힘은 정말로 놀랍습니다. 이렇게 어렵게 성취한 공부의 깊이가 필자의 삶을 풍요롭게 할 것임을 믿습니다. 이제 '물리학+문학'이라는 이스라엘 대학교가 목표로 하는 T자형 인재가 됐습니다. 앞으로의 세상은 필자의 것입니다. 우선 어떤 전문가의 길로 들어설 것인지 신중하게 결정하고 몰입해서 공부해나가십시오. 언젠가는 '문학+물리학'의 통합의 자리에서 전문가가 돼있을 것입니다.

「감정을 표현하길 두려워한다는 건 잃는 것이 너무 많다」

다음은「감정을 표현하길 두려워한다는 건 잃는 것이 너무 많다」의 필자가 보낸 이메일입니다.

> 에세이를 쓰면서 가장 힘들었던 건 글쓰기가 단지 저의 개인적인 의견으로 끝날까봐 두려웠습니다. 아무래도 제가 쓰는 글이다 보니 전문성이 떨어지는 것도 같았고… 그래서 설득력을 갖추기 위해 많은 사례들을 들었는데 각각 사례들이 잘 어울렸는지 좋은 글이 되었는지는 잘 모르겠어요. 이런 글쓰기를 연습할 기회가 흔치 않은 만큼 교수님의 간단한 피드백을 듣고 싶습니다.

정말로 뛰어난 에세이를 썼는데도 자신이 잘 썼는지조차 모른다는 게 교육현장의 현실입니다. 한편으로 필자의 두려움도 이해가 됩니다. 왜냐하면 미국드라마『프렌즈』에 관한 감상문이었던 9월의 에세이는 너무 엉성해서 평가하기조차 어려웠기 때문입니다. 그 정도로 대책이 안 보였는데 이번의 에세이는 전문가의 솜씨를 보여줍니다.

필자가 이 수업을 얼마나 열심히 들었는지, 그리하여 그 수업의 내용을 자기 것으로 얼마나 잘 소화했는지 잘 보여주는 글입니다. 이번 학기의 고민의 과정을 통해서, (프린트로만 제출했던) 9월의 에세이 「『프렌즈』를 보고」(평가: B)의 수준에서 아주 늦은 10월의 에세이에서 전문가(평가: A+++)의 수준으로 도약한 것만 보아도 잘 알 수 있습니다.

근대의 정서로 타인의 감정을 평가하는 수준에 머물러 있는 세상 속에서, 탈근대의 정동이라는 자신의 감정을『셜록 홈즈』나『조커』등 영화를 통해 표현된 타인의 정동으로 설명하는 방법을 찾아냈습니다.『조커』등 영화라는 장르 등을 통해 새롭게 형성되는 탈근대의 정동에 기반하면서도 그러한 공적인 담론(거대서사)의 형성과정의 의미를 잘 이해하고 있습니다. 이러한 전환과정을 대중이 믿고 있기 때문에 영화가 자신의 가처분소득을 기꺼이 소비하는 새로운 종교현상이 되고 있습니다.

탈근대시대를 위한 공적 담론의 형성과정에 관한 확실한 이해를 바탕으로, 우울과 불안 등 개인 심리상담을 위해 효율적일 수 있는 대화를 위한 중간서사까지 개발해내고 있습니다. 필자는 이제 전문가의 길로 발을 내딛었습니다. 그러나 이메일에서도 말하듯 자신의 공부가 얼마나 깊은 수준이 됐는지 판단이 잘 서지 않을 것입니다. 그러나 수업시간에 배운 이론체계를 자신의 이론체계로 번안할 뿐만 아니라, 그러한 이론체계를 공적이고 사적인 차원에 성공적으로 계속 적용할 수 있게 된다면 자신감이 점점 더 커질 것입니다.

필자는 이제 자신이 어떤 분야에서 전문가가 될 것인지, 그러니까 자신의 깊은 수준의 공부를 어떻게 '돈'으로 환산해낼 것인지 생각해보시고. 또 자신이 그걸 즐기고 있는지 확인해보시기 바랍니다. 자신의 삶을 적절하게 영위해나가기 위해 필요한 수준의 '돈'을 벌 뿐만 아니라, 그걸 제대로 즐기고[주이상스]

있다면 그걸로 공부하는 목적은 달성된 것이기 때문입니다.

불꽃놀이

나는 이럴 때 "'영혼의 불꽃놀이'를 또 보네."라고 혼잣말을 하곤 합니다. 부르너의 교육 철학인 '수월(excellence)의 함양'이 성취되는 순간이죠. 내가 이걸 불꽃놀이라고 부르는 이유는 한 사람이 아니기 때문입니다. 어쩌다 한 번 뛰기는 불똥이 아니라 여기저기에서 막 터지는 불꽃놀이 같기 때문입니다. 수강생 50명 중에서 이런 영혼의 불꽃놀이에 동참하는 빈도가 최소한 10명, 금년 같으면 20명까지도 되는 것 같습니다. 말도 안 되는 수준에서 전문가의 수준으로 아주 짧은 기간에 바뀌잖아요. 내가 수업을 열심히 하는 이유가 다 있다니까요. 창의적인 이론이 생기니까, 세상을 읽는 시적 상상력의 힘을 갖추니까, 그전에 안개 낀 것처럼 뿌옇게 보이던 것들을 새롭고 뚜렷하게 볼 수 있는 능력이 생기는 거죠.

타자

영국 에식스 경찰이 얼마 전 냉동 컨테이너에서 숨진 채로 발견된 39명의 신원을 확인하는 과정에서 처음에는 중국인이라고 보도됐다가 공식적으로 모두 베트남인으로 보고 있다고 밝혔습니다.[105] 탈근대시대에 들어서면서 '타자(the others)'에 관한 인식이 커지는데 최근 이슈가 되는 대부분의 학문분야들입니다. 여성, 인종, 동성애, 생태와 동물 등 서구백인남성의 휴머니즘을 전제하는 프랑스혁명의 천부인권설의 영역이 날로 확대되고 있습니다.

「"돈도 실력" 불편하지만 공감…그래서 스펙 쌓은 90년대생」이라는 신문기사는 다음과 같이 시작됩니다.[106]

> "돈도 실력이야, 너희 부모를 원망해." 박근혜 정부의 '비선 실세' 최순실 씨의 딸 정유라 씨가 내뱉은 이 말은 2016년 국정농단 사건 국면에서 이 땅의 젊은 가슴에 불을 지폈다.

빈부격차도 불평등한 '타자'를 만들어내는 주요요소라는 걸 『레미제라블』의 학생운동 스토리가 잘 드러냅니다. 빈곤위협이라는 '타자'의식을 갖고 있는 대중의 마음에 공감을 불러일으켰기 때문에 이 뮤지컬이 성공했습니다.

---

105 「英경찰 '냉동 컨테이너서 사망자 39명 전원 베트남인'」, 『뉴시스』, 2019.11.02.

106 허백윤, 김지예, 고혜지, 「"돈도 실력" 불편하지만 공감…그래서 스펙 쌓은 90년대생」, 『서울신문』, 2019.07.23

디즈니 실사영화 『알라딘』이 선풍적인 인기를 모았습니다. 『알라딘』은 『천일야화』의 이야기 중 하나로 27년 전에 애니메이션으로 만든 영화를, 실사(라이브 액션)로 리메이크한 영화입니다. 그런데 이 영화의 주인공은 알라딘이 아니라 공주 자스민입니다. 자스민은 "여자는 술탄(왕)이 될 수 없다."라는 부친의 말에 실망합니다. 부친의 뒤를 이어 차기 술탄이 되기 위해 누구보다 노력했지만 돌아온 대답은 계속해서 '화초처럼 살라'는 것이었습니다. 자스민은 "침묵하지 않겠다."(I won't go speechless.)며 뜻을 굽히지 않고 끝끝내 부친의 뒤를 이어 술탄이 될 자격을 획득합니다. '타자'였던 여성이 지배세력이 되는 스토리에 여성뿐만 아니라 남성도 적극적으로 공감하였기에 대성공을 거뒀을 것입니다.

「이니스프리 호수의 섬」

예이츠(William Butler Yeats)의 「이니스프리 호수의 섬」("The Lake Isle of Innisfree")은 너무나도 잘 알려져 있는 시입니다.

> I will arise and go now, and go to Innisfree,
> And a small cabin build there, of clay and wattles made:
> Nine bean-rows will I have there, a hive for the honey-bee,
> And live alone in the bee-loud glade.

> 나는 지금 일어나서 가려네, 이니스프리로 가려네,
> 그리고 그곳에 진흙과 잔가지 섞어 작은 오두막 하나 짓고,
> 그곳에 아홉 이랑의 콩밭을 갖고, 꿀벌 통 하나도,
> 그리고 벌 소리 요란한 숲속의 빈터에 홀로 살리라.

한국의 초가집이 바로 진흙과 잔가지 섞어 만든 작은 오두막이겠죠. 나중에 한국의 초가집을 번역하거나 통역할 때 이 시의 2행을 언급하면 센스 있다는 찬사를 받겠죠. 이니스프리가 벌이 붕붕거리는 소리가 요란할 정도로 조용한 오지의 상징이 됐어요. 나는 이 시를 읽으면서 이니스프리가 상상의 섬이라고 믿었어요. 그러다가 실제로 존재하는 섬이라는 사실을 확인하고 이상한 실망감이 들었어요. 그만큼 이니스프리가 갖는 로망이 있죠. 이런 사람들의 기대감을 이용하여 성공을 거두는 TV프로그램이 바로 『나는 자연인이다』인 것 같아요.

> And I shall have some peace there, for peace comes dropping slow,

Dropping from the veils of the morning to where the cricket sings;
There midnight's all a glimmer, and noon a purple glow,
And evening full of the linnet's wings.

그러면 그곳에서 나는 얼마간의 평화를 갖겠지, 평화는 천천히 똑똑 떨어져 내리니까,
베일이 둘러쳐있는 아침부터 귀뚜라미가 노래 부르는 곳까지 똑똑똑.
그곳에서 한밤은 온통 희미하게 빛나고, 그리고 대낮은 자줏빛으로 불타오르지,
그리고 저녁에는 홍방울새의 날갯짓 소리로 가득하지.

한국의 이니스프리는 정동진 같아요. 현실보다 희망에 가까운 장소죠. 시간을 많이 들여 정작 정동진에 도착하더라도 얼마간 해변에 가서 파도소리를 듣고 난 뒤에는 시끄러운 소음을 내는 사륜오토바이를 타고 술 마시고 다음날 돌아오다가 힐끗 해변을 한 번 쳐다보고 마는 식인 것 같아요.

I will arise and go now, for always night and day
I hear lake water lapping with low sounds by the shore;
While I stand on the roadway, or on the pavements grey,
I hear it in the deep heart's core.

나는 지금 일어나서 가려네, 밤낮으로 언제나
호수 가장자리에 찰싹찰싹하는 낮은 물결소리가 내게 들리니까.
차도 위에 서 있는 동안이나, 또는 잿빛 보도 위에서나,
그게 마음의 깊은 중심부 안에 있어 내게 들리니까.

워즈워스의 「나는 구름처럼 외롭게 떠돌았다네」의 자연과 얼마나 많은 차이가 있는지 비교해보세요. 워즈워스의 화자는 자연의 경험 속에서 자신의 자아를 찾는 도움을 받고 있는 데 반해, 예이츠의 화자가 소망하는 자연은 가까이 다가가기에 힘들 만큼 저 멀리에 있어요.

경험의 구매

햄블린(James Hamblin)의 「물건이 아니라 경험을 사라」("Buy Experiences, Not Things")라는 기사

는[107] 물질문명의 극적인 변화상을 기록하고 있습니다. 멋진 레스토랑에서 맛있는 음식을 기다리거나 여행을 고대하는 것과 달리, 사전 주문한 아이폰 등 물질의 소유를 기다리는 동안에는 기대감보다는 안달하는 마음이 더 많이 있는 걸 소비자들이 깨닫게 됐습니다. SNS에서 유명한 커피숍 등에서 오랫동안 기다린 경험은 기분이 좋지만, 구입한 의복 등을 계산하기 위해 기다리는 건 그리 좋아하지 않는 걸 보면 알 수 있습니다. 지난 수십 년 동안 여행, 음악회와 영화 등 경험의 소비가 소유를 위한 소비보다 더 많은 행복을 가져다준다는 심리학적 연구결과가 아주 많아졌습니다.

> 경험의 구매는 정체성(identity), 관계(connection)와 사회적 행위(social behavior)와 더 관련돼 있다. 나쁜 경험조차 좋은 이야기가 되는 경우가 있다. "다른 사람들의 소유물에 관해 별로 듣고 싶어 하지 않지만, 지난 주말의 흡혈귀경험에 관해서는 듣기를 원한다."

그러므로 행복을 위해서는 누구나 물질적 소비와 경험적 소비를 배합해야합니다. 경험의 구매의 성공 여부는 "재미있네."(That's what's fun.)라는 말로 판단됩니다. 그리고 행복의 구매보다 의미의 구매가 더 좋은 건 물론입니다.

재미

내 첫 시집 『시론』의 해설 「즐거운 세기말의 풍경」을 쓰며 이승훈 시인은 그 글을 다음과 같이 마무리 했습니다.

> 아마 그에게서 전화가 오리라. 그리고 그는 언제나 그랬듯이 "선생님, 그 책에서는 이 부분이 재미있어요."라고 말할 것이다. 그는 언제나 책을 읽으면 어디 어디가 재미있다고 말한다. 재미라? 그렇다. 우리가 공부를 하고, 책을 읽고, 시를 쓰고, 누군가를 사랑하는 것은 모두가 재미없는 세상을 견디기 위해서이다. 그의 시는 재미있다. 재미없는 시들이 판을 치는 세상에 재미있는 시가 여기 있구나.

돈이 없다는 것

돈이 없다고 가난한 게 아니에요. 이런 철학은 내 대학교 3학년 때 은퇴하신 스승 수필가 피천득 선생

---

107 James Hamblin, "Buy Experiences, Not Things", The Atlantic, Oct 7, 2014.

님께 배웠어요. 첫 시집에 수록된 「피천득 선생님−인간 · 3」은 다음과 같아요.

오래전에 뵈온 생각이 난다, 아직 생존해 계신 것을 신문 지면으로 안다
영국신사의 중절모, 코트와 단장을 하고 다니셨는데, 아는 이는 미소짓는다
그런 치장만 아니라면 짝달만한 키에 평범한 노친네련만
온통 틀니를 하셔서 눈감고 감상하시는 영시가 잘 들리지 않았다
아니, 그 미소는 우스꽝스러운 모습 때문이 아니라, 琴兒 그 동심에
선생님 앞에서는 우리 누구도 아이가 아니면 인간도 아니다
그저 절박하고 궁핍하기만 한 것 같은 대학생활이라고 생각하고 있었는데
"사랑하는 사람과 낙엽 떨어진 길을 걸으며 아이스크림 사 먹을 수 있으면 되는 것이
아닌가," 예이츠와 엘리어트 사이에 또 하나의 해설이 있었다.
1974년 대형 강의실에서 있었던 은퇴 강의의 제목은
"영문학의 전망"이나 "한국 영문학 연구의 위치"가 아니라
그냥 지난 시간과 비슷한 프루스트의 「자작나무」 강독이었다
"선생님, 우린 악마 같은 녀석들이지요," 물끄러미 보신다
"자네들같이 깨끗한 사람이 못 간다면 천국에는 도대체 누가 가겠는가"
돌아서면 우리는 또 다른 강경 대치의 무의미 속으로 가야 하는데, 아니
가야 한다고, 못 가면 부끄러워하였는데, 선생님은 저기 천국에 서 계셨다

대학시절 거지와 다름없었는데, 그래도 문화생활은 풍성했어요. 대학교 연극공연은 무료예요. 아니, 가면 환영받았어요. 그 당시 프랑스문화원에서 상영되던 영어자막의 최신 프랑스영화는 아주 저렴했어요. 지금도 그런 기회들이 많아요. 매월 마지막 수요일이면 박물관과 미술관이 무료예요. 하루 종일 문화에 젖어있을 수 있어요. 과천서울대공원의 3시간 트레킹코스는 저렴한 여행코스가 될 수 있어요. 경험을 사는 방법을 알면 삶이 아주 풍요로워지겠죠. 루이 뷔똥이 강남에 제품판매는 안 하는 경험매장을 만들었데요. 고객에게 황송할 만큼의 충격적인 경험을 제공해주는 거죠. 그러면 아무리 비싼 명품이라도 언젠가는 사고야 말겠죠. 백화점의 1층의 변화도 놀라워요. 화장품이나 구두매장 대신에 유명 맛집과 놀이시설로 바뀌고 있어요. "재미있네."라고 말할 만큼의 경험을 하는 게 무엇보다 중요해지고 있어요. '재미'란 뭘까요? 이게 바로 근대의 점잖은 즐거움이 아닌 바르트의 주이상스가 아닐까요?

교수생활이 아주 넉넉한 편은 아니에요. 그래서 아내의 몸치장은 내가 주도했어요. 사람들이 아직 붐비지 않던 시절 삼청동 길을 걷다가 소규모상점의 어울릴 만한 멋진 외투를 찾아내는 거죠. 파리와 런던 등의 한 달 살기도 저렴하고도 색감이 세련된 옷이나 가방이나 구두를 살 수 있다면 오히려 이익이 되기도

해요. 아름답게 사는 데 돈이 왜 필요한가요. 무식하면 돈으로 때워야겠죠.

공감

우리에게는 익숙한 "가슴 아프다"라는 말을 영어로 번역하면 "심장이 아프다."라는 질병의 진단처럼 들리겠죠. 의사 조하르(Sandeep Jauhar)는 TED강연 「당신의 정서가 당신의 심장의 형태를 어떻게 바꾸는가」("How your emotions change the shape of your heart")에서 가슴 아픈 스트레스가 심장의 육체적인 형태를 실제로 변형시킨다는 증거를 제시합니다. 서구화된 주체를 대상으로 하는 근대의학에서는 상상할 수도 없었던 발표입니다. 근대의 정서이론으로는 더 이상 제대로 설명해낼 수 없는데, 탈근대적인 정동이론에서는 감정과 정서, 즉 정신의 영역이 육체와 직접 연관된다는 걸 밝혀내고 있습니다.

근대과학의 기계적인 비교분석을 위해 살아가고 있는 맥락에서 사람들을 격리시켜 감정과 정서의 의미와 실용적인 가능을 박탈해버렸습니다. 타자의 정서생활을 무시하는 주체중심의 근대이데올로기가 인종 전쟁에 가까운 폭력사태나 지구의 기후변화 등에 효과적으로 대처하는데 무기력해져버린 근본원인 중 하나입니다. 문제점의 제시는 가능할지 모르지만, 타자의 정서를 맥락 속에 고려하는 문학적 상상력이 발휘되지 않은 한 해결책의 모색은 시작되지 못할 가능성이 높습니다. 다양한 텍스트들(texts)에서 공감(empathy)의 컨텍스트(context)를 도출하는 데 실패할 수밖에 없기 때문입니다. 공감의 컨텍스트를 위한 이론체계가 확립되지 못하면 지금 세계가 겪는 갈등은 파국에 이를 때까지 지속될 것입니다. 우리를 비롯한 선진국의 근대가족의 위기와 해체현상의 근본원인도 이런 이론체계의 미비에서 비롯됩니다.

정동과학

아스마(Stephen Asma)의 「감정에 의한 통합」("United by feelings")은 다윈(Charles Darwin)의 잊힌 지혜가 다시 부각시킨 정동과학을 소개합니다. 그 이유는 컴퓨터공학의 인지과학혁명 때문입니다. 컴퓨터의 마음모델은 힘이 아주 강하지만 동기를 유발하는 정서상태나 윤리적인 행동의 정서적 특성 등 생리학적인 요소를 파악하는 방법을 잘 모릅니다.

『종의 기원』(On the Origin of Species)의 저자 다윈은 후기저작들인 『인간의 후예』(The Descent of Man)』와 『인간과 동물의 정서표현』(The Expression of Emotions in Man and Animals)』에서 인간이 다른 동물들과 공유하는 정서적이고 인지적인 능력을 검토하여 도구사용, 언어, 미적 감수성과 종교 등 호모사피엔스를 정의하는 4가지 특징이 비록 미완성의 상태일지라도 동물들에서도 현존한다는 걸 입증했습니다.

높은 정도의 애국심, 충성심, 복종심, 용기와 공감능력의 정신을 소유하고 있어 서로를 도우며 공통의 선(善)을 위해 자신을 희생할 준비가 언제나 돼있는 단체의 일원이 많은 부족이 다른 부족들에게 승리할 가능성이 높다는 건 의심할 수 없다. 그리고 이게 바로 자연선택일 것이다.

특히 AI의 범용지능이 문제해결기제에서 동기의 자극 등 생물학적 피조물 안에서의 정동적 촉발능력이 부족하다는 걸 드러내고 있습니다. 이에 따라 1990년대 이후 뇌신경과학자와 뇌심리학자 등이 정동과학이라는 새로운 분야의 연구를 시작했습니다. 동물의 행위를 연구하는 동물행동학, 합리적 의사결정을 방해하는 정서적인 기반을 연구하는 대니얼 카너먼(Daniel Kahneman) 등의 행동경제심리학, 유사판단의 형식으로 정서를 재도입하는 누스봄(Martha Nussbaum) 등의 철학자들은, 이성의 지배를 부패시킨다기보다 성공적으로 이끌어간다고 정서를 옹호합니다. "인지적인 능력을 갖는 종류의 정신 안에서 개념적으로 정교해질 수 있을지 모르지만, 정욕, 격분, 염려, 공포, 추구, 비탄과 놀이처럼 깊은 정서들이 개념적으로 구축돼있지 않다"는 걸 발견한 게 정동과학의 혁신입니다. 정동과학의 이론체계를 요약하면 '정동=근대적인 감정이나 정서+이론적인 프레임'이 됩니다.

감정 외에 정동이란 용어를 군이 추가적으로 사용하는 이유는 감정이 이성에 비해 열등한 차원에 속한다는 기존의 인식체계 자체를 부정하기 위해서입니다. 정동은 "나는 생각한다. 고로 나는 존재한다."라는 근대문명의 기초를 닦은 이성의 지배가 그 힘을 잃어가는 시대의 산물입니다. 정동과학이 1990년대에 시작된 신생학문이기에 구성주의적인 이론체계의 보완이론인 것처럼 행동하지만, 쿤이 『과학혁명의 구조』에서 묘사한 바처럼 혁명적이고 전복적인 의도를 갖고 있는 건 분명합니다. 왜냐하면 AI 등 컴퓨터과학의 인간과의 대면(對面)작업에서 계속 점증하게 될 난경(難境)의 해결책으로 정동과학의 관점을 컴퓨터시스템에 포함해야하기 때문입니다.

행동경제학

수년 전 졸업생이 내 생각이 난다며 방금 언급했던 대니얼 카너먼의 『생각에 관한 생각』을 보내줬습니다. "2002년부터 기다려왔던 단 한 권의 책 행동경제학의 바이블"이란 광고가 틀린 말은 아닙니다. 카너먼의 저서 『빨리 그리고 천천히 생각하기』(Thinking, Fast and Slow)라는 제목이 2002년 노벨경제학상을 받은 그의 사고혁명을 잘 요약합니다.

시스템 1: 자동적인 작동체계
(직관적인 사고: 어떤 순간이든 우리의 세상에 무슨 일이 벌어지고 있는지에 관한 일관성 있는 해석)

시스템 2: 통제된 작동체계
　　(불확실한 상황 아래의 판단의 재검토)

시스템 1은 우리가 당연하게 여기는 직관적인 사고입니다. 첫인상이 중요한 이유는 일관성 있는 해석에 부합하기 때문입니다. 카너먼은 시스템 1의 판단이 잘못되는 경우가 너무 많은 현실을 지적하고 있습니다. 이 수업시간에 근대의 끝자락이며 탈근대의 시작점이라고 말해왔던 내용과 같습니다. 카너먼이 뭔가 새로운 발견을 했다기보다 근대의 끝자락의 인식체계를 시스템 1 그리고 탈근대의 시작점의 인식체계를 시스템 2로 이론화했다는 데 의의가 있습니다. 이런 식으로 확실한 체제를 갖추고 나니 행동경제학이라는 유용한 사고방식이 탄생했습니다.

루이스(Michael Lewis)는 자신의 책 『해체 프로젝트: 우리의 마음을 바꿔버린 우정』(The Undoing Project: A Friendship That Changed Our Minds)을 요약한 「두 명의 선구적인 심리학자들이 결정과학의 세계를 뒤집어엎은 방법」("How Two Trailblazing Psychologists Turned the World of Decision Science Upside Down")에서, 자신의 책 『머니볼』이 베스트셀러가 된 뒤에야 자신이 그 책에서 대중에게 제시했던 많은 사상들이 실제로는 카너먼과 츠베르스키(Amos Tversky)라는 한 쌍의 이스라엘 심리학자들에 의해 수십 년 전에 실제로 소개된 적이 있었다는 사실을 알게 됐다고 고백하고 있습니다.[108]

『머니볼』

오클랜드 아슬랙틱스(Oakland Athletics) 미국프로야구단이 야구선수들의 가치를 판단하고 야구전략을 평가하는 더 좋고 더 새로운 방식을 발견하려고 추구하는 노력에 관한 『머니볼』(Moneyball)이라는 책이 2003년 출간됐습니다. 영화화됐던 베스트셀러는 과거의 경험에 의존하는 베테랑 중심의 경영풍토에 통계학을 도입함으로써 야구계에 돌풍을 일으킨 스토리입니다. 야구단단장의 선수스카우트에 있어서 홈런이나 안타에만 집중하던 과거의 직관적인 관례에서 벗어나 점수를 내는 데 기여하는 출루율을 중시하는 전략의 성공사례였습니다. 아슬랙틱스의 결정방식을 채택한 뒤인 2004년 '염소의 저주'에 걸려 있던 보스턴 레드삭스(Boston Red Sox)는 월드시리즈에서 거의 100년 만에 우승했습니다. 그리고 같은 방식을 활용하여, 2007년과 2013년에 다시 우승했습니다. 영리한 머리로 높은 출루율을 기록하는 한국인 선수들인 추신수와 최지만이 미국프로야구계에서 인정을 받게 된 원인이기도 합니다. 그리고 2019년~2020년 인기절찬리에 방영된 『스토브리그』는 『머니볼』의 한국판인 것 같아 보입니다.

108　Michael Lewis, "How Two Trailblazing Psychologists Turned the World of Decision Science Upside Down," The Atlantic, Nov 14, 2016.

『머니볼』과 카너먼의 행동경제학에 공통되는 두 가지 점에 주목해야합니다. 하나는 대학을 상아탑이라고 불렀던 과거와 달리 현실세계에 즉각적으로 적용되는 실용성을 갖춘 이론체계가 요구된다는 것입니다. 바로 이런 특징을 강조하려고 수업시간에, 그것도 영시개론시간에 '돈'이라는 단어를 자주 사용했습니다. 다른 하나는 2003년 『머니볼』의 저자가 2002년 노벨경제학상을 받은 카너먼의 시스템이론을 몰랐다는 사실입니다. 이건 『머니볼』의 저자의 무지를 고발한다기보다 카너먼의 이론이 세상에 없던 걸 새로 창조해낸 게 아니라, 시적 상상력에 의한 창의성을 발휘하면 찾아낼 수 있는 기존의 체계였다는 걸 확인시켜줍니다. 요컨대 시대정신의 반영이라는 말입니다. 그래서 내가 수업시간에 탈근대시대라는 말을 자주 강조하고 있습니다.

실천지침

카너먼의 이론은 "지금까지 당연하다고 생각했던 것이 당연하지 않을 수 있다는 걸 알아야한다."라고 정리됩니다. 그런데 카너먼이나 『머니볼』의 저자는 기존의 근대인식체계의 보완작업에 만족해버리는 것 같습니다. 탈근대라는 새로운 시대의 인식체계를 새롭게 구축해나가려는 의도가 보이지 않습니다.

당연히 취업해야지. 당연히 결혼해야지. 이런 재촉을 종종 듣고 있지만, 아닌 것 같아요 라고 마음속으로만 대꾸하는 여러분들에게는 보완책이 아니라 새로운 시대를 위한 실천지침이 필요합니다. 미래의 전망이 짐작조차 되지 않기에 그런 말을 자주하는 부모님은 더 미칠 지경일 것입니다. 그러니까 지금은 공부를 안 하면 안 됩니다. 큰일 납니다. 학자가 되라는 게 아닙니다. 그냥 살아가는 데 더 필요한 일이 됐습니다.

AI면접

"친구의 취업을 축하하는 자리에서 다른 친구가 면접에서 떨어졌다고 귀띔합니다. 그 친구에게 어떤 말을 해주시겠습니까?"

눈앞에 놓인 노트북 화면에 상황문이 제시된다. 이윽고 아래 시계가 30초를 센다. 그동안 답변을 생각해야 한다. 발언시간 90초가 시작되고 카메라렌즈를 향해 한껏 안타까운 눈빛을 보내면서 "야, 면접까지 갔으면 다음번엔 합격이야. 약속잡고 조만간 우리끼리 술 마시자"라고 이야기했다. 마치 영어스피킹 자격증시험을 한국어버전으로 치르는 기분이었다.

9월 25일 경기 판교에 있는 마이다스 아이티 사무실에서 인공지능(AI) 면접에 응시했다. AI면접은 원하는 장소에서 직접 컴퓨터로 응시하는 면접전형이다. 포스코건설 사내벤처로 시작한 마이다스 아이티에서 국내단독으로 해당소프트웨어를 개발했다. 올해까지 총 1,000개 회사가 이 프로그

램을 도입할 예정이다.[109]

김소희 기자의 취재에 따르면 "AI는 공통질문, 상황대처, 심층대화의 답변내용을 이해하지 못"하며 "응시자의 얼굴과 표정변화, 안면색상변화, 목소리 톤·크기·휴지·음색을 확인"하는데 "응시자의 모습이 자연스러운지 분석해 호감도 지표를 도출하기 위해서"랍니다. AI의 언어능력은 인간아기의 수준인데도 응시자의 정동을 분석한다는 설명입니다. 어떤 정동이론체계로 분석하는 게 공정하고 효율적인 선발과정이 되는지, 응시자의 입장에서는 새로운 시대의 인정받는 정동훈련의 결과는 어떤 것이어야 하는지, 아직 그 내용이 확립돼있지 않은 실정입니다.

개념적인 정서

탈근대시대의 정동은 개념적인 정서라고 정의할 수 있습니다. 상대방이 슬프거나 우울하다고 말할 때, 시스템 1의 직관적인 사고에 의하면 앞으로 잘 될 거라는 위로가 당연한 결론입니다. 그러나 그건 사태를 악화시킬 따름입니다. 차라리 시스템 2에서처럼 불확실한 상황, 즉 '난경'에 처해있다는 전제하에 기존의 공인된 판단을 재검토하는 게 더 정확한 대처방안이 됩니다. 그러니까 "알았어, 네 문제를 연구검토하기 위한 공부를 하자. 다 함께 우울이란 탈근대적인 정동에 관한 세미나를 열자."라고 말해야합니다. 농담 같죠? 그러나 농담이 아닙니다. 우울을 병적증상으로만 취급하면 벗어날 수 없습니다. 아주 심한 경우를 제외한다면, 우울증을 발생시키는 자기서사를 새로운 이론체계로 전면재작성하기 시작해야 궁극적으로 벗어날 수 있습니다.

'creepy'라는 정동에 관해 생각해봤습니다. 여성이 남성을 이유 없이 극도로 싫어한다는 표현에서 사용되기도 합니다. 그런데 개념구축이 돼있지 않아 설명이 잘 안 되는 감정입니다. 그럼에도 불구하고 이런 정동이 흑인이나 황인종 등에 대한 지배세력인 백인들의 인종차별, 동성애 등 성소수자에 대한 다수자인 이성애자들의 차별, 영화『기생충』에서 '냄새'라는 단어로 상징된 가난한 계층에 대한 부자들의 차별에 있어서 주된 근거가 됩니다. 개인적인 감정으로만 치부할 수 없을 정도로, 사회적인 갈등을 해결하기 위한 정동체계의 연구가 중요해졌습니다.

연쇄살인범

"사람들이 살인을 하는 이유는 도전적인 질문이다"라는 관점에서 오초아(Sheana Ochoa)의 「수치심

---

109 김소희, 「AI면접서 떨어진 당신.. 이유는 답변 아닌 '표정 관리'」, 『이코노미조선』, 2019.10.11.

이 어떻게 연쇄살인범의 치명적인 무기가 되었나」("How Shame Becomes a Lethal Weapon for Mass Killers")라는 기사가 작성됐습니다.[110] 『동백꽃 필 무렵』의 최종회를 봤습니다. 가장 인상적인 장면은 마을 전체를 공포에 떨게 만들었던 연쇄살인범의 살인동기, "날 무시해서."였습니다. 수치심이라는 정동이 연쇄살인의 동기입니다. 이런 성공적인 드라마를 쓴 작가가 그냥 감으로, 직관적으로 잘 쓴 게 아니라는 걸 알 수 있습니다.

시스템 2보다

언어연구에서도 언어를 연구하지 않는 경우가 많아지고 있습니다. 과학이 된 언어학자의 실험연구에 있어 언어에 대한 피실험자의 반응보다 고전만화 "Tweety Bird"에 대한 반응이 더 정확하여 "Tweety Bird"가 언어연구의 '주요대상(mainstay)'이 됐다는 기사를 읽었습니다.[111] 언어연구에서 만화가 언어보다 더 정확한 실험결과를 도출하는 이유는 설명되지 않고 있습니다. 아니, 설명을 못하고 있는 것 같습니다. 왜냐하면 이게 탈근대시대를 위한 정동의 이론체계를 확립하는 과정이기 때문인데, 그런 세계관의 전환을 감지하지 못하기 때문입니다.

주요 정책결정도 신념이 아니라 정동을 기반으로 해야합니다. 남북통일의 길은 우리가 하나의 민족이라는 점점 더 빛바래가는 신념이 아니라, 동일언어권 공통의 정동체계를 확산시키는 과정 속에서 이뤄져야합니다.

자율자동차를 상용화하지 못하는 이유는 컴퓨터기술이나 실험환경조건의 부족 때문이 아닙니다. "어떤 순간이든 우리의 세상에 무슨 일이 벌어지고 있는지에 관한 일관성 있는 해석"이라는 시스템 1의 자동적인 작동체계에 의존하는 범용지능이 복잡한 정동체계가 미묘하게 작동되는 도로상황에 적응하지 못하기 때문입니다. 위험하다는 것, 본다는 것이 무엇인지에 관한 판단은 "불확실한 상황 아래의 판단의 재검토"라는 시스템 2보다 더 복잡한 인식체계를 필요로 합니다. 문학수업에서 집중적으로 연구하는 시적 상상력에 의한 창의성이 있어야하기 때문입니다.

110   Sheana Ochoa, "How Shame Becomes a Lethal Weapon for Mass Killers," AlterNet, November 15, 2017.
111   Greg Uyeno, "The Tweety Bird Test," The Atlantic, October 9, 2019.

구명론

수준

명문이 되는 조건이 뭘까요. 가천대 영문과를 졸업했는데 교수추천서로 세계적인 대학원에서 받아준다. 그러면 명문이겠죠. 그렇게 되려면 명문대 교수가 수준을 인정할 만한 학문적인 경지에 와 있어야겠죠. 여러분이 이번 학기 수업 들으면서 괴로웠을 가능성이 높아요. 그런 수준까지 가보려고 했으니까요. 수준이 좀 높았으니까요. 그런데 놀라운 일이 벌어졌어요. 런던대 교수나 예일대 수업보다 더 뛰어난 에세이들을 마지막 수업시간에 보여줄 수 있어서 기뻐요.

선생 혼자 잘난 척하는 공부가 되느냐. 학생들이 과연 그런 수준까지 갈 수 있느냐. 주관적이 아니라, 내가 객관적으로 입증을 해야 했어요. 여러분만 힘든 게 아니라, 나에게도 힘든 수업이었어요. 굉장히 어렵게 가르쳤는데, 학생들이 그런 수준까지 올라왔다면, 그러면 괜찮은 거죠. 쫓아오든 말든 학생들에게 아부하지도 않았어요. 그런데 기쁘게도 괜찮은 결과가 있었다고 보고할 수 있어서 기뻐요.

공부=영어+상상력

이번 학기의 문제점 중 하나는 영시읽기를 드문드문 했다는 거고, 다른 하나는 학생들을 너무 푸시(push)했다는 거여요. 그렇지만 지금이 아니라도, 나중에라도 그 기준에 도달한다면, 어느 틈에 취업해

있을 거예요. 그러면 괜찮겠죠.

  공부의 모델은 '영어+상상력'이에요. 누구나 하는 영어나 상상력이 아니에요. 영어는 시를 분석하는 수준을 말해요. 시를 읽을 때처럼 단어의 해석이 아니라, 그 뉘앙스까지도 분석하는 수준이죠. 이건 AI도 못 당할 거예요. 상상력은 포월의 역사적 프레임이에요. 이번 학기 내내 연습했던, 전근대, 근대와 탈근대를 아우르는 포월의 상상력 말이죠. 영어보다 상상력에 더 집중했는데, 그건 시를 분석하는 힘을 아직 갖추지 못했으니까요. 그래서 영시를 많이 읽지 못했어요.

「귀여움의 힘」

「귀여움의 힘」("The Power of Cute")은 학생 에세이가 더 뛰어나다고 감탄했던 런던대 교수의 에세이에요. 런던 킹즈칼리지(King's College) 방문교수인 메이(Simon May)의 프린스턴대학교 출판부에서 2019년에 나온 『귀여움의 힘』(The Power of Cute)의 요약이에요. 10여 개의 언어로 번역됐어요. 『사랑: 오래된 경험의 새로운 이해』(Love: A New Understanding of an Ancient Emotion)도 2019년에 나왔어요. 헬로 키티(Hello Kitty), 피카추(Pikachu)나 이모티콘 등 "가와이!"라고 감탄하게 하는 귀여움의 힘을 분석했어요. 새와 동물새끼, 인형과 테디 베어 등의 '달콤한(sweet)' 측면을 다음과 같이 설명합니다.

  모든 귀여운 것들에 관한 열광이 위협적인 세상에서부터 순진의 정원으로의 도피충동에 의해 동기 부여되는 건 아주 명백하다. 그곳에서는 미묘한 보호본능을 불러일으키는 어린아이 같은 특성들이 생기면서, 기분전환이 되는 만족스러운 감정을 부여한다.

  반면에 '더 어둡고, 기괴한' 측면은 충무로의 신세계백화점 본점 옥상에도 있는 제프 쿤(Jeff Koons)의 「풍선 개」("Balloon Dog") 연작들(1994~2000)처럼 "(스테인레스로 만들어져) 강력하면서도 (얼굴, 입이나 눈이 없어 공허하게) 무기력하거나, 몸집이 크지만 취약한 것 같아 보이고, 친숙한 동시에 친숙하지 않으며, 안심시킬 정도로 순진하지만 동시에 안전하지 않은, 결함이 있어 보이지만 영리한" 등 "양가성(ambivalence)"을 보여주며 신경 거슬리게 불안한 세상 속에서 위안을 주고 있다고 메이는 말합니다. 그리하여 근대적인 삶을 구성하고 있는 취약성과 회복탄력성, 자신감과 불안함, 순진함과 영리함 등 이분법의 경계선을 전복시키는 제스처를 취하고 있다고 해석합니다.

  고양이 소녀인 헬로 키티는 인간과 비인간 형태의 혼합, 「풍선 개」와 포켓몬(Pokémon)은 수많은 귀여운 물체들의 희미해진 성정체성, 어리면서도 늙은 ET 등 경계선의 침식이 그 특징이라고 말합니다. 그 이론적인 근거를 다음과 같이 결론적으로 제시합니다.

게다가 감수성으로서 귀여움은 18세기로 거슬러 올라가는 성실성(sincerity)과 신빙성 (authenticity)에 대한 근대세계의 숭배와 양립할 수 없다. 그건 적어도 우리의 신원을 구별하는 일련의 신념들, 감정들, 충동들과 미각들 등 각각 '내면'의 진정한 자아를 갖고 있으며 진실 되게 표현할 수 있도록 분명하게 파악하고 알 수 있는 것이었다.

이 수업시간에 배운 이론 프레임에 의하면 "가와이!"라고 감탄하게 하는 '귀여움'은 근대자아의 감정체계와 "양립할 수 없는" 탈근대적인 '감수성'이라고 정의할 수 있습니다.

해외유학

몇 년 전에 영문과 졸업생이 추천서로 런던대학 경영학석사과정(MBA)에 입학한 적이 있어요. 그런데 그때는 이런 수업을 못 했어요. 그러니 유학 가서 공부할 준비가 안 돼 있었을 거예요. 영어가 문제가 아니라, 상상력이 더 문제였겠죠. 대학원 수업은 거의 매주 에세이를 써야 해요. 3강좌를 들으면 에세이 3개를 매주 써야 해요. 그래서 굉장히 미안했어요.
「사람들은 왜 귀여운 것에 환장할까」의 필자에게 다음과 같은 이메일을 보냈어요. "자신이 얼마나 대단한 공부를 성취했는지 첨부한 자료를 보고 확인해보시기 바랍니다." 이 학생은 이미 '정동'의 전문가가 됐어요(평가: A+++). 축하해요! 왜냐하면 런던 킹스칼리지의 '귀여움' 전문교수보다 더 훌륭한 에세이를 쓰고 있기 때문이에요. 그 논문을 못 봤을 텐데, 똑같이, 아니, 지금부터 자세히 분석하겠지만, 더 잘 썼어요. 이미 자기이론을 확장·발전시키고 있는 수준에 도달했어요. 이 정도면 박사학위 제안서(proposal)의 기반이 돼요.

「사람들은 왜 귀여운 것에 환장할까」

애니메이션 캐릭터가 그려진 볼펜. 새끼 고양이와 강아지들이 나오는 유튜브 채널. 그리고 단순한 선으로만 그려진 카카오톡의 라이언 이모티콘. 이들의 공통점은 무엇일까? 아마 이 글을 읽는 사람들 중 대부분은 단박에 정답을 알아차릴 수 있었을 것이다. 바로 '귀여움.' 이들은 모두 '귀여움'을 주무기 삼아 소비자들에게 어필하고 있다. 이들의 귀여움은 소비자의 입가에 미소를 띠게 해 소비자들을 끌어모으는 자석의 역할을 할 뿐만 아니라, 이제는 그들의 지갑을 열게 하는 마케터 (Marketer)가 되었다. 그렇다. 이제 귀여움은 돈이 된다. 문화콘텐츠, 캐릭터산업 외에도, 귀여운 도시락, 귀여운 장난감 등 다양한 분야에서 '귀여움'을 전면에 내세운 사업을 진행하고 있다. 귀여움은 이제 잘 팔리는 상품이자 하나의 거대한 사업이 되었다. 지난 2014년 잠실 석촌호수에 띄워진

러버덕(Rubber Duck)의 대흥행과, 워싱턴DC 국립공원의 최고 인기 동물로 등극한 판다를 보기 위해 수많은 관람객들이 모여들었던 사건 또한 귀여움 마케팅 성공의 예이다.

  우리는 보통 귀여움이라 하면, 동글동글하고 통통하며, 약간은 바보스러운, 아기 같은 이미지를 상상한다. 그런데 최근, '귀엽다'라는 단어의 정의가 확장될 만한 새로운 형태의 귀여움이 등장했다. 혹시 '마블리'라는 단어를 들어본 적이 있는가? '마동석+러블리'를 뜻하는 이 단어는 우락부락한 이미지를 가진 영화배우 마동석이 단발머리 가발을 쓰고 핑크색 앞치마를 두른 채 등장한 광고를 본 시청자들이 그의 모습이 너무나 "귀엽게 느껴진다"라며 지어준 별명이다. 일반적인 상식으로는 우락부락하고 험상궂은 모습을 한 그에게 '귀엽다'는 수식어는 전혀 어울리지 않는다. 그가 단발머리를 하고 앞치마를 둘렀다 할지라도, 그의 모습은 아기 같지도 않고, 보호심을 자극하지도 않는다. 그런데 사람들은 '귀여움'과는 동떨어져 보이는 이 남자에게 '마블리'라는 애칭을 붙여주며 귀여움을 느낀다. 참으로 아이러니하지 않을 수 없다. 나는 이와 같은 '귀여움'의 의미에 대한 모호함을 탐구하는 과정에서 한 가지 깨달음을 얻었다. '귀여움'을 느끼는 감정 속에서 우리는 새로운 정동을 발견할 수 있다.

이 필자의 강점은 메이 교수가 쓰지 않는 '정동'이란 개념을 사용한다는 거여요. 이게 내가 여러분에게 도움을 준 지점이죠.

양가적 갈등

  귀여움과 관련된 새로운 정동에 대해 논하기에 앞서, 우선 기존에 존재하던 귀여움에 대한 정동부터 설명하고자 한다. 단어의 정의부터 내리자면, 귀여움이란 보이는 것 등이 사랑스럽게 느껴지는 것을 말한다. 일반적으로 인간은 인간 아기와 닮은 형태일수록 그 대상에게 귀엽다고 느낀다. 즉, 우리가 귀여움을 느끼는 원천은 인간 마음속에 내재된 보호심과 모성애(또는 부성애)이다. 우리는 귀여운 대상을 바라볼 때 잠시나마 차가운 현실을 잊고 유년 시절의 천진함을 느끼며, 안정감을 느낄 수 있다. 이처럼 기존의 귀여움의 정동이 긍정적으로 작용할 때에는 인간 내면의 순수함을 건드려 그의 정동을 꿰뚫고 하나로 이어주는 통합의 작용을 한다. 그러나 때로는 '귀여움'이 부정적으로 변할 수 있다. 귀여움이라는 단어 속에 '약자'의식이 포함될 때 이 단어는 부정적인 의미를 가지게 될 수 있다. 이해를 돕기 위해 사례를 들자면, 외국인이 어눌하게 한국말을 할 때, 우리는 열심히 노력하면서도 어설픈 그의 모습을 보고 '귀엽다'고 말한다. 그 사람의 실제 나이, 지적 수준, 대화의 내용과 상관없이 말이다. 어쩌면 누군가는 이를 불쾌하게 느낄 수도 있을 것이다. 이처럼 기존의 '귀여움'에 관한 정동은 인간의 내면을 정화시켜준다는 긍정적 작용도 하지만, 대상보다 우위에 있다는 생각이 내재되어 있다는 점에서 종종 양가적인 갈등을 불러일으킬 수 있다는 단점을 갖고 있다.

메이 교수의 '양가성' 개념을 이 필자도 사용하지만, 결정적인 차이점은 '양가적인 갈등'이라고 말한다는 거여요. 이 필자가 메이 교수보다 나아요. 처음부터 잘 했던 게 아니에요. 여러분들도 봤죠. 내 수업에서 바뀐 거여요.

새로운 페미니즘

그렇다면 우리가 '마블리'를 통해서 알 수 있는 새로운 귀여움의 정동은 어떤 것일까? 우리가 마동석이라는 사람을 떠올렸을 때 생각나는 이미지는 우락부락함, 험상궂음, 마초 등과 같은 매우 남성적인 이미지를 떠올린다. 이런 그가 여성처럼 단발머리를 하고, 앞치마를 동여매는 모습에서 우리는 반전의 매력 느낌과 동시에, 그의 험상궂은 외모 뒤에 여린 면 또한 숨겨져 있음을 어렴풋이 느낄 수 있다. 반전, 또는 양립. 이 단어가 새로운 '귀여움'의 정동의 핵심요소이다. 얼마 전 종영한 JTBC 드라마 '힘쎈여자 도봉순'에서도 반전 속 '귀여움' 정동을 찾아볼 수 있는데, 주인공 도봉순이 기존의 미디어에서의 여성의 역할을 탈피하는 반전의 모습을 보여줌으로써 시청자들은 그녀에게 매력을 느끼게 되었고, 시청자들은 이 매력을 표현할 단어로 '귀엽다'라는 말을 택한 것이다. 다큰 어른이 유아적인 행동을 할 때나, 혹은 그 반대로 어린아이가 어른 흉내를 낼 때도 우리는 귀여움을 느낄 수 있다. 이처럼 '신(新) 귀여움 정동'은 대상이 가지고 있던 이미지와 상반되는 새로운 면의 부각에 사람들이 매력을 느낌에서 시작된다. 그리고 이 신선함과 새로움들 속에서 느끼는 매력을 '귀엽다'라는 단어를 통해 표현한다.

필자가 '양가성'이 아닌 '양가적 갈등'이라는 개념을 동원함으로써 메이 교수는 상상도 못했던 사회학적인 관점이 이론에 도입이 된 거죠. 정치적이고 투쟁적인 페미니즘의 갈등을 포월할 수 있을 새로운 남성성을 읽어낼 수 있는 힘이 생긴 거죠. 메이 교수의 책은 아직 못 읽었어요. 관심이 있으면 그 책 한 권과 이 에세이의 힘을 비교해보세요. 메이 교수가 근대정서의 문제점을 평면적이고 수동적으로 제시하는 데 반해, 필자의 글은 탈근대시대를 위한 정동체계를 만들어가고 있어요. 글의 생산성 측면에서 누가 우월한지 확실히 드러나요.

'귀엽다'의 구명론

아직 사람들은 이러한 새로운 정동을 정확하게 표현할 말을 찾지 못하였기 때문에, 그와 가장 유사한 뜻을 지닌 '귀엽다'는 말을 사용한다. '귀엽다'라는 단어를 통해 이 새로운 정동이 표현 가능해지고서부터, 사람들은 귀여움을 좋아하는 것에서 그치지 않고 귀여움에 '환장'하기 시작했다. 어떠한 방식으로 매력을 느끼긴 하지만 이를 정확히 표현하지 못하는 경우 '귀엽다'란 한마디면 장황하게 설명해야 하는 정동을 한 단어로 응축시킬 수 있고, 타인과 이 정동을 공유할 때에도 매우 용이하다. 우리가 느끼는 복잡하고도 미묘한 정동을 '귀엽다'라는 세 글자로 이루어진 단어를 통해 간단하게 표현 가능하니, 이 얼마나 편리한 시대가 도래했는가! '귀여움'의 등장으로 우리는 언어 구사능력에 제한받지 않고 탈근대 세대의 핵심 정동을 표현할 수 있게 되었다. 좀 더 과감해지자면, 나는 이를 언어적 혁명이라고 표현하고 싶다.

데리다의 구명론(舊名論)을 설명했던 적이 있어요. 구명론이란 용어를 데리다가 썼지만, 그렇게 중요하게 취급하지는 않았어요. 그렇지만 나는 이게 포월의 역사학으로 탈근대시대의 사상을 정립하는 데 있어 핵심도구라고 생각해요.

'귀엽다'라는 단어는 기존에 있었어요. 새로운 시대가 왔는데, 그 초창기에는 예전 시대의 용어를 사용해 새로운 시대의 사상을 설명할 수밖에 없겠죠. 근대시대의 감정을 표현하기 위해 사용됐던 '귀엽다'를 전혀 다른 탈근대시대의 정동을 위해 동원하고 있다는 사실을 이 필자는 제대로 의식하고 있어요.

환장

또 하나 주목해야할 단어는 '환장'이에요. 이게 주이상스의 한국어 번역어예요. 근대적인 즐거움을 훌쩍 뛰어넘는 '희열'이죠. 내가 수업시간에 설명했던 걸 이해해 자기 것으로 소화해냈어요. 그래서 새로운 번역어를 창조해낸 거죠. 이렇게 자기 걸로 만들어 자기가 좋아하는 분야에 적절하게 적용할 수 있게 되면 '돈'이 되요. 실용적이고 효과적인 공부의 결과가 도출되는 거죠.

돈

내가 이 수업시간에 '돈' 이야기를 자주 했죠. 왜 그랬을까요? 여러분이 살아가는 데 기본적인 근거가 필요하니까 그랬어요. 그 돈보다 훨씬 더 중요한 게 바로 주이상스죠.

나는 돈이 그리 필요 없어요. 그렇지만 여러분은 자본주의 사회 속에서 살아갈 근거가 필요해요. 그래서 전문가가 되는 걸 생각해보라고 유혹하는 거여요. 그게 그렇게 굉장히 중요한 건 아니에요. 그런데 문제는 여러분에게는 그것도 없잖아요. 이제 이 필자의 마지막 문단을 읽어봅시다.

영감

'귀여움'은 특정한 대상에게 귀속된 특성이 아니라, 모두가 가질 수 있는 가변적인 특성이며 어쩌면 모두의 내면에 내재되어있는 정동이다. 다만 아직 우리는 이를 확실하게 표출하는 방법을 모르기에 귀여운 대상을 바라보며 이를 타자 혹은 사물에 이입시켜 표현한다. 앞으로 이런 정동이 더 확장되어 탈근대 시민들 모두가 자신 스스로 '귀여움'을 자각하고 이에 대한 자부심을 지니고 살면서 다른 대상에서 '귀여움'을 찾지 않고 자신의 개성 있는 '귀여움'을 자유롭게 표현할 정동 공유의 장이 생겨날 것으로 예상한다.

필자가 "갑작스레 영감이 떠올라 두 번째 에세이를 작성해보았습니다."라는 이메일을 보냈어요. 맞아요. 왜냐하면 자기가 좋아하는 분야에 딱(!) 적용할 수 있게 되는 순간이었으니까요. 필자가 말하듯 우리가 포켓몬 자체를 좋아하는 게 아니에요. 뒤집어 말하자면, 필자에게는 포켓몬이 아닌 귀여움을 유발하는 다른 것들도 만들 수 있는 힘이 생긴 거예요. 이젠 잘난 척해도 돼요. 그런데 이 필자 한 명뿐이 아니에요. 기가 막히게 놀라운 일이 벌어졌어요. 이번 학기 괜한 짓을 한 것 같지는 않아요.

한국인의 이름

어제 밤 CNN뉴스를 보는데 10여 개 꼭지의 소제목이 아래 자막에 흘러가고 있었어요. 그중 다섯 개가 한국인의 이름이었어요. 구하라, 손흥민, BTS, 박항서, 박인비. 갑자기 투수 박찬호가 처음 등판하던 순간이 생각났어요. 1990년대 초 미군방송 AFKN의 중계를 보고 있는데 새벽 3시쯤이었어요. 중계아나운서가 한국어발음을 힘들게 읊고 있었어요. 그때까지도 발음이 어렵다고 한국인의 이름은 통용되지 못했어요. 그래서 당신이 강아지요? "메리(Mary), 메리, 쫑(John), 쫑."하게. 지인에게 불평했어요. 오스트레일리아 유학시절 친구들에게 "Man Sik Lee"라고 한국어 발음훈련까지 시켜가며 강조하니까, 날 보면 "Hey, man."이라고 놀려댔어요. 그런데 이제 한국인의 이름이 인정받는 세상이 된 거죠.

영시전공

이번 학기처럼 시적 상상력의 이론체계를 구축하는 선제작업이 없었던 예전에는 테니슨의 「눈물, 덧없는 눈물」("Tears, Idle Tears")을 읽으면서 자세한 분석은 못하고, 'idle'의 해석 등에 집중하고 지나갈 수밖에 없었어요.

이 시의 모호하고 이상한 이미지들은 뜬구름 잡는 것 같아요. 이번 학기에서처럼 새로운 시대의 정동훈련이 돼있어야, 나를 따라 여기까지 왔어야, 아, 그렇구나, 뭔가 꼬투리를 잡았어야, 이 시가 뭔지 좀 알게 될 거여요. 그냥 번역을 해봐야 뭔지 잘 모르겠죠. 나, 그거 설명할 수 있어 라고 말하면, 그러면, 영시전공을 한 거죠. 그런 무기를 손에 쥐어주려고 한 거여요.

「눈물, 덧없는 눈물」

이 시의 제목을 「눈물, 하릴없는 눈물」이라고 번역해도 되요.

> Tears, idle tears, I know not what they mean,
> Tears from the depth of some divine despair
> Rise in the heart, and gather to the eyes,
> In looking on the happy autumn-fields,
> And thinking of the day that are no more.

> 눈물, 덧없는 눈물, 나는 까닭을 알지 못하네,
> 눈물이 어딘가 거룩한 절망의 바닥으로부터
> 가슴에 솟아올랐고, 눈에 고여 들었네,
> 행복한 가을 들녘을 바라보고 있노라니
> 가버린 나날들이 생각난다네.

왜 울어요? 왜 그냥 울어요? 덧없이, 하릴없이 왜 울어요? 부모님이 돌아가신 것도 아니고. 이런 질문을 추구해야 공부하는 거죠. 일없이 눈물을 짜내고 있어요. 그래서 오래전에 죽은 친구를 애도한다고 해석하는 논문들이 많아요. 그런데 이 눈물이 그 친구만을 위한 것일까라는 의문이 들어요. 풋풋했던 대학시절의 추억이 아무리 좋았어도, 뭔가 다른 걸 위한 핑계가 아닐까요. 이런 관점을 파고들면 "테니슨 시세계의 두 종류의 눈물(Two Types of Tear in Tennyson's Poetry)"이라는 에세이나 논문을 쓸 수 있게 되겠죠. 이런 식의 비판적인 안목이 생기기 전에 이 시를 읽었으면, 그저 그런 독서경험이었을 거여요.

우리가 쓰는 영문학

"거룩한 절망(divine despair)"라고 번역했지만, 이 때의 'divine'은 종교적인 신성함과 거리가 먼 것 같아요. 차라리 'unhuman'인 것 같아요. '인간적이지 않은'이라는 뜻이죠. "행복한 가을 들판"을 바라보고 있다가, TV드라마를 보고 있다가, 이유도 없이 눈에서 눈물이 흘러내리는 경험을 여러분의 삼촌이나 아버지 등 지금 시대의 중년남자들이 가끔 고백하죠. 테니슨의 '덧없는 눈물'의 정서가 아직도 남아있어요. 이걸 극복해내지 못했기 때문에 우리가 테니슨을 아직도 읽고 있어요. 이건 영국사람이나 미국사람의 영문학이 아니라, 우리가 쓰는 영문학이에요. 우리의 미래를 만들어가는 영문학입니다.

『우리 시대의 셰익스피어』

테니슨은 새로운 시대의 정동을 말하려는 것 같아요. 'unhuman'이라는 뜻의 'divine'이라는 단어도 구 명론으로 설명할 수 있어요. 인간중심의 휴머니즘만으로는 당대사회의 윤리·도덕적 현상이 전부 다 설명되지 않는 당혹감의 표현이었겠죠.

1974년도 출판된 얀 코트(Jan Kott)의 『우리 시대의 셰익스피어』(Shakespeare Our Contemporary) 는 셰익스피어같이 아무리 위대한 전통이라도 그 시대에 맞춰 끊임없이 재해석돼야 계속 살아있을 것 이라는 점을 지적했어요. 이 책의 영향력 때문에 왕립셰익스피어극단(RSC, Royal Shakespearean Company)이 부활했고, 템스 강변의 글로브 극장(Globe Theatre)이 셰익스피어시대처럼 복원됐고, 전 세계 곳곳에서 지금까지도 활발하게 셰익스피어의 극들이 공연되고 있어요. 이 책의 발간 25주년을 기념 하여 영국의 연극계가 1990년에 『셰익스피어는 여전히 우리 시대의 것인가』(Is Shakespeare Still Our Contemporary)를 얀 코트라는 동유럽의 학자에게 헌정했어요.

『T. S. 엘리엇과 쟈크 데리다』

아무리 위대한 전통이라도 지금 이 시대에 쓸모 없으면 잊히기 마련인 거죠. 내 박사학위 논문제목은 『T. S. 엘리엇의 시와 문학평론의 해체론적 접근』이고, 그게 『T. S. 엘리엇과 쟈크 데리다』라는 책으로 나왔 어요. 지금까지도 중·고등학교는 물론 대학교육에서 문학을 학습하는 대표적인 방법인 문학작품 자체의 수사·표현 등의 분석에 중점을 두는 신비평[New Criticism]은 『황무지』를 비롯한 엘리엇의 작품을 분석 하기 위해 시작된 것이었어요. 대학교의 영문과라는 것도 실제로는 엘리엇의 영향력으로 서당(書堂) 방식 에서 벗어나 학문적인 절차가 됐던 거여요. 그러니까 영문과의 아버지인 거죠. 그토록 오랫동안 영문학계 에 행사했던 막강한 영향력이 80년대에 거의 사라졌어요. 그래서 내가 탈근대시대를 대표하는 철학자 데 리다의 해체론이 엘리엇에게도 제대로 적용될 수 있음을 입증함으로써 엘리엇이 우리 시대에도 의미가 있 다는 걸 밝혔어요. 영문학계에서 엘리엇과 해체론의 부활에 어느 정도 기여한 바가 있다고 믿어요.

엘리엇의 모더니즘이 해체론의 용어를 모르면서도 해체론을 말했던 것처럼, 테니슨의 'divine'은 근대 적 휴머니즘의 비효율성을 지적하는 단어 같아요. 그가 탈근대적인 정동을 알지는 못했지만 'human'이 아닌 'inhuman'의 영역, 즉 근대이데올로기가 제대로 작동되지 않는 시대에 살고 있다는 절망감을 느꼈던 거여요. 우울과 불안의 탈근대시대를 미리 살아내고 있었어요. 그로 인해 지금 이 수업을 하고 있는 우리의 마음에 공감을 불러일으키고 있는 거겠죠. 물론 우리의 선배이신 이상도 이런 식의 놀라운 시적 상상력의 힘을 보여줬었죠.

on과 over

Fresh as the first beam glittering on a sail,

That brings our friends up from the underworld,

Sad as the last which reddens over one

That sinks with all we love below the verge;

So sad, so fresh, the days that are no more.

신선해라, 저승에서 벗들을 싣고 올라오는

돛배에 반짝이는 첫 햇살 같아라,

슬프다네, 사랑하는 이들을 모두 싣고 수평선 너머로

가라앉는 돛배를 붉게 물들이는 마지막 햇살 같아라.

그렇게도 슬프고, 그렇게도 신선해라, 가버린 나날들이여.

전치사 'on'과 전치사 'over'의 차이점이 뚜렷해요. 아침햇살은 돛배의 돛에 '붙어서 위에' 있지만, 저녁햇살은 하늘 전체를 물들이며 돛배의 돛을 '둥글게 덮치며' 비치니까요. '햇살' 이미지로 표현된 슬픔이 아침에는 돛 위에만 있다가 저녁에는 하늘 전체로 퍼져나가는 상황의 묘사입니다. 희망차고 신선한 아침햇살의 기운에 힘입어 예전의 좋았던 청춘의 기억을 되살리지만, 그걸 밤까지 유지할 힘이 인간에게 없다는 걸 "붉게 물들이는 마지막 햇살" 속에서 슬프게 확인할 수밖에 없거든요.

죽는 날 아침

Ah, sad and strange as in dark summer dawns

The earliest pipe of half-awakened birds

To dying ears, when unto dying eyes

The casement slowly grows a glimmering square;

So sad, so strange, the days that are no more.

아, 슬프고도 야릇하여라, 음울한 여름날 동틀 무렵
죽어가는 귀에 들리는 잠 덜 깬 새들의
첫 번째 지저귐 같아라, 죽어가는 눈에
창틀이 서서히 희미하게 빛나는 사각형 되어갈 때.
그렇게도 슬프고, 그렇게도 야릇하여라, 가버린 나날들이여.

죽는 날 아침 새벽은 어떨까요. 정말로 많이 아픈 사람은 잠을 설쳐요. 옆에 간호하는 사람이 있더라도 새벽에는 지쳐서 잠들어있겠죠. 밤을 새면 어둠이 서서히 밝아오는 걸 경험하게 돼요. 생명의 힘이 충만한 시절에는 그 순간이 아주 좋아요. 그렇지만 죽어가는 귀로 듣는 새들이 잠깨며 재재거리는 소리는 어떨까요. 그만큼 슬프고도 야릇하겠죠.

"저 천장에 벌레들이 기어 다녀."라고 깨끗한 병실천장을 보며 말하는 것처럼, 헛것이 보인다고 믿고 말하면 곧 돌아가신다는 신호예요. 화자도 이런 사실을 아는 것 같아요. 그래서 새벽이 동터오며 어둠에 감춰져있던 창틀이 "서서히 희미하게 빛나는 사각형 되어"가는 걸 유심히 지켜보고 있어요.

국민시인

테니슨은 왜 이렇게 죽어가는 자의 마지막 경험을 집요하게 묘사하고 있을까요? 테니슨은 '국민시인(the Poet of the People)'이었어요. 빅토리아시대의 사람들은 자신이 말로 할 수 없어 어려워하는 정서를 테니슨이 대신해서 대표로 말해주고 있다고 생각했어요. 이 시는 테니슨의 대표작이에요. 대한민국 국민이라면 거의 누구나 "나 보기가 역겨워 가실 때에는"이라고 쉽게 흥얼거리는 김소월의 「진달래」 같은 시인 거죠. 그러므로 이 시의 이런 암울한 정서가 테니슨의 개인서사가 아니라 빅토리아시대의 거대서사라고 분석해야 돼요. 자신의 대학시절 친구 아서 할럼의 추억에서 비롯됐겠지만, 그건 테니슨의 개인서사일 뿐이고, 지금 관심이 가는 건 내가 설명했던 Korean Question과 비슷한 Victorian Question에서 비롯되는 우울과 불안의 정동입니다.

향미

Dear as remembered kisses after death,
And sweet as those by hopeless fancy feigned

On lips that are for others; deep as love,

Deep as first love, and wild with all regret;

O Death in Life, the days that are no more!

다정하여라, 죽은 뒤에 생각나는 키스들처럼,

그리고 달콤하여라, 다른 이들에게 허락된 입술에

헛되이 해보는 상상의 키스들처럼. 사랑처럼 깊어라,

첫사랑처럼 깊어라, 오만가지 회환으로 미칠 것 같아라.

오, 삶 가운데 있는 죽음이여, 가버린 나날들이여!

　마지막 연의 "다른 이들에게 허락된 입술에 헛되이 해보는 상상의 키스들"이야말로 『동백꽃 필 무렵』의 비운의 인물이었던 향미를 생각나게 해요. 인기가수였다는 손담비의 인생 캐릭터가 될 것 같아요. 그녀는 마치 "죽은 뒤에 생각나는 키스" 같거든요. 배우로 성공하는 비결은 연기가 좋아서가 아니라 자신이 뭘 만드는지 정확하게 아는 것이에요. 연예부 기자가 돼서 손담비와 인터뷰하며 "테니슨의 이런 이미지를 어디에서 찾아냈나요?" 또는 "테니슨의 이런 이미지가 왜 우리 시대를 말해주고 있다고 생각했나요?"라고 질문한다면, 아주 높은 수준을 한국문화계에 도입하고 있는 중인 거겠죠.

「눈물, 덧없는 눈물」과 한국 서정시

이제 어떤 시전문지를 위해 이 시를 번역하면서 첨부했던 내 짧은 평론을 읽을 준비가 된 것 같아요.

　영국 빅토리아시대의 국민시인이었던 알프레드 테니슨의 「눈물, 덧없는 눈물」을 지금 이 시점에서 다시 읽어보자고 제안하는 이유는 '서정'의 현재적 의미를 생각해보고 싶기 때문이다.

　동시대 한국을 제대로 읽는 코드로 빅토리아시대가 적절하지 않을까 생각한 적이 많다. 경제적 산업화의 시발점이었던 산업혁명[한국의 경우에는 경제개발5개년계획: 이하 [ ]안의 내용은 대비되는 한국의 상황이다]과 정치적 민주화의 시발점이었던 프랑스혁명[6.29선언과 월드컵 응원]에 의해 근대국가[과거사위원회의 활동]의 체제가 갖추어진 다음에 찾아 온 빅토리아시대(1830년~1901년), 특히 중기 빅토리아시대(1848년~70년)는 경제적 번영[세계 10위의 경제대국]과 제국의 성장[대기업상품의 성공적인 세계시장진출]으로 특징지어지는 대영제국의 형성기[통일한국의 모색기]로서 번영의 시대였다. 크리미아 전쟁의 참상[북핵문제]에도 불구하고 자유무역법(Free Trade Act)[한미자유무역협정과 한ㆍ유럽자유무역협정]이 경제 전반에 활력을 불어넣었으며 공장법(Factory Act)[노동부]에 의해 심각한 노동착취가 사라졌으며 1851년 대박람회(the Great Exhibition)[월드컵과 엑스포]에 세워진 유리와 철근으로 만든 수정궁(the Crystal Palace)[강남재개발]은 번영의 상징이었다. 이런 표면적인 성공에도 불구하고 빅토리아시대는 허세(pretense)[명품열기]와 위선(hypocrisy)[신정아 학력위조사건]의 어두운 측면이 있었다.

한국의 서정시의 전망을 위해서 동시대의 한국과 영국 빅토리아시대의 유사성을 강조하는 이유는 『서정담시집』의 낭만주의도 제대로 습득하지 못하고 감상주의(sentimentalism)에 젖어드는 한국 서정시의 대표적인 문제점을 이러한 시대적 유사성의 검토를 통해서 진단할 수 있다고 판단했기 때문이다. 빅토리아시대를 대표하는 시인이었던 테니슨의 대표작 중 하나인「눈물, 덧없는 눈물」에 대해 감상주의적이라는 평가를 내릴 수 있다.

감상주의가 낭만주의에 비해 열등한 점은 감정을 뒷받침하는 이성이 작품 속에서 발견되지 않는다는 것이다. 한국의 서정시들이 답답하게 느껴지는 이유는 감정의 섬세함이 부족하기 때문이 아니라 그 감정을 뒷받침하는 이성적 바탕이 보이지 않기 때문이다. 이러한 경향을 평론가들이 조장하는 측면도 있다. 대부분의 평자들이 섬세한 정서가 표현된 구절을 인용하면서 작품을 평가하는데, 작품 전체의 의미 속에서 그 뛰어나다고 여겨지는 구절들이 어떤 기여를 하는지 평가해야 옳을 것이다.

한국 서정시의 문제점을 지적하고 새로운 방향을 제시하기 위하여 테니슨의 시를 다시 읽는 이유는 테니슨이 어떻게 감상주의의 함정을 멋지게 빠져나가는지 연구해보기를 바라기 때문이다. 그의 서정시가 감정에 극단적으로 몰입되어 있는 것 같아 보이지만, 놀랍게도 단단한 이성적 틀을 갖고 있다. 그렇지 않다면, 눈물에서 발견되는 신선해라, 슬프다네, 야릇하여라, 다정하여라, 달콤하여라, 깊어라 등 온갖 정서들이 이렇게도 질서정연하게 배치될 수는 없을 것이다.

루시 포엠

낭만주의시대를 연 윌리엄 워즈워스는 놀라운 사람이에요. 그 증거가 루시(Lucy)라는 인물이 직접적으로 혹은 간접적으로 등장하는 시편들이에요. "루시 포엠(Lucy poems)"이라고 따로 분류해서 연구를 해요.

워즈워스는 낭만주의의 시작점에서 '상상력'을 중심으로 낭만적 감정체계를 수립한 시인이에요. 그런데 우리의 선배 이상처럼 지금 우리가 느끼는 탈근대적인 정동체계를 '루시 포엠'으로 이미 써놓았어요. 한 시대를 시작하는 일도 너무 벅찰 텐데, 그 시대의 끝자락까지 보고 있었다는 건 놀라운 상상력이라고 말하지 않을 수가 없어요.

역사적인 거리감

워즈워스는 사실상 자신이 쓰고 있는 시들이 낭만주의라는 걸 몰랐을 거여요. 내가 지금하고 있는 일들이 탈근대시대의 그것인지 확신받지 못하고 있는 것과 마찬가지죠. 어떤 사건의 역사적인 의미를 파악하려면 어느 정도의 역사적인 거리감(distance)이 필요해요. 낭만주의라는 용어가 먼지를 뒤집어쓰고 있던 역사의 창고 속에서 본격적으로 끄집어내진 건 탈근대시대의 도래를 느낀 1960년대 평론가들 때문이에요. 근대이데올로기가 더 이상 제대로 작동되지 않는 걸 느낀 지식인들이 근대의 시작점이었던 워즈워스의 낭만주의를 다시 찾아보게 됐던 거죠. 그때 낭만주의의 선구자로서 윌리엄 블레이크(William Blake)가 재발견됐어요. 몇 백 권밖에 안 만들어냈던 수제판본의 시집이 지금은 대영제국박물관 1층의 특별전시실에 고이 모셔져있어요.

내가 지금 작업하는 것도 비슷한 운명을 겪겠죠. 뭐든지 자신이 아무리 중요한 걸 하고 있더라도, 그게 뭔지는 나중에 밝혀질 수밖에 없어요. 그런데 학생들이 서너 달 만에 확 바뀌는 걸 보면, 낭만주의의 경우와 달리 훨씬 더 빨리 그 역사적인 의의를 확인할 수 있을 것 같아요. (이런 희망을 갖고 이 책을 쓰고 있어요. 혹시 누가 알아요. 이 터무니없는 노력이 내 죽은 뒤가 아니라 지금 빛을 발하게 될지.)

「나는 이상한 열정의 격동을 겪었어요」

'루시 포엠' 중의 하나인 「나는 이상한 열정의 격동을 겪었어요」("Strange fits of passion have I known")를 읽어봅시다.

> Strange fits of passion have I known:
> And I will dare to tell,
> But in the Lover's ear alone,
> What once to me befel.

> 나는 이상한 열정의 격동을 겪었어요.
> 그리고 내가 감히 이야기하려고 해요,
> 그렇지만 사랑하는 사람의 귀에만 할 거여요,
> 언젠가 내게 일어났던 일을.

「우리는 일곱이어요」에서처럼 1연의 화자는 시인 워즈워스인 것 같아요. "사랑하는 사람의 귀에만" 이야기하겠다는 워즈워스의 선언은 이 시가 다른 서정시들과는 다른 차원에 있다는 걸 의미해요. 낭만적인 사랑을 성취하기 위한 이론의 소개가 아니라, 그런 걸 이미 마스터한 전문가들의 담론을 목표한다는 걸

뜻해요. '항상' 일어났던, 또는 일어나야만 하는 낭만적인 사랑이 아니라, 워즈워스가 "언젠가(once)" 한 번 경험했던 사건이지만, 뭔가 낭만적 이데올로기 이후를 암시하는 사상의 징조라고 믿는 거여요. 그러니까 오해의 발생가능성을 무릅쓰고 "감히(dare)" 이야기하려는 거죠. 그걸 "이상한 열정의 격동"이라고 정의했어요.

열정

기억나세요? 이번 학기 수업의 앞부분에서 읽었던 말로우의 「열정적인 목동이 자신의 사랑에게」에 '열정'이란 단어가 있었어요. 낭만주의시대의 '사랑'과 달리 르네상스시대의 '열정'에는 그걸 뒷받침하는 근대이데올로기가 없었어요. 그래서 「봄봄」의 데릴사위 머슴도 자신의 열정을 어떻게 논리적으로 현실세계에 적용할 수 있을지 몰랐던 거겠죠. 그런데 '열정'이란 단어가 낭만주의적인 '사랑'의 표현 속에 다시 등장했어요. 이번에는 '이상한'과 일시적인 '격동'이란 단어를 앞뒤에 달고 있으면서, '사랑'의 예외적인 현상임을 두드러지게 강조하고 있어요.

익숙해진 사랑노래

이 시의 마지막 부분까지는 낭만적인 사랑의 전형적인 묘사예요. 그러므로 좀 길어도 쉽게 읽힐 거여요. 왜냐하면 익숙해진 사랑노래이니까요. 그래서 아래의 2연 2행의 "유월의 장미"같이 상투적인 이미지가 등장해요. 여러분도 사랑에 익숙해지면 상투적인 사랑노래를 벗어나려고, 그래서 여러분의 사랑을 계속 지켜나가려고 엄청 노력을 하죠.

When she I loved looked every day
Fresh as a rose in June,
I to her cottage bent my way,
Beneath an evening moon.

내가 사랑했던 그녀가 매일매일
유월의 장미 같이 신선했었을 때
가던 길을 구부려 그녀의 오두막으로 갔다
저녁 달 바로 아래에서.

Upon the moon I fixed my eye,
All over the wide lea,
With quickening pace my horse drew nigh
Those paths so dear to me.

그 달 아래에서 내 눈을 고정했다
드넓은 풀밭 전부를 내다보며
내 말은 재촉하는 보조로 가까이 다가갔다
내게 너무나도 익숙한 그 길을.

And now we reached the orchard-plot;
And, as we climbed the hill,
The sinking moon to Lucy's cot
Came near, and nearer still.

그리고 이제 우리는 과수원 부지에 도착했다.
그리고 우리가 언덕을 오르는데
아래로 가라앉고 있는 달이 루시의 오두막에
가까이 다가갔다. 그리고 점점 더 가까워졌다.

In one of those sweet dreams I slept,
Kind Nature's gentlest boon!
And all the while my eyes I kept
On the descending moon.

나는 저 달콤한 꿈들 중 하나 속에 잠들었고,
그건 친절한 자연의 아주 너그러운 선물이었다!
그리고 내내 나는 내 눈을
하강하는 달에 계속 고정하고 있었다.

사랑노래인데 뭔가 불안한 기운이 맴돌고 있어요. 시를 읽을 때 단어 그 자체보다 어조(語調, tone)를 읽을 수 있어야 해요. 이건 대화할 때 상대의 말보다 그 말의 어조를 읽어야 진심을 알 수 있는 것과 마찬가지예요.

루시의 죽음

My horse moved on; hoof after hoof
He raised, and never stopped:
When down behind the cottage roof,
At once, the bright moon dropped.

내 말이 계속 움직였다. 말발굽을 연이어
그가 들어 올렸고, 결코 멈추지 않았다.
오두막 지붕 뒤로 내려갈 때,
갑자기, 밝은 달이 뚝 떨어졌다.

What fond and wayward thought will slide
Into a Lover's head!
"O mercy! to myself I cried,
"If Lucy should be dead!"

사랑하는 사람의 머리속으로
다정하지만 엉뚱한 생각이 갑자기 미끄러져 들어왔어요!
"오, 맙소사! 나는 혼잣말로 소리쳤어요,
"루시가 정말로 죽어버렸으면 어쩌지!"

초고에는 있었는데 교정과정에서 워즈워스가 다음과 같은 마지막 연을 삭제했어요.

I told her this: her laughter light
Is ringing in my ears;
And when I think upon that night
My eyes are dim with tears.

이런 얘기를 그녀에게 했어요. 그녀의 가벼운 웃음소리가
내 귀에서 아직도 울리고 있어요.

그리고 그날 밤에 생각이 미칠 때마다

내 눈은 눈물로 흐릿해져요.

삭제된 마지막 연이 이 사랑하는 연인의 알 수 없는 불안감을 입증해줍니다. "이런 얘기를 그녀에게 했어요."라는 문장의 과거시제가 그녀와의 사랑이 영원하지 않았음을 말해줘요. 그녀는 그럴 리가 없다고 믿었고, 그래서 가볍게 웃었던 것이겠죠. 화자도 영원한 사랑이라는 그녀의 의견에 동조했었고, 그걸 지금 절절하게 후회하고 있는 거겠죠. 삭제된 후의 마지막 문장인 "루시가 정말로 죽어버렸으면 어쩌지!"라는 말도 안 되는 것 같던 환상처럼, 루시가 정말로 죽었을지도 모르겠다는 추정이 가능합니다.

철학적 질문

워즈워스가 왜 이렇게 독자에게 친절하게 설명해주는 마지막 연을 삭제해버렸던 것일까요? 초고에 있던 마지막 연을 삭제해버림으로써 루시의 죽음은 역사적인 사실이 아니라, "다정하지만 엉뚱한 생각"이라고 치부할 수 있을 환상이 됐어요. 그리하여 루시라는 한 여인의 죽음에 관한 낭만적 사랑의 개인서사가 아니라, 낭만적 사랑의 영원성에 대한 의문제기라는 철학적 질문이 됐어요. 이러한 교정 작업이 천재의 한 순간의 재치의 결과가 아니라 진지한 사상적인 문제제기라는 건, 다른 루시 포엠들이 있다는 점이 입증해줍니다.

"나는 너를 영원히 사랑해."에서 틀린 부분이 뭐예요? '영원히'가 틀렸어요. 이걸 낭만적인 사랑의 창시자도 알고 있었어요. 그러니까 우리는 아직도 워즈워스의 시대를 살고 있어요.

한국 어머니들의 사랑은 지극해요! 이스라엘 어머니, 흑인 어머니, 러시아 할머니와 함께 세계 4대 어머니 모델이에요. 왜 그렇게 지독해요? 그건 죽을까봐서 그래요. 아기시절부터 지금까지 자식의 삶이 아슬아슬해보여서 그래요. 그래서 여러분이 언제나 이기는 거여요. 이게 지금 세상에 몇 안 남은 진짜 사랑의 모습이겠죠. 왜냐하면 'happily ever after'는 더 이상 없는 세상이거든요.

이야기치료

2016년도 맥아더 예술지원사업(MacArthur Fellowship)에 선정된 극작가 베스팅(Anne Basting)은 "시간을 미끄러져가며 창의적인 이야기하기 프로젝트"(TimeSlips Creative Storytelling Project)를 시도하고 있습니다. 영감을 불러일으키는 힌트에 반응하여 소설과 시를 상상하며 즉흥적으로 이야기를 만들어내게 하는 방법이 치매 등 인지장애를 갖고 있는 노인들에게 아주 효과적이었기 때문입니다. 이야기하고 창의적으로 표현할 수 있는 능력이 인지능력장애를 경험하는 노년층의 삶의 질을 극적으로 향상시켰습니다.

예일대학교의 행복강좌

이 수업을 시작하면서 학생 4명의 에세이들이 예일대 수업을 능가한다고 말했던 바로 그 강좌입니다. 이 강좌의 제시된 해결책과 수준을 비교해보세요. 우리가 더 잘났어요! 우리가 이긴다고요!

샌토스(Laurie Santos) 교수의 "심리학과 좋은 인생"(Psychology and the Good Life)은 "예일대학교 역사상 가장 인기 있는 강좌"입니다.[112] 아스펜 아이디어 페스티벌(the Aspen Ideas Festival)의 유튜브에서 1시간 축약본을 볼 수 있습니다.

쾌락순응

행복을 방해하는 두 가지 마음의 문제와 그 처방전들로 구성돼있습니다. 행복을 방해하는 마음의 첫 번째 문제는 반복적으로 노출되는 것들에 두뇌가 익숙해진다는 점입니다. "굉장한 어떤 걸 처음에 얻었을 때에는 정말로 굉장한 느낌입니다. 그러나 그런 다음 그것에 아주 빨리 익숙해집니다."라고 정의하는 "hedonic adaptation(쾌락 순응)"입니다. 대저택에 이사를 가도 행복은 3개월뿐이고, 로또에 당첨되어도 예일대학교에 합격해도 행복은 6개월뿐입니다.

이에 대한 처방전은 첫째 "물건 말고 경험을 사라"는 잘 알려진 소비심리 격언처럼 순응하기 어려운 것에 시간과 돈을 투자하는 겁니다. 두 번째 처방전은 최근 SNS에서 유행하는 '밈(meme)'이 돼버린 "이미 소유한 것에 감사하는 시간을 갖자"는 겁니다.

어렵게 설명됐지만 쉽게 생각해볼 수 있어요. 하루의 커피 첫잔은 정말 맛있어요. 그 커피도 반쯤 지나면 약간 맹물 같아져요. 그걸 벗어나는 길은 맛있는 디저트를 먹어주는 거죠. 그러면 커피가 다시 맛있어져요. 물론 살찌는 걸 조심해야죠. 이걸 거꾸로 생각해보면 많은 돈을 안 써도 행복해질 수 있다는 걸 의미해요. 그런데 두 번째 처방전은 약간 엉터리에요! 이미 소유한 게 많거나 충분한 국가나 개인이 가끔 변덕스럽게 적용해볼 수 있겠지만, 예일대에 다닐 수준이 안 되는 사람들이 미국국민 거의 전부라는 걸 생각해보면 맥이 빠지는 해결책입니다.

부정적 시각화

행복을 방해하는 마음의 두 번째 문제는 절대적인 것이 아닌 상대적인 비교에 집착하는 것입니다. 우리가 이미 갖고 있는 것이 우리에게 충분하다고 생각하는 대신에 다른 사람들이 갖고 있는 것과 어떻게 다

---

112 Joe Pinsker, "The Yale Happiness Class," The Atlantic, Jun 25, 2019.

른지 비교하는 행위에서 비롯됩니다. 올림픽 시상식에서 동메달 수상자가 은메달 수상자보다 더 행복해 보인다는 관찰로 잘 알려져 있습니다.

우리의 마음은 그 당시 두드러진 것처럼 보이는 참조점이 무엇이든 그걸 그저 선택한다.

지난 시간에 배운 카너먼의 행동경제심리학에 의해 시스템 1로 정의됐던 것입니다. 카너먼의 이론을 기억한다면 이건 단순히 개인서사의 측면에서 해결될 수 있는 문제가 아닙니다. 그러므로 샌토스 교수의 다음과 같은 처방전은 거의 무의미합니다. "부정적 시각화"(negative visualization)라고 알려져 있는데, 기후변화에 대응한다고 저녁에 1시간 정도 약속한 기간 전부 소등하거나, 어느 여름밤 에어컨 없이 하루나 이틀을 살아보는 등, 우리에게 익숙해져버린 것들 없이 강제로 주기적으로 살아보는 것입니다.

이 강좌의 영향으로 밀(John Stuart Mill), 몽테스키외(Montesquieu)와 세네카(Seneca) 등이 자주 언급되는데, 근대적인 세계관으로 인해 자동화된 직관적인 판단시스템 1을 개인적인 성찰과 노력으로 극복할 수 없다는 명백한 사실에 비춰보면, 개인들에게 자신감 결여와 불만족을 초래할 수밖에 없습니다. 탈근대적인 시스템 2는 근대적인 시스템 1 자체가 잘못돼있다는 걸 자인하기 전에는 작동될 리가 없기 때문입니다.

「행복해지는 법」

이제 예일대학교의 행복강좌의 해결책과 비교하면서 학생 4명의 에세이들을 읽어봅시다. 우선 A++의 「행복해지는 법」입니다.

사람들은 미래에 행복해지기 위해 현재를 투자한다.

미래에 좋은 직업 등을 위해 현재의 시간을 투자해 공부를 하고, 미래에 풍족해지기 위해 현재 돈을 아낀다. 인간이 생존하기 위해 미래에 대한 대비, 투자를 하는 것은 필수적이다. 하지만 미래의 나를 위해 현재의 행복을 놓치고, 심지어 그 미래에도 더 이후의 미래를 위해 현재의 무언가를 투자하며 계속해서 현재의 행복을 계속해서 놓치는 나를 보며, '도대체 나는 어떻게 해야 행복할 수 있을까?'라는 고민이 들었다.

내가 현재의 행복을 놓치면서까지 미래에 투자하는 이유는 미래에 대한 불안감 때문일 것이다. 미래에 대한 불안감은 모두가 느낀다. 하지만 내가 현재 스트레스를 받으며 신경 쓰고 고민한다고 그 불안감이 해소되진 않는다. 그저 나의 삶을 스트레스로만 채우고 있을 뿐이다. 그래서 나는 나의 미래에 대한 불안과 미래에 대한 과도한 투자문제를 해결하기로 마음먹었다.

내가 생각한 첫 번째 방법은 '소비를 아까워하지 않는 것'이다. 사실 내가 현재 하고 있는 거의 모든 행위는 미래의 '경제적 여유로움'을 위해 하는 행동들이다. 미래에 경제적으로 안정된 직장을 얻기 위해 시간을 투자하여 공부하거나, 미래를 위해 돈을 조금씩이라도 아끼며 저금하며 살아간다. '경제적 여유로움'을 원하는 이유는 내가 원하는 곳, 내가 행복감을 느낄 수 있는 곳에 자유롭게 소비하기 위해서이다. 하지만 나는 그것 때문에 현재에 과도하게 저금에 집착하며 교통비 '1500원'을 아끼기 위해 '교통수단을 이용할까 아니면 걸어갈까?'라는 고민부터 '동선을 어떻게 정해야 1500원을 아낄 수 있을까?'라고 끝도 없이 생각하며 스트레스를 받는다. "1500원"일 뿐인데 말이다. 결국 그 '1500원'이 나의 삶의 질을 떨어뜨리고 있는 것이다. 하지만 과거의 나는 지금까지 이렇게 그 돈을 아껴 왔지만 지금 전혀 행복하지 않고 또 다른 미래를 걱정하며 같은 행동을 되풀이할 뿐이다. 그래서 앞으로 나는 미래에 대한 불안함을 떨쳐내려고 노력하며 억지로라도 현재를 위한 소비습관을 들이도록 하려한다.

두 번째는 '하루의 반은 오늘을 위해 투자하기'이다. 이것은 시간, 돈 모두 해당된다. 열심히 공부를 하고, 일을 하고, 절약을 하는 등 미래를 위해 무엇이든 하는 것은 계획적이고 멋진 일이다. 하지만 나의 오늘 모두를 미래를 위해 써버린다면 그것은 텅 빈 하루라고 생각한다. 지금 행복감을 느껴야 행복한 것이다. 지금 배우고 싶은 것이 있다면 배우고, 하고 싶은 것이 있다면 하고, 먹고 싶은 것이 있다면 먹고, 가보고 싶은 곳이 있다면 가는 용기가 필요하다고 생각한다. 그로 인해 오늘 하루 중 몇 시간 혹은 몇 분이라도 행복했다면 행복한 하루가 되는 것이기 때문이다.

미래에 대한 불안감은 누구에게나 있는 것이기 때문에 지금까지 했던 것과 같이 미래에 대한 투자를 줄이고 현재에 집중하라는 것은 생각보다 실행하기 힘들 것이라는 것을 안다. 그것은 나에게도 마찬가지이다. 하지만 현재의 나를 위해 나의 시간과 돈을 온전히 지금의 나에게 투자하며 행복해져 보려한다.

'과거'(노스탤지어, 향수)와 '미래'(유토피아, 이상적인 목표)라는 근대의 선조적인(linear) 시간관에 붙들리지 않고 바로 지금의 '현재'에 삶을 영위하는 중심을 둬야한다는 판단도 놀랍지만, 그걸 실천해나가려는 방안들도 아주 훌륭합니다. 바로 이러한 목표의 변화가 필자 자신의 개인의 사적인 삶의 질을 극적으로 향상시킬 뿐만 아니라, 당대의 현실에 효율적으로 적용될 창의적인 아이디어를 창출해내도록 도와줄 것이기에 필자가 선택하여 집중하게 될 미래의 공적인 삶의 성공전망에 있어 큰 도움이 될 것입니다.

「왜 우리는 행복해야만 하는가?」

「왜 우리는 행복해야만 하는가?」의 필자는 행복강좌 자체의 존재성을 비판하고 있습니다.

서점 베스트셀러 자리엔 '행복해지는 방법'에 관한 책들이 즐비해 있다. 하지만 우리는 자주 불행하다. 사람들이 열심히 돈을 벌고 다른 사람과의 관계를 유지하는 이유는 좀 더 행복한 삶을 살기 위해서이다. 하지만 어느 순간부터 우리는 '행복'해지기 위해서 부단히 애쓰고 있다. 얼마 전 오랜만에 고등학교 친구들을 만났다. 연주라는 친구는 우리 중에 가장 특이하고 특별한 생각을 많이 하는 친구이다. '취업' '학업' 등 우리를 암울하게 만드는 주제로 대화가 무르익어가자 모두들 지친 표정으로 막막한 현실에 대해서 고민했다. 좀 더 나은 삶을 살고자 열심히 공부하고 대학에 진학했는데 정작 행복하지 않다는 것이다. 취업이란 걱정거리를 해치워도 우리는 또 다른 고민들로 불행할 것이다. 그때 연주는 '왜 행복하려고 애쓰는 거야?'라는 질문을 던지며 우리를 놀라게 했다. 우리가 놀란 이유는 인간이 삶을 열심히 살아가는 이유는 당연히 '행복'하기 위해서라고 생각했기 때문에 연주의 질문은 답변을 주기 힘든 질문이었기 때문이었다. 이어지는 연주의 논리는 이러했다. 다들 행복해지는 방법에 관해서 논리적으로 책을 쓰지만 자신은 전혀 공감이 가지 않다는 것이다. 분명 아무리 행복한 사람도 가끔은 좌절하고 무너지며 불행할 것인데 마치 자신의 도움서만 보면 매 순간이 행복할 것처럼 주장하는 것이 불만이라고 했다. 현재 자신은 남들이 말하는 행복한 삶을 살고 있지는 않지만 때때로 슬프고 분노하며 동시에 행복하기도 하다는 것이다. 연주의 말을 듣고 나는 생각했다. 그렇다 우리는 행복하려고 애쓰지만 그 결과 더욱더 남들과 자신을 비교하고 과거를 후회하며 불행해진다. 긍정적 사고는 되려 긍정적으로 생각하려 애쓰게 하고 우리를 부정적으로 만든다고 생각했다.

필자가 주장하고자 하는 것은 행복의 부정이 아닌 우리가 삶을 살아가는 이유는 행복해지기 위해서가 아니란 것이다. 인간이란 존재는 행복을 쉽게 느끼지만 얼마 안 가 더 큰 행복을 원하고 그것을 느끼기 위해 또 다시 불행해진다고 생각한다. 나 또한 내가 설정한 목표가 아닌 타인을 기준으로 그들보다 잘 하는 것이 좋은 결과이고 그것이 나를 행복하게 한다고 믿었다. 하지만 '진정한 행복'은 나를 이겨낼 때 느낄 수 있다고 생각한다. 행복한 삶이 아닌 매번 내 앞에 주어진 일을 극복하고 나 스스로를 이겨내야 한다고 생각한다. 즉, '자아실현'을 이루기 위해서 삶을 열심히 살아가야 한다. '나'를 알고 극복하고 사랑하는 것이 삶을 살아가는 이유라고 생각했다. 물론 타인도 중요하다. 하지만 '나'를 알아야 타인도 알 수 있다. 내가 이것을 이른 나이에 깨달아서 다행이라고 생각했다. 아직 청춘이고 삶을 막 계획하기 시작한 지금 나는 막연하게 남들과 같은 행복을 추구하는 것이 아닌 내가 설정한 삶의 방향을 따라갈 것이다. 그것이 나를 진정으로 '행복'하게 할 것이라고 확신한다.

필자처럼 나도 젊은 시절에 이런 깨침을 얻었으면, 지금의 나보다 훨씬 더 좋은 사람이 돼있지 않을까 하는 겸손한 반성의 마음이 듭니다(평가: A+++). 이게 서구철학의 정수를 모아 만들어놓은 예일대학교의 행복강좌를 뛰어넘는 진짜 '행복학'일 것입니다. 그리고 서양의 비좁은 자아의식을 극복하는, 그리하여 경쟁사회라는 사회적 다원주의를 극복하여 새로운 공동체를 만들어내는 이런 동양철학에 바탕을 둔 대안사상이야말로, 인류의 개인적이면서 공동체적인 미래를 만들어내는 대화와 담론의 기초가 돼갈 것이라고 믿습니다.

'입시제도의 문제(B)'라는 9월 에세이 이후 수많은 고민 끝에 겨우 써내 지도를 많이 받지 못해왔던 젊은 필자의 10월 에세이(A+++)가 소위 '도사'에 육박하는 이런 수준에 도달할 수 있었다는 건 필자의 수준의 향상이기도 하지만, 필자가 속해있는 동양사상의, 그리고 그런 동양사상의 정수를 이어받아온 5,000년 한국문화의 전통에 힘을 얻은 것이기도 합니다. 그러니까 필자 혼자만의 개인적인 성공의 기록이라기보다 한국인이라면 누구나 도달할 수 있는 깊은 수준의 인식의 단계일 것입니다. 한국청년세대의 이런 놀라운 수준을 보여주는 사례가 BTS 등 주변에서 많이 만날 수 있다는 게 그 뚜렷한 증거들 중 하나입니다.

「열정이라는 아름다운 수식어 속에서」

「열정이라는 아름다운 수식어 속에서」는 아주 길지만 전문 인용하겠습니다. 카너먼이 시스템 1을 비판하며 시스템 2의 중요성을 주장했지만, 미국프로야구단이 승률향상을 위해 통계학에 의존하여 시스템 1의 자동판단기능을 통제하는 시스템 2를 일부 적용했지만, 일상전반에 걸쳐 시스템 2를 적용하는 사례는 많지 않습니다. 이건 예일대학교의 행복강좌에 대한 비판을 넘어 아예 포월해버리는 작업의 결과물입니다. 이쯤 되면 그 행복강좌는 볼 필요도 없게 됩니다. 그러니 아주 길더라도 인내심을 갖고 읽어볼 가치가 충분히 있습니다.

하늘은 노력하는 자를 돕는다. 열심히 하면 성공한다. 결과가 충분치 않았더라도 과정이 좋았으면 좋은 결과를 얻을 것이다. 우리 모두가 한 번씩 많이 들어본 말이며 우리 모두 어렴풋이 그렇게 믿고 있기도 한 생각이기도 하다. 자신의 열정이 언젠가는 이에 합당한 결과를 얻을 것이라고 생각한다. 열심히 노력했음에도 원치 않은 결과를 얻게 되면, 다른 사람들이 나보다 더 잘해서 그럴 것이라고 여기고 자신이 투자했던 시간과 열정은 틀리지 않았다고 위안한다. 수능이나 중요한 자격증 같이 한 번 미끄러진다면 다음 시험까지 기다려야 하는 그 유효시간들을 열정으로 채우는 건 열심히 하면서 기다린 그 시간들이 보상받는다는 우리 사회에서 굳어진 신념에서 나오는 믿음일 것 같다. 고등학교 이후로 한 번도 실패를 겪어보지 않았고 수능도 가볍게 좋은 성적을 받아 현재진행형으로 탄탄대로를 걸어온 서울대 학생의 사례가 있다. 대학생활 내에서도 성공을 맛봤고 취업도 당연할 것이라 생각했다. 하지만 취업과정에선 미끄러졌고 자신의 고등학교, 대학교 생활과 그 동안의 자신이 해왔던 일들이 부정당하는 듯한 느낌을 받았다고 토로했다. 취업을 준비하는 모든 학생들이 열심히 하고, 또 모두가 자신이 원하는 직장, 환경에서 일할 수 있어야 하는 가치를 지닌 소중한 사람들이지만 열정과 행동에 상응해서 항상 좋은 일이 비례해서 일어나진 않는다. 최선을 다 할 것이기 때문에, 아니면 지금까지 열심히 달려왔기 때문에, 또는 지난 경험에서 실패한 후 느낀 것이 있어서? 다른 사람보다 잘할 것이라는 자신감이 있어서? 막연하게 반드시 이기고 쟁취할 것이라는 믿음, 지금까지 열심히 해왔기 때문에 최대의 목표를 이루는 것이 당연하다고 생각했던 것이 당연하지 않을 수 있다는 걸 인지하지 못하는 착각은 분명 존재한다. 그냥 막연하게 "우리가 성공할 수 있고 내 행동이 보상받을 수 있으며 결과를 챙겨 와야 한다."라고 생각하는 건 어찌 보면 위험한 생각일 수도 있다는 것이다. 우리는 왜 스포츠에 열광하는가? 스포츠는 모두가 결과물이라는 목표를 향해 의지를 쏟아 붇는 공동의 장이지만 그 사이에서 울고 웃는 자가 나뉜다는 사실은 아이러니하다. 스포츠에 열광하는 이유 중 하나는 각 팀들을 줄을 세워놓기 때문이다. 줄을 세우고 누군가를 아래에 두고 올라서는 행위에 대해 아무도 비난하지 않는다. 뒤쳐진 자는 다른 팀에 비해 준비가 부족했고 증명하는 자리에서 제 자신의 기량을 드러내지 못했으니 패자를 예우하는 선에서 그러한 대우를 당연시 받아들여야 한다는 분위기다. 하지만 순위가 내려간 그 팀이 정말 역량이 부족했을까? 아님 상황과 변수가 따라주지 못했고 상대적인 역량에 의해 밀려났던 것일까? 스포츠를 잘 들여다 보면 굉장히 우스꽝스러운 일이 비일비재하게 일어난다. 나라를 대표해 출전하는 국가대표나 4년 동안 땀방울을 흘리며 준비하는 올림픽대표들은 대회에 출전하는 그 자체만으로도 무수히 많은 과정을 통해 자신의 가치를 입증했으며 실제로 무대에서 동등하게 다른 팀과 시합을 펼치는 모습은 그들의 지난 시간을 충분히 입증하고도 남는다. 모두가 이겨야 할 필요성이 있는 팀이고 열심히 했지만 누군가는 밀려 넘어지고 떨어지는 일들을 우리는 당연시하게 받아들인다. "열심히 한 자가 보상을 받는 것이며, 성공한 사람들은 그러한 과정을 거쳐 왔을 것이다."라는 어릴 때부터 굳어져온 이러한 신념이 무너지는 아이러니를 보여주는 대표적인 집단이 바로 스포츠 집단이다.

　미래를 바라보는 것은 불확실하기 때문에 신중한 사고와 더불어 직관적인 생각도 많이 작용하게 된다. 그렇기 때문에 미래에 대한 희망적인 바람은 한번 '신뢰감'을 형성하게 된다면, 또는 어떤 기대를 품고 그것을 '잘 될 수 있는 가능성'으로 생각한다면, 내가 나아가야 할 앞으로의 방향에 용기를 줄 수도 있지만 한편으론 과대평가되며 인생에서 좋은 일이 일어날 것이라고 생각하는 경향으로 빠질 수가 있다. 현실적이기 보단 낙관적이다. 지난 2019 여자축구 프랑스 월드컵이 기억이 난다. 월드컵을 앞두고 힘든 상대들을 만나게 되었지만 우리나라 선수들은 자신감 넘치는 멘트들을 쏟아냈다. "유럽 선수에게 지지 않을 자신 있다. 프랑스 월드컵 16강 이상 꿈꾼다. 프랑스 강하지만 골 못 넣을 것 없잖아요. 경기에 나서게 된다면 힘으로 전부 제압하겠다."라며 원대한 포부를 쏟아 냈다. 하지만 결과는 조별리그 탈락이고 3패로 경기를 마감했다. 이기고 싶은 마음이 부족했던 것도 아니고 그동안 열심히 해왔던 팀이었다. 하지만 단순히 그동안의 경험이 있기 때문에, 최선을 다할 것이기 때문에 좋은 일이 객관적인 확률보다 많이 일어날 것이라고 막연히 생각하는 것은 매우 위험하다. 많은 선수들이 조별리그 3패를 할 것이라 전혀 예상하지 않았으나 정반대의 결과가 나왔다. 주위에서는 계속 잘 할 것이라 말해주지만 솔직히 불안할 수도 있다. 그들이 가진 문제점을 그들 스스로 너무 아니까 숨기려 했다. 그러나 단점이 많았다. 이해는 간다. 내 믿음, 내 희망에 의문을 품기란 상황이 아무리 좋을 때라도 쉽지 않기 때문이다. 꼭 그래야 하는 때라면 더욱 어렵다. 하지만 혼란스럽게 하는 질문은 현실을 가깝게 직면한 상황에서 저렇게 설레발이고 긍정적이었을까 라는 질문이었다. 스포츠에서는 모든 팀이 전력을 다해 경기하는 상황이기 때문에 스포츠에서 패배한다는 것은 최선을 다했다는 믿음, 과정이 성과를 내줄 것이라는 믿음을 착각으로 바뀌게 한다. 누구나 스스로 품는 "미래에 대한 희망"이라고 부르는 것에 대해 의문을 품어보더라도 그 진위 여부를 따지기보다는 '여러 사람들에게 널리 믿어지는' 명제들을 별 의심 없이 받아들이는 쪽을 택한다. 명제라 함은 자신이 최선을 다했기 때문에 자신의 조건이 나아지고 보상받을 것이라는 믿음이다. 자신이 노력해왔다는 사실을 믿기 때문에 "나는 그렇게 희망한다."는 "나는 그렇게 소망한다."라는 결과까지 원하는 욕망으로도 이어진다. 하지만 열심히 했기 때문에 미래를 희망하는 과정이 결과를 이룬다는 보장으로 이루어지는 믿음은 착각이다. 무엇이 이런 믿음을 결정할까?

노력, 열정, 깨달음, 최선은 수치적으로 측정할 수 없으며 우리들의 주관적인 판단과정을 거쳐서 가치가 결정이 되게 된다. 목적은 기본적으로 "현실의 향상"이다. 여자축구의 사례에서 보지 않았는가? 능력 있는 자신과 간절하게 임해 왔기 때문에 반드시 이길 것이라는 적당한 희망이라는 사회적 명제들이 갖추어졌을 때 어떤 결과를 받아들일 것이라 그들이 예상을 했었는지 우리는 목격했다. 막연히 간절하고 열심히 했기 때문에 긍정적으로 행동하고 좋은 결과를 받아들일 거라는 자신감은 얼핏 보면 나빠 보이지 않기도 하다. 긍정적으로 생각하는 사람은 실제로 뇌에 좋은 영향을 미쳐 자신의 삶을 긍정적으로 변화시킬 것이라는 주장을 하는 사람도 꽤 있기도 하고 신빙성 또한 있기 때문이다. 긍정적인 자신감이 넘치는 사람이 사회적으로 매력적으로 보인다는 사실도 너무도 당연하다. 내가 최근에 보았던 만화가 이런 점들을 잘 정리했다고 생각해서 하나 소개하려 한다. 많은 펭귄들이 절벽 위에 서서 얘기를 하는데 그들 중 자신이 날지 못하는 펭귄이라고 생각하는 펭귄들은 결코 날 수가 없다. 그렇기 때문에 긍정적인 전망은 확실히 필요하긴 하다. 다른 현실을 상상할 필요가 있다는 건 어떤 식으로든 진전이 있기 때문이다. 그리고 현실도 가능하다고 믿어야 한다. 하지만 날 수 있다고 좋다고 뛰어내린 펭귄은 땅에 떨어졌을 때 정신이 없을 수도 있겠다…

모두가 노력하는 스포츠에서 웃고 우는 자가 나뉜다는 건 우리가 잔인한 현실을 마주하게 된 것도, 그동안 해왔던 노력이 우리를 배신한 것도 아니다. 노력했기 때문에, 과정이 좋아서, 열정적이어서, 깨달은 것이 있어서 이길 것이라는 믿음과 같이, 불확실한 미래에 대해 희망을 가지고 가치판단을 내려 주관적으로 생각해 왔던 착각을 직시하는 것뿐이다. 비슷한 예로 누구에게나 공평하게 홀러가는 시간을 판단할 수 있을까? 나는 유용하게 시간을 보냈다고, 상대적으로 다른 사람과 비교했을 때 올바른 선택을 통해 시간을 보냈다는 가치판단 없이 순수하게, 눈에 보이지 않는 관념인 시간을 성공적으로 보냈다고 정확하게 얘기할 수 있는 사람이 있을까? 최근에 청소년추리소설 "시간을 파는 상점"을 굉장히 재미있게 읽었다. 굉장히 인상 깊었던 말들 중에 "시간은 돈이 될 수 있으니 시간을 팔면 어떻게 될까요?"라는 말이 있었다. 주인공은 그 후 시간 상점을 개설했고 어떻게 하면 시간을 사고 팔 수 있을지 끝없이 고민했다. 쉽게 말해 시간 공유 개념인데 플랫폼을 하나 만들어서 시간을 빚진 사람은 참여를 통해 갚을 수 있는 기회를 주고, 시간을 저축한 사람은 이런 식으로 쓸 수 있도록 설득하면 되는 것이다. 이렇게 되면 말 그대로 시간을 매개로 협업하는 것이 되는 것이다. 서로가 서로의 시간을 유용하게 쓰고 또 남는 시간을 다른 사람이 쓸 수 있도록 내어주는 것이다. (말만 거창하지 시간 남을 때 다른 사람 심부름이나 해주는 심부름업체랑 뭐가 다르냐 라는 비야냥도 있었다…) 처음에는 이게 무슨 말인지 아무런 감도 잡히지 않았지만 지금은 시간이라는 관념적인 개념을 가치를 부과해 가치판단을 내린 사례로 이해가 되었다. 이런 시간의 금전적 가치에 대해 말하자 주인공의 어머니는 이렇게 대답을 한다. "시간은 우리가 생각하는 것처럼 그렇게 딱딱하게 갈겨 있지만은 않다는 거, 그리고 시간은 금이다. 라는 말이 좋은 말이기도 하지만 그 말이 얼마나 폭력적인 말인지도 한번 생각해봤으면 좋겠다."라고 충고한다. 이 질문에 대한 내 생각은 남는 시간조차 그대로 흘려보내려 하지 않고 다른 사람의 시간마저 유용하게 쓰려는 시간상점을 만든 글쓴이의 의도를 우회적으로 비판한 엄마의 말인 것 같다. 우리가 "어떤 시간이 행복한 건지, 어떤 시간을 너가 선택할 것인지, 그리고 어떤 시간이 행복한 시간인지 스스로와 타인에게 매 순간 질문을 던져보는 것은 시간의 가치를 정하는 생각이다. 시간은 우리와 매우 가깝기 때문에 사람들마다 시간에 대한 저마다의 기준이 있을 것이다. 돈과 노력의 가치를 따지는 것과 마찬가지로 시간의 가치를 정하게 된다면 그 기준이 과연 도덕성이나 객관성에서 합리성을 가질 수 있을까. 시간상점의 글쓴이처럼 시간에 금전적 가치를 부과하게 된다면, 시간이라는 본질을 보지 못하고 시간협업이라는 상업적 플랫폼을 만들어낸 것처럼 수단과 방법에 집착하게 된다. 그것은 시간을 유용하게 사용할 수 있다는 사람의 마음에서 오는 희망이라는 경계에서 오는 착각인 것이다. 시간상점의 시간은 주관적으로 의미화한 시간이며, 우리가 선택과 결단을 내린 시간만이 의미가 있게 보낸 것이고 가치가 있다는 가치판단을 의미하는 내용이다. 문학적으로 봤을 땐 정말 감성적인 내용이지만 시간과 노력, 열정처럼 우리의 행동을 편하게 하기 위해 임의대로 설정해놓은 주관적인 관념을 가치판단을 통해 긍정적으로 바라보는 건 실제결과에 반영될지는 미지수다. 시간 또한 인간의 편리성을 위해 만들어졌기 때문에 우리가 노력했고, 최선을 다했고, 열정을 다했기 때문에 막연하게 이길 수 있다 생각하는 건 막연한 희망일 뿐인 이유다. 가치판단이 들어간 생각은 실제와 다르며, 착각 속에 일어난 긍정적인 희망이기 때문이다.

가치판단의 위험성을 보여주는 사례가 하나 더 있다. 우리는 시간이라는 개념을 눈에 보이게 만들어냈다. 과거, 현재, 미래 이 세 가지로 분류하면서 말이다. 우리는 과거, 현재, 미래에 이르는 시간을 서로 연결돼있는 죽 늘어놓은 직선처럼 생각한다. 시간이 서로 긴밀하게 연결되어있다는 가치를 부과하면서 우리는 과거에 있었던 흑역사에 발을 동동 구르기도 하고 앞으로 있을 발표 준비에 긴장하며 조마조마하게 하루를 보내게 된다. 한 아이가 같은 반 아이의 죽음을 전해 듣게 되었는데, 그 친구는 아직 나이가 어렸다. 수업이 끝날 무렵 도난 사건이 있었는데, 범인으로 지목된 아이에게 선생님은 "내일 보자"라는 말로 시간을 유예시켰다. 슬프게도 그 아이는 밤사이 시간을 견디지 못하고 다음 날 스스로 죽었다. 얼마나 그 시간이 견디기 힘들었을까. 결국 앞에 놓인 또는 더 멀리 놓일 시간에 대한 두려움 때문에 아이들이 죽는다는 생각이 들었다. 시간에 관한 두려움이라는 가치판단이 설립됨으로써 아이를 얼마나 힘들게 했는지, 그렇다면 그 두려움을 다른 걸로 바꿀 수는 없었는지, 그러면 그렇게 허망하게 목숨을 버리는 일은 없지 않을까 하는 생각이 들었다

미래에 대한 희망과, 내가 가지고 있는 믿음을 의심하는 일은 썩 달갑지 않다. 주위에서도 계속 잘 할 수 있을 거야 라고 얘기하며 응원하는 경우엔 더욱 그렇다. 최선을 다 했다는 자신감이 있기 때문에 반드시 이기고 쟁취할 것이라는 긍정적인 바람은 정말 달콤하게 들리며 부정하기 쉽지 않다. 어떤 사람이 자신의 믿음을 저버리면서까지 자신의 간절함과 절실함을 부정할 수 있을까? 우리는 꿈, 노력, 열정, 최선에는 큰 역할과 가치를 부여한다. 사람들로부터 많은 스포트라이트를 받기 어렵고 장비나 시설도 마땅치 않아 상황도 열악한 위험한 철봉이나 육상 같은 비인기 종목에서 많은 유망생들이 땀을 흘렸고 그 어린 선수들이 결국엔 자신의 분야에서 이름을 알린다는 건 매우 아름다운 이야기다. 많은 운동, 스포츠 영화들이 이 같은 내용의 장면을 많이 채용한다. 부상으로 신음하던 선수가 자기 자신을 딛고 다시 도전하는 그런 아름다운 이야기처럼 말이다.

감동이라는 정서에 관해서도 큰 역할과 가치를 부과하는 건 마찬가지다. 스포츠 영화의 결말 부분엔 감동이 존재한다. 극적인 상황에서 연출되는 감동의 쓰나미다. 하지만 자신의 길에서 방황하던 선수가 다시 딛고 성공하는 감동적인 연출은 실제와는 거리감이 있는 장면일 가능성이 크다. 축구를 가끔 보는 사람도 알 수 있겠지만, 축구라는 스포츠가 경기장에서 뛰는 선수들의 역량과 헌신만을 따라 좌지우지되지만은 않는다. 선수단과 코칭스태프의 원만한 조화, 구단 내에서의 지원, 선수들을 향한 의료시설 구비 같은 여러 사항들이 내부와 외부의 잡음 없이 원만하게 이루어져야 결과물이 나올 수 있다. 하지만 스포츠 영화에서의 육상 선수에게는 꾸준히 포기하지 않고 달림으로써 개인적인 노력으로 어떤 힘든 상황이든 승화해 나갈 수 있다고 이야기한다. 막연한 가치판단은 내가 직면한 문제의 본질을 파악하기 어렵게 하며 좋은 결과를 내고, 시합에서 이길 수 있다는 불확실한 희망을 제공한다. 그리고 만약 실패를 가져오게 된다면 그 실패의 책임은 꿈과 열정, 노력이라는 큰 가치에 도달하지 못한 개인적인 실력과 준비성, 노력의 부족함으로 이어지게 된다. 노력이 당

신을 배신했다는 잔인한 착각이 드는 이유다.

　진정한 희망은 든든한 논거들의 뒷받침을 받아야만 한다. 진정한 희망은 희망을 믿음직하게 만드는 특징들을 확연하게 부각시킬 수 있어야 한다. 그렇게 하지 못하는 희망은 지레짐작에 불과하다. 사회가 바람직하다 생각해 지향되는 열정, 이겨야 할 필요가 있는 당당한 자격, 자신감, 최선의 노력과 같은 가치가 높아진 판단들에 의해 지레짐작된 희망일 뿐이다. 부정적인 생각을 긍정적인 생각으로 바꾸고, 두려움을 흥미로움으로 바꾸기 위해서라도 자신이 하는 일에 믿음을 가지는 것은 물론 중요하다. 열정과 노력이라는 아름다운 수식어 속에서 짧은 순간이라도 준비를 잘 한다면 괜찮을 것 같다.

　9월 에세이의「프렌즈를 보고」(B)에서 아주 늦은 10월의 에세이, 「감정표현」(A+++)으로 도약한 필자의 실력향상이 허약한 기반에 기초하고 있지 않음을 증명하는 아주 뛰어난 글입니다(평가: A+++). 이제 필자는 자신의 전문가적인 실력을 확실히 믿을 수 있을 것입니다. 정말로 축하합니다. 그리고 젊은 나이에 성취한 이토록 높은 경지가 정말로 부럽습니다. 필자의 이러한 성취를 다른 학생들이 부러워할 필요가 없습니다. 그는 10월 에세이를 11월 25일에서야 썼는데 그 수준(A+++)에 확실하게 도달하니 11월 에세이(A+++)는 12월 2일에 쓸 수 있었습니다. 그러니 공부하는 데 너무 늦었다, 시간이 없다는 말은 평계에 불과합니다.

「이제 알겠다, Romantic Love」

「이제 알겠다, Romantic Love」의 필자는 자신의 글을 부끄러워합니다. 그도 그럴 것이 자신의 사랑이야기이기 때문입니다. 그럼에도 불구하고 필자가 수줍어하지 않을 부분을 골라 인용하겠습니다. 왜냐하면 이번 학기의 영시개론 수업과 필자의 사랑이 아주 밀접하게 연관돼있기 때문입니다.

　1. 다음의 용어에 대한 본인의 의견을 쓰시오.
　1-1. romantic love
　1-2. nation-state

　중간고사 영시개론 시험의 첫 번째 문제를 봤던 그 순간, 나는 머릿속이 새하얘졌다. 첫 번째 문제부터 이렇게나 어려울 줄이야. 다른 문제들의 답안을 다 쓰고 나서야 마지막으로 이 문제에 대한 답안을 꾸역꾸역 적어서 냈다. 'Romantic Love'에 대한 구체적인 생각이나 의견도 떠오르지 않아서 정리도 되지 않은 채 막무가내로 대충 써서 답안지를 냈다. 'Romantic Love란 상상 속에서만 존재하는 것 같다.'라고 말이다. 다른 문제들에 대해서는 어느 정도 내 의견을 말할 수 있었는데, 이 문제만큼만은 지금까지도 답안에 대한 아쉬움이 남아서 이제야 에세이로 써 본다.

가족이 아닌 다른 누군가를 사랑하는 것에 대한 궁금증이 생기기 시작한 사춘기 시절, 나는 '연애'라든지 '사랑'이라든지 하는 단어들을 사전에서 찾아보곤 했다. 표준국어대사전의 정의에 따르면 사랑과 연애는 남녀 사이에서 이루어지는 것이었다. 학창 시절 도덕시간, 가정시간, 그리고 국어시간에도 사랑에 대한 내용은 전부다 남녀에 관한 이야기였다. 이 사전적 정의처럼, 그리고 학교에서 배웠던 것처럼 많은 사람들은 사랑이 남녀 사이에서 이루어진다고 생각한다.

나도 당연히 사랑은 남녀사이에 이루어지는 것이라 생각했었다. 그런데 사랑에 대해 깨닫게 될 즈음, 내가 느꼈던 사랑이라는 감정은 사전적 정의를 기준으로 생각하기에는 잘 맞지 않는 부분이 있었다. 나는 남자와 여자 모두에게서 소위 '사랑'이라는 감정을 느꼈다. 남자와 여자 모두에게 로맨틱한 감정의 끌림이 있었다. 나를 좋아해주지 않는 옆 반 남자 친구 때문에 속을 썩인 날도 있었고, 좋아하는 같은 반 여자 친구 때문에 두근거려서 밤에 잠을 잘 수 없었던 적도 있었다. 주변 친구들은 모두 이성 친구를 사랑하는데, 나는 그렇지 않았다.

학창 시절은 늘 상처투성이였다. 많은 친구들은 남자애들끼리 스킨쉽을 하거나 하면 장난으로 '너 게이야?' 이런 말을 재미로 했다. 게이(gay)는 남자끼리의 동성애뿐만 아니라, 일반적인 동성애라는 의미도 담고 있기에 다른 사람에게 하는 말인데도 저 말만 들으면 왠지 나에게 하는 말인 것 같아서 늘 씁쓸했다. 당연히 친구들은 그런 의미로 한 말이 아니었는데 말이다. 사람들이 잘 모르고 악의 없이 그냥 하는 말이 나에게 상처가 되는 경우가 너무 많았다.

나는 이런 혼란스러운 상황 때문이었는지 누군가를 좋아한다는 내 감정을 꽁꽁 숨기고만 살았다. 그동안 좋아하는 사람에게 내 마음을 한 번도 고백해본 적이 없었다. 남자에게 고백하면 내가 쉬운 여자로 보일까봐, 여자에게 고백을 하면 내가 여자를 좋아한다는 사실이 다른 사람들에게 소문이 날까봐 고백을 못했다. 그래서 나는 그냥 누군가가 나에게 다가와주길 바랐다. 그게 남자든, 여자든, 누구든. 누군가가 고백하면 카톡 고백이든, 전화 고백이든 상관없이 다 받아줬다. 날 좋아해주기만 하면 되니까. 누군가를 먼저 선뜻 좋아하고 고백할 용기가 나에게는 없었다. 그래서 누군가로부터 용기도 없는 카톡 고백이나 전화 고백을 받게 되면 다 받아줬다. 처음부터 눈과 눈을 마주치지 못하고 시작했던 연애, 그게 뭐가 좋다고 했을까. 늘 상처만 남는 연애만 했다.

연예인 홍석천이 동성애자로 최초로 커밍아웃했을 때 그때 관여하던 문학전문지의 필자들을 동원하여 특집을 만들어서 연예계의 현장으로 쉽게 되돌아오는 분위기를 주도했던 적이 있습니다. 홍석천이 운영하는 이태원의 레스토랑에서 반나절 넘게 토론을 진행했었는데, 그때 홍석천이 하던 말 중에 기억에 남는 말이 있습니다. 청소년들이 자신에게 연락을 많이 하는데, 그건 그저 한때의 자연스러운 감정일 뿐이라고

요. 이런 성정체성의 혼란스러운 시기를 오해하는 사례가 성소수자연구자들 사이에서도 발견되곤 합니다. 필자의 성정체성 혼란은 청소년기 성장과정의 일환이었습니다.

　　Romantic Love. 설마 시험에 저런 문제를 낼 줄이야. 생각도 안 해봤다. 영시개론 시험이 끝나자마자 있는 야간 글쓰기 수업도 머리가 복잡해서 그냥 결석했다. 집에 가면서 7년이라는 오랜 기간 동안 알고 지내던 친한 남자동생에게 영시개론 시험문제에 대해 얘기하려고 전화를 걸었다. Romantic Love 문제에 대한 이야기도 하는 김에 말이다.

　　"00아 저번에 내가 여자도 좋아한다고 말했던 거 기억해? 난 아직 나 자신도 정의하지 못했는데 어떻게 Romantic Love에 대해 생각할 수가 있냐?"

　　"누나 그걸 꼭 정의해야해?"

　　"무슨 말이야?"

　　"그걸 꼭 정의해야 하냐고. 누나도 답안에 썼잖아. 정의할 필요가 있나 싶다고."

　　"내가 언제?"

　　"nation-state인가 그거 말이야. 아까 전에 그걸 정의할 필요가 있나 싶다고 답안지에 썼다며. 누나도 누구인지 정의할 필요가 있어? 그럼 이제 누나 문제도 해결됐고 Romantic Love인가 뭔가 그거도 해결된 거네. 어려운 얘기 그만하고 조만간 나랑 같이 밥이나 먹자. 내가 영등포로 갈게. 나 휴대폰 내러 간다."

　　000의 한 마디로 정말 오랜 기간 동안 고민했던 게 한 번에 해결되어 버렸다. 난 왜 이렇게 나 자신을 정의하려고 고군분투 했는가? 사실은 정의할 필요도 없는 것이었다. 한 번 정의해 버리면 또 그 틀에 갇혀서 살게 된다. 나 자신은 수학에서의 정의처럼 딱 떨어지는 것이 아니다. 그냥 나 자신에 대해 탐구하고 공부하는 것 밖에는 없는 거였다. 알고 보면 성소수자들이 정체화하려고 라벨링을 하는 과정도 자신에 대해 공부하는 과정이 아닐까? 단지 자기 정체성에 대한 정의를 내리기 위해서 하는 일만은 아닐 거라는 생각을 했다. 그 과정에서 적당한 말이 필요해 그들만의 용어의 도입이 필요했던 것이고 말이다. '이제 깨달았네. 이제 깨달았어.' 안도의 한숨과 함께 이제는 그냥 마음 놓고 누군가를 좋아해도 되겠다는 생각을 했다. 나에 대한 공부는 누군가를 사랑 하면서 할 수도 있는 것이었다.

얼마나 뛰어난 학생인지 잘 알 수 있습니다. 공부가 삶과 분리돼있지 않다는 걸 본능적으로 알고 있습니다. 공적인 성공과 사적인 행복이 더 이상 분리될 수 없는 탈근대의 시대를 그냥 몸으로 살아내고 있는 현장입니다. 이런 사례를 보면 그냥 감탄하며 지켜볼 따름입니다.

한국평론의 한국화를 이끌어낸 두 명의 거장 평론가 김현 선생님과 김윤식 선생님께서 대학시절

YMCA 문학클럽에 특강 오셔서 해주셨던 말 중에서 가장 기억에 남는 건 자신들은 미래를 위한 다리가 되려고 한다는 것이었습니다. 나도 이런 학생을 만나면 내가 미래를 위한 다리가 잘 되고 있는지 반성을 하게 됩니다.

1. 다음의 용어에 대한 본인의 의견을 쓰시오.
1-1. romantic love
1-2. nation-state

사람들이 Romantic Love에 대해 쓴 답안을 봤는데, 답안을 보면서 너무나도 공감이 갔다. OOO를 떠올리니 그냥 사람들이 쓴 답안 그대로가 내 모습이었다. 이 문제가 신기하게도 나의 Romantic Love를 일깨워줬다. '내가 며칠 전만 해도 저 문제에 대한 답을 못 썼다고?'하고 신기해했다. 더 놀라웠던 것은 그 다음 문제인 nation-state의 우수답안에 나의 답안이 있었던 것이다. '와, 이게 진짜 우수답안이었구나. 뿌듯하다.'라는 생각이 들었다. 교수님이 마이크를 나에게 넘겨주시고 나의 답안을 읽어보라 했을 때는 OOO를 생각하면서 읽었다. OO이도 영시개론 얘기하면서 nation-state에 대한 내 답이 우수답안이었다는 걸 알았던 걸까?

사랑(romantic love)이 무엇인지, 국가(nation-state)가 무엇인지 확실하게 알 수 없는 혼란스러운 세상 속에서 정말로 아름다운 삶을 만들어가고 있네요(평가: A+++). 이렇게 제대로 된 중서사(대화)로 창조된 개인적인 삶의 성취가 대서사(담론)로 확장돼서 자신의 능력에 누군가가 '돈'을 주는 전문가의 길로 본격적으로 진입하기 바랍니다.

이 필자의 경험처럼 낭만적 사랑이라는 게 뉴턴의 사과처럼 어디에서 뚝 떨어지는 게 아닙니다. 어디에서 온다는 생각은 버리세요. 낭만적 사랑을 알아야합니다. 자신의 개인서사를 정립하고 그걸 대화라는 중서사로 성공적으로 확대할 수 있을 때에만 사랑을 제대로 할 수 있습니다. 그러므로 사랑은 공부를 통해서 온다고 정의할 수 있습니다. 절대로 그냥 올 리가 없습니다. 이걸 몰라서 어느 집 규수 3명이 삼십대 중반까지 사랑 한 번 못하고 살아가는 모습을 보곤 하는 요즈음입니다

예일대학교의 행복강좌와 대비되는 에세이 4개를 읽었습니다. 이제 느꼈겠지만, 한국학생의 능력은 세계의 수준과 대비해도 뛰어납니다. 자신감을 갖고 공부하시기 바랍니다.

『마이스터 에크하르트와 선불교』

학생들의 높은 수준에 힘입어 내가 최근에 연구하는 동서양 종교사상의 통합노력을 소개하도록 하겠습

니다. 너무 어려울지도 모릅니다. 그러니 알아듣기 어려워도 괜찮습니다. 그 결과물인 『마이스터 에크하르트와 선불교』를 출판사가 투자하기로 결심하기에는 어려움이 많을 거라고 예상합니다. (2020년 3월말 현재 4개월 넘게 완성된 원고의 출판을 위해 여러 출판사에 문의했는데 전부 실패했습니다. 각오했던 일입니다.)

근대사상의 시스템 1에서 탈근대사상의 시스템 2로의 전환과정을 쉽게 받아들이는 사례를 봤기 때문에, 내가 지금 시도하고 있는 그 다음 단계를 간략하게 소개하는 것도 의미가 있다고 생각하기 때문입니다. 종교적인 신앙체계에 있어서 천주교/기독교의 강점은 일반인들도 쉽게 알아들을 수 있는 설명체계를 갖고 있다는 것이고, 불교의 강점은 천주교/기독교에서 언급을 회피하는 것 같은 신성한 영적 영역에 관한 거부감 없는 논리 전개입니다. 그러므로 천주교/기독교는 불교의 현대적인 해설서로 유용할 수 있고, 불교는 천주교/기독교의 영혼의 정화작용제로 작동할 수 있습니다.

대승불교의 포월적인 체계

대승불교의 포월적인 체계는 "누구에게나 불성(佛性)이 있어서 누구나 부처가 될 수 있다."라고 요약됩니다. 불성(佛性)에서 불(佛)은 부처, 즉 인간초월의 차원이고, 성(性)은 성질이나 특징, 즉 씨앗을 말합니다. 기독교의 용어를 차용해서 설명하자면 누구에게나 신이 될 수 있는 씨앗이 있으며, 그 씨앗이 발화하면 누구나 당장 신이 될 수 있다고 해설할 수 있습니다. 선불교에서 부처가 되는 단계나 차원은 다음과 같습니다.

1. 범부대중 – 108배, 염불, 보시
2. 하근기 – 출가 – 내면의 자아
   "산은 산이요 물은 물이다"
3. 중근기 – 색즉시공 공즉시색(色卽是空 空卽是色) – '토끼뿔'
   "산은 산이 아니요 물은 물이 아니다"
4. 상근기 – 고통받음(suffering)의 극복
   "산은 산이요 물은 물이다"
5. 격외선 – 인간의 경지를 초월하여 신과 같음.

1. 범부대중, 즉 일반인이라도 108배의 절을 아주 많이 하거나, 염불을 정성스레 하거나, 보시, 즉 기부를 아주 많이 한다면 부처가 될 수 있습니다. 이슬람 신비주의 수피즘(Sufism)의 한 자리에서 셀 수 없을 만큼 여러 번 빙글빙글 도는 세마 춤(Sema Dance)도 이와 유사한 사상을 바탕으로 하고 있는 것 같습니다.

2. 불교적인 내면의 자아가 생기면 목적 없이 집에서 나가는 가출(家出)이 아니라 출가(出家)를 하여 승려의 길을 걸을 수 있습니다. 그러나 재가불자(在家佛子)가 될 수도 있습니다. 이 차원을 요약하는 말이 "산은 산이요 물은 물이다"입니다. 이건 산은 산이고 물은 물이라는 걸 예전에는 몰랐다는 말이 아닙니다. 이제야 제대로 된 내면의 자아를 갖고 제대로 세상을 보기 시작했다는 말입니다. 워즈워스의 「나는 구름처럼 외롭게 떠돌았다네」의 4연과 별로 다르지 않은 차원 같아 보입니다. 미국 등지에서 큰 인기를 얻고 있는 마음챙김은 이 부분에 집중하면서 일상에서 쌓인 스트레스를 해소하는 데 큰 도움을 주고 있습니다. 그래서 주말 휴양지(retreat) 수련에 집중합니다. 스트레스를 벗어나 자연을 그대로 받아들이는 경험이 동양적 수련방식에 매료되는 큰 이유가 되고 있습니다.

3. 불교는 소승불교와 대승불교로 크게 나뉩니다. 소승불교는 자아의 해방에 집중합니다. 내가 비었다는 뜻의 아공(我空)이 목표입니다. 이 차원은 "산은 산이 아니요 물은 물이 아니다."라고 요약됩니다. 나의 자아를 완전히 벗어난다면 바깥세상과 내가 구별이 되지 않을 것입니다. 객관적인 바깥세상을 색(色)이라고 말하고 빈 상태를 공(空)이라고 할 수 있는데, 잘 알려진 '색즉시공 공즉시색(色卽是空 空卽是色)'은 바깥세상이 비어있는 세상과 다르지 않은 경지를 표현합니다. 이 차원에서는 '토끼뿔' 등 세상에 있을 법 하지 않은 현상을 자신의 각성상태를 설명하기 위해 제시합니다.

4. 고통(pain)은 있지만 고통받음(suffering)은 극복할 수 있다고, 그리하여 불교의 목표인 인생이란 고통스러운 바다[고해(苦海)]를 벗어날 수 있다고 설명했던 바 있습니다. 쉽지 않은 목표이지만, 이 지점에 이르면 선사(禪師) 등 스승 대접을 받습니다. 왜냐하면 여전히 세상은 그대로 있기 때문입니다. 그래서 하근기의 "산은 산이고 물은 물이다."와 똑같은 표현을 그 요약으로 사용합니다. 불교의 깨침이란 어디로 상승해서 가버리는 것이 아닙니다. 이 똑같은 세상 속에 사는데 깨친 상태가 하늘과 땅 같은 차이가 나는 것입니다. 계속해서 이 차원에 있기는 거의 불가능할 정도로 어렵지만, 이게 잠시 동안이라면 그리 어려운 일이 아닙니다. 남자 친구와 헤어졌다고 세상이 무너지는 게 아니라는 걸 깨닫는 데 큰 도움이 될 것입니다. 고통은 있지만 고통받음을 계속 이어갈 필요는 없으니까요.

5. 법공(法空)의 단계입니다. 지금까지와 같이 법(法)처럼 정해져 있는 설명체계 자체가 사실은 허망한 노릇입니다. 강을 건너고 나면 나룻배가 필요 없듯이 불교의 교리 자체도 일종의 일시적으로 사용하는 도구일 따름입니다. 언어체계 자체가 궁극적으로 인간조건에 얽매어있음을 나타내기 때문입니다. 그래서 불립문자(不立文字)라는 말이 있습니다. 이 때문에 깨친 자들의 신기한 대화방식이 전설처럼 많이 전해 내려오고 있습니다. 한 마디로 말하자면 신과 같은 경지에 도달해 있는 거죠.

선순환

수천 년 역사의 불교의 정수를 몇 마디 말로 정리했습니다. 그러니 어렵겠죠. 그런데 이제부터 더 어려워집니다. 지금까지의 대승불교의 차원들을 적용한다면 불교의 강점은 4. 상근기와 5. 격외선이고 천주교/기독교의 강점은 1. 범부대중과 2. 하근기입니다. 불교와 천주교/기독교의 신앙의 수준을 말하는 게 아니라 각각의 종교가 설명의 중점을 두는 부분을 말하는 것입니다. 그러므로 두 종교의 진지한 대화가 불러일으킬 선순환을 쉽게 전망할 수 있습니다.

신성(神性, Godhead)

천주교/기독교의 대표자로 천주교 도미니크수도회(the Dominic)의 대표적인 사상가 마이스터 에크하르트(Meister Eckhart)의 신비주의를 택했습니다. 그 이유는 불교의 5. 격외선의 단계와 대응되는 천주교 신앙체계를 갖고 있기 때문입니다. 그는 인간의 신과 동등한 지위 가능성을 제안함으로써 천주교 내부에서도, 그리하여 기독교 신비주의 연구에서도 소외돼왔습니다. 천주교 내부의 배척노력의 일환으로 에크하르트 사후에 설교의 극소수 부분에 대한 '이단' 판결로 연구자들의 접근을 차단해왔습니다. 그렇지만 역설적으로 그렇기 때문에 대승불교 등 동양종교와의 생산적인 '대화' 및 '담론'의 가능성이 발생하고 있습니다.

에크하르트의 종교이론에서 논란이 되는 부분은 선불교의 4. 상근기에 해당하는 삼위일체의 인격신(Persons)을 넘어서서 5. 격외선에 해당하는 신성(神性, Godhead) 개념입니다. 성부, 성자와 성령의 삼위일체를 넘어서는 인간의 영(spirit)에 해당하며, 삼위일체의 근원이 되는 신성 개념이 있어야 천주교/기독교가 완성된다는 영성사상(Spirituality)을 주장하고 있습니다.

에크하르트 생전에는 그의 사상에 정면으로 도전할 능력이 천주교 내부에 없었습니다. 왜냐하면 그의 논리가 성경의 정확한 해석에 근거하여 그 본령을 드러내고 있었기 때문입니다. 그렇지만 영성사상의 강조는 중세 교황청의 면죄부를 정면으로 부인하는 결과를 낳았습니다.

달라이 라마

달라이 라마가 서구세계, 특히 미국에서 유명한 이유는 알아듣기 쉽게 설명해주기 때문입니다. 달라이 라마가 뇌과학자들을 비롯한 서구적인 실험과학의 방식에 순응하는 설명체계로 접근하는 바람에, 서구의 지식인사회가 선불교의 정신을 새로운 세계관의 창조 아니면 적어도 새로운 관점의 도입의 방식으로 적극수용하고 있습니다.

하나 안타까운 점은 단독 플레이에 가까워서 달라이 라마의 사망 이후가 걱정된다는 점입니다. 또 하나는 마음챙김 명상도 그 원천이 되는 선불교의 이론적인 체계를 전혀 고려하지 않고 실용적인 결과에만 치중하고 있기 때문에, 얼마 가지 않아 부작용이 속출할 것으로 예상됩니다. 이런 정황을 고려하여 서구 종교사상사에서 소외돼왔지만, 평범한 서민도 알아들을 수 있을 언어로 아주 어려울 수 있을 영성사상을 설명해준 에크하르트의 설교전집을 수천 년 선불교의 역사에서 배출해낸 정수들과 전부 비교하는 해설서를 썼습니다.

에크하르트 학회

에크하르트의 연구에 관한 현황을 파악하려고 에크하르트 학회 홈페이지를 찾다 놀라운 사실을 발견했습니다. 하나는 이 학회의 중심인물이 호스피스를 비롯한 통증의학(Pain Clinic)의 발전에 큰 영향을 끼친 플레밍(Ursula Fleming)이라는 의사이며, 그녀의 대표저서가 『쐐기풀을 움켜잡기: 고통에 대한 긍정적인 접근』(Grasping the Nettle: A Positive Approach to Pain)이라는 것이었습니다. 에크하르트처럼 아주 비현실적인 종교사상으로도 실용적인 용도를 찾아내는 실천적인 접근법은 서구문명에서 꼭 배워야할 강점입니다. 다른 하나는 플레밍의 통증치료법이 마음챙김 명상의 호흡법에 바탕을 두고 있다는 사실입니다. 플레밍의 영향력으로 인해 호스피스에서 많이 활용되는 호흡법은, 아프면 숨이 가빠지며 그로 인해 통증이 더 심해진다는 사실에 근거하여 마음챙김 명상에서처럼 깊은 호흡을 연습하라는 것이었습니다. 내가 에크하르트와 선불교의 융합을 시도하고 있는 것처럼 에크하르트 학회도 에크하르트와 불교적 명상법인 마음챙김을 융합하여 통증완화요법을 개발하고 있다는 건 우연의 일치만이 아닌 것 같았습니다.

서양의사의 "건강은 어떠세요?"(How are you?)와 한국의사의 "어디 아프세요?"(Do you have any pain?)는 질병을 대하는 세계관의 차이를 드러냅니다. 1990년 초까지 서양에서는 통증의학이라는 개념조차 익숙하지 않았습니다. 그런데 지금은 에크하르트와 불교사상의 영향으로 의학분야에서 통증완화를 진지하게 연구하고 있습니다.

핀란드의 탈근대국가 실험

윤호창 복지국가소사이어티 사무처장은 사회실험과 혁신에 관한 보고서에서 핀란드정부의 '실험하는 핀란드' 정책을 강조합니다.[113] 우파 연합정부에서 시행한 기본소득 실험을 두고 성공여부에 회의적인 평가도 있지만, 빠르게 변화하는 현실에 대응해 정책실험을 활성화하고 정책의 근거를 보다 확실하게 하려는 노력은 정당을 막론하고 사회적 합의에 기초한 듯 보인다고 보고합니다.

"성공과 실패의 기준이 무엇인가? 우리는 실험을 통해 하나라도 배우는 게 있다면 이 정책은 성

---

113 윤호창, 「세계행복보고서 1위 핀란드, 무슨 일이 있었던 걸까?」, 『프레시안』, 2019.12.02.

공했다고 생각한다. 그런 의미에서 이 정책실험은 결코 실패하지 않았다."

핀란드라는 나라의 용기는 근대의 끝자락이며 탈근대의 시작점이라는 시대인식에 전 국민이 동의하고, 시적 상상력에 의한 창의성을 바탕으로 실패와 성공에 연연하지 않고 새로운 시대를 열어가겠다는 결단력에서 나옵니다. 핀란드 방문연구에 영향을 받아서인지 보고서가 다음과 같은 결론에 도달합니다.

'전근대, 근대, 탈근대'의 비동시적인 것들이 동시적으로 존재한 압축성장을 겪은 우리 사회가 넘어서야 할 과제는 많다. 공자의 지적처럼 사회적 신뢰가 형성되지 않으면 제대로 된 해결을 기대하기 힘들다. 어느 것 하나 쉽지 않지만, 짧은 기간에 산업화와 민주화를 동시에 이루어낸 역동성을 가진 곳이기에 우리나라도 신뢰의 구축과 함께 새로운 사회실험과 혁신을 통해 역동적 복지국가의 새 세상을 일굴 수 있으리라 기대해본다.

무단횡단

버스정류장에서 "한 순간의 무단횡단 가족과의 영원한 이별"이라는 무단횡단 방지를 위한 포스터를 봤습니다.

이 포스터의 글귀가 보는 사람의 마음에 효과적으로 전달될 수 있으려면 근대가족의 중요성이 확실한 전제가 돼야합니다. 만약 그 효과가 미미하다고 판단된다면 포스터의 글귀를 바꿔야할 것입니다.

가족회화

지난여름에 국립현대미술관 과천관에서 가족에 관한 유화 3편을 만났습니다. 임옥상(1950년 생)의 『6·25전의 김씨일가』(1990년)와 『6·25후의 김씨일가』(1990년), 그리고 이은새(1987년 생)의 『2019년의 가족』이었습니다. 임옥상의 두 작품은 한복 등을 입은 26명의 대가족으로 구성돼있는데, 연작의 두 번째 작품에서는 6·25로 실종·사망된 가족의 자리가 빈 공간으로 남겨있었습니다. 이은새의 작품은 과천관 앞에서 포즈를 취하고 있는 1남2녀의 핵가족 초상화였는데, 인물의 형태만 남아있을 뿐 각각의 내용은 얼굴까지도 흐리게 뭉개져있었습니다.

두 화가의 나이 차이가 37년인 걸 감안하면 한국경제의 압축성장이 현대회화에도 그대로 반영되고 있음을 알 수 있습니다. 임옥상의 가족회화가 '김씨일가'라는 제목에서 드러나듯 전근대적인 가문(家門)을 그리고 있다면, 이은새의 가족회화는 개인의 독립적 정체성도 모호해져버린 20세기 말의 핵가족을 그려내고 있습니다. 과천관이라는 같은 전시공간 안에 일가(一家)라는 '한 집안'과 해체되는 근대핵가족, 즉 전근대, 근대와 탈근대 등 3개의 세계관이 한국의 가족제도 속에 공존하고 있음을 웅변하고 있습니다. 정치적인 성향과 무관하게 한국인의 85%가 생존과 성장을 중시하는 물질주의자라는 여론조사 결과는 전근대, 근대와 탈근대로의 진행과정이 순조롭지 않았음을 암시합니다.

세 개의 중첩된 차원들의 시스템

전문가가 되는 길은 전근대, 근대와 탈근대라는 세 개의 중첩된 차원들의 시스템으로 세상을 읽고 설명할 수 있는 능력의 성취여부에 달려있습니다.

가족의 경우에도 첫째, 관계(關係, kuwanshi)의 문화를 중시하는 전근대의 대규모 가문(家門)을 고려해야합니다. 중국의 관시문화도 전근대적인 분위기 속에서만 그 힘을 발휘할 것으로 여겨집니다. 둘째, 근대국가의 기초를 구성하는 핵가족이라는 가족(家族) 개념이 보편적이며 현재 가장 중요하게 취급됩니다. 그러나 셋째, 미국, 한국과 일본 등 선진국 가족형태의 35%는 더 이상 근대의 표준적인 핵가족이 아닙니다. 이미 탈근대의 가족형태가 형성되고 있는 게 현실입니다. 이 분야는 봉준호와 구레에다 등 세계적인 영화감독들의 '놀이터'가 됐습니다. 그러나 비언어 중심의 예술가들에게만 맡겨둘 사안이 아닙니다. 한국인 특유의 '홧병'이 말하듯 심리적인 차원에서도 가족제도의 새로운 해석이 요구되고 있습니다.

가족범죄

가족에 관한 이론적인 프레임을 근거로 최근 세상에서 벌어지고 있는 일들을 읽어보겠습니다.

「37세 아들은 왜 엄마 찔렀나… '빗나간 분노'가 삼킨 2,414명」은 위기의 가족범죄에 관한 특집기사입니다.[114]

　　가족 간에 벌어지는 인면수심의 범죄가 줄을 잇고 있다. 부모나 조부모를 대상으로 한 존속살해는 물론 자녀를 살해하는 비속살해도 최근 빈번하게 일어난다. 대검찰청에 따르면 존속살해로 검거된 인원은 2015년 60명이었다가 지난해 91명으로 늘었다. 특히 올해(4월 기준 32명)에는 100명을 넘길 거란 전망도 나온다. 존속폭행 검거 인원도 2014년 988명에서 지난해 2,414명으로 늘었다. 전문가들은 사회에서 쌓인 분노와 스트레스를 가족에게 쏟아내는 사례가 적지 않다고 지적한다. 승재현 한국형사정책연구원 국제협력팀장은 "범죄자들에게 가정은 기대고 의존하는 대상임과 동시에 감정 표출구로 인식되는 경우가 많다"고 말했다.

발생한 범죄의 처벌보다 더 중요한 과업은 가족범죄가 기인하는 세계관의 틀을 정확하게 파악하는 것입니다.

　　'흔들리는 가정'을 원인으로 보는 시각도 있다. 이동귀 연세대 심리학과 교수는 "사회 안전망보다 우선하는 것이 '가정 안전망'인데 척박한 사회에서 안식처가 돼야할 가정의 기반이 흔들리고 있다"고 지적했다. 특히 자녀가 피해자인 비속살해는 뿌리 깊은 가부장제 문화와도 무관치 않다는 분석이 나온다. 공정식 경기대 범죄심리학과 교수는 "자식을 소유물로 보고 '내가 없으면 자녀도 불행할 것'이라는 자의적 판단으로 살인을 저지르는 사례가 많다"고 말했다.

인용된 전문가들처럼 개별사안에 관한 원인분석에 집중하는 것보다는 근대핵가족의 힘이 상실되면서 발생하는 가부장들의 좌절감이나 탈근대가족제도로의 전환과정 속에서 확고하고 독립적인 존재성을 위협받는 근대가족제도의 미래를 위한 논의와 대책의 전제로 삼는 지혜가 더 중요해보입니다.

법체계의 전근대성

동일한 특집의 이어지는 기사 「자녀 학대보다 부모 학대 범죄에 가중처벌…"유교 문화 반영"」은 법체계의 전근대성을 지적하고 있습니다.[115]

114　손국희·남궁민, 「37세 아들은 왜 엄마 찔렀나…'빗나간 분노'가 삼킨 2,414명」, 『중앙일보』, 2019.07.04

115　이태윤, 「자녀 학대보다 부모 학대 범죄에 가중처벌…"유교 문화 반영"」, 『중앙일보』, 2019.07.05.

가족 간 범죄가 이어지는 가운데 자녀를 살해하는 범죄에 대한 대책마련이 시급하다는 목소리가 나온다. 부모, 조부모 등 직계존속에 대한 범죄는 가중처벌이 되지만 아들, 딸과 같은 직계비속에 대한 범죄는 일반범죄처럼 취급돼 형평성에 맞지 않는다는 지적이 나오면서다.

자녀학대는 일반범죄이지만 부모학대는 가중처벌인 건 가부장적인 유교문화가 처벌기준에 영향을 미쳤기 때문입니다. 이윤호 동국대 경찰사법대학장은 "'동반자살' 같은 표현에 가부장적인 인식이 숨어 있다"고 지적하면서 "자신이 죽기로 결정했다고 가족도 피해자로 삼는 것은 잘못된 일"이라며 "살해 혹은 자살교사 및 방조로 봐야 한다."고 지적했습니다.

이러한 논의의 결정적인 특징은 근대법체계의 프레임 안에서만 논의가 진행된다는 것입니다. 전근대적인 유교문화를 근대법체계가 아직도 수호하고 있다는 건 너무나도 시대에 뒤쳐져있다는 증거입니다. 그러나 소위 가부장의 동반자살 같은 근대가족의 파멸적인 해체현상 앞에서 가부장의 행위를 법적인 관점에서 살해로 규정해야한다는 조언은 다소 한가한 충고 같아 보입니다. 훨씬 더 중요한 검토사안은 소위 가족의 수장(首長)이라는 권리의식으로 인해 동반자살을 감행하게 만드는 탈근대시대의 난경에 처해있는 근대가족의 가부장들에게 그 권리와 책임의식을 벗어나게 해줄 방법을 찾는 것입니다.

제사와 김장

"아내는 꼭 해야 하느냐고 불평, 어머니는 이게 다 정성이라고 합니다. 가운데 껴서 곤란해요."
"우리 대(代)에서 끝내려고요. 자식들은 안 할 것 같고.""요즘 세상에 꼭 해야 하나요? 돈 낭비, 시간 낭비.""좋은 전통인데 누군가는 이어야죠.[116]"

얼마 전까지는 제사(祭祀)가 부부갈등의 원인 중 하나였는데, 이제는 김장이 그 대상이 됐습니다. 폭력이 강한 자의 분노표출 방식이라면 불평은 약한 자의 그것입니다. '제사'가 문제가 됐던 이유는 전근대적인 가문에 대한 반발이었기 때문입니다. 이제 '김장'이 문제가 되는 이유는 근대적인 가족의 해체를 요구하는 목소리이기 때문입니다. 눈앞의 과제가 아니라 그 뒤에 있는 세상을 움직이는 프레임을 읽어내야 합니다. 세상이 바뀌는 과정이 단순하게 직선적인 게 아니라, 감싸고 넘어가는 식의 포월의 역사학으로 전개되기 때문에 제대로 읽어내기가 어렵습니다.

현재의 가족위기는 세상을 읽는 능력의 결여에서 비롯됩니다. "성인 2명 중 1명 정도는 기존의 가족관

---

116 김미리, 「김장은 어쩌다 또 하나의 '제사'가 됐나」, 『조선일보』, 2019.11.16.

계에서 위기를 경험했다는 조사결과도" 있으며 전문가들은 "정상가족의 형태는 고정이지 않으며, 모든 가족이 정상이라는 인식이 필요한 때라고 지적합니다."[117] 그러므로 가족문제에 있어서도 시적 상상력에 바탕을 두는 포월의 역사학으로 창의성을 발휘하며 시시각각 닥쳐오는 난경에 대응하는 수밖에 없을 것입니다. 결론은 언제나와 마찬가지로 공부를 해야 한다는 것입니다.

결혼을 할 것인가 말 것인가

「배우자를 얻었을 때 잃는 것들」("What You Lose When You Gain a Spouse")에서처럼 "만약 결혼이 그렇게도 많은 사람들이 믿고 원하는 것만큼 '사회적인 선(善)'이 아니라면?"이라는 의문이 공공연하게 제기되고 있습니다.[118]

18세 이상 미국인은 1960년대의 72%에서 현재는 50%만 결혼해 있습니다. 그중 14%는 비결혼주의자이고, 27%는 결혼에 확신하지 못하고 있습니다. 현재의 결혼연령이 남자는 30세이고, 여자는 28세입니다. 아직도 문화규범(a cultural norm)으로 역할을 하지만, 부모와 자식의 핵가족은 20%이고 무자식 동거가족은 25%뿐입니다.

결혼은 구식이 돼버렸습니까? 하지만 결혼이 관계와 소속감의 깊은 욕망에 관한 최선의 대답이라는 관념은 아직도 믿을 수 없을 만큼 유혹적입니다. 하지만 결혼을 더 이상 무비판적으로 지지할 수는 없습니다. "결혼을 문화의 가장 중심적인 인간관계로 만들면서 잃어버린 것은 무엇인가?"라고 질문해야합니다. 사랑은 삶의 골수(骨髓)지만, 결혼과 핵가족으로 처방 내려진 좁은 통로로 그걸 밀어 넣으려고 너무 자주 시도하고 있습니다. 이건 생각보다 심각한 사회문제입니다. 왜냐하면 정부, 병원, 보험회사와 학교는 결혼과 그로 인한 핵가족을 아직도 정책의 기본단위로 상정하고 있기 때문입니다.

심리학자 핀켈(Eli Finkel)은 『결혼은 전부인가 아니면 아무것도 아닌가』(The All-or-Nothing Marriage)에서 그 원인 중의 하나가 이상적인 결혼에 대한 요구사항이 "사랑, 협조와 가족과 공동체에 대한 소속감"에서 수십 년 만에 "그 모든 것에 더하여 명성, 자주성, 개인적인 성장과 자기표현"으로 확대됐기 때문이라고 지적합니다. 그런데 하나의 개인이 아니라 공동체 전체에 의해서만 이런 요구사항을 충족시킬 수 있기 때문에, 결혼은 불가능한 과업이 돼버렸습니다.

지금 시대에는 결혼을 할 것인가 말 것인가를 결정하는 것보다, 그 이전에 핀켈이 말하는 결혼의 요구사항들의 성취도에 있어 어느 정도의 선에서 만족할 것인지, 결혼당사자들이 심각하게 공부해야합니다.

---

117 이철호, 「동성혼·간헐적 가족…혈연 넘어선 새로운 가족 공동체」, 『KBS』, 2019.11.08.

118 Mandy Len Catron, "What You Lose When You Gain a Spouse," The Atlantic, July 2, 2019.

「피아노」

　　로렌스(D. H. Lawrence)의 「피아노」("Piano")는 근대의 끝자락이며 탈근대의 시작점에 서있는 가족 관을 여실히 드러내 보여줍니다.

　　Softly, in the dusk, a woman is singing to me;
　　Taking me back down the vista of years, till I see
　　A child sitting under the piano, in the boom of the tingling strings
　　And pressing the small, poised feet of a mother who smiles as she sings.

　　황혼인데, 부드럽게, 어떤 여인이 내게 노래를 불러주고 있다네.
　　나로 하여금 세월을 뒤로 거슬러 내려가게 하더니, 결국에는
　　피아노 밑에 앉아있는 아이를 만나게 하네, 귀에 윙윙 울리는 피아노 소리 속에 있어
　　미소 지으며 노래 부르는 어머니의 페달을 밟으며 떠있는 작은 발을 누르고 있다네.

　　In spite of myself, the insidious mastery of song
　　Betrays me back, till the heart of me weeps to belong
　　To the old Sunday evenings at home, with winter outside
　　And hymns in the cosy parlour, the tinkling piano our guide.

　　내 자신은 억제하려는 데도, 모르는 사이에 감동시키는 숙달된 노래솜씨가
　　나를 배반하여 뒤로 데려간다네, 결국에는 마음속으로 울며 예전의
　　고향집 일요일 저녁때로 가있게 한다네, 바깥은 한겨울이지만
　　서투른 피아노 소리의 인도를 받아 안락한 거실에서 찬송가를 부르고 있다네.

　　So now it is vain for the singer to burst into clamour
　　With the great black piano appassionato. The glamour
　　Of childish days is upon me, my manhood is cast
　　Down in the flood of remembrance. I weep like a child for the past.
　　그리하여 이제는 거대한 검은 피아노의 열정적인 흐름에 따라
　　가수가 절규를 터뜨리고 있지만 헛되다네. 어린 시절의

황홀한 매력이 나를 덮쳤다네, 추억의 홍수 속에서
어른스러움을 내던져버렸다네. 과거 때문에 아이처럼 울고 있다네.

　　노래의 감동은 듣는 사람을 자기도 모르게 회상에 젖게 하는 힘이 있습니다. 「눈물, 덧없는 눈물」에서 테니슨이 모호하게 제시했던 정서가 로렌스에 이르러 뚜렷한 모습으로 등장합니다. 로렌스의 페르소나가 내던져버린 건 공적 삶의 '어른스러움'입니다. 이건 공적인 삶과 사적인 삶의 구분이 모호해져버림으로써 당황하는 근대인간의 모습입니다. 그리고 이건 제사와 김장 때문에 갈등하는 중년부부나 결혼의 의의에 의심을 품고 있는 청년층의 난경을 선취(先取)하고 있습니다.

「벽지를 뜯어내면」

　　에세이 등 산문적 글쓰기의 차원에서 이번 학기의 성취도는 만족스럽지만, 창작시의 차원에서는 갈 길이 멀어 보입니다. 시를 쓴다는 것 자체의 어려움에 더하여 그 속에 자신의 삶의 난경이 적절하게 반영되도록 써야하기 때문입니다. 결국 오랜 시간이 걸려야하는 과정일 수밖에 없습니다. 그런데 계간지『문예연구』2020년 봄호에서 학생들에게 기대할 수 있을 만큼 만족스러운 결과물의 예시를 발견했습니다. 소설집『시인과 기자의 어느 금요일』의 저자이며 2017년『문예연구』신인상 시부분 등단자인 최은별의「벽지를 뜯어내면」입니다.

커튼 한쪽이 찢어졌고 아빠가 사 준 기타가 부서졌어요
나의 흰 벽에는 칼자국이 흥건해요 벽지를 뜯어내면
우울과 비슷한 색이 나올 테니까요

우울은 마치 자신이 나의 분신이나 그림자나 고질이나 운명이라도 되는 양
끊임없이 나를 쫓아다녀요

일 년에 몇 번쯤은 죽고 싶어 몸부림치죠
한 번이 몇 시간일 때도 있고 몇 달일 때도 있어요
나름의 사건에 부딪힐 때도 있고 아무 일도 없을 때도 있죠
해결되면 잊는 것도 있고 해결될 수 없는 것도 있어요

밤마다 날 괴롭히는 우울은 도통 사라질·생각을 하지 않아요 아니

그들은 보통 생각이란 걸 할 줄 모르죠
내가 아홉 살일 때도, 지금도 말이에요

나는 아홉 살에 우울을 만났고 그건 나뿐만이 아니에요
세상의 절반은 아홉 살 때부터 우울을 알고
나머지 절반도 열 살이면 다 알지만
세상 누구도 우울에서 확실히 해방되는 법을 모르죠

수십 년이 쏟아져 내린 밤은 늘 젖어 있고
내 안의 것을 상실하고 또 상실하여
이러다가는 나를 모두 잃겠구나, 싶을 때에야 젖은 밤을 닦고
이불 속에 숨어요 웅얼거리는 내 질문은 작은 이불 속에서 환청처럼 흩어지고 말아요

대답은 언제까지고 들을 수 없는 건가요?

벽지를 뜯어내면 정말 우울과 비슷한 색이 나오나요
우울을 흡수할 수 있는 건 보다 큰 우울뿐인가요
난 언제쯤 이 아홉 살에서 벗어날 수 있나요

아파트 엘리베이터에서 만났던 『겨울왕국』의 "'Let it go'"를 목놓아 부르던 여섯 살의 소녀가 "아홉 살에 우울을 만났"는데, 이 소녀의 기특한 점은 "그건 나뿐만이 아니에요"라고 말할 수 있을 만큼 근대적 자기서사의 질곡(桎梏)에서 벗어나있다는 점입니다. 자신의 우울과 거리감(distance)을 확보하는 데 성공했기 때문에 시 창작이 가능해졌습니다. 아니면 시 창작의 과정에서 자신의 우울과의 거리감을 확보할 수 있게 됐는지도 모릅니다. 그래서 "세상의 절반은 아홉 살 때부터 우울을 알고 / 나머지 절반도 열 살이면 다 알지만 / 세상 누구도 우울에서 확실히 해방되는 법을 모르죠"라고 우울한 세상의 현실을 단호하게 진단하기에 이릅니다.

시인 최은별은 자신이 우울에서 해방되는 법을 만드는 사람이 됐다는 걸 모릅니다. 자신의 개인서사를 객관화함으로써, 그리하여 문예지에 게재되는 보고서를 창조함으로써, 중간서사(대화)의 가능성을 넘어 대서사(담론)을 형성하기 시작하고 있다는 사실을 자각하지 못하고 있는 것 같습니다. 왜냐하면 시는 지름길이기 때문입니다. 그래서 어떤 때에는 시인이 자신이 도착해있는 지점이 어디인지 자각하지 못하는 경우가 있습니다. 최은별 자신이 시 창작에 의해 우울을 벗어나는 방법론의 창시자임에도 불구하고, "대

답은 언제까지고 들을 수 없는 건가요?"라고 세상의 불특정다수에게 호소하고 있습니다. 우리의 역사가 우리의 희망보다 언제나 늦게 오는 것처럼, 산문은 언제나 시보다 늦게 오기 때문입니다.

임정식

2007년부터 10여 년 간의 영시개론 수업과정에서 시인이 배출됐습니다. 가천대학교 영미어문학과 1학년생이었던 임정식의 등단작 「테니스공」은 다음과 같습니다.

하아… 힘들다. 수업이 끝났다. 밤 9시 반. 학교에 꼬박 13시간은 있었다. 집에서 학교까지, 학교에서 집까지 왕복은 총 2시간 반. 집을 떠난 지 16시간이 되겠지. 역으로 가려는데 자꾸 테니스공 생각이 난다. 누나가 사달라는 테니스공. 자기가 일하는 곳은 광화문 중심이라 주변에 테니스공 팔 만한 곳이 없다는 것. 왜 사? 네이버에 테니스공마사지라고 검색하면 안다. 다이어트하는 누나는 운동하다가 다리에 알이 자꾸 뭉치는 모양이다. 그그께께부터 사준다고 했는데 내가 계속 까먹어서 어제 난리를 쳤다. 짜증나서 자다가도 욕했지만, 수업이 끝난 지금 테니스공이 생각났다. 역에 알파 하나 있지. 이 시간이면 아직 안 닫았겠지. 내일 공강이니까 움직이기 싫고, 오늘 안 사가면 난리칠 테니 가봐야겠다.

하아… 힘들다. 아저씨 죄송한데 혹시 여기 테니스공 파나요? 뭐? 테니스공요. (짜증이 난 눈빛, 의심스러운 눈초리, 피곤해도 그건 느낄 수 있었다.) 통명스럽게 중얼대며 여기저기 찾는다. 먼지가 뿌옇게 낀, 투명비닐에 들어있는 테니스공 3개 묶음을 보여주신다. 얼마에요? 6000원. 비싸네. 카드 계산. 영수증 받고 지하철을 타러간다. 명백한 사기의 현장.

하아… 힘들다. 지하철을 타고 자리에 앉아 한숨 쉴 때, 깨닫는다. 사기당했구나. 테니스공이 무슨 하나에 2000원이야. 사기당한 것 같은 분노에 사로잡혔다. 어떻게든 풀어보려고 인터넷에 테니스공 가격을 찾아본다. 하나에 평균 900원. 더 심란하다. 내 점심, 저녁값. 요즘엔 안 먹기도 하고 돈도 아껴서 4000원도 안 되게 나온다. 테니스공 2개 값. 웃기다. 내 절약이 헛것이 된 느낌. "비싼 거나 먹을 걸…"하는 이상한 생각. 지금 두 정거장 지나왔는데 다시 돌아가기엔 늦지 않다. 아직 안 닫았 겠지. 근데 차비가 더 든다. 차비 2000원. 한 10분은 생각했다.

하아… 힘들다. 온몸은 피곤한데 생각은 죽을 것만 같아한다. 한숨 쉬고, 회상. 난 이런 적이 많지. 언제나 너무 힘들어서 휘청댈 때면 결정의 순간에 이상한 짓을 해버린다. 과거에 있었던 여러 가지 비슷한 사례들. 다 비극적이었지. 난 왜 이럴까하는 맘 조금.

하아… 아저씨는 내가 힘들어 터덜대며 들어왔을 때, 밤에, 문 닫기 전 어떤 놈이 대학교역 알파문구에서 테니스공 찾네. 이상한 놈, 술 마셨나? 너무 빨리 진행된 계산. 나는 누나한테 가져다 줘야지 하는 맘에 일단 샀다. 처음엔 분노, 그 담엔 회상, 그리고 내 자신에게 무덤덤해진다. 너무 고통스러워서, 온몸이 하루에 치여 피곤해서, 정말 무덤덤해진다.

하하 시간! 시간! 어서 지나가시오! 어서 지나가기를. 완벽히 무덤덤한 것은 아니다. 앞으로도 미래의 시간에 육체적으로 정신적으로 내가 피곤할 때, 이런 이상한 결정을 내려 손해 한 번 크게 당할 것 같다는 생각, 걱정 잠시 들다가 다시 무덤덤. 노래를 틀어보지만 난 지하철 탔을 때 이미 청력을 손실했다.

덜커덩, 덜커덩, 끼이이이이이이이익. 테니스공을 가져가니 누나의 귀찮은 잔소리는 없겠지. 그지. 그러면 문제없어. 왠지 6000원이 아깝지 않다는 생각. 누나를 위하는 영웅심이 조금, 하지만 그게 아니라, 귀찮은 일 없었다는 안도감. 다시 노래가 들리고 노래가 끝났다. 내 회상의 순간은 잘못되지 않았다. 이 일은 내 과거에도 수십 번 일어난 일이고, 지금도, 미래에도 있다. 우리집에도 있고 우리나라에도 있고 온세계에 두루 두루. 어쩌면 우주에 걸쳐 있다. 인간의 역사, 내 존재가 사라지기 전까진. 내가 죽음을 배우는 일을 하지 못할 때까진. 삶의 극치에 다다를 때까지는 계속.

「등단작이 된 첫 번째 시」

시 전문 계간지『시와세계』2017년 겨울호에 동반 게재된 나의 심사평「등단작이 된 첫 번째 시」입니다.

시를 왜 쓰는가? 어쩔 수 없이, 무언가에 이끌려서 시를 쓰기 시작할 수는 있다. 그렇지만, 왜, 계속 쓰는가? 이건 무의식이 아니라, 의식의 과제. '나'의 과제다. 그러니까 시는 '나'를 넘어서는 '나'를 '나'의 이름으로 쓰는 작업이다. 아니 직업이다. 이런 경로에 들어선 자에게는 시인의 이름이 주어져야 한다고 믿는다. 임정식이「테니스공」에서 도달한 지점이다. 누나의 테니스공 마사지를 위해서 대학교역 알파문구에서 테니스공을 사는 행위는 무의식적으로 진행되곤 하는 일상이다. 그렇지 않으면 미쳐버린다. 즉 편집증이 되거나, 아니면 정신분열이 된다. 그런데 이런 종류의 일상이 시인에게서는 알랑 바디우 식의 '사건'이 된다. 그가 그렇게 공감(共感)을 형성하는 힘을 갖고 있음을 다음과 같이 입증한다. "이 일은 내 과거에도 수십 번 일어난 일이고, 지금도, 미래에도 있다.

우리 집에도 있고 우리나라에도 있고 온 세계에 두루 두루, 어쩌면 우주에 걸쳐 있다. 인간의 역사, 내 존재가 사라지기 전까진. 내가 죽음을 배우는 일을 하지 못할 때까진. 삶의 극치에 다다를 때까지는 계속." 이제 이 시인의 "회상의 순간"은 인류의 시공(space-time)의 형성에 기여하기 시작한다.

임정식이 도달한 지점은 높다. 그는 「무제, 작가미상」에서 "자아라는 환상이 나를 지배하는 것이 무서운 게 아니다."라고 말한다. "난 작품(work)보단, 텍스트(text)로, 글자의 의미보단, 기호의 자의성으로 대부분의 것을 읽는다."는 임정식에게 그 정도의 수준은 산문(散文)의 차원에서도 설명할 수 있다. 그가 이 시를 쓰는 이유는 "내 모든 마음의 작용, 이라고 말할 수는 없고, 내 가장 깊은 것, 이라고도 말할 수 없는 것이 나에게 분명히 있다."는 것을 갑자기 나오는 "헛구역질"을 통해서 '온몸'으로 알게 되었기 때문이다. 김수영이 어떤 시인을 칭찬하면서 했던 구절, "이 시에는 죽음의 깊이가 있다."는 평가를 임정식은 받을 만하다.

임정식은 「아무 것도 없는 점심시간의 무게」나 「나는 자주 이런다」에서 읽을 수 있듯이 근대 학교교육의 제도 속에서 그 모순을 겪어나가는 대학생이다. 그렇지만 그가 시 창작을 시작하는 지점은 남다르다. 「무제(2)」의 "상대가 무서운 것이 아니다. 그저 무서워 할 뿐이다."는 이상의 「오감도(1)」이나 이문열의 「우리들의 일그러진 영웅」과 만나도 밀리지 않는 것 같은 느낌이다. 그리고 무심한 듯 제시하는 "커피 냅(coffee nap)"의 성취는 이상의 「날개」를 겨냥하고 있다. "잠시 오늘은 없는 이 날개를 떠올리면서, 이어폰만 낀 채로, 아무 것도 듣지 않은 채 가만히 있었다."를 읽으면서, 이상을 기억하지 않을 수 없을 것이다. 임정식은 이상의 난경(impasse)을 지금 이 자리에서도 만날 수밖에 없으며, 그곳에서, 그런 전통을 이어받아가야 한다고 선언하고 있다.

2016년 2학기 「영시개론」 강의시간. 영시를 소개하는 과정이라 수강생들에게 창작시를 써보게 하였다. 시가 무시되는 세상이기에, 대부분에게는 시를 처음 써보는 경험이 된다. 그런 첫 번째 시들 중 하나가 임정식의 「테니스공」이다. 이게 그의 첫 번째 시이며, 동시에 그의 등단작이다.

같은 학기의 선택과목, 「영시의 이해」. 대부분 어려워한다. 낭만주의, 햄릿, 근대적 기획, 모더니즘, 포스모더니즘, 해체론, 자크 데리다 등. 임정식이 제출하는 산문은 수준이 높았다. 누군가 귓뜸했다. 그가 4학년이 아니라 1학년이라고! 그런데 1학년의 영문학 지식은 내가 1학기에 강의한 「영미문학입문」 한 강좌뿐이었다. 그것도 영어 자기소개 등이 뒤섞여있는 교육과정이었다.

임정식을 만났다. "너, 고등학교 때 뭐 했어! 왜 SKY 안 갔어!" "저, 여기도 겨우 들어왔어요."

그렇지만, 한국 교육제도의 문제점은 다른 곳에서 반성해보자.

문학경영학

 은퇴하기 직전 마지막 학기 동안 경제학과 경영학 계열의 학과들에게 문학경영학 강의의 개설을 제안했었습니다. 성사되지 못했던 경영학 계열과의 특성화 협의의 연장선상에서 문학과 경영학에 관한 상상력의 융합작업을 시도해보고 싶었습니다. "문학, 특히 모더니즘 이후의 현대문학적인 상상력을 경영/경제학도의 도움이 되도록 접목시키는 수업과정을 개발"하려는 의도가 있었습니다. "과도기 교육과정의 핵심 프로그램"을 다음과 같이 제안했습니다.

  1. 목표
    가. Case Study 중심의 학생 참여방식
    나. 평생학습 모델의 습득
  2. 수업: Lecture+Case Study
    가. Lecture: 21세기 탈근대적 패러다임
    나. Case Study: 경제학과 경영학의 실제사례
  3. 내용 (Work in Progress)
   * 기존교육과정 최대한 반영 *
    가. 데이비드 카너만의 행동경제학
    나. 말콤 글래드웰 등의 책들에 관한 토론
     * 창의적 이론의 모델이 되는 이유 (학생발표)
     * 대안을 제시하지 못하는 이유 (학생발표)
     * 새로운 대안의 모색 (Brainstorming)
     * 구체적인 실천방안의 개발 (Brainstorming)

 경제학자와 영문학자의 융합작업은 경제학과 교수인 모슨(Gary Saul Morson)과 영문학과 교수인 샤피로(Morton Schapiro)가 2017년 공저한 "경제학이 인문학으로부터 배울 수 있는 것들"(What Economics Can Learn from the Humanities)이라는 부제를 달고 있는 『센트와 감수성』(Cents and Sensibility)이 하나의 사례입니다. 이 책은 모더니즘 이전의 계몽주의 윤리관에 의거하여 경제학이 인문학의 도움을 받는 방법들을 찾는 안전한 길을 택하고 있습니다. 반면에 내 기획은 탈근대시대의 새로운 길을 모색하는데 있어 인문학적인 상상력의 지원을 받아 경제학과 경영학의 새로운 길을 모험적으로 탐험해보려는 것이었습니다. 급작스럽고도 모험적인 제안이었기에 학과구성원의 합의를 도출해내기 어려우리라는 점을 예상했지만, 그럼에도 불구하고 언젠가는 성사시켜야할 과업이라고 믿습니다.

고장 난 자본주의

경제학자 토마스 피케티(Thomas Piketty)의 『21세기 자본』(Capital in the Twenty-First Century) 이후 "불평등은 정치·사회적 선택의 결과로 해법도 정치적 선택이어야"하며 "세금정책이나 교육, 고용 등 모든 정책은 정치적 합의를 거쳐야"한다며, 자유방임정책의 전통을 이어가는 신자유주의 정책이 본격적으로 비판받고 있습니다.[119]

- '자본주의 리셋'이라는 말이 나올 정도로 불평등 담론이 퍼진 이유는 무엇인가.

"'월세계급'이라는 말이 있다. 옛날 같으면 자기 집을 샀는데 이젠 월세 내면서 전전해야 한다. 이를 두고 어떤 사람은 새로운 농노계급이라고 한다. 밀레니얼 세대에 이런 불만이 많은데 나이가 들어 노동시장에 들어오면서 이들의 목소리가 커진 세대적 요인이 있다. 또 양극화가 워낙 심해 여기서 분노한 백인 노동자의 표심이 대선(트럼프 당선)에 영향을 줄 정도가 됐다. 리셋이라는 표현을 쓴 것은 사실 같은 출발선상에 있지 않다는 것을 인정하고, 다시 같은 출발선상에 서야 공정하지 않겠냐는 의식을 반영한 것이다. 출발선상의 격차를 줄이고 그간 규칙이 너무 기득권에 유리하게 맞춰져 있는데 이걸 재정비하자는 것이다."

그리하여 신자유주의의 핵심 경제학자인 「밀턴 프리드만이 틀렸었다」("Milton Friedman Was Wrong")라는 기사가 공공연하게 보도되고 있습니다.[120] 프리드먼의 '주주이론'(shareholder theory)은 소비자의 권리와 신뢰를 침해할 너무 많은 여지를 회사에 제공하기 때문입니다. 다른 분야에서와 마찬가지로 상업 및 금융 자본주의라는 근대사회의 구성요소에 대한 비판에 있어서는 적극적이지만, 탈근대의 시대를 위한 경제학과 경영학의 새로운 이론체계를 모색하는데 있어 대부분의 전문가들이 자기가 속해있는 전문가집단의 내파(implosion)를 암시하는 혁명적인 제안을 할 수 없어 소극적인 자세를 취하는 것 같습니다. 그래서 그 분야에 속해있지 않은 영문학자인 내가 탈근대시대를 위한 돌파구를 마련하는데 적임자 중 하나일 것이라 판단했습니다.

전문가의 도움을 받지 못하고 있지만, 새로운 시대를 온몸으로 겪어내야 하는 기업의 현장에서는 나름대로의 방법을 동원하고 있습니다. 독서경영 또는 해킹과 마라톤의 합성어인 해커톤[121]이라고 부르는 수평적인 토론문화 등을 도입하며 시시각각 닥쳐오는 경제학적이고 경영학적인 난경에 임기응변하듯 대처하고 있는 실정입니다.

---

119 주영재, 「'고장 난 자본주의를 고쳐라' 대안 모색하는 세계」, 『경향신문』, 2019.11.16.

120 Eric Posner, "Milton Friedman Was Wrong," The Atlantic, August 21, 2019.

121 김아사, 「해커톤」, 『조선일보』, 2018.04.28.

unlearning

근대적 사고방식에 난경을 불러일으키는 탈근대시대의 도전에 대한 전문가집단들의 무능력은 대학교육에 대한 불신을 불러일으키고 있습니다.

셀링고(Jeffrey Selingo)는 고등학교 의무교육과 대학교육의 보편화에 이은 「세 번째 교육혁명」("The Third Education Revolution")이 진행되고 있다고 규정합니다.[122] "오늘날의 경제의 필요에 부응하기 위해 학교는 계속적인 평생교육 모델 쪽으로 이동하고 있는 중이다."라고 진단합니다.

작년인가 시드니대학교 총장이 'unlearning'을 하고 있기 때문에 세계적인 대학이라고 자부한다는 졸업식 연설을 했습니다. 근대교육의 'learning'(학습내용)을 'unlearning'(해체)하는 게 최첨단 대학교육의 특징이라는 말입니다. 그런데 나는 'relearning'(재학습)까지 진행돼야한다고 주장하고 있습니다. AI시대를 대비하려는 의식 있는 교육학자들이 공통적으로 요구하는 평생교육과정이 근대교육의 '학습내용'의 '해체'에 그쳐서는 안 될 것입니다. 물론 여러분이 이번 학기 동안 체험했던 것처럼 근대교육의 학습내용을 심리적인 저항 없이 벗어나는 게 쉬운 일은 아니라는 걸 잘 알고 있을 것입니다. 시드니대학교 총장이 학습의 해체에 주도적이라고 자부하는 건 당연한 태도입니다. 그럼에도 불구하고 AI시대에 아주 여러 번 직업을 바꿔야할 여러분을 위한 평생교육을 위해 근대교육을 잊어버리는 걸로 끝날 수는 없습니다. 탈근대시대를 선도하는 재학습이 필수적으로 요구되는 커리큘럼이 될 것입니다. 그리고 이는 시적 상상력에 기반을 두는 창의성에 의해서만 실질적인 결과를 얻을 수 있습니다.

영시개론의 토론수업을 기약하면서, 질의응답시간을 갖겠습니다.

기도

질문: 복을 비는 기도는 무의미하다고 말씀하셨는데 자세히 설명해주세요.

기복신앙에 대한 비판은 논란을 굉장히 많이 불러일으킬 수 있습니다. 기복신앙이 신앙적인 측면에서는 거의 무의미하다는 주장이 보편화된다면, 교회나 사찰에 주말마다 가는 신도들이 급격히 줄어들 가능성이 있습니다. 그래서 조심스러운 주제입니다.

중세말기의 천주교가 에크하르트의 신학을 껄끄러워했던 건 인격신을 넘어서는 신성(神性, Godhead)의 개념 때문이었습니다. 인간의 경우를 예로 들면 인간의 영혼(soul)은 삼위일체의 성령처럼 인간의 세계와 신의 세계를 이어주는 역할을 합니다. 그렇지만 사망 이후의 인간은 영(spirit)으로 존재한다는 게

---

122 Jeffrey Selingo, "The Third Education Revolution," The Atlantic, Mar 21, 2018.

고급종교의 핵심전제입니다. 사망 이후 아무것도 없다 라는 게 종교 자체를 부정하는 사람들의 기본전제입니다. 인간의 영(spirit)과 같은 개념이 신성(Godhead)입니다. 삼위일체의 인격신과 신성이 선불교의 상근기와 격외선에 대비됩니다. 중세말의 천주교가 수용하기 어려워했었지만, 불교에서는 인격신의 경지를 넘어서는 걸 당연시합니다.

이걸 기도의 행위에 적용해봅시다. 대구 팔공산에는 대입수능에 효험이 있다는 기도처가 있습니다. 어머니들이 자식을 위해 정성을 드려 기도합니다. "시험에 붙게 해주세요."라고 기도하는 게 보통입니다. 이게 복을 기원하는 기복신앙에서 나오는 기도입니다. 그런데 만약 그렇게 기도하는 사람만 시험에 붙게 해준다면, 그건 종교라기보다는 욕심의 충족이 아닐까요? 신에게 불공정한 경쟁을 요구하고 있는 건 아닌가요?

"신에게 기도한다(pray to God)"라는 구절에는 인간은 아래에 신은 위에 위치한다는 위상학(位相學)을 전제로 합니다. 기복신앙에 있어서는 불교보다 기독교가 더 적극적이니까 기독교를 중심으로 생각해봅시다. 내가 고등학교 시절 목사님과 협심하여 천막교회의 전도사 노릇을 하며 서울의 북부지역에 교회를 건립했던 경험이 있어 천주교보다는 기독교가 인용하기에 편합니다. 기독교의 목적은 예수를 닮는 것입니다. 천주교의 성인(聖人)이 되는 대표적인 요건 중의 하나가 순교(殉敎)입니다. 신을 위해 순교하면서 아주 기뻐합니다. 목숨을 우습게 여기는 행위입니다. 『대성당의 살인』(The Murder in the Cathedral)을 비롯해 엘리엇 후기의 시극(詩劇)들의 핵심 주제가 순교입니다. 이 지점에서의 기도는 "신에게(to God)"라기보다는 "신과 함께(with God)"의 위상을 갖게 됩니다.

이런 부정하기 어려운 에크하르트의 신학논리에 천주교의 누구도 제대로 반박하지 못했습니다. '인연'이나 '고해' 등 일상 언어로도 사용되는 선불교사상에 태생적으로 익숙한 한국인들은 이런 기도의 차원 구분에 중세 천주교의 신부들보다 덜 분노하는 것 같습니다. 이러한 천주교나 기독교의 신비주의 차원에 관한 이론적인 프레임이 보편화돼있지 않아 이단이나 사이비 교단이 자주 출몰하는 경향이 있습니다. 한국인의 공(空)사상이 지금과 같은 세계관의 전환기에는 종교적인 차원에서보다 사상적인 차원에서 더 쓸모가 있어 보입니다.

삼위일체의 인격신이 강조됐던 이유는 근대정신의 기반이 되는 '프로테스탄트 윤리'(Protestant ethic) 때문이었습니다. 근로·검약을 강조하는 자본주의 사회의 지배적인 정신이며 노동 또는 근로 지상주의를 뜻하는데 '프로테스탄트 노동 윤리'(Protestant work ethic)라고도 합니다. '열심히' 공부하고 '열심히' 일하는 등 아무 생각 없이 뭐든지 '열심히' 하는 이유가 바로 이 근대의 시대정신인 프로테스탄트 윤리의 프레임에 갇혀 있었기 때문입니다.

근대이데올로기의 올무를 벗어나는 좋은 방법 중의 하나가 프로테스탄트 윤리의 기반이 됐던 삼위일체의 인격신 신앙의 한계를 자각하는 것입니다. 예수가 성육신(成育神), 즉 신의 독생자 예수가 인류 구원을 위해 성령에 의해 마리아의 태내에서 사람으로 잉태되었다면, '신+인간'을 넘어선 예수의 자리는 삼위일체 인격신의 차원을 넘어선 위상일 것입니다. 에크하르트의 신성과 선불교의 격외선이 탈근대적인 이론 프레임을 구축하는데 큰 도움이 될 가능성이 있습니다.

객관상관물

질문: T. S, 엘리엇의 객관상관물(objective correlative)에 관해 설명해주세요.

엘리엇의 객관상관물의 대표적인 사례는 첫 번째 시 「J 알프레드 프루프록의 연가」("The Love Song of J. Alfred Prufrock")에 나오는 건물을 둘러싸고 맴도는 '안개'의 이미지입니다. 현대인의 몽롱한 의식을 표현하는 대표적인 이미지입니다. 엘리엇 자신은 어쩌다 한 번 쓴 용어인 객관상관물이 너무 유명해져 당황해했습니다. 그는 또한 자신의 시세계를 이해하기 위해 시작됐던 문학의 이론화작업, 즉 뉴크리티시즘 비평이 문학연구 전반을 지배하는 것에도 당황해했습니다. 나는 그의 어정쩡한 태도가 이해됩니다. 왜냐하면 이미지나 상징과 객관상관물이 어떻게 다른지 설명하기 어렵기 때문입니다. '안개'가 현대인의 몽롱한 의식을 전달하는 이미지 또는 상징이라고 규정해도 문제가 없기 때문입니다.

엘리엇의 당황스러운 느낌을 이해하기 위해서는 구명론이 필요합니다. 탈근대시대가 아직 도래하지도 않았는데 탈근대시대를 예감하고 그에 관해 말하기 시작한다면 모호한 발언이 되지 않을 수 없습니다. 엘리엇 등이 시작했던 모더니즘 운동은 근대의 한복판에서 근대가 끝났다고, 이제 세기말이 왔다고 주장했습니다. 그러니까 내파(implosion)의 선구자들이었습니다. 아직 오지도 않은 세상을 가버릴 세상의 언어로 설명하려는 필자의 난처함이 독자가 모더니즘 문학을 이해하기 어렵게 만들곤 합니다.

엘리엇이 이미지나 상징 같은 문학용어들이 있었음에도 불구하고 일부러 잘 정의할 수도 없는 객관상관물이란 단어를 동원했던 이유는, 페르소나 프루프록의 '안개'로 표현된 몽롱한 의식이 자아의식의 독립적 주체성 부족으로 인한 근대적인 결정 장애에서 비롯된다기보다, 뭔가 정확하게 파악하지는 못하겠지만 새로운 시대 속에서 세상을 새롭게 보려고 노력하기 때문에 어쩔 수 없이 혼란스러워하게 된 데에서 비롯된다고 느꼈기 때문입니다. 이 수업시간에 사용했던 이론체계로 설명하자면 이미지나 상징이 근대적인 감정과 정서를 기반으로 하고 있다면, 새롭게 고안해낸 객관상관물이라는 조어로 엘리엇은 탈근대적인 정동을 설명하고 싶었던 것입니다. 엘리엇의 작품을 열광적으로 받아들여 영국과 미국의 영문학과를 새롭게 개혁해낸 뉴크리티시즘 비평가들이 객관상관물이라는 용어에 감격했던 이유가 바로 여기에 있습니다. 그런데 객관상관물에 관한 수많은 질문에도 불구하고 엘리엇은 제대로 대답하기가 어려웠을 것입니다. 그러니 당황스러웠겠죠. 그렇다고 해서 엘리엇이 객관상관물을 부정한 적은 없었습니다.

모더니즘의 소설가들인 버지니아 울프와 제임스 조이스를 설명하는 '의식의 흐름'(the stream of consciousness)이라는 용어도 객관상관물과 비슷하게 설명될 수 있습니다. 근대이데올로기를 부인하는 입장에서 자아의 의식이 독립적 주체성을 갖고 있다고 상정할 수는 없었습니다. 이 용어는 브라우닝의 '내면의 독백'(interior monologue)에서 비롯됩니다. 브라우닝의 「나의 마지막 공작부인」("My Last Duchess")의 페르소나는 어린 소녀를 아내로 맞아들인 뒤에 심리적 압박감으로 죽음에 이르게 함으로써 지참금을 또 받을 수 있는 기회를 만드는 악당입니다. 너무나도 믿기 어려운 악당의 독백을 공감하며 읽어야하기 때문에, 독자의 독서경험은 아주 혼란스럽습니다. 브라우닝에서 시작된 자아의 독립적 주체성에 대한 의심의 눈초리가 모더니즘에 이르러 본격적으로 노골화됩니다. 조이스의 난해하기 이를 데 없는 장편소설 『율리시즈』(Ulysses)는 블룸(Bloom)이 24시간 동안 아일랜드의 수도 더블린을 방황하는 이야기입니다. 디킨스의 『위대한 유산』 등 빅토리아시대의 사실주의소설이었다면 불가능했을 스토리입니다.

여러분은 엘리엇이나 조이스보다는 유리한 입장에 놓여있습니다. 그때는 모호하게 보였지만 지금은 이론적으로 설명을 들을 수 있기 때문입니다. 얼마 전까지만 해도 이렇게 명료하게 해설하기가 어려웠습니다. 이제 모더니즘 이후 지금까지 진행된 탈근대시대의 세계관을 총체적으로 파악할 수 있는 좋은 위치에 와있으니, 실용적으로 적용하는 계획을 만들어보기 시작할 수 있습니다. 그래서 영시개론 시간인데 '돈' 이야기를 한 것입니다.

'돈'이야기를 시작한 건 몇 년 안 되는 일입니다. 자율자동차나 생체인식기술 등은 기본적으로 탈근대시대의 세계관에 기반을 두는 정동의 이론체계에 관한 이해를 전제로 하기 때문입니다. 내가 지금 주장하고 있는 시대판단이 옳은지 여부는 누구도 모를 것입니다. 그렇지만 내 판단이 확실하게 맞는다는 느낌이 들면 이미 너무 늦어버릴 수 있습니다. 여러 번 강조했듯이 새로운 시대로의 전환과정에 가속도가 붙어버린 것 같기 때문입니다. 새로운 시대가 아득바득 다가오는 것 같은 느낌입니다.

인문학적 분석력

질문: 인문학적 분석력을 키우기 위해 평생 뭘 하는 게 좋겠습니까?

예를 들어 TV연속극 『동백꽃 필 무렵』을 본다고 생각해보세요. 시청자로만 보지 마시고, 그 연속극을 집필하는 작가의 입장에서 검토하세요. 세상 모든 일 속에서 '주인'이 되는 것입니다. 『겨울왕국 2』를 주도했던 분이 한국여성이랍니다. 그녀는 한국관객들과의 면담을 참고해 천만관객의 영화였던 『겨울왕국』의 속편을 만들었고 또다시 천만관객의 영화를 만들어냈습니다. 미국에 유학 가서 자신이 좋아하는 길을 따라가다 이런 결과에 이르렀던 것입니다.

흥미가 있고 관심이 가는 분야가 무엇이든 아무 곳에나 자신의 이론적인 프레임을 마구 적용해보세요. 그러다가 잘 안 되면 나를 비롯한 공부의 선배들의 도움을 받으려고 대화나 담론을 시도해보시기 바랍니다.

문제의 파악

질문: 논문을 쓰고 있는데 결론을 잘 모르겠어요. 이럴 때에는 어떻게 해야 하나요?

에세이나 논문 중에서 B급은 결론에 이르러서야 진정한 출발점이 나오는 경우가 많습니다. 이것저것 공부하다가 마지막에 이르러서야 자신이 파악하고 싶은 문제를 정확하게 알게 된 것입니다. 결론이 아니라, 에세이나 논문을 쓰기 위한 문제 자체를 찾기가 어렵습니다.

이 수업시간에 계속해서 제시됐던 건 세계적인 지식인들이 쓴 글들이었습니다. 그들이 문제만 제기하면서 결론지으면, 누가 그 해결책을 알려주겠습니까? 그가 서울대학교 교수인데, 그 문제의 대안을 쓸 사람이 누가 또 있겠습니까? 이런 이유 때문에 내가 전문가의 글에 아주 비판적인 태도를 취하는 것입니다.

여러분의 경우는 전혀 다릅니다. 문제를 제대로 파악하는 게 급선무입니다. 그러나 나중에 전문가가 되면, 새로운 세상을 만들어나가야 합니다. 그러면 돈과 명예뿐만 아니라 주이상스도 경험하게 될 것입니다.

아는 사람은 알게 말한다

질문: 4학년인 내게도 이 수업은 조금 어려웠습니다. 그런데 초·중·고등학교에서부터 배워야한다니, 도대체 어떻게 가르칠 수 있겠습니까?

이건 중요한 질문입니다. 내게도 손자가 있는데, 만약 나중에 자식을 키우게 된다면, 남의 문제가 아니라 본인의 문제가 되겠죠. 손자나 자식을 격변하는 세상을 위해 잘 준비시켜야하니까요.

이 대답은 "진짜 아는 사람은 알게 말한다."라고 요약할 수 있습니다. 진짜 전문가가 되면 5살짜리에게도 자신의 생각을 이해할 수 있게 전달할 수 있습니다.

80위원회

미국의 9·11때 CNN의 "WAR ON TERRORISM"이 잘못이란 걸 알았다고 했죠? 시를 쓰는 사람이 어떻게 그런 걸 알게 됐을까요? 사실은 여러분과 비슷한 나이에 독특한 군 생활을 경험했기 때문입니다. 전문가적인 안목은 하루아침에 만들어지는 게 아니라는 걸 설명하기 위해 군대 이야기를 좀 하겠습니다.

6·25전쟁 시절 이승만 대통령이 미군에 작전권을 이양했습니다. 그게 한미연합사의 존재근거입니다. 얼마 전까지 한·미간에 전시작전권 이양논의가 있었습니다. 내가 사병으로 군 생활하던 시절 평시작전

권 이양이 있었습니다. 미군이 시키는 대로 하면 됐던 시절에서 전쟁 때가 아니면 한국군이 자기 나름대로 군을 운영해도 된다는 말입니다. 다양한 연구검토가 필요해 80위원회라는 소규모 정예부대가 만들어졌습니다. 그리고 영어를 잘 한다는 이유로 육군본부에 배속됐던 나는 그곳에서 자료실장 노릇을 했습니다.

일화 하나만 이야기하겠습니다. 당시 박정희 대통령의 가장 큰 고민은 북한군과 한국군의 병력숫자의 격차였습니다. 소련군편제에 관한 자료를 읽게 됐습니다. 드넓은 국토를 방어하는 전략은 ABCD급 부대라는 개념이었습니다. 부대는 존재하지만 소수의 사병만 상존하는 D급 부대라는 개념은 지금의 예비군 훈련부대의 운영방안이 될 수 있습니다. 향토예비군의 전력화방안으로 북한군과의 병력격차를 단숨에 줄일 수 있게 됐습니다. 덕분에 80위원회 위원장은 그 어렵다는 진급을 할 수 있었습니다. 그리고 그 덕분에 내가 근무하던 자료실은 공간이 부족해 쩔쩔매는 육군본부 내에서 가장 쾌적한 장소 중 하나로 배치됐습니다.

젊은 시절의 군사학 연구경험이 나중에 미국에서 9·11사태를 만났을 때 적용됐던 것입니다. '영어+상상력'이 성공과 행복을 위한 기초가 되는 공식입니다.

스토리

질문: 화장품 한정판 판매의 비밀을 위한 소비자의 정동은 무엇입니까?

물건이 아닌 경험을 사는 시대라는 건 대량생산과 대량소비의 시대가 끝나간다는 걸 말합니다. 근대사회는 거대서사로 운영됐습니다. 결혼이나 취업처럼 자연스럽고 당연한 것, 누구나 믿는 것, 누구나 하는 것에 따라 살았습니다. 근대이데올로기가 무기력해지니까, 갑자기 개인서사가 중요해졌습니다. 자신의 이야기가 대화의 상대방에게 받아들여져 중서사로 발전할 수 있을지, 더 나아가서 공동체의 담론으로 대서사가 되는데 성공을 거둘지 짐작하기가 어렵습니다. 그러므로 대부분의 사람들에게 자신감이 없을 수밖에 없습니다.

악착같이 중서사를 만들어내는 일에 달라붙는 수밖에 없습니다. 『겨울왕국 2』를 만든 한국여성처럼 말이죠. 어떻게 만들까요? 스토리(story)를 입힙니다! 스토리가 만들어지고 통용되면 돈이 됩니다. 그러면 개인서사, 즉 나의 스토리가 중서사가 되면서 사람들이 나의 스토리에 참여하기 시작합니다. 나의 스토리가 거부되면 나의 존재이유가 없어집니다. 이게 SNS 탈퇴 통보를 받으면 절망해서 자살을 하기도 하는 이유 중의 하나입니다.

특히 화장품의 경우에는 이런 경로로 팔립니다. 그리고 이런 노력의 결과는 아주 쓸모가 있습니다. 자기소개서를 쓸 때 다음과 같이 쓸 수 있다면 취업전망이 밝을 것입니다. "나는 화장품이 왜 불티나게 팔리는지 압니다. 그걸로 대학교 때 논문을 썼습니다. 그리고 담당교수가 인정해줬습니다."

만약에 취업에 실패하더라도 "세상에 나 같은 인재가 갈 데 없을까봐!"라고 당당하게 살아가시기 바랍니다. 한 분야에서 작은 성공이라도 거두기 시작하면, 마음속에서 말 못할 자신감이 생기기 시작합니다. 그러니 에세이나 논문 등 아주 작은 분야에서부터 성공을 거두시기 바랍니다.

차별금지법

질문: 차별금지법에 관한 논문을 쓰려는데, TMI, 즉 너무 많은 근거들만 모았습니다. 그런데 이걸로 에세이나 논문을 어떻게 써야하나요?

이론적인 프레임(frame) 속에 들어가야 글이 써집니다.

차별금지법의 대상을 '타자'라고 정의할 수 있습니다. 보편적으로 인정된 인간의 권리가 탄생된 프랑스혁명 이후에 인디언들 등을 몰살시키는 식민제국주의가 본격적으로 시작됐습니다. 이때의 인간은 인간 전부를 말하지 않습니다. 이때 빠진 존재들을 타자라고 부릅니다. 여성, 성소수자, 동물, 환경 등 말할 수 있는 능력이 없는 사람들이라고도 부릅니다. 이런 타자의 개념이 탈근대시대에 와서 주목받고 있습니다.

3·1운동이 윌슨대통령의 민족자결주의의 영향을 받았다고 하죠. 그런데 윌슨대통령이 말한 민족은 우리 민족이 아니었습니다. 한국지식인들의 착각이었습니다. 그래서 일제의 탄압을 막아줄 사람이 아무도 없었습니다. 물론 3·1운동을 겪으면서 민족의 자각이 생겼고 임시정부가 시작됐으니, 결과적으로는 성공이었습니다.

차별금지법이라는데 뭘 보호합니까? 『82년생 김지영』이란 소설을 둘러싸고 논쟁이 있었습니다. 여성의 적(敵)은 남성입니까? 적과 아군의 이분법적 대립개념은 페미니즘이 궁극적으로 벗어나고자하는 대결과 갈등의 구도를 계속 유지시킬 것입니다. 그러므로 포월의 논리를 찾아내야합니다.

(시간이 부족해서 수업시간에 하지 못했던 말이 있었습니다. 차이와 차별의 구분입니다. 이건 고통과 고통받음의 구분과 비슷합니다. 인간에게 고통은 언제나 있지만, 그걸 고통받음으로 일부러 만들어내지 않으면 고해의 바다에서 벗어난다고 설명했습니다. 차이는 언제나 있습니다. 차별이 문제입니다. 남자와 여자의 차이, 이성애자와 동성애자의 차이, 인간과 동물의 차이는 언제나 있었고, 앞으로도 있을 것입니다. 문제는 그걸 일부러 차별로 만들어내지 않으면 타자의 고통이 사라질 것입니다.)

시간배분

한 학기 내내 생각하는 법, 그리고 그걸 적용하여 세상을 읽는 법을 말했습니다. 상상의 힘, 특히 시적 상상력의 힘이 그 원동력입니다. '영어+상상력'이 성공의 조리법(recipe)입니다. 영어보다는 상상력 쪽에 가르치는 사람이 적기 때문에, 그쪽에 시간배분을 많이 했습니다.

과제가 힘들다는 건 처음부터 알았습니다. 하지만 어떻게 공부하는지를 배웠다면, 지금까지 시간낭비를 하지 않은 셈입니다. 이걸 알았다면 제대로 살아가기도 하고, 또 제대로 사랑하기도 하게 될 것입니다.

집필동기

질문: 대학생으로 이 책은 꼭 읽어야한다고 추천해주실 책이 있습니까?

이 질문이 이 책을 쓰도록 촉발했습니다. 말하자면 이 책의 집필동기입니다. 이번 학기의 영시개론을 말로만 듣고는 학생들이 제대로 이해하기가 어렵다는 걸 알고 있었습니다. 만약 책으로 쓴다면 천천히 시간을 들여 공부할 수 있기 때문입니다.

이 책을 거의 다 읽어오면서도 위와 같은 질문이 떠오른다면, 내가 너무나도 당연하다는 식으로, 그것도 모르냐는 식으로 언급했던 책들부터 읽어나가기 시작하면 됩니다. 그런 것들이 영시개론 또는 세상읽기에 있어 기초상식에 속하는 책들이기 때문입니다. 지식인들과의 대화에 있어서도 읽는 책은 이와 비슷한 이유로 정해집니다. 내가 속하고 싶어 하는 지식인집단에 갔는데 그들 대부분이 그건 당연히 알고 있다는 반응을 보이는 책이 있다면, 그런 책부터 읽어야겠죠. 그렇지 않다면 학문적이거나 일상적인 대화에 참여하기 어려울 것입니다.

또 한 가지 방법은 자기 마음속에 남아 있는 것, 잊히지 않고 기억나는 것부터 찾아서 읽어보는 겁니다. 내가 했던 말을 기억하면서 그것과 비판적으로 비교하며 읽어보면 재미있을 것입니다.

결어

어려운 학기였습니다. 의도적으로 어려웠습니다. 시드니대학교 총장의 말처럼 근대적인 교육기관 내부에서의 혁명적인 내파행위이기 때문에 'unlearning'도 용기가 필요한 힘든 일입니다. 그런데 나는 욕심을 한껏 부려 'relearning'까지 계속 도전해왔습니다.

이런 프로젝트는 석·박사과정에 적합합니다. 그런데 나는 학부생을 대상으로 진행했습니다. 어쩌면 미친 프로그램입니다. 그런데 놀라운 건 전문가 수준의 평가(A+++)를 받은 학생들이 많았다는 겁니다. 내가 여러 번 말했듯 그럴 때마다 영혼의 불꽃놀이를 보는 것 같았습니다.

지금 현재 대학입시제도는 엉망인 것 같습니다. 이번 영시개론 수업을 통해 여러분이 입증했습니다. 여러분은 소위 SKY대학교의 학생들보다 결코 못하지 않았습니다. 어쩌면 근대교육제도에 너무 충실했기 때문에 그들에게는 시적 상상력이 부족할지도 모르겠다는 생각을 해봅니다. 런던대학교의 교수를 위협하는 수준에까지 도달한 학생도 있었습니다. 그건 교수처럼 자신만의 학문적인 세계가 있음을 뜻합니다.

기말고사

대학교육 이후 평생학습의 형태로 진행돼야할 자기주도 학습에서 가장 중요한 요소는 자기수준의 평가입니다. 이번 학기 내내 공개적으로 진행된 평가과정의 학습의 결과가 과제작성에 반영돼야합니다. 과제의 평가는 영시개론 수업의 진행과정과는 직접적으로 관련이 없는 담당교수와 학생 개개인의 관계이므로, 차후의 영시개론 수업을 위해 기말고사 문제와 우수답안들만을 기록해두겠습니다.

2019년 2학기 영시개론 기말고사 (Open Book)

1. 다음 글을 읽고 생각하고 느끼는 바를 쓰시오.

1-1. Some say the world will end in fire, / Some say in ice. / From what I've tasted of desire / I hold with those who favor fire. / But if it had to perish twice, / I think I know enough of hate / To say that for destruction ice / Is also great / And would suffice. (어떤 사람은 세상이 불로 끝난다고 말하고, / 어떤 사람은 얼음으로라고 말합니다. / 내가 욕망의 맛을 봐왔기 때문인지 / 나는 불을 선호하는 사람들에게 동의합니다. / 그러나 세상이 두 번 망해버려야 한다면, / 내 생각에는 내가 증오도 충분히 알고 있으니 / 파괴에 있어서는 얼음도 또한 뛰어나다고 / 말할 것입니다.)

A. 불 혹은 얼음에 의해 세상이 멸망할 것이라는 이분법적인 세계관으로 이야기하고 있다. 하지만 세상에는 이러한 이분법적인 관념으로는 설명되지 않는 것이 대부분이다. 화자는 불과 얼음을 이야기하고 있지만 세상이 멸망한다는 이 두 가지가 아닌 다른 이유일 수도 있을 것이다.

B. 불을 택한 사람에게 공감이 가고, 얼음 역시 쓸모 있다고 말하는 시의 내용이 이해가 잘 간다. 사람들은 주로 자기 자신과 가까운 지인들을 생각하면서 세상을 살아간다. 하지만 생각과 시야가 좀 더 넓고 깊은 사람들은 더 많은 것을 생각해낸다. 바로 민족이나 인류를 생각하는 것이다. 요즘 세상은 무섭다. 말다툼이 빈번하고 이유 없는 칼부림으로 사람이 다친다. 심지어 서로를 죽고 죽이는 상황들이 다른 생명체들을 함부로 다루게 되는 결과로까지 이어진다고 생각한다. 바르지 않은 마음가짐은 인류의 파멸을 초래한다고 생각한다. 나는 성악설을 믿는다. 지금까지 인류가 살아올 수 있었던 것은 '나'만 살고자 살생을 일삼는 악한 마음으로 태어났기 때문이라고 생각한다. 물은 더럽고 악한 것을 씻어내고 불은 태워서 정화하는 상징으로 여겨져 왔다. 시인이 인류 멸망의 원인은 욕망과 증오라고 말했다. 이런 것들을 위해서라도 우리는 이제 욕망을 거두고 마음을 비워야한다고 생각한다.

C. 프로스트는 분노와 멸시가 동등하다고 말한다. 분노와 멸시가 같은 느낌일 수 있다. 둘은 모두 근대적인 생각이다. 근대의 사람들은 분노하였고 멸시하였다. 그 결과로 폭행을 저지르고 학살을 하였다. 탈근대의 사람들은 이런 생각을 하지 않을까? 그렇지는 않다. 하지만 탈근대의 진화된 생각이라면 분노를 이용할 줄 알아야하고 사용해야한다. 분노는 자신을 개발시킬 성장 동력이 될 수 있을 것이고 이를 사용하는 것은 남들과의 차별점이 될 것이다.

D. 불과 얼음은 완벽한 대비를 이룬다. 뜨겁고, 차갑고, 태우고, 녹인다. 이러한 상극의 두 가지는 모두 세상에 필요한 것이다. 하지만 과했을 때는 우리가 사는 세상을 파괴하기 시작한다. 화자가 표현하는 불과 얼음에는 두 가지 감정이 드러난다. 욕구와 증오다. 두 가지 모두 인간사회와 떼어낼 수 없는 것들이다. 전근대, 근대시대에는 이런 것들이 억제되어야했고 부정적이기만 했다. 드러내서는 안 될 감정이었다. 하지만 탈근대시대를 살아가는 우리들에게는 드러내야하고 부딪쳐야하는 감정이 되었다. 우리 안에 잠재되어 있는 불과 얼음을 인지하고 잘 통제하며 사용할 수 있을 때 비로소 자신의 개인서사에 잘 집중할 수 있을 것이다.

E. 사람의 마음이 일방적으로 열정으로만 가득 차 있다고 한다면, 이런 사람들만 가득한 세상에서 살고 싶다는 생각은 전혀 들지 않을 정도로 끔찍하다는 생각밖에는 들지 않는다. 살고 싶지 않다는 생각을 넘어 이런 곳은 존재하지 않아도 좋다는 생각마저 든다. 하지만 사람의 마음은 열정과 냉정으로만 되어있지

않다는 사실을 알 것이다. 군이 이걸 표현하면 그 사이에 따스함이라는 마음이 존재한다고 믿는다. 아무리 열정만, 아무리 냉정만 갖고 있는 사람들이 많아진다 하더라도 따스함을 가진 사람들보다는 절대적으로 적을 것이라 믿는다. 이러지도, 저러지도 못하고 주저주저하는 못난 따스함, 힘든 일에 처한 사람을 지나치지도 못하고 그렇다고 통 크게 도와주지도 못하면서 발걸음이 떨어지지 않는 안타까운 따스함. 저런 사람을 보면 아직은 세상은 살만해라는 생각을 하면서 내가 그렇게 살지 못하고 있구나 라는 나의 부족함으로 드러내는 따스함. 혹자는 지구상의 상위 10퍼센트 정도의 사람들이 세상을 이끌어간다고 생각하지만, 나는 믿고 싶다. 실상은 나머지 90%의 사람들이 이 세상을 따뜻한 곳으로 보이지 않게 조금씩 이끌어가고 있다고.

F. 세상에는 불과 얼음만이 아닌 자연물들이 존재한다. 세상을 종말 시키는 것은 바람일수도, 해일일지도 모른다. 이분법적으로 불과 얼음만으로 세상을 바라보는 것은 흑백논리로 귀결될 수 있다. Some say, 누군가가 말하고 누군가는 듣는다. 하지만 전부 들었다고 자신할 수 있는가? 무시 받고 천대받는 사회적 소수자들은? 그들의 목소리는 애초에 울리지도 않았을 것이다. 들어주는 이가 없으니까. 세상을 다 안다고 말하는 것만큼 스스로를 오만하고 바보로 만드는 게 없다.

G. 나는 세상의 마지막에 대해서 생각해본 적이 그리 많지 않다. 왜냐하면 세상의 마지막을 예상하는 것보다 내가 마지막으로 떠날 때 세상이 어떨지에 대해서 생각하는 게 더 쉬웠기 때문이다. 그렇기 때문에 화자가 세상의 마지막에 대해 생각하는 것이 신선하게 다가왔다. 그리고 화자는 삶을 살아오면서 ice보다 fire속에 있는 사람들이 더 많다고 느끼는 것 같다. 우리는 삶을 살아오면서 항상 '열심히'가 아니면 안 된다는 생각을 가지고 있고 무조건 바쁜 게 멋진 거라고 생각한다. 그러니까 우리는 모두 불같다. 나는 평소에 불같은 삶을 살면 남는 건 재밖에 없다는 생각을 해왔다. 그렇기 때문에 ice를 선호하는 화자에게 공감이 되었던 것 같다.

H. 나는 이 시를 읽고 며칠 전에 본 『겨울왕국 2』가 생각났다. 『겨울왕국 2』에서는 불과 싸우는 엘사의 얼음마법 장면이 나오는데 결국 불을 이겨버린다. 이 시와 연관을 지어보라면 나는 '얼음=물'의 무서움을 강조하고 싶다. 우리는 불에 대해 열정, 욕망을 떠올리고 얼음은 냉혹한 것을 떠올린다. 이것을 인간관계에 적용시키면 불은 항상 싸우고 갈등하는 것이고 얼음은 아예 대화를 단절하는 것이다. 나는 인간관계에서 불보다 얼음이 더 무섭다. 갈등이 있다면, 아예 단절보다는 싸우더라도 대면하는 것이 더 낫다. 시인이 두 번째 멸망 때의 얼음의 힘을 들려주고 (조금 더 확대 해석을 해서) 『겨울왕국 2』에서 얼음이 이기는 것을 볼 때, 우리의 2번째 멸망은 물리적 멸망이 아닌 대화단절, 접촉단절에서 오는 멸망일 것이다.

I. 먼저 이 시를 읽으면, 여러 이미지가 연상된다. 첫 번째로 fire는 곧 욕망, 악, 열정, 집착 등이 연상됐고, ice는 냉담, 증오, 냉정 등의 이미지를 떠오르게 했다. 즉 우리가 살아가는 세상은 불같은 욕망, 열정으로 가득하지만, 그것이 과도하거나, 조금만 잘못된 방향으로 샌다면 불은 탐욕, 오만, 집착, 악으로 변질될 가능성이 있다. 마찬가지로 얼음은 냉철, 단호함, 완벽함의 상징이기도 하지만, 이 또한 방향이 조금 틀어진다면, 냉정, 증오 등 감정이라는 것이 없는 것처럼 변질되기도 한다. 불이 어떤 것을 태워버려서 파괴시킨다면, 얼음은 이 세상에 온정을 없애고 냉동, 정지시켜서 파멸시키는 듯한 느낌을 받으며 계속해서 두 단어의 이미지가 연상되었다. 내 생각에, 프로스트가 이 시에서 말하고자 했던 것은, '인간의 마음'이다. 모든 것은 우리가 마음먹기에 따라 달렸으며, 감성과 이성이 너무 한쪽으로 치우치지 않도록 균형을 이루도록 노력하고, 중용의 도가 중요하다는 메시지를 받았다.

J. 세상이 멸망할 때, 우리는 불로 멸망할 것인가 혹은 얼음으로 인해 멸망할 것인가? 이 시의 작가 프로스트는 fire는 곧 desire, ice는 hate로 1:1대응시키며 이 두 가지 감정이 세상을 멸망시킬 불건전한 감정이라고 생각하는 듯하다. 나는 이 시에 대해 논하기에 앞서, 이 시가 담고 있는 전제조건 자체에 의문을 품었다. 왜 불과 얼음이어야 하는가? 왜 꼭 우리가 이 두 가지 멸망 중 하나를 겪어야한다고 생각하는가? 나는 이 시가 아직 이분법적 사고방식에서 완전히 벗어나지는 못한 탓에, 욕망과 미워함에 대한 정서를 너무 구분시켜서 표현하고 있다고 생각한다. 얼음처럼 차가운 desire도 존재할 수 있으며 마찬가지로 불같은 ice도 존재할 수 있다. 나는 desire와 hate이 분리되고 상반된 감정이라 생각하지 않는다. hate란 감정은 desire가 충족되지 않았을 때 그에 따른 부작용 같은 감정이라 생각한다. 세상이 처음 멸망할 때에는 원초적 감정인 desire 때문에 멸망하지만, 두 번째로 멸망한다면 desire의 불충족으로 인해 생겨난 hate 때문에 멸망한다. 그러므로 우리는 우리의 desire를 스스로 충족시켜 hate로 이어지지 않는 삶을 사는 것이 바람직하다고 생각한다.

K. 불이든 얼음이든 너무 가까이 붙어있으면 괴롭기만 하다. 하지만 적절한 거리를 유지한다면 불은 따뜻한 온기를, 얼음은 상쾌한 시원함을 전해준다. 중요한 것은 물이냐 불이냐가 아니라, 거리조절이다. 증오에서 비롯된 욕망 또는 열정은 물, 불 안 가리고 덤벼들게 만들기 때문이다. 게다가 너무 멀리 떨어져있으면 아무것도 느낄 수 없게 되므로 거리를 적당히 유지하는 것은 더욱 중요하다. 그래서 내가 어느 정도 거리를 유지하며 서 있는지 제대로 확인하고 거리를 좁힐지 넓힐지 결정하기 위해 제3자의 시선으로 나를 바라보는 것이 필요하다.

L. 불과 얼음은 상반된 것이지만, 인간의 근원적인 죽음에 대한 두려움을 상징적으로 내포한다. 불은 곧 욕망이자 열정, 얼음은 증오이자 냉정으로 생각할 수 있다. 불과 물(얼음)은 수많은 신화에서 인류를 심

판하는 동시에 새로운 창조를 하는 역할, 즉 정화의 역할을 맡아왔다. 이들은 인간에게 꼭 필요하지만 잘못 사용하면 인간을 끝장내는 엄청난 힘을 지니고 있었다. 하지만 더욱 깊이 들여다보면 프로스트가 인류멸망의 원인으로 든 것은 비단 불과 물이 아닌 desire와 hate로 볼 수 있다. desire는 단순한 욕망이 아니라 탐욕이다. 인간의 삶의 모든 사단은 탐욕에서 비롯한다. 불교에서도, 욕망을 거두고 마음을 비우는 것이야말로 중요한 본질이다. 욕심이 많아지면 더 많이 가지려하게 되고 더 많이 가지기 위해 다스리려 한다. 너도나도 탐욕을 가지기 때문에 끊임없이 충돌이 일어나는 것이다. 욕망은 흔히 뜨거운 것에 비유된다. 따라서 이 뜨거운 타락에 대한 징벌수단이 불이 된 것도 적절한 선택이라 볼 수 있다. 인간의 뜨거운 탐욕을 더 뜨거운 불로 태워버릴 수 있는 것이다. 탐욕과 관계되어 있고, 탐욕에서 비롯했을 수 있는 인간의 또 하나의 타락한 모습은 바로 증오이다. 사람을 미워하면 찬바람이 난다. 미움의 감정은 차가운 감정이다. 우리말에도 마음이 차다, 냉혹하다 등등의 말에는 미움과 증오의 감정을 나타내는 체온의 상태를 언급한다. 미움과 증오의 감정은 결국 싸움을 낳고 심하면 서로 죽이는 결과를 초래한다. 이러한 차가운 감정의 결과는 더욱 차가운 감정인 얼음으로 대치됨으로써 징벌수단이 되기 이른다. desire든 hate든, 과도하게 변질될 경우 삶을 모두 파괴할 수도 있고, 사람에 대한 온정이 사라지게 할 수도, 팽배해진 냉대로 인해 타인과 자신에 대한 증오심이 커져 인간세상을 파괴할 수도 있다. 인간멸망의 결과는 우리의 마음먹기에 따라 달린 것이다.

M. 세상은 불로도 멸망할 수 있지만 얼음으로도 멸망할 수 있다. 작가는 불을 지지한다. 하지만 두 번 멸망 이후에 증오를 알게 되고, 얼음을 알게 되며 이 또한 엄청나고 충분한 것이다. 얼음과 불 둘 다 세상을 멸망시킬 수 있다. 시를 읽으면 desire과 fire가 자연스럽게 연결된다. 즉 불은 욕망과 연결되는 것이다. 하지만 이를 통해 얼음에 대해서도 알게 되는 작가의 목소리가 나타난다. 불과 얼음은 상반된 존재이다. 하지만 불을 통해 얼음을 알게 되는 것이다. 얼음은 자연스럽게 hate로 연결된다. 욕망-불-증오-얼음. 이 순서로 연결되고 이는 모두 연결되어 있다. 이는 바로 정동과 같은 것이다. 이러한 감정, 속성은 분리되어 있는 것이 아닌 하나의 큰 개념, 정동으로 되며 이들은 연결되어 공존하기도 하고 떨어져있기도 한다는 것을 작가는 알고 있는듯하다. 이 분리된 듯한 개념들은 다른 듯 보여도 세상을 둘 다 멸망시킬 수 있는 것이다.

N. 시에서는 세상이 불로 인해, 얼음으로 인해 파괴될 것이라고 말한다. 어떤 이는 얼음으로, 어떤 이는 불로 망할 것이라 주장하는 모습은 이분법적인 선과 악의 대립구조를 연상하게 한다. 이 구절을 읽고 요즘 많은 논란을 낳고 있는 PC(Political Correctness)가 떠올랐다. 요즘의 세상은 PC함과 언PC함으로 나뉘어 대립하고 있다. 나는 물론 '정치적 올바름'을 처음 접하고 나서는 'PC한 사람'이 되기 위해 노력했다. 비건, 페미니스트, 퀴어를 내 정체성으로 내세우며 '언PC함'을 말 그대로 '때려잡는'데 열중했다. 저

번 수업 때 교수님께 여쭌 질문이 있다. '차별금지법 제정'에 관한 것이었는데, 교수님께서 되물으셨다. '누가 보호받아야 할 대상인가?' 이 질문을 듣고 다시 생각해보게 되었다. '정치적 올바름'의 기준은 무엇이며, 한때 '우리'로 생각했던 이들의 주장대로 세상이 정치적으로 모두 올바르게 되면, 그 이후는 무엇인가? 이 질문은 다시 Frost의 "Fire and Ice"로 돌아온다. 이분법적인 대립의 끝은 그저 소진이다. 세상이 PC해지면? 반대로 언PC해지면? 결국 우리는 모두 소진하고, 세상은 end를 맞게 될 것이다.

O. 여기서 불은 열정, 얼음은 냉대로 해석할 수 있다. 화자는 불로 세상이 끝나고, 한 번 더 세상이 끝난다면 얼음으로 끝난다고 말한다. 세상이 멸망하는 이유를 불과 얼음, 두 개의 이분법으로 철저하게 구분하고 있다. 그러나 세상에는 '애증'이라는 말처럼 이분법으로 설명할 수 없는 것들이 훨씬 많다. 이 세상은 애증의 세계다. 좋다가도 싫어지고, 싫어지다가도 좋아진다. 화자는 세상이 불로 한 번, 얼음으로 한 번, 총 두 번 망할 것이라 말하는데, 세상은 끝나지 않을 것이다. 제 한 몸 희생해 불을 잠재우는 얼음이 있는가 하면, 얼음 앞에 사그라지는 불이 있기 때문이다.

1-2. Two roads diverged in a yellow wood, / And sorry I could not travel both / And be one traveler, long I stood / And looked down one as far as I could / To where it bent in the undergrowth; (두 개의 길이 노란 숲속에서 갈라지고 있었어요. / 그런데 애석하게도 나는 둘 다 여행할 수는 없었어요. / 그리하여 한 명의 여행자로서 나는 오랫동안 서 있었어요. / 그리고 될 수 있는 한 멀리까지 하나를 내려다봤어요. / 그 길이 아래 덤불 속으로 구부러져 들어가는 지점까지 말이죠.)

A. 갈림길 앞에 서서 어느 쪽으로 갈지 고민한다. 두 갈래 중 하나를 선택하면 다른 곳은 가볼 수 없기에. 경험에 대한 인간의 욕구를 아주 잘 반영한 부분이라고 생각된다. 인간은 짧은 순간—우주의 관점에서 보자면 매우 작아서 존재했는지 안 했는지가 모호해진다—만을 살다가는 주제에 그 우표딱지만한 시간에 뭘 그렇게 꽉꽉 가득 채우고 싶어 하는지 모르겠다. 이런 정동은 근대시대에는 문학의 소비, 여행의 발달로 드러났고, 탈근대의 시대에는 '결정 장애'로 나타난다. 다시 말해 더 작은 단위의 경험까지도 중요하게 생각하는 것이다. 그 이유는 아마 앞서 말했듯 우리는 하루살이만큼이나 찰나 동안만 존재하기 때문일 것이다. 뭐든지 기한이 쭉 있으면 그리 크게 와 닿지 않는다. 기말논문을 1주 만에 몰아 쓰는 우리의 모습만 봐도 그렇다. 아무튼 인간들은 그 시간을 알차게—기준은 모호하나—쓰려고 경험에 대한 강한 욕구를 가지며, 갈림길은 물론이거니와 당장 편의점에서 뭘 마실지조차 정하지 못하는 지경에까지 이르렀다. 단점 같지만 나는 이것이 인간의 사랑스러운 점이라고 생각한다. 제한된 존재이기에 동시에 제한 없는 노력을 하고 싶어 하고, 해낸다. 내가 안타깝게 느끼는 것은 인간의 시간이 쓸데없이 연대기적으로 흘러간다는 점이다. 혹은 우리가 그렇게 느끼고, 살고 있을지 모르지만 아무튼 그 점이 좀 많이 애석할 따름

이다. 아마 이것을 알거나 아는 느낌이 들기 때문에 문학에서 시간의 흐름이 바뀌고 있는 것이 아닐까. 인간은 문학을 통해 시간을 극복하고 있는 것이다.

B. 두 갈래길 사이에서 어떤 길로 갈 것인지 고민하는 화자의 모습이다. 흔히 우리 사회에서 죽으면 가는 길을 저승길, 혹은 황천길이라고 표현하는데, 이 시에서 얘기하는 '노란 숲' 또한 이와 비슷한 표현이 아닐까 하고 생각해보았다. 자신을 '여행자'라고 말하며 어떤 길을 선택할지 고민 중인데, 한쪽 길을 최대한 멀리 뻗어보니 '지하'로 연결되어있음을 보았다는 것은 결국 그것이 의미하는 것은 '죽음'임을 알 수 있다. 두 갈래길을 모두 갈 수 없다는 것은 결국 그의 선택이 미래의 운명을 좌우할 것이라는 점을 알려준다.

C. 노란 숲속에 길이 둘로 갈라져있다고 한다. 노란 숲속이란 무엇일까? 나는 행복하고 기분 좋은 두 가지의 선택지 중 더 행복한 길로 걸어가고자 고민하고 파악하는 모습이 보였다. 즉 우리 삶의 선택지들은 행복과 불행 중에 고르는 것이 아닌 행복과 더 행복한 것 사이에서 고르는 것이니 부담감을 가지지 말라고 말하는 듯이 들렸다.

D. 화자가 남들이 잘 가지 않는 길, 즉 따라가는 것이 아닌 자신만의 길을 가겠다는 것이다. 시의 작가인 프로스트는 이러한 자주적인 정신으로 미국에서 손꼽히는 시인이다. 하지만 내가 살고 있는 현대사회에서 "남들과 다른 길을 가겠다." "편한 길로 가겠다."라고 주장하기 힘든 사회이다. 이제 너무나 독창적인 인물들이 많이 나왔기 때문이다. 이젠 '남들이 갈 수 있는 길'을 만들어내는 것이 중요하다. 나 혼자만 걸을 길이 아닌 타인에게도 도움이 되고 유익한 길을 제공할만큼 그 길의 '대가'가 되어야 자기실현을 이룬 것이라고 할 수 있다.

E. 세상에는 가보지 못한 길에 대한 막연한 환상이 존재하기 마련이다. "아, 저 길은 어떨까 내가 하는 일보다 쉬워 보이는 걸."이라며 부러워하기도 하고, 깎아내리기도 한다. 그러나 저마다의 고충은 분명 누구나 있다. 오히려 화자처럼 두 가지 선택에서 결정을 내리지 못하고 망설이는 것이야말로 처음 했던 선택마저 애매하게 만들 위험이 있다. 내가 갈 길을 지도처럼 펼쳐놓았다면 그 길을 밟는 건 결국 자신의 발이다. Just do it! 일단 시도하자. 세상은 어쩌면 용기있는 자에게 너그러울 것이다.

F. 나는 이 시를 읽고 '자기서사'의 중요성을 다시 느끼게 되었다. 두 갈래 길이 있는데 시인은 사람들이 덜 여행한 쪽으로 가겠다고 한다. 이것이 자기서사가 있는 사람과 없는 사람의 차이라고 볼 수 있다. 자기서사가 없는 사람은 갈림길을 만나면 남들 다 가는 곳으로 택하여 "남들이 가니까"라고 주장할 것이

다. 자기서사가 있는 사람은 남들이 가지 않은 길을 가며 "다른 한 길은 다음에 가야지"하며 자기 스스로의 주장, 선택한 길을 간 것에 자기만의 합리화를 하고 있다. 나는 영시개론 시간에 겨우 알게 되었는데 시인은 자기서사를 알고 있었다는 것이 감탄스럽다.

G. 우리는 일생 동안 수많은 선택의 갈림길 앞에 서게 된다. 그리고 그 앞에서 고민에 고민을 거듭하고, 결국 한 길을 택해 걸어간다. 자신이 택한 길에 만족하던, 혹은 후회하던, 우리는 그 길을 계속 걸어간다. 나는 항상 선택의 갈림길에 설 때마다 이런 생각을 한다. '모든 길은 통하게 되어 있다.' 우리 앞에 두 갈래 길이 있다고 해서 어느 한 쪽은 행복을 향해 가는 길, 반대쪽은 불행의 길이 아니라는 뜻이다. 길은 그저 여정일 뿐이다. 중요한 것은 우리가 그 길을 걸으며 어떤 정동을 가지게 되었는가다. 이런 측면에서 볼 때 이 시 또한 갈림길이라는 이분법적 사고를 벗어나지 못한 것으로 느껴진다.

H. 기존에 '남들이 가지 않은 길을 가자'는 모험심을 강조하는 시로 해석된 바 있으며, 가지 않은 길에 대한 후회를 표현하여 사람들의 공감을 얻어냈다는 평가를 받기도 했다. 하지만 이 시는 모험을 격려하는 뜻이나 후회는 누구나 겪는 것이라는 자기위로의 말로 해석하면 안 된다. 전자는 무책임한 말이 되며 후자는 자기기만의 말에 지나지 않게 되기 때문이다. 이 시는 어느 쪽 길을 선택할지 망설이게 된 상황을 묘사하여 우리가 정답이 없는 세상에서 살고 있다는 사실을 보여주고 있고, 그렇기 때문에 선택을 후회하지 않도록 나에게 맞는 결정을 내리는 방법에 대해 연구해보길 바라는 뜻에서 세상을 정확히 읽고 그것을 전달하고자 했던 것으로 해석할 때 지금 의미가 생긴다.

I. 이 시에서 화자는 두 갈래의 길이 있는데 두 길을 다 갈 수 없어 바라볼 수 있는 멀리까지 바라보았다고 말하고 있다. 나는 이 시를 읽고 예전에는 두 길을 다 갈 수 없는 경우가 많았지만, 이제는 두 길을 모두 갈 수 있는 시대가 열렸다는 생각을 했다. 인터넷 세상에서 특히 영어까지 할 줄 알면 누구나 전문가가 될 수 있다. 이제는 면허증이나 학위가 전문가를 대변해주지 않는다. 늘 끊임없이 마음속으로 질문하고 생각하고 정보를 찾다보면 한 분야는 물론이고 다방면의 전문가가 되어서 여러 가지 갈래의 길을 다리로 이어놓은 듯 오갈 수 있을 것이다. 그렇게 되면, 이제 아마추어라는 단어도 사라지지 않을까? 멋진 세상이다.

J. 우리 삶은 선택의 연속이다. 시에서 화자가 길을 볼 수 있는 곳까지 바라보는 것처럼, 그 선택의 결과는 알 수 없다. 물론 그 길을 지나와도 좋은 선택이었는지 또한 알 수 없다. 인생에서의 선택의 결과는 즉각적으로 나타나지 않고, 결과 같은 것이 보인다고 해도, 그것이 첫 번째 선택의 결과인지, 열세 번째 선택의 결과였는지 알 수 없기 때문이다. 이러한 선택의 어려움, 곤란한 상황, 즉 난경에 처해도 스스로의

가치를 세워 그에 맞는 결정을 할 수 있는 결단력을 갖는 것이 삶을 잘 헤쳐나가는 방법이라고 생각한다.

1-3. For I am involved in mankind. / Therefore, send not to know / For whom the bell tolls, / It tolls for thee. (나도 인류의 한 부분이기 때문이다. / 그러므로 알려고 묻지 마라 / 누구를 위하여 저 종이 울리느냐고. / 그 종은 너를 위해서도 울린다.)

A. 이 시에서 종소리는 죽음을 뜻한다. 결국 나도 인류에 포함돼있고 인간이기 때문에 언젠가는 죽음을 맞이할 것이라는 것. 따라서 그 종소리가 누구를 위해 울렸는지는 무의미하다. 언젠가는 내 종소리가 될 수도 있기 때문이다.

B. '시'의 아름다움을 느끼려면 깊은 지식이 있어야한다. 따라서 나에게 시는 어렵기만 한 글이었다. 하지만 존 던의 이 시를 보고 이것이 '시'가 가진 힘인 것을 느꼈다. 타인을 위한 종소리가 결국은 자신을 위한 종소리가 된 것이다. 이 함축적인 '시'는 모든 의미에서 적용된다. 사회면에선 다른 나라의 비극이 결국 남의 일이 아니며, 개인의 면에선 방관하던 타자의 불행은 나에게도 올 수 있다. 그리고 그것을 깨닫는 순간의 허탈함은 이루 말할 수 없다. 그 모든 것의 정동을 이 시에서 함축적으로 잘 나타내고 있다. 그렇기 때문에 오늘날까지 사랑받을 수 있다. 시를 독자들이 논리적으로가 아닌 정동으로 느낄 수 있게 한다.

C. 종을 울린다는 것은 '삶을 사는 것'을 의미한다. '누구를 위하여 종을 울리는가?'에 대한 답변은 '당신을 위해서'이다. 이것은 무조건적으로 자신의 것을 포기하고 남의 삶을 사는 것이 아니라, 나의 삶을 살고 있지만 '나'만 존재하는 것이 아니라, '우리'라고 형성된 커뮤, 라포 안의 '나'의 삶을 사는 것이라고 말할 수 있다. 결론적으로 이 시에서 '누구를 위하여 종을 울리는가?'의 답변은 '나'를 위해서인 것이다.

D. 사람이 고립감, 외로움을 느낄 때의 감정을 은유적으로 표현할 때 우리는 자신이 '섬'이 된 것 같다는 표현을 자주 쓴다. 그러나 내가 생각하기에 우리가 외로워야만 '섬'이 되는 것은 아니다. 어찌 보면, 이 시대의 인간들은 모두가 '섬'이다. 어딘가에 소속되어 규범에 얽매이기 보단 자신의 정동이 이끄는 곳으로 자유롭게 향할 수 있는, 보다 정확하게 표현하면 '배'에 가깝다고 표현할 수 있다. 그러므로 우리는 종을 울리지 않아도 된다. 우리가 모두 하나여서 종소리를 공유할 수 있기 때문이 아니라, 우리는 모두 각자의 종을 가지고 있기 때문이다.

E. 이 시의 제목처럼 인간을 섬에 비유한다고 생각했을 때, 인간이 결코 혼자서 살 수 있는 존재가 아님

을 이야기하고 있다. 우리는 누군가와 공동체를 이루어 살고 있기 때문에, 누군가에게 의지하지 않고 살 수는 없다. 분명 그런 점에서 인간은 섬이 아니다. 하지만 '나'라는 존재가, 근대적 자아를 가지고 있고 몸뚱이가 하나인, 마치 하나의 섬과 같은 '나'가 없다면 우리는 존재하지도, 부재하지도 않는 귀신이 되고 말 것이다. 그러니 인간은 섬이기도 하다고, 섬이기도 하고 섬이 아니기도 하기 때문에 우리는 항상 선택의 상황에 놓이게 되고, 그래서 정동을 공부할 필요가 있다고 생각한다.

F. 이 시를 읽고 최근에 자살한 설리와 구하라가 떠올랐다. 설리와 구하라는 매우 절친한 사이였다. 설리가 자살하던 날, 구하라는 자신의 죽음을 알리는 종소리를 듣는 기분이었을 것이다. 그 소식을 들은 대중들도 마찬가지 기분이었을 거다. 우리 모두는 서로에게 속해있다. 누군가의 죽음에 대한 소식을 듣는 것은 그 사람과 있었던 행복하거나 슬픈 모든 일들을 추억으로 남기는 일이다. 누군가의 죽음은 강력하다. 그래서 남은 이들은 그 슬픔을 서로 보듬고 나누어야한다. 그렇게 또 다시 서로가 서로에게 속한다. 그렇지만 사람들은 너무나 힘들어서 서로 표현하지 않고 혼자 앓다가 떠나 가버리기도 한다. 요즘 같은 우울하고 불안한 시대에 자기 이야기를 서로 공유하며 해결방안을 모색하고, 그러면서 자기 자신을 이해하고 타인을 이해하는 것이 이 세상을 살아가는 방법이라고 생각한다.

G. 사랑도 늙음도 죽음도 그 무엇도 피해갈 수 있는 인간은 없을 것이다. 그래서 우린 종종 나이가 더 많은 사람에게 너도 이 기분을 느낄 시기가 곧 오게 될 거야 라는 말을 듣곤 한다. 인간은 우리가 느끼게 되는 느낄 수밖에 없는 감정 혹은 경험이 반드시 있다는 것이며 이는 혼자만의 일이 아니라는 것이다. 나는 여기서 중서사가 중요한 이유를 찾을 수 있다고 생각한다. 이제 인간은 인간 보편적으로 일어나는 사건과 경험에 집중하고 공감하는 능력을 갖기 시작했다. 이러할 때 그 누구도 피할 수 없고 겪을만한 이야기를 바탕으로 모두가 연결되는 중서사는 사람들의 관심거리가 될 것이다. '동백꽃 필 무렵' 같은 드라마가 흥행하는 것이다. 주위를 둘러보고 공감하는 능력을 키워 중서사를 활용한다면 사람들의 마음을 지배할 수 있을 것이다.

H. 그 누구도 외딴 섬(고도)이 아니다. 결국 우리는 모두 이어져있다는 말이다. 누군가의 죽음이 나의 죽음이고, 누군가의 탄생이 나의 탄생이니 우리는 싸울 필요도 무언가를 빼앗을 필요도 없다. 나의 것이 당신의 것, 당신의 것이 나의 것, 내가 당신, 당신이 나이기에. 수많은 '나' 속에서 진짜 '나'를 찾는 것은 가능한 일인가? 결국 절대적 '나'는 존재하지 않고, 상대적 '나'만이 존재하는 것 아닌가? 탈근대시대의 '나'는 여러 명의 '나'와 연관, 상관되어 존재할 수밖에 없는 것이다.

I. 누구를 위해 울리는 종인지 알려는 이유는, 그 종이 나를 위해 울리는 것을 확신할 수 없기 때문이다.

누군가가 나를 위해 종을 울려줄 것이라고 생각하지 않기 때문이다. 누구를 위해 울리는 종인지 알려는 사람은 외로운 사람이다. 그래서 세상 사람들은 모두 종의 근원을 찾으려 할 것이다. 모두 외롭기 때문이다. '우리 집에 와서 차 한 잔 마시고 가. 잠을 자도 괜찮아.'라고 하는 사람이 있을 때, 이 사람 집에 가는 사람은 아무도 없을 것이다. 우리는 호의를 의심하고 거절한다. 그런데 우리는 혼자라는 사실에 슬퍼하며 밤을 지샐 필요 없다. 우리의 뒤에는 우리를 위해 기도하느라 밤이 가버리는 줄도 모르는 사람이 있으니 말이다. 'thee.' 나도 너고, 너도 너고, 우리는 다 너다. 공동체는 다 '너'다. 나를 위해 하는 기도는 따라서 '너'를 위해 하는 기도다.

1-4. When I stand on the roadway, or on the pavement grey, / I hear it in the deep heart's core. (차도 위에 서 있는 동안이나, 또는 잿빛 보도 위에서나, / 그게 마음의 깊은 중심부 안에 있어 내게 들리니까.)

A. 예이츠의 시는 탈근대를 원하는 시처럼 보인다. 평화를 갈구하며 기다리는 것만이 아니라 어떤 길이든, 어떤 상황이든 주체적으로 일어나서 나아가려는 행동에서 정동이 일어난다. 또한 그 상황은 얼마나 낭만적인가. 나아가는 와중의 파도소리와 잿빛 포도는 낭만에서 나오는 정동을 한층 얹어주는 것 같다.

B. 보통 회색의 이미지를 떠올리면 어떤 생각을 하는가? 도로의 색, 아스팔트의 색, 석상의 색. 나는 도시의 이미지가 떠오른다. 이 시의 화자는 도시의 어느 곳에 서서 붉은 심장의 소리를 듣는다. 붉은 색이 속삭이는 소리를 말이다. 즉 이 화자는 도시의 한복판에서는 볼 수 없는 생기와 활기로 가득찬 생활을 꿈꾸고 그리워하고 있는 것 같다.

C. 이 시를 읽으면 호수 섬이 생각이 난다. 누구나 내가 쉴 수 있는 마음속의 호수 섬, 나만의 보금자리, 나만의 휴식 공간. 그것이 바로 우리들에게 필요한 것이다. 잘못된 시스템과 욕망이 팽배한 현대사회에서 개인서사 속 호수 섬을 가지지 않는다면, '사회'라는 큰 파도 속에서 표류하게 될 것이다.

D. 화자는 무언가에 대한 그리움으로 가득 차 있는 것 같다. 맨 길과 포장된 길, 이 두 가지 소재는 갈림길에서 고민하는 테니슨의 화자와 겹쳐보였다. 나는 인디언의 모습이 아른거렸다. 자신들만의 신념과 공동체를 유지하던 그들이 약탈자인 미국인들에 의해 개종당하고 문명화되는 것은 폭력 그 자체였을 것이다. 거부하면 폭력으로 일관했던 미국인들에게 훼손당한 그들의 정신이 안쓰럽게 느껴진다. 어쩌면 그는 깨끗하고 잘 포장된 (문명화된) 도로보다 자연 그 자체, 있는 그대로의 삶으로 회귀하고 싶은지도 모른다.

E. 예이츠는 지금 현재 이곳에 있는 게 아니다. 평화로운 귀뚜라미 소리, 홍방울새 소리, 호수의 소리를 들으며 살고 싶다고 상상 속으로 그려내고 있다. 자연이 저 멀리 있지만, 가지 못하는 곳이다. 지금 우리는 어떤가? 경험이 하고 싶으나 시간이 없을 땐 책을 통해 경험하고, 물건을 살 때도 스토리를 본다. 이게 Apple이 Samsung보다 비싸지만 잘 팔리는 이유이고 선호하는 이유이다. 나 또한 Apple의 제품을 매우 좋아한다. 'Apple만이 가지고 있는 감성'이라는 얘기가 나오는 이유도 이 때문이다. 세상 사람들은 더 이상 단편적인 것만 보지 않는다. 이제는 그 제품, 상황 속의 이야기를 궁금해 한다. 따라서 우리도 이 경험을 만들어내는 것이 중요하다는 것을 깨닫게 해준 시이다.

F. '회색 보도 위에 서 있을 때도, 마음 깊은 곳에서 그 소리를 듣는다.' 마음 속 깊은 곳에 과연 무엇이 있을까. 이 시의 작가의 마음속에는 자연에 대한 동경이 있을 것이다. 그리고 이 시를 읽는 모두의 마음속에는 각자가 소중하게 생각하는 가치가 있을 것이다. 중요한 것은 우리는 항상 마음의 소리에 귀를 기울여야한다는 점이다. 현실의 풍파에 치일 때에도 마음의 소리를 따르고 그 가치를 잊지 않는 자만이 자기 서사를 써내려갈 수 있다.

G. 지금 우리가 생각하는 자연은 상상된 것이다. 포장도로 위에서 떠올린 자연의 소리가 곧 내가 아는 자연의 소리가 된다. 그렇기 때문에 손상되지 않은 자연과 그 속에 살고 있는 사람들이 나오는 영상을 보면서 아름답다, 근심이 없어 보인다, 평화로워 보인다고 칭찬하더라도, 정작 거기서 살게 해주겠다고 했을 때 정말로 이사 갈 사람은 극소수일 것이다. 이런 부분에서 근대문명에 대한 욕망과 동시에 회의감이 우리에게 공존한다는 추측이 가능하다. 그리고 운명의 부정적인 측면을 해결하는 방법이 자연으로 돌아가는 것은 아님을 알고 있다. 그래서 자연과 문명이 이분법적으로 분리된 사상을 기반으로 한다면, 우리는 긍정적인 해결책을 찾을 수 없을 것이라고 생각한다.

H. 화자는 길에서나 회색 도로에서나 내 가슴 속 가장 깊은 곳에서 그 소리를 듣는다고 말한다. 이를 읽으면서 자신에 대해 잘 아는 것이 중요하다고 생각했다. 평화로움을 느끼고 안락함을 느낄 수 있는 것이 무엇인지 알아야하기 때문이다. 그리고 그 내용을 관광업에서 이용하면 좋은 이미지를 구축할 수 있다고 생각한다. 누구나 꿈꾸는 공간이고 현실에 대한 답답함에서 벗어나 삶의 동기를 불어넣어주는 장소라면 사람들이 집중하게 될 것이다.

I. 윌리엄 예이츠의 '이니스프리 호수 섬'은 김소월의 '진달래꽃'과 닮은 데가 있다. 예이츠와 김소월은 둘 다 식민통치를 경험했다. 따라서 두 시에 등장하는 이상향은, 사실 그리운 고향이자 독립을 위해 나갈 길로 해석해도 될 것이다.

J. 화자는 이니스프리에 가고 싶다. 그곳이 화자의 유토피아다. 그곳에서의 삶을 상상하고, 머릿속에 그리는 단계를 지나, 이제 귀에 '들리는' 단계까지 왔다. 길가, 회색빛 보도는 물결과는 거리가 먼 곳이다. 화자는 이니스프리로의 탈출을 원한다. 지금 있는 곳이 평화롭지도, 만족스럽지도 않기 때문이다. 길의 색을 'grey'라고 표현한 것으로 보아 화자가 있는 곳은 삭막한 곳이다. '삭막한 외부'라는 현실에서 벗어나 'core'에서 원하는 이니스프리로 가고자한다. 그나마 다행인 것은 'core'에는 이니스프리가 있고, 외부에는 'grey'가 있다는 것이다. 탈근대세계는 'core'의 이니스프리에서 'grey'의 외부로 나아가려는 사람 천지다. 아이러니한 이탈과 유입으로 세상은 혼란스럽다. 따라서 외부의 'grey'에서 벗어나 'core'의 이니스프리로 지향하는 화자는 행복할 가능성이 높다. 마음(내면)에 이미 유토피아가 있으니 말이다.

1-5. What fond and wayward thought will slide / Into a Lover's head! / "O mercy! to myself I cried, / "If Lucy should be dead!" (사랑하는 사람의 머릿속으로 / 다정하지만 엉뚱한 생각이 갑자기 미끄러져 들어왔어요! / "오, 맙소사! 나는 혼잣말로 소리쳤어요, / "루시가 정말로 죽어버렸으면 어쩌지!")

A. 내가 이 시에서 주목하고 싶은 것이 바로 화자의 '생각'이다. 이 시에서 루시라는 사람은 계속해서 모습을 드러내지 않고 있다. 우리가 생각하는 루시의 모습은 오직 시에서 나오는 이 화자의 생각을 통해서만 읽어낼 수 있다. 루시가 죽음을 맞이 했다는 것은 계속해서 루시가 화자의 생각에 남아있다는 것을 의미한다. 이런 이유 때문에 화자는 루시가 죽기를 바란 게 아닐까하는 생각을 하게 되었다. 자신이 영원히 루시라는 존재를 생각할 수 있게 말이다.

B. 단순히 루시만을 그리워하는 시는 아닌 듯 보인다. 거대한 우주 속에서 성장, 완성, 죽음의 단계를 겪는 고독한 인간의 전형을 제시한 것 같다. 상실이 무엇인지에 대해 시인이 절실하게 고민한 것 같아 보인다. 삶과 죽음을 겪는 루시라는 존재를 통해 생과 사가 하나라고 믿었던 인식이 변한 것으로 여겨진다. 처음에는 루시의 유한성을 인정하지 못하다가 그녀가 죽음으로써 자유로운 존재가 아니었음을 깨닫는다. 자신의 유한성에 대해서도 생각을 해보는데, 루시의 죽음 앞에서 자신의 무력함을 탓하거나 슬픔을 극대화하기 보다는 자연과 하나가 된 루시를 담담하게 바라보는 것처럼 느껴진다. 죽음이라는 절대적인 상실을 언어로 표현해낸 시인이 대단하다고 느꼈다.

C. 화자가 사랑하는 이의 집에 가는 길에 문득 불안감이 엄습한다. "혹시나 그녀가 죽었으면 어떡하나?" 이러한 불안감은 누구나 가지고 있다. 사업에 실패하면 어떡하지? 시험을 망치면 어떡하지? 자녀가 잘못되면 어떡하지? 등 그 사람의 부, 명예, 힘, 지식의 정도에 상관없이 누구나 가지는 것이다. 그만큼 사

랑도 인생도 아슬아슬한 것이다. 그렇게 아슬아슬한 만큼 소중한 것이다. 종종 사람들은 익숙함에 속아서 그 소중함을 잊고 아슬아슬하게 잡고 있던 끈을 놓치곤 한다. 그러고 나서 '그 사람은 내 운명이 아니었어.'라며 자기 위안을 한다. 소중한 것일수록 그것이 주는 불안감에 두려워하고 힘들어할 것이 아니라 감사해야한다. 아직 내가 그 끈을 놓치지 않고 있음에 감사하고 아직 익숙함에 속아넘어가지 않았음에 감사해야한다.

D. 루시에 대한 화자의 걱정이 나오는데 루시에 대한 열망이 너무나 강하여 인상적이었다. 하지만 과거에는 이렇게 정열적인 낭만시가 유명했지만 이제는 가슴 절절한 사랑을 직접적이진 않지만 은연중에 나타내야 유명해질 수 있다. 그것이 이 시와 현대 사랑노래의 차이점이다. 이제 사람들은 루시보다는 은근한 먹먹함을 즐긴다.

E. 루시가 누군지는 모르지만 한 가지 확실한 건 그녀의 죽음을 애통해하는 것 같진 않았다. O Mercy! 어쩐다! 라는 어감과 fond thoughts를 연결해보면 오히려 루시가 죽어서 고소하다는 느낌도 있다. 그러나 화자는 누군가와 함께 있고 자신의 속내를 그대로 드러낼 수 없는 상황인 것이다. 그래서 속으로 자제하는 듯한 위선이 느껴진다. "(If) Lucy should be dead"라는 구절에서 If는 그저 남들에게 보여주기 위한 허례의식 같은 것, 실제로는 루시는 죽었어야만 했다는 화자의 강렬한 악의, 적개심이 드러난 걸지도 모른다. Mercy! 어쩌면 루시가 살 수 있었던 '자비'라는 기회를 화자가 앗아가 버린 건 아닐까? 모든 상황을 알고 태연히 연기하는 소시오 패스의 모습이 떠올랐다.

F. 최근에 발매한 자이언티의 5월의 밤 노래 중 이런 가사가 생각났다. '변하지 않기로 그렇게 서로 바랐으면서, 변하지 않아서 지루해져버렸죠.' 이 노래는 사랑노래이다. 하지만 왜 변하지 않아서 지루해졌다고 얘기하는 것일까? 우리가 생각하는 평생 동안 서로가 알콩달콩 사랑한다는 생각은 이제 깨진 것이다. 더 이상 평생을 기약하는 사랑이 무의미해져버렸다는 것은 워즈워스도 안 것이었다. 이제 사랑이라는 감정도 새롭게 바뀌어가고 있다. 더 이상 누군가를 사랑한다고 느끼는 데 있어서 그냥 콩닥콩닥 거리는 마음만으로는 충분하지 않다. 시대가 바뀌면서 새로운 감정, 즉 정동이 생겨났고, 우리는 이젠 이걸 배워야한다. 따라서 우리는 시대에 변하는 감정을 배워야하고, 그리고 이를 통해 새로운 시대의 노래를 분석할 줄 아는 힘이 생겼다.

G. 처음 이 시를 접했을 땐, 이 시는 개연성이 전혀 없는 허점투성이인 시라고 생각했다. 사랑하는 여성을 보러가면서, 갑자기 그녀의 죽음에 대해 걱정하다니, 너무나 터무니없이 느껴졌다. 허나 마지막 대목을 몇 번을 곱씹어보니, 조금이나마 그 아이러니가 해소되는 느낌이 들었다. '루시가 죽었다면 어쩌지?'

라고 걱정하는 대목에서 나는 화자가 루시에 대한 걱정에 앞서 자신의 상실감을 더 두려워한다고 느꼈다. 상대를 사랑한다고 하지만, 상대의 죽음까지 사랑할 수는 없을 것이다. 이런 측면에서 이 시는 영원한 사랑 따윈 없음을 말한다고 느꼈다.

H. 사랑의 유효기간이라는 말이 있다. 사랑에도 기간이 정해져있다는 것이다. 꼭 연인간의 관계가 아니더라도 우리는 친구들과 우정관계를 맺으면서 친구에 대한 사랑이 식는 것을 느끼곤 한다. 나 역시 사랑에 유효기간이 있다는 말을 믿고 주변에 수많은 사람들도 이에 공감한다. 그러기에 영원히 행복했답니다 라는 표현에 사람들이 시큰둥한 반응을 보이는 것이다. 이에 맞춰 노래나 드라마, 문학 등 많은 영역에 변화가 나타나는 것을 느낄 수 있는데 예를 들어 주인공이 우리는 싸우겠고 상처 받겠지만 그럼에도 사랑한다고 말한다거나 끝이 있는 사랑임을 알기에 지금에 충실하겠다는 말 등등이 이에 해당한다. 사랑을 노래하는 자가 사랑이 영원하지 않음을 고백하는 것이다. 이것이 낭만적이지 않다고 느껴질 수는 있으나 끝이 있기에 지금에 더 집중해야겠다는 생각을 우리에게 주므로 사랑의 가치를 더 느끼게 만드는 것 같다.

I. 화자는 자신이 사랑하는 사람인 루시의 죽음을 걱정한다. 하지만 그저 화자는 길을 가고 있었고 위험한 상황도 아니었으며 그저 사랑하는 연인을 생각하다, 연인의 죽음을 걱정하기까지 하는 것이다. 즉 화자는 사랑이 영원할 수 없음을 알고 있는 것이다, 그 끝이 단순이별이든 죽음이든 사랑에는 끝이 있다. 하지만 화자가 종결을 걱정한다 하더라도 그것이 화자가 연인을 사랑하지 않는다는 것이 아니다. 오히려 너무 사랑하기에 끝을 걱정하는 것이다. 너무 사랑하지만 내면에서는 죽음을 걱정하는 것, 즉 정동이다. 사랑하면 그저 사랑하면 되는 것이지 왜 오지도 않은, 어쩌면 극단적 결과를 생각하는 것일까라는 질문은 정동으로 대답할 수 있다. 너무 사랑하기에 그 반대의 감정으로 그와 같이 끝이 날까 걱정하는 마음이 드는 것이다.

J. 루시가 죽었는지 살았는지, 알 수 없다. 언덕을 올라가면 달에 가까워지는 것만 같다. 그러나 막상 언덕을 올라가면 달은 져버린다. 루시도 달과 같다. 다가가기 위해 말까지 동원해 달렸지만, 죽었는지 살았는지도 모르는 상태가 되었다. 'If Lucy should be dead'라고 말했고, 뒷얘기는 하지 않았지만, 아마도 화자는 루시가 죽었길 바랄 것이다. 닿을 수 없는 달과 달리, 루시는 노력여하에 따라 닿을 수 있는 존재기 때문이다. 그런데 늘 한 자리에 있다고 생각되는 달, 그 달을 향해 올라가니 고정된 달이 내려가는 것처럼, 그리고는 영영 져버리는 걸 화자는 보았다. 그리고 깨달았을 것이다. 영원히 그 자리에 있는 '생'명은 없다. 루시를 가지려면 루시가 그곳에 그대로 있어야 할 것이다. 따라서 루시가 생명이 없는 죽은 사람이 되길 바랄 것이다.

K. 이건 "Strange fits of passion have I known"에 나오는 구절이다. 나는 여기서 제목에 대한 이야기를 하려 한다. 'strange fits of passion'을 번역하면 '한 순간의 강렬한 감정의 발작'이 된다. 이것이 바로 내가 한 학기 내내 배운 '정동'의 개념이라고 할 수 있다. 정동에는 엄청난 힘들이 내재되어 있는데 나는 그 중 다수의 사람을 죽음으로 몰아넣을 수 있는 힘에 대해 이야기하겠다. 1930년대 히틀러는 자신의 힘을 키우고 싶어 하였고, 그 수단으로 '정동'을 이용하였다. 그는 민족우월주의와 애국심을 이용하여 외부의 적을 만들어 자신의 정책에는 신경 쓰지 않도록 만든 것이다. 히틀러는 독일인이 순수 아리아인으로 그들이 신의 뜻을 실현하는 존재이며, 유대인들은 이를 막는 사탄이라고 하였다. 그리고 독일이 세계 제일의 국가가 되기 위해선 유대인을 몰아내야 한다고 주장하였다. 히틀러는 자신의 행위를 정당화하기 위해 유대인을 2급 시민으로 취급하는 뉘른베르크법을 제정하였고, 유대인은 혐오스럽고 더러운 존재가 되었다. 한 순간에 애국심과 민족우월주의라는 강렬한 감정의 발작을 느낀 독일인들은 그들을 두려운 존재라 여기며 유대인을 상대로 테러를 일으키고, 홀로코스트에 동조하게 된다. 정동 이것은 세계를 하나로 묶을 수 있는 화합의 열쇠인 동시에 많은 이들을 죽음으로 몰아넣는 지옥급행열차가 될 수도 있는 것이다.

1-6. Tears, idle tears, I know not what they mean, / Tears from the depth of some divine despair / Rise in the heart, and gather to the eyes, / In looking on the happy autumn-fields, / And thinking of the day that are no more. (눈물, 덧없는 눈물, 나는 까닭을 알지 못 하네, / 눈물이 어딘가 거룩한 절망의 바닥으로부터 / 가슴에 솟아올랐고, 눈에 고여 들었네, / 행복한 가을 들녘을 바라보고 있노라니 / 가버린 나날들이 생각난다네.)

A. '덧없는 눈물'은 어쩌면 '귀엽다'와 같은 현대인의 정동이 아닐까. 그런 기분이 드는데 왜 그런지 알 수는 없다. 마음에서 몽글몽글 솟아난 게 귀여운 솜털 보송보송 한 뭉치라면 '귀엽다'가 되는 것이고, 무언가 녹은 것들이 섞인 액체라면 '덧없는 눈물'이 되는 것이다. 어쩌면 1-9의 문제의 내용과도 이어질 수 있을 것이다. 갑자기 4월이 와서 망각의 눈이 녹은 물이 흘러나오는 것이리라. 겨울의 해와는 달리 높고 따사로운 해가 눈을 녹게 해 그 밑의 무언가가 드러나고 녹은 눈은 마음의 지형을 따라 흘러 눈에 고인 것이다. 아마 우리가 모르는 사이 우리 마음 속 계절에 변화가 왔다는 신호인 것일까.

B. 삶의 회한을 다룬 시들은 많다. 하지만 이렇게 덧없는 눈물에 대해서 노래하는 이 시는 유독 더 절절하게 다가온다. 그 이유는 사랑의 절절함이 아닌 살아온 모든 날들의 회한을 풀어냈기에 상대적으로 와닿은 듯하다. 이제 우리는 형식적인 로맨스 서사보다 삶에 대한 서사에 매료된다. 타인과의 관계보다 스스로에게 집중하기 시작한 것이다. 그것이 우리가 성장했다는 증거라고 생각했다.

C. 어떤 상황이든 감당하기 힘든 상황일 때 사람들은 정확한 판단을 내리지 못하는 것 같다. 어쩌면 정확한 상황을 알고 싶어 하지 않는 회피성 경향일 수도 있다. 화자는 자신이 왜 눈물을 흘리는지조차 모른 채 지나간 날을 연약하게 회상한다. 절망에 가득 차 있을 때 일어나려고한다고 흔히들 말한다. 극복하지 못하면 의지박약이라느니 함부로 말을 지껄인다. 절망에서 머물러있는 것도 치유의 방식이다. 그 안에 충분히 머물러야 그 고통을 지워낼 수 있다. 참고 부정한다고 해서 사라지는 게 아니라 괜한 옆구리가 터져 나갈 수 있다. 자신의 감정을 있는 그대로 수용하고 인정해주는 과정은 그 무엇보다 중요한 것 같다.

D. 이 시를 읽자마자 영시개론 과제를 하다가 울었던 기억이 새록새록 떠올랐다. 과제를 하다보면 말 못할 감정들이 머릿속에 뒤섞이면서 울음이 나올 때가 몇 번 있었다. 그런데 울 때는 내가 왜 우는지 몰라서 서럽게 다 울고 나면 '왜 울었지? 부질없다.'하고 생각한다. 그래서 이 시의 화자도 눈물을 'idle, tears'라고 표현하지 않았나싶다. 행복한 가을들판을 바라보며 지나가버린 날들을 생각하는 화자의 모습이 마치 겨우 쓴 에세이를 다시 고치던 내 모습을 보는 것 같았다. 그런데 이미 지나간 일은 지나간 거다. 울고 나면 그걸 깨닫게 된다. 그래서 가끔 벅차오를 때 우는 것도 필요하다. 그러다보면 생각이 정리된다. 인간은 눈물을 흘리기 때문에 다시 힘을 얻는 것 같다.

E. 테니슨은 눈물을 덧없는 존재라며 이 시를 시작한다. 그러나 시를 읽다보면 그와 정반대의 의미를 가진 것이 눈물임을 알 수 있다. 흔히 우리는 눈물을 슬플 때만 흘리는 것이라 생각하는데 그렇지 않다. 우리는 기쁠 때, 슬플 때, 너무 화가 나는 감정을 억누르지 못할 때, 깜짝 놀랐을 때, 행복할 때, 그리움에 사무칠 때 등 수많은 상황 속 다양한 감정을 느낄 때 눈물을 흘린다. 눈물을 흘린다는 하나의 행위가 거의 모든 감정을 나타내고 있기 때문이다. 테니슨 또한 이것을 알고 새롭고 야릇하고 다정하며 슬프다고 말하였다. 이 시를 본 나는 내가 앞으로 사회복지사가 되어 다양한 계층의 수많은 사람들을 만나게 될 텐데, 다양한 감정을 수용하는 눈물처럼 다양한 모습의 사람들을 수용하고 함께 성장할 수 있는 사회복지사가 되어야겠다고 다짐했다.

1-7. The glamour / Of childish days is upon me, my manhood is cast / Down in the flood of remembrance. I weep like a child for the past. (어린 시절의 / 황홀한 매력이 나를 덮쳤다네, 추억의 홍수 속에서 / 어른스러움을 내던져버렸다네. 과거 때문에 아이처럼 울고 있다네.)

A. 어린 시절을 그리워하는 화자의 모습은 낭만적이고 순수한 듯 보이지만 다른 측면에서 보면 아직 어

린아이를 벗어나지 못한 것처럼 보인다. 여기서 엄마에 대한 그의 추억과 사랑은 자연스러운지 의문점이 들고 옆에서 노래 부르는 여인이 그의 관심과 사랑을 갈구하는 여인이라면 화자는 그 여인에게 돌아갈 것인가 궁금했다. 하지만 여인의 격정적 피아노 연주에도 화자는 회상에 잠겨 빠져나오지 못함에 결국 화자의 머릿속에 담겨 있는 엄마에 대한 추억의 자리엔 빈자리가 없어 여인이 파고들지 못하였다.

B. 피아노를 치며 노래를 불러주시던 어머니의 자리엔 더 이상 어머니는 존재하지 않고 노랫소리를 즐기던 아이가 존재한다. 그리고 그 아이는 자라 어른이 되어있다. 이 시의 화자는 어쩌면 로렌스 자신일 수도 있을 것이라고 생각했다. 어린 시절, 소소하지만 평화롭고 행복했던 그때를 회상하면서 다시는 돌아오지 못할 시간과 그 시간 속 어머니를 그리워하고 있다. 가만히 생각해보면, 큰 기억들도 그립지만 소소하고 작은 것에 행복하던 것이 더 선명하게 기억나기도 한다. 이 시를 감상하며 개인적으로 아빠, 엄마, 동생과 저녁을 먹고 보드게임을 했던 기억과 설날 때마다 윷놀이를 했던 기억, 동생과 어두워질 때까지 시간가는 줄 모르고 동네친구들과 뛰어놀았던 기억, 첫 컴퓨터를 다뤘던 기억과 이 시처럼 피아노를 치며 노래를 부르던 크리스마스의 따뜻한 기억이 났다. 지금은 그때의 느낌이 나지 않는 걸 보니 참 순수하고 어렸던 나의 그 시절이 그립다. 다시는 돌아오지 못할 어린 시절을 다시금 떠오르게 해 준 이 시가 고마웠다.

C. 어찌 생각하면 어린 시절을 그리워하는 화자의 모습은 낭만적으로 보인다. 하지만 밀려오는 추억에 빠져 옆의 피아노 소리에는 관심이 없는 화자의 모습은 자신의 감정만을 이기적으로 생각하는 낭만주의의 부정적 측면을 보여주기도 한다. 추억이라는 감정 속에 자아를 찾아가는 화자의 모습이다.

D. 화자는 피터팬 증후근에 걸린 사람마냥 추억을 미화하며 현재를 부정적으로 인식하고 있다. 지나고 나서야 그 시절이 좋았음을 깨닫는 건 인간의 습관이기도하다. 그러나 이렇게 어린 시절을 그리워하는 시간조차 나중에 돌이켜보면 감사했던 것임을 화자는 분명 깨닫게 될 것이다. 후회를 할 수 있다는 것은 삶이 허락하는 시간이 있다는 것. 무엇과도 바꿀 수 없는 생명의 가치가 내 안에 있다는 것에 감사할 수 있다면, 어린 날을 그리워하며 우울해하는 감정낭비는 덜할 수 있지 않을까. 어제는 역사, 내일은 미스터리, 현재(present)는 선물이라는 명언을 들려주고 싶다.

E. 시 속의 화자는 노래를 듣고 어린 시절로 돌아가 갑자기 흐느낀다고 말한다. 나는 이것이 '음악의 힘'이라고 생각한다. 전 세계가 BTS에 열광하는 이유도 바로 여기에 있다고 생각한다. 방탄소년단은 '음악의 힘'을 이용하여 지금까지 돌보지 않았던 자기 자신을 아끼고 사랑하라고 말하고 있기 때문이다. 지금까지 한국이든 미국, 영국, 일본이든 거의 대부분의 노래는 상대방을 사랑하라고 노래한다. 노래는 '내'

가 듣는 것인데 '나'를 위한 노래가 아닌 '너'를 위한 노래를 부르니 그 노래가 끌리지 않는 것은 당연하다. 그러나 BTS는 다르다. 그들은 '나'를 위한 노래를 부르며 듣는 사람들을 위로해주고 공감해준다. 이것이 바로 낭만주의시대의 '모두를 위한 시'의 연장선이 아닐까 싶다. BTS가 '모두를 위한 노래'를 계속해서 만든다면 그들은 큰 범죄를 저지르지 않는 이상 제2의 비틀스와 퀸, 아바가 되어 아주 오랜 시간이 지난 후에도 사랑받을 수 있을 것이다.

1-8. Break, break, break, / On thy cold gray stones, O Sea! / And I would that my tongue could utter / The thoughts that arise in me. (부서지고, 부서지고, 부서지네, / 그대의 차가운 회색 돌 위에, 오 바다여! / 그런데 내 마음에 솟아오르는 생각들을 / 내 혀로 뱉어낼 수 있으면 좋겠네.)

A. 절벽 앞에 부서지는 파도를 보며 화자도 똑같이 부서지고 있다고 느낀다고 생각한다. 시원하게 절벽에 부딪히며 부서지는 파도를 보고, 화자도 파도와 같이 속마음을 시원하게 털어버리고 싶다는 생각을 한다. 현대인들 또한 자신의 속마음을 숨긴 채 혼자 끙끙 앓는 경우가 많다. 이 시를 읽고 그러한 모습에 공감이 돼서 너무나도 답답했다.

B. 시는 바다를 보며 자신은 말하지 못한다는 억울함을 토해냅니다. 그걸 보고 떠오른 생각을 시로 나타내겠습니다. 바다여 바다여 그러지 말아라/ 왜 가만히 있는 모래를 때리느냐 // 하늘이여 하늘이여 그러지 말아라 / 왜 가만히 있는 구름을 밀치느냐 // 가슴이여 가슴이여 그러지 말아라 / 왜 가만히 있는 시인의 가슴에 / 정동을 불러 일으키느냐 // 그대여 그대여 그대는 어떻게 할 것이냐 //

C. 테니슨은 근대시대에 대한 우울감을 느끼고 이를 탈피하려고 했다. 사회를 진화시켜 탈근대사회로의 진입을 위해 그 장벽을 깨부수며 노력했고, 결국 이를 깨부수었다. 우리도 이제 우리의 관습을 깰 날이 왔다고 생각한다. 홍콩만 보더라도 과거부터 받아오던 중국의 지배에서 탈피하기 위해 몸부림치고 있다. 여전히 그들은 커다란 벽 앞에 서서 망치로 때리고 주먹으로 치기를 반복하며 자립의 세상을 꿈꾸고 있다. 우리나라는 홍콩과 같은 시대는 지나왔지만 새롭게 깨버려야 할 것들이 많아졌다. 외모지상주의와 여성을 무시하는 경향, 물질만능주의, 남과 비교하는 사회, 남에 대한 무한한 관심 등 사회가 만들어낸 다양한 문화에 의해 우리는 마치 동물원의 동물들처럼 갇혀있다. 근대사회 때 찾았던 '나'는 사라지고 남에 의해 만들어진 '나'를 느끼고 진짜 '나'라고 착각하고 있다. 이제는 이것을 깨야만 한다. 다시 새로운 사회를 만들어야한다. 자신만의 문화를 만들어 개척해나가야 한다. 대중문화가 주는 편견과 고정관념을 break, break, break해야 한다. 우리는 이 모든 것을 부수기 위해서는 잠시 우리 삶에서 멀어져 우리를 돌아보고 break, break, break의 시간을 가진 후 맑은 정신으로 세상을 변화시켜야한다.

D. 내 혀가 소리 낼 수 있다면 내 안에 솟구치는 생각들을 말할 수 있을 텐데라는 대목이다. 억누르려고 해도 터져 나오는 화자의 모습이 보인다. 화자는 아직 자아를 찾으려고 노력하고 있다. 이를 통해 그가 아직 낭만주의가 있는 상태라는 걸 알 수 있다. 하지만 작가는 가치관이 붕괴된 시대적 상황 때문에 자신의 감정을 마음껏 표출하지 못하고 있다. 이 답답한 심정을 마음속에다 다하지 못하는 그런 심경을 토로하고 있다.

E. 이 돌은 왜 차갑고 왜 회색빛이 돌까? 아마 부정적인 매개체가 아닌가 싶다. 그리고 그것을 부수는 바다, 그 바다를 오 바다여! 라고 찬란하다는 듯이 이야기하고 있다. 나의 솟아오르는 생각들도 바다와 같이 자유롭게 부정적인 것들에 대해 대항하고 싶지만 그러지 못하는 소심한 화자의 내면상태를 느낄 수 있는 장면이었다.

F. 우리는 부시고 지르는 것으로 스트레스를 푼다. 시험습관 중 하나는 모든 시험이 끝나고 노래방에 가서 고음노래를 부르며 스트레스를 푼다. 나는 부서져라 이 말에 감탄한다. 내 속의 답답함이 있는데 이 답답함을 표현하기에 아주 적합한 말이다. 부서진다. 이 말은 부정적 단어이지만 나는 여기에서 행복을 찾는다. 시인도 부서져라 말을 하며 자신만의 속 안 답답함을 풀고 표현하려는 것 같이 느껴져서 여기에 공감을 했다.

G. 가끔, 다른 사람들의 SNS를 보면서, 남들은 다 행복하고 즐겁게 잘 사는데, 나는 왜 이럴까 라며 생각이 드는 순간이 찾아오기도 한다. 그 깊이는 당연히 비교할 수 없겠지만 이 시가 딱 그 심정을 표현하고 있다고 느꼈다. 절친한 친구이자, 누이의 약혼자를 잃고 아픔과 고통스러움을 느끼는 테니슨이 안쓰러웠다. 사실 그 SNS 속의 사람들이 겉모습만 화려하고, 모두 다 하나쯤은 큰 아픔을 가지고 있는 것처럼, 테니슨에게 '사람들은 모두 괜찮아보여도 누구나 아픔과 괴로움을 가지고 있으니 남들과 비교하며 더욱 슬픔에 빠지지 말라'고 말해주고 싶었다.

H. 모든 게 너무 확실해서 소리 지르고 노래할 수 있었던 시대에는 분명 따라하면 되는 정답이 있었다. 아니, 정답이 있다는 생각이 가장 보편적인 사고체계였다. 그러나 지금은 정답을 따라 하면 성장할 수 있는 그때와는 다르다. 지금은 여기서 내가 맞다고 해도 저쪽에서는 자기가 맞다고 부정할 수 있는 게 당연한 권리가 되었다. 오히려 '나'의 답을 강요하는 사람이 구석으로 몰리게 된 것이다. 이런 점에서 우리는 나의 생각을 타인에게 전달하는 아주 기본적인 대화마저 공부해야하는 필요가 생겼다고 할 수 있다. 시적 화자처럼 하고 싶은 말을 꺼낼 수 없어 답답한 상황을 모면할 수 있는 유일한 방법은 지금 사람을 움직이

는 정동이 무엇인지 연구하는 것이라고 생각한다.

I. 이 시는 최남선의 '해에게서 소년에게'를 연상시킨다. break의 반복을 '때린다, 부순다, 무너바린다' 하고 다른 표현을 이용해 시를 진행하는 것이다. 가끔 세상이 너무나 답답해 남들은 다 행복하게 사는데 나는 이 모양인가 하는 생각이 들기도 한다. 테니슨의 시가 딱 그러한 심정을 토로한다. 젊은 뱃사공은 배 위에서 여유를 즐기는데, 왜 자신에게는 그리운 친구와 함께 했던 행복한 순간이 다시 돌아오지 않는가... 하지만 이 또한 지나간다. 항상 그러하다.

J. 화자는 파도가 회색 돌에 부딪히며 부서지길 바란다. 그리고 자신의 안에서 올라오는 생각을 소리 낼 수 있길 바란다. 즉 바다의 파도소리가 화자 내면의 소리와 닮아있다는 것 같다. 모든 생각을 말로 표현할 수는 없다. 이는 파도소리를 닮아있을 수도 있고 그저 나무 사이를 지나가는 바람과 닮아있을 수 있으며 세상의 그 어떤 소리와도 닮지 않았을 수도 있다. 이 시는 이러한 점을 잘 보여주는 것 같다. 그리고 이 시는 내면에 집중한다. 사람에게는 단순히 생각, 마음만이 존재하는 것이 아니고 표현할 수 없는 것 어쩌면 자아와도 닮은 것의 존재를 보여주는 것 같았다. 이는 화자에게 부서지는 파도와 닮은 것이다.

K. 화자는 바다에서 부서지는 파도를 부러워하고 있다. 잿빛이라는 우울한 바다 위에 마음껏 올라가고, 부서지는 파도처럼, 자신도 자신의 표현을 하고 싶어 한다. 파도는 바위를 침식시킨다. 파도에 부서지는 바위는 언젠가는 모래가 되어 흔적도 없이 사라질 것이다. 화자 역시 혀가 파도의 역할을 해야만 한다. 혀, 입안에 있는 혀는 내부를 침식시킬 것이다. 스스로를 갉아먹는 혀는 자신에게 부딪혀, 쪼개고, 쪼개서, 죽음을 통해 결국 무(無)를 만들어낼 것이다. 우울, 슬픔, 불안을 사회에 드러내야한다. 이 사회는 타인이 나의 슬픔을 약점으로 보는 것이 두려워 꽁꽁 감추게 만든다. 범죄사건에서는 피해자의 이름이 드러날까 꽁꽁 감춘다. 나영이 사건이 조두순 사건이 된 것처럼 말이다. 그러나 이렇게 감춰버리면 사람들은 자신의 슬픔, 결함이 세상에 나와서는 안 되는 것이라고 인식한다. 우리는 드러내고, 서로를 위로해야한다. 아무리 작은 파도라도 그 길이는 몇 백만km인 것처럼 말이다.

1-9. April is the cruelest month, breeding / Lilacs out of the dead land, mixing / Memory and desire, stirring / Dull roots with spring rain. (사월은 가장 잔인한 달, / 죽은 땅에서 라일락을 키워내고, / 기억과 욕망을 뒤섞으며, / 봄비로 잠든 뿌리를 뒤흔든다.)

A. 가장 잔인하다면서 읽히는 내용은 생명력을 나타낸다. 하지만 이는 정말로 가장 잔인할 수 있다고 생각했다. 죽은 땅에서 라일락을 키워낸 것이 과연 좋은 것일까? 그렇지 않다. 어쩌면 가장 무책임한 행

위가 될 수도 있다. 죽은 땅에서 라일락 혼자 어떻게 살 것인가? 기억과 욕망을 뒤섞어 착각을 하면 어쩔 것인가? 4월은 정말 가장 잔인한 달일 수도 있다.

B. 사실 이 사회는 내가 태어나기도 전부터 죽은 땅이었기 때문에 나는 근본적인 해결책을 모른다. 하지만 이런 사회를 살아가는 한 사람으로서 사실을 제대로 보는 눈을 길러야겠다고 생각했다. 국가적으로 어떠한 사건이나 새로운 정책이 있을 때, 그것이 어디서부터 나온 것인가, 왜 이 시기에 이런 일을 진행하는가에 대해 파악할 수 있는 통찰력을 기르고, 그것에 대비할 수 있는 능력을 기르기 위해 세상을 읽는 공부를 해나가야 할 것이다.

C. 4월은 가장 잔인한 달. 망각의 눈을 녹게 하고 모든 기억이 새싹처럼 돋아나게 만드는 달이다. 망각이 불가능하다는 것은 아주 잔인한 일이다. 어떤 것을 잊어버릴 수 없다는 것은 마치 혼자 있는 깜깜한 영화관에서 그 장면을 계속 돌려보고 있다는 것과 같다. 그 장면 안에서 내가 파멸-육신의 차원이든 정신, 영혼의 차원이든-에 이르기까지 계속 살아가는 것이다. 그 장면이 행복하고 사랑스럽다 느껴지는 장면이라면 더할 나위 없이 행복하겠으나, 부정적인 것들을 더 잘 기억하는 인간의 성향을 고려하면 앞의 운좋은 경우는 어린아이들이 아니고서야 잘 찾아볼 수 없을 것이다. 그러니 망각이란 아주 소중한 것이다. 망각을 통해 그 장면은 멈춰질 수 있고 나는 그 장면 속 나와 더는 마주하지 않을 수 있는 것이다. 망각이란 신이 인간의 두 다리에 붙여준 힘이다. 아이가 걸음마를 시작하듯, 망각은 인간이 일어나 모든 것을 뒤로 하고 앞으로 걸어 나갈 수 있게 해주는 힘이다. 그러니 4월은 잔인한 달이 맞다. 겨울이니 눈이 펑펑 내렸으면 좋겠다는 심정이다.

D. 4월은 봄꽃이 피고 새싹들이 돋아나 푸르러지는 달이다. 하지만 동시에 잔인한 세상이 깨어난다. 추운 겨울 동안 숨어있던 욕망과 이기심들이 깨어나 거리를, 도시를 어지럽힌다. 근대의 중심인 근대의 기반인 도시가, 대서사들이 무너져내려가는 시대가 왔다. 이런 혼란 속에서 화자는 개인의 삶에, 작은 서사들에 집중하며 희망을 품는다.

E. 4월은 새 생명을 일깨우지만 가끔씩은 잔인하다. 무엇이 4월을 잔인하게 했을까? 따뜻함 속에 숨은 차가움, 희극에 숨은 비극을 캐치해내는 것이 시인의 역할이다. 우리는 외면하는 그 사실들을 꺼내오는 것이다. 새로운 것이 탄생하는 곳은 결국 죽은 땅이었다는 사실 말이다. 엘리엇의 이 시는 마치 인간이 외면하는 부정적인 것들에 관한 짧은 심리학, 철학 같다.

F. 라일락은 첫사랑, 젊은 날의 추억이라는 꽃말이 있다. 어쩌면 죽은 땅에서 라일락이 자라난다는 것은

첫사랑과 젊은 날의 추억처럼 싱그럽고 풋풋한 기억들이 되새겨진다는 게 아닐까? 그러나 꽃은 언젠가는 지기 마련이다. 아름다운 날들을 되새기며 행복해하지만 그 행복은 영원성이 없는 허구 같은 것, 피상적이고 필멸성을 가진 것. 차라리 악몽이었으면 깨고 나서 이렇게 괴롭지는 않을 텐데. 오히려 달콤했던 꿈 같은 환상이었기에 차디찬 현실로 돌아오는 게 더 힘들었을 것 같다. 과거에 얽매여있으면 현재의 모습과 미래의 모습까지 모두 회색잿빛으로 만든다고 생각한다. 라일락처럼 아름다운 꽃 같은 청춘, 그 당시엔 그리 좋지도 않았을 것이다. 다 나름의 문제와 고충이 있었을 것이다. 그러니 과거의 족쇄를 벗고 현재를 살자. 내 앞에 라일락의 씨앗이 자라나고 있을지도 모른다.

G. 이 시야말로 정말 내가 필요한 시였다. 우리 집은 너무나도 행복하고 화목하지만 나는 불행했다. 뭔지 모를 공허함이 있었고 채워지지 않는 빈곳이 마음속에 있는 것 같았다. 이 감정이 뭔지도 모르겠어서 어디에 말하지도 못하고 단순히 내 감정이 이렇다고만 이야기했던 내 감정을 대변해주는 시인 것 같았다. 더 이상 감정이입을 통해 내 정서를 이해받는 것으로 나의 이 감정은 끝나지 않았다. 그래서 나는 이제 내 감정을 제대로 분석하고 원인을 밝혀내야하는 것을 이 시를 통해 깨달았다. 새로운 시대에 맞는 감정을, 정동을 알아가서 정확하게 나의 느낌이 아닌 서사, 정서를 파악할 것이다. 그렇게 되면 소서사를 벗어나 중서사가 되고 이걸 공유하면 대서사가 될 것이다. 이렇게 되면 나의 이 우울도, 불안도 아닌 이 감정을 벗어날 수 있을 거란 답을 찾게 해준 시이다.

H. 사월이 가장 잔인한 달인 이유는 기억과 욕망이 뒤섞이는 달이어서 그렇다는 생각이 든다. 기억은 아마 부재하며 내 머릿속에서만 존재한다는 점에서 반복이 불가능한데, 이런 기억이 자기도 의식하지 못하는 상태에서 욕망과 뒤섞여버린다면 죽은 사람을 되살리는 일만큼 불가능한 일을 꿈꾸게 된다. 그것을 아는 시인은 혼자서는 세상을 바꿀 수 없지만 자기 주변만이라도 정돈하고자 하고, 이렇게 시를 남겨 사람들의 의식을 자극하는 노력을 기울이고 있다는 생각이 든다.

I. 잠들었던 욕망과 기억들이 뒤섞이는 4월이 가장 잔인한 달이라고 표현하고 있다. 기억과 욕망 때문에 인간은 기쁘기도 하지만 고통스럽기도 하다. 그 두 가지는 머릿속에서 뒤섞여 끊임없이 복잡한 생각과 감정을 만들어낸다. 이게 너무 복잡해지면 설명할 수 없어지고, 자기 자신도 누군지 모르게 된다. 이 복잡한 감정과 생각, 우리는 이를 정동이라 부른다. 이 시의 화자는 정동이 이해할 수 없고 복잡하게 뒤섞여있기 때문에 너무나도 고통스러워서 4월을 가장 잔인하다고 표현을 하긴 했지만, 시를 쓴 순간 정동에 대해 깨달았을 것이다. 자기 자신을 이해한 거다. 그게 바로 T. S. 엘리엇이 시를 쓴 이유가 아니었을까?

J. T. S. 엘리엇이 1차세계대전 이후 인간의 욕망의 두려움과 문명의 상실감을 느꼈듯 우리 역시 욕망이

가져온 무서운 결과를 종종 접하곤 한다. 그는 객관적 상관물을 통해 개인적 감정을 담고 독자의 공감을 끌어내려고 했는데 현대의 우리는 종종 이조차 어려움을 느끼곤 한다. 자신을 공감하지 못한다는 이유로 사람을 죽이기도 하고 반대로 공감능력이 없어 사람을 죽이기도 한다. 그러니 런던교가 무너져도 자신의 땅을 정리하겠다는 T. S. 엘리엇과 같이 우리도 흔들리는 세상 가운데 자신의 신념을 지키고 세상을 지켜야 할 것이다.

K. '4월은 잔인한 달이다.' 죽은 줄 알았던 갈색 가지에서 개나리가 노랗게 물든 꽃을 활짝 피우고, 겨우내 죽어있던 땅에서 새로운 꽃들이 핀다. 내 몸의 세포들도 새로 태어나고 새로 죽는다. 자연의 탄생과 죽음이 그대로 이루어진다. 남는 것은 무엇일까? 이름일까? 의미일까? 살고 있다는 것을 몸으로 이해하고 있다. 그래서 우리는 살아있다는 것을 우리 스스로가 의미를 만들어가야 한다. 우리 모두 의미 있는 삶을 살 자격이 충분히 있다. 나의 가치를 스스로 정한다. 도전적인 새로운 일 개척이 더 의미가 있다. 위기가 오히려 내게 좋은 성장의 기회를 준다. 생명의 자존감, 소유가치가 아니라 존재의미이다. 우리는 죽음을 통해 삶을 본다. 인간은 스스로 의미를 부여할 수 있는 존재이다. 나의 이름에 걸맞게 내 삶과 죽음에 나만의 의미를 찾는 게 중요하다. 죽어가는 나를 사랑하고 남은 삶의 길을 열심히 가자. 추억을 위해 어떻게 살아가야 할지는 우리의 몫이다.

부록

영시개론 수업전략

본 전략은 학생들과의 협의과정을 통해서 변경될 수 있다.

1. 중간고사와 기말고사는 수업시간에 인용된 내용에 대해 생각해온 내용을 쓰는 open-book 방식이며, 중간고사 이후 우수한 답안에 대한 소개가 이어질 것이다. 배점은 각각 10점.

2. 핵심과제는 기말고사 전날까지 제출해야 하는 "기말논문+부록(수업내용의 시 원문, 번역과 해설+추가된 시편들)"이다. 배점은 20점.
 * 수차례의 글쓰기 등 발표활동으로 인해 표절(plagiarism)로 인한 기말고사의 비정상적인 수준 향상을 쉽게 파악할 수 있습니다. 인문학도에게 '표절'은 상상할 수도 없는 범죄행위입니다.

3. 또 다른 과제는 9월말, 10월말, 11월말까지 에세이를 1편씩 쓰는 것인데, 각각 10점씩이다. 늦게 제출하면 1일 1점씩 감점된다. 9월말까지 제출해야하는 에세이의 경우 다음 시간부터 제출할 수 있다. 우수한 에세이는 다른 학생들에게 모범이 되고 자극이 되므로 수업시간 중에 다양한 방식으로 소개될 것이다.

4. 출석점수는 20점이다. 결석 1회에 5점 감점(4회면 F학점이니까), 무단조퇴는 결석과 동일하게 5점 감점, 무단지각은 1회에 2점 감점, 무단이석은 1회에 4점 감점이다.

5. 학습활동에 10점을 배점했다.
   (1) 토론, 코멘트 및 참여도 (5점)
   (2) 시 창작 (5점)

인문학에는 은퇴라는 제도가 없다

내가 대학교수로 은퇴하고 있다니 놀랍다. 아버지가 첩을 얻어 떠나시고 결코 돌아오지 않았을 때 14살이었다. 병든 어머니, 곱사 여동생, 남동생과 아기였던 여동생을 부양해야 했는데, 1960년대에는 드문 사례가 아니었다. 아주 힘든 시절을 보내고 있는 희망에 찬 젊은이들에게 몇 가지 생각을 전하고자 내 인생을 돌이켜보려고 한다.

대학이 첫 번째 전환점이었다. 가족들을 먹여 살리려고 노력하는 것 외에 나 자신만을 위한 얼마간의 자유 시간을 발견하게 된 새로운 세상이 열렸던 것이다. 영어교사 그런 다음 대한항공의 직원으로 일하는 동안에도 뭔가 중요한 것, 예를 들자면, 영어 그리고 그저 단순히 인문학이라고 칭해지는, 세상을 이해하기 위한 근본적인 지혜 등을 공부하는 버릇을 포기하지 않았다. 왜냐하면 내가 직업을 서너 번 바꾸어야 하며, 이렇게 급변하는 사회에 대응할 기본 기술을 훈련해야만 한다는 것을 알고 있었기 때문이었다.

대한항공의 동료직원 하나가 오스트레일리아 대사관에서 하루 종일 치러지는 영어시험에 자신과 동행하자고 부탁하였다. 따라서 한국에서 단 한 명 뽑는 호주정부의 장학생으로 시드니 대학교에서 영문학을 공부하게 된 것은 예상치 못했던 기회였던 것이다. 아내와 두 아기를 데리고 시드니에서 살 준비가 잘 되어 있지는 않았지만, 돈 잘 벌리는 직업을 찾는 동안 임시직 영어교사는 물론이고 일급의 통역사와 번역사가 되는 데 성공하였다.

오스트레일리아의 IMF 상황 속에서 장학금이 돌연히 중단되었기 때문에 한국으로 돌아와야만 했다. 하지만 1991년 경원전문대의 전임강사로 곧 임용되었기 때문에 내 공적인 삶에 있어서 또 다른 전환점이 되었다. 38살에 내 경력이 본격적으로 시작된 것이었다. 특히 영어실력에 있어서 이화여자대학교의 비서과 졸업생들보다 못하다고 여겨지지 않을 뛰어난 비서들이 되도록 비서과 학생들을 준비시키려고 노력하였다. 2007년 경원전문대가 가천대학교에 통합될 때까지 취업률이 너무 성공적이어서 비서과의 등록 학생수가 정말로 크게 증가되었다. 14살 때부터 가르쳐오고 있었기 때문에 어떤 수준의 어떤 사람에게도 영어를 가르치는데 자신이 있었다.

평생 영어와 인문학을 공부해 오고 있었기 때문에 영문과의 교수가 되는 건 어려운 일이 아니었다. 오랜 경험이 있는 학자로 행세하는데 문제가 없었고 전문적인 논문들과 저서들을 펴낼 준비가 잘 되어 있었다. 공적인 경력에 있어서 급격하게 변하는 환경들을 다루는데 있어서 인문학은 나의 열쇠다.

나는 평생 서구문화를 연구해왔다. 그러나 결국 나는 한국인이다. 이는 한국인의 눈으로 서구문화를 이해하려고 노력해왔다는 뜻이다. 따라서 번역이라는 방식으로 서구의 중요한 텍스트들, 예를 들면 조너던 컬러의 『해체비평』과 잭 케루악의 『길 위에서』 등을 소개하는 건 당연했다. 그리고 처음에는 영어로 그러나 곧 한국어로 시를 쓰기 시작했고, 지금까지 6권의 시집을 냈다. 한국문단에서 문학비평 작업에도 깊이 관여하게 되었고 『해체론의 시대』라는 제목의 비평서를 냈다.

나는 이제 은퇴하지만 내 직업은 전혀 달라지지 않을 것이다. 그건 가르치고 글을 쓰는 일이었고, 앞으로도 그럴 것이다. 용산고등학교와 서울대학교를 나온 크게 성공한 친구들의 은퇴 후 삶을 보건데, 나는 아주 행복하다. 인문학에는 은퇴라는 제도가 없으며 그 순간에 적합한 적응과정이 있을 뿐이다.

NGO취업준비와 영시개론 수업

1. 핵심전제

NGO 활동은 전근대-근대-탈근대가 혼재된 한국의 문화적 경험에서 획득한 집단적 지혜를 유사한 환경의 국내 및 해외의 열악한 환경의 개선에 적용할 수 있는 이론적이고 실천적인 방법을 연구한다.

2. 학습목표

논문: 영시수업내용이 시사하는 NGO활동전략 연구

부록: NGO취업을 위한 PPT Presentation

3. 구체적 연구과제: 인구폭발과 인구절벽

3-1. 한국의 세계 최저출산율: 산아제한정책의 실패사례

3-2. 후진국의 근대화: 관습적/무의식적 근대화가 아닌 의도적/의식적 근대화의 폐해

   (1980년대의 마지막 산아제한 캠페인의 구호: "하나도 많다")

3-3. 근대문명의 말기현상: 근대가족을 위한 결혼 제도의 매력상실

3-4. 자녀출산의 긍정적 이미지 및 사상

3-5. 영시개론 수업-낭만적 사랑의 변천사

4. 학습결과의 예측

4-1. 학점: 창의성과 연구의 수준

4-2. 현실적 성과: 취업준비를 실천하면서 학습자 자신의 관심, 열의와 재능 확인

여행업의 미래

2019년도 영시개론 학습 전략

1. 핵심전제
여행업계의 최근 급증하는 경쟁구도 속에서 경쟁력 있는 Killer Contents를 어떻게 만들어낼 수 있을까.

2. 학습목표
　논문: 영시수업내용에서 연구한 여행업의 본질

　부록: 여행 벤처 기업을 위한 구체적인 사업계획

3. Analytic Thinking(논문-장기적인 인생계획)
　구체적 연구과제: 여행업의 본질

3-1. 낭만주의사상에 의한 근대자아의 탄생에서 비롯하는

　　여행산업의 정서 및 철학의 체계적인 분석

3-2. 선진국의 여행업 발달과정: 1890년대의 Grand Tour에서부터

3-3. 탈근대시대의 여행업의 전망

4. Creative Solution(부록-PPT Presentation-Killer Contents-단기적 취업성공전략)
　구체적인 사업계획: 파리 한 달 살기

4-1. 2019년도 겨울방학여행(부모의 2인 7박8일 단체관광

　　여행경비로 4인 가족 전체의 한달살이 실천)

4-2. 최소비용 산출

　(숙소: Air b&b, 항공권: 3~4개월 전의 최소가격, 최저비용: 전철 1개월 사용권, 생활물가)

4-3. 실천과정의 문제점 및 해결책 파악

5. 학습결과의 예측

4-1. 학점: 창의성과 연구의 수준

4-2. 현실적 성과: 구체적인 사업계획 수립과 실천

만성우울증

2019년도 영시개론 학습 전략

(정신과 치료에 관한 한국적 정서 고려)

1. 핵심전제

근대사회의 전문가제도의 기반이 흔들리는 전환기적 상황 속에서 정신과 치료도 치매를 비롯한 거의 모든 분야에서 그 뚜렷한 해결책을 도출해내지 못하고 있는 상황이다. 전문가의 일방적인 지침에 의한 치료방안 도출이 비효율적인 현실에서 피치료자의 적극적인 대화와 담론형성 노력이 요구된다.

2. 학습목표

논문: I. 영시수업내용에서 연구한 자아의식의 본질

II. 자아의 개념과 정신분석이론의 변화

부록: 만성우울증 치료를 위한 구체적인 실천계획

3. 구체적 연구과제: 자아의식의 변화

3-1. 낭만주의사상에 의해 탄생된 근대자아의 존재의 확립과정에 관한 체계적인 분석

3-2. 근대자아의 정체성에 대한 회의: 세기말의 모더니즘 운동

5. 학습결과의 예측

4-1. 학점: 창의성과 연구의 수준

4-2. 현실적 성과: 로젠조 오일 사례 등과 같은 새로운 치료법의 발견

The Power of Sorrow

Sorrow stood there in human form

holding her timeworn handbag to her side,
wearing her tall black boots,
draping her curled hair low on the nape of her neck,

a simple girl with a common face
standing absentmindedly in front of

me sitting in the backseat of a crowded
city bus. I stubbornly watched the
sorrow in her.

It didn't mean she was crying,
nor that her face betrayed a serious problem,
nor that she looked so tired, not at all.

I found the power of sorrow in a simple girl
in nicely fitted clothes, well-matched to the early winter weather,
showing a little fatigue, appropriate to the time of the evening,
blended inside a bus trafficking some unknown parts of the city.

Sorrow was slowly raising her hands,

taking a man to her bosom warmly,

unsheathing and giving her breast to her baby.

– The Iowa Review, Fall 2002(Vol. 23 No. 2), p. 48.

슬픔의 힘

슬픔이 서 있었다

낡은 가방을 비스듬히 들고
목이 긴 검은 구두를 신고
머리를 땋아 앞으로 늘어뜨리고

평범한 얼굴의 소녀가
사람이 많은 버스 뒷좌석에 앉은
내 앞에 그저 서 있었는데

나는 악착같이 슬픔을 보았다

그녀가 울고 있거나
그녀의 표정이 심각하거나
아주 피곤해 보였다는 말이 아니다

그저 저녁 9시에 알맞은 피곤과
초겨울에 알맞은 솜씨 있는 복장과
도시 한구석을 달리는 버스에 어울리는
그 소녀에게서
난 슬픔의 힘을 본다

그 슬픔이 천천히 손을 들어

따뜻하게 한 남자를 품에 안는다
가슴을 열어 한 아이에게 젖을 먹인다

―『하느님의 야구장 입장권』, 서울: 세계사, 1997, 45-46쪽.

The Torture of Mezentius

The Greek tyrant Mezentius "would even couple carcasses / living bodies as a form of torture, / hand to hand, face to face. he made them / suffer corruption oozing gore and slime. / In that wretched embrace, and a slow death." This is Virgil's explanation.

The torture of Mezentius is the mother of poetry.

Without alcohol, I cannot sleep at night. I cannot close my eyes. I read books all night long, for I cannot close my eyes. I close my eyes and encounter the torture of Mezentius. I close my eyes, I kiss my death. My hands are cupped in the hands of death, my face is cramped to the face of death. I close my eyes, I close my eyes to sleep, and death begins asking questions, it stinks, it is oozing gore and slime. I cannot draw a line clearly between the dead and the living. Dirty sticky matter is oozing out muddily. I am slowly dying.

I begin to think of poetry, for it is a form of hanging tough under the torture of Mezentius.

Lines in the first paragraph are from Robert Fitzgerald's translation of The Aeneid (New York: Random House, 198, pp. 247).

― The Iowa Review, Fall 2002(Vol. 23 No. 2), p. 47.

메젠티우스의 고문

그리스의 폭군 메젠티우스(Mezentius)는 고문의 방법으로 산 자와 죽은 자를 묶었습니다. 손과 손 그리고 얼굴과 얼굴을 꺾쇠로 고정시켰습니다. 사체가 썩으면서 피가 나와 엉기고, 악취를 풍기면서 더럽고 끈적끈적한 물질이 질척질척 스며 나옵니다. 끔찍한 포옹 속에서 천천히 죽어가는 고문입니다. 버질 (Virgil)의 설명입니다.

시의 어머니는 메젠티우스의 고문입니다.

술을 먹지 않으면, 밤에 잠을 이루지 못합니다. 눈을 감을 수 없습니다. 밤새도록 책을 읽습니다. 편안하게 눈을 감을 수 없기 때문입니다. 눈을 감으면, 메젠티우스의 고문을 만나기 때문입니다. 눈을 감으면, 나의 죽음에 입 맞춥니다. 죽음의 손과 나의 손이 꺾쇠로 고정되고, 죽음의 얼굴과 나의 얼굴이 완벽하게 만납니다. 눈을 감으면, 잠을 자려고 눈을 감으면, 죽음이 질문합니다. 죽음이 악취를 풍기기 시작합니다. 피가 나와 엉기기 시작합니다. 잠의 나인지, 죽음의 나인지, 구별할 수 없습니다. 더럽고 끈적끈적한 물질이 질척질척 스며 나옵니다. 천천히 죽어갑니다.

시를 생각하기 시작합니다. 메젠티우스의 고문을 견디는 방법이기 때문입니다.

— 『아내의 문학』, 서울: 시산맥사, 2010, 129쪽.

Department Store

We're going to the department store. My wife is tired. She is full of vitality, though. I'm tired. We're going there to buy my shoes or my suits. I go there only in that case. Long before we enter the department store to buy my shoes or my suits. I'm already tired. I'am being dragged here and there. My wife is so frugal that she rarely buy things there for her own use. She is sprightly, though. She is full of energy. I watch my lively wife even when she buys my shoes. I don't like my shoes. I don't like my shoes, which makes me tired. I don't like my suits, which makes me tired. My wife is going to the department store. I'm being dragged there.

— Colere (2002), p. 71.

백화점

　백화점에 간다 피곤한 아내는 발랄하다 나는 피곤하다 내 구두나 양복을 사러 간다 그럴 때에만 백화점
에 간다 내 구두나 양복을 사러 백화점에 들어가기 전부터 나는 피곤하다 나는 끌려 다닌다 돈이 아까워
서 자신의 물건을 사는 적이 별로 없는 아내는 발랄하다 힘이 난다 내 구두를 살 때에도 힘이 난다 나는
구두가 싫다 나를 피곤하게 하는 구두가 싫다 나는 양복이 싫다 나를 피곤하게 하는 양복이 싫다 아내는
백화점에 간다 나는 끌려간다

　－『나는 정말 아주 다르다』, 서울: 민음사,2002, 102쪽.

김유정의 「봄봄」

　'나'는 점순이와 혼인시켜 준다는 주인의 말만 믿고 머슴살이를 하고 있다. 주인인 봉필에게 딸의 나이가 찼으니 성례를 시켜 달라고 하면, 그는 점순이의 키가 미처 자라지 않아서 성례를 시켜 줄 수 없다고 한다. 평생 일만 할 것이냐는 점순이의 말에 나는 장인을 구장 댁으로 끌고 가 혼인 문제에 대해 해결을 보려고 한다. 구장은 빨리 성례를 시켜 주라고 하지만 장인은 점순이가 덜 컸다는 핑계를 또 한 번 내세운다. 그 날 밤, 뭉태에게서 '나'는 자신이 세 번째 데릴사위감이라는 것을 알게 되고 아내 될 점순에게 '병신'이란 말까지 듣는다. '나'는 일터로 나가다 말고 명석 위에 드러눕고 이를 본 장인은 징역을 보내겠다고 겁을 주지만, '나'는 그저 말대꾸만 한다. 화가 난 장인은 지게막대기로 '나'의 손과 발을 마구 때린다. 점순이가 보고 있음을 의식한 '나'는 장인의 수염을 잡아챘다. 서로 바짓가랑이를 잡고 늘어지며 싸우자 장인은 점순을 불렀고, 내게 달려들어 귀를 잡아당기며 우는 점순이를 보면서, '나'는 그녀의 알 수 없는 태도에 넋을 잃는다.

마이크로소프트 입사 프로젝트

2019년도 영시개론 학습 전략

(2019년 9월 18일자 중앙일보 기사)

1. Contact: 마이크로소프트 소프트웨어 기획설계자 킴킴

Microsoft Principal Group Manager Kim Kim: 클라우드와 인공지능그룹 로컬라이제이션 기획설계자

2. 핵심가설

Singularity(특이점: AI의 General Intelligence가 인간의 능력을 필요로 하지 않게 되는 변곡점)에 대한 공포의 정서를 선불교 명상에 심취함으로써 해소하고 있는데, 다니엘 데닛의 다중원고이론 등 선불교적 사상에 기반을 두는 인공지능 시대의 대처방안을 독창성 있게 제시한다.

3. 학습목표

　논문: 낭만적 자아의 한계를 극복하는 행동자이론

　부록: 마이크로소프트 입사지원을 위한 연구계획

4. Analytic Thinking(논문-장기적인 인생계획)

　구체적 연구과제: 자아개념의 변화

4-1. 낭만주의사상에 의한 근대자아의 탄생에서 비롯하는 한계의 틀에 관한 연구

4-2. 탈근대시대의 인간 자아의 전망

5. Creative Solution(부록-PPT Presentation-Killer Contents-단기적 취업성공전략)

　구체적인 사업계획: AI와 Human Ego/Self

6. 학습결과의 예측

6-1. 학점: 창의성과 연구의 수준

6-2. 현실적 성과: 구체적인 미래사업의 전망

근대영시의 계보

이탈리아의 르네상스(로마)-영국의 낭만주의(런던)-프랑스의 상징주의(파리)-미국의 포스트모더니즘(뉴욕)

르네상스(17세기)
William Shakespeare

Christopher Marlow

John Donne

낭만주의(19세기 전반부): 프랑스혁명과 대영제국
선발대: William Blake

1세대: William Wordsworth

    S. T. Coleridge

2세대: Lord Byron

    P. C. Shelley

    John Keats

빅토리아시대(19세기 후반부)
Alfred Tennyson

Robert Browning

G. M. Hopkins

Edward Fitzgeral

Matthew Arnold

모더니즘(19세기말: 1890-1920): 한국의 근현대(近現代) 문학과 동시대
Ezra Pound: 프랑스의 상징주의

T. S. Eliot

W. B. Yeats

미국의 시인

Edgar Allan Poe: 프랑스의 상징주의에 영향을 줌

Wallace Stevens

Emily Dickinson

Walt Whitman

Robert Frost

Sylvia Plath

부록_10.
000을 찾아가는 과정[123]

"오늘 기분이 어떠세요?"

심리 상담을 시작하기 전에 정신과 선생님이 내게 항상 먼저 물어보는 말이다. 2년 3개월째 매주 똑같은 질문을 받는다. 상담실 한쪽 벽에는 수십 개의 감정 표현 카드가 붙어있다. 감정을 표현하기 어려워하는 환자들을 위해 참고용으로 붙여놨다고 한다. '쓸쓸하다', '외롭다', '무섭다', '불안하다', '화난다', '기쁘다', '설렌다' 등 수많은 감정 카드가 붙어있지만 복잡한 내 감정을 그 단어들로 표현하기에는 턱 없이 부족하다.

상담을 받을 때 자주 나오는 용어는 '공감'이다. 공감이란 한 사람의 사고와 감정, 행동의 과정을 이해하는 것이다. 감정을 표현하기 어려워하는 환자들은 자기 자신에 대한 공감이 결여되어 있다고 한다. 자신에 대해 공감하는 과정은 자신의 감정을 이해하는 과정이기도 하다. 정신과 선생님의 말에 따르면 자기 자신에 대한 공감이 이루어지지 않는 환자들은 상대방에 대해 공감하는 것을 어려워하는 경향이 있다고 한다. 경제학자 알프레드 마셜은 경제 현상에 대해 냉철한 판단을 하면서도 인간에 초점을 맞추어야 한다며 '머리는 차갑게, 가슴은 뜨겁게'라는 유명한 말을 남겼다. 공감이라는 과정은 경제현상을 분석하는 과정과도 같다. 즉 공감 하는 과정에는 이성과 감성 모두가 중요하다. 자기 자신에 대한 공감을 어려워하는 사람들은 이성 또는 감성 어느 한쪽에 너무 치우치거나 두 가지 요소가 모두 결여되어 있다.

나는 이성 쪽으로 치우친 사람이었다. 어릴 때부터 세상에 대해 궁금한 점들이 무척 많았다. 과학 서적이란 서적은 있는 대로 잡아서 이해를 하든 못하든 읽었다. 책을 읽다 보니 가장 신비한 점이 많았던 분야는 제2의 우주라고도 불리는 사람의 뇌였다. 사람들은 왜 싸우고 화를 내는지, 왜 우울해하는지, 왜 불안해하는지, 왜 행복해하는지, 그러한 모든 행동들의 원리는 무엇인지 궁금했다. 그래서 중학교 때부터 나의 장래희망은 뇌를 연구하는 신경과학자였다. 대학도 생명과학과에 지원하게 되었고, 1학년 때 좋은 성적을 받아 교수님 연구실에도 들어갔다. 모든 것이 뜻대로 잘 풀려가고 있었다.

그러나 연구실 생활은 만족스럽지 않았다. 모두 자기 연구하느라 바빴고 토론은 이루어지지 않았다. 랩 미팅은 실험 결과에 대한 건전한 토론 시간이 아닌 교수의 신세한탄을 듣는 시간이었다. 학부생부터 박사

---

123 에세이 필자의 이름이기 때문에 000으로 대체하였습니다. 본문에서도 실명으로 이름이 나오는 부분은 00 또는 000으로 대체하였습니다.

459

후 연구원 선생님까지 클린벤치에 앉아서 세포를 배양하고, 현미경으로 바라 볼 뿐이었다. 실험 데이터가 나오고 논문을 쓰는 걸 보면 무언가 얻어가고는 있는데 그들도 그렇고 나도 그렇고 가슴 한 구석 어딘가가 텅 빈 느낌이었다. 다들 감정이 없는 기계 같았다. 이런 분위기에서 학부생인 내가 질문을 할 수 있는 상황이 아니었다. 심지어 실험실 내 일부 사람들은 내가 질문을 하면 선배의 권위에 대한 도전으로 느끼기도 했다. 질문하고 토론하면서 느낄 수 있는 희열감과 충족감은 경험할 수 없었다. 부당한 일에 대해 의문을 제기하고 개선방안을 제안하는 것은 상상도 할 수 없는 일이었다. 질문을 차단당할 때마다 내 자신, 감정을 잃어가는 느낌이었다. 연구하고 무언가에 대해 더 알아갈수록 감성은 죽어갔다. 현미경을 바라볼 때마다 결국은 뇌도 세포덩어리고 감정은 호르몬일 뿐이라는 생각이 들면서 허무해졌다. 결정적으로 교수님이 내가 학부생이라는 이유로 논문에서 이름을 빼버리면서 나는 실험실을 나오기로 결정했다. 내 노력, 시간, 연구에 대한 애정 모든 것을 부정당했다. 사람의 감정 따위는 신경 쓰지 않았다. 그런데 그 교수는 미국 대학원에서 신경과학을 전공한 사람이었다. 아이러니했다.

실험실에서 나온 뒤 나는 심한 우울증을 겪었다. 집에 틀어박혀 몇 주 동안 나오지 않은 적도 있다. 실험실에서 나온 뒤 학교 개강 일에 맞춰 하루 나갔지만, 첫 수업이 실험실 지도 교수의 수업이었다. 그 교수는 내가 맨 앞자리에 있는데도 불구하고 출석에서 내 이름을 일부러 부르지 않았다. 또 다시 내 자신은 부정당했다. 학교를 다니는 게 무서워졌고 개강한지 하루 만에 학교를 휴학했다. 밖에 나가기가 무서웠고, 결국은 이대로 안 되겠다 싶어서 정신과에 갔다.

"오늘 기분이 어때세요?" 병원에 간 첫 날에도 이 질문을 받았었다. 대답은커녕 저 질문을 듣자마자 하염없이 울기만 했던 기억이 난다. 진단명은 우울증과 불안장애, 그리고 스트레스로 인한 환청이었다. 약을 먹어서 환청은 잦아들었지만, 세상에 대한 두려움으로 밖에 나가는 것도 무서웠던 나는 선생님께 고민을 털어놨다. 휴학하는 2년 동안 무슨 일이라도 해야 하는데 밖에 나가기가 무섭다고 그랬더니 선생님은 성급하게 밖에 나가는 대신 상태가 호전될 때까지 집에서 책을 읽어보라고 하셨다. 내키지는 않았지만 도전해보기로 했다.

과학이라는 것에 진절머리가 났던 나는 과학책들은 제쳐두고 평소엔 펴보지도 않았던 소설책들을 사서 읽어보기 시작했다. 교보문고에 갔더니 제일 눈에 띄었던 책이 다자이 오사무의 '인간실격'이라는 책이었다. 제목도 그렇지만 책 소개도 충격적이었다. 다섯 번의 자살시도 끝에 자살을 성공하고 죽음을 맞이한 작가의 자전적 소설이라고 한다. '나는 두 번 자살시도를 했으니까 저 사람을 따라가려면 한참 남았네.'라는 지금 생각해보면 제정신이 아닌 생각을 하면서 책을 읽기 시작했다. 소설을 자발적으로 제대로 읽어본 건 처음이었다. "부끄러움이 많은 생애를 살아왔습니다. 저로서는 인간의 삶이라는 것을 도무지 이해할 수 없습니다."라는 첫 문장을 시작으로 소설은 시작됐다. 부유한 가정에서 자랐지만 인간의 위선적인 면모를 이해하지 못하고 남의 눈치만 보다가 결국은 몰락하는 주인공의 이야기였다. 책을 다 읽고 들었던 생각은 "이 소설은 내 미래를 알려주는 건가?"였다. 소설에 대한 분석이고 뭐고 내게 들었던 생각은 불쾌함 그 자체였다.

　다음 상담 때 또 선생님이 물어보셨다. "오늘 기분이 어떠세요?" 나는 화가 나서 "책을 읽었더니 기분이 더 불쾌해졌네요."라고 답했다. 그랬더니 선생님은 오히려 "오늘 처음으로 감정에 대해 대답을 하셨네요."하고 칭찬을 해주셨다. 선생님은 책의 내용에 대해 물어보며 상담하면서 "주인공이 왜 그런 행동을 하게 됐을까요?", "주인공이 왜 그런 생각을 하게 됐을까요?"라는 쓸데없어 보이는 질문을 하는 것이었다. 나는 억지로 생각을 쥐어짜면서 뭐라도 대답했다. 안 그러면 병원비가 아까웠으니까 말이다. 그러더니 갑자기 "효정 씨는 왜 그런 주인공의 이야기를 보고 불쾌함을 느꼈을까요?" 하는 것이 아닌가? 나는 갑자기 머리가 망치로 한 대 맞은 것처럼 아파왔다. 그런 생각은 해본적도 없고 해볼 생각도 안 해봤기 때문이다. 대답을 3분간 못했다. 선생님은 내가 대답하기를 기다려주셨다. 상담에서 침묵이 이어진 것은 처음이었다. 나는 고민 끝에 "그 소설이 내 이야기가 될 것만 같아요. 그리고 그 작가는 자살했거든요."라고 말했다. 이 때 선생님이 처음으로 '자기 공감'이라는 말을 꺼냈다. "00씨는 방금 자기 공감 하는 것을 성공하셨네요. 저는 앞으로의 상담에서도 계속해서 질문을 드릴 겁니다. 답을 찾는 건 환자가 해야지 제가 해드릴 순 없으니까요. 계속 질문을 던지다 보면 답이 보이고 자신의 행동과 생각에 대한 인과관계를 파악할 수 있어서 내면이 더 단단해질 수 있어요. 00씨는 아직 그런 것들이 부족해 보여요."

　그날 집으로 돌아오면서 계속 생각했다. 내가 내 자신에게 질문을 한 적이 있었는지 말이다. 점심을 어떤 것을 먹을까 이런 것 말고 정말 원초적인 질문 말이다. 나는 무엇 때문에 불행한지, 무엇 때문에 불안해하는지, 무엇 때문에 고민하는지 이런 것들 말이다. 나는 늘 과학적 호기심처럼 세상을 향해서만 궁금해왔지 나 자신에 대해 궁금한 적은 별로 없었다. 나 자신에 대한 이해도 하지 못하면서 상대방에 대한 이해를 하려고 해왔다. 상대방이 이해되지 않으면 그들을 헐뜯고 욕하기에 바빴다. 너무 모순적이었다. 나는 그 지도 교수랑 다를 바가 없는 존재였던 것이다. 나는 그 날 이후로 다른 작가들이 쓴 소설들을 여럿 읽기 시작했고 심리치료에 집중을 하며 소설을 읽고 들었던 단순한 생각의 원인을 찾아서 자기 공감하는 훈련을 선생님과 여러 번 했다. 그러다가 문학에 관심이 생겼고, 전과를 해야 하나 고민하기 시작했다.

　2년 휴학 뒤 다시 학교로 복학을 했다. 2019년 1학기에는 일본어 교양과목을 들었는데, 교수님께서는 일본근대문학을 전공하셨다고 한다. 일본어수업이 끝나고 책을 읽고 있는 나를 보고 관심이 생기셨는지 나에게 무슨 전공을 하는지 물어보셨다. 생명과학과를 전공하다가 이제 어문계열로 전과할 생각을 하고 있다고 말씀 드렸다. 대화를 하다가 우연히도 그 교수님의 대학원시절 지도 교수님께서 민음사 "인간실격"을 번역하신 분이라는 것을 알게 되었다. 내가 그동안 "인간실격"에 얽혔던 일들을 말씀드렸더니, 뿌듯해 하시면서 고민하고 있는 것이 무엇이든 꼭 답을 찾으라고 격려해주셨다. 그러면서 외국어 중에서 영어를 잘하니까 영미어문학과로 가는 것이 좋겠다는 말씀을 하셨다. 동시에 질문에 대한 답을 찾으려면 영어만큼 유용한 게 없다고 말씀하시면서 영어를 할 줄 알면 인터넷 세상의 90퍼센트는 볼 수 있게 되고, 결국 답을 찾는데 도움이 아주 많이 될 것이라는 말씀도 해주셨다.

2019년 2학기에 전과 승인이 났고, 새 마음으로 시작하기 위해 이름도 000으로 바꿨다. 엄마는 00이라는 이름이 늘 마음에 안 드셨다고 한다. 내가 태어날 때부터 푸르게 자라라는 마음에서 또 세계 여러 나라 사람들과 소통할 수 있으면 하는 마음에서 영어로 00이라고 이름 지으셨다고 한다. 할아버지가 지어준 이름이라 선뜻 거절할 수 없어서 00이가 되었던 것이라고 말해주셨다.

이번 학기에 영시개론 수업을 듣게 되었는데, 좀 특이한 수업이다. 시를 배우는 시간은 비중이 적고 기존의 통념을 깨는 이야기를 자꾸 하시는 것이다. 수업이 끝나고 혼란스러운 나머지 이만식 교수님께 질문을 했다. 소설은 지난 2년 동안 꾸준히 읽은 덕에 이제야 공감이 되지만 영시는 처음 읽는데다가 전혀 감도 안 잡히고 공감도 안 되는 것이었다. 또 너무 생각이 뒤죽박죽 섞여서 복잡하다. 소설은 읽고 나서 드는 생각이라도 있었지만 영시는 그런 것이 전혀 없었다. 드는 생각이 없었다. 이런 고민을 털어놓았더니 이만식 교수님은 나뿐만 아니라 모든 학생들이 그렇다고 말씀하시면서, 수업시간에 끊임없이 우리에게 질문을 던지는 것이었다. 마치 우리 병원 선생님 같은 느낌이었다. 익숙한 느낌이 들었다. 그러면서도 색다르다. 마치 예전에 내가 머리를 망치로 한 대 맞은 기분이 들었던 것처럼 말이다. 시를 이해하는 것도 앞으로 내가 끊임없는 질문으로서 풀어가야 할 문제라는 생각이 든다. 아직은 내게 시를 읽는 다는 것은 걸음마 단계이다.

그리고 지금, 2019년 10월 1일 아침에 병원에서 상담을 받고 와서 카페에서 에세이를 쓰는 중이다. 사실은 어제 에세이를 제출하려고 했지만 늦더라도 오늘 제출하는 게 에세이를 끝마치는 데 좋을 것 같았다. 오늘도 같은 질문을 병원에서 받았다.

"오늘 기분이 어떠세요?"

"에세이를 다 썼어요. 너무 후련해요. 기분이 날아갈 것만 같아요. 근데 이제 시에 대한 이야기도 해야 할 것 같아요."

나는 그렇게 대답했다. 글을 쓰면서 아무래도 답을 어느 정도 찾은 것 같다.

독자는 필터링하고 싶다-희곡 『에쿠우스』를 읽으면서

희곡 '에쿠우스'는, 표면적으로 보면, 17세 소년 알런 스트랑이 마굿간 주인 달튼의 소유인 말 7마리의 눈을 찔러 재판을 받지만 판사 헤스더의 재량으로 감옥으로 가지 않고 정신과 의사 다이사트에게 정신과 치료를 받게 되는 이야기다. 희곡 '에쿠우스'에 대한 기존의 비평들은 '인간의 의식형성과 의식 활동은 문명과 문화의 지배를 받음으로 기계화되고 파괴적으로 변해갈 수 있다'[124]는 주제에 초점을 맞춰 분석하고 있다. 즉, 알런이 폐쇄적인 성장배경으로 인해 미쳐서 말들의 눈을 찌른 것이 아니라 그러한 억압적인 문화 속에서 살고 있다면 개인성을 상실하지 않을 수 없다는 주제에 동의하고 있는 것이다. 하지만 이 희곡의 전개가 일반적인 극형식과 다르게 다이사트라는 인물의 서사가 있는 담화와 의식을 관객에게 보여주는 형식으로 진행된다는 점에 주목한다면 그런 식의 주제 해석에 공감할 수 없게 된다.

희곡 '에쿠우스'의 형식은 시간의 흐름을 초월하여 인물들을 의식의 흐름대로 등장시키는 구조로 되어 있다. 이러한 극형식은 관객들에게 전달되는 이야기가 알런 본인의 말이 아니라 다이사트라는 한 사람의 의식 활동이라는 점을 의식하게 만든다. 마치 '위대한 개츠비'의 화자 닉이 개츠비를 관찰한 일지를 적은 것처럼, 다이사트의 의식에 알런이 적히고 있는 것이다. 따라서 이 글을 제대로 이해하려면, 사연이 있는 알런보다 그 사연을 듣고 해석하는 다이사트를 의심하는 태도가 독자에게 필요할 것으로 보인다. 이 극에 대한 기존의 비평처럼, 화자 다이사트의 말과 작가가 보여주는 글의 전개에 그대로 순응하면서 읽는 방식은 작가 및 화자가 왜 그런 말을 하는지 의심하고 '시대적 이념과 삶의 가치관에 대해 고민하면서'[125] 자신의 생각을 정리하는 현대적 독해 방식과 거리가 먼 해석이다.

기존의 비평에 공감할 수 없는 상태로 의심하기 시작한 화자 다이사트는 알런을 대하는 태도에 문제가 있어 보였다. 알런과 상담이 막 진행될 때쯤, 정신과 의사 다이사트는 자신의 질문에 반문하는 알런에게 '질문하는 건 이쪽이야 넌 대답만 하면 돼.'라고 강압적인 태도로 이야기한다. 그리고 알런이 처음으로 데이트 했던 여자 친구에 대해 질문할 때, 명확하지 않게 '응'이라고만 대답하는 알런에게 '도대체 어느 쪽이야?', '데이트 했으면 했다고 말해.'라고 강요하듯 대답을 요구한다. 이런 부분에서 알런을 대하는 의사로서의 다이사트의 태도는 굉장히 일방적인 것으로 느껴진다.

다이사트의 태도 다음으로 회의적이었던 부분은 다이사트가 알런을 부러워한다는 대사였다. 극에서 이야기하는 알런의 얘기에만 집중한다면, 이 극의 주제는 개인성의 상실에 경각심을 갖자는 것으로 정의할

---

124 임학순(2007), 피터 셰퍼의 『에쿠우스』 '제대로' 읽기: 타블로 비방과 서술전략, 새한영어영문학 49(4), 113-114p.

125 이선형(2013), 연극은 무엇을 위해 존재하는가, 서울: 푸른사상, 6p.

수도 있다. 더 나아가서는 이상적인 결혼생활에 실패하고 진심을 숨기고 살았던 다이사트의 이야기마저 문화에 희생된 개인의 이야기로 해석한다면 '적어도 달려본' 알런을 다이사트가 부러워하는 것이 자연스럽다고 생각할 수 있다. 하지만 사람을 치료해야하는, 그것도 정신을 치료해야하는 다이사트의 의식 안에서 알런은 알런 개인으로 존재하지 않는다는 점에 문제가 있다. 다이사트가 담화를 통해 관객에게 고백하듯이 이야기 했던, 자신이 신관장이 되어 제물이 될 소년들을 죽이는 꿈 이야기에 증거가 있다.

황금빛 가면을 쓴 신관장이 다이사트라면, 알런은 신관장에 의해 희생되는 제물에 해당한다. 하지만 다이사트 스스로 고백했듯이, 그는 자신의 직업에 회의를 느끼고 있다. 이런 회의감과, 황금빛 가면이 벗겨졌으니, 다음 제물로 자신이 올라갈까봐 불안한 그의 꿈에 연결고리가 있다는 것을 고려한다면 다이사트는 다음 제물이 될 처지에서 알런과 같은 자리에 서있다고 할 수 있다. 같은 제물로서 알런을 바라본다면, 보수적인 가정에서 자랐음에도 불구하고 억눌린 욕망을 가지고 '적어도 달려본' 소년은 참고 살았던 다이사트에게 자신이 못했던 일을 성취한 부러움의 대상이 된다. 알런은 스스로를 희생자로 여기는 다이사트의 머리 안에서 같은 희생자로 편집되었으며, 희생자들 사이에서 가해자의 가면을 '고발하는' 영웅이 되었다. 알런에게서 17세 소년이 아니라 자신의 이상을 보고 있는 정신과 전문의 다이사트는 가해자의 황금빛 가면을 벗은 맨얼굴 위에 희생자라는 새로운 가면을 쓰고 자신이 책임져야할 소년을 바라보고 있는 것이다.

이런 식의 화자의 태도와 그의 의식 활동에 대한 의심은 다이사트의 의식에 낭만이라는 필터가 씌워져 있다는 생각으로 이어졌다. 영웅으로 필터링 된 알런을 치료하는 것은 이제 막 가면을 바꿔 쓴 다이사트에게 치명적이다. 가뜩이나 새로운 가면에 맞춰 움직이느라 고생 중인데, 소년을 치료해서 영웅이 아니게 되면 그에게 남는 것은 '유령', 즉 허무함일 것이기 때문이다.

영웅은 낭만적 서사 위에 존재하며, 낭만이라는 필터는 항상 '나'에 맞춰서 씌워지기 때문에 '나'에 속하는 범주는 내 인생의 영웅으로, '그 외'는 보이지 않는 유령으로 보이게 만든다. 이러한 이분법적 사고에 따르면 정상과 비정상이 존재하는 것은 당연한 것이 되며, 아마도 다이사트는 그동안 무의식적으로 정상과 비정상을 나누며 비정상인 환자들을 정상으로 만드는 치료를 하고 있었을 것이다. 하지만 전처럼 환자를 '정상적인 세계'로 보내면 되는 일은, 이제 막 정상이라는 가면을 벗고 비정상의 가면을 쓴 다이사트에게, '나'의 영웅을 '그 외'로 보내는 일이 돼버렸다. 지금 알런을 '정상적인 세계'로 보낸다면, 비정상이 된 다이사트의 의식 안에는 알런이라는 이름만 남고 정상적인 세계로 보내진 알런 개인은 다이사트가 이해할 수 없는 실체 없는 유령이 될 것이다.

다이사트는 마음 같아선 영웅 알런을 '내가 모르겠는 세계'로 보내고 싶지 않았을 것이다. 하지만 기존의 가면이 벗겨지자 새로운 가면을 써버리는 그가 낭만적 이데올로기에서 벗어날 가능성은 없어 보인다. 그러니 다이사트는 '본질적으로 내가 무엇을 하고 있는지 알 수 없지만 그래도 본질적인 것' 한다고 끝까지 믿고, '도저히 빠져나오지 않는' '예리한 재갈'을 입에 물고 빠져나오려는 혼란을 어둠 속에 틀어막을 수밖에 없었을 것이다.

지금까지 서술했던 화자의 신뢰성에 대한 분석에 더하여 한 가지 더 의심스러운 부분을 이야기하자면, 이 글의 작가에게도 신뢰할 수 없는 부분이 있는 것으로 보인다. 우리의 내면은, 서사본능만큼이나 본능적인, '서사 외적인 것'으로 인해 아주 복잡하게 흘러가고 있기 때문이다. 얼마나 복잡한지, 우리는 세상이 무너질 듯이 우울해하다가도 언제 그랬냐는 듯이 우느라 허기진 배를 채운다. 즉, 이별하고 나서 슬퍼 죽겠어도 며칠이 지나면 '죽고 싶지만 떡볶이는 먹고 싶어'하는 수준으로 회복되는 것이다. 그러나 작가는 시공을 초월하는 극형식을 통해 한 사람의 내면을 보다 잘 표현할 수 있는 이점을 취하고 있음에도 불구하고, 오로지 서사를 묘사하는데 집중하고 있다. 한 사람의 의식 안에서 사건이 어떻게 전개되고 편집될 수 있는지에 대한 통찰력을 보여주는 것으로 해석할 수도 있지만, 이렇게 서사 외적인 것들은 깔끔하게 제거된 전개 방식만으로 울다가도 부은 눈으로 떡볶이를 먹는 21세기의 독자에게 현실적으로 다가갈 수 있을지 의문이 든다.

따라서 희곡 '에쿠우스'의 핵심은 알런의 이야기를 해석해주는 화자 다이사트의 교훈이 아니라, 알런의 이야기를 낭만적으로 수용하는 다이사트의 신뢰성에 대한 독자들의 해석에 있다고 생각한다. 이야기가 전해주는 가르침을 그대로 받아들이는 시대는 이미 지났다. 그렇기 때문에 우리는 어떤 이야기를 신뢰할 수 있을지 그 기준을 자기 나름대로 마련하는 것이 반드시 필요하다.

해외봉사활동계획

1. 발표 계기
NGO, ODA 취업준비과정에서 1년간 외교부산하기구 KOICA에서 진행하는 해외봉사활동에 참여하게 되었고 영시개론 수업에서 받은 지식과 ODA연구를 통해 삶의 논리체계를 재 확인하고 더 효과적으로 봉사활동 및 취업활동을 하기 위함

2. 발표 목표
취업준비 중 공부한 ODA분야와 영시개론 수업내용의 연결 그리고 세계시민으로서 글로벌인재로서 '평화'에 대해 생각해보는 시간을 갖기 위함.

3. 구체적 발표 과제
3-1 취업준비 중 봉사단 참여 과정
그 동안 알바와 학교공부만으로도 벅차서 취업준비와는 동떨어져 생활했습니다. 4학년 2학기에 접어들며 늦었지만 취업준비를 하게 되었고 이전부터 생각해왔던 NGO나 ODA(국제개발협력)분야 쪽으로 취업연계인턴이나 취업준비를 하고 있었습니다. 그러던 중 취업관련사이트에 코이카 봉사활동공고가 올라왔습니다. 그것을 보며 든 생각은 사무실에 앉아서 도움이 필요한 나라에 도움되는 사업을 개발하고 시행하는 것도 좋지만 그전에 직접 그러한 사업에 뛰어들어서 몸으로 겪고 현장에는 어떤 일이 일어나는지 어떤 것들이 필요한지 사무실 앉아 있어서는 알 수 없는 현장의 이야기들을 알고싶다는 생각이 강하게 들었습니다. 그러한 계기로 관련분야취업에도 도움이 되는 코이카 해외봉사단을 지원하게 되었습니다. 다행히 잘 합격되어서 11월 4일부터 22일까지 3주간 교육을 받고 12월부터 1년간 몽골에서 지역 청소년들에게 영어교육을 하러 가게 되었습니다. 지원과정에서는 주로 코이카 봉사단카페에서 정보를 얻었습니다.

-서류전형
서류를 준비하면서 제일 중요한 것은 '솔직하게 적는 것'이라 생각하고 작성했습니다. 자소서에 주로 나오는 성장배경, 자신만의 강점, 관련경력 등의 질문들에 솔직하게 답변했고 이 내용을 기반으로 면접질

문이 나온다는 생각으로 최대한 꾸밈없이 적었습니다. 그리고 많은 사람들이 봉사단을 뽑을 때는 봉사에 대한 열정을 가장 중요하게 여긴다고 얘기를 해서 '과거 해외단기봉사를 두 번 다녀왔고 그 기억이 너무 좋아서 그때부터 이쪽 분야에 관심을 가지게 되었다'고 간결하지만 솔직하게 적었습니다.

　-면접전형

봉사란 무엇이라고 생각하는가? / 현지어로 영어를 교육해야 되는데 할 수 있겠나? 어려움은 없겠나? / 콘서트 홀에서 근무하며 가장 어려웠던 점은? / 공동체 생활 중 갈등이 생기게 된다면 어떻게 하겠는가?

기타 등등의 질문이 나왔고 이번에도 역시 솔직하고 당당하게 답변하는 것이 중요하다고 생각했기에 떨지 않고 차근차근 답변했습니다. 꾸며진 나를 보여 주는 것이 아니라 있는 그대로의 나를 보여주고 이러한 내가 이 직종에 맞는다면 면접관들이 그러한 부분을 알아보고 뽑아 줄 것이라고 생각하고 면접에 임했습니다.

　-건강검진
　-최종합격
　-교육입교
　-최종파견

3-2 ODA란?

Official Development Assistance의 약자로 공적개발원조 라는 뜻을 가지고 있습니다. OECD회원국중 DAC의 회원국이 자체자금을 사용하여 개발도상국에 원조를 하는 것을 말합니다. 이 원조의 내용은 재정, 인프라, 교육, 기술 등 인적, 물적, 지적인 자원을 사용하여 원조수원국의 발전을 돕는다는데 있습니다.

좋은 일을 하는 건 동일하지만 일반적인 NGO활동과의 큰 차이는 국가적 차원에서 정치적인 의도를 가지고 진행한다는 것과 완전무상으로 도와주기만 하는 것이 아니라는 것에 있습니다. ODA는 나라에서 진행하기 때문에 자국에 어떤 방식이든 유익이 될 수 있는 방향으로 움직이는 경우가 있습니다. 예를 들어 국제-정치-외교적인 지위를 위해서, 개도국과의 개발협력을 통한 일자리 창출을 하려 할 수 있습니다. 또한 완전무상으로 하는 공여보다 유상원조라는 부분이 있는데 이는 차관을 빌려주거나 개발사업을 진행함에 있어 공여국의 물건이나 회사만 사용해야 한다라는 조건을 다는 경우가 생깁니다.

하지만 여전히 국가적 차원에서 진행한다는 장점이 있습니다. 국가 간의 원조활동이다 보니 규모가 크고 효과적이며 같은 DAC회원국간의 감시나 결의를 통해 좀더 좋은 개발원조를 할 수 있게끔 만드는 장치들이 있다는 점에서 그 순기능이 매우 크다고 볼 수 있습니다.

우리나라도 과거 광복 이후에, 6.25전쟁 이후 혼란스럽고 피폐한 상황에서 긴급구호와 재건사업을 위해 미국과 UN으로부터 많은 원조를 받았고 경제성장을 위해 차관을 받거나 ODA 무상원조를 통해 학교(KIST), 병원(국립의료원), 도로(경부고속도로), 제철소(포항제철)등의 인프라 구축에 도움을 받았습니다.

지금은 수원국에서 공여국으로 탈바꿈하여 네팔, 니카라과, 도미니카공화국, 동티모르, 라오스, 몽골, 미얀마, 방글라데시, 볼리비아, 세네갈, 스리랑카, 에콰도르, 에티오피아, 온두라스, 요르단, 우간다, 우즈베키스탄, 인도네시아, 카메룬, 캄보디아, 케냐, 코트디브아르, 콜롬비아, 키르기즈스탄, 탄자니아, 파라과이, 페루, 필리핀 등등 수많은 개발 도상국에 유-무상 원조사업을 제공하고 있습니다.

3-3 ODA와 근대 - 탈근대
3-3-1 MDGs(근대) 새천년 개발목표 - SDGs(탈근대) 지속가능한 발전목표

MDGs는 2000년에 UN에서 채택된 의제로 2015년까지 세계빈곤을 감소시키는 것을 가장 큰 목표로 하는 의제입니다. 그리고 SDGs는 2015년에 UN에서 채택된 의제로 2030년까지 포용적인 성장, 사회발전, 환경보호 등을 주제로 전 세계가 함께 번영을 추구하자는 목표의 의제입니다.

근대는 자아탄생, 낭만적 자아, 가족의 형성, 근대국가건설, 인프라구축으로 이어집니다. 하지만 그 기반이 되는 근대의 시작을 알린 자아라는 것은 '나'가 백인남성이라는 것에 있습니다. 이러한 사상으로 인해서 앞선 우리가 미개한 다른 나라를 '계몽시킨다는' 명목 하에 제국주의와 식민지가 생겨나게 되었습니다. 그리고 이러한 모습은 MDGs에서도 볼 수 있습니다. MDGs를 보면 새천년 개발목표로 해석되는데, 개발이란 사전적 정의는 열어서 펼친다는 뜻으로 동사로는 타동사의 의미를 가지고 있습니다. 즉 빈곤의 퇴치를 하는데 있어 외부의 도움이 필요하고 개도국은 선진국의 도움과 지원을 받아 사회개발을 한다라는 뜻입니다.

하지만 SDGs는 지속가능 발전목표로 해석할 수 있습니다. 발전이란 펼쳐서 넓힌다는 뜻을 가지고 있습니다. 즉 스스로의 힘으로 빈곤을 극복하고 삶의 질을 향상시킨다는 의미입니다. SDGs는 MDGs와는 달리 의제의 주된 대상이 개도국이 아닌 개도국과 선진국을 포함한 모든 UN회원국을 가리킵니다. 또한 그 내용에도 차이가 보여지는데, 이전처럼 그저 빈곤을 퇴치하고 개도국의 인프라를 구축하는 등 국가적인 차원의 큰 주제에 주목하는데 그치는 것이 아니라 한 사람 한 사람의 교육, 건강, 인권, 평등과 같은 다양한 가치들에 주목하며 이것을 지키고 발전시키려 하는데 있습니다. 위 두 가지 의제의 가장 큰 차이점은 수동적이던 개도국들이 스스로의 힘으로 움직이려고 하고, 선진국들 또한 개도국을 자발적인 주체로서 인정한다는 것, 빈곤과 불평등의 해결을 국가의 인프라 구축이 아닌 국민 개개인의 성장과 권리에 주목하여 문제해결을 하려 한다는 것에 있습니다.

따라서 이번에 제가 파견되는 몽골 코이카 프로젝트 봉사단도 이러한 개개인의 성장에 초점을 맞추고 있습니다. 영어뿐 아니라 IT, 컴퓨터 교육, 한국어교육, 홍보분야 교육 등 다양한 분야의 교육을 준비하고 있습니다. 이를 통해 몽골 청소년들을 글로벌 인재로 성장시키고 이를 기반으로 자립하게 하며 몽골이라는 나라가 스스로 발전하는 역량을 갖출 수 있게끔 서포트 하는 목표를 가지고 있습니다.

3-4 ODA의 전망

SDGs가 근대 제국주의적 시각에서 탈피하여 선진국과 개도국간의 협의를 통해 전 세계적 지속가능한 발전을 위해 만든 목표이고 개개인에 즉 개인서사에 초점을 맞춘 의제이긴 하지만 아직 부족하다고 할 수 있습니다. UN 모든 국가가 납득할 수 있게끔 만들다 보니 요리로 치면 간이 싱거워진 듯한 느낌을 줍니다. 강제성도 없고 함께 의결한 자발적 참여가 필요한 의제일 뿐입니다.

우리나라가 이러한 SDGs를 이끄는데 매우 큰 역할을 할 수 있다고 생각합니다. 17가지 의제 중 가장 중요하게 생각되는 SDG16의 경우에 정의, 평화, 효과적인 제도(민주주의)를 발전시키는 것을 목표로 합니다. 한국은 경제발전과 민주주의를 함께 이룬 나라이고 정치적인 위험도가 낮은 국가로 평가됩니다. 따라서 이러한 배경을 가진 우리나라의 글로벌 인재들이 세계에 나서서 움직인다면 그만큼 세계에 큰 성장과 발전을 이룰 수 있다고 생각합니다.

현재 중동이나 여러 지역에서 전쟁이나 분쟁 등이 끊이지 않고 벌어지는 상황입니다. 이러한 문제를 타계하기 위해서는 그 원인이 되는 것을 줄여나가야 한다고 생각합니다. 과거 911테러나 여러 테러사건 등 무력분쟁 같은 상황이 벌어지는 이유로 이념적인 대립, 이해관계의 단절, 사회경제적 불평등, 사회공동체의 부족 등이 원인으로 꼽혔습니다. 이러한 문제와 부족을 해결하고 채우기 위한 것이 SDGs이고 그 하나의 수단으로서 ODA가 사용되기도 합니다.

평화가 그 답이 될 수 있다고 보는데 그 이유는 평화로운 상태에서는 위와 같은 분쟁이 일어날 수 없기 때문입니다. 제가 생각하는 평화란 단순히 폭력이나 전쟁이 없는 상태가 아닌 '인간으로서의 기본적인 삶의 안녕을 누릴 수 있는 상태'입니다. 그리고 그 평화가 폭력적인 사태를 잠재운 이후가 아닌 그러한 상황이 벌어지지 않게끔 예방하고 지속적으로 유지되는 차원에서 존재하여야 한다고 생각합니다. 이러한 평화가 만들어지고 유지되었을 때 세계가 더 앞으로 나아갈 수 있다고 생각합니다.

그렇기 때문에 저는 제가 참여하는 해외봉사활동 사업이 '잠시 도와주고 온다', '단순한 봉사활동이다'라는 생각보다 세계에 평화를 구축하는데 있어 일조하고 온다는 마음가짐을 가지고 있습니다.

부록_13.
글 잘 쓰는 법

글 하나를 완성하는 데에 정말 많은 시간이 필요하다. 그리고 며칠을 들여 완성한 글도 마음에 썩 들지 않는다. 좋은 주제를 찾아서 글을 쓰는 동안에도 제대로 쓰고 있는지 확신이 들지 않는다. 경험해보지 못한 어떤 것에 대해 쓰는 것은 최악이다. 글에는 언뜻 알고 있는 잡지식들이 정리되지 않은 날것처럼 방치되어 있고 결말은 그 얕은 지식의 바닥을 보여주듯 언제나 추상적으로 마무리된다. 내 글이 그렇다. '결혼'이라는 주제를 가지고 글을 썼을 때 나는 도저히 그 글을 제출할 수가 없었다. 서론은 누구나 아는 보편적 사실들로 꾸역꾸역 채워졌고, 본론은 그 이름과 다르게 글쓴이의 의도가 전혀 드러나지 않았다. 결론에 도착했을 땐, 나는 그 글을 다 지워야만 했다.

글을 잘 쓰는 것은 어렵다. 언젠가부터 '창의적 사고'가 강조된 교육이 시작되면서 학교 시험에는 '논술형' 답안지가 등장했고, 학생들은 정해진 답이 아닌 자신의 생각을 적어내야 하는 것에 크게 당황했다. 논술형이 어려운 이유는 옳고 그름이 명확하게 정해지지 않았기 때문이다. 답을 쓰면서도 내 생각이 과연 옳은 것인지 의심하는 과정은 너무 괴롭다. 혹시라도 내 생각이 틀렸다고 말하면 더 이상 생각해서 써야하는 답은 빈칸으로 둔 채 제출해버릴 것 같다. 단순한 수학 문제를 틀리는 것은 그만큼 창피하지 않을 것이다. 수학에는 이미 만들어진 공식이 있고, 나는 그 공식에 수를 대입하는 과정에서 조금 실수를 한 것이다. 아무도 그것에 대하여 비난하지 않을 것이고, 나는 앞으로 계산을 더 신중하게 하면 되는 것이다. 하지만 누군가 내 글에 이의를 제기한다면, 그것은 단순한 문제가 아니다. 내 생각에 대한 반론은 단순히 '틀렸다'에서 그치지 않고, 내 사상이나 가치관까지 관여할 것이다. 이러한 불상사를 방지하기 위해 나는 항상 사실을 바탕에 둔 중립적인 입장의 글을 써야만 했다. 결과는 TMI(Too Much Information) 그 자체였다. 오랜 시간을 들여 쓴 글은 할애한 시간만큼의 가치가 느껴지지 않았고, 나는 절망한 상태로 글을 다시 지웠다. 글을 쓰고 지우고를 반복하자 더 이상 글을 쓰고 싶지 않았다. 나에게 있어서 글쓰기는 시간낭비의 산물이었다. 작가들이 글 하나를 완성하기 위해 얼마나 고뇌하는가, 창작의 고통을 아주 잠깐 느낄 수 있었다.

누구는 글을 아주 잘 쓴다. 독서를 많이 했을까? 글쓰기 수업을 열심히 들었을까? 얼마나 많은 시간을 들였을까? 많은 생각을 하게 만든다. 글은 아주 생소하지도 않고 아주 익숙하지도 않다. 아주 생소한 주제를 가지고 익숙한 듯 쓰는 재주가 있고, 아주 익숙한 주제를 가지고 전혀 생소하게 쓰는 재주가 있다. 나는 그런 사람들이 부러울 따름이다. 지금에도 나는 아주 익숙한 주제로 너무 익숙하게 글을 쓰고 있으니 말이다. 생각해본다. 내가 처음 '결혼'이라는 주제를 떠올렸을 때, 하고싶은 말이 무엇이었던가. '나는 결혼을 하지 않을 것이다.' 이유는 무엇이었던가. "결혼을 해서 '집사람'이 되는 것이 싫다." 이것을 몇 백 자로 늘리는 과정은 쉽지 않았다. 왜냐하면, 나는 '집사람'이 되어본 적도 없었으며, 결혼을 거부하는 여성들에 대한 도서를 읽은 적도 없었다. 결론은 배경지식 부족이었다. 어쩌면 앞서 쓴 이유는 단지 글을 쓰기 위해 급히 만들어낸 거짓일지도 모른다. 사실 결혼에 대해 구체적인 생각을 해 본적이 없으며, 관련 도서에 대해 관심도 없는 것을 보면 지식부족이 아니라, '생각' 부족이 더 적절한 것 같다.

이 글은 그 동안 생각 없이 무작정 글을 써온 과거의 내 행동에 대한 자아성찰이다. 그동안 많은 글쓰기를 실패하면서 깨달은 것은, 글에 대한 비판을 두려워해서는 안된다는 것과 글에는 나의 '지식'보다는 나의 '생각'이 더 많이 함축되어야 한다는 것이다. 또한, 글과 예술 모두 창작된다는 점에서 글쓰기도 예술처럼 완성이 없다는 것이다. 비록 지금 나의 글이 완성도가 낮은 못난 글이지만, 성찰을 바탕으로 거듭해서 글을 써 나간다면 언젠가 '깊은' 글을 완성할 수 있으리라 기대해본다.

부록_14.
나의 스무 살 시절

"언니, 대학교 처음 들어갔을 때 어땠어?"

열일곱 동생과의 이야기에서 회상에 빠졌다. '내 스무 살은 어땠지?' 나름 바쁘게 지냈다고 생각했는데 딱히 기억에는 남지 않는 것들로 조금은 버겁게 20살을 보냈다.

1학년이 다 지나가도록 나는 모든 것에 있어서 변화를 두려워하는 고등학생에 머물러 있었다. 항상 집, 학교, 학원만을 반복하던 나에게 새로운 환경, 낯선 사람들은 꼭 적응에 성공해야 하는 과제와 같이 다가왔다. 스스로 소심하고 낯을 가리는 사람이라는 것을 제대로 깨달았다. 나는 나를 잘 모르고 있었다. '너는 이런 아이니까 이렇게 해야 해.'라는 정해진 틀, 정해진 방식에 나를 구겨 넣고 살아가다 보니 정작 내가 나에 대해 알아갈 시간을 갖지 못했다.

'공부, 공부, 공부'보다 필요한 것은 그 공부를 하는 내가 누구인가였다. 하지만 나는 나를 모르고 마치 제3자 보듯 대해왔다. 아니, 오히려 제3자 보다 더 무지한 상태로 지내왔다.

10년이 넘는 시간 동안 세뇌된 고정 형식은 습관이 되었고, 그 형식을 가지고 살아오다 갑자기 마주한 대학 식 자유 형식은 당황스러웠다. 가장 어려웠던 것은 인간관계였다. '이렇게 말해도 되나? 이렇게 행동해도 되나?'라는 생각에 사로잡혀 스스로 계속해서 제약을 두었고 '이렇게 하면 이 사람이 나를 싫어하지 않을까?' 하며 자신감도 잃어갔다. 다른 친구들은 이미 잘 적응한 것 같은데 나는 그렇지 못한 것 같아 내 성격에 문제가 있는 것인지 진지하게 고민하기도 했다.

학창 시절 친구들과의 갈등도 없이 성실하고 무난하게 학교생활을 해왔다고 자부했는데, 모든 것이 어긋난 채 억지로 돌아가는 것 같은 느낌이었다. 그때부터 내가 어떤 사람인지 알아가야겠다고 생각했다. 가족들, 친구들에게 내가 어떤 사람인지, 내 장점은 무엇인지, 내가 고쳤으면 하는 점은 무엇인지 끊임없이 물어봤다. 모두가 말하는 '나'는 비슷했다. 장점은 올바른 사람, 따뜻한 사람이라는 것이고 단점은 너무 바른 느낌이라 거리감이 느껴진다는 것이었다. 첫인상이 차가워 보이고 가까워지기까지 시간이 걸리는 사람이라고도 했다. 표현을 많이 하는 편이라고 생각했는데, 주변 사람들은 표현이 부족하다고 느끼고 있었다. 이야기를 듣고 난 후 단점을 고치고 싶어 나는 나를 객관적으로 보고, 성찰하기 시작했다. 내가 생각하는 가장 큰 문제는 다른 사람의 시선을 지나치게 의식하는 것이었다. 나의 선호보다는 타인의 선호에 맞추려 하고, 다른 사람들의 마음에 들지 않을까 항상 노심초사하면서 조심스럽게 말하고, 행동했다. 아마 다른 사람들이 말하는 '바르다'라는 기준은 여기에서 생긴 것 같았다. 문제점을 해결하기 위해서 나는 생각을 바꾸기로 마음먹었다.

일단 모두가 나를 좋아할 수는 없다는 것을 인정했다. 모두에게 사랑받고자 하는 강박관념에 사로잡힐 때마다 그렇지 못했을 때 받는 상처가 매우 컸다. 하지만 생각을 바꾸고 소수이지만 나를 있는 그대로 봐주고 사랑해주는 사람들을 곁에 두고 그들에게 최선을 다했다. 그로 인해 더 행복해하는 나의 모습이 마음에 들었다. 그리고 외면, 내면을 가꾸는 방법을 점점 찾아가면서 스스로 성장하고 있다는 것을 느꼈다.

그 다음으로는 스스로의 틀을 깨기 위한 도전을 많이 했다. 생전 해보지 못했던, 한 번쯤 해보고 싶었던 일들을 하나씩 시도해보았는데 가장 만족한 것은 '즉흥 여행'이었다. 즉흥 여행을 부담 없이 할 수 있는 상황은 아니었지만 그만큼 열심히 아르바이트를 했다. 몸은 힘들었지만 그만큼 배운 점도 많았다. 면허증도 취득하면서 공간적인 제약도 덜해져 기분 전환이 필요할 때는 바다를 보러 갈 수도 있게 되었다. 방법이 없다고 생각해 시도조차 해보지 않았는데, 세상에 안 되는 일은 절대 없었다. 새로운 도전과 시도는 완벽하진 못했을지라도 반복적이고 단조로운 삶에 긍정적인 활력을 주었다.

다시 과거로 돌아갈 수 있다면 더 잘 할 수 있을 것 같지만 나에겐 확실하고 행복한 지금의 삶이, 사람들이 매우 소중하다. 몇 년이 지난 후 지금을 돌아보면 어떤 것이든 서툴렀다는 것을 느끼겠지만 그만큼 후회가 남는 것들은 더 나은 내가 되기 위한 중요한 기반이라고 생각한다. 그래서 스무 살은 나에게 서툴고 버거웠지만 그만큼 의미가 깊은 한 해로 기억된다. 동생을 비롯해 수능 이후 설렘을 안고 대학에 입학할 미래의 많은 신입생들도 의미 있고 좋은 기억들로 채워진 스무 살을 간직할 수 있기를 진심으로 바라게 된다.

부록_15.
벙어리 수준에서 떨림도 즐기기까지: 발표를 잘하는 법

말로써 사람들의 마음을 움직이는 발표. 어릴 적부터 참 멋있다고 생각했습니다. 스포츠처럼 뭔가 화려한 개인기로 이끄는 것과는 또 다른 느낌이었죠. TV 속에서 나오는 관련된 유명인들을 보면 나도 저렇게 해보고 싶다..!라는 생각을 자주 했던 것 같습니다. 학창 시절, 행복한 상상을 할 때는 항상 수많은 사람들 앞에서 멋지게 발표를 하는 제 모습을 떠올리더군요. 고등학교 때 까지는 별로 기회가 없었지만 대학교 수업에서는 자주 다루니 적극적으로 시도했던 것 같습니다.

그런데 제게는 발표에 있어 불편한 단점이 있었습니다. 바로 혀가 짧다는 것이었죠. 또박또박 말하면 문제없는 수준이지만 남들이 하는 대로 편하게 말하면 발음이 부정확해서인지 알아듣지 못하는 분들이 꽤 있었습니다. 학창 시절 내내 신경이 쓰일 수밖에 없더군요.

이런 문제는 발표를 처음 시작했을 때 치명적인 단점으로 다가왔습니다. 수없이 천천히 말하도록 연습해도, 막상 실전에서는 긴장감 때문에 원래 하듯이 해버렸으니까요. 대학교 1학년 때 처음으로 발표를 한 것이 서양과 역사라는 대형 강의였는데, 첫 발표이기도 하고 개인 발표가 아니라 팀원 대표 발표인지라 A4용지 2장 정도 되는 내용을 토시 하나 빠짐없이 외웠습니다. 하지만.. 막상 수많은 사람들 앞에서 말을 하자니 떨리는 감정을 주체하지 못하겠더군요. 결국 첫 시작부터 더듬거리기 시작해서 마지막까지 말도 못 하고 교수님 통제 하에 쓸쓸히 내려왔습니다. 잘하고 싶었고 그만큼 열심히 했기에 충격은 더 컸던 것 같습니다.

어쩌면 트라우마로 포기할 수도 있었지만 계속 도전했습니다. 다음번에는 잘해야지 다음번에는 '더' 잘해야지 라는 생각으로 말이죠. 3년간 수강한 모든 수업에서 발표를 맡아서 했던 것 같습니다. 지금까지 누구의 도움을 받은 적은 없지만 꾸준히 하다 보니 확실히 여유가 생기고 요령도 많이 생기더군요. 이제는 발표를 하고 나면 재미있었다 발표를 잘한다 라는 말을 자주 듣는데, 아직도 부족하긴 하지만 그간 숱한 발표를 통해 알게 된 발표 노하우를 공유해볼까 합니다.

474

1. 발표는 자기 자신의 말로

대학교에서 발표하는 분들을 보면 대부분이 대본을 보면서 줄줄이 읽습니다. 딱히 발표가 성적에 큰 영향을 끼치는 것도 아니고 군이 제대로 한다고 해서 높은 성적을 주는 것도 아니기 때문이죠. 발표자가 중요하게 생각하지 않는 만큼 듣는 사람도 똑같기 때문에 큰 상관은 없어 보입니다. 문제는, 대본을 그대로 읽는데도 중간 중간에 버벅거리고 실수하는 경우가 많다는 겁니다. 글자 그대로 읽는데도 왜 실수를 할까...

저는 그 이유를 평소에 쓰지 않는 말투이기 때문이라고 생각했습니다.

대부분의 대본은 인터넷 어딘가에 있는 정보들을 복사한 것들 일 텐데, 그 글과 본인이 평소에 하던 말투가 일치할 리가 없겠죠. 대본을 보고 읽든 제대로 발표를 하든 첫 시작은 조사한 자료를 자신이 평소에 말하는 듯한 말투로 바꾸는 것이지 않을까 합니다.

2. 완벽하려 할수록 완벽해지지 않는다

제 첫 발표가 완벽히 실패했던 이유는 완벽하게 암기하려 해서였습니다. 아무래도 발표를 하는데 즉흥적으로 말하는 것보다는 미리 준비한 대로 말하는 것이 퀄리티가 높겠죠. 하지만 막상 발표를 시작하면 긴장감 때문에 본인이 생각하는 방향으로 안 될 때가 많습니다. 그래서 완벽해지려 하기보다는 어떤 상황에서든 말할 수 있도록 하는 것이 중요하지 않을까라고 생각했습니다. 저는 자료조사를 한 후에 어떤 식으로 발표를 할지의 대본은 만들지만 연습할 때 절대 이 대본에 맞춰서 하지 않습니다. 지금까지 발표를 하면서 그 대본대로 일치한 적이 한 번도 없었으니까요.

가령 예를 들면 나는 여행을 좋아해서 여행 쪽을 진로로 삼았다. 가 본래 할 말이라면 순간적으로 진로라는 말이 먼저 나올 때가 있습니다. 그때 대본에 연연하지 않고 다양한 방향으로 준비를 했다면 나는 진로가 여행 쪽인데, 30일 동안 다녀온 유럽여행이 큰 영향을 줬다. 이런 식으로 순간의 기지가 나오는 것이죠. 피피티를 보면서 연습을 하면 순서를 뒤죽박죽 할 때가 종종 있는데, 그때 아 틀렸네..라고 다시 처음으로 돌아가서 연습하기보다는 당황하지 말고 그 상황에서 말이 되도록 문장을 만들어보는 연습이 참 중요하다고 생각했습니다. 이런 것들이 중간 중간의 위기에 큰 도움을 주더군요.

3. 연습할 때 잘 안 되는 것은 실전에서는 더 안 된다

자료조사를 하다 보면 이해되지 않는 말들이 있을 겁니다. 어려운 단어가 많을 수도 있고 발음하기 힘든 단어가 있을 수도 있죠. 이런 내용들은 연습을 많이 해도 실전에서는 여전히 틀리는 경우가 많았습니다. 그래서 저는 이런 것들을 피하거나 제대로 이해해봤습니다. 내가 이해 못하는 것을 듣는 사람에게 이해시키는 것만큼 힘든 것은 없겠죠.

어려운 내용들은 제대로 이해하려 노력합니다. 그러면 굳이 외우지 않아도 말이 술술 나오더군요. 하지만 발음에 있어서는 제가 ㅅ발음이 정말 안 되는데, 연습을 많이 해도 실전에서는 자주 틀려서 웬만하면 단어를 바꿔서 말합니다. 가령 삶이라는 단어가 있다면 발표에서는 인생이라는 단어로 바꿔 말하는 것이죠. 피할 것은 피하고 돌파할 것은 돌파하는 것이 참 중요한 것 같습니다.

4. 좋은 발표는 지루하지 않다

제가 발표를 준비하는 데 있어 가장 신경 쓰는 부분 중 하나는 '웃음'입니다. 그도 그럴 것이, 아무리 콘텐츠가 훌륭하고 말을 잘한다고 해도 청중을 지루하게 만든다면 그 내용이 온전히 전달되기 힘들기 때문입니다. 내용 자체가 너무도 흥미로운 것이 아니라면, 듣는 사람이 계속 집중을 할 수 있도록 웃음 포인트를 중간 중간에 넣어주는 것도 상당히 중요하다고 생각했습니다. 그렇지 않으면 열심히만 준비하고 기억에 남지 않을 발표가 될 테니까요.

그리고 그 해답은 항상 현재 청중들이 공감할 수 있는 상황에서 찾았습니다.

가령 제임스 조이스라는 아일랜드의 유명 소설가를 소개하는 발표를 할 때는 그의 대표작인 율리시스라는 소설에서 웃음 포인트를 찾아봤습니다. 이 소설은 고작 하루의 일과를 1024페이지에 걸쳐 묘사한 것인데, 저는 이 방대한 양을 수업시간과 연결해 "수업시간으로 적용해보자면 대략 200페이지에 달하는 글을 쓴 것입니다. 그러니 쓸 내용이 없어 별의별 내용이 나왔을 것 같습니다. 배고프다, 졸리다, 집에 가고 싶다 등 말이죠 ㅎㅎ"와 같이 좀 더 와 닿고 재미를 유발할 수 있도록 했습니다. 듣는 분들이 눈가에 힘이 풀리는 모습을 보이다가도 중간에 이러한 요소들을 넣어주면 끝까지 집중을 하는 것을 여러 번 확인할 수 있었습니다.

5. 무엇보다 중요한 것은 꾸준함

　지금까지 거의 4년 동안 꾸준히 발표를 하면서는 대부분 최선을 다해서 준비를 했습니다. 하지만, 최근 한 수업에서 발표를 할 때는 준비할 시간이 없어서 어쩔 수 없이 대본을 그대로 읽으려 했던 적이 있었습니다. 평소에 그대로 읽는 분들을 좋게 보지 않는 저로서는 마음이 참 불편했습니다. 그래도 어쩔 수 없었죠. 준비도 안 했는데 자유롭게 발표할 수는 없었으니까요. 그런데... 발표가 시작하자 대본에 연연하지 않고 말이 나오고 있었습니다.

　물론, 열심히 준비했던 것만큼은 아니지만 그래도 어느 정도 자유롭게 말하는 제 모습이 참 신기했습니다. 꾸준히 연습했던 것이 이렇게 나타나는구나..라는 생각이 들더군요. 항상 그러듯이, 긴장은 됐지만 더 이상 억압되지 않고 자연스럽게 말할 수 있다는 것이 지금까지 했던 발표 중에서 가장 뿌듯한 순간이지 않았나 라는 생각이 들었습니다. 하려고 하지 않아서 그렇지 꾸준히 연습하면 누구나 잘할 수 있는 것이 발표지 않을까.. 합니다.

　꾸준한 노력만큼 어려운 것도, 좋은 것은 없지 않나 라는 생각이 듭니다..!

부록_16.
착하게만 살지 말아라

우린 어렸을 때부터 부모님이나 선생님께 착하게 살아야 한다고 많이 들왔다. 학교 수업시간에서 배우는 도덕이나 윤리와 같은 과목들에서도 이 점을 강조한다. 나도 어렸을 적부터 이런 교육들을 받아와서 그런지 지금까지 살아오면서 그렇게 나쁜 짓을 많이 한 적은 거의 없는 것 같다. 선의의 행동을 하면 다른 사람을 돕는다는 마음에 뿌듯함을 느끼기도 하지만 어떨 때는 기분이 꺼림직할 때도 있다. 영화 부당거래에서 나온 한 대사 중에 '호의 계속되면 권리인 줄 안다.' 라는 대사처럼 가끔씩 내가 선행을 베푸는 사람들이 이를 당연한 권리로 받아들이고 뒤에서는 나에 대한 악담을 하는 사람들도 많이 봐왔다. 그렇다면 우리가 지금까지 받아왔던 윤리 교육이나 지금까지 들어왔던 어른들의 말씀은 잘못된 것일까?

선(善)은 우리에게 긍정적인 영향을 주는 것은 사실이다. 선행을 함으로써 다른 사람에게 도움을 줄 수 있으며 그 사람을 기쁘게 할 수 있다. 헬퍼스 하이(Helper's high)라는 효과를 아는가? 말 그대로 도움을 주는 사람들의 높은 상태이며 누군가를 도와주는 과정에서 일어나는 몸과 마음의 긍정적 변화를 뜻한다. 미국의 내과의사 Allan Luks가 '선행의 치유력(2001)'라는 책에서 처음 사용하였으며 실험 결과에 따르면 대부분의 사람들이 남을 도우면서 혹은 돕고 나서는 몸에 신체적 또는 정서적 포만감을 느끼게 되는데 이것이 인간의 신체에 몇 주간 긍정적 변화를 야기시킨다 한다.

하지만 이는 어디까지나 선의 순기능일 뿐이며 이론적인 효과에 불과하다. 물론 선행을 함으로써 위의 효과들을 얻을 수 있는 것은 사실이다. 하지만 나는 과연 선행을 함으로써 언제 선행을 실천하는 사람에게 득이 오는가에 의문점을 가졌다. 내가 한 친구를 도와주었다 가정해보자. 그 친구는 나에게 처음 도움을 받았을 때에는 무척 고마워할 것이다. 하지만 이 행위가 반복될 때 그 친구는 나에게 계속 감사함을 느낄까? 우리는 가끔씩 호의를 베풀 때 이를 당연하게 생각하는 유형의 친구들이 종종 보일 것이다. 우리가 그 친구에게 호의를 베풀다가 베풀지 않게 되면 그 친구는 내가 호의를 베풀지 않은 것에 대하여 오히려 화를 낸다. 우리가 그 친구에게 계속 잘해주어서 그 친구에게 내가 만만하게 보여 지기 때문인 것일까 전과는 다른 태도를 보여주게 된다. '복지병'이라는 말을 아는가? 복지의 수혜자가 자신에게 들어오는 복지를 당연한 것으로 여기고 오히려 자신들의 가난을 상품화하는 것을 말한다. 아프리카와 같이 타국의 지원이나 기부활동 등을 받는 국가들에서 많이 볼 수 있다. 특히 아프리카 사람들은 타국의 지원을 당연한 보상으로 여긴다고 한다. 서구문명에 대한 지배의 역사 때문에 아프리카인들은 우리가 선의를 가지고 하는 사업을 이들은 착취에 대한 대가라고 생각하기 때문이다. 뿐만 아니라 지속적인 구호 활동 또한 이들이 지원 받아야하는 것을 당연하게 생각하는데 일조했다 볼 수 있다. 밀알복지재단의 아프리카 권역 구호 활동에 참여한 이희성씨는 에티오피아에서 구호 활동을 하던 중 아프리카 사람들이 외국인이 지나가면 "머니, 머니"라고 말하는 장면을 많이 봤다고 하였다. 돈을 요구한 사람은 가난해 보이지도 않고 겉보기에는 멀쩡한 사람인데 돈을 맡겨 놓은 것처럼 당당히 돈을 달라고 하는 모습에 많이 당황하였다고 한다. '꼰대'라는 단어를 아는가? 흔히 '구태의연한 사고방식에서 벗어나지 못하는 사람' 혹은 '나이 값을 못하는 사람을 비꼬아서 쓰이는 말'이라고 할 수 있다. 우리가 꼰대라고 부르는 사람들도 호의를 권리로 착각하는 사람들이 많이 있다. 가령 어떤 사람은 버스에서 앉아서 가고 있는데 어떤 노인분이 자리에서 비키라고 하며 "요즘 젊은 것들은 어른에 대한 예의가 없어"라면서 험담을 하는 경험을 하였다고 한다. 이렇게 자신들이 선의를 가지고 한 행동이 당연하게 받아야 하는 마땅한 권리로 착각하는 사람들이 많다는 것이 놀랍지 않은가?

이들의 공통적인 특징은 다른 사람들을 공감하지 못하는 특징, 공감의 결핍 상태에 있다는 것이다. 특히 감성 지수(EQ)가 낮아 다른 사람의 감정에 무디다는 특징이 있다. 공감이라는 단어는 상대방의 감정이나 의견, 주장에 대해서 자기도 그렇다고 느끼는 것을 말하는데, 구체적으로 공감은 내가 겪어보지 않은 것을 짐작해서 이해하려는 것이라 할 수 있다. 때문에 우리가 다른 사람과 공감하기 위해서는 다른 사람을 이해해야 한다. 이 사람들은 상대방의 감정을 이해하지 못하다 보니 상대방의 감정에 소홀해지고 자신의 감정에만 신경을 쓰게 된다. 이 사람들이 다른 사람들을 공감하기 위해서는 다른 사람들의 마음을 느껴보려고 조금 더 노력해야 한다. 그러나 대부분의 사람들이 이런 노력도 하지 않으려고 하며 타인과의 공감을 피하려 한다. 때문에 우리가 이런 유형의 사람들과 소통하려고 하면 이들의 공감 결핍의 특징 때문에 소통에 어려움을 가지게 된다.

우리나라는 예부터 유교사상을 발전시켜왔다. 유교사상에는 예(禮)의 사상이라는 사상이 담겨 있다. 하지만 이 예의 사상이 선의의 행동을 당연한 것으로 받아들이게 하는 경향이 있다. 우리나라의 유교사상의 대표적인 문제점으로는 나이가 벼슬인줄 알고 있는 사람들이 많다는 것이다. 우리가 그런 사람들에게 배려하고 베푸는 행동을 그들은 당연한 행위, 마땅히 받아야 하는 보상 같은 것으로 여긴다. 자신들이 도움을 받는 것을 마땅히 여기는 사람들도 유교사상에 빠져 있는 사람들이라 볼 수 있다. 현대 사회의 관점으로 보았을 때 이런 사람들을 도와주는 사람들은 근대적 사람들이라 볼 수 있다. 우리 사회는 지금 달라져야 한다. 무조건적으로 이런 사람들을 도와주는 근대적 사람의 행위 보다는 이에 벗어나 그 사람들을 도와주는 것을 때때로는 거절할 수 있는 탈근대적 사람이 되어야 한다.

그렇다고 해서 배려를 아예 하지 말라는 사람이 되라는 뜻은 아니다. 그런 사람들은 호의를 당연하게 받아들이는 사람들처럼 오로지 자신의 감정에만 신경 쓰는 이기주의적인 사람이며 당연하게 생각하는 사람들 보다 못한 전근대적 사람이라 볼 수 있다. 내가 에세이의 제목을 '착하게 살지 말아라'가 아닌 '착하게만 살지 말아라'라고 지은 이유도 근대적 사람에서 전근대적 사람이 되지 말자는 뜻에서 이렇게 제목을 지은 것이다. 세상은 더 이상 착하게만 살아서는 나 자신을 신경 쓸 여유가 없어지게 된다. 때문에 우리는 선행을 베풀 때 다시 한번 생각해 보아야 한다

영시개론 수업

공부는 왜 하는가

1판 1쇄 인쇄	2020년 5월 10일
1판 1쇄 발행	2020년 5월 20일

지은이	이만식
발행인	윤미소
발행처	(주)달아실출판사

편 집	박제영
디자인	전형근
마케팅	배상휘
법률자문	김용진

주소	강원도 춘천시 춘천로17번길 37. 1층
전화	033-241-7661
팩스	033-241-7662
이메일	dalasilmoongo@naver.com
출판등록	2016년 12월 30일 제494호

ⓒ이만식, 2020

ISBN 979-11-88710-66-9

* 이 도서의 국립중앙도서관 출판예정도서목록(CIP)은 서지정보유통지원시스템 홈페이지 (http://seoji.nl.go.kr)와 국가자료공동목록시스템(http://www.nl.go.kr/kolisnet)에서 이용하실 수 있습니다.(CIP제어번호 : CIP2020017775)
* 잘못된 책은 구입한 곳에서 바꿔드립니다.
* 책값은 뒤표지에 표시되어 있습니다.